國家出版基金資助項目

儒家文明省部共建協同創新中心研究成果

國家出版基金項目

張忠綱 主編

山東大學文史哲研究專刊

杜詩學通史

清代編

孫微 著

自嗟貧家女久致羅襦裳羅襦不復施對君洗紅粧

仰視百鳥飛大小必雙翔人事多錯迕與君永相望

垂老別

四郊未寧靜垂老不得安子孫陣亡盡焉用身獨完

投杖出門去同行為辛酸幸有牙齒存所悲骨髓乾

男兒既介冑長揖別上官老妻臥路啼歲暮衣裳單

圖書在版編目（CIP）數據

杜詩學通史. 清代編／孫微著. —上海：上海古籍出版社，2023.9
（山東大學文史哲研究專刊）
ISBN 978-7-5732-0788-3

Ⅰ.①杜… Ⅱ.①孫… Ⅲ.①杜詩—詩歌研究—中國—清代 Ⅳ.①I207.227.423

中國國家版本館 CIP 數據核字（2023）第 149150 號

山東大學文史哲研究專刊

杜詩學通史·清代編

孫 微 著

上海古籍出版社出版發行

（上海市閔行區號景路 159 弄 1-5 號 A 座 5F　郵政編碼 201101）

(1) 網址：www.guji.com.cn
(2) E-mail：guji1@guji.com.cn
(3) 易文網網址：www.ewen.co

山東韻傑文化科技有限公司印刷

開本 890×1240　1/32　印張 17.125　插頁 6　字數 429,000
2023 年 9 月第 1 版　2023 年 9 月第 1 次印刷
印數：1—1,800
ISBN 978-7-5732-0788-3

Ⅰ·3748　定價：98.00 元

如有質量問題,請與承印公司聯繫

我們進行批評和指導。

山東大學文史哲研究院

2003 年 10 月

【附記】

《山東大學文史哲研究院專刊》已陸續編輯出版多種,在海内外引起廣泛關注和好評。2012 年 1 月,山東大學文史哲研究院與山東大學儒學高等研究院、山東大學儒學研究中心和《文史哲》編輯部的研究力量整合組建爲新的山東大學儒學高等研究院,許嘉璐先生任院長,龐樸先生任學術委員會主任(龐樸先生于 2015 年病故)。本院一如既往,以中國古典學術爲主要研究範圍,其中尤以儒學研究爲重點。鑒于新的格局,專刊名稱改爲《山東大學文史哲研究專刊》,繼續編輯出版。歡迎海内外朋友提出寶貴意見。

2019 年 3 月

[清]錢謙益《錢注杜詩》書影

清康熙六年季振宜静思堂刻本

［清］朱鶴齡《杜工部詩集輯註》書影
清康熙九年葉永茹萬卷樓刻本

出　版　説　明

　　山東大學素以文史見長。二十世紀三十年代
實秋、楊振聲、老舍、沈從文、洪深等爲代表的著名
這裏曾譜寫過輝煌的篇章。二十世紀五十年代以來
陸侃如、高亨、蕭滌非、殷孟倫、殷煥先爲代表的中國
語言文字學研究，以丁山、鄭鶴聲、黃雲眉、張維華、楊
業、王仲犖、趙儷生爲代表的中國古代史研究，將山東大
學術地位推向巓峰。但是，隨着時代的深刻變遷，和國
點高校一樣，山東大學的文史研究也面臨着挑戰。如何
的輝煌，是山東大學領導和師生的共同課題。“周雖舊邦
新。”山東大學文史哲研究院正是在這一特殊歷史背景下，
肩負着不可推卸的歷史責任，將形成山東大學文史學科一
增長點。

　　文史哲研究院是一個專門從事基礎研究的學術機構，所
業有中國古典文獻學、中國古代文學、漢語言文字學、史學理論
史學史、中國古代史、科技哲學、文藝學、民俗學、中國民間文學
主要從事科研工作，同時培養碩士、博士研究生。著名學者蔣
崧、王紹曾、吉常宏、董治安等在本院工作，成爲各領域的學科帶
頭人。

　　“興滅業，繼絶學，鑄新知”，是本院基本的科研方針；重點扶持
高精尖科研項目，優先資助相關成果的出版，是本院工作的重中之
重。《山東大學文史哲研究院專刊》正是爲實現上述目標而編輯的
研究叢書。感謝上海古籍出版社對本叢書的支持，歡迎海内外學

總　序

張忠綱

"杜詩學"之名,始于金代元好問。他在《杜詩學引》中云:

> 竊嘗謂子美之妙,釋氏所謂學至于無學者耳。今觀其詩,如元氣淋漓,隨物賦形;如三江五湖,合而爲海,浩浩瀚瀚,無有涯涘;如祥光慶雲,千變萬化,不可名狀,固學者之所以動心而駭目。及讀之熟,求之深,含咀之久,則九經百氏,古人之精華,所以膏潤其筆端者,猶可仿佛其餘韵也。夫金屑丹砂、芝术參桂,識者例能指名之。至于合而爲劑,其君臣佐使之互用,甘苦酸鹹之相入,有不可復以金屑丹砂、芝參术桂而名之者矣。故謂杜詩爲無一字無來處,亦可也;謂不從古人中來,亦可也。前人論子美用故事,有着鹽水中之喻,固善矣。但未知九方皋之相馬,得天機于滅没存亡之間,物色牝牡,人所共知者,爲可略耳。先東巖君有言,近世唯山谷最知子美,以爲今人讀杜詩,至謂草木蟲魚,皆有比興,如試世間商度隱語然者,此最學者之病。……乙酉之夏,自京師還,閒居崧山,因録先君子所教與聞之師友之間者,爲一書,名曰《杜詩學》。子美之傳志年譜,及唐以來論子美者在焉。①

---

① 　姚奠中主編《元好問全集》卷三六,山西人民出版社 1990 年版,下册,第 24—25 頁。

　　元好問從杜詩研究史的角度,第一次明確地提出"杜詩學"的概念,成爲杜詩學史上一個重要的理性標記。自此以後,"杜詩學",作爲一門專門學問,千餘年來,就像研究《文心雕龍》的"龍學"、研究《紅樓夢》的"紅學"一樣,成爲中國古典文學研究領域中的一個熱點,歷久不衰,彌久彌新,至今猶盛。

　　元好問的《杜詩學》一書,今已不存,我們無法窺知它的全貌和具體內容。詹杭倫、沈時蓉所撰《元好問的杜詩學》一文認爲,元氏已佚的《杜詩學》包含三個組成部分:(一)元好問之父及其師友有關杜甫的言論,(二)有關杜甫生平的資料,(三)唐、宋(指北宋)以來有關杜甫及其詩作的評論,並進而指出:元的《杜詩學》,是以杜詩輯注之學爲其根柢,以杜詩譜志之學爲其綫索,以唐、宋、金諸家論杜爲其參照,確實是一部博綜群言、體例完備的杜詩學專著①。我們今天借用其"杜詩學"一詞,所涵內容與其或有不同。杜甫是中國古典詩歌的集大成者,具有承前啓後、繼往開來的偉大功績。因此,對杜詩學的研究,一直是新時期杜甫研究的一個熱點,出版了一些著作,發表了大量論文。但迄今爲止,還沒有一部完整描述自唐至今杜詩研究全貌的《杜詩學史》。我們的《杜詩學通史》,試圖對唐代以來古今中外的杜詩學研究作一簡要的介紹,並稍加探討,總結杜甫研究的經驗和得失,主要集中於以下三個方面的內容:

　　(一)自唐迄今,杜甫其人其詩對後世的影響概述。

　　(二)自唐迄今,歷代對杜甫其人其詩的研究概況。

　　(三)杜詩流傳、刊刻、整理情況的研究。

　　《杜詩學通史》由張忠綱主編、多人撰寫,具體分工如下:

　　(一)《唐五代編》,張忠綱撰寫。

　　(二)《宋代編》,左漢林撰寫。

---

　　①　詹杭倫、沈時蓉《元好問的杜詩學》,《杜甫研究學刊》1990 年第 4 期。

（三）《遼金元明編》,綦維撰寫。

（四）《清代編》,孫微撰寫。

（五）《現當代編》,趙睿才、劉冰莉、裴蘇皖撰寫。

（六）《域外編》,趙睿才、劉冰莉、夏榮林撰寫。

　　《杜詩學通史》因所涉時間長,地域廣,内容繁富多樣,資料汗牛充棟,又成于多人之手,錯訛失察之處,在所難免。敬祈方家與讀者批評指正。

目　　録

第一章　清代杜詩學總論

第一節　清代杜詩學發展的幾個階段 及其特點概説

清代是杜詩學研究集大成的時代。王國維《沈乙庵先生七十壽序》曾論到清代學術有三個階段的變化："國初,一變也;乾嘉,一變也;道咸以降,一變也。"①清代杜詩學從高潮到衰落的過程也基本上符合這樣一個發展軌迹。

清初學者多爲明之遺民,在親身經歷了天崩地解的社會大動盪之後,他們在沉痛反思明亡歷史時,便對明末空疏的學風表現了極大的憤慨,如顧炎武《夫子之言性與天道》曰:"劉、石亂華,本於清談之流禍,人人知之。孰知今日之清談,有甚於前代者。昔之清談談老、莊,今之清談談孔、孟。未得其精,而已遺其粗;未究其本,而先辭其末。不習六藝之文,不考百王之典,不綜當代之務。舉夫子論學、論政之大端一切不同,而曰'一貫',曰'無言'。以明心見性之空言,代修己治人之實學。股肱惰而萬事荒,爪牙亡而四國亂,神州蕩覆,宗社丘墟。"②其將明朝滅亡之因歸咎於學風的空疏,其志在匡救時弊,故倡導經世致用之學,《與潘次耕札》中主張治學

---

① 王國維《觀堂集林》卷二三,河北教育出版社 2001 年版,第 720 頁。
② 顧炎武著、黄汝成集釋《日知録集釋》卷八,岳麓書社 1994 年版,第 240 頁。

應"有明道淑人之心,有撥亂反正之事,知天下之勢之何以流極而至於此,則思起而有以救之"①。他提倡以文明道、以文救世,《與人書》中主張"凡文之不關於六經之旨、當世之務者,一切不爲"②。爲挽救明代的學術頹風,錢謙益則首先提出"返經"的主張,而這個"經"却又不是程、朱所注之經,而是未被曲解的本來面目的經。因此他在《新刻十三經注疏序》中説:"孟子曰:我亦欲正人心,君子反經而已矣。誠欲正人心,必自反經始;誠欲反經,必自正經學始。"③又在《答徐巨源書》中説:"今誠欲回挽風氣,甄別流品,孤撐獨樹,定千秋不朽之業,則惟有反經而已矣。何謂反經? 自反而已矣。"④所以清初的學風,貫穿了一種面向現實、關注現實、希望有以改變現實的精神。這些在杜詩學研究中也有深刻的體現。雍正、乾隆之後,天下大定。清王朝采用各種手段加强對思想文化的控制,一方面組織學者編纂各種大型史書、類書、叢書,並以科舉制度籠絡文士,另一方面又嚴禁文人結社,屢興文字獄。清初學者倡導的經世致用的學風削弱了,而考據學風逐漸盛行起來。至乾嘉時代,出現了以惠棟、戴震、錢大昕、段玉裁、王念孫等爲代表的考據學家,他們精於文字、音韵、訓詁、地理、職官等專門之學,這在杜詩學研究上也都有所體現。鴉片戰爭以後,中國社會面臨着深刻的危機。嚴酷的現實深深地刺激了當時的學者,使得他們開始面對現實,逐漸改變了傳統的學風。重視訓詁、考據的乾嘉之風慢慢衰落,而追求變革的思辨學風逐漸興起了。清代杜詩學的發展,適應着這種文化風尚的嬗變,顯示出一定程度的階段性、類型化的特徵。具體表現爲以下情况:

---

① 顧炎武《顧亭林詩文集·亭林餘集》,中華書局 1983 年版,第 166 頁。
② 顧炎武著、黄汝成集釋《日知録集釋》卷一九,第 674 頁。
③ 錢謙益《牧齋初學集》卷二八,上海古籍出版社 1985 年版,第 851 頁。
④ 錢謙益《牧齋有學集》卷三八,上海古籍出版社 1996 年版,第 1314 頁。

一，經過唐、宋、元、明幾代的長期積累與醞釀，清初的杜詩學迎來了又一次高潮，各種杜詩注本蔚爲大觀。從數量而言，現存清代的杜詩注本共有一百四十多種，而清初的就有四十餘種。從質量上看，清代重要的杜詩注本也大多都集中在這個時期，可以説清代杜詩學的主要成就基本集中在清初。清初各種杜詩全集校注本、各體杜律注本、選本、普及啓蒙讀物都大量湧現。其中出現了許多優秀的杜詩注本，如金聖嘆《杜詩解》、錢謙益《錢注杜詩》、朱鶴齡《杜工部詩集輯注》、李長祥《杜詩編年》、顧宸《辟疆園杜詩注解》、洪仲《苦竹軒杜詩評律》、吳見思《杜詩論文》、張溍《讀書堂杜詩注解》、朱瀚《杜詩解意七言律》、張遠《杜詩會粹》、盧元昌《杜詩闡》、黃生《杜詩説》、吳瞻泰《杜詩提要》、仇兆鰲《杜詩詳注》等都取得了較高的成就。以上所論還未包括那些僅見於著録而已經散佚的杜詩研究著作。僅據筆者粗略統計，已散佚的清初杜詩注本、選本就達百餘種，其中較有影響的如吳見思《杜詩論事》、盧生甫《杜詩説》、戴廷栻《杜遇》、沈元滄《杜詩補注》、潘檉章《杜詩博議》、姜宸英《杜詩箋》、蕭雲從《杜律細》等。其他散見遺珠，當自不少。清初杜詩學研究的盛況可見一斑。

較早問世的清代杜詩注本中，可以錢謙益《錢注杜詩》、朱鶴齡《杜工部詩集輯注》爲代表。據金鶴翀《錢牧齋先生年譜》，錢氏的《讀杜小箋》及《二箋》完成於明末，然全面的箋注則完成於順治十八年。其與朱鶴齡注杜之爭成爲杜詩學史上的著名公案。洪業在《杜詩引得序》中評曰："注杜之爭，乃錢、朱二人之不幸，而杜集之幸也。"①可謂知言。錢謙益"以詩證史"詩史互證的箋釋方法，在某種意義上確實起到"鑿開鴻蒙，手洗日月"的作用，開闢了注杜的新局面，對有清一代的杜詩學發展產生了巨大影響。而朱鶴齡對杜集的輯注，是對前代傳統注杜方法的全面總結與發展，在名物、

---

① 洪業等《杜詩引得》，上海古籍出版社 1985 年版，第 56 頁。

典故和職官、地理的考辨方面下了很大功夫。有學者指出,它上承蔡夢弼《草堂詩箋》,近補别開生面的錢牧齋《杜工部集箋注》,下惠博采衆説的仇兆鰲《杜詩詳注》,遠啓最精簡的楊倫《杜詩鏡銓》,是個簡繁適度和集大成的善本,直接開啓了後世杜詩集注的關竅,對集大成的《杜詩詳注》的出現可謂導夫先路①。清初學者的治杜,不再是一個人面壁的"野狐禪",而是衆多學者間相互研討、争論,形成了廣泛深入的學術研討氛圍。與興盛相伴隨的是,清政府加强了思想文化領域的統治,清初杜詩學界思想活躍、百家争鳴的局面逐漸被歸於一統的思想統治所代替。日漸殘酷的文字獄摧殘了士人的文化品格,讓知識分子在高壓政治面前噤若寒蟬,對杜詩的闡釋也由明末的自由活躍而一歸於古板、迂腐。如清初顧炎武、王夫之、黃宗羲等人在經歷了"天崩地解"式的社會大動亂以後,開始產生了民主啓蒙思想的萌芽,對君主制度及封建綱常的合理性不同程度地提出了質疑,因而在解評杜甫的忠君思想時,都能對宋以來對杜甫"一飯不忘君"説進行辯駁和反思。而到了康熙朝以後對杜甫的忠君思想又大肆渲染,清初學者們的批判精神已蕩然無存。所以與興盛相爲表裏的是進步與保守、通達與穿鑿之間不斷鬥争的過程。

以康熙朝後期仇兆鰲《杜詩詳注》的出現爲標志,杜詩學的發展達到了又一次巔峰。仇氏歷三十年之功,以畢生心血而成是書,可稱有清一代杜詩研究的集大成之作。仇兆鰲對杜詩,從編年、分章、解意、釋詞,到引古、褒貶和辨僞,一一細爲剖析,並博引前人論述以資參證,使仇注成爲杜詩最完備的注本。此書好在詳盡,弊在繁瑣,引書常失檢,很有一些錯漏,少量原注和補注還有重複和矛盾之處。然而,正如《四庫全書總目》所評,此書"援據繁富,而無千

---

① 蔡錦芳《朱鶴齡〈輯注杜工部集〉研究》,《杜甫研究學刊》1990 年第 1 期。

家諸注僞撰故實之陋習。核其大要,可資考證者爲多"①。在此之後,續有浦起龍《讀杜心解》爲仇氏後勁,他利用了清初諸注的成果,並能有所駁正。因爲錢注太簡,仇注太繁,金聖嘆《杜詩解》又主觀色彩太濃,《讀杜心解》能參考諸本,考訂杜詩繫年和章節大意,分析簡明扼要,清晰醒目,不作過於繁瑣的徵引和考證。雖未免簡而近略,卻沒有"釋事忘義"的弊病,因而別具特色。這些都顯示了清初一代杜學的盛況。清代杜詩大型集注本至此可謂能事已盡。

　　二,乾嘉時代的杜詩注本中,楊倫的《杜詩鏡銓》平正通達,不矜奇逞博,不穿鑿附會,以精簡著稱,堪稱這一時期最好的注本。梁運昌的《杜園説杜》著重於杜詩的總體把握,不作繁瑣考證與冗長解釋,故頗得杜詩精髓。在論析具體詩篇、用字用韻等問題時,亦多獨到精辟之處。此外翁方綱《杜詩附記》、喬億《杜詩義法》等也不失爲有價值的杜詩學著作。另外,《四庫全書》收錄的杜集及四庫館臣撰寫的《四庫全書總目》《四庫全書簡明目録》,在杜詩學史上占有重要地位,對杜詩學的發展具有重要影響。《四庫全書》的編纂對杜集文獻的保存與傳播流布所作出的貢獻值得肯定。然而作爲一代學術總結性的《四庫全書總目》杜集提要的撰寫存在許多失誤,似不足概括清代前期杜詩學研究的總體水平,其對杜詩學史的整體認識與《四庫全書》這一大型叢書的地位是不相稱的。另外,四庫館臣雖然反對穿鑿附會,提倡對詩意的闡釋發揮,然而囿於當時考據之風的影響,在杜集提要中顯示出對名物考據的熱衷與偏愛,客觀上造成並助長了"釋事忘義"風氣的蔓延,其原因和教訓都值得我們總結和汲取。此外,沈德潛的"格調説"、翁方綱的"肌理説"以及袁枚的"性靈説"是清代中葉影響廣泛的詩學思潮,他們對杜詩也都從各自的角度進行了自己

① 永瑢等《四庫全書總目》卷一四九,中華書局 1965 年版,第 1282 頁。

的評價與判斷,其傾向與成就也共同構成了清代中期杜詩學的重要内容。

三,洪業《杜詩引得序》云:"嘉慶以後,注杜而善者,更無聞焉。"①其實真正衰落是在道光朝以後。此一階段杜詩學的總體趨勢是繁華落盡。史炳《杜詩瑣證》是這一時期較有成就的注本,其對人名、地名、草木名、僻典俗語等考辨,多方取證,言之成理,對杜詩注釋也有一定增益。趙星海所撰《杜解傳薪》與《杜解傳薪摘鈔》體例特異,綱領清晰,條理分明,注評深細,不失爲一部很有價值的杜詩評注本。這一階段雖然也出現了幾種頗有成績的杜詩注本,但多非杜集全本。各種杜詩選本、普及本雖然很多,然在深度和廣度上均不能和前兩個階段相比,稍有成就的注本也僅是以版本取勝,如盧坤的五色套印本《杜工部集》即是如此。由於不能再在大的集注本方面超過前人,杜詩研究者們轉而作詩話、筆記、雜説之類,如劉鳳誥《杜工部詩話》涉及頗廣,於杜甫家世、親族交遊、生平事迹、思想性格、詩義闡釋及諸家評論,多所評騭,且偶有新見。潘德興《養一齋李杜詩話》在對杜詩的評析和考訂方面,時有深刻的見解,對不同意見的辯駁,亦頗有力。晚清是考據學徹底衰落和經學最終解體的時代,隨着西學東漸,新的思想觀念對學者們不斷地產生衝擊,杜詩學領域傳統的考證、箋注和點評式的方法也日益面臨這新舊思想和方法的衝擊與挑戰。郭曾炘《讀杜劄記》對宋、元以來各家評注的異同得失,從史實、詩意、字義等方面辨析訂誤,時有新見,爲清末較好的杜詩研究著作,頗具參考價值。方東樹、劉熙載、施補華、沈曾植、陳廷焯等名家論杜也都各有成就和特點。此後,杜詩學開始完成向現代的轉變,康有爲、梁啓超、陳獨秀、魯迅、陳寅恪、胡適、洪業等人的杜詩學研究都翻開杜詩學史上新的篇章。

---

①　洪業等《杜詩引得》,第75頁。

第二節　清代杜詩學所取得的成就及其局限

一、清代杜詩學成就的特點

清代杜詩學所取得的成就,若概括起來,可綜之爲廣、專、深、細四個方面的特點。所謂廣,就是説清代杜詩學不僅研究範圍囊括了宋以來形成的杜詩版本學、校勘學、闡釋學等許多方面,而且清代杜詩研究者們所用的方法也可謂五花八門,這使得杜詩研究領域不斷拓寬,客觀上從多個角度折射出各門學科對杜詩學的滲透。如經學家以治經的方法研治杜詩,史學家從史學的角度觀照杜詩等等,既豐富了杜詩學的研究方法,又啓迪了後代學者。所謂專,就是對杜詩學某個領域的研究程度大大超過前人。首先是研究對象更加專門化,如賈開宗《秋興八首偶論》便是專門針對《秋興八首》的一部專論,在此之前,在杜詩學史上還從未有過對杜甫的一組組詩進行如此細緻而專門研究的著作。另外,清代還出現了許多杜詩分體研究的專著,如劉肇虞《杜工部五言排律詩句解》專對杜詩中的五排進行注解,此前杜詩的分體選注本以律詩爲多,只有明代謝省《杜詩長古注解》獨選杜詩長古注解。而至清代,除了杜律注本極其繁盛以外,對杜詩其他諸體的研究均有突破,顯示了清代杜詩學"專"的特點。另如萬俊《杜詩説膚》於杜詩意旨甚少涉及,而專門側重藝術手法的分析,如他將杜詩的對仗分成十八類,就頗爲精細。他説:"是編淺之不及平仄,深之不及評論,因平仄諸集所載,人所共曉;評論選本精詳,披覽而知。且此非評詩也,與評論無涉,故不及。"指出了此書專門性的特點。其次是研究方法的專門化,如音韻學、訓詁學等研究方法的引入爲傳統的杜詩箋注學注入了新的活力,使得杜詩學學科的分工越來越細,各個學科的專門學者的參與共同推進了杜詩學研究向專門化的道路上不斷發展，也説明杜詩學已日益成爲一門成熟的顯學。關於杜詩學應用音韵學、訓詁學等研究方法的代表著作，詳見下文，兹不贅述。

所謂深，就是在前人研究水平的基礎上續有發現，或對前人注杜所忽略的問題有新的認識。例如梁熙曾與王漁洋論杜詩《秋野五首》其一："盤飧老夫食，分減到溪魚。"精熟佛典的梁熙當即指出，"分減"典出《華嚴經》①。此典故以前注家根本没有注意，張忠綱《新編漁洋杜詩話》即檢出在實叉難陀譯《大方廣佛華嚴經》卷二一中謂菩薩行十種施，其一爲"分減施"。經云："何爲菩薩分減施？此菩薩禀性仁慈，好行惠施，若得美味，不專自受，要與衆生，然後方食。凡所受物，悉亦如是。"正與杜詩的用意相契合②。又如杜詩《過南嶽入洞庭湖》之"才淑隨廝養"句，趙次公注引《漢書·蒯通傳》注"廝養"，未注"才淑"；而《杜詩詳注》等均引《任昉集》注"才淑"，因襲趙次公注"廝養"，可整句的意思並未完整説清楚，而且與下句"名賢隱鍛爐"用嵇康事並未在使事上形成對仗。汪師韓即指出，這裏"才淑隨廝養"乃是用樂府邯鄲才人嫁爲廝養卒婦事③。他們所表現的扎實的考證功夫證明，清人一掃明人粗疏空言之弊，能夠廣泛涉獵，所以才在宋人對杜詩用典反復爬梳之後，還能有所補益。這些發現促進了對杜詩詩意的深入理解。

所謂細，就是針對前人説法不斷發掘，對某一問題的研討細緻入微，如清人對杜詩"律細"問題的爭論就是如此。杜甫《遣悶戲呈路十九曹長》云：

---

① 見《帶經堂詩話》卷一五《字義類六》，引自《蠶尾文》卷二《御史梁晳次先生傳有序》。參見張忠綱《杜甫詩話六種校注·新編漁洋杜詩話》卷四，齊魯書社 2002 年版，第 493 頁。

② 同上，第 494 頁。

③ 汪師韓《詩學纂聞》，《清詩話》本，上海古籍出版社 1963 年版，第 460 頁。

　　江浦雷聲喧昨夜，春城雨色動微寒。黃鸝並坐交愁濕，白鷺群飛太劇乾。晚節漸於詩律細，誰家數去酒杯寬。惟吾最愛清狂客，百遍相看意未闌。

對於杜甫所自負的"詩律"和"詩律細"的理解與評價，歷來却多有分歧。如明末的王嗣奭認爲杜甫自云"晚節漸於詩律細"是"戲語"①，朱瀚則認爲杜詩"少時入細，老更橫逸"②，他們二人都否認"晚節漸於詩律細"的存在。盧世㴐對"詩律細"的解釋是："子美一生詩，只受用一'細'字，不止晚節爲然。蓋詩不細不清，詩不細不遠，詩不細不能變化，詩不細不敢縱橫也。細之義大矣哉！"③雖對"細"字大加褒揚，却没有具體指明"律細"的涵義。徐增則認爲"詩律細"是指杜詩起、承、轉、合的章法而言，《而庵説唐詩》云："夫律之爲義，猶佛氏三藏經、論、律之律也。經乃直談，論乃旁説，律則小乘以至大乘五千餘卷，前後次第，一字不可假借。今律詩亦然。律分二解，如關門兩扇，開則相向，合則密縫。其命意措詞，最爲緊嚴，增一字不得，減一字不得，前一字不得，後一字不得，更一字不得，雜一字不得者也。"④如其評《秋興八首》其五便是其理論的具體實施，詩曰：

　　蓬萊宫闕對南山，承露金莖霄漢間。西望瑶池降王母，東來紫氣滿函關。雲移雉尾開宫扇，日繞龍鱗識聖顔。一卧滄江驚歲晚，幾回青瑣照朝班。

---

① 　王嗣奭《杜臆》卷七，上海古籍出版社 1983 年版，第 245 頁。
② 　朱瀚《杜詩解意七言律》後附"七言律辨贋"，清康熙十四年（1675）蒼雪樓刻本。
③ 　盧世㴐《杜詩胥鈔·餘論》，明崇禎七年（1634）尊水園刻本。
④ 　徐增《而庵説唐詩》卷一六，《四庫全書存目叢書》集部第 396 册，齊魯書社 1997 年版，第 733 頁。

《而庵說唐詩》評云："蓬萊，海上三神山之一，唐取以名宮，蓋有意于長生也。前對終南，終南亦習仙之處；承露盤，又求仙之事。如是起，則下不得不如是承，承又湊手。南對終南，則以西望瑤池、東來紫氣承。承露盤在通天臺，招仙人、候神人者也；王母恰是仙人，玄元恰是神人。'霄漢間'，是高，故有'降'字、'滿'字。真是天衣無縫。公自謂'老去漸于詩律細'，律，非另有一個別法，只在起、承、轉、合間用意，下字一絲不錯是也。'蓬萊宮'只三字，乃敷成如許二十八字。如來千百億化身，可見更無有二身也。其律法如此，王母、玄元，又何必多方擬議哉！"①

　　李因篤又提出："少陵自詡'晚節漸於詩律細'，曷言乎細？凡五七言近體，唐賢落韵，共一紐者不連用，夫人而然。至於一、三、五、七句，用仄字上、去、入三聲，少陵必隔別用之，莫有叠出者，他人不爾也。"②李因篤此論一出，對後代的杜律研究產生了深遠的影響，被許多注家徵引。如王士禎從好友朱彝尊那裏聽到了這一說法，並親自加以驗證後就表示同意③。陳廷敬又將"詩律細"理解爲章法間的呼應，其《杜律詩話》卷下評《諸將五首》云：

　　　五首合而觀之，一、漢朝陵墓；二、韓公三城；三、洛陽宮殿；

---

　　①　徐增《而庵說唐詩》卷一七，第 749 頁。
　　②　朱彝尊《曝書亭集》卷三三《寄查德尹編修書》，《四部備要》第 84 册，中華書局 1989 年版，第 415—417 頁。其詳可參第二章第五節之八"李因篤的杜詩學"。
　　③　參見第二章第五節之九"王士禎的杜詩學"。薛雪對此論略有意見，其《一瓢詩話》云："一友與余論詩，引朱竹垞、王阮亭兩先生云：杜詩中'老去詩篇渾漫興'是'漫興'，錢虞山改爲'興'。余曰：先祖曾注杜詩一首，今坊間流傳《杜詩七律薛注》者是也。係天啓初刻本，其中亦是'漫興'。可見虞山箋本以前，已皆如是。若果所改，必非無據。朱、王兩公，南北名家，騷壇宗匠，亦非無見者，改'漫興'而對'深愁'，恐無其說，姑互存之。"

四、扶桑銅柱；五、錦江春色：皆以地名起。分而觀之，一、二作對：一責代宗時吐蕃亂諸將，一責肅宗初祿山亂諸將。其事對，其詩章、句法亦相似。三、四作對：一舉內地割，責以宰相臨邊之將，徒煩輸輓；一舉遠人畔，責以藩鎮兼相之將，不能鎮撫。其事對，其詩章法、句法亦相似。末則另爲一體。杜詩無論其他，以此類言，亦可想當日鑪錘之苦，所謂"晚節漸於詩律細"也。①

仇兆鰲則把"老去詩篇渾漫與"和"晚節漸於詩律細"結合起來，其云："公嘗言'老去詩篇渾漫與'，此言'晚節漸於詩律細'，何也？'律細'，言用心精密；'漫與'，言出手純熟。熟從精處得來，兩意未嘗不合。"②浦起龍將杜詩"晚律漸細"解釋爲"晚年失路，瑣事成吟，漸覺細碎"③，將"詩律細"之"細"理解成"細碎"之"細"，表現了他對"詩律細"問題持基本否定的態度。

周春另闢蹊徑，從雙聲疊韵的角度解釋"詩律細"的問題，從詩歌藝術形式美的一個新的層次揭示出杜甫"詩律精細"的奧秘與隱微。如《秋興八首》其七"波漂菰米沈雲黑，露冷蓮房墜粉紅"句，周春《杜詩雙聲疊韵譜括略》指出："'米'字與'波漂'隔一字通用重唇音，'蓮'字與'露冷'同母，'沈'、'墜'同母，'房'、'粉'通用輕唇音，'雲'、'黑'、'紅'，三字廣通喉音，詩律之細如此。"④此說一出，附和者甚眾。如吳騫《拜經堂詩話》曰："少陵詩多用雙聲疊韵，人皆知之。又往往嵌雜于五七言中，使人乍讀之不覺，細玩乃知其下字之妙。《文心雕龍·聲律篇》云：'雙聲隔字而每舛，疊字

---

① 陳廷敬《午亭文編》卷五○，清康熙四十七年（1708）林佶編刻本。
② 仇兆鰲《杜詩詳注》卷一八，中華書局1979年版，第1603頁。
③ 浦起龍《讀杜心解》卷四之二，中華書局1961年版，第664頁。
④ 周春《杜詩雙聲疊韵譜括略》卷六，《叢書集成初編》第2594冊，第161頁。

雜句而必睽。'夫音韵之學,莫盛于齊、梁,而彦和之言猶若是,所以
'老去漸于詩律細',洵非此老不能也。"①厲志《白華山人詩説》云:
"少陵近體,于雙聲叠韵極其講究,此即所謂'律細'也。"②都贊同
周春的雙聲叠韵之説。

袁枚則反對從形式技巧方面解釋"杜律細"的問題,《隨園詩話
補遺》卷三云:

> 近又有講聲調而圈平點仄以爲譜者,戒蜂腰、鶴膝、叠韵、
> 雙聲以爲嚴者,栩栩然矜獨得之秘。不知少陵所謂"老去漸於
> 詩律細",其何以謂之律? 何以謂之細? 少陵不言,元微之云:
> "欲得人人服,須教面面全。"其作何全法,微之亦不言。蓋詩
> 境甚寬,詩情甚活,總在乎好學深思,心知其意,以不失孔、孟
> 論詩之旨而已。必欲繁其例,狹其徑,苛其條規,桎梏其性靈,
> 使無生人之樂,不已慎乎!③

蔣瑞藻《續杜工部詩話》卷上認爲杜律之細乃是指"屬對之工",
其云:

> 古來詩材之富,無若老杜;詩律之細,亦無若老杜。律細,
> 屢於屬對之工見之:"風蝶勤依槳,春鷗懶避船。""煙花山際
> 重,舟楫浪前輕。"對以板爲工也;"沈牛答雲雨,如馬戒舟航。"
> "竹葉於人既無分,菊花從此不須開。"對以活爲工也;"側塞被

---

① 吳騫《拜經堂詩話》卷四,《清詩話》本,上海古籍出版社 1963 年版,第
769 頁。
② 厲志《白華山人詩説》卷二,《清詩話續編》本,上海古籍出版社 1983
年版,第 2282 頁。
③ 袁枚《隨園詩話補遺》卷三,人民文學出版社 1982 年版,第 626—
627 頁。

徑花,飄颻委墀柳。""卑枝低結子,接葉暗巢鶯。"以疊韵相對
爲工也;"羈棲愁裏見,二十四回明。""白狗黄牛峽,朝雲暮雨
祠。"以眢字自對爲工也;"西嶺紆村北,南江繞舍東。"以四方
合兩句對爲工也;"遥拱北辰纏寇盜,欲傾東海洗乾坤。邊塞
西蕃最充斥,衣冠南渡多崩奔。"以四方分四句對爲工也;"暖
客貂鼠裘,悲管逐清瑟。勸客駝蹄羹,霜橙壓香橘。"以隔句對
爲工也;"神女峰娟妙,昭君宅有無。曲留明怨惜,夢盡失歡
娱。"以下句對申上句爲工也。老耽詩律細,非即孔子之"從心
所欲不逾矩"乎?①

可以看出,對於詩律細的問題,清人進行了廣泛深入的探討,除了
少數人否認杜甫"晚節漸於詩律細"之外,大多數人則同意杜甫晚
年詩歌確實存在"詩律細"的傾向。這些人中又大致可分爲兩派:
一派主張不應從具體的藝術技巧去追尋所謂的"詩律細";另一派
則分別從章法、對仗、聲調、音韵等方面對"詩律細"的問題細緻分
析探究,對杜詩律法的研究取得了很多進展。這些對杜詩具體藝
術技法的分析都是由粗轉精,細緻入微,顯示出清代杜詩學的獨特
面貌和風采。

二、研究者身份各異,研究方法多樣

清代杜詩研究者們的身份各異,因而他們研杜的出發點與方
法也迥異。這些學者中有高居臺輔的官僚與封疆大吏,如吳興祚、
盧震、陳廷敬、范廷謀、汪灝、盧坤等;也有輾轉爲人作幕或坐館的
下層文人,如周篆、趙星海、盛元珍等;有經學家如朱瀚、顧廷綸、顧
淳慶、鄧獻璋、李黼平、鄭杲等;有文字、音韵學家朱駿聲、許瀚、紀

---

① 張忠綱《杜甫詩話六種校注》,第347—348頁。按,蔣瑞藻《續杜工部
詩話》多係轉抄他書,故此段話是否確爲蔣氏所云甚爲可疑,此姑存疑。

容舒、何焯、周春、張燮承等;有古文家劉大櫆等,有書畫家陳醇儒、蕭雲從、鄭旼、王澍、張篤行、李文煒等;有數學家張雍敬、陳訏、史炳等;有地理學家沈炳巽、徐松、許鴻磐等。正是因爲這麼多不同地位、不同身份學者們的共同參與,才將杜詩學研究裝點得異彩紛呈,顯示出清代杜詩學研究集大成的特色。他們從各自的角度出發,以自己的專門之學介入杜甫研究,如以經學、史學、理學、小學、時文批點等多種方法運用到杜詩學中,故促進了清代杜詩研究的專門化、細緻化。以下分別從幾個角度分析介紹清代杜詩學研究方法的特點。

（一）音韵學

從音韵學角度對杜詩的研究,是杜詩學總體中的一個重要方面。清以前有宋代華鎮編《杜工部詩》,元代《重雕老杜詩史押韵》、曾噩申《韵編杜詩》和明代張三畏《杜律韵集》等書,多是將杜詩按韵編排,未能作更深入的研究。清汪文柏《杜韓詩句集韵》亦是此類著作,其書把杜甫、韓愈詩句按平水韵排列,如東韵中"豐"字下,列有杜甫詩句"謳歌德義豐"、"憂國願年豐",韓愈詩句"壽州屬縣有安豐"。餘皆類此,讀者可依此檢索杜韓詩句中曾否押某韵,某韵中有杜、韓哪些詩句,可視爲杜、韓詩句索引。除了上述那樣的按韵編排的韵書之外,清代還出現了專門研究杜詩音韵的著作,對杜詩音韵的探討比以往更加細緻深入。如周春的《杜詩雙聲疊韵譜括略》專從雙聲疊韵這一角度切入,爲杜詩研究開闢了新徑①。此外,許多學者對杜詩用韵都進行了深入的探討。如顧炎武在《音學五書・音論》中就以杜詩《崔氏東山草堂》爲例,指出唐詩用韵"殷"與"真"合用,而不與"文"同用。此後,毛奇齡也對此進行了探討,其《〈杜詩分韵〉序》云:

---

① 參見本編第三章第二節之二"筆記類杜詩研究著作"。

今之爲韵,不既分"佳"與"麻"耶?"佳"無"嘉"音,而唐劉禹錫《送蘄州李郎中赴任》詩以"佳"間"麻",而公乘億《賦得秋菊有佳色》則"佳"倡而"麻"隨之,今少陵《柴門》一章,其爲"佳"、"麻"者且五組也,是豈"佳"即同"嘉",抑唐韵本"佳"、"麻"通歟?且唐韵"真"、"文"與"殷"分有三韵,而今即併"殷"於"文",夫不併則已爾,併即"殷"韵當在"真"而不當在"文",是何也?則以唐人之繫"殷"於"真"者,李山甫賦《秋》、戴叔倫詠《江干》、陸魯望《懷潤卿博士》諸律皆是也。少陵雖無律,而於《崔氏東山草堂》拗體與《贈王二十四侍御》長律,亦且雜"芹"之與"勤",則是"真"、"文"二韵在今與唐韵絶然不同,而第勿視之而不之察也。至若"東"韵,原與"蒸"通,故"翹翹車乘"之詩,"弓"、"朋"一押,而後乃不然;然而"東"轉爲"屋","蒸"轉爲"職",皆入韵也,今未知"東"之與"蒸"在唐韵能通與否?而集中《別贊上人》詩,以"職"通"屋",《三川觀水漲》詩,以"屋"通"職",其他若《南池》,若《客堂》,若《天邊行》《桃竹杖引》,其通"屋"與"職"不更僕也。韵之可疑者甚夥,而吾之欲質於是集者,不止此數。而以吾所疑質甫所是,西樵、大宗,必有起而剖晰之者,吾敢以細莚撞洪鐘哉![①]

他以《崔氏東山草堂》與《贈王二十四侍御》二詩爲例,分析了"真"、"文"、"殷"韵古今分合問題。另外,他還指出《別贊上人》以"職"通"屋",《三川觀水漲》以"屋"通"職",《南池》《客堂》《天邊行》《桃竹杖引》,通"屋"與"職",都不合乎古韵。這本是對的,但是他沒有認識到,杜甫的古體詩不合古韵,用韵往往幾個韵部相混,這是因爲杜甫所處的時代正是"叶音"説盛行的時候,杜甫作詩

① 毛奇齡《西河合集》卷七,清嘉慶元年(1796)蕭山陸凝瑞堂補刊本。

除"叶韵"外別無選擇①。又如陳鴻壽《杜詩集評序》云：

> 昔蔡夢弼集宋以前評杜者,號千家注,鈎玄纂要,抉摘略盡,故校器之亦謂杜詩如周公制作,不可復議。至矣,盡矣,蔑以加矣! 無已,姑亦捨其鉅而言其細者可乎? 余嘗謂讀杜之旨有二: 其一存乎律。六朝聲病之學最盛,婆羅門竊之以為三十六字母,所謂雙聲隔字而每舛,疊韵雜句而必睽也。而杜之切律也彌精,如《巳上人茅齋》云:"枕簟入林僻,茶瓜留客遲。"則"枕簟"為雙聲,"茶瓜"為疊韵也。《正月三日歸谿上有作簡院内諸公》云:"藥許鄰人劚,書從稚子擎。"則"鄰人"為疊韵,"稚子"為疊韵兼雙聲也。得不謂之吹律胸臆,調鐘唇吻乎! 其一存乎韵。漢魏用韵已異《詩》《易》,迨唐官韵出,而許敬宗一改二百六部之舊,所謂吳楚則時傷輕清,燕趙則時傷重濁也。而杜之用韵也必嚴,如《義鶻行》以巔、餐、酸、存、煙、宣、天、拳、蜒、穿、年、前、然、賢、傳、冠、間、肝為韵,則知今時守才古韵而以二十四鹽、二十五添通用者,妄矣! 如《新安吏》以丁、兵、行、城、傖、聲、橫、情、平、營、京、輕、明、兄為韵,則知今時守才老古韵以十六蒸、十七登通用者,又妄矣! 得不謂之剖析毫釐,分別黍累乎? 此類悉數不能終。竹垞先生嘗述關中李天生先生之言,少陵晚年詩律益細,凡律詩一三五七仄句,上去入三聲必隔用之,莫有疊出者,他人不能也。因相與互誦《鄭駙馬宅宴洞中》及《江村》《秋興》諸作,而嘆天生為獨見。吁! 若兩先生,豈欺余哉!②

在這裏陳鴻壽也以許多杜詩的用韵為例,駁斥南宋吳棫所論古韵

通用之説,認爲古韵中"鹽"與"添"、"蒸"與"登"都不能通用。以上這些都可見清代以杜詩用韵爲例對古韵研究的盛行。

（二）時文批點法

清代以時文批點的方法評杜論杜的不乏其人,其中以金聖嘆《杜詩解》與徐增的《而庵説唐詩》最具代表性。金聖嘆認爲:"詩與文雖是兩樣體,却是一樣法。一樣法者,起承轉合也。除起承轉合,更無文法;除起承轉合,亦更無詩法也。"①對於具體的解詩方法,金聖嘆由起承轉合進而把律詩分爲前後兩解,前解爲起爲承,後解爲轉爲合。金聖嘆這種標新立異的方法在當時就受到了許多批評,人們對此法指摘最多的還是"割裂",認爲以解八股的方法套用到解律詩上來是"腰斬唐詩"(尤侗《艮齋雜説》)。金聖嘆在《葭秋堂詩序》中辯解道:"即如弟《解疏》一書,實推原《三百篇》兩句爲一聯、四句爲一截之體,儕父動云'割裂',真坐不讀書耳。"②其後,《四庫全書總目》之《説唐詩》提要評云:"以分解之説施於律詩,穿鑿附會,尤失古人之意。"③然而,金聖嘆並不是完全死板地用解數及起承轉合生搬硬套,而是能根據實際情況加以變化,所以論者指出,金聖嘆雖采用分解説來批解杜詩,並非不重全詩的章法結構④。總的來看,以時文批點法確實存在機械割裂之弊,但大多時候亦能切合杜律的結構形式,其優缺點都頗爲鮮明。

（三）以治經的角度觀照杜詩

清代是經學發達的時代,許多經學家也介入杜詩研究的領域,他們把治經的思想、方法、角度引入杜詩研究,或將注杜詩與注經

---

① 金聖嘆《示顧祖頌、孫聞、韓寶昶、魏雲》,《魚庭聞貫》,《金聖嘆全集》第四册,江蘇古籍出版社1985年版,第46頁。

② 金聖嘆《金聖嘆全集》第四册《魚庭聞貫》,第31頁。

③ 永瑢等《四庫全書總目》卷一九四,第1771頁。

④ 簡恩定《清初杜詩學研究》第一篇第二章第一節"形式批評的崛起",文史哲出版社1986年版,第27頁。

對比分析。這些都新人耳目,啓人心智,對杜詩學内容的豐富與發展大有裨益。如趙星海《杜解傳薪》方潛序曰:

> 同治癸亥(1863)上巳後四日,予携尚履、效爲兩生來諸,獲交海陽趙君。君,好學士也。凤聞予學《易》,相見如故舊,遽索觀《易》説各種,以爲交晚也,而出所著《杜解傳薪》示予。噫!予何足與言詩。雖然,伏誦君之所解杜者,未及終帙,而不禁嘆《易》道之大也,而因以知杜詩之通於《易》,而君之深知杜也。夫一陰一陽之爲道,而摩而爲八,盪而爲六十四,變而爲四千九十六,參伍錯綜,以至於不可窮詰,不可端倪。凡天地之闔闢,日月之往來,鬼神之屈伸,四時之錯行,品物之化生,世運之遞遭,人事之雜出,以及文字之餘,技藝之末,無不兼綜並貫,而彌綸於象辭變占之中。"大哉《易》乎!"孔子之贊之也,曰:"與天地準。"曰:"以言乎天地之間,則備矣。"又曰:"不可爲典要,惟變所適。"曰:"其稱名也小,其取類也大。"曰:"其旨遠,其辭文,其言曲而中,其事肆而隱。"曰:"作《易》者,其有憂患乎?"而《繫辭上傳》則終之曰:"神而明之,存乎其人。"《下傳》則曰:"初率其辭,而揆其方,既有典常,苟非其人,道不虛行。"工部固生當憂患之時,而其感諷時事也,亦有其所謂旨遠辭文、曲而中、肆而隱者乎? 其寄意詠物也,亦有其所謂稱名小取類大者乎? 至其精於律法,而不囿於律法,參之伍之,錯之綜之,莫可窮詰,莫可端倪,則亦有其所謂不可爲典要,惟變所適者乎? 竊謂杜之詩,詩而通於《易》者也。然而非詩之通於《易》,實《易》之包乎詩。且凡文字之餘,技藝之末,苟非有見於《易》,必不能窮神極化,卓然名家,以傳於世,徒杜之一詩乎哉! 故曰"與天地準",故曰"以言乎天地之間,則備矣"。"大哉《易》乎!"雖然,吾竊有慨焉。《易》也者,造化自然之妙用也,伏羲模畫之,文周衍繫之,孔子贊翼之,四聖

人繼出,而《易》乃備。秦漢以來,求象者鑿,説理者固,窮數者怪且誕。相沿至今,注《易》奚啻千百家,而周、邵、程、朱四子外,能傳以薪者,蓋罕矣。則甚矣！神而明之之難乎其人也;則甚矣！苟非其人之能率其辭,而揆其方,而既有典常,而道不虛行也。君生工部千百年之後,注杜者亦奚啻百十家,而獨不啻世杜之杜,身杜之身,心杜之心,口杜之口,幾使工部復生,驚嘆願不及此,殆莊生所謂萬世之後,一遇知其解者,是旦暮遇之者乎？殆亦所謂神而明之者乎？殆亦所謂能率其辭、揆其方而既有典常者乎？君本莊生薪盡火傳之説,而進之曰:"非薪不足以傳火。"如君之虛其心,一其意,不以文害辭,辭害志,而善逆古人之志,火之不傳者幾希。予因君之解而重有慨於世之讀古人之書者也。君即將入都,恨交晚且暫,取予《繫辭傳》分章及觀玩隨筆録之,意彌殷殷然。君,好學士也。君試於解杜之餘,即杜之律法上而溯之,旁而通之,精而研之,默而會之,密而藏之,將必因詩見《易》,且深乎《易》,而化乎詩,恍然於技藝之末,文字之餘,以至人事之雜出,世運之遞遷,品物之化生,四時之錯行,鬼神之屈伸,日月之往來,天地之闔闢,無非律,無非法,無非詩,而實無非《易》,而不禁樂則生,生則惡可已,而不知足之蹈之,手之舞之也,而不禁自得之,而居之安,資之深,取之左右逢其原也。予之説又何足取哉！明年予亦將偕兩生入都,當更就君談《易》,爰志顛末,以爲他日之驗。①

方潛作爲一個《易》學家,將注《易》與注杜相比較,指出注家能夠"傳以薪者,蓋罕矣"。也就是説,注釋者往往不能將經意很好地闡釋出來,並將其薪火相續,流傳後世。故其主張以意逆志,把握杜

---

① 趙星海《杜解傳薪》卷首,清同治間鈔本。

詩的真精神。不過方潛認爲"杜詩之通於《易》",主張將杜律的研究上升到見道的高度,"將必因詩見《易》,且深乎《易》而化乎詩。恍然於技藝之末,文字之餘,以至人事之雜出,世運之遞遷,品物之化生,四時之錯行,鬼神之屈伸,日月之往來,天地之闔闢,無非律,無非法,無非詩,而實無非《易》",實是出於一個《易》學家的手眼。

清人將杜詩奉爲"詩中六經"是秉承宋人所論,如陳善《捫虱新話》曰:"老杜詩當是詩中六經,他人詩乃諸子之流也。"①清人在宋人所論的基礎上續有申論,如龔鼎孳《杜詩論文序》云:"詩之有少陵,猶文之有六經也。前乎此者,于此而指歸;後乎此者,于此而闡發。文無奇正,必始乎經;詩無平險,必宗乎杜。此少陵之詩與六經之文,並不朽于天地間也。"②吳興祚《杜詩論文序》云:"然則杜詩非詩也,蓋五經之遺文耳。"③梁章鉅云:"猶憶少時聞先資政公言:'讀杜詩,須當一部小經書讀之。'此語似未經人道過。顧亭林亦謂:'經書後,有幾部書可以治天下,《前漢書》其一,杜詩其一也。'"④吳喬甚至主張:"竊謂朝廷當特設一科,問以杜詩意義,於孔、孟之道有益。從來李、杜並稱,至此不能無軒輊。"⑤

(四)以讀《史記》之法解杜

自宋代開始,人們對杜詩中的一些叙事手段與《史記》的相似性有所認識,蘇軾、黃徹都曾提到老杜"似司馬遷"的問題,但他們大多尚持否定態度。至明方孝孺《成都杜先生草堂碑》、胡應麟《詩藪內編·近體上·五言》也都指出了杜詩與史遷之文的相似性,然

①　陳善撰、袁向彤點校《捫虱新話》卷七,山東人民出版社2018年版,第83頁。

②　吳見思《杜詩論文》,《四庫全書存目叢書》集部第7冊,齊魯書社1997年版,第1—2頁。

③　吳見思《杜詩論文》,第7頁。

④　梁章鉅《退庵隨筆》卷二一,《清詩話續編》本,第1975頁。

⑤　吳喬《圍爐詩話》卷四,《清詩話續編》本,第584頁。

而他們並未詳細加以論述。這一認識到了清代學者盧世㴶、顧宸、李因篤等人手裏才得到了進一步的拓展深化①。他們將杜詩與《史記》並論，對後世杜詩學研究影響深遠，幾乎成爲杜詩學者們的共識，故清代學者多以讀《史記》之法解杜，這對於深入發掘杜詩"以文爲詩"的特性都非常具有參考價值。

（五）從理學、禪學和道家等角度論杜

申涵光《王清有詩引》云："《三百篇》皆理學也，敷情陳事而理寓焉。理之未達，無爲貴詩矣。後人歧而二之，街譚里諺，俱可采掇而經語獨不少入。子美用獨夫、泛愛、當暑、去兵、一戎衣、富貴如浮雲，亦取語之近詩者耳。宋人專言理，萬紫千紅以喻一貫，青山綠水取譬來復，理愈密而詩益難言之。"②從理學的角度觀照杜詩，用這樣的觀念來論杜評杜，當然與前人隨意評點及濫言尊君之法不同。另外，也有學者將杜詩研究與禪法聯繫起來，如傅山《枯木堂讀杜詩》云："雲山花鳥逢，眼耳心手以。高才一觸磕，直下道者是。好手擬中的，活語被參死。莊嚴非莊嚴，不似乃真似。"③就杜詩而論禪理。他還指出"'水流心不競，雲在意俱遲。'何其閒遠，如高僧妙悟。"④又如李長祥對杜詩《寫懷二首》其一"萬古一骸骨，鄰家遞歌哭"評云："學道人語。佛家生生世世纏縛之語、千萬億語，不若此十字之簡潔痛快。"⑤金聖嘆釋《龍門》首聯云："何人不思上京？何人上京不如此急切？被先生以此十字爲業鏡臺也。"⑥

---

① 關於將杜詩與史記並論問題，詳參第二章第五節之八"李因篤的杜詩學"。

② 申涵光著，鄧子平、李世琦點校《聰山集》卷二，河北人民出版社 2011年版，第 23 頁。

③ 傅山《霜紅龕集》卷五，《續修四庫全書》第 1395 册，第 477 頁。

④ 傅山《霜紅龕集》卷四〇"雜記五"，第 726 頁。

⑤ 李長祥《杜詩編年》卷一五，清初梧桐閣刻本。

⑥ 金聖嘆《杜詩解》卷一，上海古籍出版社 1984 年版，第 26 頁。

“業鏡臺”是佛教謂冥界有業鏡,衆生若有善惡,鏡中悉能照出。這也是當時“數十年來,詩教與禪宗並行”的結果①。

清代杜詩研究方法衆多,在此不能備舉。總之,方法與角度的多樣性,是清代杜詩學的一個重要特點,也是清代杜詩學研究成爲杜詩學史上集大成時代的一個重要原因,這爲我們後代杜詩學研究提供了有益的啓迪。

三、“一飯不忘君”説在清代杜詩闡釋中的嬗變

明末清初,經歷了“天崩地解”式的社會大動亂,以天朝正統自居的明王朝在農民武裝與滿清政權的打擊下顯得脆弱不堪並最終土崩瓦解,導致異族入主中原。這使得儒家的所謂“夷夏之大防”以及植根於“三綱五常”的封建愚忠思想產生了動搖。這也引發了近代民主啓蒙思想的萌芽,一些進步的思想家開始起來猛烈地抨擊君主制度,對“君爲臣綱”進行了尖鋭的批評,以至於出現了黃宗羲等人極具啓蒙色彩的關於君主制度的議論。其於《明夷待訪錄・原君》中云:“古者以天下爲主,君爲客,凡君之所畢世而經營者,爲天下也;今也以君爲主,天下爲客,凡天下之無地而得安寧者,爲君也。是以其未得之也,屠毒天下之肝腦,離散天下之子女,以博我一人之產業,曾不慘然,曰:‘我固爲子孫創業也。’其既得之也,敲剝天下之骨髓,離散天下之子女,以奉我一人之淫樂,視爲當然,曰:‘此我產業之花息也。’然則爲天下之大害者,君而已矣。”②《原臣》云:“蓋天下之治亂,不在一姓之興亡,而在萬民之憂樂。”③

---

① 宋琬《題筠士上人詩》,《安雅堂未刻稿》卷六,《清代詩文集彙編》第45冊,上海古籍出版社2011年版,第129頁。
② 黃宗羲《明夷待訪錄・原君》,中華書局1981年版,第2—3頁。
③ 黃宗羲《明夷待訪錄・原臣》,第4頁。

王夫之亦指出：“以天下論者，必循天下之公，天下非一姓之私也。”①這些都否定了君主的絕對權威和至高無上的地位。明末清初那些親身經歷了社會劇變的許多士人如傅山、顧炎武、呂留良等，他們也都對封建綱常的合理性不同程度地提出了質疑。因而表現在杜詩的批評上，傳統的以“一飯不忘君”釋杜在明末清初的批評家那裏也開始遭到強烈批判。例如呂留良在對《杜工部分體全集》的批點中對《北征》批云：“取杜詩以忠義，自是宋人一病。詞家誰不可忠義？要看手段，即《離騷》亦然，且如丈夫經天緯地事業以來，豈只忠義云乎哉！”②忠義竟被放在了次於事業的地位，這在以前簡直是不可想象的。又如方貞觀云：“子美詩勢力絕人，讀之久自有裨益處。然當領其大意，不必深求，愈深求，愈入窟穴。非子美不可學，恐學者自纏魔障耳！”又云：“吾願天下之讀杜者，勿攻其實，勿遺其虛，勿惑於‘詩史’之説，勿惑於‘一飯不忘君’之言。含咀其精華，吐棄其渣滓，庶幾斯道正宗，不終斷絕也。”③他希望讀杜詩者能擺脫“一飯不忘君”的陳腐框架，堪稱卓識。毛先舒亦云：“論文不可束縛，如信《雲漢》而謂周無遺民是也。論文不可穿鑿，如解杜詩而句句傅著每飯不忘君是也。”④同樣明確反對以“每飯不忘君”解杜造成的穿鑿。王夫之甚至對杜甫人格器量都提出了質疑：“杜又有一種門面攤子句，往往取驚俗目，如‘水流心不競，雲在意俱遲’，裝名理爲腔殼；如‘致君堯舜上，再使風俗淳’，擺忠孝爲局面。皆此老人品、心術、學問、器量大敗闕處。或加以不

① 王夫之《讀通鑑論》卷末《叙論一》，中華書局 1975 年版，第 2538 頁。
② 俞國林編《呂留良全集》第二冊《呂晚村先生文集補遺卷七》，中華書局 2015 年版，第 635 頁。
③ 南京圖書館所藏方貞觀《批杜詩輯注》題識，轉引自周采泉《杜集書錄》，上海古籍出版社 1986 年版，第 547 頁。
④ 毛先舒《詩辯坻》卷三，《清詩話續編》本，第 63—64 頁。

虞之譽,則紫之奪朱,其來久矣。"①在歷代崇杜的喧嚷聲中堪稱石
破天驚之論。船山如此尖銳的批評固然是因爲其於明室覆亡之
際,深感明末空疏之言的危害而痛下針砭,然而在客觀上這確實也
是杜詩闡釋學的一次民主性啓蒙②。

這種反思對宋以來强調杜詩"温柔敦厚"、"怨而不怒"的特點,
推崇杜詩所表現出的忠愛精神造成的偏頗是一次徹底反撥,可以
説開始真正把杜甫從詩聖的神壇上拉下來,還原成一個詩人,將其
詩歌還原爲文學作品,而不再看成"聖賢法言",並開始對其詩歌予
以重新審視,這對於正確理解和闡釋杜詩意義深遠。

當然,上述王夫之等人所論在當時來説畢竟還是比較激進的
觀點。大部分正統文人還是從正面强調和肯定杜甫的忠君愛國思
想,如吳喬在《〈西崑發微〉序》中説:"夫詩之言志,而志由於境遇,
少陵元化在手,適當玄、肅播遷之世,其忠君愛國之志,一發於流落
奔走之間,遂爲千古絶業。"隨後他又補充説:"子美於君親、兄弟、
朋友、黎民,無刻不關其念。"③這就把杜甫的"忠君愛國之志"具體
爲儒家的"忠"、"孝"、"義"。潘耒《臧岱青詩集序》亦云:"唐代作
者如林,唯杜子美遭逢寇難,脱身歸朝,忠君愛國,不忘一飯,故其
詩沉雄頓挫,卓絶千古。"④朱鶴齡《杜工部詩集輯注序》也認爲:
"子美之詩,惟得性情之至正而出之。故其發於君父、友朋、家人、
婦子之際者,莫不有敦篤倫理、纏綿菀結之意,極之履荆棘、漂江
湖,困頓顛躓,而拳拳忠愛不少衰,自古詩人,變不失貞,窮不隕節,

　　① 王夫之《唐詩評選》卷三杜詩《漫成》評語,《船山全書》第十四册,岳
麓書社 1996 年版,第 1021 頁。
　　② 關於王夫之貶杜論的分析可參見第二章第五節之五"王夫之的杜詩
批評"。
　　③ 吳喬《西崑發微》卷首,清康熙七年(1668)盛德容刻本。
　　④ 潘耒《遂初堂文集》卷八,《四庫全書存目叢書》集部第 250 册,第
29 頁。

未有如子美者。"①又朱彝尊《與高念祖論詩書》曰："惟杜子美之詩,其出之也有本,無一不關乎綱常倫紀之目,而寫時狀景之妙,自有不期工而工者。然則善學詩者,舍子美其誰師也歟?"②這些對杜甫的揚譽,正表明杜詩中所體現的儒家理想道德情操,如何爲清初正統文人所贊賞不已。

從康熙朝到乾隆朝,文字獄日益嚴重,統治者又大力提倡程、朱理學,禁錮人們思想。康熙和乾隆還打著"稽古右文"的旗號先後編纂了幾部大型圖書,許多文人都被朝廷控制起來。故而表現在杜詩闡釋上,杜詩中對君主的諷刺與批判被人爲地消解,而過分强調"温柔敦厚"的一面,杜甫的忠君思想又一次被抬到空前的高度。如王士禎指出："獨是工部之詩,純以忠君愛國爲氣骨。故形之篇章,感時紀事,則人尊'詩史'之稱;冠古軼今,則人有大成之號。"③吳喬就認爲"詩可經,何不可史? 同其無邪而已",並指出:"杜詩是非不謬於聖人,故曰'詩史',非直紀事之謂也。"④認爲杜詩之所以被尊爲"詩史",其原因不外乎"是非不謬於聖人"。而杜詩之所以能成爲"千古絶業",主要在於它體現了"温柔敦厚"的儒家詩教傳統。

從以上這些都可以看出清初文壇對杜詩闡釋在思想方面的微妙轉變,這與王夫之、黃宗羲、顧炎武等人以民主思想釋杜共同形成一種"混響",構成了清代對杜詩思想闡釋的整體。清初正統派所表現出的對"温柔敦厚"儒家詩教的格外關注,也都逗露出清中葉杜詩闡釋向封建正統思想回歸的前奏。

---

①　朱鶴齡著、韓成武等點校《杜工部詩集輯注》卷首,河北大學出版社2009 年版,第 4 頁。

②　朱彝尊《曝書亭集》卷三一,第 395 頁。

③　王士禎《師友詩傳録》,《清詩話》本,上海古籍出版社 1978 年版,第145 頁。

④　吳喬《圍爐詩話》卷四,《清詩話續編》本,第 584 頁。

仇兆鰲作於康熙三十二年的《杜詩詳注自序》云：

　　臣觀昔之論杜者備矣，其最稱知杜者莫如元稹、韓愈。稹之言曰："上薄風騷，下該沈、宋，鋪陳終始，排比聲韵，詞氣豪邁而風調清深，屬對律切而脱棄凡近。"愈之言曰："屈指詩人，工部全美。筆追清風，心奪造化。天光晴射洞庭秋，寒玉萬頃清光流。"二子之論詩，可謂當矣。然此猶未爲深知杜者。論他人詩，可較諸詞句之工拙，獨至杜詩，不當以詞句求之。蓋其爲詩也，有詩之實焉，有詩之本焉。孟子之論詩曰："頌其詩，讀其書，不知其人，可乎？是以論其世也。"詩有關於世運，非作詩之實乎？孔子之論詩曰："温柔敦厚，詩之教也。"又曰："可以興、觀、群、怨，邇事父而遠事君。"詩有關於性情倫紀，非作詩之本乎？故宋人之論詩者，稱杜爲詩史，謂得其詩可以論世知人也。明人之論詩者，推杜爲詩聖，謂其立言忠厚，可以垂教萬世也。使捨是二者而談杜，如稹、愈所云，究亦無異於詞人矣。甫當開元全盛時，南遊吴越，北抵齊趙，浩然有跨八荒、凌九霄之志。既而遭逢天寶，奔走流離，自華州謝官以後，度隴客秦，結草廬於成都、瀼西，扁舟出峽，泛荆渚，過洞庭，涉湘潭。凡登臨遊歷，酬知遣懷之作，有一念不繫屬朝廷，有一時不痌瘝斯世斯民者乎？讀其詩者，一一以此求之，則知悲歡愉戚，縱筆所至，無在非至情激發，可興可觀，可群可怨。豈必輾轉附會，而後謂之每飯不忘君哉？若其比物托類，尤非泛然。如宫桃秦樹，則悽愴於金粟堆前也；風花松柏，則感傷於邙山路上也。他如杜鵑之憐南内，螢火之刺中官，野莧之諷小人，苦竹之美君子，即一鳥獸草木之微，動皆切於忠孝大義，非他人之争工字句者所可同日語矣。是故注杜者必反覆沉潛，求其歸宿所在，又從而句櫛字比之，庶幾得作者苦心於千百年之上，恍然如身歷其世，面接其人，而慨乎有餘悲，悄乎有餘思也。臣於是集，矻矻窮年，挈領提綱，以疏其脉絡，復廣搜博徵，以討其典故。汰舊注之檀釀叢脞，辯新説之穿鑿支離。夫亦據孔孟之論詩者以解杜，而非敢憑臆見爲揣測也。第思顓蒙固陋，紕漏良多，幸逢盛世作人、文教誕興之日，從此益廣擴見聞，以補斯編之闕略，是又臣區區之願爾。①

仇兆鰲又把“詩有關於性情倫紀”作爲“作詩之本”，強調杜詩中的“忠孝大義”是杜甫區別於一般詩人之處，表現出濃厚的對忠君説的提倡。不過與仇氏同時的另一杜詩注者周篆還是能堅持反對由“一飯不忘”而導致的穿鑿。他在《杜工部詩集集解》中解釋《曲江對雨》一詩時便批評宋人的穿鑿道：“解者爲一飯不忘所誤，故將上皇深居南内不得眺望等意添作大道葛藤耳。”周篆認爲此詩是“傷曲江荒廢”，“前半首是曲江對雨，後半首是言曲江之淒凉”②。看來是説得簡單了些，但比宋人的解釋更符合杜甫的原意。

　　浦起龍《讀杜心解·發凡》云：“老杜天姿惇厚，倫理最篤。詩凡涉君臣、父子、兄弟、夫婦、朋友之間，都從一副血誠流出，而語及君臣者尤多。虞山輕薄人，每及明皇晚節、肅宗内蔽、廣平居儲諸事迹，率以私智結習，揣量周内，因之編次失倫，指斥過當。繼有作者，或附之以揚其波，或糾之而不足關其口。使藹然忠厚之本心，千年負疚，得罪此老不少。”③楊倫《杜詩鏡銓·凡例》曰：“詩教主於温柔敦厚，況杜公一飯不忘，忠誠出於天性，後人好以臆度，遂乃動涉刺譏，深文周内，幾陷子美爲輕薄人，於詩教大有關繫，如是者概從刊削。”④浦起龍和楊倫都從注杜者的角度，指

① 　仇兆鰲《杜詩詳注》卷首，第 1—2 頁。
② 　周篆《杜工部詩集集解》卷八，中國科學院圖書館藏清稿本。
③ 　浦起龍《讀杜心解》卷首，第 6 頁。
④ 　楊倫《杜詩鏡銓》卷首，上海古籍出版社 1998 年版，第 12 頁。

責錢謙益在箋注杜詩時所發明出的杜甫對君王毫不留情的揭露，認爲以杜甫之忠厚，不會指斥君王，而錢箋如此鉤稽，便是陷詩聖於不忠。這些注家的觀念正折射出那個時代忠君思想的強大作用。

雖然在整個清代要求解釋杜詩時不要因教化目的而曲解杜詩的呼聲並沒有消歇，"一飯不忘君"說在清代杜詩闡釋學中的變遷也正是在這兩方面力量的交互作用下完成的，但清中葉以後像清初黃宗羲、王夫之、吕留良、方貞觀等人那樣具有民主性的認識却並不多見。在清代杜詩注解者們不斷認同杜甫"一飯不忘君"的同時，對杜詩真實意味的追求這一箋注目的就被不自覺地扭曲和異化了。也就是說，清初諸家的真知灼見就像一束轉瞬即逝的亮光，在封建的重重黑幕的包圍下，很快就熄滅了光彩。

四、清代文禁對杜詩學的影響

清初杜詩學形成了杜詩學史上的第二次高潮。然而隨着清代統治者日益嚴酷的集權高壓統治的加強，多次大興文字獄，對文化摧殘嚴重，同時也對杜詩學的發展產生了極大的負面影響，以下即擬從兩個方面加以簡略論述。

（一）對學者的人身摧殘及其著作的禁毁

在清初日益殘酷的政治環境中，許多杜詩研究者遭到人身摧殘。在"哭廟"案中殞身的金聖嘆，是清初較早死於統治者屠刀下的杜詩學者，其臨刑時杜詩尚未批解完成，留下了"且喜唐詩略分解，莊騷馬杜待如何"那樣的遺憾。金聖嘆死後，由族兄金昌整理問世的《杜詩解》在清代產生了深遠的影響，但因政治原因一直被禁，當時的學者即已很難訪求，如吴縣王大錯在《才子杜詩解叙》中曾稱其"二十年來百覓不得"[①]，此書直至民國初年方與《錢注杜

---

① 金聖嘆《才子杜詩解》，上海震華書局民國八年（1919）石印本。

詩》等得以大量翻刻問世,其流布方廣。

此外,曾與撰明史的著名學者潘檉章,康熙二年六月,因莊廷鑨《明史》案起,與吳炎同磔於杭州弼教坊。其所著書,亦因之而被禁廢。他遇難後,友人戴笠作《潘力田傳》,記其著有《杜詩博議》。鈕琇《觚賸》"力田遺詩"條載:"潘檉章著作甚富,悉於被繫時遺亡。間有留之故人家者,因其罹法甚酷,輒廢匿之。如《杜詩博議》一書,引據考證,糾訛闢舛,可謂少陵功臣。朱長孺箋注,多所采取,竟諱而不著其姓氏矣。"①此書僅因爲朱鶴齡《杜詩輯注》的徵引而得以部分被保存,而此後該書竟被嫁名於明王道俊、宋杜田等,被搞得撲朔迷離,直至當代學者蔡錦芳撰文指出,《杜詩博議》一書的真正作者應該是潘檉章②,方真相大白。

在南京圖書館所藏方貞觀《批杜詩輯注》中,方氏有這樣的卓見:"子美詩勢力絶人,讀之久自有裨益處。然當領其大意,不必深求,愈深求,愈入窟穴。非子美不可學,恐學者自纏魔障耳!""吾願天下之讀杜者,勿攻其實,勿遺其虛,勿惑於'詩史'之説,勿惑於'一飯不忘君'之言。含咀其精華,吐棄其渣滓,庶幾斯道正宗,不終斷絶也。"而在戴名世《南山集》案中,方貞觀被遣戍塞外。另外還有方孝標因其所著《滇黔紀聞》爲戴名世《南山集》所采,坐戮屍之禍,罪連家族,方氏之文也全部被禁。陳式與方孝標爲同鄉,其所著《問齋杜意》前因有方孝標序,使得此書的流布也受到很大影響。在戴名世《南山集》案中,除方孝標、方貞觀受到牽連外,還有汪灝受到處分。據全祖望《江浙兩大獄記》記載,汪灝因爲戴名世所著《孑遺録》作序被累鑴秩,"以曾效力書局赦出獄"③。康熙五

---

① 鈕琇撰,南炳文、傅貴久點校《觚賸》正編卷一,上海古籍出版社 1986 年版,第 8 頁。

② 蔡錦芳《〈杜詩博議〉質疑》,《杜甫研究學刊》1989 年第 2 期。

③ 全祖望《鮚埼亭外編》卷二二,《四部叢刊》本。

十一年四月,皇帝對大學士等人説:"案内擬絞之汪灝,在内廷纂修年久,已經革職,着從寬免死,但令家口入旗。"①汪灝曾著《知本堂讀杜》二十四卷,因作者罹文禍之故,此書在道光重刻時被删去原序,易名爲《樹人堂讀杜》。

　　至乾隆朝,文字獄愈演愈烈,王彬主編《清代禁書總述》中有關杜詩的禁書有錢謙益《錢注杜詩》和兩種朱鶴齡《杜詩輯注》②。錢謙益被乾隆帝目爲"反覆小人",列其名於《貳臣傳》乙編,欲使其天壤間不留一字,對其作品嚴加禁毀,甚至有錢氏做序的所有詩文集也因之被禁,真可謂殃及池魚。《錢注杜詩》作爲有清杜詩學的開山之作,自然首當其衝。從乾隆四十年開始,《錢注杜詩》即遭禁毀,所以此後諸家引用錢注時往往閃爍其辭,或稱"舊本",或稱"舊注"。文津閣《四庫全書》所收録的仇兆鰲《杜詩詳注》即將仇氏所引錢謙益字句盡數删去。直至清季文網既弛,宣統二年(1910)國學扶輪社及寄青霞館據何焯批點排印本、宣統二年袁康集評之上海時中書局石印本的出現,此書始見天日,得以大行於天下。另四庫館臣將明傅振商所著白文本《杜詩分類》列入存目,而經清張縉彦輯定的傅氏《杜詩分類集注》雖仍爲白文本,題下皆加注,周采泉認爲《集注》本遠勝於傅振商的原書③。四庫館臣將版本較勝的張氏《集注》本摒棄不録,乃是因爲乾隆亦將張縉彦打入《貳臣傳》中,因此避諱,四庫館臣只能棄善而存劣。另外,許多由明入清的學者,因爲詩文中帶有民族意識而被禁,其學術著作亦受牽連而被禁止和消亡。如曾批杜詩的吕留良,因曾静案的牽連,死後竟被戮屍。浙江大學圖書館藏劉世教《分類杜工部詩全集》中,吕留良對

　　①　楊向奎編《清儒學案新編·記方戴兩家書案(二)》,齊魯書社 1988 年版,第 545—547 頁。

　　②　王彬《清代禁書總述》,中國書店 1999 年版,第 147 頁。

　　③　周采泉《杜集書録》,第 139 頁。

《北征》詩批曰:"取杜詩以忠義,自是宋人一病。詞家誰不可忠義?要看手段,即《離騷》亦然,且如丈夫經天緯地事業以來,豈止忠義云乎哉!"這極易讓人聯想起他的"華夷之分,大過於君臣之倫"那樣的嚴華夷之辨的議論。假如這種思想像其所評時文那樣得以廣泛流傳,對清統治者自是極端不利,此書理所當然地遭到嚴禁。雷夢辰《清代各省禁書彙考》還著録了石卓槐《批杜工部集》一部以及《讀杜心解》一部①,係乾隆四十四年(1779)湖北巡撫姚成烈奏繳。石卓槐,字廷三,黃梅人,監生。石氏以其《芥園詩鈔》有"悖逆"語,被淩遲處死。其所謂"悖逆"語,即"大道日以没,誰與相維持"、"厮養功名何足異,衣冠都作金銀氣"這樣的詩句。石卓槐本文名不彰,所批點杜詩竟以其人被禍,列入禁書,雖與杜學本無甚關涉,亦可見乾隆朝文禁之烈。

　　與錢注相埒的朱鶴齡《杜工部詩集輯注》亦因爲前有錢謙益所作《草堂詩箋元本序》而遭禁。《清代禁書總述》中就載有河南巡撫富勒渾奏繳,乾隆四十七年(1782)五月二十九日準奏的朱氏輯《杜工部詩集》。朱氏本欲借錢氏之名,以達與錢注各擅勝場之功,詎料適得其反。本應於清朝乃至整個杜詩學史上處於高峰地位的兩編巨著,就這樣變得湮没不彰。此後朱鶴齡《杜工部詩集輯注》一直處於被"抽毀"書目之列。如果説《錢注杜詩》雖然遭禁仍能暗中流布的話,那麼《杜詩輯注》除被諸家所引用外,僅乾隆間有過一次翻刻(金陵三多齋刻本),此後一直無再刻本。今天我們所能見到的最早的《杜工部詩集輯注》本是康熙九年金陵葉永茹萬卷樓刻本,其中凡是杜詩中涉及"胡"、"雜種"、"夷"、"虜"等字樣,均被塗改成墨丁,全書多達百餘處。其實這一時期同樣遭到挖改命運的杜詩學文獻還有很多,如康熙十一年岱淵堂刻吳見思《杜詩論文》,書中凡涉及"胡羯"、"胡虜"、"戎"、"夷"、"狄"、"犬戎"等字時均

---

① 雷夢辰《清代各省禁書彙考》,中華書局 1979 年版,第 55 頁。

缺,缺字多達 160 餘處。吳氏在該書《凡例》中雖隱晦地説:"開元
至今,傳之千載,豈無訛字闕文,若爲傅會,便多穿鑿矣。故意見未
明處,謹爲闕疑,以俟君子。"①但我們從此類闕文中仍可明顯看出
文字獄的風聲鶴唳。康熙二十一年鋟版之陳式《問齋杜意》亦避諱
"胡"、"匈奴"等字,亦遇之皆闕。可見當時同遭此厄的圖書當不
在少數,而且這還是處在文網未密的順、康朝的情形。到乾隆朝
《四庫全書》的編纂,其"寓禁於徵"的策略更是使得大批杜集版本
或湮没不彰,或損失殆盡,兹不贅述。

(二) 對學術思想自由的壓制

明末清初由於文網未張,文人之間的交流顯得自由活躍,那些
學者的治杜,不再是一個人面壁的"野狐禪",而是衆多學者相互研
討、爭論,形成了廣泛深入的學術研討氛圍。如楊鳳苞《書南山草
堂遺集後》云:"明社既屋,士之憔悴失職,高蹈而能文者,相率結爲
詩社,以抒寫其舊國舊君之感,大江以南,無地無之。其最盛者,東
越則甬上,三吳則松陵。""甬上僻處海濱,多其鄉之遺老,間參一二
寓公;松陵爲東南舟車之都會,四方雄俊君子之走集,故尤盛於越
中。而驚隱詩社,又爲吳社之冠……今考入社名流……顧甯人(炎
武)、朱長孺(鶴齡)……"②其活躍可見一斑。可以看到,這些黨社
活動的成員當中包括許多杜詩學者,他們在結社活動中得以廣泛
交流思想,印證心得,無疑對促進清初杜詩學的繁榮起到了積極的
作用。然而,隨著統治的日趨嚴密,清世祖於順治九年(1652)正式
頒布禁止黨社的敕令:"生員不許糾黨多人,立盟結社,把持官府,
武斷鄉曲。所作文字,不許妄行刊刻,違者聽提調官治罪。"③順治

---

① 吳見思《杜詩論文》,清康熙十一年(1672)常州岱淵堂刻本。
② 楊鳳苞《秋室集》卷一,《清代詩文集彙編》第 448 册,第 408 頁。
③ 佚名《松下雜鈔》卷下,《涵芬樓秘笈第三集》,上海商務印書館 1919
年版。

十七年(1660)春,禮科給事中楊雍建上《嚴禁社盟疏》曰:"社盟之習,所在多有,而江南之蘇松、浙江之杭嘉湖爲尤甚",建議"嚴禁社盟陋習,以破朋黨之根"①。順治帝予以批准,並重申順治九年的禁令。遭到這樣的打擊,清初的黨社活動因而一蹶不振。

清初顧炎武等人的結社固然有反清復明的政治目的,但同時也應該看到,在清政府的統治日益穩固,反清力量漸次衰歇之後,這些文士的結社唱和便更多地帶有了學術交流的性質。嚴屬的文化禁令使得清初形成的文人廣泛交流的學術氛圍得到壓制。另外,日漸殘酷的文字獄還摧殘了士人的文化品格,讓知識分子在高壓政治面前噤若寒蟬,對杜詩的闡釋也由明末的自由活躍而一歸於古板、迂腐。如康熙三十二年,仇兆鰲《杜詩詳注》進呈御覽,其在《杜詩詳注序》及《附進書表》中關於弘揚杜甫忠君思想的大肆表白中,哪裏還可見到清初學者的批判精神的影子! 流風所及,對杜詩的闡釋與箋注又逐漸形成了一種聲音,就是推崇杜詩的"温柔敦厚"與"一飯不忘君",百家爭鳴的黃金時代開始爲正統古板的大一統時代所掩蓋、取代,其杜詩學在音韵訓詁方面取得的考證成績,又是以通達簡明的釋杜精神的喪失爲代價的,這都給後世的杜詩學留下了深刻的教訓和啓迪。

第三節 清代杜詩學研究在杜詩學史上的 地位及對後世的啓迪

對於各個歷史時期杜詩學研究的特色與風尚,周采泉《杜集書録序》曾簡單概括道:"宋代重在輯佚和編年,元、明重在選雋解律,

---

① 楊雍建《楊黃門奏疏》,《四庫全書存目叢書》史部第 67 册,齊魯書社 1997 年版,第 227—228 頁。

清代重在集注批點,近代則重在論述分析。"①通過將清代杜詩學研究的特色與成就和前代杜詩學的比較,我們可以更直觀地瞭解清代集大成的特色與超越以往時代的巨大成就,以便能在整個杜詩學史上更清晰地定位清代杜詩學研究。

一、清代杜詩學研究在杜詩學史上的地位

(一)清代杜詩學與宋代杜詩學

1. 對宋代杜詩學的承襲

清代與宋代是杜詩學史上前後輝映的兩個研究高潮時期,這兩個時代杜詩學研究的成就與特點既有相同之處,又有明顯區別。清代杜詩學直接宋、元、明杜詩學而來,故不可避免地受到前代學術的深刻影響。如從版本的傳承而言,清代對杜集的整理都是在宋人的基礎上進行的,《錢注杜詩》直接就依據宋代的吳若本《杜工部集》,朱鶴齡《杜工部詩集輯注》則是依據了蔡夢弼的《杜工部草堂詩箋》。此外,若從研究方法的承繼來看,清人也多得益於宋人,如錢謙益的《錢注杜詩》所自詡的"以史證詩"方法就來源於宋人,宋代杜詩研究者中黃鶴和趙次公在發掘杜詩與歷史事件的聯繫方面做了許多工作。《杜詩趙次公先後解輯校》中有許多精闢的例證,可以看出趙次公對唐史非常熟悉,如他在注釋《折檻行》"婁公不語宋公語,尚憶先皇容直臣",根據《資治通鑑》引獨孤及上疏云:"陛下召冕等待制,以備詢問,此五帝盛德也。頃者陛下雖容其直,而不錄其言。"②就爲後代的許多注家所取。但趙次公並不主張將杜詩與唐史隨意比附,他在注釋中曾多次批評了高登在《高東溪集》中隨意將杜詩與唐代史實聯繫所造成的穿鑿附會,給後人注杜

---

①　周采泉《杜集書錄》,第 1 頁。

②　司馬光編著《資治通鑑》卷二二三《唐紀三十九》,中華書局 1956 年版,第 7173 頁。

以深刻的啓發。黃希、黃鶴父子對於唐史也非常熟悉,他們拈出許多恰切的史實以精確考證杜詩的繫年,都對杜詩的研究具有開拓性意義,只是由於他們過分追求把每一首詩的寫作年代都更具體明確考出,而不可避免地產生出牽强附會的弊端。錢謙益就尖鋭批評了黃鶴等人“年經月緯,若親與子美游從,而籍記其筆札者”(《錢注杜詩·注杜詩略例》)的牽强附會。不過清人這些認識的得來,無不受益於宋人。

　　另外,宋人和清人在注杜中的許多偏頗也是如出一轍。比如宋人崇杜具有盲目與機械性的一面,這是由於宋代理學興盛,杜甫被作爲詩歌領域内的道德典範,其人被尊同於孔、孟,其詩亦被視同“六經”來讀了。如陳善《捫虱新話》曰:“老杜詩當是詩中六經,他人詩乃諸子之流也。”趙次公《杜工部草堂記》曰:“六經皆主乎教化,而詩尤關六經之用……惟杜陵野老云云,每與孔孟合。”①鄒浩《送裴仲孺赴官江西序》曰:“昔司馬子長、杜子美皆放浪沅湘,闚九疑,登衡山,以搜抉天地之秘,然後發憤一鳴,聲落萬古,儒家仰之,幾不減六經。”②因爲宋人認爲杜詩都是表達“周情孔思”的,可與“六經”相並論,所以對杜甫及其詩歌的評價便有了“聖賢法言,非特詩人而已”(張戒《歲寒堂詩話》)那樣的傾向,這種解杜的傾向把杜甫變成了宋代聖人模具中的產品,直接導致了杜詩闡釋的異化。這樣他們在具體解釋杜詩時,就產生出許多穿鑿附會之處。那些不符合宋人道德規範的詩句,不是被指斥爲僞作,就是曲爲之説,抓住隻言片語,大肆發揮,將杜詩作爲宣揚他們道德理想的傳聲筒。如釋惠洪《天厨禁臠》對“老妻畫紙爲棋局,稚子敲針作釣鈎”(《江村》)、“不分桃花紅勝錦,生憎柳絮白於綿”(《送路六侍御入朝》)竟有這樣離奇的解釋:

---

① 周復俊《全蜀藝文志》卷三九,清文淵閣《四庫全書》本。
② 鄒浩《道鄉集》卷二七,明成化六年(1470)刻本。

　　　妻比臣,夫比君。棋局,直道也。針合直,而敲曲之,言老
　　臣以直道成帝業,而幼君壞其法。稚子,比幼君也。錦、綿,色
　　紅、白而適用,朝庭用直材,天下福也。而直材者忠正,小人諂
　　諛似忠,詐計似正,故爲子美所不分而憎之也。①

只有把這種解釋放在宋代當時的背景下去理解,才能考知其所
由自。

　　這種穿鑿附會的情形到清代一直綿延不絶,清人尊杜太過所
造成對杜甫及其詩歌的歪曲亦不乏其例,如杜詩有《蘇大侍御訪江
浦賦八韵紀異》《暮秋枉裴道州手札率爾遣興寄遞呈蘇涣侍御》二
詩,對後來造反的蘇涣甚有美詞,對此查慎行《初白庵詩評》曰:"子
美於人,豈輕易許可?考涣之生平,曾煽動嶺表,與哥舒晃作亂,殊
不可解。"②查氏認爲杜甫既是聖人,定有先知之明,故對其犯如此
"輕易許可"的錯誤就表示很不理解。又如王漁洋《帶經堂詩話》
云:"杜甫《進封西岳賦表》有云:'維岳授陛下元弼,克生司空。'按
《舊書·紀》天寶九載正月,群臣請封西岳,從之;二月辛亥,西岳廟
灾,制停封;二月,右相楊國忠守司空,天雨黄土,霑於朝服。杜所
謂元弼、司空,謂國忠也。國忠以椒房進,貪緣三公,天下知其非
據,而甫獨引《大雅》甫、申之詞以諛之,可謂無恥。他日作《麗人
行》又云:'慎莫近前丞相嗔',乃自爲矛盾。杜固詩史,其人品未可
知,顧自許稷契亦妄矣!"③罵杜甫"無恥",可謂憤慨之極。這也都
是心中先有了一個萬丈光芒的詩聖形象,然後以之來衡量杜甫所

---

　　①　釋惠洪《石門洪覺範天厨禁臠》卷上,《古典文學研究資料彙編·杜甫
卷》,中華書局1964年版,第193頁。
　　②　查慎行著、張載華輯《初白庵詩評》卷上,民國間上海六藝書局石
印本。
　　③　王士禎著、張宗柟纂輯《帶經堂詩話》卷二四,人民文學出版社1963
年版,第691—692頁。

產生的不解和誤解。這些因過分尊杜而產生出"求全之毀"的偏差都可以直溯到宋代。

和宋代釋惠洪《天厨禁臠》中對《江村》那樣離譜的解釋十分相似,清陳醇儒《書巢箋注杜工部七言律詩》中也有令人驚奇的解杜言論,其書論《秋興八首》其七云:"以'織女'比宰相之經綸,決勝無謀,與木偶同,故曰'虛月夜'也;'石鯨'比寇盜之負,固蠢動方横,與鼓鬣同,故曰'動秋風'也。菰米、蓮粉本白,今沉雲黑矣,而誰與收之? 墜粉紅矣,而誰與采之? 二語寫天寶喪亂,淒涼黯淡,如在目中。七八仍即'在眼中'三字,而結之'關塞'、'鳥道'。眼中之地,謂蜀與秦阻也;江湖漁翁,眼中之人,謂身與世□也。故國舊臣,俯仰上下,情見乎詞矣。"又釋其八"香稻"句云:"鸚鵡,能言之鳥;鳳凰,德輝之禽。香稻有餘,小人禄厚也;碧梧空老,君子未衰也。"①之所以出現這樣的解釋,是因爲自宋以來,杜詩的注釋者們總是過分推尊杜詩的思想意義,認爲每首杜詩都應該有隱藏在字詞背後的"微言大義",而對於不易尋找到這種期望的隱含義的那些杜甫詠物之作,也機械地進行字梳句櫛,故會產生出如此極端穿鑿附會的例子。如佚名《杜詩言志》便認定杜詩"托喻精妙"處,"語語皆有實指",其釋《曲江二首》之"穿花蛺蝶深深見,點水蜻蜓款款飛"云:"乃今之紛紛於仕途者則不然,但見其趨奔權勢,邀買名譽,踪迹詭秘,如穿花蛺蝶,欲蓋彌彰,深深乃可見也。鑽營巧利,如點水蜻蜓,不疾不徐,款款中節也。"二句明麗的景物描寫却成爲深刺宵小的微言大義。若尋找這種穿鑿的歷史淵源,都可以從宋代找到答案。

清代過分推尊杜甫所造成的穿鑿也與宋代有着相同的地方,雖然清代杜詩研究者在論杜時亦能采取嚴謹客觀的態度,如吳喬

①　陳醇儒《書巢箋注杜工部七言律詩》卷三,清康熙元年(1662)金陵兩衡堂刻本。

《圍爐詩話》卷二有杜甫樂府"頗傷於怪"之説,卷六亦云:"杜詩如
'暫往比鄰去'篇,有何好句而人不能及?"①王漁洋《師友詩傳録》
云:"凡粗字、纖字、俗字,皆不可用。詞曲字面尤忌。即如杜子美
詩'紅綻雨肥梅'一句中,便有二字纖俗,不可以其大家而概法
之。"②葉燮《原詩》則云:"詩聖推杜甫,若索其瑕疵而文致之,政自
不少,終何損乎杜詩!"③但由於封建時代的客觀局限,清代杜詩研
究者們大多還是如宋代一樣,總是過分推尊杜甫及其詩歌,他們每
每從儒家詩教的角度出發,尊崇杜甫爲百世師法的"詩聖",肯定其
"集大成"地位,這也可以説是舊時代杜詩學者難以克服的,也是造
成穿鑿與曲解的總根源。

　2. 對宋代杜詩學的批判

　　清代杜詩學成就的取得及特色的形成,除了對前代杜詩學的
承襲之外,更重要的是建立在對前代杜詩學的批判之上的,清代杜
詩學的繁榮正是在對前代杜詩學批判的基礎上發展起來的。其中
清人對以千家注爲代表的宋代注本提出了許多批評,如錢謙益《注
杜詩略例》中指出宋人"注家錯繆,不可悉數"者有八類:"僞托古
人"、"僞造故事"、"傅會前史"、"僞撰人名"、"改竄古書"、"顛倒
事實"、"强釋文義"、"錯亂地理",認爲宋人注杜的弊端亟需駁正。
另如王澤溥《書巢箋注杜工部七言律詩序》曰:"高氏之《千家》及
黄、蔡、虞、趙,注者不一,而於沉鬱頓挫處,殊少快論,則注杜者誠
難也。"李贊元在《辟疆園杜詩注解序》中盛推顧宸之書曰:"至今
及千年得修遠,而子美之面目始復生,精神始大焕發也。快哉此
書! 何世人猶未及見,尚夢夢於高氏之《千家》以及黄、蔡、虞、趙之
承訛襲陋,遂相與奉爲金科玉律而不知所以取裁也?"同時對以千

---

① 　吴喬《圍爐詩話》,《清詩話續編》本,第 513、677 頁。
② 　王士禛《師友詩傳録》,《清詩話》本,第 138 頁。
③ 　葉燮《原詩》外篇(上),人民文學出版社 1979 年版,第 47 頁。

家注爲代表的舊注表現了相當不滿。又邊連寶《杜律啟蒙·凡例》云：“余家藏書不富。兹集所據，僅得數種：一千家注，一趙注，一顧氏辟疆園，一仇氏詳注，一浦氏心解。千家雜而舛，趙注淺而略，顧氏瑣而鑿，浦氏頗費苦心，然好爲異説，而不足以自圓。略短擷長，大費披揀。惟仇氏詳注，雖所取太博，時或短於抉擇，然不可謂非集大成之書也，故集中引用尤多。”翁方綱《杜詩附記·自序》云：“予幼而從事焉，始則涉魯訔、黃鶴以來諸家所爲注釋者味之，無所得也。繼而讀所謂千家注、九家注，益不審其所以然。於是求近時諸前輩手評本，又自以小字鈔入諸家注語，又自爲注釋，蓋三十餘遍矣。”這都説明清人認識到宋人注杜產生的穿鑿附會的流弊，顯示了清人重新建構一代杜詩學的決心。

宋代杜詩學注重對杜詩字句典故的梳理而忽視對整體詩意的闡釋，如以劉辰翁爲代表的批點派，其對杜詩的評點也僅僅是隻言片語。《集千家注批點補遺杜工部詩集》中的劉辰翁對《劉九法曹鄭瑕丘石門宴集》之“晚來橫吹好，泓下亦龍吟”評云：“無可取。”（卷一）《無家別》之“久行見空巷，日瘦氣慘凄”評云：“經歷多矣，無如此語之在目前者。”（卷五）評《蜀相》云：“寫得使人不忍讀，故以爲至。”（卷七）可見劉氏所評多是依據主觀印象作蜻蜓點水式的賞析，很難將杜詩思想藝術的深刻性揭示出來，對杜詩詩意的闡釋是不充分的。清代蔚爲大觀的杜詩評點本，如朱彝尊、王士禛諸人的杜詩評點，都係對元、明杜詩評點的繼承與總結。不過以劉辰翁爲代表的批點派又出現了疏於考證、流於臆斷之弊端，對杜詩的解釋傷於淺近，多受抨擊。如明人宋濂《俞季淵〈杜詩舉隅〉序》中即云：“子美之詩，不白於世者五百年矣！近代廬陵大儒頗患之，通集所用事實，別見篇後，固無繳繞猥雜之病，未免輕加批抹，如醉翁囈語，終不能了了。”①這裏所稱之“廬陵大儒”就是指劉辰翁。王嗣

---

① 　宋濂《宋濂全集》，浙江古籍出版社 1999 年版，第 1087 頁。

奭於《杜臆原始》中云:"善讀古人詩者,昔稱須溪,今推竟陵。至於評杜則多不中竅,何況其他?"至清代對其批評得更加激烈,如錢謙益在《注杜詩略例》中指出:"自宋以來,學杜詩者莫不善於黃魯直,評杜詩者,莫不善於劉辰翁。……辰翁之評杜也,不識杜之大家數,所謂輔陳終始,排比聲韵者,而點綴其尖新僻冷,單詞隻字,以爲得杜骨髓,此所謂一知半解也。"錢謙益對劉辰翁評杜的流弊分析可謂一針見血。又黃生《杜詩概説》云:"杜詩莫謬於虞注,莫莽於劉評。如黃鶴、夢弼之類,紕繆雖多,然其名不甚著,人亦未嘗稱之。惟劉與虞,公然以評注得名,反得附杜公不朽,是可恨也。"有鑒於宋代杜詩學的這些弊端和不足,清代杜詩學的發展有轉向闡發詩意的傾向,表現出對宋代"無一字無來處"説的反撥和對孟子"以意逆志"的倡導。而且清人在釋杜中能采取辯證、通脱的態度,其體現出的注杜思想都是清代杜詩學所閃現出的最耀眼的火花。具體表現如清人對"詩史"説的辯證看法,就擺脱了宋人將詩與史等同並列所産生的誤解與弊端,而是強調了杜詩的情感特徵,這對深刻揭示杜詩豐富的内涵作出了重要貢獻。其詳見後第二章第二節第二部分,此不贅述。

(二)清代杜詩學與元、明杜詩學

金、元、明三代是杜詩學史上相對冷落的時期,其注本的數量、質量,尤其是在杜詩學史上的地位、影響,和宋代、清代相比都有一定的差距。但是金、元、明時期的杜詩學研究也有不可忽視的價值,在具體的杜詩注釋上,既對宋注的蕪雜進行了一定的清理,也在考證史實、名物、典故等方面作出了許多貢獻,尤其在詩意的闡釋上更有空前的進步。這爲清代杜詩學在詩意闡釋方面的發展奠定了基礎。不過明人空疏的學風也屢爲後人所詬病,清人汲取了明人的教訓,不僅重視對詩意的闡釋,而且在訓詁考證方面下大力氣,一掃明人之弊,故其取得的輝煌成就,使明人難望其項背。同時,金、元尤其是明代的詩話比較發達,其中包含了豐富的杜詩學內容,一些觀點對清代杜詩學的發展產生了極大的影響。另外,有明一代的詩歌流派,如影響較大的茶陵派、前七子、唐宋派、後七子、公安派、竟陵派等,都有各自的詩歌理論,或標格調,或言性靈,或取風神,相互之間有反撥,也有承襲。這些言論無疑大大豐富了中國的詩歌理論,這些理論對清代沈德潛的格調說、翁方綱的肌理說、袁枚的性靈說都產生了直接的影響。參見本編第三章第三節,茲不贅述。而格調說、肌理說、性靈說中包涵了許多杜詩學的內容,所以清人對明人各個流派論杜的繼承與發展,進一步豐富和發展了清代的杜詩學。還有,元、明杜律注本的整體成就最爲可觀,由元張性《杜律演義》發軔,元、明之際流傳下來的杜律注本就有十五六種。蔚爲大觀的杜律注本開創了一個宋代不曾出現的研治杜律的新局面,也爲清代杜律的研究奠定了深厚的基礎。其他杜詩全注本、選注本也都有各自的創獲,既對前人之失有所辨正,也爲清人提供了許多啓迪。

　　總之,清代杜詩學是對前代杜詩學的全面總結,既有對前代杜詩學明顯的承襲痕迹,也同時在各個方面又有新的發展,從而形成了自己的獨特面貌。雖然清代杜詩學還存在著許多問題和不足,但和以往的杜詩學相比,取得了前所未有的輝煌成就,奠定了在杜詩學史上集大成的地位。

二、清代杜詩學的經驗教訓對後代研杜的啓迪

(一) 集大成的追求與簡明通達之間的斟酌

　　從整個杜詩學史來看,杜詩學的發展存在着由簡到繁,再由繁到簡不斷運動的過程。如最早出現的王洙《杜工部集》便爲簡潔的白文本,後來宋人篤信黃庭堅《答洪駒父書》中提出的杜詩"無一字無來處"說,對杜詩的注釋爬羅剔抉,不遺餘力。以成就最突出的趙次公注爲例,其對杜詩中的典故出處、詞語、字句的爬梳,可謂極繁;而金、元、明的杜詩注本則非常簡易,但同時也產生出空疏之弊

端;至清代朱鶴齡、張溍、張遠、仇兆鰲等人的注本又回到對繁的追求中。綜觀清代的杜詩學史,杜詩學研究者們也一直在集大成的追求與簡明通達之間徘徊尋覓,有時過猶不及,有時又矯枉過正。可以說,整個清代的杜詩學史都是在這兩者之間斟酌取捨的矛盾運動中展開的。以清初朱鶴齡的《杜詩輯注》爲例,如果拋開其與錢注的爭勝色彩的話,就是一部集大成式的杜詩全集箋釋本。也許是認爲錢注和朱注的成就難以超越,此後清初的其他杜詩全集注本開始具有了追求簡明通達的傾向。一般僅對杜詩的引事用典稍加解釋,力求簡明。如陳式的《問齋杜意》、盧元昌的《杜詩闡》即是如此。吳見思的《杜詩論文》則索性把干擾讀者理解詩意的考證另成《杜詩論事》一書,而在《杜詩論文》中專門對詩意進行串解。而湯啓祚的《杜詩箋》則僅是概括復述杜詩詩意,連綴成文,完全放棄了繁瑣的考證。但同時張遠的《杜詩會粹》、張溍的《讀書堂杜工部詩集注解》等書則與舊注的聯繫較爲密切,尤其是張遠的《杜詩會粹》,對杜詩名物典故的解釋,幾乎全引舊籍,範圍甚廣,以證杜詩“無一字無來處”之説,甚爲繁瑣。至仇兆鰲的《杜詩詳注》則從某種程度上吸收了繁瑣考證與闡釋詩意兩方面的特點,力圖在集大成的追求與簡明通達之間斟酌辨證,不過仇兆鰲在其《杜詩詳注》中所顯示的注釋詳盡、體例詳備、“援據繁富”的特點,説明其還是偏向於繁瑣考據一派。其後的清代其他杜詩注本或繁或簡,也都是在這兩極之間擺動。清代杜詩學這種集大成的追求與簡明通達之間的矛盾,以及清人如何處理這個矛盾,不管是成功還是失敗的例子,都對我們今天的杜詩學構建極具啓發意義。因爲我們當代的杜詩學研究同樣面對這樣一個問題,即如何做到既縝密細緻、不穿鑿,又不流於膚淺,繁簡適中,這也許是杜詩學研究中的一個永恒主題。

（二）繁瑣考證的熱衷與詩意闡釋的相對忽略

應該指出的是,雖然清代杜詩研究者們強調闡發詩意,但他們的願望與其注杜實踐畢竟還是存在着一定的差距。其中較爲突出的表現即是在注杜中過分熱衷於對典故、名物的繁瑣考證，而相對忽略了對詩意闡釋的堅持。如仇兆鰲雖一方面在《杜詩詳注·自序》中云："論他人詩，可較諸詞句之工拙，獨至杜詩，不當以詞句求之。"然而另一方面，在具體的注解中，他還是對杜詩過多地句櫛字比，所謂"汰舊注之榿釀叢脞，辨新說之穿鑿支離"，他雖然在每段詩歌後都進行了對詩意的串解，但所占篇幅與所花費的精力，與爲了證明"無一字無來處"而作的繁複考證相比較，無疑詩意闡釋的工作是非常有限的。在清代其他杜詩注本中，對詩意闡釋相對忽略的情形也是普遍存在的。這說明在一個考據學盛行的時代裏，不論注者的主觀方面是多麼想避免繁瑣考證，更直接地解釋詩意，但事實上，在箋注的過程中，他們總是不自覺地陷入對名物考證的過分熱衷，而對詩意的闡釋相對忽略，這也許是處于強勢地位的清代考據學對杜詩研究者們的衝擊造成的必然結果吧。這也啓示我們在解釋詩歌時，時刻要對強勢文化與主流觀念的滲透保持警惕，這樣在闡釋的過程中才不會迷失目的，即對詩人真實詩意的追求，也才不會淪爲詮釋時代文化背景的傳聲筒。

（三）穿鑿與反穿鑿的辯證

在清代杜詩學研究中，還有一對矛盾貫穿了整個清代杜詩學史，這就是穿鑿與反穿鑿的辯證。不管注杜者如何想避免穿鑿，而事實上，每個注杜者總會不自覺地犯下這樣或那樣的穿鑿錯誤，即使那些注杜名家也在所難免。如王嗣奭《杜臆》卷二釋《曲江二首》時首先指出，杜甫"以憂憤而托之行樂也"。這本來十分符合杜甫因疏救房琯遭蕭宗冷落的心態，可他又進而解釋道："翡翠不居棲而巢於小堂，比小人之處非其據；石麒麟乃天上之物，而臥於高冢，比正人在位而不得展。總謂人主暱宵小而疏遠正士。蛺蝶、蜻蜓俱比小人，而深深見、款款飛，則君心受其蠱惑，而病已中於膏肓矣。"將詩中的景物描寫都附會成政治影射，可謂典型的穿鑿。由此可見，有時通達與穿鑿之間,僅僅相隔一步之遙,其中度的把握是很難的。

　　杜詩研究者之所以會犯穿鑿的錯誤,不外乎兩個方面的原因。其一,是時代因素的制約。因爲每個注杜者都不能脫離自己所處的時代,故其注杜都會不同程度地帶有時代特色。在中國的文化傳統中,箋注本來就有"借他人酒杯,澆己之塊壘"的功用。錢謙益借注杜對自己隱衷的抒發與金聖嘆批杜詩"借文生事"的做法都有其深刻的時代性。而研究者對自己囿於時代局限所犯的穿鑿附會的錯誤有時並不能自我認識,有趣的是,他們往往對自己的解釋表現出過分的自信,如景考祥《杜詩直解弁言》稱:"吾知是集出而諸家之注盡可廢矣。"洪力行《苦竹軒杜詩評律・後記》曰:"數百年來諸家蔀障,一洗而空之。"可他們往往在標榜反穿鑿時自己又陷於穿鑿中,在我們當代的杜甫研究中也是如此。如本章第一節杜甫對蘇渙的態度這個例子,到了郭沫若《李白與杜甫》一書中,又將此事渲染爲杜甫晚年結識了一位率領少數民族起義的詩人,真可謂是一種不虞之譽。由此看來,時代性所帶來的對杜詩闡釋的異化總是難以避免的,而儘量避免對杜甫的求全責備和無限抬高,則是那些力求採取客觀標準的研究者們所需注意之處。其二,由於研究者個人的好惡而造成的對杜詩的誤解和穿鑿,也值得我們總結。每個研究者限於自身的學養、見識、環境等因素,對杜詩的批評往往帶有個人感情色彩,造成對杜詩的歪曲和闡釋的偏頗,這是不可避免的。但是任何一個真正嚴肅的學者都應該採取相對客觀的態度關注研究對象,這樣才能儘量得到相對公正的結論。如汪師韓云:"詩至少陵,謂之集大成,然不必無一字一句之可議也。讀其全集,求痕覓瑕,亦何可悉數?"這當然是正確的,在舉了例子之後,汪氏還說:"以上所見,皆人所共見者,然固無害於杜之大也。"這無疑正是採用了比較平心靜氣的態度,但即使是如此,汪師韓也並未能完全避免主觀因素對其解釋杜詩的影響。在他所舉的例證中,有許多並不能稱爲杜詩真正的"瑕疵",其中有許多詩句是因爲汪師韓自己並未能完全領會與理解杜詩的本義,而臆斷爲"費解"、"不成語"等①。

(四) 思想保守僵化導致的杜詩闡釋的異化

杜詩研究者思想的保守僵化,必然會導致對杜詩闡釋的異化。而在影響研究者思想的諸多因素中,既有歷史原因,也有時代影響。如果研究者學術思想不能緊跟時代的發展,固守陳舊僵化的觀念,那就會制約杜詩學的發展。例如,明末清初蕭雲從的《杜律細》一書機械地繼承了朱熹《詩集傳》中叶音的錯誤,對杜詩"凡吳體拗句,俱强使協於平仄"(《四庫全書總目》之《易存》提要),真可謂煞費苦心。不過他沒有認識到"時有古今,地有南北,字有更革,音有轉移"②,所以他的這種努力幾乎完全是徒勞的,難怪王士禛《池北偶談》譏其"穿鑿可笑"③。其遭到杜詩學界的唾棄也是勢所必然的。不過,《杜律細》一書的價值,並不僅僅在於以叶音注杜爲我們提供了一個失敗的反例,更爲重要的是,蕭雲從以"援據甚博"的注杜實踐,證明了以保守僵化的思想、而不是執通脱發展的觀點注杜,即便付出如何的努力,仍不免於失敗。

另外,任何時代的杜詩學研究都不可避免地受到那個時代政治、經濟、思想、文化等多方面的影響,而這些因素複雜作用的結果最終造就了一個時代杜詩學研究的特色和傾向。然而在政治因素的影響當中,清代杜詩學的發展被人爲的行政干預所造成的轉型,嚴重扭曲了它本身的自然形態與走向,導致了一代杜詩學的異化,其中的教訓應當爲後人汲取。例如,清初的杜詩學研究異彩紛呈,學者們思想開放,碩果累累。然而發展至清代中葉,封建思想統治

---

① 汪師韓《詩學纂聞》之"杜詩字句之疵"條,《清詩話》本,第457—459頁。

② 顧炎武《音學五書·音論》卷中,中華書局1982年版,第34頁。

③ 王士禛《池北偶談》卷一二,中華書局1982年版,第284頁。

逐漸加强,所謂"科場案"、"奏銷案"以及各色的文字獄,使文人學者們"避席畏聞文字獄",杜詩學的研究也逐漸偏向於訓詁和考據方面,這就逐漸窒息了清初學者們所開創的詩意闡釋的釋杜方向。故本該完成於清人之手的杜詩全面闡釋,直到近現代才漸趨完成。而且,清統治者在幾次大型的纂修圖書工程中,出於鞏固封建統治的需要,大肆提倡杜詩"一飯不忘君"及"温柔敦厚"的一面,形成杜詩闡釋中的主流導向,對杜詩的客觀解讀都是强烈的衝擊,可以説這些都是杜詩闡釋史上的異化。聯繫到1949年以後郭沫若在《李白與杜甫》一書中爲迎合領導人的口味而"揚李抑杜"的做法,我們可以看出政治因素對杜詩學發展的强大壓迫與扭曲。當然,每個具體的杜詩研究者都不可完全脱離他所處的時代而搞所謂的"純"研究,真空式的研究環境是永遠不存在的。但是,欲得到相對客觀準確的結論,總要一定程度地超脱政治因素對杜詩學的干擾,這樣的結論才能經得起歷史的檢驗,而不是最終成爲"蚍蜉撼大樹"式的悲劇。所以這就要求杜詩研究者應具有"獨立之精神,自由之思想"。只有這樣才能避免上述那種學術品格的淪喪,也才能保證所得出的結論最終經得起時間的考驗。

杜詩研究者總是面臨著在繼承傳統與開拓新變中加以取捨的難題,從整個清代杜詩學史來看,研究者不管是以"折衷"、"參伍"爲標的,還是以"薈萃"或"集大成"爲指歸,都是杜詩學整體建設中的一部分,都可謂既爲後代導夫先路,又設置了新的障礙。而一部杜詩學史就是在穿鑿與反穿鑿、集大成的追求與簡明通達的駁正之間不斷斟酌取捨的曲折過程。也正是在這樣的互動之中,通過歷史去逐漸辨正、裁汰,不斷地總結、揚棄,杜詩學才得以不斷深入發展。杜詩學的闡釋也恰恰是因此不斷獲得新鮮血液,從而使它本身能夠不斷豐富内涵,薪火相續。

第二章　清初的杜詩學研究
（順治—雍正朝）

本章將清初的杜詩學斷限在雍正末年。之所以如此劃分，是因爲始於順治朝的杜詩學高潮，至雍正末才基本結束，杜詩學的許多重大成果都在這個時間内取得。若以順治、康熙和雍正三個朝代來劃分階段，便不能更好地體現杜詩學發展的實際情況。所以本章才不拘泥於年號斷限，而將清初杜詩學研究時限界定爲順、康、雍三朝，以期能完整地描述清初的杜詩學高潮的發展進程。

第一節　清初杜詩學興盛的原因分析（一）
——時代背景與學術氛圍

一、明清易代之際時代背景的激發

每當易代之際，往往是杜詩研究特別興盛的時期，這不是一個偶然的現象，而是因爲身處亂世的人們從國家的傾覆、百姓的血泪以及自身顛沛流離的切身感受中，對杜詩中所描繪的"萬方多難"的苦難時代及人民的痛苦有了更爲真切、深刻的體會。所以南北宋之交的李綱在《重校正杜子美集序》中云："平時讀之，未見其工；迨親更兵火、喪亂之後，誦其詩如出乎其時，犁然有當於人心，然後知其語之妙也。"①文天祥被俘之後,羈押在燕京獄中,三年艱苦的牢獄生活,陪伴他的惟有杜詩。並用杜甫的五言詩句集成五言絕句二百首。他在《集杜詩・自序》中説:"凡吾意所欲言者,子美先爲代言之。日玩之不置,但覺爲吾詩,忘其爲子美詩也。"②汪元量在北宋滅亡後作《草地寒甚氈帳中讀杜詩》云:"少年讀杜詩,頗厭其枯槁。斯時熟讀之,始知句句好。"③劉辰翁亦云:"閲世乃知其恨"、"親涉是境方會"④。而明清易代之際的杜詩研究者們也是從杜詩當中尋找精神力量,與南北宋之交和宋元之交的學者們可謂異代同慨。以下分別從時代因素對注杜者的刺激,對創作的影響以及文學思潮的轉變等三個方面對清初杜詩學興盛的原因加以總結。

(一) 注杜學者的時代反響

1. "天崩地解"的時代背景

可以説,明末清初"天崩地解"、"山呼海立"的歷史背景正是引發杜詩學高潮來臨的時代契機。這一點鄧漢儀《詩觀初集自序》説得非常生動,其云:

> 《十五國名家詩觀》之選成,予反覆讀之,作而嘆曰:嗟乎! 此真一代之書也已。當夫前朝末葉,銅馬縱横,中原盡爲荆榛,黎庶悉遭虔戮。於是乎神京不守,而廟社遂移。有志之士,爲之哀板蕩、痛忧離焉。此其時之一變。繼而狂寇鼠竄于

---

① 李綱《梁谿先生文集》卷一三八,《影印文淵閣四庫全書》第 1126 册,臺灣商務印書館 1986 年版,第 574 頁。

② 文天祥《文天祥全集》卷一六,中國書店 1985 年版,第 397 頁。

③ 汪元量撰、孔凡禮輯校《增訂湖山類稿》卷三,中華書局 1984 年版,第 86 頁。

④ 《劉會孟評點集千家注杜工部詩集》卷三《秦州見敕目薛三璩》、卷一一《贈王二十四》批語。

秦中,列鎮鴟張於淮甸。馴至甌閩黔蜀之間,兵戈罔靖,而烽燧時聞,此其時爲再變。①

所以清初的文人們,對杜詩的體認與解釋往往在不經意間就融合了這種"哀板蕩、痛化離"的慘痛時代體驗。如周篆的《杜工部詩集集解》在解釋"詩史"時指出,讀杜詩可以"使讀者恍然於天寶、開元之所以盛衰！至德之所以復興,永泰、大曆之所以不振"。那麼,在這樣的時代背景下,學者們在研究杜詩時怎能不聯想到崇禎朝之所以覆亡,南明小朝廷之所以逐次破滅,清朝又何以入主中原呢！何況在明清易代之際的注杜學者中,有許多都是明朝的遺民,有的甚至是抗清志士,如《杜詩編年》的著者李長祥,就曾於上虞之東山結寨抗清②,其《杜詩編年》中有許多批語都是借題發揮,鬱鬱不平之氣躍然紙上,如杜詩《復愁》"胡虜何曾盛,干戈不肯休",李長祥批云:"自古至今如此,令人不平！"《行次昭陵》"舊俗疲庸主",李批云:"庸主之失,與殘暴者等也！"這些都是他在易代之際的親身經歷與感受。顧炎武云:"古來以文辭欺人者,莫若謝靈運,次則王維……而文墨交遊之士多護王維,如杜甫謂之'高人王右丞',天下有高人而仕賊者乎?"③其分明是借批杜詩痛斥那些易代之際的變節仕賊之輩如洪承疇、吳三桂、范文程等。值得注意的是,這些注杜者多是江浙一帶人士,如王嗣奭、仇兆鰲都是浙江鄞縣人,錢謙益是江蘇常熟人,朱鶴齡是江蘇松陵人,金聖嘆是江蘇吳縣人,盧元昌是江蘇華亭人,吳見思是江蘇武進人。其所以如

---

①　鄧漢儀《詩觀初集》,《四庫禁毀書叢刊》集部第 1 冊,北京出版社 2005 年版,第 190 頁。

②　見全祖望《鮚埼亭外編》卷四《明兵部右侍郎兼檢察院右僉都御史王公墓碑》,《四部叢刊》本。

③　顧炎武著、黃汝成集釋《日知錄集釋》卷一九《文辭欺人》,第 683 頁。

此,看來不單是因爲這一帶文化發達,能夠著書立説者多,而是因爲明末清初江浙恰是反抗清人入侵表現得最激烈的地方。有些杜詩的研究者懷有亡國隱痛,不願出仕,隱身巖穴,以注杜爲寄托。我們細讀一些注本會感到他們在注文中有意無意、或多或少地寄托了一些亡國之思。如王嗣奭《郡縣奉文嚴催合郡鄉紳赴武林朝見貝勒,余不欲往,賦此擬投當道》云:"心血未枯凝作碧,鬢毛雖短保如珍。"①表現了對清朝薙髮令的强烈反抗。更有甚者,其中有相當一部分人懷有强烈的"夷夏之辨"情緒,這些在對杜詩的解釋中也都有不同程度的流露,這是我們在研究清初杜詩學時應該注意的。如王夫之竟偏激地説:"夷狄者,殲之不爲不仁,奪之不爲不義,誘之不爲不信。何也? 信義者,人與人相於之道,非以施之非人者也。"②可見其對異族入侵者的無比痛恨。顧炎武在《日知録》中更有如此之論,其云:

　　"素夷狄行乎夷狄",然則將居中國而去人倫乎? 非也。處夷狄之邦,而不失吾中國之道,是之謂"素夷狄行乎夷狄"也。六經所載,帝舜滑夏之《咨》,殷宗"有截"之頌,《禮記》"明堂"之位,《春秋》會盟之書:凡聖人以爲内夏外夷之防也,如此其嚴也。文中子以《元經》之帝魏,謂天地有奉,生民有庇,即吾君也。何其語之偷而悖乎! 宋陳同甫謂黄初以來,陵夷四百餘載,夷狄異類迭起以主中國,而民生常覬一日之安寧於非所當事之人。以王仲淹之賢而猶爲此言,其無異乎凡民矣。夫亡有迭代之時,而中華無不復之日,何以萬古之心胸,而區區於旦暮乎? (楊循吉作《金小史・序》曰:由當時觀之,

---

① 全祖望輯、沈善洪等點校《續甬上耆舊詩》卷四四,杭州出版社 2003 年版,第 361 頁。

② 王夫之《讀通鑑論》卷四"漢昭帝三",《船山全書》第十册,第 155 頁。

則完顏氏，帝也、盟主也、大國也；由後世觀之，則夷狄也、盜賊
也、禽獸也。）此所謂偷也。漢和帝時，侍御史魯恭上疏曰：夫
戎狄者，四方之異氣，蹲夷踞肆，與鳥獸無別。若雜居中國，則
錯亂天氣，污辱善人。夫以亂辱天人之世，而論者欲將毀吾道
以殉之，此所謂悖也。孔子有言：居處恭，執事敬，與人忠，雖
之夷狄，不可棄也。夫是之謂"素夷狄行乎夷狄"也。若乃相
率而臣事之，奉其令，行其俗，甚者導之以為虐於中國，而藉口
於"素夷狄"之文，則子思之罪人也矣。①

顧炎武在這裏表現了對"夷狄異類迭起以主中國"的憤慨，同時又
表現出"中華無不復之日"的自信，這其實代表了清初不願受滿清
異族統治的漢族知識分子的共同意願。傅山的華夷之辯表現得更
爲強烈，其曰：

　　自宋入元百年間，無一個出頭地人。號爲賢者，不過依傍
程朱皮毛蒙袂，侈口居爲道學先生，以自位置。至於華夷君臣
之辨，一切置之不論，尚便便言聖人春秋之義，真令人齒冷。②

吕留良論華夷之辨時又提出了"華夷之分大於君臣之倫"（見曾靜
《新知録》）的説法，其云：

　　君臣之義，域中第一事，人倫之至大，此節一失，雖有勳業

---

①　此條不見潘耒福建所刊《日知録》三十二卷本，係黃侃據張溥泉（繼）
所藏《鈔本》録出者，黃氏書名曰《日知録校記》，有中央大學 1933 年專刊本，
收入《日知録集釋》（下）"外七種"。
②　傅山著，劉貫文、張海瀛、尹協理主編《傅山全書》第 1 册，山西人民出
版社 1991 年版，第 778 頁。

作爲，無足以贖其罪者。……看"微管仲"句，一部《春秋》大義，尤有大于君臣之倫，爲域中第一事者。故管仲可以不死耳，原是論節義之大小，不是重功名也。①

這些對夷夏之辨的强調，反映了易代之際歷史事件給知識分子造成的巨大心理衝擊和震撼，所以他們能在清初的研杜治杜活動中貫注民族意識和國家丘墟之痛，爲杜詩學的闡釋抹上了鮮明的時代色彩。

2. 杜詩引發的心靈共鳴

另外，清初的文人大多親身體驗了異族入侵、明清鼎移的痛苦，而杜詩所表現的爲安史羯虜所殘破的國家社稷，人民流離失所的慘痛歷史畫面，更容易喚起他們感情上的共鳴。故而讀杜詩、研究杜詩成爲他們寄托亡國憂憤的途徑。如傅山在《讀杜詩偶書》中云：

> 杜老數太息，黎庶猶未康。此輩自狨狗，徒勞賢者忙。追憶甲申前，日夕盼鑾輅。只今死不怨，熙熙寶慶楊。皮業自應爾，天地有大綱。小仁無所用，故林何必嘗。所悲數奔竄，奔竄復何妨。宴安不可懷，仰屋無文章。有恨賦不盡，頗異江生腸。②

朱舜水《杜子美像贊》稱贊杜甫曰："至今膾炙人口，獨據詩壇之上，千年以來，未能與之爭幡鼓者，又何也？"③都是從杜詩所體現出對戰亂中百姓的憂念方面肯定杜甫的價值。陳田《明詩紀事》評論杜濬詩曰："于皇詩師法少陵，身際滄桑，與杜陵遭天寶之亂略同。故

---

① 吕留良《吕晚邨先生四書講義》卷一七，《四庫禁毀書叢刊》經部第 1 册，第 623 頁。
② 傅山《霜紅龕集》卷四，山西人民出版社 1985 年版，第 111 頁。
③ 朱舜水《朱舜水集》卷一九，中華書局 1981 年版，第 567 頁。

其音沈痛悲壯,讀之令人酸楚。"①道出艱虞之際杜詩獨特的精神力量。明代的淪亡,在明末遺民的心中留下了難以消除的精神創傷。申涵光《張覆輿詩引》記述遺民張蓋曰:"甲申後忽自摧折,以次當貢太學,不受。自脫諸生籍,閉門獨坐,讀杜詩,歲常五六過。詩亦精進,得少陵神韵。"②王嗣奭明亡後守志不屈,順治二年《杜臆》完稿時明祚已覆,年已八十歲的他説:"吾以此爲薇,不畏餓也。"王嗣奭在易代之前曾屢屢表示要做"老杜真知己",批評前人"猶未見有真知己",而當他飽經喪亂後又重新審視杜詩時竟表示:"自笑爾時稱老杜真知己,猶未也。"③説明他經歷了滄桑鼎移之後,對杜詩的體會更加深刻了。盧世㴶在明亡以後更是讀杜四十餘過,於其所居尊水園建杜亭,設杜甫像祀之,自號"杜亭亭長",鄧之誠《清詩紀事初編》稱其詩:"悲感悽愴,無一字非杜也。"④徐增的故國之思和民族感情在他説唐詩時表露得很充分,有時幾乎是直接傾吐,如其評《秋興八首》其六曰:"子美意蓋謂:皇唐宏業,萬年永固,禄山破後,蕭宗旋復;吐蕃繼入,主上即回。皇皇天朝,豈盗賊可得而覬覦者哉!"⑤朱鶴齡注釋杜詩,始於明末變革之時,其《傳家質言》曰:"《杜工部集輯注》《李義山詩集箋注》盛行海内已久,然余不欲以此自見也。當變革時,惟手録杜詩過日,每興感靈武回轅之舉,故爲之箋解,遂至終帙。"⑥可見他也是把注釋杜詩作爲對亡明幽思的

---

①　陳田輯《明詩紀事》辛籤卷一五上,上海古籍出版社 1993 年版,第 3149 頁。

②　申涵光著、鄧子平等點校《聰山詩文集》,河北人民出版社 2011 年版,第 20 頁。

③　王嗣奭《杜臆》卷首《杜詩箋選舊序》,第 2 頁。

④　鄧之誠《清詩紀事初編》卷六,上海古籍出版社 1984 年版,第 697 頁。

⑤　徐增《而庵説唐詩》卷一七,《四庫存目叢書》集部第 396 册,齊魯書社 1997 年版,第 752 頁。

⑥　朱鶴齡《愚庵小集》附録,上海古籍出版社 1979 年版,第 768—769 頁。

寄托。他們在詩文中難以表達的故國之思，便通過對杜詩的注釋和評説而得以委婉的傾吐。明末清初的黨社非常興盛，他們在大量的創作活動中體現出强烈的愛國精神，甚至有一些詩社直接祭祀屈原、杜甫等愛國詩人，緬懷杜甫等人的愛國精神，並以此相互激勵。比如驚隱詩社"歲於五月五日祀三閭大夫，九月九日祀陶徵士，同社麇至，咸紀以詩"①。葉繼武《九日寒齋同逃社諸子祭陶元亮、杜子美兩先生詩》云："龍沙嘉會結寒盟，修祀先賢薦菊觚。離亂家鄉移酒郡，晋唐史曆紀花名。一時共得南山意，千載同懷北極情。但願久長持晚節，蕭蕭門外任浮榮。"（葉振宗《吳江葉氏詩録》卷一〇）驚隱詩社對杜甫的祭祀説明，他們以陶、杜忠貞不渝的氣節和愛國精神相互砥礪，希望保持晚節，不仕新朝，這都説明杜甫及其詩歌給予士人的巨大精神鼓舞力量。

（二）清初詩人崇杜學杜高潮

杜甫在清初的影響之大，非他人所可比擬。清初學杜是一個普遍的現象，無論宗唐派、宗宋派還是兼宗唐宋者，都提出要認真學習杜甫。如桐城遺民錢秉澄認爲杜詩無所不包，學杜可以矯正片面宗唐或宗宋所帶來的弊病，其《季野堂集引》云："蓋少陵詩，凡詩家所各有之長無不具有。唐者得之，足以矯唐，宋者得之，足以矯宋，惟其情真而氣厚也。"②又如河朔詩派領袖申涵光明確地把宗唐歸結到學杜，其《青箱堂近詩序》云："詩之必唐，唐之必盛，盛必以老杜爲宗，定論久矣。"③魏裔介《申涵光傳》稱其在詩歌創作上"一以少陵爲宗"④，申涵光著有《説杜》一卷，對杜詩進行深入的

---

① 楊鳳苞《秋室集》卷一《書南山草堂遺集後》，《叢書集成續編》第157册，新文豐出版公司1989年版，第664頁。

② 錢澄之撰、彭君華校點《田間文集》卷一六，黄山書社1998年版，第307頁。

③ 申涵光著、鄧子平等點校《聰山詩文集》，第13頁。

④ 申涵光著、鄧子平等點校《聰山詩文集》，第346頁。

研究。

　　清初只有很少的人如王夫之、汪琬等對杜詩批評較多,這都有特定的時代原因①。但這些貶杜之論並未產生很大影響,如汪琬《程周量詩集序》曰:"孔子曰:溫柔敦厚,詩教也。……今之學者,每專主唐之杜氏,於是遂以激切爲工,以拙直爲壯,以指斥時事爲愛君憂國。其原雖稍出於《雅》《頌》,而風人多設辟喻之意,亦以是而衰矣。世之論《三百篇》者曰:'取彼讒人,投畀豺虎',不可謂不激切也。……斯說誠然矣,然古之聖賢未嘗專以此立教,其所以教人者,必在性情之和平,與夫語言感嘆之曲折,如孔子所云溫柔敦厚是已。……自詩史之說興,而學杜氏者,至於愈趨愈極,而莫知其所止,則溫柔敦厚之教幾何不盡廢也哉!夫作詩至於《三百篇》,言詩者至於孔子可矣。學者舍孔子不法而專主於杜氏,此予不能無感也。"②他的言論當時附和者並不多,陳廷敬就對汪琬反對學杜甚爲不滿,他於《史蕉飲過江集序》中云:"昔有吳中鉅公,自負攬文章之柄,一日謂予:'人不學杜詩斯可矣。'予心識其言之非,而未有以應也。"(《午亭文編》卷三七)絕大多數清初詩人都特別推崇杜甫憂國憂民的偉大人格,注重學習杜甫"詩史"的精神。不少人,尤其是一些遺民詩人,自覺地"以詩補史之闕",以詩"正史之僞",真實地記錄了當時社會殘破、民生劫難,揭露統治者的殘暴與罪惡。有學者指出,在民族危亡的關頭竟有許多詩人被稱爲"詩史"③,其中黃宗羲稱錢謙益的詩歌"作詩史可也",萬泰(履安)的詩歌也被他稱爲"詩史"。鄭方坤《梅村詩鈔小傳》稱吳偉業"所作《永和宮詞》《琵琶行》《松山哀》《雁門尚書行》《思陵長公主挽詩》

　　①　王夫之貶杜原因論析詳見第二章第五節。
　　②　汪琬《鈍翁前後類稿》卷二八,《清代詩文集彙編》第94册,第211頁。
　　③　許德楠《"詩史"桂冠的排行榜及理念定位》,《南京社會科學》2001年第8期。

諸什,鋪張排比,如李龜年説開元、天寶遺事,皆可備一代詩史"①。
此外其詩作被稱爲"詩史"的還有張煌言、黄道周等人。

　　正如江西詩派的陳與義南渡後吟出"但恨平生意,輕了少陵
詩"一樣,明末清初的許多詩人在經歷了翻天覆地的甲申之變以
後,詩風都明顯地發生了變化,如詩本學陶、李的屈大均,早年所作
《采石題太白祠》稱李白"風流長在少陵前"②,親歷了甲申兵燹之
後,竟完全來了個一百八十度的轉變,在《西蜀費錫璜數枉書來自
稱私淑弟子賦以答之》中云:

　　　　開元大曆十餘公,總在高才變化中。誰復光芒真萬丈,謫
　　仙猶讓浣花翁。③

並開始表示創作上要"始終以少陵爲宗"(《書淮海詩後》),其在
《杜曲謁杜子美先生祠》中更將杜甫推崇備至,其云:

　　　　城南韋杜滻川濱,工部千秋廟貌新。一代悲歌成國史,二
　　南風化在騷人。少陵原上花含日,皇子陂前鳥弄春。稷契平
　　生空自許,誰知詞客有經綸。④

釋函可親身目睹了清兵渡江破金陵時國破家亡之慘痛,又因爲文記
載抗清殉難志士的壯烈事迹而坐文字獄流放瀋陽,其《讀杜詩》云:

　　　　所遇不如公,安能讀公詩? 所遇既如公,安用讀公詩? 古

---

①　鄭方坤《國朝名家詩鈔小傳》卷一,清光緒十二年(1886)萬山草堂刻本。
②　屈大均《翁山詩外》卷九,《清代詩文集彙編》第118冊,第577頁。
③　屈大均《道援堂詩集》卷一二,《清代詩文集彙編》第118冊,第222頁。
④　屈大均《道援堂詩集》卷七,第155頁。

人非今人,今時甚古時。一讀一哽絕,雙眼血橫披。公詩化作血,予血化作詩。不知詩與血,萬古濕淋漓。①

他認爲四海離亂的明清易代之際,社會秩序的崩壞比之杜甫所處的安史之亂時代有過之而無不及。所以感同身受的詩人才覺得在精神上與杜甫無比親切,難怪讀杜詩要"一讀一哽絕,雙眼血橫披"了。又如康熙十八年,被强迫徵至京師應博學鴻詞科的傅山,在京郊崇文門圓教寺以老病爲由拒不應試,這時的傅山便捧讀杜詩度日②。金聖嘆的詩作"出入四唐","而要其大致,實以老杜爲歸"③。

被稱爲"一代詩史,踵美少陵"④的顧炎武,其詩學杜並不是從字句模仿上著眼,他反對創作中有所依傍,甚至在《與人書十七》中還批評其他詩人創作中"有杜"的弊病,所以他對杜甫的繼承主要是在杜詩的精神實質方面。張維屏稱其詩作"真氣噴溢於字句間,蓋得杜之神,而非襲其貌者所可比也"⑤。楊鍾羲稱"亭林五律,直接少陵,其得于詩之本者同也"⑥。林昌彝亦云:"五言長律,學少陵神似者,古今惟顧亭林、朱竹垞二人,他人不足多也。"⑦此外,顧炎武在《日知錄》中對杜詩有十分詳贍的考證,其詳可參本章第五節之三"顧炎武的杜詩學"。

----

① 釋函可《千山詩集》卷三,《清代詩文集彙編》第 38 册,第 229 頁。

② 傅山《霜紅龕集》卷五《枯木堂讀杜詩》,山西人民出版社 1985 年版,第 135—136 頁。

③ 金昌《沉吟樓借杜詩附識》,金聖嘆《杜詩解》,上海古籍出版社 1984 年版,第 266 頁。

④ 徐嘉《顧亭林詩箋注凡例》,王蘧常輯注《顧亭林詩集彙注》附錄,上海古籍出版社 1983 年版,第 1334 頁。

⑤ 張維屏《國朝詩人徵略初編》卷三,周駿富輯《清代傳記叢刊·學林類 29》,明文書局 1986 年版,第 127 頁。

⑥ 楊鍾羲《雪橋詩話續集》卷一,北京古籍出版社 1991 年版,第 32 頁。

⑦ 林昌彝《海天琴思錄》卷五,上海古籍出版社 1988 年版,第 109 頁。

　　得"陶、杜之真衣鉢"（潘德輿《養一齋詩話》卷四）的吳嘉紀，
形成了"幽澹似陶，沈痛似杜"①的風格。其詩歌記録了戰亂之中
百姓之苦，直承杜甫的"詩史"精神，如其《江邊行》《過兵行》等就
表現了深刻的現實内容。陸廷掄《陋軒詩序》云："讀《陋軒集》，則
淮海之夫婦男女，辛苦墊隘，疲於奔命，不遑啓處之狀，雖百世而
下，瞭然在目。甚矣，吳子之以詩爲史也！雖少陵賦《兵車》、次山
詠《春陵》何以過？"②又如陳子龍《遼事雜詠》《晚秋雜感》《秋日雜
感》等七律組詩，用杜甫《秋興》《諸將》的體製抒發愛國情感。那
首《錢塘東望有感》的名句"禹陵風雨思王會，越國山川出霸才"，
雄思健筆，集中表現了重振明祚的壯志，唱出了時代强音。同樣，
錢謙益於《曾房仲詩序》中認爲"詩家之途轍，總萃於杜氏"③，故詩
歌"一以少陵爲宗"。他對杜甫"詩史"的理解和沉鬱頓挫的風格的
揣摩，抓住學杜的精神實質，使詩歌具有杜詩的神髓骨力，表現出
蒼凉激越、沉著雄厚的風格特色。錢謙益《投筆集》中有 108 首詩，
特別是《金陵秋興》組詩與《後秋興》十三疊，完全模擬杜甫《秋興
八首》，深得杜詩慷慨悲壯、沉鬱雄健之真髓，所以陳寅恪在《柳如
是別傳》中稱贊："《投筆》一集實爲明清之詩史，較杜陵尤勝一籌，
乃三百年來之絶大著作也。"④

（三）由尊唐到宗宋的文學思潮

　　應該注意的是，清初詩人崇杜學杜的原因，除了易代這一政治
環境改變的刺激以外，從文學本身的發展來看，對明代獨尊盛唐的
風氣有所反撥，宋詩開始受到提倡與重視，是另一個時代文化背

---

　　①　夏荃《退庵筆記》卷八，《四庫未收書輯刊》第三輯第 28 册，北京出版
社 2000 年版，第 446 頁。
　　②　吳嘉紀《陋軒集》卷首，《清代詩文集彙編》第 63 册，第 413 頁。
　　③　錢謙益《牧齋初學集》卷三二，第 928 頁。
　　④　陳寅恪《柳如是別傳》第五章《復明運動》，上海古籍出版社 1980 年
版，第 1168—1169 頁。

景。從順治末至康熙中的三十幾年間,是宋詩流行的時期,宋犖
《漫堂説詩》云:

> 明自嘉、隆以後,稱詩家皆諱言宋,至舉以相訾謷,故宋人
> 詩集,庋閣不行。近二十年來,乃專尚宋詩。至余友吳孟舉
> 《宋詩鈔》出,幾於家有其書矣。①

除了吳之振《宋詩鈔》的大力推動之外,錢謙益本人則是提倡宋詩
的領袖人物。如其《復遵王書》云:

> 僕少壯失學,熟爛空同、弇山之書。中年奉教孟陽諸老,始
> 知改轍易向。孟陽論詩,自初、盛唐及錢、劉、元、白諸家,無不析
> 骨刻髓,尚未能及六朝以上,晚始放而之劍川、遺山。余之津涉,
> 實與之相上下。……湯臨川亦從六朝起手,晚而效香山、眉山。
> 袁氏兄弟則從眉山起手,眼明手快,能一洗近代窠臼。②

又如黄宗羲《姜山啓彭山詩稿序》云:"天下皆知宗唐,余以爲善學
唐者唯宋。"③吳喬《圍爐詩話》云:"問曰:朝貴俱尚宋詩,先生宜
少貶高論。答曰:厭常喜新,舉業則可,非詩所宜。詩以《風》《騷》
爲遠祖,唐人爲父母,優柔敦厚,乃家法祖訓。宋詩多率直,違於前
人,何以宗之? 作宋詩誠勝於瞎盛唐,而七八十歲老人改步趨時,
何不于五十年前入復社作名士?"④所指即爲錢謙益。雖然他反對
錢氏對宋詩的鼓吹,但也承認"作宋詩誠勝於瞎盛唐",證明當時學

---

① 宋犖《漫堂説詩》,《清詩話》本,第 416 頁。
② 錢謙益《牧齋有學集》卷三九,第 1359 頁。
③ 黄宗羲《黄梨洲文集》,中華書局 1959 年版,第 351 頁。
④ 吳喬《圍爐詩話》卷五,《清詩話續編》本,第 602 頁。

宋詩已經蔚然成風。而杜甫正是開宋調之祖師,所以清人在這樣的文學環境中對杜詩的格外重視與學習,也是時代思潮使然。

二、扎實嚴謹的學風與廣泛交流的學術氛圍

(一) 扎實嚴謹的學風

清初杜詩學高潮產生的原因除了明末清初時代因素的刺激以及前代杜詩學成果的大量積累之外,研究者本身的因素也起了相當大的作用。他們大都數十載傾力於杜詩,許多學者甚至花費了畢生的精力,其著述態度十分嚴謹。

如王嗣奭《杜臆原始》云:"偶翁王子嗣奭著《杜臆》十卷,始於崇禎甲申(1644)九月之望,竣於乙酉(1645)端二日,年已八十矣。然不八十惡得此也?……引申觸長,往往得未曾有,蓋精之所注,行住坐臥,無非是物。夜搜枯腸作真人想,朝拈枯管作蠅頭書,八十老人不知倦也。"這只是《杜臆》的最後寫定,而其對杜詩學的研究則耗費了大半生的時間。錢謙益《錢注杜詩》亦傾注了大半生的心血,與朱鶴齡反目後更加專力於注杜,季振宜《錢注杜詩序》稱錢氏:"年四五十即隨筆記錄,極年八十書始成。"①朱鶴齡的著述態度更是萬分投入,《清史稿》云:"晨夕一編,行不識途路,坐不知寒暑,人或謂之愚,遂自號愚庵。"②顧宸注解杜詩,用力尤深,《無錫金匱縣志》稱其《辟疆園杜詩注解》一書:"廣搜博采,考據審定,隻字未愜,殆忘寢食,數歷寒暑,全注始就,復點竄刪削,數易其稿,於順治十八年(1661)方藏事。"盧元昌《杜詩闡》用了十八年時間,其云:"蓋乙巳至壬戌(1665—1682)凡年十八矣。何朝夕、何寒暑不手是編?今日之得授梓也,亦曰吾生之憂患多矣,藉是以忘其所苦,而得其所樂焉云爾。"其勤奮與癡迷可見一斑。黃生自稱"出入

---

①　錢謙益《錢注杜詩》卷首,上海古籍出版社 1979 年版,第 1 頁。

②　趙爾巽等《清史稿》卷四八〇,中華書局 1977 年版,第 13124 頁。

杜詩餘三十年，不敢漫爲之説”，最後《杜詩説》“歷寒暑者六也，書成”（《杜詩説自序》）。吳瞻泰的《杜詩提要》也是“積數十年，丹鉛弗輟，屢經削稿，然後成書”（《杜詩提要》汪洪度序）。仇兆鰲稱《杜詩詳注》的成書云：“注杜始於己巳歲（康熙二十八年，1689），迨乙亥（康熙三十四年，1695）還鄉，數經考訂，癸未（康熙四十二年，1703）春日，刊本告竣。甲申（康熙四十三年，1704）冬，仍上金臺，復得數家新注，如前輩吳志伊、閻百史（詩），年友張石虹，同鄉張邁可，各有發明。辛卯（康熙五十年，1711），致政南歸，舟次輯成，聊補前書之疏略，時年七十有四矣。”此時他已是七十四的高齡了，從其年五十二時着手注釋到完成，歷時二十二年，用心亦可謂勤苦矣。同時的杜詩注家張遠稱贊這二十五卷皇皇巨著“滄海鮮遺珠，纖毫必見珍”（《讀〈杜詩詳注〉》），並不是虛美之辭。《杜詩直解》的作者范廷謀在該書的《自序》中描述自己注釋杜詩的艱難過程曰：“予於丁亥歲（康熙四十六年，1707）自閩遷滇，抱病萬里外，淒涼寂寞中，枕藉杜詩，把握不倦，殫心苦思，以揣摩形似。”又其《再識》曰：“苦心焦思，無間晨夕，以意逆志，恍與浣花老人晤對几席間，不覺融會貫通於心胸。”《杜詩直解》於雍正戊申（1728）始編纂成書，是時范氏年已七十。《杜詩直解》後有范從律跋曰：“而居平尤酷嗜杜詩，自筮仕閩省，量移滇南，行笈相携，排纂箋注，未嘗一日釋手。……蓋積三十餘年之苦心，公退之暇日，有孳孳精勤篤好，至老不衰。”其注杜勤苦可見一斑。

（二）仿佛少陵的經歷及注杜者的使命感

1. 與少陵經歷相仿佛乃能注杜

在杜詩研究的主體因素中，注杜者們認爲只有經歷坎坷與杜甫相似者，才能更好地理解杜詩，在以意逆志的時候才能更好地詮釋杜詩，陸放翁所謂“欲注杜詩，須去少陵地位不遠，乃可下語”也是這個意思。清代的注杜者們也特別強調這一點，如邵長蘅《杜詩臆評序》論其作者王維坤云：

　　長垣王又愚先生起家進士，令梓潼，遭亂棄官，流離滇黔，閱十餘年而後歸。方其自秦入蜀，窺劍閣，下潼江，又以事數往來花溪、錦水，其遊迹適與子美合。及棄官以後，繫懷君父，眷念鄉邦，以至拾橡隨狙，飢寒奔走之困，亦略相同。故其評杜也，不摭拾，不鑿空，情境偶會，輒隨手箋注，久之成帙。①

指出王維坤因爲顛沛流離的境遇與少陵相似，故其才能體會到杜詩的真諦，而其評杜也才能"不摭拾，不鑿空，情境偶會"。

　　厲鶚《王雨楓集杜詩序》曰：

　　　東坡謂學杜者唯得其皮骨，集杜而無精神，弊亦如之。集杜古句，驅使貫穿，猶可以奔放致力。至五律則對屬欲精，章程欲變，又須有灝氣流衍其中，必具少陵之詩律與少陵之情境而後爲之，乃如自運。俗士思以百家衣體捃撦少陵而有之，讀趙東山評注有不汗下者乎？山陰王君雨楓集杜五律詩多至三百餘首，雨楓才氣豪健，弱冠即舉鄉試，用經冠其曹。屢上禮部，見擯於有司，馬煩車殆，幾同少陵殘杯冷炙之恨。年逾五十，始以詞學被薦，論者謂與少陵獻《三大禮賦》試集賢院何異？乃少陵遂因獻賦得官，其《贈集賢崔國輔于休烈二學士》也有曰："謬稱三賦在，難述二公恩。"感激知己，不忘衡鑑之重如此！雨楓攄文散藻，有聲摩空，不幸斥落，且遘微累，如孟歸唐故事。其別舉主也，則曰："謬稱三賦在，刻畫竟誰傳？"其自傷生理也，則曰："新詩句句好，莫使眾人傳。"嗟乎！士只爲其可傳者耳。使少陵即不獻賦得官，其詩豈有能没之者哉！而雨楓終有不釋然者，誠悼時之已邁，而惜命之多窮也。少陵流

　　① 邵長蘅《青門簏稿》卷七，《邵子湘全集》，《清代詩文集彙編》第145册，第215頁。

轉飢困,在救房琯被謫以後,雖暫稱遭遇,終歸不偶。雨楓生
盛際,淪棄而歸,有秦望、會稽之山可遊眺,有鏡中之田可耕,
優遊閭巷,歌詠太平,其樂固未可量,然則人生之幸不幸亦復
何常,而《集杜》一編,詎足以盡雨楓耶? 若其對屬之精,章程
之變,即有如少陵之"晚節漸於詩律細"者,識者具見之,不復
多贅云。①

厲鶚認爲正是因爲王雨楓仕途蹉蹬與杜甫相仿佛,故其集 300 多
首杜詩五律能得"少陵之情境"。同樣,沈珩《杜律陳注序》云:"竊
惟注杜之難,莫難於得少陵一生真心迹。"而對如何才能得少陵真
心,他舉出陳之壎"竟老諸生","著述富矣,又不幸厄於兵燹,殘編
斷簡,零落居多"的例證,説明只有和杜甫那樣經歷了顛沛流離的
困厄,才能真正讀懂杜詩,也才能真正注好杜詩。

2. 注杜者的使命感

有些杜詩學者具有極強的使命感,許之爲少陵功臣並不爲過,
洵爲注杜楷模。如錢謙益晚年絳雲樓爲火所焚,畢生所積圖書毀
於一旦,而僅剩下一部《金剛經》和一部箋注杜詩的手稿,所以他認
爲這表示冥冥中自有天意,遂決意完成注杜工作。季振宜《錢注杜
詩序》稱其"生平精力,購古書百萬卷,作樓登而藏之,名曰絳雲。
一旦弗戒於火,皆爲祝融取去。拔劍擊闔,文武之道頓盡。而杜詩
箋注巍然獨存於焦頭爛額之餘。杜曲浣花,拂水紅豆,千載而遥,
精氣相感,默然呵護,有如是乎?"無獨有偶的是,《杜詩會稡》的作
者張遠在注釋杜詩的過程中,其書稿版刻也經歷了水火之災。《杜
詩會稡·自叙》云:"辛酉冬,同居失火,僅奉先君子遺像及是集以
出,人曰:'將此何爲?'余應之曰:'得此足矣! 外則長物也。'癸亥

---

① 厲鶚《樊榭山房文集》卷二,《四部備要》第 87 冊,中華書局 1989 年
版,第 224—225 頁。

京邸歸,取次淮右,觸石舟裂,載沉載浮,所不浸者數板,投擲鄰舟,幸免蛟龍之窟。嗟乎! 水火屢經,而是集依然無恙,豈天假之緣耶? 毋亦少陵有神欲出漆室而見白日也?"①錢謙益與張遠都認爲完成杜詩的注釋是"天假之緣",故他們能以强烈的使命感完成杜詩的箋釋。不能設想,要是没有他們這種千載知己的自期與精神默契,清代的杜詩學研究將會是一番怎樣的狀況。也正是因爲有這樣極具使命感、甘爲少陵胥吏的學者們兢兢業業、孜孜以求的精神,清代杜詩學的空前繁榮才得以形成。

(三) 廣泛交流的學術氛圍

　　明末清初的抗清志士如顧炎武、屈大均、傅山、李長祥等人,經歷了天崩地解的陵谷滄桑之後,憤於明室鼎移的家國之痛,於大江南北遍結同志,互通消息,期待恢復,這在客觀上也促進了清初的學術交流。另外,即使那些仕清的學者文人,因仕途沉浮等原因,亦常有機會歷覽山川,師友唱和,或於家鄉課徒結社。這些廣泛的交流對推動清初杜詩學研究的發展、形成杜詩學史上的第二個研杜高潮至爲重要。而以前杜詩學者們則限於學識、見聞、眼界等因素,遇到難題則不易解決,無從質問。或者即使有創見也不能及時傳播,甚至有些著作只能束之高閣,最終散佚失傳。在清初廣泛交流的學術氛圍下,就避免了這種情況的發生。這使得杜詩學者們能夠集思廣益,交流心得,展開論爭,從而摒棄臆見與瞽説。

　　清代許多著名的杜詩注本的成書都有衆多學者的參與。如顧宸《辟疆園杜詩注解》之《七律注解》前有順治辛丑(1661)李贊元、嚴沆、黃家舒序。其侄顧綵驥、兒子顧綵麟都參與校對。《五律注解》前有康熙癸卯李壯、畢致中序。目録前署李贊元、嚴沆、陸求可三人同訂。每卷均有評者二人,計有李壯、畢忠吉、王養晦、程康莊、王士禛、劉壯國、毛漪秀、丁泰、周建鼎、陳泰和、張一鵠、李粹

____

　　①　張遠《杜詩會粹》卷首,《四庫全書存目叢書》集部第6册,第273頁。

白、張熙岳、丘元武、李琯、錢陸燦 16 人。也就是説參與《辟疆園杜詩注解》一書的學者前後總計有 20 多人。陳式的《問齋杜意》竟然請了 9 人爲其書作序，他們是徐秉義、邵以發、張英、方畿、方孝標、潘江、姚文焱、陳焯、吳子雲，其中不乏名家。而且陳式在書中大量援引其友朋、鄉里及生徒評語，所録者多達 70 餘人。同樣的情況還有，陳醇儒的《書巢箋注杜工部七言律詩》，此書在箋注後所引同時人黃維章、陳漢良、唐祖命、徐子晋等人之評解，也多至 30 餘人。張遠《杜詩會粹》前列“較閲姓氏”有 23 人，他們是：顧宸、王先吉、張杉、顧楷仁、吳沐、陸階、蔣埴、顧模義、毛遠公、何蒥、丁遇、蔡舍生、王餘高、沈謙、史載麟、吳昇、莫時荃、吳懋謙、王壇、張燧、吳立、周廣泰、張曉。朱鶴齡《杜工部詩集輯注》參訂者的名氏也多達 40 餘人，其中有許多當時著名的學者，如宋琬、沈壽民等，堪稱一個杜詩研究的龐大陣容了。這雖然是朱鶴齡欲與錢箋的影響相抗衡的舉措，但也從一定程度上説明了當時學者們廣泛交流的情況。這些無疑對杜詩學的發展非常有利。

應該指出的是，清初杜詩學研究形成了幾個帶有地域性的研究團體，其中以江浙一帶最爲突出。那裏的杜學名家輩出，精見紛呈，許多重要杜詩評注本陸續刊刻，呈現出空前的盛況。在這些江浙籍學者中，若按地域劃分，浙江鄞縣有王嗣奭、仇兆鰲等人，江蘇吳縣有金聖嘆、徐增、吳見思、顧施禎等人，無錫則有俞瑒、顧宸、王澍、浦起龍等，松江有朱鶴齡、朱瀚、盧元昌、周篆等。他們都曾傾力注杜。另外還有安徽桐城的陳式，休寧的汪灝、查宏道，歙縣洪仲、黃生、吳瞻泰等。

當時一些著名的杜詩學者之間都有很多交往，他們或書信往來，或相互造訪，或詩酒相會。這些也不斷推動着認識的深化，資訊的交流，爲杜詩學的發展提供了條件。如錢謙益就曾與德州的著名杜詩學者盧世㴶有過密切的學術交往，其《草堂詩箋元本序》稱：“余爲《讀杜箋》，應盧德水之請也。”錢氏還曾親往德州會晤盧世淮，二人在盧氏所築之"杜亭"把臂論杜，洵爲杜詩學史上的一段佳話。《杜詩論文》的作者吳見思與龔鼎孳、萬樹、金聖嘆等文壇名人有很深的學術交往。清代著名詞學家萬樹即云："吳齊賢先生爲吾郡名宿，多讀書論古，能自出手眼，識解獨高。與吳門金聖嘆齊名，亦相雅善。"（《史記論文》跋）仇兆鰲在《杜詩詳注》著作過程中，廣泛地與當時其他杜詩學者探討交流，如其與《杜詩會稡》的作者張遠因同鄉關係交往甚密，與《杜工部詩集集解》的作者布衣周篆也反復研討切磋，仇氏曾說："往者草亭與予同客京師，說詩論文外，相見無他述。其時草亭所爲《杜詩集說》已成，余方別爲《詳注》，屬稿未定，考證之際，草亭之益爲多。今余注已問世，而草亭之書尚在名山，蓋藏之以待其人也。"（《草亭先生百六集序》）康熙三十四年（1695）二月，仇兆鰲爲辦亡父遷葬事宜乞假南旋，夏初抵杭州，於王漢槎齋頭遇見朱乾若先生，仍"相與參論杜說"；三十七年戊寅，年逾花甲的仇兆鰲南下廣東會友，在韶州曾與左峴、潘未共同商榷杜詩（《尚友堂年譜》）。仇氏自稱參考過的還有吳志伊、閻百史、張石虹等人的注本。吳志伊，字任臣，號托園，杭州人，通經史，兼精天官樂律之術，著有《周禮大義》《托園詩文集》等，其學問爲顧炎武所推重。閻百史，當爲閻百詩之誤，即大經學家閻若璩。張石虹，即張希良，湖廣黄安人，康熙二十四年進士，散館授編修，官至侍講，著有《春秋大義》《寶辰堂集》。另外，其晚年修訂《杜詩詳注》時，還邀請了精通音韻訓詁的後輩學子金埴爲之校訂《杜詩詳注》的音韻，金埴《不下帶編》卷二云"補注其四聲未備者"①，可謂

---

①　金埴《讀〈杜詩詳注〉》云："補注慚無補，公猶許可多。未能一詞贊，聊辯四聲訛。"謝國楨《明清筆記談叢》"《不下帶編》條"云："仇兆鰲到杭州請他（指金埴）校訂《杜詩詳注》二十八卷，補注其中未備的四聲，經過一年才校訂完畢，開始雕版。著者（亦指金埴）對於仇注杜詩很費氣力，是有功的。"都可證金埴對仇注的匡贊之功。

精益求精矣。這樣的例子還很多，不暇備舉。

（四）藏書家與杜詩學的興盛

《清史稿・藝文志》云："經籍既盛，學術斯昌，文治之隆，漢唐以來所未逮也。"①應該指出的是，清代的文化極爲發達，書籍的刊刻、流通極爲便利，故藏書家得以大量收藏，這也是清初杜詩學發達的一個重要條件。許多杜詩學者都是著名的藏書家，如錢謙益、顧宸、朱彝尊、仇兆鰲、浦起龍等都有豐富的藏書。錢謙益晚年居絳雲樓藏宋版書甚富，曹溶《絳雲樓書目題詞》云："虞山宗伯生神廟盛時，早歲科名，交遊滿天下。盡得劉子威（鳳）、錢功父（允治）、楊五川（儀）、趙汝師（用賢）四家書，更不惜重貲購古本，書賈奔赴，捆載無虛日。用是所積充牣，幾埒內府。"②可見絳雲樓藏書乃其一生所積，而絳雲樓所藏吳若本，也是難得一見的宋本，錢氏正是以之爲底本，完成了對杜詩的箋注，由此可見藏書對錢箋成書的作用。爲錢謙益完成最後箋注任務的錢曾也是藏書家，著有《讀書敏求記》《述古堂書目》《也是園書目》。另外，刻印《錢注杜詩》的季振宜也是當時著名的藏書家。朱彝尊有藏書八萬卷，藏書處名潛綵堂，有《潛綵堂書目》四卷，所藏宋、元人文集極富，有《潛綵堂宋元集目》。仇兆鰲的《杜詩詳注》得以"援據繁富"著稱，這正得益於其藏書的豐富，人稱其"甬上仇先生，擁書勝百城"（程師恭《讀〈杜詩詳注〉》），可見其藏書的豐富。浦起龍"所藏多宋本書"（《士禮居藏書題跋記》）。這樣的例子還很多。總之，清人的愛書、藏書形成了濃厚的學術文化氛圍，爲清代杜詩學取得集大成的成就奠定了雄厚的文獻基礎。

---

① 趙爾巽等《清史稿》卷一四五，第 4220 頁。

② 錢謙益撰，陳景雲注《絳雲樓書目》，《叢書集成初編》本，商務印書館 1935 年版，第 1 頁。

第二節　清初杜詩學興盛的原因分析（二）

——對前代杜詩學的反思與批判

　　清初的杜詩學既得益於前代的杜詩學成果，又受制於前代杜詩學的流弊，故清代的杜詩學者們一開始就面臨着唐以來已有七百餘年歷史的杜詩學的豐富遺産，所以如何對前代杜詩學的得失加以總結與評價就成爲他們所必須回答的問題。因爲只有如此，才能進行新的開拓，正所謂"增注於諸家之後，勢必期獨出手眼而後快"（陳醇儒《書巢箋注杜工部七言律詩》許巖光《序》）。那麼清代學者是怎樣從繼承與批判中立足於反穿鑿的角度，形成了趨簡尚意的注杜思想的呢？對此進行總結，分析清人注杜思想的得與失，無疑會從另一個方面看到清初杜詩學興盛的原因，也對當代杜詩學的構建具有重要的借鑒意義。本節即擬從"無一字無來處"說與"詩史"說這兩個方面加以梳理，以期把握清初杜詩學界注杜思想發展衍化的軌迹。

一、對"無一字無來處"說的批判

（一）對"無一字無來處"說的質疑與駁正

　　經過唐、宋、元、明四代對杜詩的注解闡發，許多工作如箋釋出典、訓詁字句等已經基本做完，即邊連寶《杜律啓蒙・凡例》所謂"蓋歷代以來，事迹之搜羅已悉"。可是以宋代注本爲代表的舊注在取得很大成績的同時又産生出新的弊端，即拘泥於黄山谷"無一字無來處"之見，只重文字出處而不重詩意闡釋，多爲穿鑿附會之說，反爲萬丈光芒的杜詩罩上"百層雲霧"。清初的學者們意識到自"千家注"以來只重字句的片面性，開始反思以"無一字無來處"思想注杜的偏頗。如錢謙益於《注杜詩略例》中就强烈抨擊宋人注杜之八種失誤:"僞托古人"、"僞造故事"、"附會前史"、"僞撰人名"、"改竄古書"、"顛倒事實"、"强釋文意"、"錯亂地理",其中多是力斥宋人解杜必尋出處之弊。施閏章云:

> 注杜詩者,謂杜語必有出處,然添却故事,減却詩好處。如"五更鼓角聲悲壯,三峽星河影動搖",蓋言峽流傾注,上撼星河,語有興象。竹坡乃引《天官書》:天一鎗梧矛盾,動搖角,大兵起。謂語中暗見用兵之意,頓覺索然。且上句已明言"鼓角"矣,何復暗用爲哉?"子規夜啼山竹裂,王母畫下雲旗翻",正以白畫仙靈下降,爲要眇神奇之語。李君實援張邦基《墨莊漫録》,乃言王母爲鳥名,尾甚長,飛則尾張如兩旗。信如此説,視作西王母解者孰勝?咀調自見,不在徒逞博洽。杜詩蒙冤如此者甚衆也。
>
> 杜《七歌》之四:"嗚呼四歌兮歌四奏,林猿爲我啼清畫。"李日華謂:"林猿"本作"竹林",鳥名也,同州有之,色正青,如雀善啼,後注者妄改耳。以余觀之,即有鳥名"竹林",亦未必勝"林猿"悲切感人也。①

施閏章這裏指出,拘泥於"杜語必有出處"必然會導致對詩意的歪曲,這樣"徒逞博洽"的注杜是不足爲訓的。成書於1682年的盧元昌《杜詩闡》自序云:"古今注家,奚啻數十,顧有因注得顯者,亦有因注反晦者。一晦於訓詁之太雜,一晦於講解之太鑿,一晦於援證之太繁。反是者,又爲膚淺凡庸之詞,曰'吾以杜注杜也',則太陋。況長篇而所發明者只一二言,數首而所發明者只一二首,其衆所曉者及之,衆所不曉者仍置焉,如是者又太簡。"陳式在《讀杜漫述》中

---

① 施閏章《蠖齋詩話》卷二《杜注》條,《施愚山先生別集》,《清代詩文集彙編》第67册,第622—623頁。

同樣表達了對訓詁的反感："臚列恐涉訓詁"，甚至有的乾脆説"最鄙訓詁"（洪仲《苦竹軒杜詩評律》洪力行《後記》）。以上這些都表現出對牽强尋找每字出處的强烈反對。

（二）對舊注的處理方法與態度

可是對舊注如何處理，也是清代杜詩學者所面臨的一個棘手問題。正如何化南、朱煜《杜詩選讀・凡例》所云："杜詩典故，每融化而出之，並兼事而使之，且彼此而異之。詳注太繁，不詳注太簡。斟酌繁簡之間，頗費工夫，毋易視之可也。"經過一番思量之後，他們大致不外采取以下幾種態度：

一，主張對舊注"不盡廢"，如閻若璩《讀書堂杜詩注解序》云："於舊注不苟同，亦不盡廢，斑斑然錯落於行間。"又如盧元昌《杜詩闡・自序》指出舊注雜、鑿、陋、簡諸弊端之後，主張采取"於雜者芟之，使歸於一；於鑿者核之，使確；於繁者約之，使不多指而亂視；於陋者澤之，使雅；於簡者櫛比而遍識之，使不罣漏。而又加以熔鑄組織之功焉"。吳見思《杜詩論文・凡例・總論》云："千家之注，或自成一家，或各宗一説，莫不以人握隋珠，家藏荆玉。然其中舛謬亦多，是者存之，非者去之，未備者補之。"直到康熙朝的仇兆鰲《杜詩詳注》又以"援引繁富"著稱，這主要是因爲其乃上呈皇帝之作，加之又正好適應了當時的政治文化大一統的需要。其對"無一字無來處"的篤信，相對於清初學者在這一問題上所表現出的進步性而言，可以説是注杜思想上的一種倒退。

二，主張對舊注徹底抛棄，即"盡削之"。如徐秉義《問齋杜意序》就對舊注之弊，欲"盡掃從來荆榛"。這種傾向最激烈的表現就是杜詩白文本的編選，作爲對宋代以"無一字無來處"注杜的一種反動，白文本的出現體現了清初杜詩學者們注杜思想的一種趨向，因爲在對杜詩蠡測穿鑿到"逞意妄發"的程度時，剔去注釋，恢復杜詩的本來面目，當然就成爲少陵功臣了。如明季盧世㴶刻《杜詩胥鈔》是一個影響較大的白文本。其序云："子美《别李八秘書》詩句云：'乞米煩佳客，鈔詩聽小胥。'余不敏，於子美無能爲役，第操觚管，充胥吏之任而已。"《杜詩胥鈔》共選詩 881 首，"微列去留，以政乎他家"（劉榮嗣語），蓋欲以選鈔之"浄本"使少陵精神更出，取得了很好的效果。盧氏雖未説明其選刻白文本之因，僅謙虛地表示"充胥吏之任"，然而對舊注蒙晦詩意的不滿可謂意在言外。這一點在劉榮嗣的《知己贈言》中即已清楚地指出："古今解少陵詩即無慮數十百家，或逆意，或剔詞，爲執、爲詭、爲遁，紫房一切芟去，以待學人之參會也。"在清初成書（1673）的張溍《讀書堂杜詩注解》序中載有閻若璩和張榕端（張溍之子）關於白文本與傳統箋注的一次討論，閻若璩云：

> 間謂閣學先生曰："説《詩》者，歷來以《小序》，朱文公始一切抹殺，諷詠其白文，頗得孟子以意逆志法，竊以讀杜者何獨不可？"閣學先生曰："世有不得其事，而能通其義乎？"余笑曰："患無公家靈心慧眼耳，苟有之，神者告之矣。邢子才所謂'思若不能得，則便不勞讀書者'。"

閻氏與張氏爭論的關鍵在於白文本與注解本何者更可取。閻氏以爲僅詠白文亦可理解杜詩，而張氏則強調必須要有背景知識爲基礎才能正確理解。這當然一針見血地揭出白文本的致命弱點，可是通過他們的爭論我們可以看出，關於白文本問題爭論的實質在於如何恰如其分地繼承和揚棄前人的杜詩研究成果。清人林棟在其《偶成》之二中曰："幾人學杜得其神，注解千家各競新。伐石深鎸工部集，不箋一字是功臣。"①可謂是清人對白文注杜所體現思想的一個恰當的概括。不管是去偽存真還是矯枉過正，清人關於杜

---

①　林東海、宋紅編輯《萬首論詩絶句》，人民文學出版社 1991 年版，第1072 頁。

詩白文本的爭論,以及他們對前代杜詩學遺産的態度,都值得我們
思考和總結。

　　這些情況説明,清初已經到了該對舊注進行一次徹底清算的
時候了。注杜者們在對舊注的反思和批判中,形成了尚簡練、反穿
鑿的思想趨勢。另一方面,也説明清代的杜詩學者又受益於前代
臻於極致的字句典故考訂工作,並可以從繁瑣的考證中擺脱出來,
進行新的更深入的開拓。

（三）孟子"以意逆志"説在釋杜中的倡導

　　那麼對舊注徹底改進的出路何在呢? 清代的學者一方面繼續
循著傳統的箋注方法,辨正詞語典故,訂正舊注之誤。另一方面,
因爲對舊注的所得與所失都已然十分明晰,所以清代的杜詩學者
能夠從字句的訓釋中解脱出來,着重對還没有得到充分闡發的杜
詩詩意進行疏通、串解,從而表現出對孟子"以意逆志"説在釋杜中
的倡導。如黄生《杜詩説・自序》曰:"竊怪後之説詩者,不能通知
作者之志,其爲評論注釋,非求之太深,則失之過淺。疏之而反以
滯,抉之而反以鑿,支離錯迕,紛亂膠固,而不中窾會,若是者何哉?
作者之志,不能意爲之逆故也。"他指出前代注解者之所以不能把
握闡釋詩意的深淺之度的關鍵,就在於他們不能運用"以意逆志"
的解杜方法。徐秉義《問齋杜意序》云:"余受而卒讀,蓋深有得於
子輿氏以意逆志之言,心領神悟,掃盡從來荆榛,一以己意探得之。
如日之出,無暗不見;如冰之涣,無堅不解。吾嘗惡讀杜之鑿與竊
者,欲反求於己,而問齋先生得我心所同然。"這説明清代杜詩學的
重點已經發生轉移,即從宋、元、明三代釋杜的基礎上,強調運用
"以意逆志"的方法,進行杜詩整體詩意的闡發。與之相適應,清代
的注杜多標榜以"闡"、"意"乃至"論文",表現出開拓的新趨勢,即
由傳統的重"箋注"轉爲着重詮釋詩意,如浦起龍《讀杜心解・發
凡》指出:"注與解體各不同:注者其事辭,解者其神吻也。神吻由
事辭出,事辭以神吻爲準。"

　　具體"以意逆志"以求少陵之心的方法,清人特別提出通過反復誦讀杜詩來實現,即"攝吾之心以印作者之心",通過讀者的心理體驗實現讀者與詩人之間的心靈溝通,從而最終理解詩意。如傅山云:"杜詩之愜,當久忘筌最妙。"①薛雪《一瓢詩話》則云:"杜少陵詩,止可讀,不可解。"②乾隆朝的汪灝,亦強調"讀杜",其《知本堂讀杜自序》曰:"不箋且注,而唯讀之者何? 杜陵去今九百餘年矣,名賢宿學,注之箋之者,既詳且精,灝於數者俱不能,且懼穿鑿傅會,失作者之心,聊讀之云爾。"並提出讀杜之法:"必全首一氣讀之,一題數首一氣讀之,全部一氣讀之,乃可得作者之本旨。"(《凡例》三)又如翁方綱《杜詩附記自序》云:"手寫杜詩全本而咀詠之,束諸家評注不觀,乃漸有所得。"也主張通過對杜詩的諷誦體味,來得到詩意的正確理解。從以上這些例子都可看出清代的這種杜詩闡釋思想嬗變的趨勢。

　　反復諷誦確實能加深對詩意的理解,厲志就曾談及自己用反復誦讀的方法對杜詩的認識前後發生變化的例子:

　　　昔時觀杜、岑二公《慈恩寺塔》詩,覺杜不如岑。又數年,覺杜亦不下於岑。比來細視之,岑只極題中之妙,而杜之所包者甚廣。凡人平素鬱抱,每值登臨,輒欲抒寫。少陵胸中所積無盡,所歷又極高險,寫登望境界,祇題面耳。故其前半曰"翻百憂",曰"追冥搜",至"回首"以下,皆其"憂"也,皆其"冥搜"也。其生平皆於此而會也。"叫虞舜"者,觸於"蒼梧"也。其下若可解,若不可解,非解所能解,是即三閭大夫之苦衷也。中間用"義和"、"少昊",與"虞舜"隱隱相關動,讀之了若無意,吾恐其皆有苦心在也。若以嘉州之作方之,不誠有小大之殊乎?③

①　傅山《霜紅龕集》卷二五《詩訓》,山西人民出版社1985年版,第675頁。
②　薛雪《一瓢詩話》,人民文學出版社1979年版,第156頁。
③　厲志《白華山人詩說》卷二,《清詩話續編》本,第2284—2285頁。

然論者指出，"以意逆志"方法從解釋學觀點看存在着缺陷①，王嗣奭《杜臆原始》就指出讀者之"意"與作者之"志"之間的距離無法完全一致："臆者，意也。'以意逆志'，孟子讀詩法也。誦其詩，論其世，而逆以意，向來積疑，多所披豁；前人謬迷，多所駁正。恨不起少陵於九京而問之：際其涯乎？測其底乎無也？"因爲"以意逆志"是恢復作者意圖的過程，但由於二者之間存在着差距，故任何解讀都只具有推測性質。所以一旦在杜詩的解釋中過分追求對作者心靈的復活，便不能不如浦起龍那樣求助於"神吻"———一種神秘的溝通了。其實這種方法上的缺陷並不會導致不可知論，因爲人的自我理解不會窮盡，對文獻的理解也不會窮盡，隨着自我理解的不斷加深，對杜詩的理解也必然會隨之加深。

但若不具備較高的文化修養，僅憑臆解耳食，是不會正確理解杜詩的。這樣低級的"以意逆志"必然會導致誤解與穿鑿。所以"反求於己"（徐秉義《問齋杜意序》）、"以我之情性物理，揆諸杜詩，而見之注"（《問齋杜意·自序》），"以我之意，逆杜之意"（黃生《杜詩説·自序》）產生的危險就是容易限於解詩者的個人素質，而不能通曉詩意，陷入另一種膚淺穿鑿之中。而且有些學者所標榜"以意逆志"的釋杜方法又往往是以評時文的方法來解詩，如陳式的《問齋杜意》和吳見思的《杜詩論文》就有此弊，往往把杜詩當作文章來解釋。《杜詩論文凡例·總論》云："杜詩而曰論文，止就其文意稍加衍釋，校之鈎深鑿空者，庶明白易簡焉。"這也讓人懷疑是不是擺脱一種穿鑿之後又陷入另一種穿鑿之中，所以《四庫全書總目》之《杜詩論文》提要評其書道："夫箋注典故，所以發明文義也。論事自論事，論文自論文，是以兩無據矣。"對陳式《問齋杜意》則評爲"説詩似不該如此"。所以，學者們在"以意逆志"的過程中往往強調"以杜證杜"的方法，如吳興祚在《杜詩論文序》中所提倡的

---

① 謝思煒《杜詩解釋史概述》，《文學遺產》1991 年第 3 期。

“不强杜以從我,而舉杜以還杜”,即是如此。

　　總之,清初學者們對“無一字無來處”説的質疑與駁正,無疑是杜詩闡釋史上的一次革命,在一定程度上矯正和淘汰了那些毫無意義的穿鑿附會,開闢了杜詩闡釋的新途徑。沈壽民於康熙初年曾慨嘆:“杜詩之學,至今日而發明無餘蘊矣。”(朱鶴齡《杜工部詩集輯注·後序》)至康熙二十四年(1685),王掞亦感嘆道:“子美之詩於是無餘蘊矣。”(張遠《杜詩會稡序》)到乾隆四十三年(1778)馮浩又云:“惟説杜詩者,注釋論述,傳本紛繁,闡發固無餘蘊。”(江浩然《杜詩集説序》)可謂異代同慨。而清初學者立足於反穿鑿的角度,在批評“無一字無來處”説的同時形成了趨簡尚意的思想傾向。其不重訓詁、着重闡發詩意的注杜態度,從某種程度上擺脱了前代箋注的繁瑣拘泥。這對於那些慨嘆杜詩已經“發明無餘蘊”者來説,無疑標示出一條以意解杜的康莊大道。

二、對“詩史”説的反思

（一）宋、元“詩史”觀念的演變

　　“詩史”説最早出於孟启《本事詩》:“杜逢禄山之難,流離隴蜀,畢陳於詩,推見至隱,殆無遺事,故當時號爲‘詩史’。”此言一出,得到後世的廣泛認同。宋人對“詩史”説就極力推崇。首先,他們肯定杜詩“善紀時事”的特點,如宋祁《新唐書·杜甫傳贊》稱杜甫“善陳時事,律切精深,至千言不少衰,世號詩史”。陳巖肖《庚溪詩話》云:“杜少陵子美詩,多紀當時事,皆有依據,古號詩史。”①宋人甚而對杜詩中的這種史筆特性大加贊揚,如黃徹《碧溪詩話》云:“子美世號詩史,觀《北征》詩云:‘皇帝二載秋,閏八月初吉。’《送李校書》云:‘乾元元年春,萬姓始安宅。’又《戲贈友》二詩:‘元年

---

① 陳巖肖《庚溪詩話》卷上,丁福保輯《歷代詩話續編》,第167頁。

建巳月,郎有焦校書'、'元年建巳月,官有王司直。'史筆森嚴,未易及也。"①又如周煇《清波雜志》引李遘年之言曰:"詩史猶國史也。《春秋》之法,褒貶於一字,則少陵一聯一語及梅,正春秋法也。"②這樣,宋人對"詩史"的理解就産生出了以爲詩可代史的傾向。

其實詩與史既有相同之處,亦有很大的區別,不可混爲一談。有論者指出,雖然詩歌從一開始産生就和歷史有着相當緊密的聯繫,至兩漢時,文學仍緊密地依附於史學。但是隨著文學意識的自覺與詩歌文體的獨立,詩已逐漸從史中剥離出來,獲得了獨立的地位③。就詩的表現手法來看,賦、比、興三種方法中,賦的手法與史筆紀事方法極爲類似,但詩歌的比興手法却是爲史筆所不到處。因爲詩歌可以充分發揮想象,傾注詩人的愛憎情感,而史實的記録却是客觀、嚴肅的,不允許脱離事實僅依據想象寫作。史官的好惡情感也只能托之於"《春秋》筆法",以見其皮裏陽秋。宋人胡宗愈認識到杜詩首先是抒情藝術,看到杜詩所反映的歷史不是照章實録,其《成都草堂詩碑序》曰:"先生以詩鳴於唐,凡出處、動息勞佚、悲歡憂樂、忠憤感激、好賢惡惡,一見於詩,讀之可以知其世,學士大夫,謂之'詩史'。"④指出詩歌在反映現實的同時還滲透了詩人的好惡與主觀評價,對詩與史關係把握得就比較客觀。

從詩與史相同的一面來看,杜甫詩中善於以賦的手法記録時事,確有與史相通之處,這也確實是杜甫有意識的一種藝術追求,這當然是"詩史"的一個重要特徵。有人指出,杜詩的歷史價值在

---

①　黄徹《碧溪詩話》卷一,人民文學出版社 1986 年版,第 10 頁。

②　周煇著、劉永翔校注《清波雜志校注》卷一〇,中華書局 1994 年版,第 455 頁。

③　周興陸《"詩史"之譽和"以史證詩"》,《杜甫研究學刊》1999 年第 1 期。

④　華文軒編《古典文學研究資料彙編・杜甫卷》上編唐宋之部第一册,中華書局 1964 年版,第 92 頁。

於三個方面：一是與史事互相參證，二是補史書之闕，三是正史書之誤①。杜詩與史事可互參者甚多，如《舊唐書·玄宗紀》曰："天寶十二載八月，京城霖雨，米貴，令太倉米十萬石減糶與貧人。"杜甫《醉歌行》云："日糴太倉五升米，時赴鄭老同襟期。"就是詩與史可互參之例證。另外，杜詩可以補史之闕。史書因爲種種原因，記事往往相當簡略，甚而闕載，而杜詩却鮮活生動地記録了唐代的社會生活。

　　然而過分强調杜詩的史的性質，將其推向極致，而完全忽略了杜詩作爲詩的特性，將"詩史"涵義作單一化的理解，無疑是對"詩史"的歪曲。宋人甚至將"詩史"發展成一種庸俗化的理解，劉攽《中山詩話》、文瑩《玉壺清話》、《詩話總龜》引《古今詩話》都記載了以杜詩證唐代酒價之事：

　　　　真宗問近臣："唐酒價幾何？"衆莫能對。丁謂奏曰："每斗三百文。"帝問："何以知之？"丁引此詩（指"速宜相就飲一斗，恰有三百青銅錢"）以對，帝大喜曰："子美真可謂一代之史！"

另外，《猗覺寮雜記》卷上也載有以杜甫《鹽井》詩證唐時鹽價的記載，並稱杜詩的真實性"使後世有考，真詩史也"。之所以產生這樣的理解，是因爲宋人未能將詩與史的關係辯證對待，而只將杜詩"善紀時事"的特點無限誇大爲可以等同甚至代替史傳的程度，"詩史"的内涵因而被狹隘化和庸俗化了。宋周必大《二老堂詩話》就頗具卓識地指出："昔人應急，謂唐之酒價每斗三百，引杜詩'速宜相就飲一斗，恰有三百青銅錢'爲證。然白樂天爲河南尹，自勸絶句云：'憶昔羈貧應舉年，脱衣典酒曲江邊。十千一斗猶賒飲，何況官供不著錢。'又古詩亦有'金尊美酒斗十千'，大抵詩人一時用事，

---

①　李道顯《杜甫詩史研究》，華岡出版部 1973 年版，第 829—848 頁。

未必實價也。"①可惜這種聲音在宋人眾多對"詩史"狹隘的轟然贊譽中被掩蓋和埋没了。

　　其實,杜詩固可證史之謬、補史之闕,然因消息閉塞等原因,難免亦有失誤之處。如大曆二年杜甫在夔州作《承聞河北諸道節度入朝》十二首,朱鶴齡即指出:"河北入朝事,史無明文,疑公在夔州,特傳聞之,而未實然耳。"②將杜詩作爲"聖賢法言"的宋人,却對杜詩的準確性深信不疑。這種觀念滲透到對"詩史"的理解中,到元代竟産生出將杜詩用典誤爲史實的錯誤。如楊承祖指出,元辛文房《唐才子傳》中記載王季友"暗誦書萬卷,論必引經。家貧賣屐,好事者多携酒就之",乃是受杜詩《可嘆》"丈夫正色動引經,酆城客子王季友。群書萬卷常暗誦,孝經一通看在手。貧窮老瘦家賣屐,好事就之爲携酒"詩句的影響。其實杜甫稱其"貧窮老瘦家賣屐",是明用謝承《後漢書·劉勤傳》中的典故,以高尚王季友其人,而並非實指。王季友也並非真的貧到"賣屐"的程度③。

(二)明代"詩史"觀念的發展

　　明人的"詩史"觀念承繼宋人而又有所發展。承接宋人"善紀時事"之"詩史"觀的,如董説云:"故甫之詩並與時事相經緯,而世謂之詩史,此編年之略例也。"④陳謨《海桑集》卷五《周石初集序》云:"昔賢稱杜詩似《史記》,豈不以天寶以來間事不得少陵載而傳之,安能如畫? 此史傳所不及也。"指出杜詩所記爲史傳所不及的獨特之處。另如王文禄《詩的》更進一步指出杜詩"叙事、點景、論

---

①　周必大《二老堂詩話》,何文焕輯《歷代詩話》,中華書局 1981 年版,第658 頁。

②　朱鶴齡著、韓成武等點校《杜工部詩集輯注》卷一六,第 624 頁。

③　楊承祖《杜詩用事後人誤爲史實例》,"中研院"《歷史語言研究所集刊》第 54 期(1983 年)。

④　董説《董若雨詩文集·豐草庵文集》卷三《文苑英華詩略序》,吳文治主編《明詩話全編》第十册,江蘇古籍出版社 1997 年版,第 10841 頁。

心，各各皆真，誦之如見當時氣象，故稱詩史"。這一説法可謂遠逗清浦起龍《讀杜心解》中"史家只載得一時事迹，詩家直顯出一時氣運"的説法，可惜的是王氏並未申述之。

另外，明人對"詩史"觀念提出了許多異議，如謝肇淛云："少陵以史爲詩，已非風雅本色，然出於憂時憫俗，牢騷呻吟之聲猶不失《三百篇》遺意焉。至胡曾輩之詠史，直以史斷爲詩矣。李西涯之樂府，直以史斷爲樂矣。以史斷爲詩，讀之不過嘔噦。以史斷爲樂，何以合之管絃？野狐惡道，莫此爲甚。"①雖對"以史爲詩"提出了"非風雅本色"的疑問，却仍肯定其價值。明人反對"詩史"説態度最激烈的莫過於楊慎了，其云：

> 宋人以杜子美能以韵語紀時事，謂之"詩史"。鄙哉宋人之見，不足以論詩也。夫六經各有體，《易》以道陰陽，《書》以道政事，《詩》以道性情，《春秋》以道名分。後世之所謂史者，左記言，右記事，古之《尚書》《春秋》也。若《詩》者，其體其旨，與《易》《書》《春秋》判然矣。《三百篇》皆約情合性而歸之道德也，然未嘗有道德字也，未嘗有道德性情句也。二《南》者，修身齊家其旨也，然其言"琴瑟""鐘鼓"，"荇菜""茉苢"，"夭桃""穠李"，"雀角""鼠牙"，何嘗有修身齊家字耶？皆意在言外，使人自悟。至於變風變雅，尤其含蓄。言之者無罪，聞之者足以戒。如刺淫亂，則曰"雝雝鳴雁，旭日始旦"，不必曰"慎莫近前丞相嗔"也；憫流民，則曰"鴻雁于飛，哀鳴嗷嗷。"不必曰"千家今有百家存"也；傷暴斂，則曰"維南有箕，載翕其舌"，不必曰"哀哀寡婦誅求盡"也；叙饑荒，則曰"牂羊羵首，三星在罶"，不必曰"但有牙齒存，可堪皮骨乾"也。杜詩之含蓄

_____

① 謝肇淛《小草齋詩話》卷二外篇上，吳文治主編《明詩話全編》第六册，第 6679 頁。

蘊藉者,蓋亦多矣,宋人不能學之。至於直陳時事,類於訕訐,
乃其下乘末脚,而宋人拾以爲己寶,又撰出"詩史"二字,以誤
後人。如詩可兼史,則《尚書》《春秋》可以併省。又如今俗
《卦氣歌》《納甲歌》,兼陰陽而道之,謂之"詩易",可乎?①

其持論意在强調詩不可以兼史,而且他還認爲杜甫直陳時事之作
不能如《詩經》那樣"含蓄蘊藉",而是類於訕訐,故不必多學。這
其實是楊慎過分强調詩異於史之處,連詩歌中與史傳通用的"賦"
的手法都一併加以否定,而一反宋人對"賦"的推重,轉而提倡對
"比興"手法的重視。其論固然有矯枉過正之嫌,但他引發了人們
對詩與史異同的激烈爭論,無疑促進了"詩史"觀念的進一步發展。
　　楊慎對"詩史"説提出的異議在當時堪稱石破天驚之論,但因
其明顯的片面性,亦招致了衆多駁斥,如王世貞《藝苑卮言》卷四
曰:"其言甚辯而核。然不知嚮所稱,皆興比耳。《詩》固有賦,以述
情切事爲快,不盡含蓄也。語荒而曰'周餘黎民,靡有孑遺',勸樂
而曰'宛其死矣,他人入室',譏失儀而曰'人而無禮,胡不遄死',
怨讒而曰'豺虎不受,投畀有昊'。若使出少陵口,不知用脩何如貶
剥也?'且莫近前丞相嗔',樂府雅語,用脩烏足知之?"②他認爲詩
的手法不應是單一的,以賦的手法直接敘事不但不應被排斥在外,
而且正是《詩經》以來的傳統作法。而許學夷則云:"愚按:用修之
論雖善,而未盡當。夫詩與史,其體其旨固不待辯而明矣。即杜之
《石壕吏》《新安吏》《新婚別》《垂老別》《無家別》《哀王孫》《哀江
頭》等,雖若有意紀時事,而抑揚諷刺,悉合詩體,安得以史目之?

---

　　①　楊慎《升庵集》卷六〇,《影印文淵閣四庫全書》第1270册,上海古籍
出版社1987年版,第569頁。
　　②　王世貞《藝苑卮言》卷四,丁福保輯《歷代詩話續編》,中華書局1983
年版,第1010頁。

至於含蓄蘊藉雖子美所長,而感傷亂離,耳目所及,以述情切事爲快,是亦變雅之類耳,不足爲子美累也。"①許學夷指出杜詩雖紀時事,却並未喪失詩歌的基本特性,和真正的史仍有本質的區别。總之,明人對"詩史"内涵的争論,讓人們開始認識到正確理解和把握"詩"與"史"的關係,是至爲重要的。這些都對後代"詩史"觀念的演進和發展有深刻的啓迪。

(三) 清代"詩史"觀念的發展

1. "詩之不可以史爲"

清初的王夫之承明代楊慎之餘緒,强調詩與史兩種體製的區别,其云:"意必盡而儉於辭,用之於《書》;辭必盡而儉於意,用之於《詩》,其定體也。"②指出由於體製的不同,詩與史的寫作方法也各異,即"詩有叙事叙語者,較史尤不易。史才固以甄括生色,而從實著筆自易;詩則即事生情,即語繪狀,一用史法,則相感不在永言和聲之中,詩道廢矣"③。船山對"詩史"説的批駁都是著眼於此而發的,如《詩譯》云:

> "賜名大國虢與秦",與"美孟姜矣"、"美孟弋矣"、"美孟庸矣"一轍,古有不諱之言也,乃《國風》之怨而誹、直而絞者也。夫子存而弗删,以見衛之政散民離,人誣其上,而子美以得詩史之譽。夫詩之不可以史爲,若口與目之不相爲代也,久矣。④

---

① 許學夷著、杜維沫校點《詩源辯體》卷一九,人民文學出版社 1987 年版,第 221 頁。

② 王夫之《詩廣傳》卷五,中華書局 1964 年版,第 166 頁。

③ 王夫之《古詩評選》卷四《上山采蘼蕪》評語,《船山全書》第十四册,第 651 頁。

④ 王夫之著、戴鴻森箋注《薑齋詩話箋注》卷一《詩譯》,人民文學出版社 1981 年版,第 24 頁。

故其《古詩評選》曰："杜子美放之,作《石壕吏》,亦將酷肖,而每于刻畫處猶以逼寫見真,終覺於史有餘,于詩不足。論者乃以'詩史'譽杜,見駝則恨馬背之不腫,是則名爲可憐閔者。"①也正是從這一點來說,他才認爲:"以'詩史'稱杜陵,定罰而非賞。"②因而,他對宋人製造的"唐時酒價"那樣的偏執就大加揶揄,其《夕堂永日緒論》云:

> 必求出處,宋人之陋也。其尤酸迂不通者,既於詩求出處,抑以詩爲出處考證事理。杜詩"我欲相就沽斗酒,恰有三百青銅錢。"遂據以爲唐時酒價。崔國輔詩:"與沽一斗酒,恰用十千錢。"就杜陵沽處販酒,向崔國輔賣,豈不三十倍獲息錢邪? 求出處者,其可笑類如此。③

傅山也主張詩與史不可混淆,強調要用藝術審美的眼光閱讀欣賞杜詩,他説:"史之一字,掩却杜先生,遂用記事之法讀其詩。老夫不知史,仍以詩讀其詩。"④王夫之、傅山等人對"詩史"説的質疑促進了人們對詩歌表現功能的再認識。

2. "以詩補史"説的時代新内涵

明末清初的文人如錢謙益、朱彝尊、吳偉業、黄宗羲、龔鼎孳等人,由於易代之際的強烈刺激,特别強調以詩歌補史的功能。因爲他們認爲亡國易代之際,時代的歷史事件不能被史官正常記録,而亡國史實多被記録於明遺民的詩作中,正可補史之不備。故錢氏編選《列朝詩集》和朱彝尊編選《明詩綜》皆有以詩存史之意。如錢謙益自稱受元好問編《中州集》借詩以存史的啓發,選編《列朝詩

---

① 王夫之著、戴鴻森箋注《薑齋詩話箋注》卷一《詩譯》,第24頁。
② 王夫之《古詩評選》卷一曹丕《煌煌京雒行》評語,第509頁。
③ 王夫之著、戴鴻森箋注《薑齋詩話箋注》卷二,第122頁。
④ 傅山《霜紅龕集》卷四〇《雜記五》,第1132頁。

集》，其《列朝詩集序》云：“孟陽之言曰：元氏之集也，以詩繫人，以
人繫詩。中州之詩，亦金源之史也，吾將仿之。吾以采詩，子以庀
史，不亦可乎？”故其《列朝詩集》是一部明史的備忘録。同樣，黄宗
羲《姚江逸詩序》云：“孟子曰：詩亡然後《春秋》作，是詩之與史，相
爲表裏者也。故元遺山《中州集》竊取此意，以史爲綱，以詩爲目，
而一代之人物，賴以不墜。錢牧齋仿之爲《明詩選》（即《列朝詩
集》），處士纖芥之長，單聯之工，亦必震而矜之。齊蓬户於金閨，風
雅袞鉞，蓋兼之矣。”①吴偉業則着意在其詩歌中表現易代之際的許
多重大歷史事件，趙翼就指出：“梅村身閱鼎革，其所詠多有關於時
事之大者。”②又黄宗羲《萬履安先生詩序》云：

　　今之稱杜詩者以爲詩史，亦信然矣。然注杜者但見以史證
詩，未聞以詩補史之闕。雖曰詩史，史固無藉乎詩也。逮夫流
極之運，東觀、蘭臺但記事功，而天地之所以不毁，名教之所以
僅存者，多在亡國之人物血心流注，朝露同晞，史於是而亡矣。
猶幸野制遥傳，苦語難銷，此耿耿者明滅於爛紙昏墨之餘，九
原可作，地起泥香，庸詎知史亡而後詩作乎？是故景炎、祥興，
《宋史》且不爲之立本紀，非《指南》《集杜》，何由知閩、廣之興
廢？非水雲之詩，何由知亡國之慘？非白石、晞髮，何由知竺
國之雙經？陳宜中之契闊，《心史》亮其苦心；黄東發之野死，
寶幢志其處所，可不謂之詩史乎？元之亡也，渡海乞援之事，
見於九靈之詩。而鐵崖之樂府，鶴年、席帽之痛哭，猶然金版
之出土地也，皆非史之所能盡矣。明室之亡，分國鮫人，紀年
鬼窟，較之前代干戈，久無條序。其從亡之士，章皇草澤之民，
不無危苦之詞。以余所見者，石齋、次野、介子、霞舟、希聲、蒼

---

① 　黄宗羲《黄梨洲文集》，中華書局 1959 年版，第 375 頁。
② 　趙翼《甌北詩話》卷九，人民文學出版社 1963 年版，第 131 頁。

> 水、密之十餘家,無關受命之筆,然故國之鏗爾,不可不謂之史
> 也。先生固十餘家之一也……而先生之詩,亦遂淒楚蘊結而
> 不可解矣……故先生之詩,真詩史也,孔子之所不删者也。①

雖從詩與史的性質出發,指出二者不可互相替代的特性,但在明末
特殊的歷史背景下,他們對詩歌於易代之際所負擔的歷史使命都
寄寓了極大的希望。正是在這樣思想的指導下,他們對杜甫詩歌
補史之闕的功能予以充分的體認和贊譽,由此出發,錢謙益開創了
"以詩證史"的注杜方法,且自詡爲"鑿開鴻蒙,手洗日月",將"詩
史"説又一次提到較高高度。這些都無疑是給"詩史"注入了新的
時代内涵,是在新的歷史條件下對"詩史"説的豐富和發展。

　　3."史外傳心之史"

　　"補史之闕"仍是從史料的角度肯定詩歌的存在價值,清初人中
吴偉業又提出了"史外傳心之史"的説法,是對"詩史"説的又一重要
發展,爲詩與史的辯證關係作了進一步定位,其《且樸齋詩稿序》云:

> 　　古者詩與史通,故天子采詩,其有關於世運升降、時政得
> 失者,雖野夫遊女之詩,必宜付史館,不必其爲士大夫之詩也;
> 太史陳詩,其有關於世運升降、時政得失者,雖野夫遊女之詩,
> 必入貢天子,不必其爲朝廷邦國之史也。……觀其(指映薇)
> 遺余詩曰:"菰蘆十載卧蘧蘧,風雨爲君嘆索居。"出處相商,兄
> 弟之情,宛焉如昨。又曰:"山中已着還初服,闕下猶懸次九
> 書。"則又諒余前此浮沉史局,掌故之責,未能脱然。嗟乎! 以
> 此類推之,映薇之詩,可以史矣,可以謂之史外傳心之史矣!②

---

①　黄宗羲《黄梨洲文集》,第346—347 頁。
②　吴偉業《吴梅村全集》卷六〇《輯佚》,上海古籍出版社1990 年版,第
1205—1206 頁。

有學者指出，"史外傳心之史"強調的不僅僅是用客觀寫實的筆法記錄下社會現實中發生的具體事件和經歷，以彌補正統歷史著作所帶來的缺漏，成爲後人修史時可資考據的史料；它也不是以史的附庸方式而存在的。就"史"的意義而言，詩歌所傳之"史"，是通過個體心靈真實感受體驗的表現所反映出的一代興亡盛衰的歷史。它不是社會史、政治史，而是心靈史、情感史①。這一認識既強調了詩歌對現實生活的反映，也突出了詩歌反映生活的獨特方式。

4. "史家只載得一時事迹，詩家直顯出一時氣運"

浦起龍在《讀杜心解》中又提出"史家只載得一時事迹，詩家直顯出一時氣運"的命題，可以說是清人繼吳偉業"史外傳心之史"説後，對"詩史"涵義的進一步開拓，其《讀杜提綱》云：

> 代宗朝詩，有與國史不相似者：史不言河北多事，子美日日憂之；史不言朝廷輕儒，詩中每每見之。可見史家只載得一時事迹，詩家直顯出一時氣運。詩之妙，正在史筆不到處。若拈了死句，苦求證佐，再無不錯。②

另外，對詩與史的辯證關係闡發得較爲透闢的應屬施閏章，其《江雁草序》云：

> 古未有以詩爲史者，有之，自杜工部始。史重褒譏，其言真而核；詩兼比興，其風婉以長。故詩人連類托物之篇，不及記言記事之備。傳曰：溫柔敦厚，詩教也。然作史之難也，以孔子事筆削，其於知我罪我，蓋惴惴焉。昌黎爲唐文臣，起衰敝，至言史官不有人禍，必有天刑，引左丘明、司馬遷及崔浩、

---

① 李世英、陳水雲《清代詩學》，湖南人民出版社 2000 年版，第 26 頁。
② 浦起龍《讀杜心解》卷首，第 63 頁。

魏收等爲戒。子厚深非之,往復辨難不相下,史之難如此。詩人
則不然,散爲風謠,采之太師,田夫野婦可稱咏其王后卿大夫。
微詞設諷,或泣或歌……言者無罪,聞之者足以戒,其用有大於
史者。……杜子美轉徙亂離之間,凡天下人物事變,無一不見於
詩,故宋人目以詩史,雖有譏其學究者,要未可概非也。①

以上這些對詩與史關係的探討,都表明清人對"詩史"説已不再盲
從,而是既能從二者辯證關係的角度進行分析,又注入了時代新内
涵。同時這一探討的展開,是清初以擺脱宋人重"賦"的手法之偏
頗而重新對詩歌"比興"觀念的闡發爲背景而產生的②。這都是古
典詩歌闡釋史上的進步。

5. 對"詩史互證"所生流弊的批評

清代的第一個注杜大家錢謙益開創了"以詩證史"的注杜方
法,且自詡爲"鑿開鴻蒙,手洗日月",可謂在豐富了"詩史"時代内
涵的同時,無意間又將詩與史放在了並列的位置。儘管其結合唐
史的考證澄清了許多疑難,如對《洗兵馬》的箋釋就揭露出肅宗"隱
而未暴"的事實,其客觀上忽略杜詩"詩"的特性也必然帶來穿鑿之
弊。已有學者指出,詩史互證作爲一種方法,它是有局限性的。具
體説,它只適用於那些借"比興"傳統來表現現實社會或直接叙寫
與時事有關事物的文學作品。至於古代大多數抒情性較强的詩歌
作品是不能用這種方法來解釋的,若一旦運用了這種方法,就會導
致文學研究誤入歧途③。《錢注杜詩》中牽强附會之處仍屢屢爲後

①　施閏章《施愚山先生學餘文集》卷四,《清代詩文集彙編》第 67 册,第
32—33 頁。

②　參見簡恩定《清初杜詩學研究》第一篇第二章第二節"比興觀念的再
闡發",文史哲出版社 1986 年版。

③　郝潤華《論〈錢注杜詩〉對清代詩歌詮釋學的影響》,《西北成人教育
學報》2000 年第 2 期。

人所詬病，如畢沅《杜詩鏡銓序》就曾尖銳指出："有友人株守明人箋注一册，珍爲枕中秘本，謂能箋釋新、舊《唐書》時事，確當詳贍，此讀杜之金針也。余應之曰：'如此何不竟讀《唐書》？'"①新、舊《唐書》畢竟與杜詩是不能相互代替的。鄧之誠《清詩紀事初編序》也曾指出："錢謙益《讀杜小箋》事事徵實，不免臆測。"②"事事徵實"的做法消泯了詩歌與史事的界限，必然會産生出諸多流弊。

　　對於詩史互證所産生的弊端，清初的許多學者都提出批評，如吳見思《杜詩論文·總論》云："古人作詩，自有寄托，如《送菜》《送瓜》《種萵苣》諸作，其旨甚明，而後人因之，每多牽强。如詠月之'微升古塞外，已隱暮雲端'，與蕭宗何與？乃後人一中其蠱，首首皆詩史，字字皆忠愛。"方孝標《問齋杜意序》曰："而説之者曰'詩史'也，曰'一飯不忘君'也，於其稍涉隱見者，必强指之，以爲某章譏宮廷，某章譏藩鎮，某句怨徵車之不至，某句望利禄之不來。殆若鄭五之歇後，殷浩之空書，豈少陵哉！"陳式《問齋杜意·讀杜漫述》云："甚矣，'詩史'二字之不可爲據也！一雨晴之不能不以地異也，不勝記也。少陵在蜀，憂旱、愁雨有作，而解者動引唐史所載長安某年某月雨，某年某月旱，抑曾聞秦蜀連千餘里雨旱耶？不當蜀自蜀、長安自長安耶？一酒價之有貴賤也，於時於地有凶豐，彼此早晚異也。宋章聖問唐時酒價，丁謂以公《偪側行》證之。即令作詩之時斗酒三百錢，其能定得唐一代如是，唐一代諸州如是耶？問者可笑，對者之爲口給面欺可斥。甚矣！'詩史'之不可爲據，類是也，余故不敢比而同也。"

　　對"詩史"説的反思促進了清初杜詩學者對於杜詩的深入認識，這對於他們確立反對穿鑿附會注杜思想，揭示杜詩更加深刻的文化内涵，都起到了解放思想、開闢注杜新領域的作用，對有清一

---

① 楊倫《杜詩鏡銓》卷首，第 2—3 頁。
② 鄧之誠《清詩紀事初編》，上海古籍出版社 1984 年版，第 1 頁。

代杜詩學的健康發展都可謂居功至偉。

第三節　錢、朱注杜公案分析

一、《錢注杜詩》與《杜工部詩集輯注》簡介

（一）錢謙益《錢注杜詩》

錢謙益（1582—1664），字受之，號牧齋，晚年自稱蒙叟、虞山老民、東澗遺老、牧齋老人、絳雲老人等，世稱牧翁、虞山先生。江蘇常熟人。明萬曆三十八年中探花，歷任翰林院編修、太子中允、詹事、禮部右侍郎、翰林院侍讀學士等職。因遭温體仁誣陷革職後歸里，南明福王立，起爲禮部尚書。順治二年降清，任禮部右侍郎管秘書院事，充修《明史》副總裁。六個月後即南歸，不復出仕。晚年與鄭成功暗通聲氣，秘密進行反清復明活動。著有《初學集》《有學集》《投筆集》等。生平事迹見《清史列傳·貳臣傳乙》、《清史稿·文苑傳》、金鶴翀《錢牧齋先生年譜》。

《錢注杜詩》凡二十卷。書名又作《杜工部集箋注》《錢牧齋先生箋注杜詩》《杜詩錢注》等。錢謙益爲清初詩文大家，學問淵博，尤嗜杜詩。錢氏研治杜詩前後歷三十年，於順治十八年（1661）撰成此書。卷一至卷一八，共收杜詩 1 472 首，卷一九、二○爲文賦。宋元明之注杜詩者，多着重於詞語訓釋，詩意領會，及藝術技巧工拙之評論等，而錢注杜詩則着重於以史證詩，通過對歷史事實之鈎稽考核，闡明杜詩之思想内涵。對交遊、地理、職官與典章制度等方面之箋注，亦資料翔實，論證精當。清代治杜學者鮮不受錢氏《錢注杜詩》之影響。此書乾隆時雖遭禁毁，然仍暗中流布不衰。該書除内容上具有極高學術價值外，其所據底本爲宋之吳若本，而吳本今已不存，故《錢注杜詩》在杜詩版本校勘上，亦具有極高的參

考價值。該書版本甚多,約有十餘種,最早的有康熙六年(1667)静思堂初刻本,而1958年中華書局上海編輯所據静思堂刻本斷句排印本,流布最廣。1979年上海古籍出版社又出新一版。

　　基於詩史是一種廣義的史的認識,以及"以詩記史"的創作實踐,錢謙益注杜詩特別注重闡發杜詩與唐史之間的聯繫。故錢箋最大的特色就是"以史證詩"、"詩史互證",的確在杜詩學史上取得了突破性的成就。他的箋注澄清了舊注的許多錯亂謬誤之處,使人得以少窺杜陵之真面目。這在他自詡爲"鑿開鴻蒙,手洗日月"的《冬日洛城北謁玄元皇帝廟》《洗兵馬》《承聞河北諸道節度入朝歡喜口號絕句十二首》《諸將五首》諸箋中表現得尤爲明顯。這幾首詩箋注的主旨是指出杜甫對玄、肅、代三帝及朝廷的諷諭,兹略引一則以見其意。如《錢注杜詩》卷二《洗兵馬》箋曰:

　　《洗兵馬》,刺肅宗也,刺其不能盡子道,且不能信任父之賢臣,以致太平也。首叙中興諸將之功,而即繼之曰:"已喜皇威清海岱,常思仙仗過崆峒。"崆峒者,朔方回鑾之地,安不忘危,所謂願君無忘其在莒也。兩京收復,鑾輿反正,紫禁依然,寢門無恙,整頓乾坤皆二三豪俊之力。於靈武諸人何與?諸人徼天之幸,攀龍附鳳,化爲侯王,又欲開猜阻之隙,建非常之功,豈非所謂貪天功以爲己力者乎?斥之曰汝等,賤而惡之之辭也。當是時,内則張良娣、李輔國,外則崔圓、賀蘭進明輩,皆逢君之惡,忌疾蜀郡元從之臣。而玄宗舊臣,遣赴行在,一時物望最重者,無如房琯、張鎬。琯既以進明之譖罷去,鎬雖繼相而旋出,亦不能久於其位。故章末諄復言之。"青袍白馬"以下,言能終用鎬,則扶顛籌策,太平之效,可以坐致。如此望之也,亦憂之也,非尋常頌禱之詞也。張公一生以下,獨詳於張者,琯已罷矣,猶望其專用鎬也。是時李鄴侯亦先去矣,泌亦琯、鎬一流人也。泌之告肅宗也,一則曰,陛下家事,必待上皇;一則曰,上皇不来矣。泌雖在肅宗左右,實乃心上皇。琯之敗,泌力爲營救,肅宗必心疑之,泌之力辭還山,以避禍也。鎬等終用,則泌亦當復出,故曰"隱士休歌紫芝曲"也。兩京既復,諸將之能事畢矣,故曰"整頓乾坤濟時了"。收京之後,洗兵馬以致太平,此賢相之任也。而肅宗以讒猜之故,不能信用其父之賢臣,故曰:"安得壯士挽天河,浄洗甲兵常不用。"蓋至是而太平之望益邈矣,鳴呼傷哉!"①

此箋爲箋注之中罕有之長篇,錢氏緊密聯繫歷史,仔細玩味詩意,亦叙亦論,亦解詩亦抒情。錢謙益以犀利的筆觸指出杜詩對肅宗不能盡子道,不能信用父之賢臣的揭露,的確是發前人之所未發。非是精研唐史、深悉其前後曲折者,不能爲之。錢注杜詩的"以史證詩",於此畢見無遺。

據許永璋統計,錢注"全集共收杜詩一千四百二十四首(逸詩在外,他人和作附内),有箋者僅約五十餘處,無一字注釋之白文,即有五百四十八首"②。而這五十餘條"箋曰",幾乎全爲考證史實之説,詩中注釋之辨析史實處亦占全部語詞注釋的一大部分。錢謙益《草堂詩箋元本序》云:"取僞注之紕繆,舊注之踳駁者,痛加繩削;文句字義,間有詮釋。"可見,錢謙益的確是把主要精力放在考辨史實、批駁舊注上,文句字義的理順,實在其次。如卷五《過郭代公故宅》後箋曰:"按代公定策在先天二年,而杜詩云'定策神龍後',蓋太平、安樂二公主及韋后用事,俱在神龍二年,故云'神龍後'也。吳若本注云:'明皇與劉幽求平韋庶人之亂,正在神龍後,元振常有功其間,而史失之。微此詩,無以見。'不知元振爲宗楚客

① 錢謙益《錢注杜詩》卷二,上海古籍出版社1979年版,第67頁。
② 許永璋《取雅去俗,推腐致新——略評〈錢注杜詩〉》,《草堂》1982年第2期。

等所嫉,出之安西,幾爲所陷。楚客等被誅,始得徵還。何從與平韋后之亂,此泥詩而不考古之過也。"卷七《遣懷》"長戟破林胡"句"林胡"下注曰:"高適《信安王幕府詩序》:'開元二十年,國家有事林胡,詔信安王總戎大舉。'《舊書》:'開元十九年,信安王禕出范陽之北,大破奚、契丹兩蕃之衆。'《唐會要》:'開元二十六年,張守珪大破契丹林胡,遣使獻捷。'胡三省曰:'契丹即戰國時林胡地。'故云然。"卷一〇《奉送郭中丞兼太僕卿充隴右節使三十韵》"煇(一作烜)赫舊家聲"句"家聲"下注:"《舊書》:'英乂,知運之季子也。知運爲鄯州都督、隴右諸軍節度大使,自居西陲,甚爲蠻夷所憚。開元九年,卒於軍。至德初,肅宗興師朔野,英乂以將門子特見任用。'英乂繼其父節度隴右,故有部曲家聲之句。"可見"以史證詩"、"詩史互證"確爲《錢注杜詩》的最大特色,也是其成就最高之處。

錢注最大的成就當然是他對史實的考證,不過有些地方因其過於求深,不免陷於穿鑿附會。關於錢注的失誤之處,朱鶴齡已指出一些,另有清人潘耒在《遂初堂文集·書杜詩錢箋後》對錢注進行不遺餘力的攻擊,雖不免持論迂腐,但亦有切中肯綮之見。錢氏之後杜詩注家對錢注亦多有批駁,均散見於各家注杜著作中。臺灣學者彭毅《錢牧齋箋注杜詩補》一書,對錢注有關唐代史實之處作了全面補正,對錢氏箋注之穿鑿附會、錯援史實、證據不足、誤引略漏、時日錯誤之處一一進行補充修正。

(二) 朱鶴齡《杜工部詩集輯注》

朱鶴齡(1606—1683),字長孺,自號愚庵,吳江松陵(今屬江蘇吳縣)人。明末諸生,入清後絕意仕進,屏居著述,晨夕不輟。與蟄屋李中孚(顒)、餘姚黃太沖(宗羲)、崑山顧寧人(炎武)並稱海内"四大布衣"。他與當時著名學者錢謙益、顧炎武過從甚密,在經、史、子、集各方面都頗有造詣,長於箋疏之學。一生著述甚豐,有《尚書埤傳》《禹貢長箋》《詩經通義》《春秋集説》《讀左日抄》《李義山詩集箋注》等傳世。生平詳《清史稿·儒林傳》。

朱鶴齡注杜，始於甲申鼎革之際。南京圖書館藏徐樹丕稿本《杜詩執鞭錄》卷一四中抄錄了朱鶴齡的《秋日讀書寓園成〈杜詩辨注〉述懷一百韵》，經檢核後發現，實爲朱鶴齡《愚庵小集》中《秋日述懷二十四韵》未删之原稿。通過此詩提供的原始信息可知，朱鶴齡于甲申（1644）之秋已經完成一部名爲《杜詩辨注》的注杜初稿①。由《杜工部詩集輯注》前朱鶴齡自識可知順治十二年（1655）《杜詩輯注》已成初稿，本欲與錢謙益稿合爲一書，後因二人觀點相左，遂各刻其書。從《杜詩辨注》的草創，到《杜工部詩集輯注》最終成書，前後經歷了二十七年的漫長歷程。朱注文集後所附“杜詩補注”屢引顧炎武《日知錄》中“杜詩注”，而《日知錄》初刻八卷刻成於康熙十一年（1672），洪業《杜詩引得序》據之推斷朱注成書當在此之後。其實朱鶴齡與顧炎武過從甚密，他當有機會於《日知錄》刊刻前閱讀過顧炎武的手稿。當時顧炎武的許多友人都曾在《日知錄》未刊前抄借此書，顧炎武自己稱《日知錄》在刻印前炙手可熱的情況，竟達到“友人多欲抄寫，患不能給”（《初刻〈日知錄〉自序》）的地步。可見，不宜以《日知錄》的初刻時間來定朱注的刊刻時間。朱注刻印的時間，當以朱氏同里學人計東康熙九年（1670）序文的時間爲準。

是書今傳康熙九年金陵葉永茹萬卷樓刻本，卷前有錢謙益序及手簡、朱鶴齡識語及自序，次爲附錄舊集序跋，依次爲樊晃序、王洙序、王琪後記、胡宗愈序、王安石序、李綱序、吳若後記、郭知達序、蔡夢弼跋、元稹《墓係銘》，附錄後又列“編注杜集姓氏”，即宋諸家注杜者，共二十四人，之後又依次有杜工部年譜、輯注凡例、

---

① 其詳可參孫微《朱鶴齡〈杜工部詩集輯注〉的發軔——以〈秋日讀書寓園成杜詩辨注述懷一百韵敬呈同好諸公〉爲中心》，《杜甫研究學刊》2021 年第 3 期。

《舊唐書·杜甫傳》。是書無總目，詩目分置各卷前，二十卷後有"失編一首"，即《晚秋長沙蔡五侍御飲筵送殷六參軍歸澧州覲省》。之後有沈壽民後序。又文集二卷，文集後附"杜詩補注"五十餘條。又集外詩一卷。共收詩 1457 首，文賦 32 首。是書各卷前均列參訂者兩人，各卷均不同，多達四十餘人，中多名流大家，朱氏蓋欲以此示其書編訂精審。朱注不以考據爲務，於考證史實處多依錢說，然朱注訓釋字句却較錢注詳備，並參諸家之長，而去蕪正謬，對清初注杜之影響亦甚大，實與錢注並稱於世。有學者指出，它上承蔡夢弼《草堂詩箋》，近補別開生面的錢牧齋《杜工部集箋注》，下惠博采衆說的仇兆鰲《杜詩詳注》，遠啓最精簡的楊倫《杜詩鏡銓》，是個簡繁適度和集大成的善本①。仇兆鰲評曰："近人注杜，如錢謙益、朱鶴齡兩家，互有同異。錢于唐書年月、釋典道藏，參考精詳；朱于經史典故及地里職官，考據分明。其刪汰猥雜，皆有廓清之功。"②錢、朱齊名，影響極大。但錢箋版本極多，而朱本却極少，除康熙九年金陵葉永茹萬卷樓刻本外，尚有清乾隆間金陵三多齋翻刻本，書名題《杜詩箋注》，乃是抽去錢謙益序，將沈壽民後序移前，並利用一部分原刻重印而成。朱注因有錢序，乾隆時被列爲禁書，此翻刻本便是坊賈爲回避禁網而爲。另有 1976 年日本吉川幸次郎編輯《杜詩又叢》本，乃據萬卷樓刻本影印，由日本中文出版社出版。2009 年，河北大學出版社出版了韓成武等人點校本，乃據葉永茹萬卷樓刻本爲底本。

二、錢、朱注杜公案

（一）錢、朱注杜公案始末

錢謙益和朱鶴齡都堪稱杜陵功臣，清初二人爲注杜而發生的

---

① 蔡錦芳《朱鶴齡〈輯注杜工部集〉研究》，《杜甫研究學刊》1990 年第 1 期。

② 仇兆鰲《杜詩詳注·凡例》，第 24 頁。

一場筆墨官司更是杜詩學史上一椿著名的公案。錢謙益注杜始於崇禎六年（1633），時錢之好友盧世㴶成《杜詩胥鈔》，請錢氏爲之作序，錢氏便將平日所得集成《讀杜小箋》寄與盧。卷前自識有"注詩之難，陸放翁言之詳矣。放翁尚不敢注蘇，予敢注杜哉"之語，並對學杜、評杜之流弊大加撻伐。次年又撰成《讀杜二箋》，卷末附《注杜詩略例》進一步抨擊了杜詩舊注之謬。崇禎十六年（1643），錢謙益門生瞿式耜將《讀杜小箋》《讀杜二箋》合刻於《初學集》末，是爲小、二箋之初刻。撰成《讀杜小箋》《讀杜二箋》後，錢謙益尚無意注全本杜詩，但亦以爲缺憾。直至順治十二年（1655），錢遇到朱鶴齡，方起意使朱氏爲其補足全書。錢謙益《與毛子晉書》云："頃在吳門，見朱長孺杜詩箋注，與僕所草，大略相似。僕既歸心空門，不復留心此事，而殘稿又復可惜，意欲并付長孺，都爲一書。"①朱鶴齡《杜工部詩集輯注》卷前自識云："愚素好讀杜，得蔡夢弼草堂本點校之，會稡群書，參伍衆説，名爲輯注。乙未（順治十二年）館先生家塾，出以就正。先生見而許可，遂檢所箋吳若本及九家注，命之合鈔，益廣搜羅，詳加考核，朝夕質疑，寸箋指授，丹鉛點定，手澤如新。卒業請序，篋藏而已。壬寅（康熙元年）復館先生家，更録呈求益。先生謂所見頗有不同，不若兩行其書。"錢謙益當時未見朱氏之成書便爲之作序。至康熙元年（1662）閱朱氏書稿後，方有大出所料之感。其時，錢謙益並未即刻與朱鶴齡反目，要兩刻其書，而是將朱氏書中自認爲不妥之處標出，希望朱鶴齡能遵其意改之，朱氏對此却十分反感，認爲乃錢謙益門人所爲，便只敷衍了事，稍作改易，即刻書樣呈於錢謙益。錢氏愈加惱怒，堅辭署名其上，二人反目，錢氏方生使其族孫錢曾（字遵王）別刊所著之念。

---

①　錢謙益《錢牧齋先生尺牘》卷二，《牧齋雜著》，上海古籍出版社 2007 年版，第 306 頁。

錢謙益之本意在《與遵王書》中説得甚是明白:“往時以箋本付長孺,見其苦心搜掇,少爲規正,意欲其將箋本稍稍補葺,勿令爲未成之書可耳。不謂其學問繁富,心思周折,成書之後,絶非吾箋本來面目。”①可見錢謙益是只以朱鶴齡爲助手,視其爲有資格補成全書之人。錢謙益《草堂詩箋元本序》中云:“吴江朱長孺,苦學强記,冥搜有年,請爲余摭遺決滯,補其未逮。余忻然舉元本畀之。長孺力任不疑,再三削稿。余定其名曰《朱氏補注》,舉陸務觀注詩誠難之語,以爲之序,而並及天西采玉、門求七祖二條,以道吾所以不敢輕言注杜之意。”此中所言乃是朱鶴齡自己亦甘作助手,自動請命爲其補足全書。錢謙益時爲文壇泰斗,朱氏向其請教時,自不免謙遜有加,以晚輩後學自居,以能爲助手自足。其實這不過是文人慣有的交際口吻,錢謙益却信以爲真。順治十二年(1655),朱鶴齡館錢謙益家塾時,《杜詩輯注》已有初稿,其就正於錢謙益,是想借錢氏藏書及錢注爲己作錦上添花,而斷無甘爲他人作嫁衣裳之意。錢對朱氏之意本應有所瞭解,其《朱長孺箋注李義山詩序》云:“往吾友石林源師好義山詩,窮老盡氣,注釋不少休。乙酉歲,朱子長孺訂補于《杜詩箋》,輟簡,將有事于義山,余取源師遺本以畀長孺。長孺先有成稿,歸而錯綜讎勘,綴集異聞,敷陳隱滯,取源師注,擇其善者,爲之剟其瑕礫,搴其蕭稂,更數歲而告成。”②石林源師生平,見錢謙益《石林長老小傳》:“石林長老,名道源,婁江許氏。”③朱氏對錢之所箋杜詩亦同於其對石林之源師所箋李商隱詩,其意在取而爲己用。錢謙益實是睹先例而不知引以爲鑒也,無怪乎以後有大出所料之感。朱鶴齡本長於箋疏之學,《清史稿·儒林傳》言其“湛思覃力於經注疏及儒先理學。以易理至宋儒已明,然《左

① 錢謙益《錢牧齋先生尺牘》卷二,第330頁。

② 錢謙益《牧齋有學集》卷一五,第705頁。

③ 錢謙益《牧齋有學集》卷三七,第1289頁。

傳》《國語》所載占法，皆言象也，本義精矣，而多未備，撰《易廣義略》四卷；以蔡氏釋《書》未精，斟酌於漢學宋學之間，撰《尚書埤傳》十七卷；以朱子掊擊《詩》小序太過，與同縣陳啓源參考諸家説，兼用啓源説，疏通序義，撰《詩經通義》二十卷；以胡氏傳《春秋》多偏見鑿説，乃合唐宋以來諸儒之解，撰《春秋集説》二十二卷。"①是知朱鶴齡於箋疏之學，尤注重考辨舊注，融會衆説，闡發一己之見。他一生有多部著作行世，於箋注學問上實勝於錢謙益。錢氏却將二人合作的杜詩注本名之曰"補注"，儼然以己爲尊，他人爲輔，朱鶴齡豈能甘心？朱氏將注本名爲"輯注"，又任隨己意去取删改，錢謙益看來正是"反客爲主，以己身之著作，爲已陳之芻狗"②，他又怎能忍受？因此，二人即使在注杜觀念上没有重大差別，單是這樣只想借他人之力，成一己之功，也難合作下去。

　　錢、朱反目後便互相詆諆，不僅有你來我往的直接衝突，更有錢曾、潘檉章等人爲他們助威叫陣，儼然形成常熟派與吳江派，打起了一場轟轟烈烈的筆墨官司。兩人先是互相指斥對方注釋中的錯誤，繼而諷刺挖苦。錢謙益《與朱長孺書》中有語云："辱示《草堂會箋》，必欲首冠賤名。輾轉思之，彌增慚悚……足下高明淵博，累年苦心，攢集以成此書。僕以伏生之老病，師丹之多忘，突出而踞其上，鵲巢鳩居，無實盜名。晚年學道，深識因果，此等虛名，皆足以摧年損算，僕所以深懼而不敢居也。此書之出，期於行遠。諺有之，身穿大紅圓領，頭戴開花氊帽，才一展卷，便令觀者揶揄一笑，可不慮乎？"③錢謙益譏諷揶揄，備盡能事。其因惱恨而惡意貶剥，已失溫柔敦厚之旨，而朱鶴齡更由羞憤而至對錢進行人身攻

---

① 趙爾巽等《清史稿・儒林傳》卷四八○，第13124頁。
② 陳寅恪《柳如是別傳》，上海古籍出版社1980年版，第994頁。
③ 錢謙益《錢牧齋先生尺牘》卷二，志古堂重刊《近代中國史料叢刊》第391册，文海出版社1966年版，第92—93頁。

擊。朱氏《書元裕之集後》云："人臣身仕兩姓，猶女子再醮，當從後夫節制，于先夫之事，憫默不言可也。有婦於此，亦既奉槃匜，侍巾櫛於他人之室矣。後悔其非所也，肆加之以詬詈，而喋喋於先夫之淑且美焉，則國人之賤之也滋甚。吾讀元裕之集而深有感也……裕之於元，不可謂再醮女，然既足踐其土，口茹其毛，即無詬詈之理，非獨免咎，亦誼當然也。乃今之再醮者，吾異焉，訕辭詆語，曾不少避，且日號於眾曰：安得與吾先夫子同穴乎？或又并先後夫之姓氏合爲一人，若欲掩其失身之事以誆國人者，斯人蔡文姬、李易安之所不屑，非徒詩也，其愚亦甚矣哉！"①《四庫全書總目》之《愚庵小集》提要指出："其言蓋隱指謙益輩而發。"②朱鶴齡抓住錢謙益的致命之處，極力貶斥，又於其《杜工部詩集輯注》自序中大談子美之性情："子美之詩惟得性情之至正而出之，故其發於君父、友朋、家人、婦子之際者，莫不有敦篤倫理纏綿菀結之意。極之履荊棘，漂江湖，困頓顛躓而拳拳忠愛不少衰。自古詩人變不失貞，窮不隕節未有如子美者。"言下之意，以錢謙益之人品豈能解杜、注杜？所言已自偏離探討學問之初衷。古今學人之爭論總不免墮入這人身攻擊的泥淖！

錢謙益和朱鶴齡之所以會因注杜而反目，最實質的原因是二人注杜觀點不同。沈壽民在朱鶴齡《杜工部詩集輯注後序》中引方爾止（文）語云："虞山箋杜詩，蓋閣訟之後，中有指斥，特借杜詩發之。長孺則銳意爲子美功臣，必按據時事，句櫛字比，以明核其得失。"所論較爲深刻。

（二）朱注與錢注的差異

錢謙益和朱鶴齡注杜公案在當時的學林中鬧得沸沸揚揚。雙方各執己見，互相辯駁。朱鶴齡《杜工部詩集輯注》有沈壽民"後

---

① 朱鶴齡《愚庵小集》卷一三，第 646—647 頁。
② 永瑢等《四庫全書總目》卷一七三，第 1524 頁。

序"，認爲"世傳虞山長牘，以説有異同，盛氣詆諆。又增删改竄，前後二刻迥别，見者深以爲疑。余嘗取二本對勘，其中所不合者，唯《收京》《洗兵馬》《哀江頭》數詩"①。其所見未免膚淺，實則遠非如此簡單，錢注與朱注的巨大差異還是十分明顯的。

錢注杜詩和朱注杜詩的差别，首先在於箋注采用的版本不同。錢氏用的是南宋吳若本《杜工部集》，而朱鶴齡用的則是蔡夢弼的《杜工部草堂詩箋》。之所以二人采用了不同的版本作注，歸根結底還是因爲二人注杜思想的不同。吳若本是宋紹興年間翻刻王琪本並加以重校過的，保留了宋人整理杜集的原貌，錢謙益《注杜詩略例》認爲："傳于世者，惟吳若本最爲近古，他本不及也。"錢氏注杜是站在杜詩學發展史的角度，清算前代諸家注杜之失，他强烈反對舊注"僞托古人"、"僞造故事"、"附會前史"、"僞撰人名"、"改竄古書"、"顛倒事實"、"强釋文意"、"錯亂地理"等諸般弊端，其目的就是要另起爐竈，重新編寫一部"摧陷廓清"的杜詩注本。因此選用吳若本就不會陷入舊注的糊塗賬中不能自拔，從而能更好地闡述杜詩的詩旨，或借注杜抒發自己隱而未發、難以言表的隱衷②。而朱鶴齡所用的本子，是南宋蔡夢弼的《杜工部草堂詩箋》。朱鶴齡在《杜工部詩集輯注·凡例》中曾云："宋人注杜詩多不傳，唯趙次公、黃鶴、蔡夢弼三家得閲其全，注中有當者悉録之。"朱鶴齡選蔡夢弼的本子作底本，是因爲他注杜詩的主旨在於糾正前人彙注的訛誤，而並不是如錢氏那樣，側重於自己理念的獨特發揮。朱注杜詩的《凡例》，着重解釋自己如何引證舊注，例如："漢魏以下經

---

① 朱鶴齡《杜工部詩集輯注》卷末，清康熙九年（1670）金陵葉永茹萬卷樓刻本。

② 關於錢氏在注杜中所抒發隱衷的分析，可以參看綦維《孝子忠臣看異代，杜陵詩史汗青垂——試析〈錢注杜詩〉中錢氏隱衷之抒發》一文，載《杜甫研究學刊》2001 年第 4 期。

籍……及唐宋人諸類書所載，即非無稽，舊注亦多引之，今不敢概削。""舊注引六朝人詩，如何遜'金粟裹搔頭'、'城陰度塹黑'等句，今集中未見，疑宋時尚有全本，不敢盡以僞撰廢之……""詩中奧僻之句，不敢強解，懼穿鑿也。""注所稱引，必舉子美以前之書。唯地理、凡人名事迹之類，間援引後代以正之。"

　　朱鶴齡宣稱的幾個所謂"不敢"，反映了著者仍以舊注爲基礎，尋求杜詩具體字句解釋的準確性，甚至可以說，是解決舊注存在的訛誤和問題。爲了表示嚴謹，朱氏自己不能判斷正確與否的，便采取删去或"廢之"的權宜之計。從這個意義上說，朱氏的注杜，並不屬於"新注"，而是對舊注的"糾謬"。因此，他選擇蔡夢弼的《草堂詩箋》爲底本是有道理的。

　　就體例而言，《錢注杜詩》是句中有注，篇末有箋；而《杜工部詩集輯注》則只有注沒有箋，因此杜詩學界才有"錢箋"、"朱注"之別。朱鶴齡注杜，仍以引證疏箋和讀懂讀通杜甫的原文爲主要目的，講究徵引材料的可靠性。正如他自己在《凡例》中所云："凡徵引故實，仿李善注《文選》體，必核所出之書，書則以最先爲據。"這就是說，朱氏注杜目的很明確，即爲注杜而注杜，給後世的讀者留下一部讀得懂、讀得通的杜集。而錢謙益則並未把朱氏的這個目的當作注杜的最終目的，錢謙益認爲這樣的注杜並不能真正認識杜甫。他在《略例》中批判了宋人及近世人"不知杜之真脉絡"。所謂求取杜詩的"真脉絡"，這是錢謙益注杜的目的。正如錢謙益自己所說的："余之注杜，實深有慨焉，而未能盡發焉。"

　　其次是錢、朱二人的箋注方法不同。朱鶴齡注杜，基本上運用舊注的方式，有明顯的增删舊注的痕迹。除引證杜詩用字的出處外，還按照蔡夢弼的會箋辦法，廣泛引證前人的論述和注釋，其中也包括對錢謙益的論述的引用。由於朱鶴齡的本子，參考過錢謙益的箋釋，所以，如果拿來比較他們的異同，可以發現，兩人的着眼點是完全不同的。

以《兵車行》爲例，朱氏的注本在注釋詞語上細緻而嚴謹，如“咸陽橋”下引《史記索隱》《元和郡縣志》及《大明一統志》，而錢注則據《長安志》；朱氏注對於一般的唐代制度也作注釋，如“戍邊”下引《舊唐書》記載開元十五年吐蕃入邊，令隴右戍防事，“里正”下引《海録碎事》解釋唐代百户爲一里的制度等等，錢氏均不注，顯得極爲簡練。但錢氏有大段的“箋”，闡釋杜詩的主旨和寄托：

> 天寶十載，鮮于仲通討南詔蠻，士卒死者六萬。楊國忠掩其敗狀，反以捷聞。制大募兩京及河南北兵，以擊南詔。人聞雲南瘴癘，士卒未戰而死者十八九，莫肯應募。國忠遣御史分道捕人，連枷送軍所。於是行者愁怨，父母妻子送之，所在哭聲震野。此詩序南征之苦，設爲役夫問答之詞。“君不聞”以下，言征戍之苦，海内驛騷，不獨南征一役爲然。故曰役夫不敢申恨也。且如以下，言土著之民，亦不堪賦役，不獨征人也。“君不見”以下，舉青海之故，以明征南之必不返也。不言南詔，而言山東、言關西，言隴右，其詞哀怨而不迫如此。曰‘君不聞’、‘君不見’，有詩人呼祈父之意焉。是時國忠方貴盛，未敢斥言之。雜舉河隴之事，錯互其詞，若不爲南詔而發者，此作者之深意也。①

錢注的箋文大多爲這一類的“深意”之作。

再次，錢謙益和朱鶴齡關注杜詩的角度不同。正如前面已經提到的，錢謙益的注杜，關注點與朱鶴齡不同。朱鶴齡認真地解釋杜甫詩中的字句，注釋各種地名和典章，大量引證前人的舊注。錢謙益就不同了。從錢謙益的《讀杜小箋》《二箋》來看，錢謙益關注杜詩，或者説他對杜詩有獨特新解的，在於杜甫三種類型的詩歌：

---

① 錢謙益《錢注杜詩》卷一，第10頁。

杜甫有關唐代史實的紀實性詩歌,如《麗人行》《兵車行》《洗兵馬》等;其次是詠史一類的詩歌,如《諸將五首》《謁先主廟》等;然後便是杜甫有感而發的詩歌,這一類詩歌表現了杜甫的精神和他的情緒,如《秋興八首》、《登樓》等。關於《秋興八首》,錢謙益除了每首詩有詳細的注釋與分析外,還有通篇的論述,指出杜甫思念長安"鈎鎖開闔",叠成八篇。這些精彩的看法,直到今天仍爲讀者所信服。錢謙益對杜甫及其詩作的詮釋,有着自己的理解和寄托,這一點,他不可能說穿,而朱鶴齡也不可能理解。朱鶴齡在引用錢謙益箋注成果的時候,同樣不能領悟錢氏的良苦用心,因此,朱氏只重視錢謙益在考證上對前人糾正的成果,而不重視錢謙益引申的用意。朱鶴齡與錢謙益詩學關注角度的差異以及方法上的差異,是造成錢朱二人失和,最終導致兩書別行的關鍵。

另有論者指出,朱注與錢注有大量相同之處,並認爲朱鶴齡在杜詩注中大量引用錢注而不加以注明,實是二人反目之因①。其實這只是皮相之見,朱注確有蹈襲錢注之處,這是二人合作過一段時間的必然結果;然而朱注與錢注雖有大量相同之處,却不全是朱注抄襲錢注的結果,其中就有一些是《九家注》的舊注。也就是説,錢、朱二人都是引用的舊注,這裏就不存在誰抄襲誰的問題了。例如,《遊龍門奉先寺》之"更宿招提境",錢注引《僧輝記》云:"招提者,梵言拓鬬提奢,唐言四方僧物。後人傳寫,以拓爲招,又省鬬奢二字,止稱招提,即今十方住持寺院是也。"朱注亦引《僧輝記》云:"招提者,梵言拓鬬提奢,唐言四方僧物。但傳筆者訛拓爲招,去鬬奢留提字,即今十方住持耳。"而宋代郭知達《九家集注杜詩》卷一云:"《僧輝記》云:招提者,梵言拓鬬提奢,唐言四方僧物。後人傳寫之誤,以拓爲招,又省去鬬奢二字,止稱招提,即今十方住持寺院是也。"可見,此條對"招提"的注釋,朱注與錢注均係轉引郭知達

---

① 參見簡恩定《清初杜詩學研究》第二篇第四章第一節,第 145—158 頁。

《九家集注杜詩》,只是文字稍有異同,如此就不存在朱注與錢注是誰抄襲誰的問題了。這樣的例子還有很多。

第四節　重要注本評介

一、杜律注本

明代杜詩學最爲用力處是杜律,杜律注本不僅數量多,成就也比較大。其中七律注本的數量最多,五律注本則只有汪瑗《杜律五言補注》。另外還有五七律合注本,如邵傅《杜律集解》、孫鑛《杜律》、范濂《杜律選注》等。而清代承明代之緒,杜律注本更加繁盛,其中清初的杜律注本,現存的就有十五種。以下對其進行簡要介紹。

(一) 張篤行《杜律注例》

1. 張篤行其人

清代共有兩人名張篤行,以前的研究者往往混爲一談,故須爲之一辨。周采泉《杜集書録》卷七云:"篤行,字石只,號四藝山人,濟南人。順治二年(一六四五)舉人,翌年成進士,官至内侍。"此小傳係拼合《清畫家詩史》與《國朝畫徵録》而成。其實"官至内侍"的張篤行並非順治三年(1646)登進士第的張篤行。《國朝畫徵録》稱此張篤行爲"清世宗(雍正)内侍,畫人物受孟永光法"。順治朝的進士張篤行不可能經歷順、康二朝而爲雍正帝之内侍,故必爲兩人無疑。前人將兩張篤行誤爲一人的原因,除因二人同名外,兩個張篤行同樣都善畫,一個"善書畫",一個"工畫人物",容易導致混淆。

綜合《章邱縣志》《山左詩續抄》《清畫家詩史》《榆園畫志》《國朝畫識》及《明清進士題名碑録》等文獻,我們可以大體勾勒出張篤

行生平如下：張篤行，字謜紳，號石只（《明清進士題名碑録》作字
"石如"），又號四藝山人，章邱（今山東濟南章丘區）人。順治二年
舉人，次年中進士，由四川郟縣令官建寧道（今福建建安、建甌）。
工琴，善詩、書、畫。《清史藝文志及補編》著録其有《九石居遺
稿》。道光《章邱縣志・藝文志》著録其《一弦琴譜》《杜詩張注》。
南京博物院現藏有張篤行所畫着色《山水釣臺圖》，爲金陵派
畫法①。

　　2.《杜律注例》的版本

　　《杜律注例》前有張篤行《題詞》云："杜工部云'晚節漸於詩律
細'，又云'詩律群公問'，豈非作律難，注律更難哉！古人云'句向
夜深得，心從天外歸'，又云'數篇吟可老，一字買堪貧'，此意唯可
爲知者道。順治己亥荷月，四藝山人書於韭花堂中。"書後有張篤
行元（玄）孫道存跋文曰："是編予童時即得見之，不解讀也。久藏
篋中，迄今二十餘年，始知先高祖一生精力苦心具見於此。幸逢盛
世，詩學昌明，四方相與力追風雅。則是編也，或不宜私之一家云。
乾隆己卯季夏月中浣，元孫道存謹書。"據此可知，此書原刊於順治
己亥（1659），重刊於乾隆己卯（1759）。因現所能見者多爲乾隆二
十四年（1759）重刊本，而原刻十分罕見，故有學者認爲張道存所稱
"童時即得見之"之本，實係篤行稿本，其生前並未刻印。如鄭慶篤
等編《杜集書目提要》云："《販書偶記》謂順治己亥（1659）刻，是據
四藝山人題詞之年而定，現有'杜集書目'數種，亦均沿襲此説。實
則刻於乾隆間……"②其實此書在篤行生前即已刻印，只是由於係
家刻本，流布未廣，才致後人生此疑寶。《北京圖書館杜集書目》即
著録此書爲順治己亥（1659）家刻本。另外，乾隆二十四年張道存
重刻本前列參校三人，署爲"同社張光啓明甫、王濂稚濂甫、侄鑲慧

---

①　俞劍華編《中國美術家人名辭典》，上海人民美術出版社 1981 年版。
②　鄭慶篤等編《杜集書目提要》，齊魯書社 1986 年版，第 129 頁。

工甫同校"，參校人均爲張篤行的好友和晚輩，則可見確有《杜律注例》的順治己亥初刻本行世。從張篤行的爲官經歷看，其亦當有能力將注入"一生精力苦心"的著作梓行，而不必如趙星海等人那樣，只能將書稿束之高閣，期待着藉他人之力刊刻面世。

　　3. 現存清代最早的杜律注本

　　刻於順治己亥(1659)的《杜律注例》若單從刊刻的時間而言，是現存清代最早的杜律注本。與《杜律注例》約略同時的杜詩注本有陳醇儒《書巢箋注杜工部七言律詩》、顧宸《辟疆園杜詩注解》、錢謙益《錢注杜詩》等。陳醇儒《書巢箋注杜工部七言律詩》刻於康熙元年(1662)，比《杜律注例》晚三年;《辟疆園杜詩注解》刻於康熙二年(1663)，比《杜律注例》晚四年;錢謙益《錢注杜詩》成書於順治十八年(1661)，刻於康熙六年(1667)，比《杜律注例》晚八年。不管怎樣，《杜律注例》這個"第一"出現在杜詩學史上最輝煌的高潮即將來臨之前，雖不能說有發凡起例之功，但它及同時其他注本的刊刻畢竟逗露出清代杜詩學一綫耀眼的曙光，所以這個"第一"無論如何是一份非常值得誇耀的光榮，雖然它本身尚明顯帶有明代杜詩學的烙印。

　　4.《杜律注例》的特色與成就

　　(1) 詩格説的影響

　　《杜律注例》共四卷，選注杜詩七律82首。編次以年代先後爲序，其注例頗繁雜，簡釋詩意，兼及字法句法，采前人舊注不標姓名，引據亦不標出處，詩末又分析起承轉合照應銜接，通釋全詩之篇章結構。其中注釋詩意，時有新見，亦有辨駁舊注之謬者。其注例依次分爲:題、詩、句、字、心法、性法、命法、立格、造句、對法、審韻、八病等12項，而"造句"一項，又詳分爲29種造句法，頗嫌繁瑣，而殊少新意。

　　《杜律注例》無疑受到元、明以來詩格著作的很大影響，張篤行自稱參考了《木天禁語》《詩法源流》《冰川詩式》等書。其"立格"

云："昔人云：'煉句不如煉字，煉字不如煉意，煉意不如煉格。'格至今日，竟罔聞哉！自唐李淑有《詩苑》一書，止分六格，惜今不傳。後《木天禁語》明暗二例外，廣爲十二格矣。《詩法源流》隨廣二十四格，至《冰川詩式》竟廣至四十八格矣。漸衍漸繁，將何底止？今日返博歸約也，數也。予乃就杜律，直溯本源，標四格。"這段話係轉述范梈《木天禁語》之《名家詩法》卷三，文中提到的《詩苑》一書的作者李淑應爲宋人，其《詩苑格類》撰於宋開寶年間①。明代梁橋的《冰川詩式》卷六所載詩格，數目竟多達 103 格，可謂繁瑣之至。這就必然引起人們的撥正，到了清代，詩格類著作就遭到了許多批評家的强烈反對，如王夫之就認爲此類書"皆畫地成牢以陷人者"②。不過張篤行並没有像王夫之那樣一味否定詩格，而是認爲《木天禁語》《詩法源流》《冰川詩式》等研討詩格的書中名目繁多的詩格太繁瑣，需要"返博歸約"、"直溯本源"，於是他將所有詩格歸納爲無極格、太極格、兩儀格、四象格四種。其中無極格包括一字血脉、一意、句相照應、牙鎖、比興、藏頭等格；太極格包括一字貫篇、一字造意、字相連序、接項、歸題、單抛等格；兩儀格包括二字貫穿、二句立意、先問後答、纖腰、續腰、交股等格；四象格包括雙抛、雙蹄、三字棟梁、鈎鎖連環、内剥、外剥等格。這樣就將繁瑣的詩格大大簡化了。

（2）詩格與章法之間的關係

張篤行認爲杜詩中的連章組詩不是隨意爲之的，而是各首之間存在着密切的聯繫。如《十二月一日三首》注云："此詩二章應首章'江可憐'句，三章應首章'春意動'句正用此法，至接筍處又藕斷絲連，三首真如一首，其煉句如此。"《七月一日題終明府水樓二

---

① 張伯偉《全唐五代詩格校考·詩格論（代前言）》，陝西人民教育出版社 1996 年版，第 24 頁。

② 王夫之著、戴鴻森箋注《薑齋詩話箋注》卷二，第 69 頁。

首》注云:"二首如一首。"張篤行對連章組詩章法的看法以對《秋興八首》章法的解釋最具代表性。其云:"前四首言秋,後四首言興,其立格又各不相同。至其用意處,脉絡分明,首尾相應,八首竟一首矣。真增減一首不得,顛倒一首不得。何世乃有止選一首、並選一半者?殊失此詩本色,選杜又豈容易哉!"明代選家多數認爲《秋興八首》乃偶然爲之,如鍾惺云:"《秋興》,偶然八首耳,非必於八也。今人詩擬《秋興》已非矣,況捨其所爲《秋興》而專取盈於八首乎?胸中有八首,便無復《秋興》矣!杜至處不在《秋興》,《秋興》至處亦非以八首也,今取此一首(指"昆明池水漢時功"首),餘七首不錄,予與譚子分謗焉。"①故高棅《唐詩正聲》、李攀龍《唐詩選》等對八首都未全部選入。而對《秋興八首》整體結構最早產生認識的當屬王夫之、錢謙益、王嗣奭、張篤行等人。如王夫之在《唐詩評選》中,不但將《秋興》八首全選,且評云:"八首如正變,七音旋相爲宮,而自成一章。或爲割裂,則神體盡失矣。選詩者之賊不小。"②其於《夕堂永日緒論內編》中云:"至若'故國平居有所思','有所'二字,虛籠喝起,以下曲江、蓬萊、昆明、紫閣,皆所思者,此自大雅來。"③指出《秋興八首》其四對下四首的"虛籠喝起"作用。另如王嗣奭《杜臆》云:"《秋興八首》以第一首起興,而後七首俱發中懷,或承上,或起下,或互相發,或遥相應。總是一篇文字,拆去一章不得,單選一章不得。"④通過張篤行所論與同時諸家相互比較印證後可以看到,明末清初這些杜詩學者所指出的《秋興八首》章法上的整體性,確爲杜詩學史上的一大進步,對深刻理解詩意十分

---

① 　鍾惺、譚元春選評,張國光等點校《唐詩歸》卷二二,湖北人民出版社1985年版,第442—443頁。
② 　王夫之《唐詩評選》卷四,《船山全書》第十四冊,第1093頁。
③ 　王夫之著、戴鴻森箋注《薑齋詩話箋注》卷二,第78頁。
④ 　王嗣奭《杜臆》卷八,第277頁。

關鍵。張篤行所論此八首應爲一組完整的連章詩而非各自起結,反對明代選家對這一組詩的任意割裂,無疑具有獨到而犀利的目光,故葉嘉瑩説:"至云八首不可割裂以選,則所言極是。"①

總之,作爲清代最早刊刻的杜詩注本,張篤行的《杜律注例》無疑是帶有由明入清痕迹的注本,其成就與不足都值得我們引起足夠的重視。

(二) 沈漢《杜律五言集》

1. 沈漢生平事迹考略

沈漢(1630—?),字天河,號書樵,鹽城(今屬江蘇)人。家貧,近城隍,就神前燈光讀書。順治五年(1648)舉於鄉,順治十五年(1658)在北京應會試,中進士。檢《明清進士題名碑錄索引》,沈漢名列順治戊戌科第三甲第十八名,籍貫署爲"直隸吳江"②。據《順治十五年戊戌科會試進士三代履歷》,沈漢生於崇禎二年(1630)十一月二十九日。進士及第後授山西應州訓導,後遷遵義府司理。釋紀蔭《宙亭詩集》卷二一《宙亭寒籟》之《歲寒懷舊·沈天河》詩曰:

> 休文多病後,家政頗優悠。詩鈔浣花叟,人思黃葜樓。斸泉分碧雨,移竹作高秋。未審莎庭月,蹁躚鶴在不?

題下注曰:"諱漢,司理成都,謝病歸,注杜詩行世。"③可知沈漢於遵義府司理之後還曾任成都司理一職。司理,乃司獄司司獄之别稱,《清史稿・職官志三》:"(提刑按察使司所屬之)司獄司司獄,從九品……司獄掌檢察繫囚。""(各府所屬之)司獄司司獄,從九品。"①可見"司理"的品階非常低。另《乾隆江蘇府志》卷二二《人物志》載:

> 沈漢,字天河,鹽城人。順治戊戌進士,授宣府推官,首革馬快之積蠹者,開釋無辜,擒剿遺寇,風采卓然。調遵義,尋以裁缺罷歸,遂不復仕。鹽城地少薪木,舊例,河決必責協濟柴柳,轉購他所,民不堪命。漢爲力懇當事,遂爲永免,桑梓德之。②

又《光緒淮安府志》卷三〇《鹽城縣人物》載其小傳曰:

> 沈漢,字天河,進士。任宣化推官,下車即革積蠹馬快數百,民大説。又釋盜柴敏案内牽累疑辟十三人。後調遵義,遵義西山内有明季流寇遺孽,爲民害。漢設策禽其渠李來亨、袁宗悌等,邊境以安。又開釋逃員劉起蛟妻孥,俾得生還。兩任司理,力鋤奸弊,而宅心仁厚。以司理缺裁歸里,適值河決,河工需柴柳,嚴檄民間促辦,苦累不堪。漢力言於當事,除其令。性孝友,幼孤,孺慕終身。三弟先卒,撫諸子如己子。林居三十年,杜門却掃,著有《聽秋閣集》《杜律校評》行世。③

① 趙爾巽等《清史稿》卷一一六,第 3348、3365 頁。

② 淮安市地方志辦公室編,衛哲治等修,葉長揚等纂,荀德麟等點校《乾隆淮安府志》,方志出版社 2008 年版,第 1090—1091 頁。

③ 孫雲錦修,吴崑田、高延第纂,荀德麟、周平等點校《光緒淮安府志》,方志出版社 2010 年版,第 936 頁。

則沈漢中進士後，還曾任宣府推官，亦不知與應州訓導之職孰先孰後。另外，其罷官歸里後，尚能爲民請命，裁除苛政，實屬難能可貴。至於《淮安府志》所言沈漢曾設計擒獲李來亨、袁宗悌之事，與史事乖悖，似不足信。據《乾隆江蘇府志》《光緒鹽城縣志》《民國續修鹽城縣志稿》等書的著録，沈漢的著作有《聽秋閣詩集》《聽秋閣文集》《卧園文集》《杜律校評》《黄岳紀程》《水利説略》《鹽瀆耆舊詩》等。

2. 沈漢《杜律五言集》的版本體例

《光緒淮安府志》稱沈漢有《杜律校評》，並云“行世”。然此本僅見於方志著録，並未見其流布。周采泉《杜集書録》便因《光緒淮安府志》的載録揣測該書“似有刻本”①，並稱其爲一卷本，然亦未曾親見。山東大學文史哲研究院杜甫全集校注組藏有沈漢《杜律五言集》四卷刻本，此書從内容來看乃是對杜律之校評，或即爲《杜律校評》之别稱。然因文獻無徵，故目前尚難斷定二者確爲一書。

沈漢《杜律五言集》流傳極罕，公私書目未見有著録者，疑爲海内孤本。是書扉頁署名爲“杜律五言集”，下署“聽秋閣藏板”。卧園之聽秋閣乃沈漢居室名，是知爲沈氏自刻。沈漢自序後署“順治辛丑狨賓朔”，即順治十八年（1661）五月初一，則該書當刻於是年。需要指出的是，順治帝已於該年正月初七去世，沈漢序作於五月，是時玄燁已即帝位，然仍延續順治年號，於次年初方改元康熙。檢《杜律五言集》中，遇康熙帝名諱時大多不避，然亦有少量避諱處，如“玄”字缺筆，亦有改“玄”作“元”者（如卷四《承聞故房相公靈櫬自閬州啓殯歸葬東都有作二首》其一的評點中“（房）玄齡”作“元齡”），此種情況亦可佐證該本當刻于順治十八年五月以後，康熙元年以前。該書前有沈漢《杜律五言序》，序後有《杜律五言集評》二十二則。後分四卷，每卷六類，共二十四類。卷一爲朝省、宴遊、閒

---

① 周采泉《杜集書録》，第 750 頁。

適、述懷、登眺、津渡，共 140 首。卷二爲羈旅、戚族、感時、過候、送別、懷想，共 164 首。卷三爲天文、節序、古迹、梵宇、邊塞、題詠，共 156 首。卷四爲村居、簡寄、禽獸、卉木、哀挽、雜詠，共 149 首。然卷四之末缺詩 6 首，亦無"雜詠"類之總評，當缺一至兩頁，故實存 143 首。每卷前署"東海書樵沈漢天河父較評"，卷前目録不標篇名，只標各卷每類收詩數，共收録杜詩五律 609 首，實存 603 首。詩句下雙行輯前人評語，但不標姓名。每類詩後均有沈漢對該類詩之簡短總評。

3. 沈漢《杜律五言集》考論

（1）沈漢《杜律五言集》中的評語來源問題

沈漢《杜律五言序》云：

> 七言律舊有虞注、張注，皆考核甚精，已堪行世。至五言律，雖有趙注，茭菽至盡，十不得四焉。每閱是篇，輒以掛漏過多、去取無當爲恨。因不揣譾陋，遂手五言全帙並録之，訂其魯豕，別其門目，仿虞伯生編次七言律體，復遍搜古今名人之品騭，詳加校讎，有於片言隻字發揮領略者，悉彙輯而壽之梓，庶稍補趙氏之闕乎！

通過此序可知，沈漢是有感於元代趙汸《杜工部五言趙注》之闕漏，遂編成此書，書中的評語係完全轉録"古今名人之品騭"。今經檢核，此書卷前的《杜律五言集評》二十二則中，前十九條均出自胡應麟《詩藪》內編卷四、卷五。第二十條"凡唐人五言，工在一字，謂之句眼"之評出自趙汸《杜工部五言趙注》。第二十一條"詩要煉字，字者，眼也"之評出自楊載《詩法家數》。第二十二條則出自《唐詩歸》卷二一，乃鍾惺之評。

經反復查核後還可以確認，《杜律五言集》卷內杜詩評語的主要來源大致有二：其一來自《集千家注杜工部詩集》中的劉辰翁評,同時亦有少量趙次公、師古等人之注評,其二則出自鍾惺、譚元春之《唐詩歸》。如書中評《夜宴左氏莊》"風林纖月落"曰:"是起興句。"評"暗水流花徑,春星帶草堂"曰:"景語閑曠。"這兩條評語均是劉辰翁評。評《陪鄭廣文遊何將軍山林十首》其三"萬里戎王子,何年別月支"等句曰:"博望至西域,得安石榴,《本草》不載。"此條乃是撮述《集千家注杜工部詩集》中的趙次公注。又如評《中宵》"飛星過水白"曰:"'過'字妙,'白'字更妙。每見飛星而不能詠,於此始服。"此條實爲譚元春評,見《唐詩歸》卷二一。又評同詩"擇木知幽鳥,潛波想巨魚"曰:"'知'字、'想'字,不問而識其爲中宵矣。"此條乃轉錄鍾惺之評,出處同上。諸如此類,不暇枚舉。沈漢於書中還經常將劉辰翁評語與鍾、譚的評語錯綜結合,如杜甫《官定後戲贈》"耽酒須微禄,狂歌托聖朝"二句,《集千家注杜工部詩集》中劉辰翁評曰:"風刺得體。"譚元春在《唐詩歸》中評曰:"二語是窮人狂人至言,'托'字尤深。"沈漢則將這兩條評語結合在一起,評曰:"'托'字深,風刺得體,是窮人狂人至言。"另外,沈漢偶爾也會指出劉評之誤。如《畫鷹》"素練風霜起"句,劉辰翁評曰:"素練如霜,謂未畫時絹色耳,注誤。"沈漢評曰:"指畫鷹甚明,劉評誤。"此外,《杜律五言集》中還有少量出自其他文獻之評語。如評《子規》"兩邊山木合,終日子規啼"曰:"非親到其處,不知此詩之工。"按,此評語出自蘇軾《書子美雲安詩》①。另有少量評語不明所出,或爲沈漢對舊評加以改寫而成。

《集千家注杜工部詩集》中的劉辰翁評是徹頭徹尾的舊評,距離沈漢《杜律五言集》的成書已有數百年。其實在劉辰翁之後,杜詩學在元、明兩代已經取得了極大的發展,單以明代的杜詩評點而論,便湧現出衆多評家,其中王世貞、鄭善夫、王慎中等人的評點都曾風靡一時,而沈漢對這些評本却全部視而不見,只對劉辰翁評獨

---

① 　孔凡禮點校《蘇軾文集》卷六七,中華書局 1986 年版,第 2102 頁。

具青眼,這反映出其對杜詩學發展史的認識極爲有限。另外,鍾惺、譚元春《唐詩歸》是明清之際影響較大的一部唐詩選本,其中對杜詩的評點亦夥。由於鍾、譚所倡導的竟陵詩派在當時詩壇産生了較大影響,因此明末清初的杜詩注本中對鍾、譚評語常加徵引,如王嗣奭《杜臆》即是如此。因此沈漢《杜律五言集》對《唐詩歸》的過分依傍乃是受到了時代風氣的浸染。即便如此,輾轉抄襲杜詩舊評,缺乏獨立見解,仍大大降低了該本的學術價值。不過懸揣沈漢編纂此書之初衷,似僅爲家課弟子提供一部簡明易學之杜詩讀本,故亦不必苛求。由於沈漢只選取節録那些能揭示杜詩藝術風格、字句之妙的簡短評語,而對涉及杜詩語詞及典故出處的繁瑣注評則一概不録,因此形成了《杜律五言集》簡潔明快的評點風格。

(2)《杜律五言集》所徵引舊評中存在的一些問題

在沈漢徵引的杜詩舊評中,仍然存在不少問題。首先,以劉辰翁爲代表的杜詩評點派,往往隨意興發感觸,普通讀者若脱離杜詩注釋單獨看這些評語,很難領會其真正涵義。如《晚秋長沙蔡五侍御飲筵送殷六參軍歸澧州覲省》頷聯"甘從投轄飲,肯作致書郵",劉辰翁評曰:"襯貼殷六參軍上,妙。""致書郵"之典出自殷浩之父殷羨,見《晋書·殷浩傳》,而杜甫又將此典運用于送殷六參軍的詩中,故劉評以爲妙。問題是倘若一般讀者並不知此典故之所出,那麼想要領會這條評語的意思又談何容易呢?因此杜詩評點必須以杜詩注釋爲基礎,沈漢却將脱離了"千家注杜"背景的劉辰翁評語單獨抉出,難免會令讀者不明就裏,不知所云。其次,鍾、譚《唐詩歸》中對杜詩的有些評點也並不精妙,甚或還有一些理解錯誤之處,可是沈漢對這些評語仍照單全收。如《船下夔州郭宿,雨濕不得上岸,别王十二判官》"晨鐘雲外濕"句,《杜律五言集》引譚元春評曰:"鐘言'濕'、言'雲外',作何解?"又如《春夜喜雨》"曉看紅濕處,花重錦官城",《杜律五言集》引譚元春評曰:"'紅濕'已妙於説雨,'重'字尤妙,不濕不重。"其實在以上兩例中,杜甫使用的都是"通感"的藝術手法，"晨鐘雲外濕"，是表現雨中聞鐘聲不響亮，仿佛受潮一樣，這是詩人將聽覺與觸覺進行的通感。"花重錦官城"的"重"字並非寫花朵的重量，而是形象地描繪出花色的濃艷，説明春雨的潤物作用。鍾、譚等人對這樣的詩句或是感到難以理解，或是給出錯誤解釋，沈漢不僅未能察覺，反而加以轉引販賣，這也反映出其眼光的遲鈍與麻木。

（3）沈漢的杜詩分類總評

在《杜律五言集》中，沈漢於每一類詩歌後均加總評，這些評語雖有過分尊杜的傾向，然對於認識瞭解杜詩的成就和特色頗有助益。總的來看，沈漢非常推崇杜詩不事雕琢的渾樸之美，如評"閒適"類曰：

> 杜老元氣渾淪，陶鑄無迹，而骨韵聲光，亦復淩顏轢鮑，含宋吐沈，老而愈妍，悲而愈壯，質文雅俗，無不擅場。於"閒適"一集，窺其半豹已。

評"過候"類曰：

> 過候諸詩，格力深厚，波瀾老成，意動成章，無事琱琢，可謂太羹玄醴，直配元英。此等風味，當于漢魏以上求之。

評"簡寄"類曰：

> 簡寄諸詩，情景俱融，格意兼到，老氣直橫九州，讀之覺妍生於樸，雄恬於厚，堅藏於渾，真可謂力存正始，氣歸元化，無一字稍涉大曆以下矣。

又評"題詠"類曰：

> 杜集題詠,見於排律古風者,宏放奇崛,無美不兼。存五
> 言一則,更覺朴雅在風致,蒼練在典古,標旨象先,寓情言外,
> 是亦全集中之吉光片羽也。

此外,沈漢在總評中還反復强調杜詩能打動人心的根本力量在於
性情之真。如其評"哀挽"類曰:

> 近世挽歌一道,繕寫通用,陋習相沿,幾布阿修羅王陣矣。
> 讀少陵此種,哀發於性,情見乎辭,一切《薤露》《蒿里》襲句,不
> 啻劫灰焚之,存此以爲摧陷廓清,猶是哀挽中之《廣陵散》也。

明末清初詩壇上關於宗唐宗宋的争論日趨激烈,與此同時,强調詩
歌應以性情爲根本,主張不再拘泥於唐宋家數,進而追求漢魏以上
高古之風的思想也逐漸興起。沈漢對杜詩雄厚渾樸的推崇,正從
側面折射出當時詩壇的這種思想傾向。此外,沈漢在評杜時還常
常説俗手會如何寫,其針砭時弊的意圖也十分明顯。沈漢在總評
中還特别善於進行比較,如論杜甫邊塞詩時與岑參、王之涣、李益、
王昌齡對比,村居詩與儲光羲、王維對比,登眺詩與崔顥、李白對
比,朝省詩則與賈至、王維對比,在對比中凸顯出杜詩的獨特成就,
其論頗有見地。惜乎與全書的篇幅相比,沈漢總評的數量實在少
得可憐。

　　(4) 沈漢《杜律五言集》的校勘問題

　　沈漢在《杜律五言序》中稱,此書之編纂目的,乃是有感於趙汸
《杜工部五言趙注》掛漏過多、去取無當,"遂手五言全帙並録之,訂
其魯豕,别其門目,仿虞伯生編次七言律體,復遍搜古今名人之品
騭,詳加校讎"。可見,對杜詩文本及古今名人評語進行校勘是此
書的另一重點,因此我們就不難理解此書每卷前均署"東海書樵沈
漢天河父較評"的含義了。沈漢並未言明其校勘所據究爲何本,然

經仔細檢核可以發現，《杜律五言集》中仍有很多文字節略乃至訛誤。如《又呈竇使君二首》其一，詩題應爲《巴西驛亭觀江漲呈竇十五使君二首》其二；《酬高使君》，應作《酬高使君相贈》；《使君、諮議諸昆季》，詩題應作《行次鹽亭縣，聊題四韵，奉簡嚴遂州蓬州兩使君、諮議諸昆季》；《贈畢士曜》，應作《贈畢四曜》；《九日奉寄嚴大人》，應作《九日奉寄嚴大夫》。另如"高式顏"誤作"高適顏"，"李都督表丈"誤作"李都督表文"。《暝》"正枕當星劍，收書動玉琴"，"星"字，沈漢本誤作"書"。《孟氏》頷聯"負米夕葵外"之"夕葵"，沈漢本誤作"力葵"。此詩尾聯"訓子學誰門"，沈漢本誤作"訓子覺先門"。精准的文字校勘乃是杜詩評注之基礎，若文字校勘有誤，評語往往也會相應地出現問題。如《潭州送韋員外迢牧韶州》"秋天昨夜凉"之"昨"，沈漢本誤爲"作"，且評曰："'作'字有力，又極現成。"沈漢既未能校出底本的訛字，又在評語中稱贊"作"字有力，真可謂一錯再錯。《杜律五言集》之所以會出現這麼多文字訛誤問題，或與沈漢僻處鄉間、未能采擇杜集善本進行校勘有關。

總之，沈漢《杜律五言集》是一部明顯帶有元明杜詩學色彩的杜詩評本。作爲主要轉録劉辰翁與鍾、譚評語之作，《杜律五言集》所取得的成績實在乏善可陳，然其能在校勘的基礎上對元明兩種舊評有所取捨精簡，對於初學者而言仍算是一部簡明切當的讀本，其功績亦不能完全抹煞。由於沈漢本人游離於杜詩學主流之外，故而未能充分吸納當時杜詩學界的豐碩成果，致使《杜律五言集》只能屋下架屋，拾人牙慧。然而該本作爲清初刊刻較早一部杜詩評本，對於瞭解杜詩學史的嬗變過程及趙汸《杜工部五言趙注》的傳播與影響仍具有一定的認識價值。

（三）陳醇儒《書巢箋注杜工部七言律詩》

陳醇儒所著《書巢箋注杜工部七言律詩》一書，是現存清代較早的杜律注本之一。該本參考了前代衆多杜詩學文獻，繼承了清初錢謙益、金聖嘆等人的注杜方法和注杜成果,在注釋中反對穿鑿附會,力求簡明通達,取得了一定成就,具有較高的文獻價值。

1. 作者及成書始末

陳醇儒,字蔚宗,號書巢,姑孰(今安徽當塗)人。重藩子,當塗縣庠生,弱冠遊庠,有文名,暇墨精妙,工漢隸、八分,尤善山水,有白陽、仲醇家風。以增生入太學,卒。嘗于化城寺構書巢,牙籤縹緗,足方清閟。曾建育嬰堂。康熙十二年(1673),與端肇震、喻爾訓等同纂《太平府志》四十卷傳世。喜研讀杜詩,沉酣多年,曾箋注全部杜詩,然僅有《書巢箋注杜工部七言律詩》四卷行世。對於該書的成書經過,許巖光序和陳醇儒自序中言之甚詳:“辛丑冬,嚴寒閉戶,擁爐讀諸家注⋯⋯不揣固陋,先取七言律討論批駁⋯⋯成八萬餘言。及仲夏,雙峒許先生避暑白紵山,余擔簦問業,出稿折衷。先生曰:‘千年以來,老杜知己,非子而誰!’更爲之點繁攬要,僅存六萬有奇言。”則該書初稿成於順治十八年(1661),次年,即康熙元年夏,由其友許巖光進行刪削後定稿,並爲之捐資刻印。許巖光,字雙峒,福建惠安人,順治十五年(1658)進士,時爲太平府推官,正寓居當塗之白紵山。

2. 版本體例

《書巢箋注杜工部七言律詩》四卷,簡稱《書巢杜律注》。該書扉頁右上題“姑孰陳蔚宗纂”,中題“杜詩箋注”,左下署“金陵兩衡堂梓”,書眉橫書“温陵許雙峒批釋”。卷前依次爲王澤溥序、許巖光(字雙峒)序、胡季瀛序、陳醇儒自序、唐良序、醇儒弟醇士跋,“則言”九則。次分卷目錄。各卷首頁,第一行書“書巢箋注杜工部七言律詩”卷次,二、三行署“温陵許巖光雙峒批釋”、“姑孰陳醇儒蔚宗集注”、“弟醇士漢良校定”,書口題“書巢杜律注”。目次前及卷末又題作“唐杜文貞公七言律詩”。因陳醇儒自序末署“康熙歲次壬寅中秋姑孰陳醇儒蔚宗氏題於書巢小閣”,諸家書目遂多誤以壬寅爲康熙六十一年(1722)之壬寅,實應爲康熙元年(1662)之壬寅,胡季瀛序即直署"康熙元年菊月東海胡季瀛序並書"。是書流傳極少,似僅此康熙元年刻本。坊間書目有作《杜文貞律詩選》者,僅題"温陵許雙峒評"。

　　該書四卷,共收杜詩七律 151 首,按作年先後編次。詩題後多半有題解,注明杜甫行踪及該詩作年或題意。箋注置於詩末,乃擇諸家注之善者以己意出之,不徑録原注,亦不標姓名。一題數首之組詩,逐首箋釋後,再統解該題之命意、結構、諸首間之承接關係。箋注後,另起段落,或輯録該詩之異解可供參考者,或集其同時代人之評語,多至四十餘人。計有:鄭伯飛、許合伯(3 次)、方爾止、陳漢良(5 次)、許雙峒(2 次)、葛詩齋、紀子湘、徐子晋、梅杓司、唐祖命(3 次)、巫巒稚、吕唐音、姚明兩、祝亮臣、葛從五、胡需孚、唐季瞻、張任甫、張梓園、沈惠孺、王玉子、奚孔揚、石孩生、林越愚、江静白、楊豐垣、閔弓良、張南村(2 次)、杜杜若、翁玉于、王東瞻(2 次)、王世求、王匪奪、巫川南、周元亮、孫子寬、徐燉、謝南川、楊魯豀、王介侯、端燧承、彭宗姬、紀夢左、黄吉生等。這些人名都是稱呼其字,其中有些人已經難以考出其原名。鄭慶篤等編《杜集書目提要》認爲:"諸評雖偶有所見,然以附和贊許陳氏箋注之語爲多。"[1]其實不然。檢諸家評注語,除了其弟陳漢良和批釋者許雙峒對陳氏箋注偶有贊語之外,所引其他人的評語全部都是關乎杜詩本身的,且多有見地。如《因許八奉寄江寧旻上人》末"聞君話我爲官在,頭白昏昏只醉眠"二句,陳醇儒引方文論曰:"'君'字,指許八。言旻公聞許至,必來問我,許當爲我説,雖是爲官在此,但昏昏醉眠耳。如此則題上'因許八'三字方不落空。"其實陳醇儒已經在《則言》其九中提到了選録諸家評注的原則:"先正批解紛見錯出者,既無庸復載,即今海内不乏詩學大君子,又以聞見偏隘,不能采入,僅於同聲把臂中,有疑義而晰者略附一二,以志弗諼。至吾鄉

---

①　鄭慶篤等《杜集書目提要》,第 135 頁。

風雅,邇來不讓竟曆,嗣有《姑溪詩選》一集,徐出問世,兹集未蒙惠教者,雖辱蘭譜,不敢濫及。"可見其選録的標準還是很嚴格的,並不是一味地爲了標榜該書的權威性而大造聲勢。

3. 文獻價值

《書巢杜律注》中大量徵引前代及同時人的杜詩學文獻,因而具有很大的文獻價值。該書《則言》其一云:"杜詩批注推劉辰翁、虞伯生尚矣,但其中紕繆不少,《千家注》更屬蕪陋。至如趙次公、蔡夢弼、徐常吉、董養性、過邦直,注不一家,非箋釋文事,少所發明,即捃拾子史,昧於決擇。是集於諸注不敢抄襲雷同,擇其有當大旨者,互爲參訂,以古人心不可没也。"可見陳醇儒廣泛參考了前代注本,並對其得失進行了考量。劉辰翁《批點千家注杜工部集》、(托名)虞集《杜律虞注》、趙次公《先後解》、蔡夢弼《杜工部草堂詩箋》等杜詩評注本都是衆所周知的本子。徐常吉《杜七言律注》在明代雖頗爲風行,頗多著録和徵引,但目前該本已經散佚。董養性《杜工部詩選注》一書雖見於著録,但在國内一直未發現原本,後來有學者發現日本内閣文庫《圖書第二部漢籍目録》著録此書,且實有是籍,實爲海外孤本也,其詳可參綦維對該本的介紹文章①。此外,《書巢杜律注》卷三《見螢火》詩於注釋中,還徵引了明代張伯復的《傳研齋詩話》,該詩話徵引者頗鮮,現已散佚。陳醇儒對這些稀見文獻的徵引,充分顯示了該本的重要文獻價值。在書中陳醇儒没有提到他所參考的清代杜詩注本具體有哪些,但是我們從《書巢杜律注》中所引諸家評語中可以知道,陳醇儒至少參考了錢謙益《讀杜小箋》《二箋》、顧宸《辟疆園杜詩注解》、蕭雲從《杜律細》等書。《書巢杜律注》刊刻的當年(1662),正是錢、朱兩家因注杜而反目的時候。兩個清初最著名的注本雖然都已經接近完成,但尚

---

① 綦維《海外孤本——董益〈杜工部詩選注〉》,《圖書館雜志》2001 年第12 期。

未最後刊刻，故陳氏參考的可能是成於崇禎朝的錢氏《讀杜小箋》《二箋》。錢謙益在《讀杜小箋》卷前《讀杜寄盧小箋序》中指出："自宋以來，學杜詩者莫不善於黃魯直，評杜詩者，莫不善於劉辰翁。……辰翁之評杜也，不識杜之大家數，所謂鋪陳終始，排比聲韵者，而點綴其尖新儁冷，單詞隻字，以爲得杜骨髓，此所謂一知半解也。"①陳醇儒於該書《則言》中云："舊注於地里、人名，强釋錯亂處間一辨正。至以尖新雋冷、單詞隻字爲杜神髓者，尤所鄙棄，概不敢從。"其論與錢謙益同一聲口，受《讀杜小箋》《二箋》的影響是顯而易見的。而此時顧宸《辟疆園杜詩注解》中的《七律注解》已經於順治十八年（1661）由兩淮鹽政李贊元刻印，康熙元年（1662）濟寧人李壯又爲顧宸刻印了《五律注解》。這部與《書巢杜律注》幾乎同時的注本已經被陳醇儒吸收采納，陳醇儒在書中除了直接轉述顧宸論杜語之外，所引黃維章、黃仲霖、洞陽公（顧可久）等人評語，我們通過對勘後發現，皆是由顧注轉引而來。蕭雲從的《杜律細》一書成書於清順治八年（1651）之後，由《書巢杜律注》對該書的徵引，我們可以確定其成書時間的下限爲康熙元年（1662）。《杜律細》目前也已散佚，孫微曾撰有專文介紹該書，可以參看②。《杜律細》的作者蕭雲從就是姑孰人，和陳醇儒是同鄉，又都是書畫家，而且康熙元年這一年，蕭雲從正在當塗，並且極有可能和陳醇儒就注杜和繪畫事宜有過交往。陳琰《曠園雜志》載：

> 胡季瀛守太平日，慕蕪湖蕭尺木能畫，三訪俱辭不見，胡
> 怒。時新修采石磯太白樓成，遂於案牘中插入尺木名，攝之
> 至，送至樓中，令白壁間若圖成，即當開釋。尺木年已七十餘，
> 方卧病，不得已，畫匡廬、峨嵋、泰岱、衡嶽四大名山，凡七日而

---

① 錢謙益《牧齋初學集》卷一〇六，第 2153 頁。
② 孫微《蕭雲從〈杜律細〉研究》，《古籍整理研究學刊》2005 年第 3 期。

就,遂絕筆。至今登樓者嘆賞不置,畫與斯樓俱傳矣。事與沈
啓南絕相類。①

此事《國朝畫識》等書亦有記載,不過陳琰對蕭雲從年齡記載有誤,
據《蕭雲從年譜》載,是年蕭雲從應爲六十七歲,"七十餘"應是陳
琰的誤記②。蕭雲從同時還作有《太白樓畫壁記》,許嚴光撰寫了
《重建太白樓碑記》。胡季瀛、許嚴光二人都是陳醇儒《書巢箋注杜
工部七言律》一書作序者,再加上書中對蕭氏《杜律細》的徵引,我
們有理由推斷陳醇儒其書與蕭雲從的《杜律細》二者之間一定存在
著非常密切的關聯。《書巢杜律注》中所引三條《杜律細》佚文,與
王士禛《池北偶談》、仇兆鰲《杜詩詳注》所引內容和特色均有不
同,這是我們能夠見到的清代杜詩注本中對《杜律細》最早的徵
引了。

　　4. 注釋特色

　　(1) 以起承轉合之法論杜律

　　《書巢杜律注》一書側重就律詩之章法結構、起承轉合、前後照
應關係細加箋釋。陳醇儒在《則言》中云:"近體八句,總以二起二
承二轉二合爲律。有起而後有承,有承而後有轉,有轉而後有合,
此秩然之序也。若先得中聯而後得首尾,則起語必不出於自然,此
最作詩大病。……是集每詩專以起承轉合四字一一標明。"這種理
論,其實正是秉承金聖嘆以八股論杜之説。金聖嘆云:"唐詩八句,
原止二句起,二句承,二句轉,二句合,爲一定之律。"③蔣寅已經考
出,這種以起承轉合論詩的方法,最早見於元代的楊載《詩法家

---

① 　陳琰《曠園雜志》卷上,齊魯書社 1995 年版。
② 　胡藝《蕭雲從年譜》,《美術研究》1960 年第 1 期。
③ 　金聖嘆《杜詩解》卷三,上海古籍出版社 1984 年版,第 197 頁。

數》、傅若金《詩法正論》、范梈《木天禁語》等書①。在明代盛行一時,至清初的金聖嘆、徐增、吳見思等人,更是運用此法解析杜詩,產生了巨大影響。陳醇儒受到時風濡染,在說詩中采用此法,正是金聖嘆論杜的嗣響。這種以起承轉合之法解杜的方法,對清代的杜詩學研究產生了深遠的影響。此後,朱瀚《杜詩解意七言律》、陳式《問齋杜意》、吳瞻泰《杜詩提要》、浦起龍《讀杜心解》等許多清代著名杜詩注本,均注重對杜律起承轉合的闡發。應該說起承轉合論杜這種方法,在大多數情況下還是符合杜律的基本結構形式的,也是恰切的。不過此法並不是解析杜律的金科玉律,一味秉持此成法去機械地解析杜詩,難免會削足適履、膠柱鼓瑟。王夫之在《薑齋詩話》中曾激烈地斥之爲"畫地成牢"的"陋人之法"②。邊連寶《杜律啓蒙·凡例》中亦曰:"惟杜律變化神明,不可方物。動以古文散行之法,運於排比聲偶之中。……若但以起承轉合之死法求之,豈不失之遠甚?"③所以當陳醇儒、許巖光等人在書中津津樂道於詳細分析杜律如何起承轉合的時候,就已經注定了該本的先天缺陷,對於這一點陳氏等人也許根本就沒有意識到,倒是爲該書作序的王澤溥曾委婉地指出:"若起承轉合,杜自神明於律中,以此爲知少陵則猶淺矣。"

(2)瑕瑜互見的箋注內容

雖然《書巢杜律注》一書以起承轉合論杜律有些機械,但陳醇儒在疏解詩意中,尤注意闡發其言外之旨,對諸注之穿鑿曲解處,多所駁正。如對《早秋苦熱堆案相仍》箋曰:"此詩是先生論房琯事貶華州時所作。滿腹不得意情事,自不待言。然本詩只是就題即事,而遭讒不得意處,自見言外。若必如舊注以讒人罔極之形,字

---

① 蔣寅《古典詩學的現代詮釋》,中華書局 2003 年版,第 100—102 頁。
② 王夫之著、戴鴻森箋注《薑齋詩話箋注》卷二,第 69、78 頁。
③ 邊連寶《杜律啓蒙·凡例》,齊魯書社 2005 年版,第 3 頁。

櫛句比,轉非坦蕩居心之君子矣。"所論確實擊中了舊注的要害,指出貶官華州的杜甫雖然滿腹牢騷,從此詩中也明顯可以感到其煩躁情緒,但是假如將其中的景物描寫都看成有所指斥和影射,不僅歪曲了詩意,也誤會了少陵的君子情懷。又如《簡吳郎司法》"許坐曾軒數散愁"句,陳醇儒認爲乃是"相調之詞",亦甚切詩意。仇兆鰲即解此句曰:"此本公堂,欲坐軒而散愁,反問吳見許,此相謔之詞也。"①在闡發杜詩的藝術性的時候,陳醇儒特別指出杜詩對仗中多使用"側卸"之法,其云:"聯語多用一意側卸者,最見能手。先生十篇每有其七……一意脱成,清新雋永。"陳醇儒舉出很多詩例,如:"羞將短髮還吹帽,笑倩旁人爲正冠"、"我已無家尋弟妹,君今何處訪庭闈"、"竹葉於人既無分,菊花從此不須開"、"不爲困窮寧有此,只緣恐懼轉須親"、"但使閭閻還揖讓,敢論松竹久荒蕪"、"豈有文章驚海内,漫勞車馬駐江干"等等,從他所舉的例子來看,"側卸"之法當是指流水對。陳醇儒將流水對特別拈出,指出其"一意脱成"的飛動之美,具有獨特的表意功效,的確獨具手眼。其後許印芳亦指出:"少陵妙手,多用流水對法,側卸而下,更不板滯。"②

　　陳醇儒以少陵知己自居,甚至宣稱"知我罪我,自在少陵",其箋解能夠從杜詩本身出發,貼近詩意進行闡釋,大膽闡發自己對詩句的理解,這種解析方法當然和穿鑿附會者不可同日而語。但是由於對杜詩理解不深,具體的解詩方法也有欠妥之處,所以其某些箋解和杜詩本意還是存在一些距離的。如《詠懷古迹五首》其五頷聯"三分割據紆籌策,萬古雲霄一羽毛",兩句本贊諸葛亮才品之高,謂其運籌帷幄,功成三國鼎足之勢,猶如鸞鳳高翔於雲霄之上,

---

① 仇兆鰲《杜詩詳注》卷二〇,第 1761 頁。

② 方回選評、李慶甲集評《瀛奎律髓彙評》卷二五,上海古籍出版社 1986 年版,第 1115 頁。

不可企及。陳醇儒却箋云："羽毛，輕也。……謂三分割據之事，他人視爲驚天動地矣，其在武侯，僅似雲霄中一羽毛之輕。"此箋乃襲明人焦竑《焦氏筆乘》之論，所論非是。又如《覃山人隱居》一詩，乃大曆二年（767）秋杜甫過覃山人隱居之所，有感於覃山人之隱而不終而作。詩先譏覃山人之輕出，後責覃山人不能審時見機，隱而不終，末則爲此而嘆。陳醇儒認爲其中"徵君已去獨松菊"句，説明山人已死。仔細品味該詩，確有如此意味。盧世㴶《讀杜私言》即指出："'徵君已去獨松菊，哀壑無光留户庭。'其人尚在，而詩乃有矢盡弦絶之意。蓋有爲而作，不止憑吊其居止也。"①但陳醇儒進一步將"矢盡弦絶之意"坐實爲山人已死，如此就誤解了詩意，這是由於僅拘泥於一句之意，而忽略全詩上下文之間的關聯。陳醇儒雖然反對穿鑿附會，但他對於舊解的駁正，没能建立在翔實的考證之上，因而其得出的結論，大有可商榷之處。如《題省中壁》"掖垣竹埤梧十尋"句，舊注多解爲竹低梧高，將"埤"訓爲"卑"。陳醇儒却認爲"埤，增也"，進而認爲應該解爲"垣之竹埤之梧皆十尋"之意，其説雖新，却未見妥當。又如《奉和賈至舍人早朝大明宫》"九重春色醉仙桃"解爲"入朝飲酒"、《秋興八首》其六"回首可憐歌舞地"解爲"實羨歌舞"之類，箋注者雖自矜爲一得之見，但由於過分追新求細，對杜詩的理解顯得破碎支離，穿鑿之處較多。在解釋《示獠奴阿段》之"曾驚陶侃胡奴異"句的"陶侃胡奴"時，竟引僞蘇注而不察，這也是和注者堅決反對舊注穿鑿的初衷相悖離的。

5. 影響及評價

陳醇儒《書巢杜律注》是清代最早出現的杜律注本之一。目前我們能夠見到的清代最早的杜詩七律注本，是張篤行所撰《杜律注例》，該本刻於順治十六年（1659），僅比《書巢杜律注》早三年。不過《杜律注例》受到元明以來詩格著作的很大影響，以格法論杜律，

――――――――――

① 盧世㴶《讀杜私言》，明崇禎七年（1634）尊水園刻本。

尚未脱明人論杜習氣。而《書巢杜律注》承襲金聖嘆等人之説,以起承轉合論杜,已經明顯帶有了清代杜詩學的特點。此外,顧宸的《辟疆園杜詩注解》亦是清初出現較早的杜律注本,僅早於《書巢杜律注》一年問世。然而顧注過於繁瑣,穿鑿之處在所難免。與之相比,《書巢杜律注》的注釋就顯得簡洁明快,較適合初學者閲讀。在清初的注杜高潮即將來臨之際,《書巢杜律注》的著者陳醇儒和江浙注杜集團的領袖人物錢謙益、金聖嘆、顧宸、方文等人暗通聲氣,充分吸收了同時學者們注杜的新成果、新理念、新方法,並在其箋釋中有自己獨到的見解,不失爲清初較有價值的杜律注本。但是由於著者聲名不彰,致使該書流布不廣,後代注本鮮有徵引,甚至連集大成的仇兆鰲《杜詩詳注》都未能引及,這使得該本在其後杜詩學高潮的喧囂聲浪中被逐漸湮没,這不能不説是杜詩學史上的一樁憾事。

(四)顧宸《辟疆園杜詩注解》

明末清初無錫著名藏書家顧宸的《辟疆園杜詩注解》,對清代杜詩學産生了深遠的影響。該書在注解中廣搜博引,注重詩史互證的箋釋方法,注釋觀念通達,匡正了前人的諸多穿鑿附會之處,因而具有重要的文獻價值。然而紀昀之父紀容舒《杜律疏》乃節抄顧注而成,紀昀欲掩蓋其父剽竊之迹,故意將顧宸注本摒棄於《四庫全書》之外,而將紀容舒《杜律疏》列入四庫存目,這使《辟疆園杜詩注解》的流傳受到了很大的影響。

1. 顧宸的生平與著述

顧宸(1607—1674),顧嘉舜之子,字修遠,號荃宜,無錫(今屬江蘇)人。因其所居名辟疆園,故人稱顧辟疆。崇禎十年(1637)在無錫結聽社,與華時亨、秦釴、黄家舒、顧煜、王延禧、王玉汝、繆振先、吕陽、秦鍈、唐德亮、吴濯時、馬瑞、王永肩、黄傳祖、錢陸燦、許王儼等並稱"聽社十七子"。崇禎十一年,參與聲討阮大鋮之《留都防亂公揭》。崇禎十二年舉孝廉,名聲日盛。畢忠吉稱顧宸"性喜引進後學，凡經識拔者，率取聲譽"、"負一世人倫冰鏡之目"①。黄印《錫金識小録》還記載了一件顧宸的軼事："顧孝廉辟疆園闈墨房行諸選風行天下，嘗之京師，道經山東，所携筐多硯石印章，盗睨其重，疑多金，中途劫去，及宿旅邸，有挾空輿、持門生刺來迎者。孝廉茫然，檢門生籍，並無其名。爲多人强昇之去，及至，居第如公侯。主人出迎甚恭，登堂，强執門弟子禮，扶孝廉坐，下拜，却之不得。其人盗魁也，本東省武擧，鼎革後遁迹緑林。辟疆園選武闈策論，曾登其墨藝。始其徒劫孝廉裝，啓篋，見其印章知名，故遣人來迎孝廉。留止三日，供帳極豐。固辭，乃置酒餞行，出百金以贈，親送至大道，猶依依不忍舍也。"②鼎革後顧宸不樂仕進，專意搜求典籍文獻，將國破家亡的悲憤寄托於埋頭著述中，這在當時的士大夫中也是很普遍的現象。清順治七年（1650），顧宸與太倉吴偉業、長洲宋實穎、尤侗、吴江計東、崑山徐乾學、武進鄒祗謨等會浙江毛奇齡、陸圻、朱彝尊等，在嘉興擧十郡大社。在明末清初的這些黨社活動中，顧宸不僅躬逢其盛，而且是積極的參與者，可謂交遊遍海内。後因辟疆園藏書毀於火，遂頹唐悲觀而死。所剩殘籍，悉流入富豪之家。關於辟疆園藏書火灾始末，《錫金識小録》云："辟疆園藏書之富，亞於錢氏之絳雲樓，會湖州莊氏'明史獄'起，時孝廉適遊越，緣家有其書二部，遣急足歸，令速焚之。家惟婦稚，得信皇迫，不暇檢擇，盡出其書付祝融，三日火不滅。載其灰，投諸河，猶三四巨船云。俱其後人所述。"③《無錫金匱縣志》則僅云："插架充棟，後厄於火。"④看來辟疆園一炬，極有可能是因"明史案"牽連

---

① 顧宸《辟疆園杜詩注解》卷首畢忠吉序，清康熙二年（1663）吴門書林刊本。

② 黄印《錫金識小録》卷四，清康熙間抄本。

③ 黄印《錫金識小録》卷七《稽逸二》，清康熙間抄本。

④ 秦湘業纂《無錫金匱縣志》卷二二，清光緒七年（1881）刻本。

所及。

顧宸是個藏書家，黃家舒云：“顧子修遠少嗜異書，自其爲貧諸生已汲汲搜采，既而上公車……轍迹所至，凡懸書之幣，酬字之金，以逮軺軒冠蓋之贈遺，悉供網羅漁獵費，故其家縹緗所積，幾與《四部》《七録》《宛委》《嫏嬛》等”①，可見其藏書之富。顧宸在當時的藏書家中，以藏宋版書多聞名一時，辟疆園與錢氏絳雲樓齊名而稍亞之。曾補輯《宋文選》三十卷，皆吕祖謙《宋文鑑》所未及，可見顧宸深厚的文獻功底。據《常邑八郡藝文志》卷六，《宋文選》成書於順治十八年（1661）。另外尚輯有《元文選》《明文選》，均已佚。顧宸所爲詩文也豐蔚典贍，《無錫金匱縣志》即著録其《辟疆園文集》四卷。顧宸還刊刻了大量闈墨之書，據《縣志》記載：“每辟疆園新本出，一懸書林，不脛而遍海内。”②

2.《辟疆園杜詩注解》的版本及體例

顧宸注解杜詩，用力尤深，廣搜博采，考據審定，隻字未愜，殆忘寢食，數歷寒暑，全注始就，復點竄删削，數易其稿，於順治十八年（1661）方藏事。李贊元時任兩淮鹽政，閲後十分欣賞，爲其刻印《七律注解》。康熙元年（1662）濟寧人李壯又爲其刻印了《五律注解》。後吳門書林於康熙二年（1663）將其合刊爲《辟疆園杜詩注解》十七卷，其板式爲：半頁九行，行二十一字，黑口，單魚尾，左右單邊。其中五律十二卷，選詩 627 首；七律五卷，選詩 151 首。其體例是：每首詩後有解題，時地可考者皆一一注明。然後解釋名物、詞語、典故，再箋釋詩意。《七律注解》前有順治辛丑（1661）李贊元、嚴沆、黃家舒序。扉頁上署“錢牧齋先生鑒定”，次署“李蠖庵、畢淄湄兩先生同訂”。下列五卷總目録，目録前署“辟疆園杜詩

---

①　顧宸《辟疆園杜詩注解》卷首黃家舒序，清康熙二年（1663）吳門書林刊本。

②　秦湘業纂《無錫金匱縣志》卷二二。

注解"，"梁谿顧宸修遠著，侄綵驤天閑、男綵麟天石較"。每卷次下均署"觀陽李贊元望石甫閱，梁谿顧宸修遠甫著，同里黄家舒漢臣評"。《五律注解》前有康熙癸卯（1663）李壯、畢致中序及《杜子美年譜》。次十二卷總目錄，目錄前署"觀陽李贊元望石、禹航嚴沆顥亭、淮陰陸求可咸一全訂"。每卷下署"梁谿顧宸修遠甫著"及評者二人，計有李壯、畢忠吉、王養晦、程康莊、王士禛、劉壯國、毛漪秀、丁泰、周建鼎、陳泰和、張一鵠、李粹白、張熙岳、丘元武、李瑄、錢陸燦十六人。每頁版心上署"杜詩注解"，中署詩體卷次，下署"辟疆園"。應該説這是一個網羅了當時衆多名士的龐大學術團隊，其中有海内矚目的大詩人王士禛。我們從七年以後刊刻的朱鶴齡《杜工部詩集輯注》卷首可以看到一個規模更爲龐大的參訂團隊，當時江浙地區注杜風氣極爲盛行，應該説顧宸此書中廣結同志的做法，爲其後的注杜者開了先河。《辟疆園杜詩注解》五律卷六、卷八，七律卷三、卷四、卷五，都有王士禛評，如七律卷五《人日》詩後評曰："少陵詩多不可解，經修遠而意義無不呈露。起伏、段落、字句，無不鈎剔而出，省後人無限思力。"對顧注可謂稱譽有加。這些論析未見於漁洋的其他著述中，張忠綱纂輯《新編漁洋杜詩話》時便據以收錄。王士禛於《辟疆園杜詩注解》成書前後任揚州府推官，康熙元年（1662）於紅橋唱和，更是名聞海内，其與顧宸交往相熟，當在此時。此外，康熙元年，王士禛門人盛符昇纂輯的《阮亭詩選》十七卷，書前即有當時著名文人二十六人的題序，其中就有顧宸之序，亦可證在《辟疆園杜詩注解》刊刻前後顧宸與王漁洋交往甚爲密切。《辟疆園杜詩注解》是杜詩的五七律注本，而其餘諸體刊刻未果。周采泉《杜集書錄》認爲其書"只完成五七律，未完成全書注解"①，其實顧宸已經完成了全部杜詩的注解工作，李贊元即稱"顧

① 　周采泉《杜集書錄》，第 351 頁。

子修遠顧我於鹽署,出其杜注全本示余"①。考慮到《辟疆園杜詩注解》均是依靠某些官員資助,方得以刊刻,則顧宸的其餘諸體注解很可能是由於無力付梓,才未能流傳下來。

3.《辟疆園杜詩注解》的特色和成就

(1)廣搜博引的文獻價值

引書的廣泛性是《辟疆園杜詩注解》最突出的特點。首先,顧宸參考了前代的許多注本,包括:趙次公本、郭知達本、蔡夢弼本、吳若本、黃鶴本、千家本、劉辰翁批點本、張性《杜律演義》、張綖《杜工部詩通》、范濂《杜律選注》、郝敬《批選杜工部詩》、王嗣奭《杜臆》、盧世㴶《杜詩胥鈔》、錢謙益《錢注杜詩》、朱鶴齡《杜工部詩集輯注》等,年譜參考呂大防、蔡夢弼譜,較之錢注等年譜略詳。

在顧注所引杜詩注本中,明顧可久《杜律辨類》一書係散佚之作,具有很高的文獻價值。因可久爲顧宸直系先祖,故書中尊稱其爲"洞陽公"。顧可久(1485—1561),字與新,號前山,別號洞陽,無錫人。歷官行人司行人、户部郎中、福建泉州知府、江西贛州知府、廣東按察副使等職。他曾在瓊州多次主持鄉試,察識選拔人才,爲海瑞恩師。後遭豪强和權臣中傷而被勒令辭職返鄉,卒於家,著有《洞陽詩集》二十卷,生平事迹見《無錫金匱縣志》卷二三《忠節》。顧宸《辟疆園杜詩注解》中於《秋盡》、《將赴成都草堂途中有作先寄嚴鄭公五首》其五、《暮登四安寺鐘樓寄裴十迪》、《送王十五判官扶侍還黔中得開字》、《閣夜》、《江雨懷鄭典設》、《送李八秘書赴杜相公幕》、《覃山人隱居》等詩後均引"洞陽公曰"。於《暮登四安寺鐘樓寄裴十迪》後曰:"解此詩後,因檢家洞陽公《杜律辨類》曰:'末句乃自咎意。懷裴而不相見,則於交遊之情甚懶矣。即裴之尤親厚者,以例其餘。通上一句,文斷意不斷,筆力作法妙處。'按如此解,'故人相見未從容'句,甚有情。其不能與故人

①　顧宸《辟疆園杜詩注解》卷首李贊元序。

從容相見者，由我太慵故也。"（七律卷三）從顧宸《辟疆園杜詩注解》對顧可久《杜律辨類》的徵引僅限於七律這點判斷，《杜律辨類》很可能是一杜甫七律注本，惜該本久佚，僅靠《辟疆園杜詩注解》的徵引，後人方能窺其一鱗半爪。該書僅見顧宸《辟疆園杜詩注解》數次徵引，周采泉《杜集書錄》、鄭慶篤等《杜集書目提要》均未能著錄，連當代號稱集大成的張忠綱等著《杜集叙錄》亦未予著錄，從中可見顧宸注本中所蘊含的文獻價值。另外，明代黃文焕《杜詩掣碧》流布極罕，然顧宸當時尚能見該本，並於《辟疆園杜詩注解》多次徵引"黃維章曰"，當即該本。黃文焕後人黃任《恭紀中允公遺集十六首》其十三曰："別類編年集異同，珠聯璧合見宗工。浣花全幅春江景，碎剪邱遲一段中。"注曰："中允公杜詩全注未登，獨五七言律爲人借刻，世所傳辟疆園本也，惜全稿無力梓行。"①黃任所謂"借刻"者，似隱有指斥顧宸《辟疆園杜詩注解》剽竊《杜詩掣碧》之意，今檢顧注所引黃維章評有二十餘則，則黃任所云當不是空穴來風。然黃文焕《杜詩掣碧》一書幸賴顧注之徵引而得以部分流傳，亦屬不幸中之幸事矣。

顧注不僅廣泛徵引了前代杜詩注本，而且對宋、元、明、清的名家論杜也多所引用。據筆者不完全統計，顧宸在注釋中引用的書目達 300 餘種，儼然可以和錢注徵引的廣博程度分庭抗禮。在注釋名物時，顧宸廣搜博引，多能發前人所未發。特別值得一提的是，在注釋地名時，顧宸徵引了大量的地理類書籍，如《荆州記》《洞庭記》《湘中記》《廬山記》《華山記》《三峰記》《天水圖經》《襄沔記》《南康軍圖經》等，他特別強調運用地方志的記載來訂正舊注的訛誤，這對一位不能作實地考察，而只能依賴自己書齋所儲典籍注杜的學者來説是難能可貴的。和《錢注杜詩》一樣，《辟疆園杜詩注

① 黃任撰，陳名實、黃曦點校《黃任集（外四種）》，方志出版社 2011 年版，第 218 頁。

解》所徵引的書中有不少已佚古籍的資料,頗具文獻價值,如謝承《後漢書》、《晋中興書》、《襄陽耆舊傳》、《十道志》、《括地志》、《武陵記》、《晋地道記》、《前秦録》等。其中,還有許多現已不見諸家著録之書,如《襄沔記》、《天水圖經》、《廬阜雜記》、《樂廣》、《晋載記》、陸德明《南康記》等,其文獻價值更彌足珍貴,這也是顧宸作爲一個藏書家引以自豪之處。顧宸所引還不止此,他在箋釋中大量引用漢、魏、晋、南北朝乃至唐宋人的詩文、筆記,揭示杜詩的繼承與影響,並旁及釋典道藏、鼎銘碑文。因此文獻的廣泛與豐富性,是顧注能夠超越其他注本的一個重要原因。

（2）對錢謙益"詩史互證"箋釋方法的繼承與發揮

顧宸對錢謙益《錢注杜詩》頗爲信服,在書中徵引最多。而錢注成書於康熙二年（1663）,與顧宸注幾乎同時,按理説顧宸參考的錢注當是成書於明末的《讀杜小箋》《二箋》,是爲《錢注杜詩》的前身。由於與錢謙益私人關係密切,顧宸於《辟疆園杜詩注解》成書之前曾親見錢謙益在《讀杜小箋》《二箋》基礎上"粗有成編"的"新箋"之稿本。《錢牧齋先生尺牘》卷一《與朱長孺》曰:

> 辱示《草堂會箋》,必欲首冠賤名,輾轉思之,彌增慚怵。此事發起於盧德水,牽引於程孟陽,漫興隨筆,棄置已久,偶於集中覆視,見其影略脱誤,每自哂昔學之陋。脩遠不查,誤録一二册,附時賢後,方爲頸泚背汗。①

此信寫於康熙元年冬,可見顧宸確於此前從錢謙益處獲睹錢注之新箋,並多加抄録徵引。周采泉因錢、顧二書前所載《杜甫年譜》之相似程度過大而產生過疑問:

　　　　是書之梓行,早於錢箋二年,而所載《年譜》,竟與錢《箋》
雷同,唯錢《箋》作表格式,此則直行書耳,究竟誰承襲誰?①

若明瞭顧宸與錢氏之間密切的學術交往,此問題亦可冰釋。錢謙
益的杜詩注解向以"詩史互證"的方法蜚聲學林,特別是對《洗兵
馬》《諸將五首》等詩中鈎稽闡幽,對玄、肅父子之間的微妙關係鈎
稽,在《草堂詩箋元本序》中自詡爲"鑿開鴻蒙,手洗日月"②。對
此,顧宸頗爲認同,並在注中多加吸收。如其釋《收京三首》時云:
"合觀三首,玄、肅之間,寓意甚深。"(五律卷二)《收京三首》其一
"聊飛燕將書",錢注認爲是指哥舒翰敗降安禄山后爲禄山貽書諸
將勸降。顧宸的注解便完全采納錢説,並在錢注的基礎上進一步
發揮道:"按,田單復齊,故魯連爲發聊城一矢。今哥舒翰背主從
賊,招衆同畔,似非可以魯連爲比。且以燕將比諸將,亦屬不倫。
考至德二載,史思明斬安慶緒將安守忠、李立節。李光弼聞其事,
因遣人招之。前此烏承恩已歸國,帝遣承恩諭思明,遂奉十三郡、
兵八萬籍歸於朝,於是高秀巖以河東自歸,詔封思明爲歸義郡王。
然思明外順命,内實通賊。光弼欲陰圖之,後事泄,又因陳希烈之
誅,遂復反。所云'聊飛燕將書',當指光弼招思明而言。當時使思
明不再反,則河北已定,此實制勝要略。但思明狼子野心,終不可
化誨,故曰'聊飛',言事雖未終有成,然招携納叛,開其自新之路,
以殺群賊之勢,亦奇略也。'燕將'二字,正指史思明言,方爲確切,
此見肅宗能收賊將之略。舊注亦云:比收賊將,然未實據此事,亦
終於不可解耳。合上二句,皆七廟之略,其能更新萬方,正以此。"
(五律卷二)可見顧宸對錢謙益"以史證詩"的方法能夠加以繼承發
揚,在箋釋杜詩時注重史實和詩意的相互聯繫。又如《八月十五夜

────────────

① 　周采泉《杜集書録》,第 351 頁。
② 　錢謙益《錢注杜詩》,第 4 頁。

月二首》其二"張弓倚殘魄,不獨漢家營",顧宸解曰:"按:《紀事本末》:廣德二年八月,因僕固懷恩之亂,詔郭子儀帥諸將出鎮奉天。上召問方略,對曰:'懷恩無能爲也。'上曰:'何故?'對曰:'懷恩勇而少恩,士心不附,所以能入寇者,因思歸之士耳。'可見賊寇之營,人心亦各思歸,故對此明月,不覺張弓而望天曉,此皆思歸之心也。不獨漢家營,言不獨漢家之士卒思歸,即賊營亦然。公正用子儀語意也。"(五律卷九)則顧宸真熟讀唐史者也。又如《歸雁》詩"聞道今春雁,南歸自廣州",顧注引《唐會要》:"大曆二年,嶺南節度使徐浩奏:'十一月二十日,當管懷集縣,陽雁來,乞編入史。'從之。先是,五嶺之外,翔雁不到。"(五律卷一二)即發前人所未發。另如《曲江對雨》"何時詔此金錢會,暫醉佳人錦瑟旁",顧注引《舊唐書》云:"開元元年九月,宴王公百寮於承天門,令左右於樓下撒金錢,許中書以上五品官,及諸司三品以上官爭拾之。"(七律卷一)亦爲以前注家所未道過,因而這些發現得到仇兆鰲、浦起龍諸家的普遍徵引。

(3)對詩意闡釋的發見

顧宸的注解不僅在名物考證方面取得上述的成績,其闡發詩意,鉤稽杜詩的言外之旨,往往洞察入微,切中肯綮。如《蜀相》詩,顧宸解云:"'出師未捷身先死',皆頻煩開濟、嘔血酸辛所致,後之英雄覽其遺迹,安得不低回於碧草、黃鸝間,致滿襟流淚也哉!'淚滿襟'三字,正寫出'自春色'、'空好音'一種惆悵踟躕,並'何處尋'三字亦隱躍生動,非前只寫景後方尚論也。"(七律卷二)對杜詩的體會可謂深細。又如《曲江二首》其二顧宸解曰:"朝回便典春衣,官之貧也;況所典者,即現服之春衣,衣之貧也;日日典,是無日不貧;所典之衣,似可償酒債矣,而尋常行處,酒債仍有,是典衣而仍貧也。凡此者,皆以盡醉之故,而醉之不可不盡,正以人生七十古來稀,故不可不及時行樂耳。"(七律卷一)揭示出杜詩的多重涵義,讓人不禁想起羅大經解釋《登高》"萬里悲秋常作客,百年多病獨登臺"時闡發出的八層意思①，這都可見出顧宸對於詩意理解揣摩"窮極苦心"之處。又如《寄杜位》詩，顧宸云："是一紙家書，率直攄寫，不待致飾。曰近聞，曰想見，曰雖皆，曰已是，曰況復，曰遠應，曰何時更得，只此數虛字中，情文歷亂，俱寫出心亂之故。骨肉真情，溢於言表矣。"（七律卷二）《至日遣興奉寄北省舊閣老兩院故人二首》其一："欲知趨走傷心地，正想氤氳滿眼香。無路從容陪語笑，有時顛倒著衣裳。"顧宸曰："欲知，正欲知傷心地。內廷之趨走，易知也。內廷趨走，而反視爲傷心地，不易知也。正想，正是想。滿眼香，氤氳之終日在眼，無可想也。氤氳之不在眼，而如滿眼，正可想也。‘正想’蒙‘欲知’來，謂欲知其傷心，正因想其滿眼也。日陪諸公笑語，以爲固然，至於無路而愴極矣。自東方未明而朝，亦視爲故事。至於去朝之後，戀戀廷闕，有時尚顛倒衣裳，急思朝謁，愴益極矣。‘有時’蒙‘無路’來，謂雖無路入朝，尚有時誤疑早朝也。八字緊湊處，人未拈出，再爲暢言之。"（七律卷一）這樣的例子不一而足。在闡釋詩意時，顧宸也往往旁徵博引，縱橫開闔，深中詩意。如《鸚鵡》一詩，顧注引陸咸一云："此分明有才人失路，托身異族之感。如魏武之於楊修，隋煬之於薛道衡，皆所謂憐復損也。"（五律卷一〇）又如《麂》詩，顧云："‘亂世輕全物，微聲及禍樞。’自古文人才士，生逢亂世，出嬰禍患，何一不從聲名得之？ 中郎之於董卓，中散之於司馬，及禍雖異，其以微聲致累，則同也。此苟全性命於亂世，不求聞達於諸侯，隆中所以獨高千古，此二語感慨甚大。"（五律卷一〇）

　　顧宸還注意運用"以杜證杜"的方法，在注釋中用杜詩説明詩

---

①　羅大經《鶴林玉露》乙編卷五"一聯八意"條云："萬里，地之遠也。秋，時之慘悽也。作客，羈旅也。常作客，久旅也。百年，暮齒也。多病，衰疾也。臺，高迥處也。獨登臺，無親朋也。十四字之間含八意，而對偶又精確。"（中華書局 1983 年版，第 215 頁）

意,既讓人信服,又顯出注釋者對全部杜詩的融會貫通。這樣的例子很多,如釋《十六夜玩月》云:"公於月詩多用'關山',如曰'關山空自寒'、'關山同一照',此又云'關山隨地闊',蓋本樂府《關山月》也。"(五律卷九)又如對《江亭王閬州筵餞蕭遂州》之"老畏歌聲短",顧注云:"公詩云:'老去一杯足,誰憐屢舞長',又云'不須吹急管,衰老易悲傷',是老年畏聞歌聲也。此反云畏其短,則是喜聞歌矣。"(五律卷七)再如《寄杜位》,顧注云:"同是貶竄,於鄭虔曰'嚴譴',於杜位曰'寬法',以見輕重失宜,此杜老春秋之筆。"(五律卷九)又《秋興八首》其一"叢菊兩開他日淚"句,顧注云:"公自永泰元年秋至雲安,及今爲兩秋,見菊兩開矣。故詩云'南菊再逢人臥病',此叢菊兩開之證也。"(七律卷四)又《秋興八首》其二"畫省香爐違伏枕,山樓粉堞隱悲笳",顧宸曰:"公爲郎官,然未嘗入京,故用尚書郎入直女侍捧香爐事,自傷病廢與相違也。公《贈蕭使君》詩:'曠絕含香舍,稽留伏枕辰。'又《贈蘇四徯》云:'爲郎未爲賤,其奈疾病攻。'即所云'違伏枕'也。"(七律卷四)這些地方都采用了"以杜證杜"的方法,對理解詩意都很有幫助。

顧宸認爲杜甫的組詩是有章法的,主張"合而觀之",才能領會作者心情和詩意,如《自瀼西荆扉且移居東屯茅屋四首》解云:"合讀四首,初言將守桂叢,疑於此居矣。繼言賸客亦迷,遂有淹留佳客之意,便不自甘寂寞。三言解纜何年,望去惟恐不速。四言回首朝班,居然熱中人矣。於寂寞之境,寫出最難耽寂寞之況,意之所到,不覺隨口而發,即屢次遷居,可卜其無一安頓此身之地矣。"(五律卷一一)又如《江頭五詠》,顧宸曰:"《五詠》據是日江頭所見而言。丁香,立晚節也;麗春,守堅操也;栀子,適幽興也;鸂鶒,遣留滯也;花鴨,戒多言也。此雖詠物,實自詠耳。因前二首爲古體,或割裂之。不知此乃一時之作,或一日之作,公之座右銘也,安可分其孰爲古,孰爲律乎?故並列之律中。"(五律卷五)不僅揭示了整組詩的寓意,而且不顧其中有兩首乃是古體,全部加以選録,這是一般的杜律注本很難做到的。

（4）對舊注穿鑿之處的匡正與糾謬

在注釋杜詩的過程中，顧宸能夠秉持通達的注釋觀念，因而能夠匡正前人注杜的許多穿鑿附會之處。如《題鄭縣亭子》"巢邊野雀群欺燕，花底山蜂遠趁人"，顧宸曰："雀欺燕、蜂趁人，亦仰景所見。諸注謂喻群小之讒譖，詩中不必著此解。"（七律卷一）對杜詩此類寫景之句，注家不乏穿鑿之說，如邊連寶《杜律啓蒙》曰："雀欺燕而曰'巢邊'，懼其奪己巢也；蜂趁人而曰'花底'，據花爲己有也。小人持祿竊位，而因以肆其謠諑，其情態如此，則公之貶華，固由小人之妒寵也。"①《杜律啓蒙》雖係在顧注的基礎上成書，但對此詩的注解却遠不及顧宸通達。又如《奉和賈至舍人早朝大明宮》"九重春色醉仙桃"句，顧宸曰："諸注皆以仙桃爲西王母與漢武帝五桃故事，謂天子御九重之上，其容顏如春色醉桃，此陋說也。按天子之門九重，此言昧爽之初，天子視朝，而禁內春色爛熳，其桃盛開，若含醉也。禁內之桃，故曰仙桃。唐時殿廷，皆植花柳，此其證也。"（七律卷一）這對望文生義的舊注是一條有力的駁正，可謂切中詩旨，因而其論也爲後人所采。如朱鶴齡《杜工部詩集輯注》曰："春色之濃，桃花如醉，以在禁內，故曰"仙桃"，非用王母事也。"②明顯是吸收了顧宸的注釋成果。再如《因許八奉寄江寧旻上人》："舊來好事今能否，老去新詩誰與傳？"顧宸曰："舊注以'新詩'指公，甚無謂。公詩豈賴旻以傳？此謂旻與公遊時已能詩，今相別三十年，旻老矣，其新詩必更多也。"又如《赴青城縣出成都，寄陶、王二少尹》"文章差底病，回首興滔滔"，顧宸曰："差者，不齊之意，猶何也。差底，猶言何等。陶王想亦詩流，公既當權派在蜀，陶王亦僅爲微官，猶之未仕也。文章憎命達，公嘗言之。今公與二尹，命

① 邊連寶《杜律啓蒙》，齊魯書社 2005 年版，第 375 頁。
② 朱鶴齡《杜工部詩集輯注》卷四，清康熙九年（1670）金陵葉永茹萬卷樓刻本。

俱不達,或以爲文章病,公言不知文章何等病耶? 回首望二子,興自滔滔,蓋以詩道相誇之辭。謂世人則以爲病,而吾曹之興固自滔滔也。如此解,詩意始出。舊解'興滔滔',猶言恨無窮,嘆文章無補於老役貧勞,更謬。"(五律卷四)對《九日藍田崔氏莊》的作年問題,顧宸曰:"舊注云:此與《崔氏東山草堂》皆没賊時作。按:公是年雖自鄜州赴行在,爲賊所得,然在賊營則不能遠至藍田。又是時兩宮奔竄,四海驚擾,公豈獨有'興來今日盡君歡'之理? 意是乾元元年爲華州司功時,至藍田而有此作也。公在華州,尚能至東都,豈不能至藍田? 華至藍田,八十里爾。"(七律卷一)這個駁斥就較爲有力,因而也多爲諸家所采。

當然,顧注也有一些明顯的缺點。仇兆鰲在《杜詩詳注》中,即批評顧宸注雖"窮極苦心,而不無意見穿鑿"①。本來對詩意叙述周至,闡發詳明爲顧注之長,但有時走到了反面,就又顯得枝蔓無當,難免招致穿鑿瑣碎之譏。另外,顧宸的考證也有不少疏舛之處,如沿用蔡興宗之杜甫飫死於耒陽説即是。不過顧宸《辟疆園杜詩注解》一書在清初的杜詩學界以其豐富淵博、細膩詳明的特色獨樹一幟,對今天我們研究杜詩仍具有極大的參考價值。

4.《辟疆園杜詩注解》所産生的影響

顧宸的《辟疆園杜詩注解》對有清一代的杜詩學産生了深遠的影響,後代的許多注杜者都在參考顧注的基礎上或吸收,或辯駁,其書之不可廢則可見一斑。如龍科寶輯有《杜詩顧注輯要五言律》,就是顧注的精簡本。邊連寶《杜律啓蒙》,凌藝齋《杜詩約注》,張溍《讀書堂杜工部詩集注解》,顧淳慶《杜詩注解節抄》,江浩然《杜詩集説》,朱瀚、李燧《杜詩解意七言律》,李文煒《杜律通解》,浦起龍《讀杜心解》,仇兆鰲《杜詩詳注》,對其多有徵引。此外,顧注對海外的杜詩學也頗有影響,如津阪孝綽《杜律詳解》、近

---

① 仇兆鰲《杜詩詳注・凡例》"近人注杜"條,第24頁。

藤元粹《杜工部詩醇》都屢引顧注。葉嘉瑩所著《杜甫秋興八首集說》亦稱顧宸注本"頗有是處"①。不過當今學界對顧宸《辟疆園杜詩注解》的研究較爲冷落，對顧注的成就和特色，其與江浙地區杜詩注家間錯綜複雜的關係，在清初杜詩學界的地位，以及在杜詩學史上的影響等問題，都有待進行深入的梳理考論。

　　學界對該本關注度較少的原因之一，是由於其流布極罕。《辟疆園杜詩注解》除今傳康熙二年（1663）吳門書林刊本十七卷以外，再無其他傳本。該本在《四庫全書》的編纂中受到紀昀故意貶抑和歧視，是造成其流布不廣的重要原因。《四庫全書總目》之紀容舒《杜律疏》提要云："紀氏嫌顧宸《律注》穿鑿，所以刪繁就簡，撰成此書。"②則紀昀明知有顧宸《辟疆園杜詩注解》一書，却不將其著錄或存目。這是因爲紀容舒《杜律疏》乃完全剽竊顧宸《注解》而成，紀昀欲掩蓋其父剽竊之迹，惟恐其書傳世，才如此故意抹殺顧宸注本。周采泉云："（《杜律疏》）偶引金聖嘆一條，仇注間有提及，凡書中較精核者，皆顧注也。但均不標顧氏之名，竊據爲己有。四庫不存此書，蓋紀昀亦知其書之不足存也。"③將二書進行詳細比對後發現，紀容舒《杜律詳解》（即《杜律疏》）係將顧注十七卷合爲八卷，其選詩序次悉依顧本，《杜律詳解》實爲《辟疆園杜詩注解》之節鈔本，篇幅約爲顧注原書的七成。從內容來看，紀容舒的疏解幾乎完全依照顧注進行改寫，稍加簡化，基本未出顧注畛域，抄襲的痕迹相當明顯。因此，周采泉將紀容舒《杜律詳解》抄襲顧注列爲清代注杜兩大剽竊案之一④。正是由於受到紀昀這樣的貶抑，致

---

①　葉嘉瑩《杜甫秋興八首集說·引用書目》，第 7 頁。

②　永瑢等《四庫全書總目·集部二十七·別集類存目一》，第 1533 頁。

③　周采泉《杜集書錄》，第 378 頁。

④　周采泉《對於當前杜詩校注的管見》，《中國韵文學刊》1988 年增刊第 1 期。

使顧宸《辟疆園杜詩注解》的流傳受到很大的影響,有清一代一直未見翻刻和重刻。在詩學昌明的當代,由黃永武博士主編、臺灣大通書局出版的《杜詩叢刊》及日人吉川幸次郎輯《杜詩又叢》亦均未予收錄,故《辟疆園杜詩注解》如能加以整理出版,將是一件惠及學林的幸事。

(五)洪仲《苦竹軒杜詩評律》

清初洪仲的《苦竹軒杜詩評律》是極爲稀見的杜律注本,該本與黃生《杜詩説》之間有着較爲密切的關係。其對杜詩篇目之甄選頗費苦心,手眼獨到,既注重那些能反映杜甫忠義性格與崇高情懷之詩,亦青睐於語言淺直而涵意深曲之作;同時還非常注重對杜律章法和句法的概括與提煉,善於對杜甫的一些慣用手法和創作習慣進行總結。因洪仲對整部杜詩做到了融會貫通,故其解評往往能以杜證杜,切中肯綮。爲了連貫和疏通詩意,洪仲還自創了一種獨特的"二字解"之法來解杜,即在五言詩句的基礎上增加二字而成七言,此法雖貌似遊戲,卻頗有便於初學者對杜詩的理解。

1. 洪仲的生平著述與交遊考

洪舫,字方舟,因行二,又名洪仲,號邗上羈人、洪崖子,室名苦竹軒,歙縣(今屬安徽)洪源人,生卒年不詳。李一氓曰:"其書其人,《歙縣志》藝文志、人物志均不載,殊可怪也。"[1]其實李氏失檢,洪舫的生平事迹見於《歙縣志》卷一〇《人物志·遺佚》:"洪舫,字方舟,洪源人。室中常奉屈三閭、杜少陵木主,朔旦禮之,慨然有慕於其人。著《苦竹軒詩》,黃生極稱其工。"[2]可見其對屈原和杜甫頗爲欽慕。許承堯《歙事閒談》卷七《明季遺老》所載小傳與《歙縣

---

① 李一氓著,吳泰昌輯《一氓題跋》,生活·讀書·新知三聯書店 1981年版,第 166 頁。

② 張佩芳修,劉大櫆纂《歙縣志》,《中國方志集成·安徽府縣志輯》51,江蘇古籍出版社 2008 年版,第 416 頁。

志》全同①。另,張其淦《明代千遺民詩詠初編》詠洪舫曰:

> 方舟性豪邁,錦囊積詩稿。屈原折楚卜,杜甫焚香禱。離
> 騷問楚澤,浣花思蜀道。並招宋玉魂,江山麗文藻。

注曰:"洪舫,歙縣人,豪邁不羈,與同邑王元度嘗倡和,室中奉屈
原、杜甫木主,禮拜之。著有《離騷辨》《杜律評》諸書。"②按,王元
度,即王玄度(1602—1656),字尊素,一作符素,歙縣王干人。
《(光緒)重修安徽通志·人物志·隱逸》有其與洪舫的合傳:

> 王元度,歙縣人,明季諸生,皈依禪門,絕葷酒,著有《軒轅
> 閣詩集》。同邑洪舫,字方舟,豪邁不羈,室中常奉屈原、杜甫
> 木主,拜禮之,著有《離騷辨》《杜律評》諸書。③

王尊素的《軒轅閣詩集》已佚,清初陳允衡所輯《詩慰二集》中輯錄
其《王學人遺集選》一卷。洪舫著有《離騷辨》《苦竹軒杜詩評律》
《苦竹軒詩》《唐詩二字解》《詩演》等,然而除了《苦竹軒杜詩評律》
之外,其餘諸書均已散佚。賀裳《載酒園詩話》評王昌齡《重別李評
事》"莫道秋江離別難,舟船明日是長安。吳姬緩舞留君醉,隨意青
楓白露寒"時曾引洪仲之論曰:"予友洪方舟云:隨意,隨他意
也。"④這條洪仲評語,或即引自其已散佚的《唐詩二字解》。黃生

---

① 許承堯《歙事閒談》,黃山書社 2001 年版,第 230 頁。

② 張其淦著,祁正注《明代千遺民詩詠(二)》三編卷二,周駿富輯《清代
傳記叢刊·遺逸類一》第 67 冊,明文書局 1986 年版,第 95—96 頁。

③ 沈葆楨、吳坤修等修,何紹基、楊沂孫等纂《(光緒)重修安徽通志》卷
二六〇,《續修四庫全書》第 654 冊,第 376 頁。

④ 賀裳《載酒園詩話》卷下,賈文昭主編《皖人詩話八種》,黃山書社
2014 年版,第 138 頁。

《植芝堂今體詩選》收録洪舫五律、七律各一首,其中五律《贈
侄》曰:

> 老去懷冰執,誰知雛鳳如。莫因萍梗後,翻昧品題初。兵
> 革寧憂爾,迂却愧予。梅邊林外酒,何幸得相於。①

七律《黄白山説章含、葉千二子見余〈杜詩評律〉而喜之,兼有詩見
懷感賦》云:

> 彈罷冰弦暗自傷,知音千古對蒼茫。江干入夢惟詩聖,海
> 畔論心向覺王。野鶴歸舡偏送唉,梅花廢苑不凝香。潭濱却
> 費相思句,肯信人間有二黄。

另許承堯《歙事閒談》載:"夐叟墨迹,余于洪谷一《春暉閣壽母詩》
册中見其六言詩七章,亦古崛。又詩册中有洪方舟、畢階三、汪廣
淵、程扶青諸人詩。方舟名舫,見《歙志·遺逸》,即供屈三閭、杜少
陵木主者。"②許承堯所見《春暉閣壽母詩》詩册中的洪舫題詩今已
散佚不傳。

　明末曾作過歙縣知縣的傅岩在《弁洪方舟文》中稱洪仲"志遠
而氣沉,甚可商扶搖之事"③,對其氣質與才華頗爲稱許。另據民國
汪宗衍《屈翁山先生年譜》,清順治十六年三月十九日,洪仲曾與屈
大均、林古度、王潢、方文、湯燕生等遺民在秣陵,集(王)潢之南陔

---

① 黄生著,諸偉奇主編《黄生全集》第四册,安徽大學出版社2009年版,
第226、242頁。
② 許承堯《歙事閒談》,第1024頁。
③ 傅岩著,陳春秀校點《歙紀》卷四,黄山書社2007年版,第31頁。

草堂,爲崇禎帝設蘋藻之薦①。可知洪仲亦屬明遺民,曾客揚州、南京等地。洪仲還與龔賢爲知交,龔賢《讀書海上,洪二過訪,會天樵亦從白門來》曰:"生平二知己,既到復能齊。酌酒風燈夜,宿船霜葉溪。愁多驚鬢白,話久聞雞啼。忍廢重逢樂,中原正鼓鼙。"②詩中提到的"天樵"即韓畕,字經正,號石畊、天樵,宛平人,明亡後流寓南京,著有《天樵子集》。在《苦竹軒杜詩評律》中,亦曾引韓畕評語。洪仲與黃生一生最爲莫逆,其坐館廣陵時,曾請黃生一同評選杜詩,二人共同研討杜詩多年,可謂志同道合。黃生《一木堂詩稿》有二十多首詩涉及洪仲,如卷六《與洪仲談》《洪仲歸》《送汪幾希兼寄洪方舟》、卷八《寄洪方舟》《過方舟》等,其中《哭洪方舟四首》云:

> 我守故園貧,君餬廣陵口。前歲始歸來,狀貌驚老醜。行步甚龍鍾,扶兒謁親友。生意轉蕭條,索米強奔走。世情等秋雲,誰解救衰朽。篤老兼貧病,此身豈能久?果於前月中,天風斷枯柳。哀哉平生歡,永作泉下叟。

> 平生少壯時,意氣何雄豪。飲酒快歌呼,江海回崩濤。四座皆無言,聽君談論高。詩文與經史,疑義析秋毫。指摘盡紕繆,百代安可逃。胸臆雖自信,解人未易遭。一旦遇黃生,遂結莫逆交。鍾期善賞音,泠泠山水操。

> 黃生性孤僻,洪子懷磊落。云何兩同調,古今待商榷。自作邗上客,過從不厭數。相見無雜言,論文成至樂。有時默相印,有時紛辯駁。文義必期安,字句敢輕略。古鏡獲重磨,斬

---

① 汪宗衍《屈翁山先生年譜》,歐初、王貴忱主編《屈大均全集》第八册《附録一》,人民文學出版社 1996 年版,第 1876 頁。

② 劉海粟主編、王道雲編注《龔賢研究集(上集)》,江蘇美術出版社1988 年版,第 21 頁。

新光彩灼。往還三十載,回首驚猶昨。

　　多載瀝心血,雕鏤窮物表。著述雖存家,手録皆稿草。持以示他人,雲霧長繚繞。授梓告千秋,本志常共曉。奈何無净本,作計真潦倒。有書必同讀,素交或能了。後死責所任,遺文力探討。逝者如有知,永言慰懷抱。①

黃生在詩中對好友洪仲晚年返歙鄉居、衰病貧困以終的凄慘狀況進行了細緻描繪,同時回憶了二人三十年間談詩論文的莫逆之交,對我們瞭解洪仲的生平及其性格頗有幫助。在第四首詩中,黃生還提到洪仲著述難以刊刻授梓的原因,那就是這些遺著都是手録之草稿,並非净本,其中甲乙塗抹之處一定很多,使人辨識困難,整理起來頗有難度。此外,屈大均亦與洪仲友善,《翁山詩外》有《答寄新安黃黃生》曰:"黃生洪仲(原注:方舟)吾知己,分手維揚已十年。黃在黃山洪白岳,洪今已没有誰憐。"又曰:"因君更自憶方舟,白首風霜苦竹秋。(原注:洪有苦竹軒。)泪與飛花吹不盡,門前添作一溪流。"又曰:"洪仲當年著述多,憑君收拾與詩歌。黃山此日多新鬼,抱泣遺書向女蘿。"②可惜的是,洪仲的著述雖經黃生整理,大部分却仍未能保存下來。

　　2. 洪仲《苦竹軒杜詩評律》的版本體例

　　是書初刻于順治九年(1652)前後,書名爲《杜詩評律》,《販書偶記續編》著録曰:"《杜詩評律》二卷,明天都洪仲編,黃生閲,順治間刊。"③此二卷本已佚,然孫殿起尚能見到,則其散佚時間應

<hr>

① 黃生《一木堂詩稿》卷三,《清代詩文集彙編》第81册,上海古籍出版社2010年版,第438—439頁。

② 屈大均《翁山詩外》卷一六,歐初、王貴忱主編《屈大均全集》第二册,第1257頁。

③ 孫殿起《販書偶記續編》卷一三,上海古籍出版社1980年版,第204頁。

較晚。是書二刻於康熙八年(1669),洪力行《杜詩評律後記》曰：
"此編乃族伯方舟先生昔館廣陵,偕黃白山老人評選以授學徒者
也。當時鏤板,僅印數部,以贈所知,未廣其傳。"可見康熙八年
本因刊印數量過少而最終導致散佚不傳。是書另有康熙二十四
年(1685)刻本,名作《苦竹軒杜詩評律》,六卷,爲洪仲族侄洪力
行據原刻重印本。該本卷前依次爲黃生康熙八年秋撰《苦竹軒杜
詩評律叙》、順治九年洪仲撰《舊題選杜》、康熙二十四年洪力行
所作重印此書之《跋》。該書只收杜詩五、七言律,每卷分列目
錄,各卷目錄末均標明收詩數,全書共收五律 205 首,七律 76 首。
每卷首頁首行題"苦竹軒杜詩評律"卷次,二、三行分署"天都洪
仲選編"、"同學黃生訂閱"。詩中"胡"字皆空缺,行間有圈點及
旁批,書眉亦偶有批注,洪氏評解則置於詩後。成都杜甫草堂所
藏洪力行康熙二十四年重印本,乃李一氓于 1957 年夏在安徽
屯溪市上購得,書尾有李氏題跋云："右《杜詩評律》六卷,徽州
洪仲撰,清康熙刻本。……此書世不多見,想當時即流傳有
限。"該書還存有康熙三十六年(1697)刻本,亦爲洪力行重印,
上海圖書館有藏本,名作《苦竹軒杜詩評律》,六卷。此本前有
康熙三十二年何焯《杜詩評律叙》、洪仲《舊題選杜》、康熙三十
六年洪力行《後記》,但無黃生《叙》。各卷首題"天都洪舫方舟
氏評,侄力行待臣氏重訂",行間有圈點,書眉有批語。另復旦
大學圖書館藏有康熙三十六年本,然書名作《杜詩評律》,無"苦
竹軒"三字,亦爲六卷,應即據康熙二十四年本《苦竹軒杜詩評
律》重刻者。

　　3. 洪仲《苦竹軒杜詩評律》的解評特色
　　(1) 頗具苦心的篇目選錄
　　《苦竹軒杜詩評律》共選錄杜甫五、七律 281 首,這些篇目都是
洪仲經過多年的反復甄別後才最終確定下來的,花費了極大的心
血。至於其選錄的趣味和標準,洪仲《舊題選杜》曰：

選百氏詩文,論才華骨體;選杜,論性命肝腸。京華喪亂,何與遺棄老翁?乃如鳥叫峽春,蛩嘶夜壁,至竟血乾喉斷,響怨終留。尤大者,悼痛臺崩晉史,鎧助花門,遏抑丹心,燒焚諫草,世少屈原弟子,倩兩案招魂,遂令黑水青楓,終古悲琴泣玉。若彼才華骨體,衆作歸工,諸家業已增華,賤子何難踵事?①

可見洪仲在編選中非常注重那些能反映杜甫忠義性格與崇高情懷之作。雖然杜詩中大量膾炙人口的名篇毫無疑義地得以入選,但《苦竹軒杜詩評律》選録篇目時往往迥異俗流,獨具隻眼,並不能以普通選本目之。比如像《聞官軍收河南河北》這樣的名篇竟意外落選,而一些不甚被選家關注的篇目如《元日寄韋氏妹》《黃草》《禹廟》《瞿塘懷古》等詩却得以選入。洪仲在有些解評中説明了其選録的理由,如其評《元日寄韋氏妹》曰:“語直意曲。此詩有趙氏知之,奈選者從來不及之,因亟表。”評《至日遣興奉寄北省舊閣老兩院故人二首》曰:“闕廷詩,有憶想則妙而當場不妙者,蓋憶想雖遠有餘情,當場雖近無逸興故也,故余於少陵七律,更選録此二詩,而‘五夜漏聲’、‘天門日射’詩不録。”又評《黃草》曰:“此詩作語直而意曲,語淺而意深,竟是少陵最匠心之作,而選者從來不及之,總因六句難明故。”除了將《黃草》許爲“少陵最匠心之作”之外,他還稱《瞿塘懷古》“登峰造極”,稱《登樓》爲“唐詩第一七言近體”,《禹廟》爲“唐詩第一五言近體”,又評《送王侍御往東川放生池祖席》曰:“余絶愛少陵此詩,惜乎無與同好耳。”又評《和裴迪登蜀州東亭送客逢早梅相憶見寄》曰:“詩最佳,談家連累不佳耳。惡本竟有除去題中‘相憶’二字者,杜詩所以雖佳而不得佳也,噫!”洪仲對杜詩

---

① 洪仲《苦竹軒杜詩評律》,清康熙二十四年(1685)刻本。以下所引洪仲之論均據此本,不再出注。

的這些看法雖未必能獲得廣泛認可,却實爲有得之言。總的來看,《苦竹軒杜詩評律》中某些篇目的入選與斥落會讓人稍感意外,而這些地方恰恰反映出洪仲選篇手眼之獨到,需要讀者去仔細體會。

（2）對杜律之"法"的關注與提煉

洪仲非常注重對杜律章法和句法的概括與提煉,故何焯在《杜詩評律叙》中指出,此書"于杜之章法、句法,一一爲之縷析其曲折,雖當年排比聲韵之微,未易窺尋,而起承轉合,則固以備矣"。可以看到,洪仲在評解中常提到"法",如《雨》詩:"楚雨石苔滋,京華消息遲。山寒青兕叫,江晚白鷗饑。神女花鈿落,鮫人織杼悲。繁憂不自整,終日灑如絲。"洪仲評曰:"杜詩接句,有寫景不測者,'秋風落日斜'是也;有用意不測者,'京華消息遲'是也。意景雖殊,而法不殊,故曰杜詩慣法:七必回,二必開。"杜詩第二句一定會把意思拓展開來,而第七句則必會回扣第二句,像此詩的第二句"京華消息遲"就把首句的雨景拓展爲對京華的憂心,而第七句"繁憂不自整"又是對第二句的回扣,洪仲認爲這是杜律在章法上的規律性,其論無疑具有極大的啓發性。除了章法之外,他還善於對杜詩中的一些慣用手法和創作習慣進行總結。如《秦州雜詩二十首》其二的首聯"秦州山北寺,勝迹隗囂宮",此聯一本作"秦州城北寺,傳是隗囂宮",洪仲評曰:"本是'山北',不當徑改'城北';本是'勝迹',不當徑改'傳是'。凡書率意徑改古人者,皆無忌憚之人也。不知'秦州'、'勝迹'硬對開場,原是少陵詩慣法。"洪仲指出此聯"硬對開場"才是杜律的創作習慣,而"秦州城北寺,傳是隗囂宮"這一文本却是順承關係,並非對仗,當屬後人臆改,故上述兩種異文中,應以"秦州山北寺,勝迹隗囂宮"爲是。可見洪仲對杜律之法非常熟稔,並善於對杜詩的創作規律進行理論總結,故其于解評中常説"無……不成杜詩",例如評《對雪》曰:"無首尾,不成杜詩。"評《元日寄韋氏妹》曰:"無四七,不成杜詩。"評《一百五日夜對月》曰:"三四更奇,無三四,不成杜詩。"評《夕烽》曰:"七八,因此憶彼,無七八,不成杜詩。"由於洪仲之評都是基於對杜詩的高度熟悉,故其論對深入瞭解杜詩的創作規律和特點都具有重要的認識價值。

(3)融會貫通,以杜證杜

洪仲《苦竹軒杜詩評律》是其晚年在廣陵設館授徒時使用的教材,其主要目的是爲初學者學詩提供方便,故其《舊題選杜》曰:"河源探溯,請待乘槎。呫呫此編,亦僅資人問渡。"相對于那些繁瑣的杜詩注本而言,該本顯得頗爲簡明易讀。洪力行《後記》曰:"伯父博極群書,而最鄙訓詁。茲所選五、七言杜律,不鈎深,不搜異,第就本文玩味,疏通其旨趣,指點其章程,眉目分明,首尾聯貫,俾讀者了然得解於章句之中,自超然會心於章句之外。舉數百年來諸家蔀障,一洗而空之。較之白山老人《詩説》尤爲切近簡當,是鐵門關一玉鑰匙也。世人欲登老杜之堂,而窮其閫奥,其以是爲從入之門哉!"可知洪仲對歷來注家不厭其煩地追尋杜詩語詞出處的作法深爲不滿,故此書側重于對詩意和章法的闡釋與疏通。那麼如何才能在擺脱繁瑣舊注的同時,又能避免流於淺易之弊呢? 洪仲曰:"吾願天下讀杜詩者,虛心虛己,默就本文消息之,慎無問道青盲,以自沉於黑暗也。"他主張通過反復涵詠,從而達到對整部杜詩的融會貫通,故其解評往往能以杜證杜,切中肯綮。如其評《對雪》曰:

詩有宜分兩截者,亦有不容兩截顯分者。此詩及本集十卷"西京安穩"篇是也。再一檢觀,則此題曰《對雪》,彼即曰《早花》,不特格局同,而標題亦復相似矣。老杜公然自注矣。

又如《瀼溪堆》:"巨石水中央,江寒出水長。沉牛答雲雨,如馬戒舟航。天意存傾覆,神功接混茫。干戈連解纜,行止憶垂堂。"洪仲評曰:

"混茫"是説水，"水"字却在上邊。"雲雨"是説神，"神"字却在下邊，所謂八句中暗行自注也。按，公詩常多自注，學者幸熟研之。

又如《黄草》"莫愁劍閣終堪據，聞道松州已被圍"，洪仲評曰："或問圍松州者誰耶？曰：觀五律'松州會解圍'章自識。"這是以《警急》來注《黄草》。又如《宴忠州使君侄宅》"自須游阮舍，不是怕湖灘"，洪仲評曰："怕湖灘，即怕白沙也，與下'忠州三峽內'一作前後緊相連，是即公之自注也。"這是以《題忠州龍興寺所居院壁》來側證《宴忠州使君侄宅》。

以杜證杜的好處就是可以最大限度地摒棄紛繁舊注中的訛誤與謬見，所以洪仲此書中常有他本不及的新見。如評《哭嚴僕射歸櫬》曰："此嚴公歸櫬至三峽，公作此詩哭之也。蓋公在嚴公幕，爲其幕下所短，故未久即辭幕府先下峽，集有《莫相疑行》《赤霄行》等詩可考。世俗盡云在蜀依嚴武，及武薨，公方下峽者，謬。"按，嚴武死後杜甫乃扁舟下峽的記載出自新、舊《唐書·杜甫傳》，然這種説法與杜甫《去蜀》詩中"安危大臣在，不必泪長流"相互矛盾，歷代諸家遂曲爲之解，將詩中的"大臣"理解爲郭英乂或郭子儀，直到浦起龍《讀杜心解》才質疑，認爲"大臣"即是指嚴武無疑，"愚意公之去在四月以前嚴未歿時"[1]，即杜甫去蜀之時嚴武應尚未去世。洪仲根據杜甫在峽中才有哭悼嚴武之詩推斷，新、舊《唐書》中的那種相沿已久的説法有誤，這與浦起龍的質疑可謂不謀而合，然其時代要還早于浦起龍，故其發見頗爲難得，值得引起重視。又如《題鄭縣亭子》："鄭縣亭子澗之濱，户牖憑高發興新。雲斷岳蓮臨大路，天晴宮柳暗長春。巢邊野雀群欺燕，花底山蜂遠趁人。更欲題詩滿青竹，晚來幽獨恐傷神。"洪仲評曰："公移華州掾而道作此詩

---

① 　浦起龍《讀杜心解》卷三之四，第 485 頁。

也,宜他後半如此不平也。言巢邊野雀既如彼,花底山蜂又如此,更欲留題青竹,但恐晚來幽獨寂寞傷神,不免徑去耳,即五律'湖南清絶地'後半篇之意。"此評抓住了杜甫因疏救房琯被貶爲華州司功參軍後的心理狀態,體會深細,剖析入微。又將《祠南夕望》的後半"山鬼迷春竹,湘娥倚暮花。湖南清絶地,萬古一長嗟"與《題鄭縣亭子》對比,頗具啓發性。再如評《樓上》"終是老湘潭"句曰:"終老湘潭,所謂'只應學水仙'者也,故曰常方宋玉是假,竊比靈均是真也。杜甫蓋現屈原身而爲洪仲説法者。"又如評《柏學士茅屋》"碧山學士焚銀魚,白馬却走身岩居"二句曰:"因用'碧山',更襯'銀魚'、'白馬'字,與'彩雲'、'錦樹'、'翠屏'章格同。"這是從色彩映襯對比藝術的角度將此詩與《暮春題瀼西新賃草屋五首》其三進行類比。又如《歸夢》:"道路時通塞,江山日寂寥。偷生唯一老,伐叛已三朝。雨急青楓暮,雲深黑水遥。夢魂歸未得,不用楚辭招。"洪仲評曰:"有'招'字,無'魂'字,'魂'字却藏五六兩句之中,故曰七八景安五六。"這些解評都體現出洪仲寢饋杜詩數十年的深厚功力。

（4）唐詩二字解

在《苦竹軒杜詩評律》中,洪仲常常使用"二字解"之法來解杜,這是他自創的一種獨特解詩方法。所謂"二字解",即在五言詩句的基礎上增加二字而成七言,增加二字是爲了連貫和疏通詩意,以便於讀者對原詩的理解。洪仲另著有《唐詩二字解》一書,是專門使用此法解詩的專書,可見他在評解唐詩中慣用此法,《苦竹軒杜詩評律》中的部分内容便是摘自《唐詩二字解》,則其以"二字解"論杜的特色及效果值得關注。

論者以爲增字解詩的做法或來源於增字解經的訓詁方法[1],或

---

[1] 王潔松《洪舫〈苦竹軒杜詩評律〉研究》,華東師範大學 2018 年碩士論文,第 80 頁。

與明末清初的文人遊戲有關①。其實早在唐代就有將成詩增減二字的做法,如李義府《堂堂詞》其二:"鏤月爲歌扇,裁雲作舞衣。自憐回雪影,好取洛川歸。"②張懷慶乃增二字作《竊李義府詩》云:"生情鏤月爲歌扇,出性裁雲作舞衣。照鏡自憐回雪影,來時好取洛川歸。"③又如魏扶《題貢院》:"梧桐葉落滿庭陰,鎖閉朱門試院深。曾是當年辛苦地,不將今日負前心。"據《唐詩紀事》載,此詩乃魏扶知禮部貢舉時所題,榜出之後,無名氏將其原詩削爲五言詩以譏之云:"葉落滿庭陰,朱門試院深。當年辛苦地,今日負前心。"④可見唐人在別人詩作的基礎上增減文字,往往都帶有諧謔和諷刺意味。而洪仲將杜詩五律添加二字,發展爲"唐詩二字解",却是專門爲解詩方便。如《端午日賜衣》:"宮衣亦有名,端午被恩榮。細葛含風軟,香羅疊雪輕。自天題處濕,當暑著來清。意内稱長短,終身荷聖情。"洪仲曰:"余有《唐詩二字解》,亦載此詩,因附見:宮衣何幸亦有名,近臣端午被恩榮,但見細葛含風軟,兼此香羅疊雪輕,且也自天題處濕,懸知當暑著來清,更經意内稱長短,惟有終身荷聖情。""何幸"、"近臣"、"但見"、"兼此"、"且也"、"懸知"、"更經"、"惟有"等詞語,都是洪仲所添加的"二字解",添此二字之後,詩歌在形式上由五言變七言,這種添字不僅理清了原詩的邏輯順序,而且將五律的收縮折叠處予以舒展和連綴,無疑有助於讀者迅速理解原詩的含義。再如《蒹葭》:"摧折不自守,秋風吹若何。暫時花戴雪,幾處葉沉波。體弱春苗早,叢長夜露多。江湖後搖落,亦恐歲蹉跎。"洪仲之"二字解"曰:"尋常摧折不自守,更使秋風吹若何。所以暫時花戴雪,已看幾處葉沉波。然當其未摧折也,體弱

①　周到《洪舫〈杜詩評律〉研究》,復旦大學 2004 年碩士論文,第 25 頁。
②　彭定求編《全唐詩》卷三五,中華書局 1960 年版,第 469 頁。
③　彭定求編《全唐詩》卷八六九,第 9854 頁。
④　計有功《唐詩紀事》卷五一,中華書局 1965 年版,第 770—771 頁。

春苗常早，叢長夜露已多，但恐江湖早將摇落耳。江湖即使後摇
落，竊亦恐爾歲蹉跎，言保守終無多日也，與《螢火》後半篇詞意仿
佛。"洪仲將"尋常"、"更使"、"所以"、"已看"等詞加入詩中，較爲
明確地疏通了詩意，可見"二字解"是理解詩意、疏通詩句的一個簡
明而有效的方法。但是洪仲對此法並不是生搬硬套，比如對《螢
火》詩的後半部分的疏解，便没有硬套"二字解"之法，而是根據詩
意進行較爲靈活的解釋，這就避免了膠柱鼓瑟之弊。總的來看，洪
仲使用增字之法疏解杜詩取得了不錯的效果，這是因爲五律這種
體式的格律極爲精嚴，要求詩意的濃縮與精煉，所以詩人在表達中
不便平鋪直叙，難免會出現詩意的騰挪跳躍，洪仲所加之"二字"多
爲連詞，便能較好地將詩意的跳躍斷續之處連綴完整，從而有效地
幫助讀者理解詩意。

（5）洪仲《苦竹軒杜詩評律》與黄生《杜詩説》之間的密切關係

洪仲《苦竹軒杜詩評律》與黄生《杜詩説》二書之間具有較爲密
切的關係。洪仲《苦竹軒杜詩評律叙》曰："憶余辛卯（1651）夏月，
與黄生細嚼杜詩。"黄生《杜詩説・凡例》亦曰："亡友洪方舟與余
三十年性命友朋于杜詩中，間與程公如、曹次山、汪幾希參互考訂。
諸友皆淪亡，不及見余書之成。"①《杜詩説》卷六《野老》亦曰："憶
方舟初導余詩法。"《苦竹軒杜詩評律》中有很多與友人討論杜詩的
記載，其中黄生出現的次數最多。據粗略統計，《苦竹軒杜詩評律》
中提到黄生的次數達43次，而黄生《杜詩説》中引録洪仲之論也有
15處，從中可見二書之間關聯性質與密切程度。如《陪鄭廣文游何
將軍山林十首》其六："風磴吹陰雪，雲門吼瀑泉。酒醒思卧簟，衣
冷欲裝綿。野老來看客，河魚不取錢。只疑淳樸處，自有一山川。"
洪仲評曰：

---

① 黄生著、徐定祥點校《杜詩説》，黄山書社 2014 年版，第 5 頁。

五六坼裝互見句。野老本來賣魚，因見主人有佳客，遂獻魚以供主人待客耳。"看"即待，俗語云看待，此黃生解也。生又云："慣看賓客兒童喜"，亦此"看"字。

又如《重過何氏五首》其一："問訊東橋竹，將軍有報書。倒衣還命駕，高枕乃吾廬。花妥鶯捎蝶，溪喧獺趁魚。重來休沐地，真作野人居。"洪仲評曰：

談者俱云八句應四句，遂致杜詩亦有絮語之嫌。黃生曰：非也。"野人居"對上"休沐地"，俱指將軍，非是詩人自指也。與長孫正隱詩"歌鐘雖戚里，林藪是山家"同意。黃生明眼哉！吾願天下讀杜詩者，虛心虛己，默就本文消息之，慎無問道青盲，以自沉於黑暗也。

又評《空囊》曰："意言深曲，趣味悠長，洪子欲與黃生相視而笑矣。"評《送遠》曰："余與黃大辯駁此詩，歷有年所矣。"又如《病馬》："乘爾亦已久，天寒關塞深。塵中老盡力，歲晚病傷心。毛骨豈殊衆，馴良猶至今。物微意不淺，感動一沉吟。"洪仲評曰："此公家騎也，依黃大'心'、'意'字俱着馬言，言傷足連心，主人深荷其馴良之意也，八句始撥開矣。"王潔松指出："洪舫'最鄙訓詁'，然却于部分杜詩異文處細加校勘，此或與精于小學的黃生有關，意在反撥過度注重無一字無來處的杜詩訓解傳統，也間接影響了後來的徽州學派義理、考據、辭章並重的學風。"①正是因爲洪、黃二人交情甚篤，且有着長期共同評解杜詩的經歷，在相互切磋的過程中難免會相互影響，互爲補益，其評點手眼、論杜思想都具有相似性，故

---

① 王潔松《洪舫〈苦竹軒杜詩評律〉研究》，華東師範大學 2018 年碩士論文，第 12 頁。

而二書有時會體現出你中有我、我中有你的特色。洪力行在《後記》中將二者的關係比爲"讀服氏注者,益思復見鄭箋",並指出《苦竹軒杜詩評律》"較之白山老人《詩説》尤爲切近簡當"。總的來看,《苦竹軒杜詩評律》的評解深度與《杜詩説》相比尚有差距,這與其面向初學的編選宗旨有關,但作爲《杜詩説》的姊妹篇,該本無疑也具有極爲重要的參考價值。

　　《苦竹軒杜詩評律》一書在清初先後刊刻過四次,然順治九年初刻本僅見於著録,康熙八年又因刊刻數量過少而失傳。其族侄洪力行所刻康熙二十四年(1685)、康熙三十六年(1697)重印本,雖終於挽救了該本散佚不傳的命運,但其傳播範圍却一直頗爲有限。在清初的注杜熱潮中,僅有黄生、吴瞻泰、何焯等少數學者曾經提及此書,這着實是杜詩學史上的一件憾事。從注釋質量來看,洪仲此本不僅編選眼光獨到,解詩細膩,且方法新穎,功力深厚,故其書足堪傳世。周采泉先生評曰:"此本甚佳,因洪氏與黄生、吴瞻泰在師友之間,當時歙縣研究杜詩者,蔚然成風也。"①當今學界關於此本的研究出現了三篇碩士論文,分别是周到《洪舫〈杜詩評律〉研究》(復旦大學 2004 年碩士論文)、楊婷《洪舫〈杜詩評律〉與黄生〈杜詩説〉之比較研究》(安徽大學 2011 年碩士論文)、王潔松《洪舫〈苦竹軒杜詩評律〉研究》(華東師範大學 2018 年碩士論文),這表明《苦竹軒杜詩評律》已經開始受到學界的關注。然而由於存世的康熙二十四年、康熙三十六年重刻本亦存世頗罕,致使普通學者仍難窺該書之究竟。如今黄生《杜詩説》與吴瞻泰《杜詩提要》二書均已得到點校出版,而與之關係至爲密切的《苦竹軒杜詩評律》却一直未得到整理,着實令人遺憾。有鑒於此,故對洪仲其人其書略作考辨如上。

---

　　①　周采泉《經眼的杜詩"善本"簡介》,《文史博議》,廣東人民出版社 1986 年版,第 151 頁。

(六) 賈開宗《秋興八首偶論》

清初賈開宗的《秋興八首偶論》是杜詩學史上第一部專論杜詩《秋興八首》的著作。該書具有較强的體系性和系統性,且論析透闢,新見叠出,具有鮮明的個性風格,所論值得引起治杜詩學史者的關注。

1. 賈開宗的生平與著述

賈開宗(1595—1661)字静子,自號野鹿居士,又號邍園。先世太原人,明初始徙商丘(今屬河南)。少落拓不羈,十四歲從其師學,慕司馬相如之爲人,好擊劍鼓琴,嗜遠遊,爲師所譙訶,即日除弟子籍,更去與里中少年伍,間讀書爲文詞,干謁當世,年二十餘舉茂才第一。益負才,不事生人產業,破家葬其妻,日共邑人張渭等約汗漫遊,嘗效阮籍大醉六十日。白畫射箭,中夜擊鼓。嘗於上元夜率其徒,服尨衣,駕鹿車,疾馳百餘里,漏下三鼓,抵睢陽。時睢陽巨族司馬氏,張銀瓢容酒數斗,約能勝飲者持瓢去,群少皆醉卧窨甚。賈開宗忽叱咤登階,舉滿一飲,即擲瓢付奴持之,不通姓名,坐賓駭散。後孫傳庭爲商丘令,重之,爲復田舍。崇禎十二年(1639)底,與同里侯方域、吳伯裔、吳伯胤、徐作霖、劉伯愚等組織"雪苑社",廣結名流雅士,因而有"雪苑六子"之稱(此爲雪苑前六子)。崇禎十五年三月,李自成破歸德府,雪苑社友皆死難,僅侯方域、賈開宗得脱。開宗乃舉家至淮陰,欲倚東平伯劉澤清爲用,澤清奏除爲翰林院孔目掌書記,開宗察其有異趣,不就職,以白衣從軍。又往來大司馬史可法軍,多所計畫。久之,勸劉澤清連三藩,通左良玉以圖恢復,澤清不聽。順治二年(1645)四月,清兵入淮,破揚州,五月,劉澤清浮海去,旋降清被殺,開宗乃於次年携家歸里。凡七應舉不第,作長歌云:"自從廿載落拓餘,不信天上有奎宿。"遂大悟,潛心學問十餘年,於星象、占緯、兵食、圖籍,各有論説,天下以純儒稱之。順治八年八月,與同里侯方域、徐作肅、徐鄰唐、徐世琛、宋犖等重修"雪苑六子社"(此爲雪苑後六子)。順治十六年,永城知縣程孔思聘請開宗纂修《永城縣志》。撰有《遯園詩集》一卷、《遯園文集》四卷、《秋興八首偶論》一卷、《遯園語商》一卷、《賈静子詩説》一卷,均收入《遯園全集》。生平事迹見《國朝耆獻類徵》初編卷四二三侯方域《賈生傳》(亦見《壯悔堂文集》卷五)、《碑傳集補》卷四四徐作肅《賈静子墓志銘》(亦見《偶更堂集》卷下)、抱陽生《甲申朝事小紀初編》卷八《賈開宗紀》等。

　　賈開宗是個奇人,他曾概括自己一生的志趣追求有三次大的變化:"始富貴,中功名,終道德,而皆未有成。"(徐作肅《賈静子墓志銘》)在侯方域、徐作肅的傳、志中,對賈開宗這位摯友的蹭蹬失志都滿懷同情,描述了他由放浪不羈的狂生轉變爲冥坐窮思的醇儒的過程。賈開宗身上折射出許多易代之際知識分子的共同命運,從一個側面反映了明末知識分子追求事功不成,從而轉向著述,以求實現個人價值的心靈嬗變過程。劉榛《哭賈静子三首》其一這樣概括賈開宗的一生遭際:"猖狂已悔少年行,却復中原失主盟。定以玉樓邀賈至,可從泉路覓侯嬴。傳經未遂青藜閣,彈鋏空歸細柳營。莫怪文章半諛墓,也憐八口誤平生。"[1]宋犖在《雪苑五哀詩・賈静子》中也感嘆道:"世亂奇士生,調高衆人訝。賈生不羈才,名豈長沙亞。"[2]實足概括他的才志和生平。

　　《秋興八首偶論》當成於賈開宗晚年向學之時,在其死後方刊刻行世。該書有清初刻《遯園全集》本,單行則有賈開宗玄孫賈洪信康熙八年(1669)重刊本。該本前有何犖序,卷前題"睢陽賈開宗静子甫論","男發秀啓夕甫述"。書中多采用主客問答的方式,應是賈氏向其子及後生輩講授《秋興八首》之記録,後由其子發秀整

---

①　劉榛《虛直堂文集》卷一八,《四庫未收書輯刊》第七輯第 25 册,第 207 頁。

②　宋犖《緜津山人詩集》卷一七《漫堂草》,《四庫全書存目叢書》集部第 225 册,第 537 頁。

理而成。是書先解題意，後逐首分論。其論以闡釋詩意、論析章法爲主，兼及詞語、典故注釋。注重探本溯源，究明杜詩繼承前人而有所創新之處。最後有一長篇“總論”，詳析八首前後之章法結構。八首中偶有其子發秀補述。書後附錄賈發秀著《推論杜律一則》，是專論杜詩《登兗州城樓》的，其分析方法和其父如出一轍。賈開宗《秋興八首偶論》是清初的一部杜詩學研究奇作，該書引據詳博，闡釋透徹，議論中肯，時有新見。其對杜詩的研究方法和論析角度都不同凡流，獨闢蹊徑，在眾多對《秋興八首》的解析中獨樹一幟，值得進行深入研討。

2.《秋興八首偶論》的論杜特色

（1）論“秋興”詩題之來源

關於杜甫《秋興八首》的文學淵源，前代學者論析並不多，即使有些探討也都非常籠統，如明代唐元竑《杜詩攟》云：“《秋興》取材似賦，抽緒似騷，至於法脈變化，直造風雅……枚叟《七發》，少陵八篇，何所因仍，興盡而止耳。”[1]唐元竑舉出風、騷、賦等文學傳統對杜詩的影響，這些影響都是泛泛之論。所以在賈開宗之前，杜詩學界對《秋興八首》的文學淵源尚缺乏一個明確的認識。賈開宗在《秋興八首偶論》中明確指出：“唐拾遺杜少陵《秋興》本諸晋中郎盧諶《時興》詩，而以‘秋’字易原題‘時’字者，兼取楚大夫宋玉悲秋之義也。”這種説法，前所未見，實爲創論。那麼賈開宗這種説法是否站得住脚呢，這就要先看盧諶《時興》詩的內容特色了，盧諶詩云：

　　疊疊圓象運，悠悠方儀廓。忽忽歲云暮，游原采蕭藿。北逾芒與河，南臨伊與洛。凝霜霑蔓草，悲風振林薄。摵（摵）摵芳葉零，蕊蕊芬華落。下泉激列清，曠野增遼索。登高眺迤邐

---

① 　唐元竑《杜詩攟》卷三，清文淵閣《四庫全書》本。

荒,極望無崖塄。形變隨時化,神感因物作。澹乎至人心,恬
然存玄漠。①

葉嘉瑩經過比較後認爲,二詩"命題雖近似,而立意並不相同"②。
葉先生的説法固然有道理,但是應該指出的是,賈開宗也沒有認定
《秋興八首》僅出自盧諶一源,他還特別提出:"少陵之詩以《文選》
爲宗,本集曰'課兒續《文選》',故《秋興八首》題原於盧子諒,其氣
取之劉太尉,其文詞縱橫,幾於亂絲而端緒井然,一忽不紊,法本乎
左太沖《詠史》八首,'熟精《文選》理'者,當自知之。"賈開宗指出
杜詩與《文選》有著密切的關係,《秋興八首》製題的淵源,便來自
《文選》選録的盧諶、左思、劉琨等多個詩人,故《秋興八首》的詩風
也來源於多種風格,而不僅僅是盧子諒一人。賈開宗此論乃是創
見,雖也有學者另有見解,如錢謙益便主張《秋興八首》來源於殷仲
文和潘岳,但是不可否認,賈開宗論《秋興八首》的淵源時,能夠從
題、氣、法諸多方面進行考量,遠非其他拘泥牽强之説可比。後來
康熙朝的吳瞻泰在《杜詩提要》中,便繼承和發展了這種説法:"昔
人謂《秋興八首》其題原於盧子諒,其氣取之劉太尉,其文詞縱橫,
一絲不亂,法本於左太沖,此特論其熟精《文選》理也。然少陵一腔
忠憤,沉鬱頓挫,實得之屈子之《九歌》、宋玉之《九辨》而變化
之。"③吳氏所論是着眼於詩歌的精神和風格而言,並不能因之否定
賈氏之論。對於《秋興八首》文學淵源的追尋,葉嘉瑩所論甚爲恰
切:"杜甫之詩,茹古涵今,號稱集大成。其應用變化,存乎一心,必
如《提要》之指明某者原於某人,似嫌拘執過甚,不過亦頗可啓人聯

---

①　蕭統編、李善等注《六臣注文選》卷三〇,中華書局 2012 年版,第 560 頁。
②　葉嘉瑩《杜甫秋興八首集説》,第 20 頁。
③　吳瞻泰《杜詩提要》卷一二,清康熙末年山雨樓刻本。

想耳。"①不管怎樣，賈開宗提出的《秋興八首》製題淵源的看法，極具啓發意義，值得借鑒和參考。

（2）論組詩的整體章法

賈開宗論析《秋興八首》時最顯著的特色，便是將這一組詩看作一個整體來解析。這種整體論的認識，在賈開宗之前並不多見。明代多數唐詩選家如高棅、李攀龍、鍾惺等都認爲《秋興八首》乃偶然爲之，《唐詩正聲》《唐詩選》《唐詩歸》對八首均未全部選入。明清之際的王夫之、錢謙益、王嗣奭、張篤行等人是對《秋興八首》整體結構最早産生認識的學者，這確爲杜詩學史上的一大進步，對深刻理解詩意十分關鍵。賈開宗更是將這種認識進一步發展，開始注重組詩中每首之間的關聯，這使得他能夠在論析中縱橫開闔，酣暢淋漓，頗爲得心應手。賈開宗甚至認爲《秋興八首》就是按照一首完整律詩的結構來完成的，其中每首都暗中和律詩的起承轉合相對應，其云："客曰：少陵《秋興》詩八首，古人以爲應唐律一首八句之義，敢問奚合奚分？曰：作律之法，不過起承轉合，少陵八首，亦用此法，所以此詩八首，有合於一首八句之義也，今更爲客分之。第一首實爲寫秋景，乃律詩起句之法。第二首緊接上意，拈出‘望’字，見身在夔府，君在京華，此律詩二句推衍首句之法。第三首‘日日江樓’承身在夔府。第四首‘寂寞秋江’承君在京華，此律詩三四承第二之法，而以直北云云之危急對信宿云云，之間適以侯王云云之林奕對匡衡云云之侘傺，乃是絶妙頷聯也。第五首、第六首暗頂上文‘思’字，略略拓開……第七首關塞極天之鳥道，江湖滿地之漁翁，身與玄宗從頸聯分轉而下，總應前文，而單以寓夔作秋興之一人，收來以結上七章，亦如律詩末句照映首句之法。故少陵《秋興八首》只是一首，猶羲文序易六十四卦，總是八卦。"後來，康熙朝的陳廷敬曾這樣精辟地評價《秋興八首》云："即以章法説，分之如駭

<hr />

① 葉嘉瑩《杜甫秋興八首集説》，第 31 頁。

雞之犀，四面皆見；合之如常山之陣，首尾互應。"①這種認識的得出，賈開宗可謂功不可没。賈開宗將整個組詩看成一首，確實能夠在解析中獲得開闊的視野，能夠從宏觀上整體把握作者的心境和詩意，甚至在這種整體研究的思路下，整個組詩變成了一個前後照應、珠聯環扣、勾連緊密的網路體系。而且賈開宗將這個嚴密完整的體系又進一步細分爲幾個子系統，如時令系統、地名系統、人名系統等，他對其中的每個子系統都進行了詳細分析，也獲得不同尋常的結論，所論也可謂新人耳目。以下便以其所論《秋興八首》中的地名系統爲例進行介紹。

　　(3) 論《秋興八首》中的地名關係

　　賈開宗將《秋興八首》中所提到的地名作爲一個完整的體系，綜合起來進行考量後認爲，這些地名的使用是分別從京華和夔州兩個方面對應下筆，這正是詩人匠心獨運之所在。賈開宗云："此詩八首中所取用地名尤多，然有綱領焉。其大綱如左右之分陝，如前夔府、京華；其每章之細綱，如人伯之分方。第一首巫山巫峽，第二首京華，第三首峽上、江樓，第五首蓬萊宫闕，第六首曲江頭，第七首昆明池，第八首渼陂。八首之中，雖各地主，然未有到底單用一偏者。其主夔府邊者，必用京華地名相照見意；其主京華邊者，必以夔府地名收轉顧題。第一首以巫山巫峽，賦眼前所歷之實境，中却點出‘故園’二字，以伏下文‘京華’之案。第二首意在望京華，其中則兩地夾寫，而起結皆用夔府。第三首景不離峽邊之江樓，而末二句意馳五陵。五陵者，天下豪傑集於京華者也。第四首似純是長安之事，然首句之首‘聞’字，末句之末‘思’字，則不必明點而已知其爲在夔府矣。或曰：秋江即巫峽也。第五首蓬萊宫闕、南山、瑶池、函關許多地名，皆屬京華。末以滄江一地名歸結，最有力量。……把一首蚤朝詩，却化作遊仙詩，全是幾個地名點得醒

────────────

快。第六首首句瞿塘與曲江並提，中間卻側落曲江，而城曰花萼，苑曰芙蓉，簾曰珠，柱曰繡，纜曰錦，檣曰牙，特選出一班火艷字而簇成地名，正是化帝王州爲歌舞地處，爲後敗興張本。"賈開宗從地名運用進行分析，揭示出夔州和長安不同地名色彩上的巨大差異，正暗含了詩人對國家盛衰興亡的反思，寄寓了杜甫身在夔州、心繫長安的深沉情懷。這種分析，不同於泛泛感悟，而是建立在透闢解析的基礎之上的，因而其結論發人深省，令人信服。

（4）比附經典的論詩方法

賈開宗在論析《秋興八首》之時，特別喜歡將其比附於經典，這大概與其深湛的經學造詣有很大關係。如其論"悲秋"的歷史淵源時曰："客有問於遯園子曰：悲秋昉於宋玉，玉復何昉？曰昉於其師。屈平作《離騷》，雖平分四時，而秋意居多，其源總出於六經。《春秋》治天人，而首以秋七月垂訓；《詩·邠》居風末，實開二《南》之先，其名篇則用流火之七月；《書》紀成功，首載帝舜之歌，而賡和者秋官皋陶，遂爲萬古詩人之冠冕；《易》先後天俱叙乾爲首，乾兌者，秋金之卦也；又《洪範》五事，聲以屬秋。散文主言，韵語兼聲，故詩具有秋之德也，此少陵之所謂'遞相祖述復先誰'也。"這段文字便將"六經"中涉及"秋"意之處一一拈出，再將其與詩歌聯繫起來，其暗含之意是將杜詩抬高到可以和儒家最高經典相提並論的地位，認爲《秋興八首》乃是直接承繼"六經"而來。在"六經"當中，《詩經》當然是最容易和杜詩進行比較的，故而賈開宗進一步提出《秋興八首》深得《詩經》"思無邪"之旨，其云："學者熟此八首，則全集之千餘篇皆可通；不惟全集，即孔子所刪之《三百篇》亦得通。何也？昔孔子謂：詩三百，可蔽以一言。一言者，無物之思也。此詩八首，凡五百一十二言，卻把'思'字安於正中間，恰如居所之北辰在衆星之中，内除卻一'望'字，當時沖之南極，將其餘五百一十言分而爲二，各得二百五十字，一以'望'字領之，寫眼前之事而挾述往事以寄感，是爲前四章，一以'思'字領之。追寫往日之事，

而重期後來以見志,是爲後四首,而總以'思'字爲前後黏合之要
樞,何也? 思出於無邪也。思者,興之根本,而秋,其枝條,詩中之
取材用物,其花葉也。"在這裏,賈開宗將"故國平居有所思"之
"思"字,比附爲"思無邪"之"思",顯得有些牽强。不過賈開宗認
爲憫時傷亂的杜詩承繼了變雅的精神,還是深得杜詩之旨的。其
《賈子詩序》中曾云:"吾少時讀杜甫詩,私怪其慷慨悲憤,何其激
邪! 及讀《三百篇》變雅諸什,始知道遭時逢亂,觸目傷心,不能自
已於言也。"①因此,賈開宗是將杜詩直接看作變雅的。他甚至進而
將《秋興八首》中的每一篇都和《詩經》中的《風》《雅》《頌》一一關
合,其云:"少陵此詩八首,首首俱有比賦之義,無須一一細貼。至
於八首之合乎《風》《雅》《頌》者,前三章似列《風》,第四首似《王
風》之《黍離》,第五首似《頌》,第六首似《小雅》,第七首似《大
雅》,第八首似二《南》士女江漢之遊。然亦不須强分也,何也? 秦
漢以來,世無孔子,誰別《雅》《頌》之所? 然亦不妨强分之,以存其
意耳。"②也許意識到了如此比附終會導致穿鑿,所以賈開宗也提出
"不須强分",但是從他熱衷的這種比附方法來看,這是他的慣用的
思維方式,這種思維方式,貫穿了他對整個組詩的解析,表現出較
爲明顯的經學傾向。

(5) 解詩中的穿鑿傾向

賈開宗解杜注重聯繫唐史,使用"詩史互證"的方法,揭示詩句
後面隱含的微言大義。如其解"魚龍寂寞秋江冷"句曰:"魚龍句,
又指上皇還京,自南内移西内之事。……以喻玄宗時爲潛龍……

---

① 賈開宗《邁園文集》卷一,清康熙六年(1667)刻本。
② 宋代吳沆在《環溪詩話》中亦曾將杜詩和《風》《雅》《頌》進行一一對
應,他認爲"三別"、《劍門》、《石笋》等繼承了《國風》的精神,"三吏"繼承《小
雅》,《北征》《憶昔》等繼承《大雅》,《丹青引》《洗兵馬》等繼承頌。則賈開宗
此論,當本於此。

故此魚龍而曰寂寞者。肅宗内制於張后，外惑於李輔國，移上皇於西内，不復定省之儀也。秋江冷者，上皇在西内，防閑之嚴，至不令與臣人相見，然當時臣人亦遂不敢接見上皇。……上皇冷冷清清，老死西内，總無一人理論，單單只有去國離鄉之一老常常繫思，雖鼎湖之後，猶爾不忘也。”這種説法，和錢謙益在《洗兵馬》等詩的箋釋提出的“刺肅宗不能盡子道”之論是何其相似！因此筆者認爲賈開宗論杜受到錢謙益的影響是顯而易見的。不容否認的是，賈開宗這種解釋無疑是有見地的，不過賈開宗在這條道路上走得太遠，以至於他將杜詩句句都解作譏刺，就未免深文周納、穿鑿附會，顯然違反了杜詩的基本精神。如其云：“如第五首，雖句句是美，實句句是刺，刺玄宗之好神仙也。”又如“關塞極天唯鳥道”句，本是詩人自言所處僻遠，長安故國阻絶。然而賈開宗却認爲此句是寫玄宗幸蜀之路的艱險：“劍州，關塞極天之至也。其通蜀者，止有窄窄一條鳥道，追兵少則不能入，追兵多則不能容，玄宗所恃以安行至成都者，此耳。……習戰於昆明池水之中，其疏鑿之役，操練之資，所費不知幾，到此全然用他不著，所恃以保全性命者，止此極天關塞中之窄窄一條鳥道也。”這樣對詩句的解釋過於求深，將詩意句句坐實，走的是歷代穿鑿附會者的老路。明代的何宗曾在《〈杜律測旨〉後跋》中云：“然竊疑夫注杜者，求之太深，則言非事實；質之太淺，則趣乏悠長；未必盡能得杜之情，而觀者難焉。”[1]可見對於杜詩注解，深淺之度是非常難以把握的，能夠做到既不穿鑿，又不膚淺，確實是十分困難的。歷代的杜詩箋釋者，往往在過於求深的闡釋過程中不可避免地走向穿鑿，因此我們對賈開宗也不能過於苛求。

（6）借論《秋興八首》抒發個人情懷

賈開宗在《遯園詩集序》中明確表示過自己專心學杜的時代及個人原因：“二十年而志功名，又不得功名，思鼓吹於休明，悲放逐

---

① 趙大綱《杜律測旨》，明嘉靖二十九年（1550）刻本。

於離騷,憫寇盜之交馳,痛春風之別離,故其詩法杜甫。"①由於身當明清鼎革之際,親身經歷了"天崩地解"的時代大動亂,又加之他積極厠身軍旅,冀能一用,而又鬱鬱不得志,這種特殊的經歷使得賈開宗在解析《秋興八首》之時,往往借題發揮,借古慨今。在這些感慨中,既有對國家傾覆的悲嘆,也有個人情懷的抒發。

明末清初的紛亂歷史和杜甫經歷的天寶末年的安史之亂極爲相似,故目睹了明亡清興歷史的賈開宗,便注意在其著作中總結歷史經驗,特別是對盛唐由盛轉衰的分析,明顯有借古諷今的意味。如其論《秋興八首》其七云:"此詩由前四句論之,則見國家雖安,忘戰必危。然不忘戰者,必不徒博訓練之名,而貴有其實,然後國家可恃以緩急也。由後四句而論,國家治兵之實,全在得人。其人不必戰將,貴得運籌帷幄之人。亦不必多人,得如太公望者一人而足矣。昔衛靈無道,寵南子,與玄宗之寵貴妃無異,而靈公無喪國之禍者,夫子所云:祝佗治宗廟,仲孫治賓客,王孫賈治軍旅,用得其人也。及唐之世,天下一統,賓客非所急,而國之大事,惟戎與祀耳。前首'東來紫氣'云云,祀非所祀,言之詳矣。至於兵事,則又如此首前六句云云。以當日之爲國治兵者,非勳戚之徒,即閹豎之輩,全不知韜鈐爲何物,故卒致於敗耳。假若當時得王孫賈之人而用之,猶不至此,而況如太公之鷹揚者乎!"這段論析可謂話中有話,其中隱隱有自負之情,也有對明王朝不能用人的影射和盛衰興亡的歷史總結。賈開宗在《秋興八首偶論》中的許多議論,還經常寄寓着個人感慨,明顯有借杜詩之杯酒,澆自己之塊壘的傾向。如其評《秋興八首》其七云:"其曰'漁翁',蓋以太公自比,曰'一漁翁',有目空天下之意。係以江湖者影對廟廓,謂此發踪指示之人,而奈何置之悠悠江湖之中耶!"從中明顯可見賈開宗對自己才能的自負及難得施展的鬱悶。其云:"詩中所引人名,明者凡四,暗者凡

① 賈開宗《遯園詩集》,清道光八年(1828)商丘賈氏刻本。

四。其明者曰漢武帝，蓋取以喻玄宗。曰匡衡，曰劉向，喻己之學問經術，有體有用，絕非迂腐之儒，故又以‘青瑣’暗表東方曼倩，‘彩筆’暗表司馬長卿，聊示優遊玩世之迹，人不易識。而其實抱有撥亂反正之才，如鷹揚之太公，年當遲暮，隱寄江湖，用之最宜及其時也。”賈開宗借剖析杜甫心迹的機會，對自己“抱有撥亂反正之才”而不得用的經歷大鳴不平，明顯有自傷身世的深沉感喟。此外，在明末清初的黨社運動中，賈開宗的交遊頗爲廣泛，然而凡七次應舉皆不第，當日同遊者視其爲狂生，多不肯施以援手，因此開宗乃借杜詩慨嘆曰：“同學不必如古之負笈而共事一先生，亦不必如今之同鉛板與糾連遠社者。大約謂所學之同，同於經術也。夫幼而學，壯而行，傳經、抗疏，慷慨而言天下之事而不少變塞者，如少陵者幾人。其庸碌之輩，往往借此經術，爲博取富貴之媒，及富貴到手，而患得患失之心生矣，孰肯傳經、抗疏，慷慨而言天下之事哉！彼既不肯言天下之事，又孰肯輕覷一己之富貴而汲引夫傳經、抗疏，慷慨而言天下之事之人哉！少年不賤，以形此老而尚賤者也。然彼之少年不賤，由於奧援之多，故下末句‘衣馬’之上，又加‘五陵’二字，謂彼皆有可蔭之勢，各各共爲朋黨，特單單擯出個老賤之經生在外耳。故二語絕非羨慕之詞，曰少年，見老成之棄置；曰五陵，見側陋之沉淪。”在這樣的解析中，我們看到賈開宗借評解杜詩對當時交友之道和社會現實進行了深刻批判，其中浸潤著他自己無數辛酸的生活經歷，也有對自己一生坎坷命運的悲憤和無奈。

　　3.《秋興八首偶論》的影響

　　賈開宗《秋興八首偶論》是專門針對《秋興八首》的一部專論，在此之前，在杜詩學史上還從未有過對杜甫的一組組詩進行如此細緻而專門研究的著作，因此該書體現了清代杜詩學進一步向專門化發展的趨勢和特點。不過《秋興八首偶論》單行重刻本都傳世極罕，亦未見公私書目著錄，這大大影響到了該書的廣泛流布，以致今人葉嘉瑩在纂輯《杜甫秋興八首集說》一書時,廣事徵搜歷代杜詩評注本五十三家,不同版本七十種,真可謂引據繁博,然却獨獨於賈開宗此書未能搜録,這真是一個莫大的遺憾。作爲杜詩學史上對《秋興八首》的第一部專論,賈開宗的《秋興八首偶論》的研究角度和方法都獨具特色,非常值得注意。然而後代學者對其徵引頗鮮,僅成書於康熙朝的吳瞻泰《杜詩提要》對賈開宗所論多有吸收。但吳氏徵引《秋興八首偶論》時並未標明所本,後人不察,遂以爲乃是吳氏之獨見,如此一來,賈開宗的真知灼見就逐漸被人們忘記了。這不僅是賈開宗個人的悲劇,也是杜詩學史的一大損失。所幸的是,賈開宗的著作雖流布甚少,却縷縷未絶,學界對其著述應該引起足夠的關注。

(七) 俞瑒《樂句》

俞瑒(1644—1694),字犀月,號旅農,吳江(今屬江蘇)人。曾寄居汪氏華及堂,與徐崧、沈進、周篔、俞南史、顧文淵並稱“汪氏六客”。康熙十七年(1678)同吳江王錫闡、俞南史及上海李延昰會浙江金堡(《徧行堂集》)。二十七年與長洲徐昂發(大臨),吳縣金侃、惠周惕及顧嗣協、顧嗣立集閶門,觀競渡(《寒廳詩話》)。三十二年與金侃助顧嗣立輯訂《元詩選》。瑒能詩,沈德潛《國朝詩別裁集》卷一四録其《田居》五古一首,稱“犀月精心獵古,秀野顧太史(嗣立)選元詩詩集,兩人共商権者也。評點《文選》、杜詩,流傳吳下。詩稿無從尋覓,故所收止此”。瑒亦能填詞,蔣景祁《瑤華集》卷二二録其《東風第一枝》一首。可見其詩詞已多散佚。俞瑒爲清初杜詩研究專家,朱鶴齡《杜工部詩輯注》曾列名爲參校。著有《旅農詩略》六卷、《樂句》四卷、《杜詩律》七卷、《胥臺集》。生平事迹見沈德潛《國朝詩別裁集》卷一四、張慧劍《明清江蘇文人年表》。

《樂句》四卷,孫殿起《販書偶記續編》卷一三著録:“康熙丙午(1666)刊。”《中國社科院圖書館藏中文古籍善本書目·集部·別集類》亦有著録，稱"元虞集注，清俞瑒删補"，爲康熙友琴堂刻本，二册一函。卷前有徐嗣旦序、韓洽序、俞瑒題辭、虞集注原序、楊士奇序、《唐書》杜甫本傳、俞瑒所撰凡例，署"友琴堂纂輯"。係據僞虞集注《杜工部七言律詩》删補而成，分述懷、懷古、紀行、將相、宫省、居室、宗族、隱逸、方外、天時、山水、花鳥、音樂、燕飲、尋訪、簡寄、送別、雜賦十八類。俞瑒題辭曰："注者，訓詁之謂也。而注詩之注，與他書訓詁亦不大同。注詩者，譬諸芭蕉展緑，愈展愈新，愈新愈空，愈空愈展，只是要引人得詩之情，盡詩之法，入詩之微。若徒爾咬嚼字句，核其故實，審其出載，猶爲得失半耳。喻此者才可與讀《虞注》，才可與讀杜律，才可與讀《樂句》。"

（八）朱瀚、李燧《杜詩解意七言律》

1. 朱瀚、李燧生平及著述考

朱瀚（1620—1701），字霍臨，號南詢，上海人。諸生，屢試不第，遂致力於古學，博通經史，善詩詞，著述浩博。曾評《左傳》《史記》，箋《莊子》《離騷》及唐宋文。僑居嘉定（今屬上海市）之江橋，以經學授徒東林僧社二十餘年，門下多以古學知名。晚從方外遊，悟《楞嚴》妙旨。著有《中庸懸談》、《周易玩詞》、《寒香詩集》五十二卷、《寒香文集》四卷、《莊騷合評》一卷、《韓柳歐蘇箋注》四卷、《詩話》二卷、《杜詩解意七言律》四卷等①。柯愈春《清人詩文集總目提要》著録了朱瀚《寒香集》一〇八卷，稱其爲"未刊舊鈔本，上海歷史文獻圖書館原藏"②。《中國古籍總目》著録了《南詢先生寒香集□□種》（存五種），編號爲20501299，稿本。所存五種文獻分別是：《周易玩詞》十二卷（存卷一至八、一〇至一二）附《六十四卦

---

① 張承先著、程攸熙訂、朱瑞熙標點《南翔鎮志》，上海古籍出版社2003年版，第86頁。

② 柯愈春《清人詩文集總目提要》卷六，北京古籍出版社2001年版，第135頁。

觀象》一卷、《四書發明》十三卷（存卷一至六、九至一三）、《左史發明》□□卷（存卷八四至九〇）、《韓柳歐蘇諸大家文發明》九卷（存卷二至九）、《杜詩解意》十二卷（存卷一、三至一二）①。生平事迹詳見張承先《南翔鎮志·流寓傳》。

　　康熙十四年蒼雪樓刻本《杜詩解意七言律》於每卷之前均署朱瀚、李燧二人之名，諸家書目著録該書時亦均稱著者爲朱、李二人。而仇兆鰲《杜詩詳注》、梁運昌《杜園説杜》、楊倫《杜詩鏡銓》等在徵引《杜詩解意七言律》時却僅標明朱瀚一人。那麽李燧是何許人呢？李燧，字先五，號陶莊，嘉定南翔鎮（今屬上海市）人。與兄焕結社槎溪，同人唱和成帙，梓以行世。著有《陶莊詩草》五卷、《吳山詩草》二卷。前輩張忍庵、陸菊隱稱其詩清和妍雅，陸隴其《三魚堂文集》卷九有《李先五詩序》。生平事迹附見《南翔鎮志·李焕傳》及《（光緒）嘉定縣志·文學傳》。朱瀚在《杜詩七言律解意小引》中解釋了李燧所分擔的工作：

　　　　南松、陶莊嘉其勇，憐其勤，而惜其憊，遂相與慫恿，付之剞劂。先是，南松嘗録净本寄予，校讎字義，則問之戴、吳二生，次第點閲，則陶莊是任。②

可知該書的主要内容確係出自朱瀚之手，李燧在整個過程中只是做了一些"次第點閲"的工作。不過《杜詩解意》"付之剞劂"所需的費用則由李燧的蒼雪樓承擔，故成書之後乃署其名于朱瀚之後。因此諸家注本在徵引此書時只稱朱瀚，並不提李燧；而諸家書目則往往根據書前之署名，著録爲二人合撰。

―――――――――

　　①　傅璇琮等編《中國古籍總目·叢書部》，中華書局、上海古籍出版社2012年版，第1100頁。
　　②　朱瀚《杜詩七言律解意》，山東大學儒學高等研究院藏清鈔本。

2. 朱瀚《杜詩解意七言律》的版本體例

《杜詩解意七言律》四卷，有康熙十四年（1675）蒼雪樓刻本。該本卷前有康熙十四年朱瀚自序、李燧序，次列"七言律總例"，分初聯、領聯、腹聯、結聯論述律詩起承轉合之章法結構。次"杜詩辨贗"，謂"僞體在所必汰"。次列詩四卷、七律辨贗、排律辨贗總目録。每卷首行題"杜詩解意"，次行署"七言律"卷次及該卷收詩數，三、四行署"上海朱瀚南詢、嘉定李燧陶莊全述"。版心上署"杜詩解意"，中署"七言律"、頁數，下署"蒼雪樓"。共收杜甫七律 133 首，後附"七言律辨贗"，共 18 首；"七言排律辨贗"，共 5 首。詩之編次約略以時間先後爲序，杜詩正文以錢謙益《錢注杜詩》爲底本，《成都杜甫紀念館館藏杜集目録（續）》著録有"朱南詢手批"《錢注杜詩》四册，亦可爲佐證。是書另有一全鈔本，體例與刻本有異。鈔本書名作《杜詩七言律解意》，不分卷。卷前有朱瀚康熙十四年所撰《杜詩七言律解意小引》，文字與刻本《自序》全不同，而叙述成書過程尤詳。卷前無李燧序，亦無"杜詩辨贗"一則，更無總目録或分卷目録。行間、眉端有朱、墨、綠三色圈點、批注及評語，偶有缺文。評語中多處引及仇注，則鈔本之評語當出於後人之手。又據《南翔鎮志》，此書尚有清鳳翥樓精校本，刻年不詳。《南翔鎮志・藝文志・書目》著録該書書名作《杜詩解意辨贗》。《（光緒）嘉定縣志・藝文志》著録作《杜律解意》四卷、《辨贗》一卷、《闕疑》二卷。此外，《（同治）上海縣志・藝文志》、《販書偶記續編》等亦均予著録。

3. 朱瀚《杜詩解意七言律》的注解特色

（1）對杜詩語詞出處的努力鈎稽

宋以來的注家多以爲杜詩"無一字無來處"，故對語詞典故來源的鈎稽，一直是歷代杜詩注釋的重點。沿至清初，學界已有"杜詩發明，已無遺蘊"之嘆。然而朱瀚能於百尺竿頭更進一步，繼續對杜詩的語詞出處進行大力鈎稽，且多有前人未發之見。如《十二月一日三首》其一"要取椒花媚遠天"，朱瀚曰："預擬新正，釀取椒花，祝聖壽之無疆。'媚遠天'，即《詩》云'媚于天子'，遂接以長安早朝、明光起草，歸思盈襟矣。"按，"媚于天子"語見《詩經·大雅·假樂》："之綱之紀，燕及朋友。百辟卿士，媚于天子。"又如《鄭駙馬宅宴洞中》末句"時聞雜佩聲珊珊"，朱瀚指出，乃是"暗用'雜佩以問之'語意，以見公主好賢"。按，"雜佩以問之"語見《詩經·鄭風·女曰雞鳴》："知子之來之，雜佩以贈之。知子之順之，雜佩以問之。知子之好之，雜佩以報之。"由以上兩例可見，朱瀚在鈎稽杜詩出處之時有比附經典的習慣，這當源於其對儒家經典的爛熟。但他並不像前代注家那樣只拘泥於字面的追尋，而是着眼于詩意本身的先後承繼性，故於諸家之後還能做到踵事增華。如《題桃樹》"高秋總餽貧人食，來歲還舒滿眼花"，朱瀚認爲出自《韓詩外傳》"春樹桃李，夏得其蔭，秋食其實"。若單從字面來看，二者並不相同；而從意思來看，《韓詩外傳》確爲杜詩所本。

另外，朱瀚對杜詩字法句法淵源的鈎稽亦頗見功力，體現了其對漢魏六朝詩歌的高度熟悉，具有很高的參考價值。如《野望》"獨鶴不知何事舞，饑烏似欲向人啼"，朱瀚指出此二句出於謝朓《遊敬亭山》："獨鶴方朝唳，饑鼯此夜啼。"兩相比較後可見，句法確實頗爲相似。又如《將赴荆南寄別李劍州》"但見文翁能化俗，焉知李廣未封侯"一聯，朱瀚認爲出自王褒《墻上難爲趨行》"廷尉十年不得調，將軍百戰未封侯"。"路經灩澦雙蓬鬢，天入滄浪一釣舟"出自庾信《塵鏡》"何須照雙鬢，終是一秋蓬"。又《舍弟觀赴藍田取妻子到江陵喜寄三首》其二"巡檐索共梅花笑"，朱瀚認爲出自隋煬帝《幸江都》詩"梅花笑殺人"。《贈田九判官梁丘》尾聯"麾下賴君才並入，獨能無意向漁樵"，朱瀚以爲出自何遜《贈范雲》："高門盛遊侶，誰肯進漁樵。"應該説朱瀚的這些發現，都是歷代注家並未抉出者，因此其結論受到仇兆鰲的特別重視，並在《杜詩詳注》中多加吸收。

（2）對七律起承轉合之法的細化與深化

朱瀚《杜詩解意七言律》繼承了清初金聖嘆、徐增等人的解詩方法，以"起承轉合"解析杜律，並對此法進行了細化和深化，按照初聯、頷聯、頸聯（腹聯）、尾聯（結聯）的劃分，將杜律中起承轉合的情況歸納爲二十類，具體情況爲：

第一，"起"。在對"起"的分析中，朱瀚提出"攝"的概念。"攝"即"照應"、"回應"之義。共分 5 種情況：1. 首二句含攝頷聯。又細分爲二句含攝、各句含攝兩種方式。2. 第二句攝頷聯。3. 初聯含攝頷聯、腹聯。4. 第一句攝次句及頷聯、腹聯。5. 第二句承上句，攝起頷聯、腹聯。

第二，"承"。分爲 5 種情況：1. 第三、四句合承上聯。2. 第三、四句分承上聯，又細分順承和逆承兩種。3. 第三、四句承第一句或第二句。4. 隔句承。5. 一句承上，一句起下。

第三，"轉"。分爲 4 種情況：1. 竟做題面務取壯麗者。2. 承頷聯而申言之者。3. 頷聯意思已盡，而結聯地步未來，亦用比體映襯之。4. 一開一合，承上起下者。

第四，"合"。分爲 6 種情況：1. 第七句承上（有正承，有反承），第八句回抱初聯。2. 第七句回抱，第八句承上。3. 初聯分柱，以中兩聯承第二句，不得不以結聯回抱首句。4. 結聯不承上文，遙接第二句。5. 第七句結完上文，以末句作餘波。6. 申結腹聯，不復回抱初聯。

朱瀚的分類雖然顯得有點繁瑣，但基本符合杜甫的創作實際，故其論頗具參考價值。另外，朱瀚對組詩間的照應關係亦多予抉出。如評《十二月一日三首》其二曰："'春花'結'寒輕'，又映前首'春意'。"評其三曰："'春來'接上文，又映前首'春花'。"這些評論都是以起承轉合視角關注杜律的一種體現。

（3）細膩貼切的詩意解析

鑒於宋以來杜詩注釋中重辭輕意之弊，明清之際的王嗣奭、錢

謙益、黄生、盧元昌等人開始着重對詩意的闡釋，大力倡導孟子的
"以意逆志"之説。同樣地，朱瀚《杜詩解意七言律》也更加重視闡
發詩意，他在《自序》中説："《書》曰：'詩言志。'孟子曰：'説詩者，
以意逆志。'作詩、讀詩之道盡此矣。"並表示願意"以意逆志，期爲
少陵勞臣、諸家静友"。所以較之同時代的其他注本，朱瀚《杜詩解
意七言律》一書對詩意的注解頗爲細緻，多能道出作者本意。例如
《城西陂泛舟》"魚吹細浪摇歌扇"句，朱瀚解曰："游魚出聽，扇影
動摇。"而與之同時的盧元昌《杜詩闡》曰："陂下有魚，魚聽歌，亦
吹細浪而摇扇，若助横笛短簫然。"①可見盧元昌是將"吹細浪"、
"摇歌扇"的主語都理解成了魚。按，持扇人此時是在船上翩翩起
舞，魚兒吹起細浪則可，却怎能摇動船上人的歌扇呢？故盧元昌的
解釋於詩意不通。吳見思《杜詩論文》則解曰："於是魚吹細浪，影
摇歌扇之間。"②他將"摇歌扇"的主語理解爲"細浪"，然細浪自是
無法摇動歌扇的，所以只好又迂曲地解爲細浪折射的光影晃動於
歌扇之間。而按朱瀚之解，魚兒禁不住美樂的吸引，游來聽樂，微
微泛起浪花的湖面上，晃動着歌妓所持扇子的倒影，這樣的畫面無
疑更具詩意和韵味，也更貼近杜詩本意。再如《鄭駙馬宅宴洞中》：
"春酒杯濃琥珀薄，冰漿碗碧瑪瑙寒。"朱瀚解曰："酒盛琥珀杯則色
濃，琥珀映酒則加薄。冰居瑪瑙碗則色碧，瑪瑙得冰則加寒，煉句
如虬松怪藤。而'濃'、'寒'、'碧'、'薄'四字，尤互换入神。"而盧
元昌《杜詩闡》曰："酒則春酒，浮於杯者，其味濃，覺琥珀猶薄。酒
爲春酒，漿則冰漿，注於碗者，其色碧，與瑪瑙俱寒。"③按，酒之色
濃，方顯杯子質地之薄透，而味覺上的濃淡與琥珀杯的薄厚並没有
關聯，故盧元昌解釋扞格不通。所以相較而言，朱瀚的解釋無疑更

---

① 盧元昌《杜詩闡》，《續修四庫全書》第 1308 册，第 364 頁。
② 吳見思《杜詩論文》，《四庫全書存目叢書》集部第 7 册，第 71 頁。
③ 盧元昌《杜詩闡》，第 334 頁。

爲細膩準確。

4. 朱瀚對杜詩七律、排律辨贋考述

(1) 杜詩辨贋的歷史由來

杜集祖本"二王本"《杜工部集》共收杜詩 1 405 篇,嗣後裴煜、趙次公、吳若、卞圜、員安宇等人又相繼輯得杜詩(包括杜文)40 餘首,這些篇目被稱爲"逸詩"、"集外詩"或"新添詩"。圍繞着"新添"杜詩的真偽問題,後世學者進行了長期的辨析與爭論。由宋迄清,對杜詩辨偽者雖代不乏人,但顯得頗爲零散,不成體系。對其進行全面清算這一歷史任務,直到清初的朱瀚才系統地展開。不過朱瀚的杜詩辨偽已經不僅限於"逸詩",而是將杜甫七律、七排中自認爲有問題的詩作全部進行了辨析,他在《杜詩辨贋》中云:

> 少陵全集所由來久,硿硿然辨之,若者真,若者贋,是不可已乎?雖然,有不得已焉耳。昔昌黎讀三代兩漢書,必辨其孰正孰偽,其雖正而不至焉者,必務去之,況其偽焉者。

朱瀚認爲,雖然歷代學者已作了不少杜詩辨偽工作,但還有很多偽作並沒被甄別出來,因此他在《杜詩辨贋》中對 23 首杜詩(包括 18 首七律、5 首排律)進行了詳細辨析。朱瀚在該書的《序言》中説:

> 杜詩渠出風雅下,謂學詩而不讀杜詩,可乎?《毛注》、《鄭箋》、紫陽《集傳》各申所見。謂讀杜詩而不分別真贋,探竟源委,可乎? 此《杜詩解意》之所由奮筆也。

可見,剔除杜集中的贋作是朱瀚撰寫此書的主要目的之一,因而《杜詩辨贋》也成爲《杜詩解意七言律》的一個重要特色。

（2）朱瀚對杜詩進行辨贋所秉持的標準

朱瀚力圖從杜詩的創作習慣和創作規律出發，通過總結"老杜家法"，從多種角度考察杜詩的真僞。具體而言，其進行辨贋時主要秉持以下幾個標準：

第一，從律詩章法的角度，強調詩意先後"次第"的合理性。例如《贈獻納起居田舍人澄》的頷聯、頸聯："舍人退食收封事，宮女開函近御筵。曉漏追趨青瑣闥，晴窗檢點白雲篇。"朱瀚曰："點'退食'於第三，點'追趨青瑣'於第五，次第紊亂。"因爲田澄是獻納使和起居舍人，故朱瀚認爲杜甫在贈詩中應先寫"追趨青瑣"以切合其身份，然後再寫其"退食"，這樣才符合邏輯順序和章法結構，因此他認爲此詩有"次第紊亂"之弊，故斷爲僞作。另外朱瀚以爲組詩的每首之間也應互爲照應，講究章法。如《至日遣興奉寄北省舊閣老兩院故人二首》，朱瀚評曰："凡一題再賦者，必具次第，又須照應。'去歲茲辰'，全犯'去年今日'矣。'捧御床'在前，'入鵷行'在後，豈不顛倒？"朱瀚認爲這兩首詩既然同題，應該前後照應。但是第一首首聯中"去歲茲晨"與第二首中的"去年今日"完全重複，而第一首中的"捧御床"、"入鵷行"又出現了先後次序的混亂，故亦斷爲贋作。

第二，將煉字煉句的精妙與否，作爲辨贋的重要參照。朱瀚認爲很多贋作中都存在煉字重複之弊，而這與杜詩的簡練精切是大相徑庭的。例如《至後》首句"冬至至後日初長"，朱瀚評曰："複點'至'字，累墜。"又評《立春》首句"春日春盤細生菜"曰："春日春盤，複下'春'字，非法也。"評《愁》"異域賓客老孤城"句曰："'賓客'二字複用，非也。云客則可，云賓則不可。與嚴滄浪'詩書遂墻壁''墙'字同病。"又評《赤甲》首聯"卜居赤甲遷居新，兩見巫山楚水春"曰："卜居、遷居，重複無法。兩見春光，不可謂新。"另外，煉字的精准與否也是朱瀚"去僞存真"的重要依據。例如《黃草》尾聯"莫愁劍閣終堪據，聞道松州已被圍"，朱瀚評曰："愁賊之據險，不當着'堪'字。'被圍'是告急語，圍賊不當云'被圍'也。"評《贈獻納起居田舍人澄》頷聯"舍人退食收封事，宮女開函近御筵"曰："任才賢、收封事、近御筵，句法遷拖，全無開合，又不必言楊雄，無來脈。更字，無著落。"又評《崔評事許相迎不到，應慮老夫見泥雨怯出，必愆佳期，走筆戲聞》曰："題面惡，'泥雨'豈可聯屬？'怯出'豈復成語？'佳期'二字孟浪。'走筆'，贅語。'許馬迎'，難通。"杜甫確實非常講究煉字的精准，其製題藝術也頗爲精妙，他曾説："語不驚人死不休"、"新詩改罷自長吟"，正是因爲千錘百煉、精益求精，使得杜詩的語言極爲精練。朱瀚正是牢牢把握住杜詩這一特點，對某些詩篇煉字製題的不當之處提出疑問，所以其説雖未必爲定論，但無疑頗具參考價值。

第三，基於對杜甫人格及其詩歌的高度崇拜，朱瀚將"風雅"作爲衡量杜詩真僞的一個重要尺規。他在《杜詩辨僞》中説："少陵有句云：'別裁僞體親風雅，轉益多師是汝師。'蓋謂僞體在所必汰，風雅在所必親。則余之區別真贋，非以吾法讀杜詩也，以杜詩讀杜詩也。"具體到辨贋中，朱瀚對所有存有俗題、俗字、俗句之作均斥爲贋品。例如其評《早秋苦熱堆案相仍》曰："命題蠢極，八句無一句不可笑，正似吃體，又似病狂。縱令戲作俳諧，萬不至此，風雅掃地盡矣。"又如杜甫《送王十五判官扶侍還黔中》："大家東征逐子回，風生洲渚錦帆開。"朱瀚評曰："'逐'字無出，次句可入元人院本，非老杜雄深典雅家法。"朱瀚認爲，"逐"字無法從典籍中找到出處，不符合杜詩"無一字無來處"的創作特點。而次句"風生洲渚錦帆開"又過於淺近直白，與元雜劇的風格頗爲相似，這些地方都與杜詩所應該具備的"雄深典雅"風格相去甚遠，故亦定爲僞作。

第四，朱瀚還把對仗是否工整作爲辨別真僞的參考標準。如其評《峽中覽物》"巫峽忽如瞻華岳，蜀江猶似見黄河"一聯曰："瞻、見，合掌。"又評《柏學士茅屋》頷聯"古人已用三冬足，年少今開萬卷餘"曰："'年少'對'古人'，不工。"評《清明二首》其一"繡羽銜花他自得，紅顏騎竹我無緣"一句曰："'銜花'、'騎竹'，屬對不倫。"

朱瀚的某些辨贋雖不無道理，但最大問題是没有版本和文獻依據。如果説通過總結杜詩的創作規律來進行的辨僞還有可取性的話，那麽對某些杜詩是否符合"風雅"進行判斷則完全是憑藉主觀感覺了，故其辨贋的科學性實在令人懷疑。如其評《贈獻納起居田舍人澄》首聯"獻納司存雨露邊，地分清切任才賢"云："'獻納司存'、'地分清切'，不成語。'任才賢'，鄉塾語。"評尾聯"揚雄更有河東賦，唯待吹噓送上天"云："結句殊堪捧腹，古有'噓枯吹生'之語，謂枯者噓之使生，生者吹之使枯，聯用乃是俚習。送上天，似巫覡燒紙錢狀，士君子不爲也。"評《曲江陪鄭八丈南史飲》曰："初聯尤死，煞無意味。近侍是何等職任，而僅云'難浪迹'。'此身'句亦牽强，不可解。結句傖父語耳。"其實以上杜詩均非"新添"之作，對其真實性歷代均無異詞。然而朱瀚却憑藉自己對杜詩氣格、字句的理解，便武斷地判爲贋作，其實杜詩的風格本是千彙萬狀的，朱瀚却僅持一法而繩杜詩，難免會膠柱鼓瑟、削足適履，所以其杜詩辨贋往往難逃主觀色彩過重之病。

（3）朱瀚杜詩辨贋産生的影響

周采泉《杜集書録》指出："仇注對於同時人著作，以王嗣奭、朱瀚兩家所引最多。凡遇真僞可疑之詩，常引朱瀚云云。"①朱瀚在《辨贋》中對 23 首杜詩的真僞提出了質疑，而其中對 18 首詩的辨析成果被仇兆鰲《杜詩詳注》徵引和吸收，從中可見仇兆鰲對朱瀚辨贋的認同程度。此後，梁運昌在《杜園説杜》中亦對《可嘆》等 12 首杜詩進行了辨贋，並認爲這些均屬僞作。如其評《至日遣興奉寄舊閣老兩院故人》其二"去歲兹辰捧御床"曰："詩本兩首，朱瀚以此前首爲僞作，則正集中不無僞作矣。"可知梁運昌的杜詩辨僞是

---

① 周采泉《杜集書録》，第 359 頁。

將朱瀚的《辨贗》作爲了重要參考。又如《冬深》："花葉隨天意，山溪共石根。早霞隨淚影，寒水各依痕。易下楊朱淚，難招楚客魂。風濤暮不穩，舍棹宿誰門。"《杜園説杜》評次句曰："二句成何文理。"評第一、三句曰："一、三句複'隨'字，杜必不如此。"評第四句曰："亦不對。"總評曰："通篇散寫，全無結果，必非杜詩。題中'冬深'二字與全詩不相照管，何故標此爲題？亦通集所無此例也。"①可以看出，梁運昌在辨贗方法上對朱瀚亦有所承繼。

　　總之，朱瀚《杜詩解意七言律》是清初成就較高的七律注本，該書不僅注解特色極爲鮮明，其中的《杜詩辨贗》更是具有極高的學術價值，在杜詩辨僞學史上占據着重要地位。然而由於該書頗爲稀見，學界往往難睹其原貌，只能從仇兆鰲《杜詩詳注》的徵引中略窺一斑，可見對該本進行點校整理已經成爲一項較爲緊迫的任務。

（九）陳之壎《杜工部七言律詩注》

　　陳之壎，字伯吹，又字孟樸，號樸庵，海寧（今屬浙江）人，明巡撫陳祖苞之子，陳之遴（1605—1666）之弟。邑庠生，以孫峋貴，贈文林郎。其兄陳之遴初爲復社名士，順治二年降清，爲媚主求榮，曾請洪承疇盡伐明孝陵松柏，以盡泄明朝秀氣，爲當時貳臣之冠。與其兄諂事新朝相比，陳之壎入清後家居未仕，並與遺民呂留良友善，其氣節從中可見一斑。陳訏《杜工部七言律詩注跋》稱其"弱冠工舉子業，後高尚棄去，閉戶著書，自甘石隱"。又與黃宗羲、萬履安、張考夫等理學名家爲莫逆之交。著有《杜律詩注》十卷、《樸庵詩集》。

　　1. 陳之壎《杜工部七言律詩注》的文獻著錄與版本體例

　　海寧陳氏爲杜學世家，明代陳與郊著有《杜律評注》二卷，清代則以陳之壎《杜工部七言律詩注》爲前導，陳之壎之侄陳訏著有《讀

---

① 梁運昌《杜園説杜》，書目文獻出版社 1995 年版，第 1087、1085 頁。

杜隨筆》四卷、《杜詩選注》等,陳訏六子陳世佶亦著有《杜詩集注》。可見杜詩之學乃是陳氏家族世代相沿的傳統。陳敬璋《海寧渤海陳氏著録》于陳之壎《杜律詩注》十卷下注云:"存。璋案:是書爲先五世祖贈公所著。《七律詩注》五卷已刊行,其《五律詩注》五卷寫本藏於家。"①《(民國)海寧州志稿・藝文志・典籍六》著録云:"陳之壎《杜律詳注》十卷,見《渤海著録》,云存。所著《七律注》五卷,已刊行;其《五律注》五卷,寫本藏於家。"②《販書偶記續編》著録:"《杜工部七言律詩注》五卷,清海寧陳之壎撰,康熙癸亥精刊。"③《清史稿・藝文志四》著録:"《杜工部詩注》五卷,陳之壎撰。"④殆即刊行之陳之壎《杜工部七言律詩注》五卷。該本爲康熙二十二年(1683)刻印,卷前有康熙二十二年陳之壎表侄沈珩"杜律陳注序",次列"凡例"十一則,次列五卷總目録,收杜詩全部七律,計151首。書後有其侄陳訏跋。每卷首行署"杜工部七言律詩"、卷次,次行署"海寧陳之壎樸庵注"。版心署"杜工部詩",下署卷次,旁標"七言律",最下爲頁數。詩正文頂格,注釋文字附詩後,統低一格。題下注、詩中注,均小字雙行。是書又有近人張宗祥鐵如意館鈔本,現藏於浙江省圖書館,係據舊鈔本録出。張氏題識云:"此書據其侄陳訏跋云:'世父評杜向有全帙,散佚止存近體,祇齋三兄不忍湮没,因令來雕、丹聲兩侄校正付梓。'是已刻行,且近體均全。書首沈珩序亦云:'所注五七律,不落窠臼,不墮穿穴'云云,尤可證明。今所存僅七律五卷,知其所佚多矣。且刊本久不可見,此五卷亦出舊鈔也。"後查弘道、金集補注《趙虞選注杜律》曾引及陳氏之語。

① 　陳敬璋《海寧渤海陳氏著録》,民國二十二年(1933)鉛印本。
② 　李圭、查元復《(民國)海寧州志稿》,民國十一年(1922)排印本。
③ 　孫殿起《販書偶記續編》卷一三,第204頁。
④ 　趙爾巽等《清史稿》卷一四八,第4375頁。

2. 陳之壎《杜工部七言律詩注》的注釋特色

陳之壎的釋文雖多以己語出之，然此本其實參考了幾種杜詩舊注，如《十二月一日三首》其三中駁斥“趙注欠確”，《院中晚晴懷西郭茅舍》中肯定“虞注不易”。另外，書中還有兩處引“黄維章曰”，均係引自顧宸《辟疆園杜詩注解》，可見陳之壎還曾參考過顧宸之本。總的來看，《杜工部七言律詩注》在以下幾個方面的特色較爲突出。

（1）基於意與法的杜律闡釋與糾謬

陳之壎《注杜律凡例》曰：

> 唐諸家什大都詞藻有餘，而意法精圓、奇渾曲折，千古推少陵獨步。
>
> 詩意與法相爲表裏，得意可以合法，持法可以測意。故詩解不合意與法者，雖名公鉅手，沿襲千年，必爲辨正。如“山腰官閣迥添愁”及“不去非無漢署香”，“愁”與“香”俱誤指公，“萬古雲霄一羽毛”誤作痛惜，“南極一星朝北斗”誤指秘書，“疏燈自照孤帆宿”誤作公燈公帆。如此之類，不可枚舉。

陳氏認爲意與法是闡釋杜詩時的兩個基本準繩，“得意可以合法，持法可以測意”，若解詩時與意、法相違背，必然會出現錯誤，因此他對許多不合意法的舊解進行了駁正。

如《涪城縣香積寺官閣》：“寺下春江深不流，山腰官閣迥添愁。含風翠壁孤雲細，背日丹楓萬木稠。小院回廊春寂寂，浴鳧飛鷺晚悠悠。諸天合在藤蘿外，昏黑應須到上頭。”陳之壎解曰：

> “迥添愁”“愁”字，與“城尖徑仄旌旆愁”“愁”字義同。臨深爲高，山半孤危，空迥添愁，正形容山閣高危之勢也。若作“愁悶”“愁”字解，全首無愁意，而次句底，忽梗公自身上，一字

在内，萬無是理。全篇皆言官閣所見，末似遙揣，仍帶形容。

陳之壎主張從全詩出發，將"迴添愁"之"愁"理解爲形容山閣高危之勢而非憂愁之意，應該説其論極具説服力。

又如《詠懷古迹五首》其五："諸葛大名垂宇宙，宗臣遺像蕭清高。三分割據紆籌策，萬古雲霄一羽毛。伯仲之間見伊吕，指揮若定失蕭曹。運移漢祚終難復，志決身殲軍務勞。"陳之壎解曰：

> 此全是贊頌體，不涉一毫感慨悲凉意，與前數篇不同。末句亦言其心事，非哀其死也。一意贊頌，難有抑揚曲折，最是棘手。
>
> "萬古雲霄"句，全首只此一句是虚。前輩以爲劣，或然。至解云：與昔人所云"孔明事業等鴻毛"同意，則置"萬古雲霄"四字于何地？且痛惜意，或在結聯，前六句贊頌中，忽梗一痛惜語，上下文義不貫矣。

陳之壎指出，舊注將"萬古雲霄一羽毛"理解爲痛惜，實乃誤解，全詩都是贊頌，此句也不應例外。若前六句和第八句皆是贊頌，而第七句却插入痛惜之意，上下文義便不能貫穿，這就是陳之壎所謂"持法以測意"，應該承認其對舊注的駁斥是相當有力的。

又如《夜》："露下天高秋水清，空山獨夜旅魂驚。疏燈自照孤帆宿，新月猶懸雙杵鳴。南菊再逢人卧病，北書不至雁無情。步檐倚杖看牛斗，銀漢遥應接鳳城。"陳之壎解曰：

> 閣之廊曰"步檐"，"步"非"步月"之"步"也。時解誤云：公自照孤帆宿，既宿又起而步，步又倚杖而立。豈杜老此夜忽而身中，忽而閣上，上落不寧，卧起無定，一至是耶？萬無是理。

陳氏指出,第七句"步檐倚杖看牛斗"表明詩人的抒情地點是在步檐之下,故"疏燈自照孤帆宿"乃詩人于閣上所見之景,並非親身處於舟中;而時解誤將"疏燈自照孤帆宿"句理解爲杜甫之舟燈與舟帆,若依此解,詩人必須于夜間往返勞頓於舟中、閣上,抒情地點不能統一,實顯荒謬。這些地方的思辨體現出陳之壎對詩意體會的深細之處,足資參考。

(2)《杜工部七言律詩注》中的一些疏誤

陳之壎《杜工部七言律詩注》在解詩中時有疏誤,這些失誤之處從某種程度上降低了該書的學術價值。如該書釋《蜀相》"丞相祠堂何處尋? 錦官城外柏森森"二句曰:"祠前有孔明手植大柏,圍數丈,公詩'霜皮溜雨四十圍,黛色參天二千尺'是也。"按,"霜皮溜雨四十圍,黛色參天二千尺"二句乃杜甫《古柏行》中語,《古柏行》乃詠夔州孔明廟前老柏,陳之壎却將其理解爲成都武侯祠前之柏樹,實爲想當然造成的失誤。又如將《諸將五首》,陳之壎以己意定第一、三、四首作於廣德年間,第二首作于至德初,最後一首爲永泰元年秋至雲安作,將一完整之組詩割裂至此,殊爲不妥。另外,陳之壎將《示獠奴阿段》中之"阿段"解爲杜甫的"稚子",實屬大誤。《示獠奴阿段》曰:"山木蒼蒼落日曛,竹竿嫋嫋細泉分。郡人入夜爭餘瀝,豎子尋源獨不聞。病渴三更回白首,傳聲一注濕青雲。曾驚陶侃胡奴異,怪爾常穿虎豹群。"晋代陶侃之子陶範,小字胡奴,然陶範生平並無令人驚異之事,故僞蘇注便又另杜撰出"海山使者"的故事,實不足信。而從典源來看,既然"胡奴"爲陶範小字,而陶範爲陶侃之子,則陶侃與胡奴之間並非主僕關係,而是父子關係。故宋吳曾《能改齋漫録》曰:"杜詩有《示獠奴阿段》云:'曾經陶侃胡奴異,怪爾常穿虎豹群',蓋謂其子也。"[1]陳之壎繼承

---

① 吳曾《能改齋漫録》卷七《胡奴》條,上海古籍出版社 1979 年版,第191 頁。

了吳曾之論,亦認爲"胡奴"是指杜甫之子,其曰:

> 詩曰"稚子",又五言古詩題《女奴阿稽、暨子阿段往問》,則阿段爲公之稚子無疑。只緣詩與題兩"奴"字,僞蘇遂撰出"海山使者"一段,附會流傳,至今惑亂。抑知陶侃第十子名範者,字胡奴,公正引用父子事以自況也。獠奴,當是阿段小名。

然而杜甫此詩題目上已明確標明"獠奴阿段",詩中又曰"陶侃胡奴",則阿段絶非其子。又《北史》載:

> 獠者,蓋南蠻之別種,自漢中達於邛、筰、川洞之間,所在皆有。種類甚多,散居山谷,略無氏族之別。又無名字,所生男女,唯以長幼次第呼之。其丈夫稱阿謩、阿段,婦人阿夷、阿等之類,皆語之次第稱謂也。①

據此可知,阿段實乃獠人,爲杜甫僕隸,故稱"獠奴",非杜甫之稚子明矣。吳曾、陳之壎等人在此問題上的迷惑,其根源仍是對"陶侃胡奴"典源理解之分歧,雖然陳之壎識破了僞蘇注杜撰的"海山使者"之事,但他仍然未能找到正確的答案②。

（3）對杜詩進行精准校勘

陳之壎《注杜律凡例》曰:

> 集中歷經諸家校正,訛字尚多,某一作某,除顯然謬者不

---

① 李延壽《北史》卷九五《列傳第八十三》,中華書局 2000 年版,第 2092 頁。

② 關於"陶侃胡奴"注釋史的梳理,詳見王新芳、孫微《杜詩〈示獠奴阿段〉中"陶侃胡奴"用典考》,《東亞文獻研究》第十四輯（2014 年 12 月）,第 91—101 頁。

載外,其兩可者,或存或正之。至有一字沿訛日久而大乖詩意
者,照古本改正。

可見此本在杜詩的文字校勘方面下了很大功夫。例如《小寒食舟
中作》"隱几蕭條帶鶡冠"之"帶",別本有作"戴"者,陳之壎曰:"隱
几不釋冠,故曰'帶'。帶,連也,猶云和衣眠也。正襯'蕭條'二字
出來,俗改'戴',與上四字意不協。"今檢宋代趙次公《杜詩先後
解》、蔡夢弼《杜工部草堂詩箋》(蔡乙本)即作"戴",故陳氏以爲
"戴"字是俗本所改,所論不確;然其能從詩意照應襯托的角度進行
衡量辨析,確定應以"帶"字爲正,所論無誤。又如《詠懷古迹五
首》其三"環佩空歸月夜魂"之"月夜",有作"夜月"者,陳之壎校
曰:"一作'夜月',誤也,況對則害句。"所校正確。又"千歲琵琶作
胡語"之"千歲",有作"千載"者,陳之壎校曰:"'千載',近改本,
'千載'嫩。"所校亦確。陳之壎未言其所據"古本"究爲何本,今據
存世之諸種宋本杜集予以校核,陳之壎之校勘大都確實無誤,改正
了不少俗本之文字訛誤,實屬難能可貴。

　　總之,陳之壎對詩意的體會深細,故其書能匡正舊解之謬,多
有新見,然而其注解亦時有疏誤,總體呈現出珠礫混雜、瑕瑜互陳
的特點。然該本校勘精准,其注釋質量已經超越了元明杜律注本,
開始呈現出清代杜律注本的獨特面貌,具有較高的文獻價值。由
於《杜工部七言律詩注》存世極罕,致使學界對該本的内容及特色
知之甚少,故亟須予以整理校點,以廣其傳。

（十）顧施禎《杜工部七言律詩疏解》

　　顧施禎,字林奇,號適園,吴江平望東乙圩(今屬蘇州)人,後遷
黎里。弱冠補諸生,博學好古,以詩酒爲樂,與叔顧有孝(1619—
1689)唱和。康熙二十九年(1690)附監生,嘗應京兆試,不得志。
精于選理,由諸生入太學,援例謁選,授浙江昌化縣令,未赴任,卒
於京。著有《我真集》《歲郵集》《啜醨集》,長興臧眉錫、同邑董門、

叔有孝序①。纂有《文選疏解》、《古文兹程》、《杜律疏解》、《盛朝詩選》、《昭明文選六臣彙注疏解》十九卷。生平事迹見《黎里志》卷九《人物三》、《平望志》卷八《文苑傳》。

1.《杜工部七言律詩疏解》的版本體例

《杜工部七言律詩疏解》二卷,有清康熙二十五年(1686)吴江顧氏心耕堂刻本。該本前有康熙二十五年二月顧施禎自序,各卷分列目錄,每卷首頁均有"吴江顧施禎適園輯"、"甬東仇兆鰲滄柱鑒定"字樣。是書爲杜甫七言律詩注疏本,共收詩 147 首。每首詩正文之後,均有"年地"、"典故"、"疏意"、"直解"四項。"年地",説明詩之作年及地點;"典故",略注出處,多徵引前人詩文;"疏意",略論詩旨,分析起承轉合之章法結構;"直解",則繹詩爲文,敷衍串解,並時時參之己見,頗爲詳盡。是書又有雍正十一年(1733)吴江顧氏心耕堂重刻本,對前刻本"訂其舛訛,正其字畫,付諸剞劂,以公海内"。書末附顧施禎嫡孫顧施達跋語。此本因避雍正名諱,將"顧施禎"改爲"顧施正",餘則與初刻本基本相同。《(同治)蘇州府志・藝文志》著錄此書,書名作《杜律疏解彙注》;《清史稿・藝文志四》亦予著錄,書名則作《杜工部詩疏解》②。

2.《杜工部七言律詩疏解》注解之得失

顧施禎此書對每首杜詩的疏解共分"年地"、"典故"、"疏意"、"直解"四項,這種體例設置顯得眉目極爲清晰,使讀者一目了然。以下就其注解之得失進行簡要總結。

(1)誤引宋人僞注

顧施禎在書中曾多次引及"蔡夢弼曰"、"彦輔曰"、"虞注",其《自序》曰:"繼得《七言律虞注》,玩味者一春秋。昔人黜其贋,然

---

① 徐達源等纂,黎里古鎮保護開發管理委員會、吴江市檔案局編《黎里志(兩種)》上,廣陵書社 2011 年版,第 114 頁。

② 趙爾巽等《清史稿》卷一四八,第 4375 頁。

解有駁而不純者,有確而不可易者,一一標識簡端。"可知其在虞注
的基礎上又參考了幾種宋代杜詩注本而成此書。正因爲如此,顧
施禎此本保存了不少宋注,然其中的有些宋注存有疑問。如《將赴
成都草堂途中有作先寄嚴鄭公五首》其三"先判一飲醉如泥",顧施
禎注:

> 《稗官小説》:南海有蟲無骨,名曰泥,在水中則活,失水
> 則醉,如一塊泥然。

按,此條注釋係抄自蔡夢弼《杜工部草堂詩箋》卷二六,蔡氏引小説
家言以證杜詩"醉如泥"之出處,實不足爲訓。而顧氏又加轉引,實
少辨識。可能是由於參考宋本杜集較多的緣故,顧施禎此書還不
慎轉引了少量的"僞王(洙)注"、"僞蘇注"。例如《曲江二首》其二
"酒債尋常行處有",顧施禎注:

> 孫濟,權之叔也,嗜酒,不治產業,常醉,欠人酒緡,人皆笑
> 之,濟怡然自若,謂人曰:"尋常行坐處,欠人酒債,欲質此緼袍
> 償之。"

按,此條乃"僞王注",見《分門集注杜工部詩》卷三。又如《涪城縣
香積寺官閣》"昏黑應須到上頭",顧施禎注:

> 常琮侍煬帝遊寶山,帝曰:"幾時到上方?"琮曰:"昏黑應
> 須到上頭。"左右失笑,帝曰:"淳古君子也。"

按,此條乃"僞蘇注",見《分門集注杜工部詩》卷八。又如《暮登四
安寺鐘樓寄裴十迪》"知君苦思緣詩瘦",顧施禎注:

　　　　崔浩酷好吟詩，有疾，友嘲曰："公吟詩瘦也。"

按，此條乃"僞蘇注"，見《分門集注杜工部詩》卷八。

　　清初的杜詩注家對宋以來僞注之假托古人、僞造故實等弊端已經有了較爲清晰的認識，錢謙益在《注杜詩略例》中更是對僞注進行了集中清算①。顧施禎此書的成書時間要比《錢注杜詩》晚十九年，身處吳江的他不可能對"錢、朱注杜公案"沒有耳聞，然而他顯然未能充分吸收錢謙益、朱鶴齡等人的注杜思想及成果，致使《杜工部七言律詩疏解》中仍有宋代僞注闌入。不過顧施禎書中誤引僞注的數量很少，僅有數條，説明他對僞注應保持着一定的警惕，可即便如此，顧本仍然誤引僞注而不察，這種情況説明了廓清杜詩僞注的艱巨性。

　　另外，顧施禎對某些杜詩語詞出處的鈎稽顯得有些牽强，如《閣夜》"夷歌幾處起漁樵"，顧施禎注曰："'夷歌'句，本'漢軍中盡楚歌'，公用此意。"如此生拉硬拽，着實不妥，並不可據。顧施禎此書前署"甬東仇兆鼇滄柱鑒定"，仇兆鼇是清初的注杜名家，能於書前列名，自爲該本增色不少，然周采泉質疑道："是書仇兆鼇列名鑒定，其刻成早於仇注數年，而仇注一無徵引，且仇注《凡例》'近人注杜'中亦未提及何耶？"②其實仇兆鼇對顧施禎《杜工部七言律詩疏解》的無視正説明其對該本不甚看重，仇氏的這種態度很可能和顧氏此本中"年地"、"典故"部分的上述疏誤有關。當然對顧本的零徵引也並不能説明仇氏從未參考過該本，從仇注的體例來看，其對顧本應有所借鑒參考。仇注的體例是於詩題下先釋編年，然後"内注解意，外注引古"，這種體例與顧本有着一定的相似性。

---

①　錢謙益《錢注杜詩》卷首，第2—3頁。
②　周采泉《杜集書録》，第368—369頁。

（2）"疏意"部分對詩意及章法之疏解

顧施禎此書的"疏意"部分首先模仿朱熹《詩集傳》的體例，對該詩所使用賦、比、興的手法進行判斷，如"賦也"、"興也"、"賦而比也"、"比而賦也"之類。然後用一句話簡短地概括全詩大旨。之後再逐次指出何者爲主，何者爲眼，何者爲關紐，何者爲本意，並對各聯各句之間如何開合照應加以説明。如解《題省中院壁》曰：

> 興也。此爲拾遺將有所諫，自述其心也。"違心"作主，"無補"、"愧比"是照應，"許身"作眼。前四句省中景，五句是作拾遺，六句是心中事，主意。七句是"違"處，末句"愧"字由"遲回"內出。

由於確立了模式化的解詩方法，故此書的"疏意"部分對杜詩主題及章法的分析極爲明晰，非常易於初學者理解和把握。自元、明以來，重點闡釋杜律中起承轉合關係的注本比比皆是，至清初金聖嘆的《杜詩解》等書更是將八股解杜之法發揮到了登峰造極的程度。而顧施禎此本與其他同類注本的最大區別在於，其對章法的解析能夠緊扣詩意本身來進行，從而在一定程度上弱化了明清注家在解析杜律時濃重的八股習氣。例如《送鄭十八虔貶台州司户》之"疏意"曰：

> 此爲鄭虔遠譴失餞而痛思之也。提出"鄭公"，起是一格。樗散白髮、酒後畫師，隱然法外該宥意，就轉出"萬里嚴譴"、"垂死中興"，是當宥不宥，關紐甚緊。"出餞遲"是主意，末聯足"遲"內意。

可見顧施禎對杜律起承轉合的剖析是融入滲透到詩意之中去的，其側重點是杜詩本身而非所謂律法，這與那些畫地爲牢的八股解杜者形成了鮮明對比。

（3）"直解"部分以白話進行逐句串解

顧施禎編撰此書的目的是欲"使樵夫牧豎共曉"，所以他在"直解"中花費了較大力氣用白話對杜詩進行逐句串解，故而"直解"部分在全書中所占篇幅最長。總的來看，顧施禎的"直解"不僅通俗曉暢，且極爲透徹。例如其解《所思》"故憑錦水將雙泪，好過瞿唐灩澦堆"二句曰：

> 紀念常常下泪，所以把我雙泪，灑入錦江，欲藉江水，引我雙泪，好好東去，下瞿唐峽，過灩澦堆，直到荆州。使司馬醉時接著，知我苦憶則醒；醒時接著，知我苦憶則醉。

"紀念常常下泪"以下數句是正常的詩意串解，然而"使司馬醉時接著，知我苦憶則醒；醒時接著，知我苦憶則醉"等句却並未拘泥於聯內之意，而是能由此聯拓開，照顧到全篇，並加以發揮，這些地方體現出顧施禎對詩意的苦心揣摩。周采泉稱此書"以'直解'最能達意"，"杜詩白話解，要以本書爲第一部"①。"最能達意"之評的確屬實，然稱其爲第一部杜詩白話解却並不確切。清初以白話串解杜詩的注本有盧元昌《杜詩闡》、湯啓祚《杜詩箋》、吳馮栻《青城説杜》等，其中盧元昌、湯啓祚與顧施禎同時稍早，吳馮栻則稍晚于顧施禎。《杜詩闡》與顧施禎《杜工部七言律詩疏解》同刻於康熙二十五年，《杜詩箋》《青城説杜》的成書與《杜工部七言律詩疏解》不易區分先後，因此尚不能確定顧施禎《杜工部七言律詩疏解》是清代第一部杜詩白話串解本，只能説它是清代較早出現的杜詩白話串解本之一。當然顧施禎對杜詩的體會深細，其串解顯得既透徹細膩又靈動活潑，從而避免了其他注本的機械板滯之弊。

---

① 周采泉《杜集書録》，第368頁。

總之,顧施禎《杜工部七言律詩疏解》由於依傍宋本導致誤引了少量宋人僞注。然該本體例明晰,解析杜律章法時八股習氣不濃,且以白話串解詩意,通俗易懂,是一部頗便於初學的杜律讀本。

（十一）汪文柏《杜韓詩句集韵》

汪文柏(1659—1725),字季青,號柯庭,一作柯廷,又號笈溪。桐鄉(今屬浙江)人,休寧(今屬安徽)籍。《四庫全書總目》則謂嘉興(今屬浙江)人。善畫墨蘭,尤工詩。監生,康熙中官北城兵馬司指揮使。與兄汪文桂、汪森號“汪氏三子”。汪氏之先,富於藏書刻書,文柏多所通習,爲學有本。其年方少,結交皆老蒼,品騭風雅,氣足奪人。海内稱詩者,相與訂交。魏禧稱其詩奥兀多風,黄宗羲以爲槎枒排戛,朱彝尊謂其詩“匪僅開宋、元奥竅,直欲造唐人之室,而嚌其胾”(《汪司城詩序》)。築有古香樓,收藏書法名畫,暇輒焚香啜茗,摩挲不厭。又築摛藻堂別業,讀書其中。著有《柯庭餘習》《柯庭文藪》《柯庭樂府》《杜韓詩句集韵》《古香樓吟稿》《古香齋書畫題跋》等,輯有《汪柯庭彙刻賓朋詩》。生平事迹散見《全清詞鈔》卷六、《清詩紀事》康熙朝卷、《(光緒)桐鄉縣志・藝文志》。

《杜韓詩句集韵》分上、中、下三卷,卷上有上、下之分,卷中、卷下有上、中、下之分,故又分爲八小卷。有康熙四十六年(1707)洞庭麟慶堂刻本。卷前有汪氏康熙二十五年自叙云:“《杜韓集韵》者,閑窗無事,取少陵、昌黎詩句,編入四聲,備巾箱展玩也。余少而學吟,流覽唐百家詩集,斷以兩家爲指歸。蓋其格律天縱,不主故常,諸家卒莫出其範圍。”“吾輯杜韓韵以爲鵠,世有解人從此悟入,句法、章法漸可得矣。”是書把杜甫、韓愈詩句按平水韵摘出,編於字下,如東韵中“豐”字下,列有杜甫詩句“謳歌德義豐”、“憂國願年豐”,韓愈詩句“壽州屬縣有安豐”,餘皆類此。讀者可依此檢索杜韓詩句中曾否押某韵,某韵中有杜、韓那些詩句。惜其所列詩句不標出詩題,頗不便檢閱。此編以韵部排列杜韓詩句,所收詩句雖不能説搜羅無遺,然所漏無幾,於讀二家詩者不少便利,可視爲杜韓詩句索引,是一部頗具特色的工具書。又有光緒八年(1882)來青閣刻本。

(十二) 陳廷敬《杜律詩話》

陳廷敬(1640—1712),初名敬,字子端,號悦巖、午亭,澤州(今山西晋城)人。清順治十五年(1658)進士,選庶吉士,授檢討。康熙十四年(1675)擢内閣學士,兼禮部侍郎。四十二年拜文淵閣大學士,兼吏部尚書。五十一年卒,謚文貞。初著《尊聞堂集》八十卷,晚年手自删訂《午亭文編》五十卷,蓋以所居午亭山莊爲名也。《四庫全書總目·集部·別集類二六》評云:"廷敬論詩宗杜甫,不爲流連光景之詞。"事迹見《清史列傳·文苑傳二》、蔡冠洛《清代七百名人傳》。

《杜律詩話》凡二卷。載《午亭文編》第四十九、五十卷,只選杜詩七律,共55首,多係名篇。注釋詳明,其辨疑駁難,分析章法,獨抒己見,頗有新意。如其對杜甫《示獠奴阿段》詩之"曾驚陶侃胡奴異"典故的考證云:

> 陶侃之奴,僞蘇注及劉敬叔《異苑》,其不可信,人皆知之。然其事卒不知所出。愚舊有臆解:陶侃或是陶峴。峴,彭澤之孫,浮游江湖,與孟彦深、孟雲卿、焦遂共載,人號水仙。有崑崙奴名摩訶,善洄水,後峴投劍西塞江水,命奴取,久之,奴支體碟裂,浮於水上。峴流涕回棹,賦詩自叙,不復游江湖。峴既公同時人,其友又公之友,異事新聞,故公用之耳。陶奴入水,卒死蛟龍;公奴入山,宜防虎豹,事相類。"侃"、"峴"音相近,但峴事僻,人因改作侃也。[1]

---

[1] 陳廷敬《杜律詩話》,《午亭文編》卷五〇,清康熙四十七年(1708)刻本。

其説前所未見，故是書頗爲當時所推重，仇兆鰲《杜詩詳注》大量采録陳氏之説，達 26 首，幾占陳氏之書的一半。有康熙間刊刻之《午亭文編》載録本，據林佶《午亭文編・後序》中稱"剞劂之工亦將竣"，署年爲康熙戊子（1708），則刊成當在此後不久。又有日本正德三年（即康熙五十二年，1713）京都翻刻本。詹杭倫《和刻本〈杜律詩話〉叙論》一文對此本考論甚詳，可以參看①。

（十三）毛張健《杜詩譜釋》

毛張健（1656—?），又名張毛健，字今培，號鶴汀，太倉（今屬江蘇）人。康熙十九年廩貢生，入國學，三爲學博，官至貴池訓導，後補安徽祁門縣訓導，不赴。喜獎引後進，晚年好填詞，格近南唐，又好選唐詩。著有《卧茨集》三卷、《鶴汀集》三卷、《杜詩譜釋》二卷、《唐體膚詮》《唐體餘編》等。生平事迹見顧陳垿《顧賓楊先生文集》卷二《毛司訓傳》。

《杜詩譜釋》二卷，無刻書年月，前有毛氏自序，云"庚寅初春"，"庚寅"當爲康熙四十九年（1710），序後有目録，共收杜詩七律 149首。每卷下署"太倉毛張健今培編"。詩正文大字，注文小字雙行。該編完全以八股時文作法評點分析杜詩，着重標識作詩格法，詩旁均標以圈點、三角等符號，以明其起伏承接之迹。作者自云："詩旁圈點，蓋以明指其起伏承應之迹，故尖、圓各依其類。如前用〇起，後即以〇應；前用△破，後即以△承。其外尚有暗聯絡、小映帶處，則另以、之雙單記之。於是全篇之脉絡，反股之主賓的然迸露。乍閲雖似眩目，然細心尋繹之，其中條理井然，可一覽而知也。"而於諸家之箋釋，則不復詳載。作者每於詩句下以雙行小字標識其起伏承接之迹，而重點詩篇則於全詩之後以雙行小字詳論該詩作法，如《諸將五首》《秋興八首》《詠懷古迹五首》之類。有的詩篇，偶爾加以題解。作者雖拘守詩格作法，但亦主張有新變。故其評點亦

① 詹杭倫《和刻本〈杜律詩話〉叙論》，《杜甫研究學刊》1995 年第 1 期。

偶有可取之處,如評《返照》詩"白帝城西過雨痕"句云:"'痕'字甚新,使人意想而得其妙,只一字可括'鳴雨既過漸細微,映空搖揚如絲飛'二句。"可見其味詩之深。是書流布甚罕。

(十四) 李文煒《杜律通解》

李文煒(1653?—1725後),字雪巖,慈水(今浙江慈溪)人。順康間幕僚。李爲甬東名士,博學多識,尤長於風雅,畢生未宦,或坐館於帷幕,或隱居於湖山。嘗作吳興寓公,康熙四十年(1701),客館於涿鹿知府趙恕庵家。康熙四十八(1709)年,趙恕庵領郡筠州,仍延雪巖課諸子。康熙五十一年(1712),纂輯前人評論,刪繁補略,合成解説,撰成《杜律通解》四卷。生平見《國朝書畫家筆録》卷四。

《杜律通解》撰成於康熙五十一年(1712),雍正三年(1725)湖郡潘尚文刊刻。是編前有李基和康熙五十一年序,湖州知府曹掄彬雍正三年序,李氏康熙六十年自序。次列"訂正諸子姓氏",計有趙世顯、李基和、姜宸英等八人;"受業校閱"及"參考"姓氏若干人。次列四卷總目録。該書爲杜律選本,共選五律120首,七律80首,分體後編次,仍以編年爲序。該書重在内容串解,故注釋極簡,所附諸家評語亦"取其大合詩情詩理、簡捷切要者登之,其他穿鑿支蔓評解概不收輯"。因是書大致以顧宸《辟疆園杜詩注解》和黃生《杜詩説》爲底本,故所引評語以顧宸、黃生爲最多。他如畢忠吉、嚴灝亭、黃維章、王翰孺、毛文濤、趙永公、秦留仙、李璁佩、顧聖猶、丘慎清等人,亦多係自顧注轉引者。李氏的串解先指明作詩大旨,交待時地、人事,使初學者先知意旨之所在,繼而釋詩爲文逐句串解,而句間之難以接落處,爲使詩意一氣貫通,則加以補綴、映帶,務求通篇無斷續之痕,使少陵意中之言,言外之意,昭然在目。頗爲通達易曉,有便初學,但往往以時文作法説詩,無多發明。是書又有乾隆七年(1742)萃華堂刻本及其他清刻本傳世。

(十五) 范廷謀《杜詩直解》

范廷謀(1662—1728 後),字周路,號省庵,四明(今浙江寧波)人。監生,康熙三十一年捐光禄寺典簿,選福建漳州府通判。四十六年補授雲南府通判,四十八年升湖南郴州府知府,雍正二年(1724)改臺灣知府,七年授兩淮鹽運使,時已六十八。十年,再薦未任,乞休。光緒《鄞縣志》卷五八著録其有《赴滇集》《病中集》《步韻集》,今僅存《西征日紀詩》一卷,清稼石堂刻本,南京圖書館藏。生平事迹見《(民國)鄞縣通志·仕績傳》。

范廷謀平生酷嗜杜詩,殫心苦思,歷時三十餘年,於雍正六年(1728)成《杜詩直解》,時已七十歲。是書初名《杜詩醒疑》,刊刻時改爲今名。今有雍正六年范氏稼石堂刻本,流布不廣。《杜詩直解》爲一杜律選本,共五卷,五律三卷,選詩 308 首,七律二卷,選詩 136 首,共計 444 首。所以編成如是選本,是因其"於五七言近體尤所酷嗜"。而未能全輯杜律者,是因其"自愧識學未到,不能得其奧義,聊用闕疑,非敢妄爲去取,獲咎古人"。知范氏選詩還是嚴謹慎重的。其注釋體例,注釋極簡,且多係前人舊説,正如范氏自序所云:"每首則追溯作詩之意,復就其章法、句法、字法,一一抉剔無遺,加以評論。""若一題至五首、八首、十首,則提出全詩綱領,並前後照應,脉絡貫通,再加總評於後。務期意法兼到,不背作者本旨。"在逐聯之串講中,雜以評點,雖稱簡明扼要,然時失之疏淺。但後之注家頗多援引。

二、全集校注本

除了錢謙益《錢注杜詩》和朱鶴齡《杜工部詩集輯注》之外,清初還湧現出大量各具特色的杜詩全集校注本,這些杜詩全集校注本代表清初杜詩學的主要成就,以下對其簡要加以介紹。

(一) 李長祥、楊大鯤《杜詩編年》

李長祥(1612—1679),字子發,號研齋,晚號石井道士,達州

（今屬四川）人。明崇禎十六年（1643）進士，選庶吉士。明清交替之際抗清志士。福王立，改監察御史，巡浙江鹽政。魯王監國，加右僉都御史，督師西行。魯王江上之師潰敗後，長祥集殘部結寨上虞東山繼續抗清，魯王監國五年（1648）晋兵部尚書，舟山兵敗後被清所執。釋放後，乃居山陰澗谷中，尋遊錢塘，當道不安，置之江寧，總督馬陽禮疑之，長祥乃乘間脱身。由吳門渡秦郵，走河北，遍歷宣府、大同，復南下百粤，與屈大均處者久之。晚年隱居毗陵（今江蘇常州），築讀易堂以終老。著有《易經參伍錯綜圖》（已佚）、《天問閣集》，與楊大鯤同撰《杜詩編年》十八卷。生平事迹詳見《清史稿》卷五〇〇《遺逸一》本傳、全祖望《前侍郎達州李公研齋行狀》、徐鼒《小腆紀傳》卷四七、《南疆繹史》，今人周采泉撰有《李長祥年譜》。

　　楊大鯤，字陶雲，一字九搏、曉屏，毗陵（今江蘇常州）人。明修撰廷鑒子。順治十四年（1657）舉人，十六年（1659）進士，改庶吉士，遷新建丞，擢九江知府，官至山東按察使。晚年亦歸居毗陵。好學強記，才氣儻蕩。其父廷鑒爲崇禎癸未（1643）狀元，與李長祥同科，故爲同門友。李長祥被執出獄後即曾寄居其家，楊大鯤遂與長祥合撰《杜詩編年》十八卷。事迹詳《（光緒）武進陽湖縣志・列傳》、張惟驤《清代毗陵名人小傳稿》卷一。

　　《杜詩編年》凡十八卷。名曰編年，故重在詩之編次繫年，以單復《讀杜詩愚得》本爲依據，但將單本前人舊注及單復注評悉行删削，故所録詩大半爲白文，或僅有圈點，偶有心得己見，評點亦多簡淺泛泛之論。詩之編年，據該書叙云："自開元十五年至大曆五年，上下四十四年，凡詩一千一百八十一首（應作"題"），以卷一《望嶽》始，卷十八《過洞庭湖》終。"是書爲清初刻本，流傳甚少。關於《杜詩編年》的刊刻時間，孫殿起《販書偶記》稱其"無刊刻年月，約崇禎間梧桐閣刊"。周采泉已辨其非，其云：此刻當始於清順治末，成於康熙初。書中十五卷以前玄曄等字均不避。十五卷，玄字改用"墨丁"但"胡""虜"等字均不避。故知其爲清初刻本,孫殿起以爲崇禎刻,失考①。值得指出的是,作爲抗清志士的李長祥在此書中往往借評點杜詩發洩對滿清統治者的痛恨與南明小朝廷腐敗無能的怨氣。另外,由於反清復明失敗後身陷囹圄,其後又間關流離,不免使得李長祥晚年壯志消沉,其評點中時時可見悟道語,如《杜詩編年》卷一二《貽華陽柳少府》之"文章一小技,於道未爲尊",李批云:"文章較之於道自是小技,是實話。一味以爲謙辭,誤矣。"卷一五《寫懷二首》其一"萬古一骸骨,鄰家遞歌哭",李批云:"學道人語,佛家生生世世纏縛之語、千萬億語不若此十字之簡潔痛快。"卷一七《舟中苦熱遣懷奉呈陽中丞通簡臺省諸公》之"鹵莽同一貫",李批云:"少陵每用道學語入詩,'一貫'二字更奇。"關於此本的研究,今人周采泉有《李長祥〈杜詩編年〉簡介》一文②,可以參看。

（二）陳式《問齋杜意》

陳式(1613—?),字二如,號問齋,桐城(今屬安徽)人。幼而小慧,強記好學。"潛園十五子"之一。康熙元年(1662)恩貢入太學,次年闈試不第,時年已過五十,遂決意棄捨舉子業,亦絕口不言仕進,退而著書,授經鄉里,門下多高徒。夙嗜杜詩,日咀月詠,寢食都捐。居恒訥訥不出口,一言及杜詩,則辯論縱橫,聞者莫不勃然興,蕭然敬。撰有《〈毛詩注〉注》、《〈四書注〉注》、《問齋杜意》二十卷。

是書全名《陳問齋先生杜詩説意》,全書二十卷,以編年爲次,大體依據許自昌《集千家注杜工部詩集》爲序。陳式《讀杜漫述》云:"注杜而謂之爲意者何? 書言志,孔子言思,孟子言意。大約詩之爲詩,志定而後有意,意定而後運之以思,三者合而後詩成。至

---

①　周采泉《杜集書録》,第 172 頁。

②　周采泉《文史博議》,廣東人民出版社 1986 年版,第 130—132 頁。

曰'以意逆志,是爲得之',則千古以來讀詩之第一妙法也。""予蓋自今而後,乃以己之意還爲杜之意,幾幾乎爲得矣。"又云:"注杜大旨則謂注意,止可發明詩人之意,不可過執己見,一執己見,則鑿矣。"

陳氏評語,不以細瑣考證爲務,只以概述詩旨、傳達詩意爲主,頗類詩話。故其解詩,較平直允當,簡明扼要。除解意外,尚有少量注釋,題下偶有小注,指明時地,一般詞語不注,僅對引事用典,稍加解釋,力求簡明。亦偶有長篇大論者。陳氏雖自詡"予是編從不暗襲人片語隻字"(全書僅二三處提及劉辰翁評語),但却大量援引其友朋、鄉里及生徒評語,所錄者多達70餘人,然其評語多空泛之論,或僅爲揄揚陳氏之詞。陳氏《杜意》在清初諸多杜詩評注本中可謂別具一格,但流傳甚罕,稍後之仇兆鰲《杜詩詳注》竟未予徵引。究其原因,可能與爲該書作序的方孝標以《戴南山集》文字獄案剉屍有關。其詳可參第一章第二節之四"清代文禁對杜詩學的影響"。

(三) 盧元昌《杜詩闡》

盧元昌(1616—1693 後),字文子,號觀堂,華亭(今上海松江)人。明諸生,爲幾社名士。崇禎十五年(1642)與彭賓、王廣心、顧大申等在華亭結贈言社。康熙七年(1668),與顧景星、周茂源、董含、董俞等會沈麟洞莖草堂。康熙十九年(1680)遊武林還,作《年譜引》,自述家世。康熙二十五年(1686)同里曹重召其作和會,有詩與吳綺等唱和。康熙三十年(1691)與張彦之、錢谷等以高年作冬會。著有《半林詩集》三卷、《杜詩闡》三十三卷、《左傳分國纂略》十六卷、《明紀本末》、《半林詞》、《稀餘留稿》、《東柯鼓離草》、《思美廬刪存詩》等,編有《唐宋八大家文選》。生平事迹見《國朝詩人徵略》初編卷五、張慧劍《明清江蘇文人年表》。

《杜詩闡》又名《思美廬杜詩闡全集》。盧氏博學多覽,尤嗜杜詩,自序云:"自乙巳(康熙四年,1665)至壬戌(康熙二十一年,1682),凡十八年矣,何朝夕,何寒暑,不手是編?"知此書,是其潛心學杜,發爲著述,幾近二十年之研治成果。他評前人注杜,以爲"有因注反晦者,一晦於訓詁之太雜,一晦於講解之太鑿,一晦於援證之太繁。反是者,又爲膚淺凡庸之詞"。因此盧氏所注,不事博引,務求闡明大義而已,繼而又云:"予以雜者芟之,使歸於一;於鑿者核之,使確;於簡者櫛比而編識之,使不墨漏,而又加以熔鑄組織之功焉。以意逆志,又發其言中之意,意中之言,使當年幽衷苦調,曲傳紙上,而又旁羅博采,凡注家所未及者,約千有餘條。"故在其闡述之中,時有發見,如《奉贈韋左丞丈二十二韻》注云:"'騎驢三十載'當是'騎驢十三載',時公年未四十。"便爲以前注家所未發,其後注家多從之①。全書以編年爲次,收詩1447首,不録文賦。是書句下有注有批,詩題下偶有説明。詩後釋詩爲文,有類申講,最後加以評論。詩後總評有長達千餘言者。其注、釋、評,均出以己語,概不據引前人舊注。其所闡發,確有發人所未發者,故頗爲注杜者推重。仇兆鰲《杜詩詳注·凡例》云:"若盧元昌之《杜闡》,徵引時事,間有前人所未言。"如卷一四《客夜》"客睡何曾著,秋天不肯明。卷簾殘月影,高枕遠江聲。計拙無衣食,途窮仗友生。老妻書數紙,應悉未歸情。"盧元昌評曰:"睡本易著,客睡則難著;天亦易明,秋天則難明。何曾著,非無故也;不肯明,似有意也。此時簾間月影,去矣難留;枕上江聲,來於何處? 我客夜如此者,自傷計拙途窮耳。計拙,難望衣食於友生;途窮,又以友生爲衣食,顧我未歸之情,亮無人悉,庶幾老妻,題書數字,曾達與否,未可知也。"解説就明白暢達,對詩意的闡釋十分清晰。盧注之失,誠如《四庫全書總目》所評:"其注如四書講章,其評亦如時文批語,説詩不當如是,説

_____

①　盧元昌《杜詩闡》將"三十"改爲"十三"並沒有任何版本依據,此前杜集各版本均作"三十"。杜甫《壯遊》曾自云:"往昔十四五,出遊翰墨場。"若從開元十三年(725)算起,則至《奉贈韋左丞丈二十二韻》的作年天寶九載(750),已歷二十六年,則作"三十"亦可通。

杜詩尤不當如是也。"此書有康熙二十五年(1686)刊本,1974 年臺灣大通書局據之影印《杜詩叢刊》本,又收入齊魯書社 1999 年編輯出版的《四庫全書存目叢書》。

(四) 吴見思《杜詩論文》

吴見思(1621—1680),字齊賢,武進(今江蘇常州)人。出身江南名門世家,其祖父吴中行,曾任大學士。其父吴襄,曾任南平令、滄州知州,爲官清廉鯁直。吴見思入清後,絕棄功名,一生布衣。吴氏幼承家學,穎智異常,潛心著述,頗多獨到之處。龔鼎孳曾説:"吾嘗與吴子齊賢尊酒論文,見其一目十行,過即成誦,胸藏慧珠,才擅武庫,拈毫作賦,俄頃千言,生平著作,實具史材。"(《杜詩論文序》)清代著名詞學家萬樹也稱:"吴齊賢先生爲吾郡名宿,多讀書論古,能自出手眼,識解獨高。與吴門金聖嘆齊名,亦相雅善。"(《史記論文序》)可見吴氏曾得到龔鼎孳、萬樹、金聖嘆等文壇名人的器重與推崇。其著述甚豐,但因吴氏一生"閉户著書,不赴銓選"(龔鼎孳《杜詩論文序》),困窘清貧,故著作多未刊行,致頗多散佚,著有《史記論文》一百三十卷、《杜詩論文》五十六卷、《杜詩論事》。生平事迹見張惟驤《毗陵名人疑年録》卷一、《(光緒)武進陽湖縣志》、張慧劍《明清江蘇文人年表》。

《杜詩論文》按杜甫一生行踪所及之地的先後分爲五十六卷,較之錢箋杜詩十八卷、仇注杜詩二十三卷,更爲細緻。共收詩 1 448 首,大致依據高楚芳之集千家注本,以時地爲序。其"凡例"中云:"杜詩而曰論文,止就其文義,稍加衍釋,較之鈎深鑿空者,庶明白易簡焉。若事實考訂,諸家箋注已備,除公自注者不録。"以文論詩,是《杜詩論文》的顯著特色。吴氏對諸家箋注已備的事實考訂一概不録,而將杜詩的藝術結構、形式、風格諸方面加以歸納並逐篇解析,進行較爲系統的探討,正是對傳統杜詩箋注學重字句典故的考證、輕詩意闡釋的一個反撥,故龔鼎孳《杜詩論文序》認爲,吴見思與錢謙益"互相發明,虞山論其事,吴子論其文,文既剖析無晦，事更可考而知”。吳見思《杜詩論文凡例·總論》云："千家之注，或自成一家，或各宗一說，莫不以人握隋珠，家藏荊玉。然其中舛謬亦多，是者存之，非者去之，未備者補之，共補一萬餘事，參古今之討論，另著《杜詩論事》一編。"可見他並不反對對杜詩用典、歷史環境等方面的考據，而只是在《杜詩論文》一書中主要進行藝術分析及詩意疏解，而又將諸家注本作了全面整理，對諸多史事的考證，去蕪取菁，除僞存真，並補入自己大量新的發現，完成了另一部史料性的杜詩研究著作《杜詩論事》。吳氏在《杜詩論文》中多有"詳見論事"語，即指此書，亦可見《杜詩論事》與《杜詩論文》本是相輔相成的杜詩研究姊妹篇。但《杜詩論事》已散佚，甚爲可惜。而四庫館臣對其批評曰："夫箋注典故，所以明文義也。論事自論事，論文自論文，是已兩無據矣！"①則似未理解吳見思"論文"的苦心。故此書最大特色乃盡删舊注，亦不自注，而就詩篇文意衍述成文，進行章句串解，於思想內容、藝術手法亦多所闡發，對於閱讀理解，頗有助益。其友吳興祚序云："齊賢誦其詩能會心，其所爲文，即以文章之法，次第疏導之，不强杜以從我，而舉杜以還杜。但覺晦者如揭，塞者以開，血脉貫通，而神氣益溢。"但是每詩必論，持論時嫌空泛，或流於串講詩意，亦時有失之牽强附會者。因爲詩、文雖有相通之處，而畢竟詩歌要比文章精練得多，而吳氏以文論詩，難逃詞費之譏。另外，他對杜詩句法、字法的分析十分瑣碎，如"下句因上句"、"上句因下句"、"下半句因上半句"、"上半句因下半句"、"倒句"、"疊句"、"翻新"、"反跌"、"借用"、"反形"、"極形容之句"、"疊字之句"、"相類之句"等等，《四庫全書總目》之《杜詩論文》提要評云："其三折句法一條，引'塵中老盡力，歲晚病傷心'一聯，謂'塵中'字、'歲晚'字一折；'老'字、'病'字一折；'盡力'字、'傷心'字一折，已嫌破碎；又引'峽雲籠樹小，湖日落船明'一聯，

---

① 　永瑢等《四庫全書總目》卷一七四，第 1533 頁。

謂'峽'字、'湖'字一折,'雲籠'字、'日落'字一折,'樹小'字、'船明'字一折,詩家有是句法乎?"①就指出了其破碎支離之弊。

是書成於康熙十一年(1672),有常州岱淵堂刻本。1974年臺灣大通書局即據之影印爲《杜詩叢刊》本,又收入齊魯書社1999年編輯出版《四庫全書存目叢書》。今人許總有專文介紹吳見思的《杜詩論文》②,對吳見思及此本都進行了較爲深入詳細的研究,頗能抉出其精髓,然亦未免推尊太過。

(五)張潽《讀書堂杜工部詩集注解》

1. 張潽生平及《讀書堂杜工部詩集注解》的版本體例

張潽(1621—1678)字上若,一作尚若,直隸磁州(今河北磁縣)人。自幼聰敏,年十三補博士弟子員,順治九年(1652)進士及第,選翰林院庶吉士。淡於仕宦,性至孝,聞母病,即乞歸里,家居二十餘年,不復出仕,以著述自娛,尤嗜杜詩。《左傳》、《史記》、《莊子》、《離騷》、前後《漢書》皆批注數過。窮究身心性命之理,與孫奇逢筆剳往復,論學無虛日。薈萃古人格言懿行,訓誨弟子,復集其父張鏡心遺書,訂爲《雲隱堂集》三十卷。著有《讀書堂集》十卷、《讀書堂杜工部詩集注解》二十卷、《文集注解》二卷,《澹寧集》十卷等。事迹見耿介撰《待贈文林郎翰林院編修張公潽暨孺人劉氏墓表》、《張尚若傳》(均見《碑傳集》卷四三)、《畿輔通志·卓行》、《清史列傳》卷六六、《國朝耆獻類徵初編》卷一一五、《國朝先正事略》卷二三、《大清畿輔先哲傳》卷一〇、《國朝學案小識》卷一〇、《道學淵源錄·聖清淵源錄》卷四、《清儒學案小傳》卷一、《詞林輯略》卷一等。

張潽《讀書堂杜工部詩集注解》二十卷、《文集注解》二卷,爲清

---

① 永瑢等《四庫全書總目》卷一七四,第1533頁。

② 許總《論吳見思〈杜詩論文〉的特色及其對杜詩學的貢獻》,《草堂》1983年第1期。

康熙三十七年（1698）張氏讀書堂刻本，《四庫全書總目》《清史稿·藝文志四》均予著録。此本首頁題“滏陽張上若先生遺書　杜詩注解　讀書堂藏板”。次列“文集注解”二卷目録，録文賦二十八篇。“文集注解”後爲“杜工部編年詩史譜目”，簡述杜甫生平，詩、文篇目亦繫於年下。次列康熙三十七年宋犖序、康熙三十六年張榕端所輯“先大夫批注杜集卷末遺筆”六則及榕端附記，次録王洙序、王安石序、胡宗愈序、蔡夢弼跋、杜氏世系考、元稹《唐杜工部墓係銘》、《新唐書·杜甫傳》。次列“詩集注解”二十卷總目録，不分體，編年排列，共收詩 1 453 首。詩目之上有劃單圈、雙圈、三圈者，組詩則於詩題下標出“一、二、三”等該詩首數。每卷後署“滏陽張溍上若評注”、“男榕端樸園、椰璟子孚、橋恒子久校訂”。詩正文大字頂格，小字雙行夾注，行間有圈點。張溍注杜，始於順治六年（1649），迄於康熙十二年（1673），歷二十四載，五易其稿，可見其用功之勤。是書以許自昌刻《集千家注杜工部詩集》爲底本，稍删削其冗雜者，凡標以“原注”者，皆千家注之原注。采明、清諸注皆標姓名，張溍自評注不標姓名，或於句下，或置篇末。康熙三十七年讀書堂刻本是爲初刻，1974 年臺灣大通書局《杜詩叢刊》本即據此本影印，書名題“讀書堂杜詩集（附）文集注解”，而著者誤署“清張溍評注”。張溍玄孫張璿曾對此本重加校訂，由張溍六世孫張籛于道光二十一年（1841）重刊。重刊本較初刻本多閻若璩序、道光二年（1822）張璿識語、道光二十一年張籛《重刻讀書堂杜詩注解序》。1999 年齊魯書社出版的《四庫全書存目叢書》亦收録該本，乃據遼寧大學圖書館、北京大學圖書館所藏本影印。2014 年齊魯書社又出版了聶巧平點校本，該書係據康熙三十七年滏陽張氏讀書堂刻本爲底本，並參校了道光二十一年張籛重刊本。

　　2. 對錢謙益、朱鶴齡注杜成果的吸收

　　《讀書堂杜工部詩集注解》博采明清以來邵寶、胡震亨、顧宸、申涵光、錢謙益、朱鶴齡諸家的注杜成果，而尤以錢謙益、朱鶴齡二家爲多。錢、朱二家的杜詩注解代表了清初杜詩學的最高成就,故而張溍對其注杜成果的吸收,提高了該本的學術質量。張溍於《遺筆》中自言:"照錢牧齋注,又閱杜一匝,疑者解之十九。不特知其用意佳處,即率筆、晦筆,具得其故。"這説明錢注的精華正好對業已接近完成的張溍注起到了匡補的作用。張溍注本中對錢注進行了大量徵引,有時甚至將錢注一字不移地全文照録。有學者已指出,這表明張溍對《錢注杜詩》學術創見核心内容的深刻認同①。錢注因標新立異爲當時後世的許多人所詬病,而張溍能夠力抗流俗,多加徵引,表現出了非凡的膽識。張溍《遺筆》又云:"癸丑十一月廿二日亥刻,對方庵庵《評閱杜詩》一過,兼采朱長孺《杜注》,疑難盡豁,此後但玩其妙境可也。"文中的"癸丑",即康熙十二年(1672),是年乃《讀書堂杜工部詩集注解》最終完稿的時間。在該本即將完成之時,張溍又采録了方拱乾評、朱鶴齡注,使得"疑難盡豁",可見朱注對其影響較大。檢張溍注本即可發現,其對朱注亦作了大量徵引,這些徵引爲該本增色不少。試舉一例:《夏夜李尚書筵送宇文石首赴縣聯句》一詩,張溍引朱注云:"題中宇文石首,即前宇文晁也。詩注或,即崔或也。公與或同在李尚書筵中送宇文石首,故有'宅相'、'令宰'等句。舊本俱作宇文或,誤耳。"按,此條注釋並非朱鶴齡所自注,乃是轉引其好友潘檉章《杜詩博議》之論。潘檉章作爲清初優秀的史學家,特别擅長對唐代人物的考證,其《杜詩博議》考證翔實精審,朱注徵引三十餘條,都頗爲精警。張溍對朱注中此類成果的吸收采納,有效地增加了該本的學術涵量。

　3. 獨具特色的杜詩評點

　　比之舊注過分追求對語詞典故的鈎稽而言,張溍注本更加重

---

　　① 李爽《清代〈錢注杜詩〉暗中流傳與突破禁毁考述》,首都師範大學2007年碩士學位論文,第5頁。

視對杜詩的評點。杜詩評點具有可以繞開繁瑣注釋的特點,有很大的主觀性、靈活性和獨立性,因而可以直接揭示詩旨,能夠對杜詩的思想藝術作深入的闡釋。概括起來,張潛的評點主要有以下幾個方面的特點。

(1) 對杜詩藝術技法的詳細分析

對杜詩具體藝術技法的評點,本來就是劉辰翁以來杜詩評點派之能事。從宋末的劉辰翁到明代的郝敬、郭正域、譚元春、鍾惺,再到清代的傅山、金聖嘆、王漁洋、李因篤、邵長蘅、吳農祥、姜宸英、何焯等人,歷代對杜詩的批點蔚爲大觀,其中對藝術技法的評點是其中一個重要的部分。張潛的杜詩評點中,對杜詩藝術技法的詳細分析,言簡意賅,頗爲恰切。如《後遊》"野潤煙光薄,沙暄日色遲",張潛曰:"'野潤'二句,言當日景,'潤'字從'薄'字看出,'暄'字從'遲'字看出,極細。"《後出塞五首》其一"少年別有贈,含笑看吳鈎"下評曰:"美人愛花,壯士愛劍,固是性情,亦有相期仗劍封侯之意。'含笑'二字下的妙!"《陪李金吾花下飲》頷聯"見輕吹鳥毳,隨意數花鬚",乃詩人春日陪李金吾花下飲時"自娛"之精細描寫,張潛評云:"此景無人拈及,往往摹景入細。"又如《柳邊》:"只道梅花發,那知柳亦新? 枝枝總到地,葉葉自開春。紫燕時翻翼,黃鸝不露身。漢南應老盡,霸上遠愁人。"張潛評曰:"'到地'、'開春',便是春夏景,'老盡'、'愁人',又通秋冬景。八句中抱感四時,妙在不露。"又如《涪城縣香積寺官閣》,張潛評曰:"玩詩意,則寺在山頂,閣在山腰。從寺下說起,俯仰一山,多少曲折,盡該八句中。寫景須如此,方有位置,方有次第。"評《寄張十二山人彪三十韵》曰:"詩有定格,亦無定格,如他人作山人詩,必總其品技,一處言之。此獨先叙其奉親高隱,次又舉其稱詩之工、經亂事親之孝詳言之,次又及其種種技藝,分作三層,有波瀾,有輕重,每段從山人收到自己,又極嚴緊。"這樣的評析的確深細,自非常人能到。

（2）揭示杜詩的藝術成就及其妙處

　　張溍之評多能揭示杜詩的藝術成就及其妙處，其評析有許多發人深省之論。如評《彭衙行》曰：“寫人所不能寫處，真極樸極，亦趣極，惟杜老能之。此詩無一字襲漢魏，却逼真漢魏，且有漢魏人不能到處。”評《寄彭州高三十五使君適、虢州岑二十七長史參三十韻》曰：“似悲似慰，亦羨亦嘲，流動變化之極，真大手筆。”評《寄李十二白二十韻》曰：“篇中叙太白快心事何等藻艷，傷心事何等愛護，真是情文兼至。”《春日憶李白》“白也詩無敵，飄然思不群”，張溍評云：“‘無敵’二字，千人辟易之狀，惟太白足以當之。”評《韋諷録事宅觀曹將軍畫馬圖歌》曰：“從畫馬及真馬，從真馬及時事，慨嘆無窮。”“風格之老，神韵之豪，針綫之密，可謂千古絶調。”評《八哀詩・故著作郎貶台州司户滎陽鄭公虔》曰：“公與鄭最善，故叙述情事無不曲盡。其爲鄭曲護受僞職處，只用一二語，尤見筆法。”又如《房兵曹胡馬》頸聯“所向無空闊，真堪托死生”，兩句極寫胡馬的氣概和品質，張溍評曰：“亦從來贊馬者所未及。”又評《戲作花卿歌》曰：“此詩語語警拔，妙處在能用虚設色，若據實鋪寫，安能有此奇情。”《留花門》“公主歌黄鵠，君王指白日”，借漢代和親事以諷誡唐與回紇通婚事，張溍評云：“二語括盡一時要結之醜”，“包遠嫁含悲，專倚深結之耻，説來妙在渾然。”《麗人行》“態濃意遠淑且真，肌理細膩骨肉匀”，兩句寫盡曲江遊春麗人天姿之妙，張溍評云：“人所累語道不出者。”《兩當縣吴十侍御江上宅》的開頭云：“寒城朝煙淡，山谷落葉赤。陰風千里來，吹汝江上宅。鶗鴂號枉渚，日色傍阡陌。”張溍評曰：“開手即寫慘澹之景，遷客憂危寂寞行徑俱已傳出，是寫景，是寫情。”這些評語目光敏鋭，切中要害，往往能夠揭示杜詩的高妙之處。

　　統觀張溍的評語，多眼光獨到，切中肯綮，對於揭示杜詩的藝術規律和藝術成就具有重要的參考價值。雖然有些評點顯得過於泛泛，甚至還有一些明顯的失誤，但是其取得的成就畢竟是主要的。

（3）對杜詩拙劣處的直率批評

值得指出的是，張溍之評並非都是對杜詩的贊譽，其中也有很多直率批評，表現了較爲客觀的態度。張溍認爲，並非每首杜詩都佳，也有很多率筆、晦筆，不必爲之避諱。如其評《九日曲江》"江水清源曲，荆門此路疑"句云："杜詩有晦拙處，即解出，亦不佳。"評《劉九法曹鄭瑕丘石門宴集》"華筵直一金"句云："是杜詩俚拙處，不必爲諱。"評《雨》（"山雨不作泥"首）云："錯雜無篇法，而佳句多，蓋公暮年隨觸而發，不暇鍛煉耳。"評《鄭駙馬宅宴洞中》"誤疑茅堂過江麓"句曰："難解。"評《故武衛將軍挽詞三首》其二"銛鋒行恢順"句曰："滯句。"正因爲有這樣的認識，張溍對那些尖銳的批杜之論亦能采録，如清初申涵光《説杜》中常以"俗套"、"冗薄"、"俚俗"、"板拙"等語批評杜詩，表現了較爲直率的態度，因而該書在此後尊杜氛圍日益濃厚的清代杜詩學界遭到貶抑，以致最終散佚。而張溍却對申涵光之論徵引較多，表現了通達的觀念，這一點正是過分尊杜的杜詩注家不可能做到的。

4. 對杜詩章法結構的詳解

張溍與金聖嘆爲同時人，其解杜中對杜詩段落章法、轉承照應處頗爲重視，從中可見時代風氣的浸染。如《杜位宅守歲》："守歲阿戎家，椒盤已頌花。盍簪喧櫪馬，列炬散林鴉。四十明朝過，飛騰暮景斜。誰能更拘束，爛醉是生涯。"張溍評曰："首二句已盡題，次言其賓朋與馬、燈火之盛，下四句一氣轉出，因年華遲暮，而以醉消遣，又合守歲。"又如《夜》："絶岸風威動，寒房燭影微。嶺猿霜外宿，江鳥夜深飛。獨坐親雄劍，哀歌嘆短衣。煙塵繞閶闔，白首壯心違。"張溍評曰："二聯承首句，因風發，故鳥棲不定，猶飛也。第三聯承次句，甯戚飯牛，歌'短布衣不及骭'，言貧也，便引起末句意。"《人日二首》其二："此日此時人共得，一談一笑俗相看。樽前柏葉休隨酒，勝裏金花巧耐寒。佩劍衝星聊暫拔，匣琴流水自須彈。早春重引江湖興，直道無憂行路難。"張溍評曰："此詩前四句起，後四句又於各四句中自相起伏。首二句承五言來(指其一)，次聯即承首聯，第三聯又喚起結聯也。次聯正寫談笑相看，三聯劍佩、琴匣，乃公之行色，杜詩如此處最難解，最要細看。"《暮春陪李尚書、李中丞過鄭監湖亭泛舟得過字韻》："海内文章伯，湖邊意緒多。玉樽移晚興，桂楫帶酣歌。春日繁魚鳥，江天足芰荷。鄭莊賓客地，衰白遠來過。"張溍評曰："'文章伯'，謂李尚書、中丞，'意緒多'，謂分韵賦詩也。第二聯紀泛舟之樂，第三聯寫湖亭之勝，末句又點及鄭監及己，綿密之極。"可見，張溍對杜律起承轉合結構的分析，多細緻而恰切，這非常有助於深入認識理解杜詩"以文爲詩"的藝術特色。此外，張溍還非常注意杜甫排律在章法結構上不作平鋪直叙，而是曲曲折折，變化多端，極盡舒卷蜿蜒之勢。其於《秋日夔府詠懷奉寄鄭監審李賓客之芳一百韻》評曰："忽自叙，忽叙人，忽言景，忽言情，忽紀事，忽立論，忽述見在，忽及已前，皆過接無痕，而照應有法。"評《贈王二十四侍御契四十韻》云："排律似此，卷收舒放，一一如意，具有仙氣。"在評析杜甫古體時，張溍往往將杜詩章法與史傳古文進行對比，來揭示杜詩脉絡及筆法。如評《高都護驄馬行》云："前八句大概説，後兩段就上文細言之，此法《史記》多有之。"這些評論對理解杜詩的藝術法則及藝術淵源是很有啓發意義的。

另外，張溍特別重視杜詩組詩的連貫性，對組詩一般都逐首作解，並總論其詩旨及相互間的照應關係。他尤其反對割剥離析，認爲那樣會影響到對組詩主題、脉絡及藝術特色的認識。只有對組詩"合而觀之"，才能真正領會作者用意。如其論《洞房》等八詩云："凡杜詩有數首，一首一句未明，須連數首合看便解，此八首是也。余看《春秋》，亦用此法。"評《後苦寒行二首》曰："合前、後《苦寒》四首觀之，用意用筆轉換，有一首重否？可悟詩文活法。"評《人日二首》曰："杜詩中有詩體不同而前後照應者，此二首是也，只是一真字。後人即一體尚自矛盾，況是兩體？"又如《題張氏隱居二首》一首是七律，一首是五律，張溍指出："此首（"之子時相見"篇）意皆七言所無，七言是日斜初來，五言是晚留共飲。前首'出'字，此首'歸'字，二詩共成起結，删一首則其義不全，是知杜詩次第不宜亂，又宜通看。"評《秋野五首》曰："五首只如一首。"評《課小豎鋤斫舍北果林枝蔓荒穢淨訖移床三首》云："三首一章言僻野雲高，二言曉晴日出，三言日暮光寒，此叙景之章法也。一章言無心，二言隨意，三言徘徊，此叙情之章法也。一章言隱几而卧，二言吟詩而坐，三言倚杖而立，此叙事之章法也。一章以山雉、江猿自喻，二以人面、馬蹄自警，三以魚食、鳥來自適，此叙意之章法也。細玩三詩，有漸入漸深、極參差、極整齊之妙，詩者知此，自不患叠床架屋矣。"張溍此論雖是出於明代汪瑗《杜律五言補注》①，然比之汪瑗的分析更加細緻全面，對理解組詩的章法是頗有助益的。

5.《讀書堂杜工部文集注解》對杜甫文賦的解評

宋代雖有"千家注杜"之勝，然而對於杜文的關注却一直較少。南宋吕祖謙是最早對杜文進行注解之人，他著有《吕東萊注杜工部三大禮賦》，錢謙益《絳雲樓書目》、錢曾《述古堂書目》均予著録，《錢注杜詩》中也進行了徵引。然而吕氏僅注釋了《三大禮賦》，並未對全部杜文進行注解。吕祖謙之後，對全部杜文的整理箋釋一直是一段空白，相對杜詩注釋的興盛而言，杜文的注解一直處於被冷落的狀態，直到清初朱鶴齡《杜工部詩集輯注》的出現，才初步改變了這種面貌。朱鶴齡不僅將全部杜文進行了詳細校對，而且全部進行了注釋，其於《輯注杜工部集·凡例》中云："子美文集，惟吕東萊略注《三禮賦》。余因爲廣之，鈎貫唐

---

① 汪瑗《杜律五言補注》卷四，明萬曆四十二年（1614）新安汪文英刻本。

史,考正文義,允稱杜集備觀。"①這對於杜詩學的發展而言,其開拓意義確實非同小可。張溍《讀書堂杜工部文集注解》雖然參考了朱注,然其並不能正確理解,故張溍的文賦注釋最爲淺陋,其水準遠不及朱注。如《唐故德儀贈淑妃皇甫氏神道碑》中記載了皇甫淑妃卒後,其女臨晉公主云:"自我之西,歲陽載紀。"朱鶴齡對此注釋得相當詳細,他指出皇甫淑妃卒於開元二十三年,至天寶四載,杜甫方受臨晉公主之夫鄭潛曜之托作此文,所謂"歲陽載紀"是指過了十年而言。然張溍却評曰:"然此釋終未甚明。"既然對如此清楚詳細的注釋尚不能搞明白,那麽指望他能對杜文進行正確深入的理解肯定也是一種奢望了。

不過張溍在朱注的基礎上,對杜甫文賦的藝術成就和藝術特色進行了解評,這些解評對全面瞭解杜甫的文學成就極爲必要。如張溍評《封西嶽賦》曰:"亦典亦真,文情兼至。登封頌功中,藏諷諫正義尤難,子美真君子也。"評《封西嶽賦序》曰:"此序逼真漢人,宜公每以相如、枚乘自命。"又如評《進雕賦表》曰:"古茂雅令,逼真漢文。至其立言有致,令人千載下想其風流。"《祭故相國清河房公文》一直被後人視爲杜甫最出色的祭文,張溍評曰:"時含時露,用意婉至,此少陵第一首文。蓋人遇知己,其情既篤,則其文自佳。房次律建分王帝胄之議,爲祿山所畏,公深推慕。復以救琯左遷,乃生平最大之事,故此文亦生平最得意之文。"《唐故德儀贈淑妃皇甫氏神道碑》語言富贍雅麗,張溍譽之曰:"莊重周悉,雖有駢辭,無傷於體。漢志銘多用對句,正復相同。末記鄭駙馬以碑見托,有精彩。古人作一文,必著來歷,則其不輕見諸可知矣。"評《唐故萬年縣君京兆杜氏墓志》曰:"誰能叙閨中事,入如許深致語? 少陵之文,本自過人,反以詩掩。"評《唐興縣客館記》曰:"以質見姿,

① 朱鶴齡《杜工部詩集輯注》,清康熙九年(1670)金陵葉永茹萬卷樓刻本。

似拙似滯,而有古致,總不欲墮流利尖巧一家。"評《東西兩川説》曰:"文之紆古,似斷似續,酷肖《西京》。"評《前殿中侍御史柳公紫微仙閣畫太乙天尊圖文》曰:"能暢老氏之學,每於生處拙處見致,此亦少陵所獨。"不僅如此,張溍對杜詩的序文亦多加點評,如評《假山詩序》曰:"叙古拙而曲盡情事,後人不能及,亦不能知。"評《課伐木詩序》曰:"小序以拙而真入妙! 此等筆力,豈有不能古文者!"

　　由上可見,張溍之評,對杜甫文賦的思想内容、淵源承繼、風格特色、藝術成就多方面都有涉及。此後的注本中,凡是涉及杜文的解評,無不徵引其説,這顯示了張溍《讀書堂杜工部文集注解》的價值。同治十一年(1872),四川總督吳棠重刻楊倫《杜詩鏡銓》時,首次將張溍《讀書堂杜工部文集注解》二卷附刻于《杜詩鏡銓》之末,是爲望三益齋刻本。此本之翻刻爲數衆多,流播極廣,張溍《讀書堂杜工部文集注解》附翼于楊倫《杜詩鏡銓》,乃得以化身千億,早已不脛而播於海内。然而讀者多不察此《杜文注解》並非楊倫所注,乃是原封不動地搬用張溍之注。

　　6.《讀書堂杜工部詩集注解》的傳播及影響

　　張溍《讀書堂杜工部詩集注解》對後世影響頗大,仇兆鰲《杜詩詳注》、吳瞻泰《杜詩提要》、沈德潛《杜詩偶評》等書均徵引頗多。不過《四庫全書總目》謂張溍《讀書堂杜工部詩集注解》一書:"以《千家注》爲本,而稍節其冗複。凡稱原注者,皆千家注。每詩下評語及圈點,則溍所增入也。自稱起己丑、迄癸丑,閲二十四寒暑,五易稿而成。其用功甚勤,然多仿傍舊文,尚未能獨開生面。"[①]四庫館臣所謂的"多仿傍舊文",當是指張溍《讀書堂杜工部詩集注解》於每詩最後載録之"原注"(即千家注)。至於張溍注本中大量采録舊注的原因,張榕端在"先大夫批注杜集卷末遺筆"後的《附記》中

―――――――――

① 　永瑢等《四庫全書總目》卷一七四,第1533頁。

解釋道:"許君所輯原注,亦皆經丹墨勵黜,稍節複冗,仍存之以志不忘。海内不乏鉅眼,定能知評繹苦心也。"然而四庫館臣似乎過分關注該本對舊注的依傍,而未看到張潣評解中的真知灼見,以一眚掩大德,完全抹煞了張潣注解的成就,因而是不公允的。周采泉《杜集書録》即爲張潣鳴不平曰:"《四庫》既不存書,於存目中又深貶之何耶?"①

　　道光二十四年(1844)刊刻的范蓁雲《歲寒堂讀杜》二十卷,即據張潣注略作改動而成。該書末有錢泳跋,指出《歲寒堂讀杜》"采集東澗(錢謙益)、滏陽(張潣)二家之説居多,而間亦參以己意"②。實則該本編次一仍張潣《讀書堂杜工部詩集注解》,只是張本總目録置之書前,范本則分卷列目而已。注釋文字亦照録張本,幾至一字不易。所不同者,只是較張本略有删減。特別是張本詩後所附許自昌本"原注"文字,如《遊龍門奉先寺》,照抄張本,唯將"首句點明日間遊覽"之"日"字改爲"晝"字,又删去"原注"下文字。《望嶽》詩,張本原作"齊魯一句,見岱之大",范本則誤抄爲"齊魯二句,見岱之大"。《贈李白》(五古)除照抄張本外,唯增"大藥有資,所謂'君身有仙骨'耳",以釋"苦乏大藥資"句,可謂文不對題。范本除照抄張本外,亦抄襲他人文字,而不注明。如《登兗州城樓》較張本僅多出"壯闊深厚,俯仰具足,此爲五律正鋒"一段文字,或以爲范某己見,實則一字不移照録許昂霄語。此類甚多,不勝枚舉。洪業《杜詩引得序》云:"道光甲辰1844,嘉興范玉琨吾山刻其父蓁雲楞阿之遺稿《歲寒堂讀杜》二十卷,此只是張潣之書而更删去張氏所留許(自昌)本之原注,中間偶見數處微删改張氏評語,未見其佳;嗚呼著書如此,而有子刻之,豈足以爲其父榮哉?"③周采泉《杜

①　周采泉《杜集書録》,第 196 頁。
②　范蓁雲《歲寒堂讀杜》,清道光二十四年(1844)蘇州范氏後樂堂刊本。
③　洪業《杜詩引得序》,第 70 頁。

集書録》評《歲寒堂讀杜》云：“此書係刪改張溍《讀書堂杜詩注解》而成，偶然竄易原評數點，僅爲自課之資，原無問世之意。……經編者與《讀書堂》本逐一校核，太半出於剽竊。”①《歲寒堂讀杜》卷末錢泳跋云：“宋元以來，讀杜者不一其家……國朝則有東澗老人暨滏陽張氏、梁谿浦氏三家箋釋最精，實能疏瀹決排諸家之踳駁者。”令人奇怪的是，張溍、吴廷颺等人在此書序跋中却大加吹捧，如張溍《序》云：“先生讀之萬遍，研以十年，鑿險縋幽，攝魂取魄。……可不謂妙到毫端，神來筆下，注家巧匠，詩史功臣也乎！後之覽者，幸毋忽諸。”吴廷颺《序》云：“得逐句讀之，各本校之，乃知先生之存録舊注舊評之精也，增注增評之當也。凡所增者，皆舊注未有，而知先生史事之熟也，學問之博也；凡所評者，皆舊評所未及，而知先生論詩之嚴也，説詩之妙也。”實在是諂諛之至。周采泉曾將范輦雲《歲寒堂讀杜》對張溍《讀書堂杜工部詩集注解》的抄襲和紀容舒《杜律詳解》對顧宸《辟疆園杜詩注解》的抄襲列爲清代杜詩學史上兩大剽竊案，其云：“紀容舒和范輦雲本人原想摘鈔兩書以自學、自賞，可能並無欺世盜名之心，可是兩位‘哲嗣’，意欲顯親，把它當作其父著作，公之於世，騰笑士林，求榮反辱。”②不管怎樣，《歲寒堂讀杜》的出現還是從一個側面説明了張溍《讀書堂杜工部詩集注解》所産生的巨大影響。其實范輦雲《歲寒堂讀杜》並不是唯一的抄襲張溍之作，咸豐時顧淳慶之《杜詩注解節鈔》亦張溍注解本之節選。然此書於書名下小字注明“張上若先生讀書堂本”，這和《歲寒堂讀杜》的公然剽竊當然是不可同日而語的。

　　洪業《杜詩引得序》謂近代德國人薩克（Erwin von Zach）譯杜

---

①　周采泉《杜集書録》，第 252 頁。

②　周采泉《對當前杜詩校注的管見》，《中國韻文學刊》1988 年增刊第 2 期，第 3 頁。

詩爲德文,即據張溍《讀書堂杜工部詩集注解》爲底本①。洪氏所謂薩克,即德國漢學大家埃里温・里特・馮・察赫(Erwin Ritter Von Zach)。在二十世紀二三十年代,察赫以張溍《讀書堂杜工部詩集注解》爲底本,將杜詩全部譯成德文,陸續刊載於《東方雜志》《德國勇士》《中國學志》《華裔學志》等雜志。王麗娜指出,察赫的這一浩大翻譯工程受到東西方學界的普遍重視與高度評價,後來美國著名漢學家海陶瑋(Hightower)將察赫的杜詩譯文作了修訂補充,命名爲《杜詩全譯》,1952 年由美國坎布里奇哈佛大學出版社出版,列爲"哈佛燕京研究院叢書第八種"②。因此張溍《讀書堂杜工部詩集注解》是清代杜詩全集箋注本中唯一產生重要海外影響的注本,爲杜詩在國際上的傳播作出了卓越貢獻,這無疑是一項非常值得自豪的榮譽。

(六) 張遠《杜詩會稡》

張遠(1632—?),字邁可,號梅莊,又號雲嶠,蕭山(今屬浙江)人。康熙二十一年(1682)51 歲方以貢生赴廷試,12 年後始選縉雲縣教諭。朱彝尊《曝書亭集》有詩《送遠之桂林》,即送張遠也。其詩格得法於毛奇齡,故風格相似,著有《張邁可集》(含《雲嶠集》一卷、《蕉園集》一卷、《梅莊詩文集》二卷)以及《昭明文選會箋》《李太白詩箋》《詩韵存古》《北曲司南》《易經本義發明》《詩經析疑》等。生平事迹見鄧之誠《清詩紀事初編》卷七、《清詩紀事》康熙朝卷。

《杜詩會稡》二十四卷,有康熙二十七年(1688)有文堂刊本。計詩二十三卷,賦一卷。收詩 1 432 首,附他人唱酬詩 11 首,賦 6

---

① 洪業《杜詩引得序》,第 69—70 頁。

② 王麗娜《杜甫詩歌在歐美》,張忠綱主編《杜甫研究論集：世紀之交杜甫國際學術研討會論文集》,香港天馬圖書有限公司 2002 年版,第 626—652 頁。

篇。是書名曰《會粹》，蓋取兼采眾家之義。雖曰兼綜諸書，而實以錢謙益箋注、朱鶴齡輯注爲主。其"凡例"云："少陵詩注不下百家，得朱長孺而備美，然滲軼尚多，止窺半豹，兹更詳爲采奪，庶不至挂一漏萬。錢虞山箋注以唐史證唐事，當日情事畢見，然多牽合附會，取其確切者著於篇。"其援引注釋，幾乎全引舊籍，範圍甚廣，以證杜詩"無一字無來處"之説。其編纂特點，則在於長篇分段，略述大意於各段之後，最後對全詩稍作總説及簡評，使讀者一覽了然，眉目清晰。是書一出，頗得時譽。毛奇齡贊曰："此書出，詩説爲一正矣。"①王琦《李太白全集自序》稱《杜詩會粹》爲"勝於昔人"而"後來居上"的注本。仇注對該本徵引頗多，並在《杜詩詳注·凡例》中云："張遠之《會粹》，搜尋故實，能補舊注所未見。"而《四庫全書總目》則謂："是書采諸家之注而成，故曰會粹。其分析段落，訓釋文意，頗便初學。然不免尊行數墨。詩依年譜編次，與諸本互有異同，考核亦未爲詳審。"②

（七）湯啓祚《杜詩箋》

湯啓祚（1635—1710），字迪宗，一字滋人，寶應（今屬江蘇）人。諸生。卒年七十六。著有《春秋不傳》十二卷、《杜詩箋》十二卷、《删剩文稿》二十卷、《删剩詩稿》二十四卷、《删剩詩文續稿》十六卷。生平見《重修寶應縣志·文苑傳》、張惟驤《疑年録彙編》卷九。

《杜詩箋》十二卷，係舊抄本，無序跋，無凡例。卷前有"總目"，分列每卷詩體、收詩數。各卷分列目録，分體後又以編年爲序，計收五古 285 首，七古 143 首，五律 629 首，七律 151 首，五排 131 首，附聯句 1 首，七排 6 首，五絶 31 首，七絶 107 首。共箋全部杜詩1 457 首。每卷次下署"寶應湯啓祚滋人氏著"。詩正文後即湯氏

---

① 毛奇齡《西河詩話》卷六，《西河文集》，《清代詩文集彙編》本，第 89 頁。
② 永瑢等《四庫全書總目》卷一七三，第 1533 頁。

之箋語,統低一格,均標"箋曰",其體例甚異,無一注語,亦不引録前人諸家語。箋語通篇以四字爲句,連綴成文,撮述全詩大意,於復述之中間或加以評論。如《聞官軍收河南河北》,湯曰:"薊北之復,望眼幾穿。劍外忽聞,喜極先痛。還看妻子,隨卷詩書。即想還鄉,放歌縱酒。巴巫穿出,襄洛經過。預擬程途,無非志喜。"每篇詳略不等,最略者僅四句,最詳者,如《秋日夔府詠懷》,原詩五言100韻,200句,1 000字。而湯氏之概括復述則長達四言318句,1 272字,亦堪稱宏篇巨製矣。雖不無警語,但篇篇如是,頗嫌形式板滯枯燥,且時有曲解原意處。如《曲江二首》其二:"朝回日日典春衣,每日江頭盡醉歸。酒債尋常行處有,人生七十古來稀。穿花蛺蝶深深見,點水蜻蜓款款飛。傳語風光共流轉,暫時相賞莫相違。"本作於杜甫因疏救房琯而被肅宗冷落之後,詩人因苦悶無法排遣才有及時行樂之語,王嗣奭即指出此詩是"以憂憤而托之行樂者……雖有一官,而志不得展,直浮名耳,何必用以絆此身哉?不如典衣沽酒,日遊醉鄉,以送此有限之年而已"①。而湯氏箋曰:"及時行樂,莫酒爲良。勿惜典衣,生年難恃。蜻蜓蛺蝶,江上風光。終日可人,且圖暫賞。"便只是就字面意思泛泛解釋,未能理解詩中所表現出來詩人當時的苦悶心境。然而不管怎樣,於此書中足見湯氏用心揣摩之勤,語言表達能力之深。湯啓祚《杜詩箋》被鄭慶篤等《杜集書目提要》著録於民國刊鄭杲《杜詩鈔》之後,顯係失考②。以作者生卒考之,此箋當成於康熙四十八年(1709)以前,比仇注略早。而在清初就出現了如此體例、風格獨特的杜詩全集串講本,一方面説明杜詩學興盛狀況與文人對杜詩的熟悉程度,另一方面也可考知清初杜詩初學讀本的形式,對瞭解杜詩普及本的前後發展脉絡都具有極大的參考價值。是書未曾刊梓,又有臺灣

---

① 王嗣奭《杜臆》卷二,第65頁。
② 鄭慶篤等《杜集書目提要》,第267頁。

大通書局 1974 年據舊抄本影印之《杜詩叢刊》本。《販書偶記續編》著録。

(八) 周篆《杜工部詩集集解》

周篆(1642—1706),字籀書,號草亭,松江(今屬上海)人,後徙南潯、華亭、吳江,最後僑居丹徒(今江蘇鎮江)。私淑顧炎武,一生未仕,雅好遊歷,著有《草亭先生集》、《蜀漢書》八十卷等,生平事迹見周篆之子周廉、周勉編《草亭先生年譜》(《草亭先生集》卷首)及袁景略《國朝松陵詩徵》、鄧之誠《清詩紀事初編》卷一小傳。

《杜工部詩集集解》四十卷,因周篆一生窮困潦倒,此書始終未能刊刻。現僅有抄本傳世,藏於中國科學院圖書館。《集解》雖然流傳不廣,但對它還是頗有好評的。蔣衡在《草亭先生傳》中説:"又著《杜詩集説》二十卷,大要以法脉爲先。法脉之説唯初盛唐諸公爲能具之,唯先生能得之。其披簌導隙,字句篇章,無模糊影響之患,開闔承轉變化錯綜,沈鬱頓錯之法犂然在目。中晚以降,歷宋、元、明之爲詩者,曾未語此。"認爲用法脉説詩不僅能確切闡明詩意,而且還能抓住杜甫作詩之法。比周篆稍晚一點的著名經學家惠棟在跋《杜工部詩集集解》時説:"本朝注杜者數十家,牧齋而下,籀書次之。滄柱以高頭説約之法解詩爲最下矣!"言外之意仇注是不如《集解》的。是書以編年爲次,雖曰集解,並不羅列他書他人之注釋評論,雖免於廣徵博引之繁蕪,但前人舊説及本人自解,難以分辨。該書以解爲主,兼有注評。於每詩之後,或串解詩句,或章段分析,或注釋評論,總納於一段行文之中,不面面俱到,不拘一格,簡明扼要,頗便初學。關於此本,有王學太《周篆和他的〈杜工部詩集集解〉》一文[①],考論甚詳,以下所論多參之。

周篆十分注重考訂杜甫傳和編製杜甫年譜,寫了《考定二史杜

---

① 王學太《周篆和他的〈杜工部詩集集解〉》,見《學林漫録》十二集,中華書局 1988 年版。

甫傳》一文，糾正了新、舊《唐書》的許多錯誤，對杜甫的生平作出準確的描述。周篆認爲："他人之詩，或可類分，而杜甫斷宜以年爲次，蓋論其世，可以知其詩也。"他的《杜甫年譜》總結了宋、元、明以來的研究成果，並且糾正了他們的一些錯誤，如杜甫與李白訂交，宋人年譜多定於開元年間，這就導致杜甫一些贈李白詩編年的混亂，而周篆編在天寶初年李白從長安放歸後，這是符合實際的。又如周篆在《杜甫年譜》中記述了杜甫在天寶十四載末從長安往奉先、天寶十五載五月自奉先往白水、六月自白水往鄜州的一系列的行踪，而宋人年譜便沒有如此詳細。

　　《集解》之前有總論性質的《杜詩逸解》，表達了周篆對杜詩的總的認識。他認爲讀杜、論杜都要抓住要領，而這要領就是法脈。關於法脈，其云："所謂法者，非僅僅首尾呼應而已，必前後貫穿，氣脈流通，有起伏而無斷續，有層次而無顛倒，有逆折而無齟齬，有伸縮而無脫略。自宋以前，莫不皆然。惟近代詩家，或逐調循聲，或雕聯琢句，法脈一道，不復顧問，遂至斷梗飛灰，飄零滿紙。"他又進一步闡述曰："法脈者何？經營於未舉筆之先，則如兵家廟算，不俟兩軍相當，而後謀之者也。會通於既舉筆之後，則如兵家之自卒而伍，自伍而隊，上而至於裨將，又上而至於大將，無不心相輸，意相洽，氣相感，命之然而然，不命之然而無不然者也。"這裏講法脈從現象上看，很像詩文的篇章結構，實際上是指創作前在靈感支配下的構思過程及其在創作中的構思的實現過程。周篆還很重視杜甫的組詩，他認爲杜甫的組詩中，章與章之間還是有關係的，他稱之爲"章法"。他説："詩至二首以上，莫不有前後起伏，開闔呼應，所謂章法也。"因此，他反對選家對杜甫的組詩任意去取，如《秋興八首》而取其四，《後出塞》五首而删其四，這樣做都是不理解杜甫組詩之間的内在聯繫。

　　《集解》爲編年體，卷一由《望嶽》開始，每卷之前都標明此卷何時何地而作，對長詩注重分段，每段都加以解説。書中多引朱鶴齡説，偶爾也引黄生説。此書偏重"解"，即解明詩意，與《仇注》的注、解、評並重不同。這與周篆對杜詩的理解有關。他不同意宋人提出的影響頗大的杜詩"無一字無來處"説，而且他認爲詩的好處也不在這裏。他在解《登兖州城樓》時説："'東郡'，東方之郡，引《漢志》者非。凡驅公詩以就古地、古事、古語者，其誤往往如此。偶爲拈出，後不具辨。"這是一種通脱的做法。也就是説杜甫寫"東郡趨庭日"時未必就想到《漢書》的説法，注出東郡出處，對理解杜甫詩意也毫無幫助，因此《集解》就不爲杜甫用的一些字辭尋根溯源。在用典問題上周篆説："杜詩之不可及與不易解者，不在典故，而在神理，但將前後文義消息，則不可及與不易解者莫不豁然在目。彼以字字有來歷，爲公引重，猶以多能窺聖人耳。"（《過宋之問員外舊莊》注）這是與《仇注》的不同之處。《仇注》對杜詩字辭典故來源出處，不厭其詳地徵引，像《兵車行》的"耶孃妻子走相送"都要徵引《木蘭辭》的"不聞耶孃哭子聲"，不僅大可不必，這也説明了仇兆鰲對杜甫創作時的心境並無深刻的理解，周篆的這些批評未必不是針對仇兆鰲的。周篆在注解杜詩時偏重疏通句意，不事穿鑿，因此謬誤較少，比較符合杜詩的本來面目。如解釋《送高三十五書記》："此傷高之失志，不得已而爲翰書記也。夫以翰之好事喜功，而高甘心相從，且有飛揚踴躍之意者，以久困於簿尉耳。或以爲幸高之得脱簿尉，非。"就很通脱簡要，像這樣的例子還有很多。

（九）仇兆鰲《杜詩詳注》

1. 仇兆鰲生平

仇兆鰲（1638—1717），原名從魚，字滄柱，晚號知幾子、章溪老叟，人稱甬上先生，或稱仇少宰，鄞縣（今屬浙江寧波）人。康熙二十四年（1685）進士，選庶吉士，散館授編修。四十三年，仇氏已六十七歲，以呈進所撰《杜詩詳注》而受知康熙帝，遂命總裁纂修《方輿程考》，升授翰林院檢討。歷侍講學士、侍讀學士、内閣學士、禮部侍郎、吏部侍郎、翰林院學士等職。少從黃宗羲遊,論學以蕺山爲宗。及貴,李光地、陳廷敬、張玉書皆在内廷,相與講貫,益以理學自任。著有《參同契集注》《四書説約》等。生平事迹詳《國朝耆獻類徵初編》卷六二小傳、仇氏自編《尚友堂年譜》。

2.《杜詩詳注》的成就與不足

《杜詩詳注》又名《杜少陵集詳注》,凡二十五卷,130 餘萬言,乃仇氏殫 20 餘年之精力,廣搜博采,潛心研討,幾經增補而成。爲一卷帙浩繁、資料豐富、帶有集注集評性質的鴻篇巨製。該書詩文分列,卷一至卷二十三爲詩,凡 1 439 首,末二卷爲文賦。以編年爲次,而編年又以朱鶴齡所編《杜甫年譜》爲主,略有增益。其書體例,詩題下先指明作詩時地,後解釋詞語及全詩諸問題,詩文之下,先釋大意,字句串解,亦時有評論發揮。其於詞語注解尤爲詳盡,廣徵博引,務求其出處由來,盡力搜求前人及當世注家之見解,援引所及不下百家,而以趙次公、黃鶴、王嗣奭、錢謙益、朱鶴齡諸家爲最多。詩之長篇則分段注釋,至全詩終了再行總述。注解詮釋之後,又輯録各家評論,凡前朝、時人之別集、雜著、詩話、筆記中涉及杜詩之評論,一一列舉,極有助於對杜詩的理解。該書之附録,如諸家論杜、諸家詠杜、杜集諸本之序跋等,資料亦極豐富,頗具參考價值。《四庫全書總目》謂《杜詩詳注》"援據繁富,而無千家諸注僞撰故實之陋習,核其大要,可資考證者爲多"。實爲杜詩注本的集大成之作。其注釋之精當,析理之透闢,占有資料之豐富完備,爲其他諸本所遠不及。有多種有關杜詩的前人著述,原書已佚,而賴此書引録而得以存其片段。其章句分析亦周詳深闢,頗中詩的。

仇氏注解主要側重於兩個方面,即所謂"内注解意"和"外注引古"。關於内注,仇氏云:"歐公説《詩》,於本文只添一二字,而語意豁然。朱子注《詩》,得其遺意。兹於圈内小注,先提總綱,次釋句意,語不欲繁,意不使略,取醒目也。"這實際就是增字串連原文、使原本跳躍的語意連貫通達的串講方法,這是仿照朱熹《詩集傳》

的做法。如《羌村三首》之一：

> 崢嶸赤雲西，日脚下平地。柴門鳥雀噪，歸客千里至。妻
> 孥怪我在，驚定還拭泪。世亂遭飄蕩，生還偶然遂。鄰人滿墙
> 頭，感嘆亦歔欷。夜闌更秉燭，相對如夢寐。

仇注云："此記悲歡交集之狀，家人乍見而駭，鄰人遥望而憐，道出
情事逼真。後二章，俱發端於此。亂後忽歸，猝然怪驚，有疑鬼疑
人之意。偶然遂，死方幸免；如夢寐，生恐未真。司空曙詩'乍見翻
疑夢，相悲各問年'，是用杜句；陳後山詩'了知不是夢，忽忽心未
穩'，是翻杜語。"此詩看似極樸素平淡，但其平淡中充滿著深沉而
又複雜的感情，仇氏所注對詩意領會很深，甚至對此詩在後世的影
響亦加關注。除了詩意的串解講疏之外，仇注另一部分主要内容
是編年考證與注明典章故實，亦即"外注引古"。《杜詩詳注》的作
品繫年參酌各本異同，釐定先後次序，糾正了前人的一些錯誤，但
也存在許多問題。如大曆五年之《寒食》詩，明明肯定作於清明前
一日，仇氏却編在《清明》後十幾首，實在令人費解。

　　洋洋巨著，疏漏之處，實亦難免。《杜詩詳注》最大的不足之
處，乃是因其力求詳備，囿於杜詩"無一字無來處"之說，而生繁瑣
冗遝之弊。另外，援引他書時誤記錯引、舛謬疏略之處尤多。後出
的注本如浦起龍的《讀杜心解》、楊倫的《杜詩鏡銓》，對仇注均作
過補充和糾正。清人施鴻保所著《讀杜詩説》駁難仇注，不遺餘力，
其《自序》云："初讀之（指仇注），覺援引繁博，考證詳晰，勝於前所
見錢（謙益）、朱（鶴齡）兩家。讀之既久，乃覺穿鑿附會冗贅處甚
多。……訓釋字句，又多籠侗不晰語，詩意並爲之晦。間附評論，
亦未盡允，甚有若全未解者。"①施氏對具體詩句的見解，不一定都

---

① 　施鴻保著、張慧劍校《讀杜詩説》，上海古籍出版社 1983 年版，第 1 頁。

較仇注爲長,但畢竟指出了仇注不少疏誤,其中不乏精辟的見解。

　　3. 當代學者對仇兆鰲《杜詩詳注》的研究

　　今人傅庚生、徐仁甫、鄧紹基諸人亦對仇注匡正補苴,發表過很多寶貴的意見。許永璋《略評〈杜詩詳注〉》一文,對仇注進行了研究和評價,指出它的三條優點:博采諸家注釋、廣集歷代名家評論、分類以示詩法。又指出它的三條缺點:儒家思想之牢籠、忠君思想之强制、詩史美稱之拘泥①。評論切當,但有個別觀點失之偏頗,如對元稹《杜工部墓係銘》的評價。李壽松《略論〈杜少陵集詳注〉中的問題》②,指出仇注六類缺點:一、援引失實;二、當注不注;三、自相矛盾;四、曲解牽合;五、注釋籠統;六、錯解詞義。蔣寅《〈杜詩詳注〉與古典詩歌注釋學之得失》③,指出《杜詩詳注》在注釋中存在着畫蛇添足、附會典故、隔靴搔癢、不明出處、引而不釋、注語不注典、誤指典故、引而不斷、該注不注、割裂原文等項失誤。還有許多論著對仇注誤引誤注提出糾正,或對其箋注未及之處予以補正的。如譚芝萍著《仇注杜詩引文補正》(西南師範大學出版社 1995 年版)一書認爲,仇注以其廣徵博引、集衆家之説而又不失己見的特點,確定了自己在杜詩學史上的重要地位,成爲杜詩研究者和愛好者手邊不可或缺的本子,但其中存在的問題也不少,值得今之讀杜詩者深研而慎補。據著者粗略統計,仇注徵引古籍總計一百多部,引注萬餘條,其中引注最多的是兩《漢書》,計引注近八百次;其次是《詩經》,引注近四百次;引注二百餘次者,有《史記》《左傳》《楚辭》《莊子》《晉書》等;曹植、陶淵明、謝靈運、謝朓、鮑

---

　　①　許永璋《略評〈杜詩詳注〉》,《社會科學》1984 年第 1 期。

　　②　李壽松《略論〈杜少陵集詳注〉中的問題》,《文學遺産增刊》十六輯,中華書局 1983 年版。

　　③　蔣寅《〈杜詩詳注〉與古典詩歌注釋學之得失》,《杜甫研究學刊》1995 年第 2 期。

照、庾信等各引百餘次；《世說新語》引百餘次；《周禮》《禮記》《易經》各引近百次；何遜、左思、江淹、潘岳等人各引近百次。著者將仇注引文注杜之失分爲三類：一、引注不當類；二、誤引類；三、重引類。並按經、史、子、集四部按書按人逐次逐條排比辨正，頗爲精細①。陳若愚《仇兆鰲〈杜詩詳注〉音釋評議》②肯定了仇注音釋的歷史功績，但同時指出，注者受"無一字無來歷"和"叶音説"的影響，把"四聲別義"用過了頭，產生的錯誤有：一、煩瑣冗濫；二、音、義不屬；三、音、律不屬；四、方音注音，不合雅語。

（十）汪灝《知本堂讀杜詩》

汪灝（1658—？），字紫滄，休寧（今屬安徽）人。康熙四十一年（1702）獻賦，召入内廷。次年賜進士，授翰林院編修，總武英殿纂修事，與詩人查慎行同爲隨從詞臣。曾以侍讀督山西學政，素以清節著聞。後因累于戴名世《南山集》案被鐫秩，以纂書有功得免死，事見全祖望《江浙兩大獄記》。著有《知本堂集》《隨鑾紀恩》《知本堂讀杜詩》（道光重刻本名《樹人堂讀杜詩》）等。生平見《（光緒）徽州府志・文苑傳》。

《知本堂讀杜詩》二十四卷，有康熙家刻本。該書以編年爲序，其編年所據爲仇兆鰲《杜詩詳注》本，而中間或有不合者，則稍加移易。前二十三卷爲正集，存杜詩 1 407 首。卷二十四爲附錄，錄別本增入或他集互見者凡 48 首。卷二十五爲表賦 8 篇。是書體例，與諸家標新立異者頗多。凡自以爲新見者，均特予標出，分別名之曰"另眼"、"參權"、"著意"、"暗題"等。其"凡例"云："與舊解全不相襲者，曰另眼；全詩中偶有數語別解者，曰參權；解亦猶人，而

---

①　譚芝萍還有《仇注杜詩質疑舉隅》（《杜甫研究學刊》1991 年第 1 期）、《述懷詩仇注質疑》（《杜甫研究學刊》1990 年第 1 期）等文，可以參看。

②　陳若愚《仇兆鰲〈杜詩詳注〉音釋評議》，《西南民族學院學報》1998 年第 7 期。

逐字體會虛神者,曰著意。""詩題下,偶用'暗題',非敢蛇足,俱從本詩中涵詠而得。""暗題"實類"解題"。汪氏論詩,頗受金聖嘆影響。核其內容,可取者多,不繁徵博取,多以己語出之,間有評點,亦點到字句精神爲止。詩末之概括、剖析、論評,不强取一致,有話則長,無話則短,頗爲簡約明晰,亦是杜詩注本中之較佳者。此本因灑累於《戴南山集》案,其後罕傳。清代注杜者,除齊翀《杜詩本義》引及外,他家均未徵引。直至道光十二年(1832),方有銀城麥浪園刻本,易名爲《樹人堂讀杜詩》。故該書雖兩名,再刻,但傳世甚少,較爲罕見。

(十一) 浦起龍《讀杜心解》

浦起龍(1679—1762),字二田,一字起潛,號孩禪,自署東山外史,晚號三山傖父(叟),學者稱山傖先生,顏其居曰"寧我齋"。無錫(今屬江蘇)上福鄉(今厚橋鄉)前澗村人。幼時口訥,好讀書。康熙三十七年(1698)中秀才,翌年鄉試落第。此後屢試不中,困頓場屋三十餘年,靠在鄉坐館爲生。由於科場受挫,他對八股文漸感厭倦,轉而欣賞杜甫詩作,潛心研究。康熙六十年夏,積十多年的研究成果,開始撰寫《讀杜心解》,于雍正二年(1724)寫成。七年中舉,次年中進士(《四庫全書總目》誤爲雍正二年),三年後授揚州府學教授,但因父病故未能赴任。十二年,應邀赴雲南昆明擔任五華書院山長。乾隆二年(1737)回到家鄉無錫,四年出任蘇州府學教授,主紫陽書院。清代著名學者王昶、錢大昕,經史學家王鳴盛爲諸生時均受業其門下。十年(1745),因年老辭職回家,着手校勘、研究唐劉知幾的《史通》,並寫作《史通通釋》,歷時七年,五易其稿,八次修改而成。十五年(1750),應無錫知縣王鎬邀請,與同邑華希閔、顧棟高等共修《無錫縣志》。起龍肆力于古,於書靡不窺,從學者質問經史,輒舉某書某卷某頁以告,檢之無弗合,四方來學者日衆。卒祀惠山尊賢祠。撰有《讀杜心解》二十四卷、《史通通釋》二十卷、《三山老人不是集》一卷、《釀蜜集》四卷、《古文眉詮》

七十九卷。生平見《國朝耆獻類徵初編》卷二五三、《清詩紀事》雍正朝卷、《明清江蘇文人年表》）。

　　浦起龍於注杜頗爲自負，其“發凡”叙名書之由云：“吾讀杜十年，索杜於杜，弗得；索杜於百氏詮釋之杜，愈益弗得。既乃攝吾之心印杜之心，吾之心閟閟然而往，杜之心活活然而來，邂逅於無何有之鄉，而吾之解出焉。”“吾還杜以詩，吾還杜之詩以心，吾敢謂信心之非師心與，第懸吾解焉，請自今與天下萬世之心乎杜者潔齊相見，命曰《讀杜心解》。”又曰：“杜未有解，杜自不亡；杜未有解，解猶可不作。吾嘗謂杜之禍一烈於宋人之注，再烈於近世之解。《心解》之所爲，不得已於作也。”浦氏强調還杜以詩，體察詩人之心，以注爲副，以解爲主；又注重歷史背景和杜甫生平經歷之考核，以史證詩但不作繁瑣之考證，故能糾正前人之疏舛，頗多新見。

　　注釋簡明扼要是《讀杜心解》的一大特點，浦起龍堅持不作過於繁瑣的徵引和考證。如《遊龍門奉先寺》之“天闕象緯逼”一句，前人聚訟紛紜，甚至修改文字。浦氏則維持原文，提出“不執死法爲文家妙用”，排除了宋人許多異説，就比較通達①。又如《前出塞》九首，各本多説是天寶年間哥舒翰征吐蕃時作，浦則説“不必泥定哥舒”；再如《後出塞》五首，各本編年多在安禄山已叛之後，浦編未叛之前，釋云：“彼直認良家子爲實有是人耳，不知此特賦家所謂東都賓、西都主人，皆托言也。則是二十年者，亦泛言黷武之久也。”都表現了浦起龍不拘泥於歷史事實的注釋思想。不過對浦氏注釋杜詩之弊，也有人予以指出，如翁方綱曰：“近日有《讀杜心解》一書，如《送遠》、《九日藍田崔氏莊》、‘諸葛大名’等篇，所解誠有意味，然苦于索摘文句，太頭巾酸氣，蓋知文而不知詩也。不過較

---

①　以下所論多參中華書局 1961 年版《讀杜心解》前王志庚《〈讀杜心解〉點校説明》。

之《杜詩論文》《杜詩詳注》等略爲有説耳,其實未成片段。"①陳僅《竹林答問》載陳僅之侄陳詩香問曰:"黄白山《杜詩説》、浦二田《讀杜心解》均自以爲老杜後身,其注解究有當否?"陳僅答云:"未嘗無各有見解處,但須節取耳。……浦二田解'出郊載酸鼻','載'字如'出郊載贄'之'載',反復辨疏,愈解而愈不通。如此説詩,豈不竟同夢囈!"②就指出浦解中也有"反復辨疏,愈解而愈不通"之弊,這似乎違反了浦起龍追求通達的初衷。

此書爲杜詩研著中的一部創新之作,向爲杜詩之重要注本,乾隆帝刊布的《御選唐宋詩醇》中多采其語。但《讀杜心解》採用"寓編年於分體之中"的做法,造成了體例上的駁雜,殊失繁碎,故在清代頗遭譏評,《四庫全書總目》即云:

　　自昔注杜詩者,或分體,或編年。起龍是編,則於分體之中又各自編年,殊爲繁碎。如《江頭五詠》,以二首編入五言古詩,三首編入五言律詩,尤割裂失倫。其賦及雜文,舊本皆繫卷末,起龍亦散附各詩之後。如《雜述》附《送孔巢父》詩後,《秋述》附《秋雨嘆》後,《祭房琯文》附《别琯墓》詩後,《説旱》附《大雨》詩後,《封西嶽賦》附《贈獻納使田舍人》詩後,事尚相屬。以《三大禮賦》附《贈崔國輔于休烈》詩後,因詩中有"謬稱三賦在"句。以《皇甫淑妃碑》附《宴鄭駙馬宅》詩後,因公主爲淑妃所生。以《華州試進士策問》附《洗兵馬》後,因所問乃中興之政,已爲牽合。至以《天狗賦》附《靈湫》詩後,以《雕賦》附《義鶻行》後,以《畫太乙天尊圖文》附《李道士松樹障子歌》後,則強綴之甚矣。自有别集以來,無此編次法也。其間考訂年月,印證時事,頗能正諸家之疏舛,而句下之注,漏

---

①　翁方綱《石洲詩話》卷一,《清詩話續編》本,第1382頁。
②　陳僅《竹林答問》,《清詩話續編》本,第2252頁。

略特甚。篇末之解，繳繞亦多。又詮釋之中，每參以評語，近
於點論時文，彌爲雜糅，與所撰《史通通釋》評與注釋夾雜成文
者，同一有乖體例。殆好學深思之士而不善用所長者歟？①

洪業《杜詩引得序》則云：“起龍書中注解評論，與錢、朱、盧、仇輩立
異之處甚多，雖未必處處的確可依，要是熟於考證者心得之作，未
可嫌其編次體例之怪，而遽輕其書也。”②堪爲公允之論。

　　書中著重講章節大意，所作分析一般都有助於對全篇的瞭解。
根據詩意劃分段落，也很醒目。不過他在講解段落大意時往往用
八股文的套子來分析杜詩，分所謂“接”、“頂”、“提”、“轉”等等，甚
至把一首詩割裂得支離破碎，曲解作者原意。如《茅屋爲秋風所破
歌》的最後幾句，正是表現杜甫崇高理想的所在，他却專從形式著
眼，說什麼“末五句，翻出奇情，作矯尾厲角之勢。宋儒曰：胞與爲
懷，吾則曰：狂豪本色”，就把這首詩的思想性抹煞了。沈曰霖也指
出：“浦二田《讀杜心解》固足爲注杜者屈一指，然屑屑焉於起承轉
合間求之，以文律法，若老杜得力全從八股中來，正如紫陽叶《詩
經》韵，必以沈約韵律古人也。”③另外，浦氏片面地强調了杜甫的
忠君思想，藉以宣揚封建倫理。如《兵車行》一詩，明明是杜甫尖銳
地抨擊了統治階級窮兵黷武的罪惡，他却强調說它是“欲人主鑒既
往而憫將來”，從而硬把“君不見”的“君”字當作君主的“君”字講，
說“兩呼君不聞、君不見，喚醒激切”。這真是無理的穿鑿附會！又
如“朱門酒肉臭，路有凍死骨”兩句，他也說是“以窮民相形，動人主
之惻隱也”。總是渲染杜甫對於人主的幻想，就鮮明地表現了他的
愚忠思想。

---

① 　永瑢等《四庫全書總目》卷一七三，第 1534 頁。
② 　洪業《杜詩引得》，第 73—74 頁。
③ 　沈曰霖《晋人塵》，《叢書集成續編》第 215 册，第 734 頁。

《讀杜心解》在注解中也有很多疏略之處，如《史記索隱》誤作《漢書索隱》、引宋玉《諷賦》句誤作《風賦》、引賈誼《吊屈原文》句誤作《鵩鳥賦》、引《吳越春秋》"宛委之山"誤作"委宛之山"之類。又如卷三之一《春宿左省》詩引黃鶴注說："拾遺屬門下省，在東，故曰左省，亦曰左掖。"同卷《奉答岑參補闕見贈》詩引朱鶴齡注說："補闕屬中書省，拾遺屬門下省。"按唐制，門下、中書二省俱有拾遺、補闕，並非分屬二省，在門下省曰左補闕、左拾遺，在中書省曰右補闕、右拾遺。

三、杜詩選注本

（一）游藝《李杜詩選》

游藝，字子六，號岱峰，建陽崇化里（今福建南平）人。宋儒游酢之後。少孤，事母孝。雖家境貧寒，不忘攻讀。曾到本鄉普覺寺拜師求學，手不釋卷，卓有成效。他同明末進士方以智、清初江南布政使法若真、徽州府通判林雲銘等名流官宦交遊甚密。崇禎末年，政局動盪，尚書熊明遇從江西南昌回建陽祖籍避難，游藝因有機會向熊學習天文知識。當時西方文化科學知識正輸入中國，游藝專心致志，刻苦鑽研，吸取師傳的中西科技成果，撰成通俗讀物《天經或問》一書，很有獨特見解，後被收入《四庫全書》，並流傳到日本。游藝精天官之學，爲清初著名算學家。亦長於詩作，生平喜好詩律，經長期鑽研撰成《詩法入門》一書。所著還有《曆象成書》《奇門超接》《萬法歸宗》等。明禮部尚書黃道周對其潛隱著述的志向十分讚賞，在普覺禪寺題"此中世外"匾額。清順治初年，三藩之一的耿精忠駐閩，欽慕游藝才華，再三派人聘他入仕，均以母喪未葬而推辭。生平事迹見《（民國）福建通志・列傳》。

《李杜詩選》二卷，刻印時間不詳。該書爲李杜合刻選本，上卷爲"青蓮詩選"，下卷爲"少陵詩選"。卷次下署"閩潭游藝子六原輯，寶山朱綿生民初重訂"，下卷選杜詩 82 首，先古體後近體。於卷下之後有識語曰："李杜詩祖,今選規矩整齊者,以爲初學入門之法式也。内注釋未詳、有典故、做情景者略釋之。"詩旁時加圈點和批注,詩題下或詩尾亦偶有小字注評,數量極少。其評語言簡意賅,有些對揭示杜詩意旨及藝術特色有一定的參考價值,如評《夜宴左氏莊》曰："情景閒曠,寓意悠長。"評《滕王亭子》曰："荒凉之地,詠出悠然之趣。"偶爾亦流露出游藝於易代之際的親身感受,如評《春望》曰："世遭亂離,閲此詩亦可痛泫。"然其解評錯謬頗多,如七古《飲中八仙歌》"汝陽三斗"旁注云"王維"之類,皆係謬誤顯著者,其他錯印錯解者亦自不少。

（二）黄生《杜詩説》

黄生(1622—1696 後),原名琯,又名起溟,字扶孟,自以爲鍾靈秀于黄山白嶽,故就己姓而號白山,又號虎耳山人,歙縣(今屬安徽)潭渡人。明末諸生,入清後,只在蔣超督學府中任二年幕僚,即隱居不仕。所交皆當時知名之士,如王煒、龔賢、屈大均等。江天一抗清兵敗被殺,黄生率先宣導集資撫恤其家。康熙三十一年(1694),客揚州,同年還歙。黄生博學廣藝,詩筆雄駿,工于書畫,尤精小學,著述頗豐。所著《一木堂詩稿》十二卷、《一木堂文稿》十八卷,乾隆間遭禁毀。又有《唐詩摘鈔》四卷、《詩塵》、《三禮會篇》、《三傳會篇》、《葉書》、《内稿》、《外稿》等,亦佚而不傳。惟其《字詁》一卷、《義府》二卷,賴戴震訪求,列入《四庫全書》。曾訂閲同鄉洪仲所著《苦竹軒杜詩評律》,另有《杜詩説》十二卷行世。生平事迹見《清史列傳·儒林傳下一》、《(光緒)重修安徽通志·人物志·隱逸》、《(民國)續修歙縣志·人物志·儒林》。

《杜詩説》十二卷,爲一杜詩選注評本,共選詩 650 餘首,黄生自稱其"出入杜詩餘三十年,不敢漫爲之説"。可見其著述之審慎。他在自序中批評前人説詩"不能通知作者之志,其爲論評注釋,非求之太深,則失之過淺。疏之而反以滯,抉之而反以翳,支離錯迕,

紛亂膠固,而不中竅會"。黄生主張"以意逆志"説詩,注杜應深悉
其生平,綜貫其全集,融會一詩之大旨,而後評其一字一句,方能不
失其真精神。故其考證論評頗多精妙之説,因其深通小學,於字詞
之解,尤多灼見。但亦有失之片面處。誠如《四庫全書總目》所云:
"此書以杜甫詩分體注釋,於句法字法皆逐一爲之剖别。大旨謂前
人注杜求之太深,皆出於私臆,故著此以闢其謬,其説未嘗不是。
然分章别段,一如評點時文之式,又不免失之太淺。中如謂《行經
昭陵》詩非禄山亂後所作。《寄裴施州》詩據《文苑英華》本增'遥
憶書樓碧映池'七字於末。雖亦間有考證,然視其《字詁》《義府》
相去不止上下床矣。蓋深於小學而疏於詩法者也。"①是書編次,先
分體再編年,頗錯雜紊亂,不便查檢。該書爲康熙三十五年(1696)
一木堂刻本,世傳甚稀,但黄氏評解,多爲仇兆鰲《杜詩詳注》、浦起
龍《讀杜心解》所引用。黄山書社於 1994 年出版徐定祥點校本,收
爲《安徽古籍叢書》之一,方廣其傳。徐氏點校本功不可没,但其
"前言"所云:"該書中的杜詩文字,係采擷於多種版本,但亦間有訛
誤。這次整理以一木堂刻本爲底本,校以仇氏《杜詩詳注》。凡與
仇本不同者,據仇本改正,並出校記。"以後出之仇注校改黄本文
字,喧賓奪主,似不足爲訓。徐氏點校本"前言"對黄生説杜的特色
作了概括:一,能從杜甫之生平思想、性情襟抱、立身處世的態度
出發,結合杜所處的時代環境、歷史事實來闡明杜詩的思想内容。
黄氏説杜,重在真性情。他認爲貫串杜集的基本精神,是始終懷抱
濟世熱情,憂國愛民,至老不衰,至死不變。二,把杜詩作爲一個整
體,縱横聯繫,前後參照,以杜注杜,以杜評杜。三,通過比較來領
會詩意,把握要旨。這種比較又包括兩方面:一是杜詩自身比較;
二是與他人詩作比較。四,認爲藝術技巧是表現思想内容的重要
手段,通過對杜詩種種手法技巧的審視,來領悟其高度的藝術成

①　永瑢等《四庫全書總目》卷一七三,第 1533 頁。

就。又適當指出黃氏説杜的缺點和不足：一，對詩的章法結構,拘泥於起承轉合的模式,有時"未免失之太淺";對句法、字法之分析,亦時嫌過於瑣細。有時甚至因拘泥技法而削足適履。二，偶有解説失當、穿鑿臆會處。三，徵引出處偶有疏漏。應該説,徐氏對黃氏的肯定和批評是中肯的。向以群《黃生論杜》①則對《杜詩説》中所體現的研杜方法、所評論的杜甫胸懷、杜詩是"騷人詩,非幽人詩"、杜詩的語言與現實等問題進行了探討。

(三) 盧震《杜詩説略》

1. 盧震生平事迹簡介

盧震(1628—1704),字亨一,奉天(今遼寧瀋陽)人,隸鑲白旗漢軍。先世江西樂平籍,後遷湖廣景陵(今湖北天門)。清順治八年(1651)補博士弟子員。九年,順治皇帝特試授内弘文院編修。從軍參畫平定李定國。旋京,加光禄寺少卿銜録西曹事。康熙帝登基,擢内弘文院侍讀學士,進内秘書院學士,纂修太宗、世祖實録副總裁。康熙八年(1669)秋,授湖南巡撫,撫湘五年,頗有政聲。後三藩之亂起,吴三桂兵犯長沙,盧震以母老爲辭棄城而逃,以失陷封疆罪下獄四年,後特釋歸家,閒居十年。復起用管理船廠,任事七年,以衰老告歸。康熙四十二年臘月十六日卒於家。著有《説安堂集》《撫偏檄草》《撫偏疏草》《杜詩説略》等。其子盧詢,字舜徒,歷官雲南楚雄知府、江蘇按察使、雲南布政使、光禄寺卿、刑部右侍郎、兵部尚書、正黃旗漢軍都統。陳士驥《楚雄郡伯盧公詢去思碑》曰:"太先生亨一公,樹幟詞林,嘉謨讜論,顯爍人耳目。及巡撫湖南,清德著于當時,豐功垂于奕世。迄今讀長沙諸奏疏與《悦安堂詩草》,忠孝至情,溢於言外,未嘗不慨然想見其爲人。"②盧震

---

① 向以群《黃生論杜》,《杜甫研究學刊》1990 年第 1 期。
② 錢儀吉纂録《碑傳集》卷九六,周駿富輯《清代傳記叢刊·綜録類三》第 111 册,第 337 頁。

的生平事迹詳見陳奕禧撰《盧中丞行狀》①。

2.《杜詩説略》的版本體例及刊刻時間

《杜詩説略》現存有兩種版本：一爲清華大學圖書館藏單行一卷本，二册一函。此本前有王封濚序，序後有“王封濚印”、“慎庵”兩方鈐記。“目次”前署“景陵盧震亨一著，胞弟豫順如，男訥慎於、詢舜徒、睿拙存，侄詡欽文、詩大雅校”。正文分類評論，依次爲正派、變法、淵源、元氣、胎骨、體裁、品格、章法、聲律、詩眼、詩情、詩典、詩史、詩病、淺深、虚實、生熟、平奇、雅俗、大家、掃除、遊涉、參悟、神化等二十四則。另外，《杜詩説略》還被收録于盧震的《説安堂集》之中，分爲二卷，見該書的卷三、卷四。除了王封濚序外，《説安堂集》卷首還載有管楄、王掞二人之序，檢其内容，均係爲《杜詩説略》所作，並非《説安堂集》之序。編者將管楄、王掞、王封濚三序置於卷首，似有權當總序之意。《説安堂集》二卷本《杜詩説略》卷前僅署“景陵盧震亨一”，其内容則與單行一卷本完全一致。又經查檢，清初周綸《不礙雲山樓稿》中亦載有一篇《杜詩説略序》，當爲《説安堂集》刊刻時所未收者。蓋因序中曰：“昔徐元直亦以母故，致方寸亂。然徐陷異國，公束身本朝，相去殆徑庭哉。”②這些話有顯揚人惡之嫌，觸及了盧震任湖南巡撫期間因畏敵逃命而遭罷斥的隱諱，故爲其子盧詢所厭棄。

關於《杜詩説略》一書的刊刻時間，《販書偶記》曰：“無刻書年月，約康熙間刊。”③而周采泉《杜集書録》稱其爲“明崇禎四年（一六三一）刻”，④其論實誤。《杜詩説略》卷前王封濚序，末署“賜同

---

① 陳奕禧《春藹堂集》卷一五，《清代詩文集彙編》第 173 册，第 139—144 頁。

② 周綸《不礙雲山樓稿》卷一四，《清代詩文集彙編》第 157 册，第 175 頁。

③ 孫殿起《販書偶記》卷一三，中華書局 1959 年版，第 319 頁。

④ 周采泉《杜集書録》，第 471 頁。

進士出身、通奉大夫、經筵講官、禮部左侍郎兼翰林院學士加一級、前史部右侍郎、内閣學士、日講起居注官、舊治年家眷侍生王封溁頓首拜撰"，張忠綱乃據此署銜考出，王封溁於康熙三十六年由禮部右侍郎轉爲禮部左侍郎，死于康熙四十二年，則是書刊於康熙三十六年至四十二年（1697—1703）間。又據王封溁《序》中"少陵所讀之書，公無不讀。而湘陵辰沅之地，公所建節，皆少陵踪迹所時到者，於是著《杜詩説略》一卷，文成數萬"之語，推測該書成於康熙八年至十二年（1669—1673）盧震任湖南巡撫期間①。實際上這個推測是據單行本得出的，而《説安堂集》中的管楏、王挨二序的落款均明確署爲"康熙乙未"，即康熙五十四年（1715），與王封溁序的寫作時間相差十三至十九年。這種情況似乎表明，《杜詩説略》單行一卷本的刊刻要稍早一些，約刊於康熙三十六年至四十二年（1697—1703）間，而《説安堂集》二卷本《杜詩説略》應刻於康熙五十四年以後。

3.《杜詩説略》一書的實際作者應爲丁耀亢

經文獻考察後發現，明末清初丁耀亢亦撰有《杜詩説略》一書，該書雖已佚，然清初陳僖爲該書所撰之《杜詩説略序》尚載于《燕山草堂集》中，序曰：

> 自公安、竟陵之説不行，海内之宗工部，真如金科玉律，下至駔儈屠沽，皆能口誦之。而各家之注杜者，遂各存其見，以標風雅。求其杜詩之所以爲杜、之可以至今傳者，則闕如也，又安敢望《三百篇》之不亡於今乎？吾友野鶴，傷大雅之淪亡，悼母音之凋弊，借杜説法，爲《説略》一書，以我注杜，復以杜注

我。於前人所已及者,則暢其説;於前人所未及者,則抒其義。娓娓數萬言,覺他人蟲鳥之鳴,不堪復聽。庶千百世後,讀杜詩者曉然知其所以然,而詩道精微之旨,如日星河嶽之不没也,野鶴真詩之功臣哉! 大凡文之能傳,固難於作,更難於知。不遇知者揭作者之源流本末,一一標以示人,縱作者參神入化,亦與春花秋草同其漫滅。漢之建初,仲任著《論衡》。迨及建寧,伯喈始獲其篇,納諸枕中,珍以爲秘。唐之貞元,《昌黎集》成,至宋之治平,歐陽永叔始得其集於廢書之簏,其文遂至今不朽。使杜詩不遇野鶴,縱誦者説者紛紛滿天下,亦何異於《論衡》未納枕中、《昌黎集》之雜廢書簏乎? 蘇子由曰:于山則華岳,于水則黄河,于人則歐陽公。今爲之增一語曰:于詩則杜少陵,于説詩則丁諸城也。①

丁耀亢(1599—1669),字西生,號野鶴,別號紫陽道人,山東諸城人,明末清初人,著有《續金瓶梅》等。序文的作者陳僖,字靄公,號餘庵、想園,清苑(今屬河北)人,康熙十八年舉博學鴻詞,著有《燕山草堂集》。由於丁耀亢《杜詩説略》一書與盧震之著同名,故今人沈時蓉、詹杭倫《論盧震的〈杜詩説略〉》一文推斷,這兩部著作之間可能有傳承關係②。那麼丁耀亢與盧震之間是什麼關係呢? 考《丁耀亢年譜》,其于順治六年(1649)三月,由順天籍拔貢充任鑲白旗教習,一直到順治八年二月,又由鑲白旗教習改充鑲白紅教習③。盧震即隸屬鑲白旗,至順治八年補博士弟子員,其受教于丁耀亢,當即在此期間。另外,沈、詹二人還找到了丁、盧爲師生關係

① 陳僖《燕山草堂集》卷二,《四庫未收書輯刊》第八輯第 17 册,第 455 頁。

② 沈時蓉、詹杭倫《論盧震的〈杜詩説略〉》,《杜甫研究學刊》2013 年第 3 期。以下所論,多引此文,爲節省篇幅,不再出注。

③ 張清吉《丁耀亢年譜》,南京大學出版 1996 年版,第 55、62 頁。

的一則文獻佐證，可謂先得我心。湖北省博物館藏清初王鐸草書《題野鶴陸舫齋》詩卷，王曉鐘曾撰文介紹曰：

> 卷後有盧震、盧詢父子、尹興宗、蔣維藩等題跋。丁野鶴門生盧震題跋云：“孟津王先生筆，冠絕一時，海內人士，宗匠者衆，尺幅珍藏，真侔尺璧。”又云：“諸城野鶴夫子所藏墨迹十詩，生龍活虎，不可捉摸，孟津所得意筆也。”盧震子盧詢題跋云：“揮灑若不經意，而縱橫排奡之氣猶在，且十詩之雄渾天成，似援毫立就者。”又云：“興酣落筆，學窠狂草，風雨發作於行間，鬼神役使其指臂，顧其後，亦頹然自然矣。”①

“陸舫”乃是丁耀亢任教習期間在京師米市南里華嚴寺西所築居室之名，王鐸爲其題詩十首，盧震、盧詢父子均爲之題跋，盧震在題跋中稱丁耀亢爲“諸城野鶴夫子”，可以證明丁、盧二人確爲師生關係。既然師生二人均撰有《杜詩説略》一書，就很容易令人懷疑二書其實爲一書。陳僖于《杜詩説略序》後署“癸巳”，即順治十年（1653），説明丁耀亢《杜詩説略》的成書約在順治十年左右，要遠早于盧震之書，這又容易令人懷疑盧震或出於某種原因攘竊師説爲己有。不過沈時蓉、詹杭倫二人的文章中只是審慎地提出懷疑，並未貿然下結論，然而他們更傾向於此書實乃丁耀亢原著，並提出以下幾點依據：第一，陳僖《序》中提到丁耀亢《杜詩説略》的篇幅是“娓娓數萬言”，體例是“以我注杜，復以杜注我。於前人所已及者，則暢其説；於前人所未及者，則抒其義”。這與盧震《杜詩説略》的篇幅和體例一致。第二，《杜詩説略》的行文意氣風發，如“焚曹劉之朽骨，掃李杜之殘灰”之類，表明作者具有“狂狷”的個性，這種

---

① 王曉鐘《龍騰跳擲氣不平，筆下難鳴千古名——觀王鐸〈題丁野鶴詩〉草書手卷》，《書法》2006 年第 6 期。

文風與丁耀亢相近,却與盧震从容不迫的詩風差距較大。第三,陳僖《杜詩説略序》云:"自公安、竟陵之説不行,海内之宗工部真如金科玉律。"這與《杜詩説略》中常常批評明七子和鍾、譚也恰能吻合。

沈、詹二人所論大致不差,此外還可以找到其他一些證據來證明丁耀亢才是真正的作者。首先,《杜詩説略》透露出作者的年齡與盧震不符,却與丁耀亢相符。如《淵源》曰:

> 少年初學,不知杜詩之有本,或嫌其平淡,取其聲色,愛其弘肆,略其精嚴。殆至行年五十,閲歷百變,上窮百代,稽古生姿。

揣其口吻,當係作於五十歲以後者。若按吾師張忠綱的推斷,此書成於康熙八年至十二年(1669—1673)盧震任湖南巡撫期間,斯時盧震正值四十二至四十六,這與書中作者自稱五十多歲的口吻不相一致。而陳僖的《杜詩説略序》撰于順治十年,丁耀亢斯時已經五十四歲,其教習鑲白旗時正值五十一至五十三歲之間,這個年齡段恰好與書中"殆至行年五十"的語氣相吻合。

第二,丁耀亢有杜詩批本存世,將其與《杜詩説略》相對照,便可發現二者之論若合符節,毫無二致。丁耀亢《出劫紀略》稱其甲申歲"因村居漁釣自娱,得讀杜詩,時雜吟詠"①。今上海圖書館還藏有丁耀亢硃批《李杜全集》,前有丁耀亢跋曰:

> 是書得之青州,明衡藩國除以後,市中所貨也。族姪赤岸收之海上,順治癸巳(1653),予卜居海村,借而讀之,因記以丹鉛。甲午赴容城教署,携爲客笥,睇前題,固兩代七十有七載

---

① 張清吉校點《丁耀亢全集》下册,中州古籍出版社1999年版,第279頁。

矣,感而書之,琅琊丁野鶴耀亢題于容之椒軒。①

可見丁耀亢研讀杜詩前後持續了很長時間。若將《李杜全集》中的丁耀亢批語和《杜詩説略》進行對比,就可以發現二者的論詩傾向基本一致。如丁耀亢批《送孔巢父謝病歸遊江東兼呈李白》曰:"神化無敵。"而《杜詩説略》中亦有《神化》一篇,且其曰:"《送孔巢父歸江東》……七古之神化者也。"可見丁耀亢批語與《杜詩説略》對該詩的觀點具有高度一致性。又如其批《寄彭州高三十五使君適、虢州岑二十七長史參三十韵》曰"'意愜關飛動,詩成接混茫',二語盡詩家之秘。"説明丁耀亢對"意愜關飛動,篇終接混茫"二句非常重視。而《杜詩説略·神化》曰:"《寄高岑》曰'意愜關飛動,篇終接混茫',又曰'毫髮無遺憾,波瀾獨老成',須知波瀾從毫髮中出,混茫從飛動中出,方得神化。"又《杜詩説略·淵源》曰:"杜詩曰'意愜關飛動,篇終接混茫',今之才人,求其飛動或有之,而混茫難矣。"兩相比較,其觀點的相似性亦頗爲明顯。這樣的例子尚多,不暇枚舉。因此讓人有理由懷疑,丁耀亢對杜詩的長期批點,正是《杜詩説略》最終得以成書的基礎。

第三,《杜詩説略》中對明代詩壇屢有批評,其矛頭主要集中在李夢陽、李攀龍爲代表的前後七子及鍾、譚身上(這一點沈時蓉、詹杭倫文章中已經提到,然未展開),這與親身經歷明末詩壇的丁耀亢身份也完全契合,却距盧震所生活的時代較遠。如《杜詩説略·雅俗》曰:

　　今世漸知學鍾、譚之非,不知學崆峒、滄溟之非。學七子久而變爲空響,猶之乎鍾、譚不能響者也。今天下學人溺而不化,有一雅即有一俗,吾甚危之。

———————

①　鮑松編刻《李杜全集》卷首,上海圖書館藏明正德八年(1513)刻本。

盧震要比丁耀亢小二十九歲,其主要生活於康熙朝,這個時代的人不可能稱明末爲"今世",其於書中反復批評前代詩壇也是不易講通的。因爲到了盧震所生活的康熙朝,詩界對明末詩風的反思已經非常深刻,竟陵派的餘風早已被滌蕩殆盡。故而書中對當時詩人學竟陵派"溺而不化"表示擔憂的話,斷非盧震所能道出者,應是丁耀亢所言。

第四,《杜詩説略》的行文中還側面透露了作者的籍貫。如《淺深》曰:"望巨邑之淵,而不知有滄海;登徂徠之巔,而不知有泰嶽。"作者信手拈來地將徂徠山與泰山進行對比,應是其潛意識的自然流露。因爲徂徠山的名氣並不大,若非山東籍人很少會注意,作爲山東諸城人的丁耀亢對徂徠山自然很熟悉,而生長于京師的盧震却未必對其有所瞭解。

綜上所述,《杜詩説略》的實際作者應爲丁耀亢,而非盧震。那麼丁耀亢的《杜詩説略》又是如何最終嫁名于盧震進行刊刻的呢?這恐怕與丁耀亢晚年著作遭朝廷禁毀有關。康熙四年八月,因有人告發《續金瓶梅》乃借宋金戰争影射清朝之殘暴,丁耀亢被捕入刑部獄,後經友人龔鼎孳、傅掌雷全力援救,於年底被赦免釋放,但《續金瓶梅》却被下詔焚毀。因爲懼禍,丁耀亢此後的著作便只署化名(如《醒世姻緣傳》),這使得丁氏著作的流傳和刊刻都受到了極大影響。若無今人張清吉數十年的悉心訪查收集,丁耀亢的許多著作恐怕都將有散佚之虞。故沈時蓉、詹杭倫推測,正是由於丁氏晚年遭遇了文字之禍,才將《杜詩説略》手稿送給門生盧震;抑或是盧氏父子于丁耀亢謝世之後,將其原稿據爲己有。需要指出的是,無論是單行一卷本還是《説安堂集》二卷本《杜詩説略》,盧震均未撰寫自序,或是其將師説據爲己有而感到羞愧所致。當然不可否認,還存在這種可能:即盧震見其師之著作遭到朝廷明令禁毀,難以刊刻,而又不忍《杜詩説略》一書湮没於己手,無奈之下,聊托己名行世,以期不埋没乃師著述之苦心,實非欲欺世盜名。如上

所述,即便是最早刊印的單行本《杜詩説略》,其刊刻時間上距丁耀
亢去世至少已有二十九年,此時距盧震的去世亦僅有數年。然盧
詢在其父去世二十多年後編刻《説安堂集》時,又將《杜詩説略》毫
不懷疑地收入,並廣請文人爲之鼓吹,似並未理解其父之苦心。那
些爲《杜詩説略》作序的管楍①、王掞、王封溁、周綸等人其實都是
盧震的晚輩,爲其子盧詢的朋友,他們對《杜詩説略》成于盧震任湖
南巡撫期間的記載當是聞之于盧詢,所以也不可盡信。故《杜詩説
略》實際應成書于順治十年前後,並不是康熙八年至十二年間,《杜
集叙録》的相關結論應予以修訂。

4.《杜詩説略》之理論特色

（1）"借杜説法"的詩學理論體系

沈時蓉、詹杭倫認爲,《杜詩説略》以評杜爲主,其性質與盧世
淮《讀杜私言》近似,此論值得商榷。盧世淮《讀杜私言》包括《大
凡》和《餘論》,是針對杜詩進行的一次系統評論,其著重點乃是杜
詩本身。而統觀《杜詩説略》全書,其本意並非以杜爲主,而是更爲
着重建構一個完整的詩學理論體系,只是在闡述其理論時往往將
杜詩作爲示例,目的是藉以增强其理論的説服力,即陳僖《杜詩説
略序》中所謂"借杜説法"。然而當其意氣生發之際,有時甚至會忘
記了"借杜説法",書中的許多篇目亦僅僅稍微提及杜詩,甚至都未
暇舉出具體的詩例。因此《杜詩説略》這種體例和框架與《讀杜私
言》迥乎不同,倒是與劉勰《文心雕龍》的格局較爲相似。然其理論
深度終究無法與體大思精的《文心雕龍》相媲美,揣其初衷,著者似
是針對當時詩壇種種流弊,試圖總結概括前人的創作經驗,編撰一
册概論性質的詩學講義以開悟後學,當然這與丁耀亢爲八旗弟子
教習的身份也是契合的。總的來看,書中的"正派"、"變法"、"淵

---

① 管楍的生平事迹,可參龍野《清初詩人管楍生平考證》,《古籍研究》
2015 年第 2 期。

源”、“元氣”屬於詩學總論，“章法”、“聲律”、“詩眼”、“詩典”、“詩病”則關注具體的創作手段、方法與避忌，“體裁”是論詩歌的類型與風格，“詩情”是談真情對詩歌趣味風致的決定作用，“遊涉”是談人生經歷對創作主體的影響，“胎骨”、“大家”、“掃除”、“參悟”、“神化”等篇是論境界及眼光，“雅俗”、“淺深”、“虛實”、“平奇”、“生熟”等篇是談如何在創作中把握好各種尺度。

（2）對明代詩學的反思與批評

作爲一部爲初學者指示詩法的專著，《杜詩説略》還表現出强烈的現實針對性，書中貫穿着對明代詩學得失的深刻反思。如《正派》曰：

> 至元而詩又亡，抵于明，劉、高、王、宋，及于三楊之間，七子爭鳴，可謂起清廟之朱弦，奏韶濩之黄鐘者矣。然而得雄厚者，失幽渺之情；駕宏偉者，開浮大之徑。“百年”“萬里”，重出迭見，此何、李之相求者，可爲定案。是得杜之氣格而少其變化，剽唐之皮毛而失其魂魄。或通篇一律，連用相襲，實之雷同，無不可惜，無怪乎開明末之疵摘而以旁門來相攻也。竟陵、公安，攘戈入室，欲闢一家，力掃窠臼。本欲以才人之慧解，崇上古之弘文，求復太始，反成小品，以枯爲清，以纖爲艷。蓬頭野服，遂指爲西子之妝；漁唱樵歌，何以定南郊之樂。故山人女子，相尚爲詩，風之不競，似有氣運焉。

《虛實》曰：

> 明七子實多虛少，使人恨其不虛。鍾、譚則知虛而不知實，使人悲其空虛。……鍾、譚注《詩歸》，甚有新意，但偏於空虛，非清虛也，故失耳。

《參悟》曰：

> 《詩歸》未嘗不高，鍾、譚今退位；崆峒未嘗不老，而北地果盡境乎？

總的來看，對明代詩學弊端的批評與反思貫穿了整部《杜詩説略》，書中全面梳理了有明一代詩學的整體發展歷程，對前後七子、公安派、竟陵派詩學得失都有深刻的剖析，尤其對七子及竟陵派的弊端持較爲激烈的批評態度。蔣寅指出，對明代詩學的強烈反思是清初詩壇最引人注目的焦點①，《杜詩説略》就是這部大合唱中的一個組成部分。

（3）辯證統一的詩學範疇

在《杜詩説略》二十四類專題之中，“雅俗”、“淺深”、“虛實”、“平奇”、“生熟”等篇都帶有明顯的辯證色彩，是整部書中的重要部分。丁耀亢非常注重這些辯證詩學範疇對初學者的指導作用，如《生熟》曰：

> 初學詩者，易生而難熟。不但平仄黏靠，費其敲打，情景架面，苦於布置。或押韵不熟，以生字難字湊者有之；或煉句不熟，以拗字作奇字，以嫩字作老字者有之，此不熟之易知者也。至十餘年，少熟矣。或以平庸漫衍，照影布架，率爾成篇，襯貼成律。及細味之，言隨意盡，色具中枯，此熟而不熟之難知者也。……每見近稱作者，蹊徑既熟，氣味反平，此又能熟而不能生之病。安所習而不變，遂無生趣，無生趣而詩槁矣。竊謂初學少陵之詩，當求其熟；久讀少陵之詩，當求其生。杜

---

① 蔣寅《清代詩學史》第一卷第一章《清初詩學的主流話語》，中國社會科學出版社 2012 年版，第 77 頁。

陵之生處即其熟處，所以至今光芒萬丈者，能生耳。由生求熟
易，由熟求生難，此日新之道也。

關於詩歌"生"與"熟"的討論，可以追溯到宋代，胡仔《苕溪漁隱叢
話》引《復齋漫録》云：

> 韓子蒼言，作語不可太熟，亦須令生。近人論文，一味忌
> 語生，往往不佳。東坡作《聚遠樓詩》，本合用"青江緑水"對
> "野草閑花"，以此太熟，故易以"雲山煙水"，此深知詩病者。
> 予然後知陳無己所謂"寧拙毋巧，寧朴毋華，寧粗毋弱，寧僻毋
> 俗"之語爲可信。①

元代方回《恢大山西山小稿序》也曾以生熟論詩："他人之詩，新則
不熟，熟則不新。熟而不新則腐爛，新而不熟則生澀。惟公詩熟而
新，新而熟，可百世不朽。"②又方回《跋俞仲疇詩》曰："於熟之中，
更加之熟，則不可；熟而又新，則可也。"③明代以迄清初，詩話中關
於生熟的辯證關係闡述已頗爲豐富，如明代謝榛《四溟詩話》曰：

> 或問作詩中正之法，四溟子曰：貴乎同不同之間。同則太
> 熟，不同則太生。二者似易實難，握之在手，主之在心。使其
> 堅不可脱，則能近而不熟，遠而不生，此惟超悟者得之。④

---

① 胡仔纂輯，廖德明校點《苕溪漁隱叢話》後集卷二七，人民文學出版社
1962 年版，第 203 頁。
② 方回《桐江續集》卷三三，《四庫全書珍本初集》本，上海商務印書館
1934—1935 年版。
③ 方回《桐江集》卷三，《元代珍本文集叢刊》本，新文豐出版公司 1985
年版。
④ 謝榛《四溟詩話》卷三，丁福保《歷代詩話續編》本，第 1181—1182 頁。

清初賀貽孫《詩筏》曰：

> 杜詩韓文，其生處即其熟處，蓋其熟境，皆從生處得力。百物由生得熟，累丸斫堊，以生爲熟，久之自能通神。若舍難趨易，先走熟境，不移時而腐敗矣。①

可見《詩筏》之論與《杜詩説略》所謂"杜陵之生處即其熟處"基本一致，賀貽孫生於萬曆三十三年（1605）②，比丁耀亢小六歲，則二人基本爲同時人，然二人相同之論不易區分先後。綜上可見，歷代詩話中多有論詩歌生熟之辯證關係，其所謂"生"、"熟而又新"，有反對庸熟、强調創新之意。《杜詩説略》所論"生熟"無疑與以上這些論述密切相關，但比較而言，《杜詩説略》着重描述了從初學詩的難熟，到十餘年後的稍熟，再到蹊徑既熟之後能熟而不能生這樣一個實踐過程，並以杜詩爲例説明由熟求生之可貴，其向初學者示以詩法的意圖較爲明顯。

總之，《杜詩説略》實爲丁耀亢佚著，由於其著作遭到清廷禁毀，遂最終嫁名于盧震進行刊刻。該書是一部具有概論性質的詩學理論專著，書中所構建的詩學理論體系和詩學範疇多借杜詩以説法，較爲深刻地反思和總結了明代詩學的諸種積弊，有較强的現實針對性。其闡説不厭其煩，深淺適中，是頗有便於初學的一部詩學入門讀本。

（四）宋犖《杜工部詩抄》

宋犖（1634—1713），字牧仲，號漫堂，又號西陂、緜津山人，商

---

① 賀貽孫《詩筏》，郭紹虞《清詩話續編》，第 137 頁。
② 江慶柏《清代人物生卒年表》，人民文學出版社 2005 年版，第 597 頁。另劉瀏《賀貽孫生卒年小考》（《中國韻文學刊》2010 年第 4 期）認爲其生於1603 年，所論有誤，故未采納。

丘（今屬河南）人。順治四年（1647）應詔以大臣子列侍衛。康熙三年（1664）授黄州通判，歷官理藩院院判、刑部員外郎、郎中、直隸通永道、山東按察使、江蘇布政使、江西巡撫、江蘇巡撫，累擢吏部尚書，加太子少師。著有《西陂類稿》《筠廊偶筆》《滄浪小志》《漫堂墨品》《綿津山人詩稿》《漫堂説詩》及《江左十五子詩選》等。生平見《清史列傳》卷九、《清史稿》卷二七四、《國朝先正事略》卷九、湯右曾《光禄大夫太子少師吏部尚書宋公犖墓志銘》、顧棟高《宋漫堂傳》及《西陂類稿》卷四七自訂《漫堂年譜》。

《杜工部詩抄》，爲北京大學圖書館藏康熙年間鈔本，無序跋，批語及圈點皆朱筆。是書不分卷，計六册，一至三册爲古詩，計292首，四至六册爲近體詩，計489首，共選詩781首。詩多白文，少評語，旁加圈點。評語多爲眉批，間有旁批，偶爾亦於詩後附評。評語多爲“邵子湘（長蘅）云”，宋犖本人語反而很少。盧坤“五家評本”所采邵、宋二家評語多與此本同。宋犖論詩主尊杜甫，其評語多簡練概括，不事穿鑿。如《洗兵馬》眉批云：“此詩以‘中興’字爲主，望重致太宗之盛也。前半歸功諸將，後半深望相臣。通篇只‘鶴禁’二語微示書法，前後鋪陳暢麗，詞旨顯白，何至如箋解之鈎穴乎？肅宗於上皇自不能無罪，必欲處處以杜詩傅會，則失詩解矣。此非論史之過，乃説詩之謬也。”此乃駁錢謙益解該詩之牽强附會處。又如《諸將五首》眉批云：“自禄山背叛，天下軍興，久而未定，公作五詩以諷刺諸將也。五詩意各有所指，括盡當時用兵以來事情。”以下逐首揭示提要，可謂言簡而意賅。

（五）吴瞻泰《杜詩提要》

吴瞻泰（1657—1735），字東巖，號艮齋，歙縣（今屬安徽）人。清順、康間諸生。少即留心經史，思爲世用，入省闈十五次終不遇，乃遨遊齊魯、燕冀及江漢、吴楚、閩越諸地。康熙三十五年（1696），授經揚州，後至京師，五十四年（1715）南歸，方苞爲之撰《送吴東巖序》。與同里黄生、汪洪度友善。所作詩文沖夷簡澹，不假修飾，妙合自然。於書無所不窺，而獨癖嗜杜，於注家無所不究，積數十年，丹鉛弗輟，屢經削稿，然後成《杜詩提要》十四卷。其著述還有《陶詩彙注》四卷、《循陔堂自訂詩集》二十六卷、《删補文選詩注》二十三卷、《紫陽書院志附講義》五卷等。生平事迹見李果《在亭叢稿》卷七《二吳先生傳》、《國朝詩別裁》小傳、方苞《送吳東巖序》（《望溪先生文集》卷七）。

　　《杜詩提要》十四卷，初名《杜詩則》，成稿當在康熙三十五年（1696）之前。吳氏《評杜詩略例》云："初以《杜詩則》名書，丙子（康熙三十五年）秋，持以質吾師田山薑先生，先生曰：'子不聞韓子之言曰：記事者必提其要，纂言者必鈎其元（玄）。子之評杜，兼斯二者，而簡帙不煩，片言析理，予以提要，易子書名，更有當焉。'遂從之。"《杜詩提要》共選詩 477 首，分體編次，而各體之序次大略依單復《讀杜詩愚得》編年之次。吳氏論杜，專重詩法。《略例》所云："此集一以論法爲歸。"《自序》亦云："子美作詩之法可學者也。吾特別其章法、句法、字法，使學者執要以求，以與史法相證，則有從入之門，而亦可漸窺其堂奥。"故其評注方式，詩旁有圈點，句下有簡評，詩後有詳評。長篇之詩則分段講解，句剖段析，概述詩意，並論及章法、句法、字法。旁采宋元以來諸家評釋，如黄鶴、單復、朱鶴齡、吳見思、張溍、張遠等人，而尤以錢箋爲多。並時引友人黄生、汪洪度、王棠、其弟瞻淇之説。"其隱晦者箋之，訛誤者析之，止求達意而止，弗敢博取以爲辨。"故其評論無多新見，但簡明平易，無穿鑿附會之弊，後之注杜者多所徵引。此書最早刻本爲康熙末年之山雨樓刻本，後又多次刻印，可見是書影響之大。1974 年臺灣大通書局據康熙間羅挺山雨樓刊本影印，收入《杜詩叢刊》，而誤署爲"清乾隆間羅挺刊"。《杜詩提要》的缺陷在於用解釋八股文的方法解析杜詩，顯得機械呆板，蔣士銓爲張甄陶所作《杜詩詳注集成序》云："歙人吳瞻泰之《杜詩提要》，又專以帖括八比之法曲爲解説,假使浣花復生,恐未許爲知己也。"①對其以八股之法解杜詩表示了不滿。

（六）吳馮栻《青城説杜》

1. 吳馮栻生平事迹及著述考略

《青城説杜》作者吳馮栻的生平事迹見於文獻記載者很少,張惟驤《清代毗陵名人小傳稿》、《毗陵名人疑年録》均未有記載。周采泉《杜集書録》稱其"景陵人,始末待考"②。"景陵",疑當作"晋陵"。孫殿起《販書偶記》著録《青城説杜》時即稱"晋陵吳馮栻撰"③。晋陵爲古地名,即今江蘇常州。金武祥《粟香三筆》稱其爲薛墅巷人,薛墅巷在常州城東南,金説詳見下。因《青城説杜》抄本卷前署"晋陵吳馮栻青城注",故鄭慶篤等《杜集書目提要》疑其號青城④。按,金武祥《粟香三筆》中即稱其爲"青城先生",正可爲參證。《常州吳氏族譜》卷七載有吳馮栻小傳云:"（吳）馮栻,全三子,字届于,一字稼愚,號青城,原名文濬。縣學生,治五經,康熙辛卯科,改名馮栻,中式,順天舉人,辛丑會魁,欽點翰林院庶吉士。壬寅,奉旨預千叟宴,詩卷進呈,賜克食。雍正癸卯,順天鄉試同考官,授檢討,特旨升詹事府左春坊左中允,加一級,誥授奉直大夫,貤贈朝議大夫,著有《青城説杜》行世。"可知吳馮栻於康熙五十年(1711)中舉,直到康熙六十年才考中進士,榜名吳栻。所謂"會魁",即會試中之五經魁。《詞林典故》卷八《題名下》"康熙六十年辛丑科"載有"吳栻"之名,稱其爲"江南武進人"。檢《明清進士題名碑録索引》,吳栻名列是年進士第三甲一百二十人之第十一名⑤。

---

①　蔣士銓著、邵海清校、李夢生箋《忠雅堂集校箋》文集卷二,上海古籍出版社 1993 年版,第 1033 頁。

②　周采泉《杜集書録》,第 507 頁。

③　孫殿起《販書偶記》卷一三,第 320 頁。

④　鄭慶篤等《杜集書目提要》,第 180 頁。

⑤　朱保炯、謝沛霖《明清進士題名碑録索引》,第 854、2689 頁。

康熙六十一年正月，康熙帝在暢春園舉行了盛大的"千叟宴"，並即席賦《千叟宴》詩一首，吳馮栻亦受邀與宴。《四庫全書》中《御定千叟宴詩》卷一收有吳馮栻的和詩云："微臣釋褐甫登瀛，旋侍瀛仙宴太清。聖瑞早於天象見，老人星拱泰階平。"詩下署名"庶吉士臣吳馮栻"。從"微臣釋褐甫登瀛"的詩句來看，正與其新中進士之履歷相合。金武祥《粟香三筆》載："吾郡聚族鄉居，以科名仕宦著稱者，羅墅灣謝氏外，又有薛墅巷吳氏。吳氏入本朝始盛，有青城先生者名馮栻，康熙六十年進士，入詞館，年已六十餘，其明年正月初五日，即與千叟宴，應制詩云：'微臣釋褐甫登瀛，旋待瀛仙宴太清。瑞應早於天象見，老人星拱泰階平。'又第三首云：'初步木天逢曠典，萬年春酒慶昇平。'其裔孫子良參軍需次粵中，爲余誦之，且言尚有《青城説杜》一卷，舊曾刊行云。"①《清史稿·禮志七》曰："千秋宴，爲康熙五十二年創典，設暢春園。凡直省現官、致仕漢員暨士庶等，年六十五以上至九十者咸與。"②可知康熙五十二年首次舉行千叟宴，康熙六十一年的千叟宴已經是第二次了，此次受邀的均爲六十五歲以上的老人，則吳馮栻斯時應已六十五歲以上，故其當生於順治五年（1648）以前。吳馮栻以高齡得中進士，且被授予"庶吉士"的頭銜，此後又授翰林院檢討，仕途上可謂一帆風順。按照清朝的一般慣例，只有成績優異的進士才可入翰林院任庶吉士，稱爲"選館"。庶吉士任期一般爲期三年，在下次會試前進行考核，稱"散館"。成績優異者留任翰林，授編修或檢討，正式成爲翰林，稱"留館"。《清史稿·選舉志三》云："有清重科目，不容幸獲，惟恩遇大臣，嘉惠儒臣耆年、邊方士子，不惜逾格。"③如果聯繫他在千叟宴上賦詩之舉，及金武祥在《粟香三筆》中對薛墅巷吳氏"以科名仕

---

① 金武祥《粟香三筆》卷二，《續修四庫全書》第 1183 册，第 538—539 頁。

② 趙爾巽《清史稿》卷八八，第 2628 頁。

③ 趙爾巽《清史稿》卷一〇八，第 3167 頁。

宦著稱”、“入本朝始盛”的艷羨,我們有理由懷疑,吳馮栻進士及第後在仕途上殊遇或許都與其高齡有些關係。值得指出的是,與吳馮栻進士同榜的夏力恕、宋在詩、黃之雋等人,都是杜詩研究專家。夏力恕著有《杜文貞詩增注》《讀杜筆記》,宋在詩有《杜詩選》,黃之雋有《鈔杜詩》和《飲中仙》雜劇,從中可見一時崇杜之風氣,也有助於我們瞭解《青城説杜》的成書背景。張惟驤《清代毗陵書目・集部別集類》尚著録了吳馮栻的《青城詩鈔》四卷①,此外未見著録,當已散佚。鄭慶篤等《杜集書目提要》稱,除《青城説杜》一卷外,吳馮栻尚著有《自勖録》四卷②。此説實誤。檢《清史稿藝文志補編・子部・雜家類》確實著録有《自勖録》四卷,署作“吳栻撰”③。然此吳栻非吳馮栻也。《自勖録》四卷的作者吳栻(1740—1803),字敬亭,號對山,晚號洗心道人、怡雲道人,碾伯(今青海樂都縣)人,乾隆四十二年(1777)舉人,著有《雲庵雜文》《贅言存稿》《歲吟録》等,故此吳栻與清初之吳馮栻非同一人。而《杜甫大辭典》《杜集叙録》《江蘇藝文志・常州卷》的相關條目皆稱其著有《自勖録》四卷,當係據《杜集書目提要》而沿誤,應予糾正。

　2. 吳馮栻《青城説杜》的版本體例

　　吳馮栻《青城説杜》,中國社會科學院文學研究所藏有鈔本一册,封面署“青城説杜”四字,有“江陰金武祥印”白文方印,作者自序前有“康熙鐫寶荆堂藏板”字樣,據此,是書當初刻於康熙年間。然《青城説杜》的康熙初刻本早已散佚不傳,孫殿起在《販書偶記》中著録了《青城説杜》的道光刻本:“《青城説杜》無卷數,晋陵吳馮

---

　　①　張惟驤《清代毗陵書目》卷四,常州旅滬同鄉會1944年鉛印本,第17頁。

　　②　鄭慶篤等《杜集書目提要》,第180頁。

　　③　章鈺、武作成《清史稿藝文志補編》,中華書局1982年版,第556頁。

杕撰，道光癸巳寶荊堂刊。”①道光癸巳，即道光十三年（1833），則孫氏並未見過此書之康熙初刻本。《杜甫大辭典》曾懷疑孫殿起《販書偶記》“或將康熙五十二年（1713）之癸巳，誤爲道光十三年之癸巳。惜未見他本，不可臆斷”②，實因未曾經眼道光刻本而產生的誤解。國家圖書館即藏有道光癸巳寶荊堂刻本《青城説杜》，索書號5327，扉頁署“道光癸巳鐫 青城説杜 寶荊堂藏板”，首頁上署“説杜”，下署“晋陵吳馮杕青城注”，次爲作者自序及選詩目錄，不分卷，共選詩66首，計五古17首，七古11首，五律12首，七律7首，五絶2首，七絶17首。詩旁加圈點，注文附詩後，低一格，亦加圈點。因中國社會科學院文學所藏《青城説杜》鈔本及道光十三年寶荊堂刻本均極爲稀見，故具有較高的文獻價值。假若寶荊堂刊《青城説杜》的初刻本果真是刻於康熙五十二年的話，則此書要稍晚於康熙四十二年初刻的仇兆鰲《杜詩詳注》③。然吳馮杕在書中却並未提及仇注，只在《月夜》詩的解評中提到了“幼年見金聖嘆批此詩”。在《自序》中還説：“夫李、杜齊名舊矣，但李由天分，杜盡人工，亦猶元晦之於子静。”其實此説來源於徐增《而庵詩話》：“詩總不離乎才也，有天才，有地才，有人才，吾於天才得李太白，於地才得杜子美，於人才得王摩詰。”④清初金聖嘆、徐增以時文之法批解杜詩，在當時產生了很大影響。吳馮杕所在之常州距金、徐所居之吳縣（今蘇州）甚近，流風所及，難怪吳馮杕會受此二人之影響。吳馮杕《青城説杜》傳世極罕，張惟驤《清代毗陵書目》未予著錄，

<hr>

①　孫殿起《販書偶記》卷一三，第320頁。

②　張忠綱主編《杜甫大辭典》，山東教育出版社2009年版，第595頁。

③　仇兆鰲《杜詩詳注》的版本分爲進呈本、初刻本、初刻本足本等，成書時間各不相同，其詳可參劉重喜《〈杜詩詳注〉版本考辨》，見蔣寅、張伯偉主編《中國詩學》第十輯，人民文學出版社2005年版，第27—33頁。

④　徐增《而庵詩話》，張潮《昭代叢書》甲集卷三三，清光緒二年（1876）刻本。

馬同儼、姜炳炘所編《杜詩版本目録》列爲"待訪"書目①,成都草堂博物館《館藏杜詩書目》亦未收録,誠爲稀見之杜集善本。陳貽焮先生更稱吴馮栻《青城説杜》與趙大綱《杜律測旨》、趙星海《杜解傳薪》等書爲"罕見的杜集珍本、孤本"。② 此書講析甚細,重在串講散繹,敷演詩意,以下對其解詩特色試作分析。

3. 吴馮栻《青城説杜》的解詩特色

(1) 論不厭細,解不厭詳

吴馮栻《青城説杜》論杜詩强調一個"細"字,作者認爲"惟細則沉,沉則静,静則深,深則堅,堅則老,老則精,精則微,微則遠,遠則不可方物,窅渺離奇",故於詩意領會頗深,時有精見。如《山寺》:"野寺殘僧少,山園細路高。麝香眠石竹,鸚鵡啄金桃。亂水通人過,懸崖置屋牢。上方重閣晚,百里見纖毫。"對其頷聯"麝香眠石竹,鸚鵡啄金桃",吴馮栻解曰:"二句有三意:山園之培植石竹金桃,原以資清玩。今一聽鳥獸之自眠自啄,無人驅禁,荒涼一也。麝香有用當采取,鸚鵡能言可難致,皆平時人所攀巖附谷而求之者,今一聽其眠啄於山園,而莫之或顧,荒涼二也。石竹金桃,皆小弱物。石竹少蔭,不足庇覆,非長林豐草比,而聊復一眠。金桃無實,不足充糧,非野芳山果比,而聊復一啄。見禽獸亦窮於眠食之無所,何況於人,荒涼三也。"吴馮栻從無人驅禁、無人捕捉、禽獸無食三個方面詳細分析了此聯的内藴,解讀了詩中藴含的種種荒涼之意,真是細膩過人。又如《石壕吏》"室中更無人,惟有乳下孫。有孫母未去,出入無完裙"四句,吴馮栻評曰:"'乳下'字,極回護孫兒,而話已露出破綻,若吏詰問乳孫之媳,何不使去? 幾無以對。

---

① 馬同儼、姜炳炘《杜詩版本目録》,《杜甫研究論文集》三輯,中華書局1963年版,第390頁。

② 陳貽焮《〈杜集書目提要〉評介》,《論詩雜著》,北京大學出版社1989年版,第298頁。

故急轉口云：孫有母，固未去也。但出入無完裙，實難裸體見人。'無完裙'，妙！若説'無完衣'，吏猶欲牽嫗入驅驗。説'無完裙'，則雖悍吏，亦不敢再有他矣，嫗頗善爲措語。恐他到室中搜出媳來，故急出門對吏。"又曰："云'乳下'，見斷乳即死，母子相爲命，則乳孫之母，斷不可使應役，輕輕已出脱了媳也。倒從孫出媳，此金針不傳妙訣。以'無完裙'作貧苦解，便毫釐千里。"其對詩意的揣摩體悟真可謂細緻入微，確實令人信服。又如杜甫的名篇《月夜》："今夜鄜州月，閨中只獨看。遥憐小兒女，未解憶長安。香霧雲鬟濕，清輝玉臂寒。何時倚虚幌，雙照泪痕乾。"吳馮栻曰："幼年見金聖嘆批此詩，極贊項聯之妙，謂以己心入兒女胸中，代他覆折到自身上。憶兒女是一條肚腸，兒女憶我是一條肚腸，兒女未解憶，又另是一條肚腸，遥憐其未解憶，又另是一條肚腸，有多少曲折。其實妙不在此。二句是倒注所以只獨看之故，腹聯方是獨看正面也。何夜無月，而偏云今夜；何地無月，而偏云鄜州。蓋身在長安，魂原在鄜州，適於此時此地抬頭忽見月，因思此處底月，我今夜獨看，諒彼處底月，閨中亦只獨看也。我於長安見月，而憶閨中之獨看；閨中於鄜州見月，獨不憶我之獨看乎？何以兩下只獨自看、獨自憶也。我在長安爲孤客，其獨也宜；閨中則尚有兒女在，理應群繞母膝，有月同看，而無奈其年幼，未見月光，蚤已垂頭而睡，未解憶長安有父，豈解閨中伴母哉！使心有所憶，必輾轉不安枕，而同徘徊於月夜矣。兒女既若此，閨中看者，非獨自一人而何？"吳馮栻這裏强調的是，不要像金聖嘆那樣只盯着"遥憐小兒女，未解憶長安"一聯單獨進行割裂式的解析，而是應該將詩的前後貫穿起來理解，必須將首聯"今夜鄜州月，閨中只獨看"與頷聯"遥憐小兒女，未解憶長安"聯繫起來，他指出頷聯"二句是倒注所以只獨看之故"。可以看出，吳馮栻的理解比金聖嘆更注意詩歌整體上的脉絡貫穿和前後聯繫，他委婉地駁斥了金聖嘆專就某一聯割裂鑿深的解析方法，認爲"其實妙不在此"，應該説這樣的駁斥是相當有力的。再如《贈衛八處士》中"夜雨剪春韭，新炊間黃粱"一聯，吳馮栻曰："春韭黃粱，雖家居常饌，而在今夕得此，絕勝八珍羅前。'夜雨'字，非爲春韭繪染，正注明'夕'字（按，指前"今夕復何夕"句）。見客到已晚，別無可屠酤，故即用家園滋味。而黃粱別用新炊，則知晚飯已過，重新整治者也。"此解也是心細如髮，揣摩入情，深得杜詩之用心。

爲了細緻深入地解析杜詩，吳馮栻特別強調個人感悟在解詩中的作用，故其於解評中貫注了極大的感情，這對於揭示杜詩的思想内涵具有獨特的作用。如其評《同谷七歌》云："此歌不可多讀，每首相銜而下，煩音促節，如楚騷之怨亂，而一機宛轉，又如蘇錦之回文。但讀開端'有客有客'四字，即欲爲亂離人放聲一哭。"又如《病馬》："乘爾亦已久，天寒關塞深。塵中老盡力，歲晚病傷心。毛骨豈殊衆？馴良猶至今。物微意不淺，感動一沉吟。"吳馮栻評云："此等詩，諷詠百遍，泪愈零而愈不能釋手，不知情生文，文生情也。"再如評名篇《贈衛八處士》云："通首妙在一真，情真、事真、景真，故舊相遇，當歌此以侑酒。讀之覺翕翕然一股熱氣，自泥丸直達頂門出也。"評《石壕吏》云："此一百二十字，即一百二十點血泪。舉一石壕，而唐家百二十州，何處非石壕！舉一石壕之吏，而民間十萬虎狼，又何一非此吏！即所見以例其餘，爲當時痛哭而道也。"這樣的解評對詩歌之典型意義闡釋得頗爲精到，極具啓發性。應該說若無如此深摯的感悟力，吳馮栻便不可能作出那麼細緻入微的解評，他對感悟力的強調正是其細膩解評的基礎。

（2）"隨文衍義"的闡釋方式

吳馮栻《青城說杜》在解釋詩意時主要采用了"隨文衍義"的解詩方式，即不釋詞語，不注典故出處，亦絕少引用他人評語，而重在闡發詩意，往往先簡括詩旨，後加以申講。其實這種解詩方式在明代杜詩學中已經開始露出端倪，單復《讀杜詩愚得》、邵寶《分類集注杜詩》等注本中都有很大篇幅是對詩篇大意的申講。至明末清

初之際,有鑒於歷代杜詩注釋的穿鑿積弊,一些有見識的注家主張
摒棄繁瑣訓詁和考證,提出應直揭本心以矯正前人注杜之弊,於是
此時出現了一些完全摒棄舊注的杜詩注本,它們不再逐一箋釋典
故語詞,而是完全出以己意,采用隨文衍義的形式對杜詩進行串
解,其中盧元昌《杜詩闡》、吳見思《杜詩論文》、湯啓祚《杜詩箋》等
就是頗具代表性的注本,而吳馮栻《青城説杜》中隨文衍義的解詩
方法與這些注本的注釋思想正是一脉相承的。

　　隨文衍義的杜詩注本能夠摒棄繁瑣考據,專意於闡釋詩意,確
實有其獨到之處。吳見思《杜詩論文》、盧元昌《杜詩闡》均以曉暢
明白著稱。周采泉曰:"在仇注以前清初之杜學家,吳見思之《杜詩
論文》及盧氏《杜詩闡》,均是獨創風格。兩書雖優劣互見,可取資
者不少,四庫存目不存書,失之過嚴","其所闡發者,正有發人所未
發也"①。許總評《杜詩論文》曰:"歸納起來看,如此眾多的研究者
及其著作,基本上都不出'釋典'、'考據'、'引事'、'尋實'的範疇,
唯有吳見思《杜詩論文》不屬此類,而以其'依文衍義'的獨有面貌
立於杜詩研究之林。"②然而"隨文衍義"的箋釋方法雖可在很大程
度上避免舊注的穿鑿附會,做到連貫通暢,闡發詳明,頗便於初學,
但其缺點是易流於膚淺,且形式繁瑣呆板。吳馮栻《青城説杜》對
詩意的串解也存在繁瑣的毛病,且時見誤解杜詩之處。如對《石壕
吏》結尾"天明登前途,獨與老翁別"二句,吳馮栻解曰:"曰'前
途',則離家已遠,老翁如途中所遇之親鄰然,吏自捉他不得,仍瞞
過吏可知。"其實此句乃是描寫老婦被抓走後,天明時詩人獨與潛
回之老翁作别,而吳馮栻却理解成被迫應徵的老婦在途中與老翁
相别,其説顯誤。不過吳馮栻《青城説杜》的詩意串解往往能夠寓

---

① 　周采泉《杜集書録》,第 183 頁。

② 　許總《論吳見思〈杜詩論文〉的特色及其對杜詩學的貢獻》,《草堂》
1983 年第 2 期。

注釋於解評,除了串解大意外,其解評中還融合了對章法、句法、字法的分析,這對揭示詩歌的豐富內涵,避免板滯空泛,都起到了重要作用。如《范二員外邈吳十侍御郁特枉駕,闕展待,聊寄此作》:"暫往比鄰去,空聞二妙歸。幽棲誠簡略,衰白已光輝。野外貧家遠,村中好客稀。論文或不愧,重肯款柴扉?"吳馮栻解曰:

> 清空一氣,如此詩,直是對面談。暫往比鄰,竟如避客,致二妙空歸,簡略誠甚矣。然二公之來雖不遇,却已光輝幽棲之寒舍也。主即不在,若近城市,何至杯酒箸肉俱無,而闕展待若此。則知簡略者,皆因幽棲窮僻之故,況衰白老翁,人人皆厭棄,以爲爾墓之木將拱者,誰復肯爲枉駕,故一過已覺十分光輝也。"誠"字、"已"字,激昂跳脱。門前暫駐車馬,無便足爲光輝,則以幽棲在野外,轍迹已罕至。況家又貧,客素知爲乏展待者。路又遠,客又不能枵腹而回,尚誰肯經過哉!故凡住村中,則客必稀,而好客尤稀。如二妙者,更何處得來?但一番簡略,豈肯再至貧家。幸家貧而腹不貧,相與娓娓論文,便是展待也。若肯重款柴扉,則野外荒村,再得有此好客,增衰白之光輝,當復將何如?彼時我決不往比鄰去矣。其清空一氣如此。三承首,四承二,五承三,六承四,七承五,八承六,妙甚!

可以看出,正是由於吳馮栻對篇章結構、詩法用字等往往能一眼覷定,然後經過反復揣摩,再展開申述,因而並不流於空泛。又如對《月夜》首聯"今夜鄜州月,閨中只獨看",吳馮栻評曰:"通首寫一'獨'字,公律詩每於第二句著意,以下皆從此生出,集中多用此格律。"對尾聯"何時倚虛幌,雙照淚痕乾",吳馮栻評曰:"虛幌,'虛'字是透過一層襯托法,語極沉痛。倚虛幌猶以爲快,況雙憑畫檻,飛觴醉月,兒女競前而玩賞乎?'雙'字緊對'獨'字。香霧清輝,雲鬟玉臂,皆作極苦字用,奇妙。"再如《山寺》尾聯"上方重閣晚,百里見纖毫",吳馮栻解曰:"此寺之外,則蕩然無存矣。不然,即登重閣,何能俯見百里乎? 蓋以百里之內,人煙盡絕,村墟竹樹,百無一存,故全無障礙。雖晚色迷離,目已無見,猶一望無際,得見其纖毫也。若認作上方重閣之高,便無異癡人說夢。'晚'字,是加倍點眼法。"這些詩法的總結與提煉,都得力於吳馮栻對詩意的細膩揣摩與反復沉潛,因此其對詩意的演繹就能在很大程度上避免膚淺空疏之弊。

(3) 對組詩整體論的徹底貫徹

杜詩學史上對杜甫組詩的認識和理解經歷了較爲漫長的過程,應該說對組詩不可割裂認識的逐漸深化是杜詩學不斷進步的表現,但這種認識多集中在對《秋興八首》這樣的名篇上,而吳馮栻在《青城說杜》中則特別強調杜甫所有組詩均爲一個完整整體,因此他在解詩時能夠從整體出發,解析中注重前後照應,互爲依據,這樣一來在闡釋中常有人所未發的見解和思路,確實新人耳目。如其評前、後《出塞》曰:"旨同語異。前遣戍,後召募;前多敘勤苦憂傷之情,後多寫慷慨激昂之氣,然篇終俱歸於有功不居,發乎情,止乎理義,其悲壯一也,其忠貞一也。"評《戲爲六絕句》曰:"六首一氣,刀割不斷,而頓挫曲折,輕重低昂之旨自見。"又如《同谷七歌》其一末云:"嗚呼一歌兮歌已哀,悲風爲我從天來。"其七末云:"嗚呼七歌兮悄終曲,仰視皇天白日速。"吳馮栻曰:"人悲怨則呼天,以天始,以天終,尤此詩之首尾相應大關鍵。""終之以天,與首章應,七結俱有次第淺深。"再如《絕句二首》其一:"遲日江山麗,春風花草香。泥融飛燕子,沙暖睡鴛鴦。"其二:"江碧鳥逾白,山青花欲燃。今春看又過,何日是歸年。"吳馮栻指出:"初讀是春日極富麗語,細讀是窮客極悲酸語。直至次首結,方明說出。""你只看燕子數飛,離鄉寄寓者,幾許辛勤! 鴛鴦穩睡,本地安居者,何等自在! 趁泥之融,正要拖泥帶水而壘巢;因沙之暖,常得席地榻天而受用。在家離家之天壤如此。故人自見爲江山之麗,而作客者絶不覺其麗,江皆流泪之波,山盡割腸之劍耳。人自艷夫花之香,而作客者絶不覺其香,睹花適增偏反之離思,藉草益牽綿芊之別緒耳。"吳馮栻將此二詩合併來看,則"遲日江山麗"一詩雍容閒適之狀,就連同第二首的"今春看又過,何日是歸年"一起被解讀爲悲酸思家之語,此論雖不一定就是確解,但無疑也是有啓發意義的。可見以整體論的眼光關注杜甫組詩,便容易在前後對比鈎聯中解析出杜詩的獨特意藴。應該説杜詩學史上堅持組詩整體論者雖不乏其人,但是他們有時也會照顧到每首詩具體情況做到區別對待,而像吳馮栻這樣堅決貫徹到底的人是極爲少見的。他以獨到而犀利的目光注意到杜甫組詩在章法上的整體性,反對將組詩進行割裂理解,從某種意義而言確爲杜詩注釋觀念的一大進步,對深入理解詩意十分關鍵。然而徹底貫徹組詩整體論雖能更加宏觀、全面地把握詩人的用心,做到前後照應,整體一致,但是解詩的過於執一,不知變通,在闡釋詩歌時無疑也會不由自主地掉入穿鑿附會的泥沼。不過這種由拘執造成的穿鑿在吳馮栻堅持組詩整體論時表現得倒還不算特別顯著,其穿鑿傾向集中體現在對杜甫寫景詠物意象的闡釋方面。

（4）對杜甫寫景詠物意象闡釋的鑿深傾向

杜詩寫景詠物之作中多用比興手法,這些詩歌及其表現手法歷來爲學界所關注,闡發得也較多。然而宋以來的杜詩注家,多深文周納,以爲杜詩中的草木蟲魚,皆有比興。黃庭堅《大雅堂石刻杜詩記》曾針對這種解詩傾向批評道:"彼喜穿鑿者,棄其大旨,取其發興於所遇林泉人物、草木魚蟲,以爲物物皆有所托,如世間商度隱語者,則子美之詩委地矣。"[1]其實整個杜詩學史的發

---

① 黃庭堅《宋黃文節公全集》正集卷一六,劉琳等點校《黃庭堅全集》第二册,四川大學出版社2001年版,第437—438頁。

展，一直貫穿着穿鑿與反穿鑿、刻意求深與簡明通達之間不斷辯證的過程。明末清初杜詩學界對宋代以來杜詩注釋中的穿鑿附會進行了系統的駁正與清醒的反思，如錢謙益在《注杜詩略例》中曰："宋人解杜詩，一字一句皆有比托，若僞蘇注之解'屋上三重茅'，師古之解'筍根稚子'，尤爲可笑者也。黃魯直解《春日憶李白》詩曰：'庾信止於清新，鮑照止於俊逸，二家不能互兼所長。渭北地寒，故樹有花少實；江東水鄉多蜃氣，故雲色駁雜。文體亦然，欲與白細論此耳。'《洪駒父詩話》：'一老書生注杜詩云：儒冠上服，本乎天者親上，以譬君子；紈綺下服，本乎地者親下，以譬小人。'魯直之論，何以異於此乎？而老書生獨以見笑，何哉？"①又如方孝標《問齋杜意序》曰："乃説之者曰'詩史'也，曰'一飯不忘君'也，於其稍涉隱見者，必强指之，以爲某章護宮庭，某章刺藩鎮，某句怨徵車之不至，某句望利禄之不來，殆若鄭五之歇後，殷浩之空書，豈少陵哉！"②

　　但是對這些學者的真知灼見，吳馮栻似乎置若罔聞。他對杜甫詠物詩的闡釋中時有穿鑿之處，其情形與宋人並無二致，體現了吳氏解詩的鑿深傾向。如杜甫《乾元中寓居同谷縣作歌七首》其六："南有龍兮在山湫，古木櫳樅枝相樛。木葉黃落龍正蟄，蝮蛇東來水上遊。我行怪此安敢出，拔劍欲斬且復休。嗚呼六歌兮歌思遲，溪壑爲我回春姿。"此詩詩意本來甚爲顯豁，然因詩在開頭提到了"龍"，宋代的注家便將"龍"與下面的"蝮蛇"相互聯繫起來。如《分門集注杜工部詩》引敏修曰："龍蟄，喻天子失勢。蝮蛇東來，喻禄山從山東來。"③蔡夢弼《杜工部草堂詩箋》曰："龍蟄而蛇游，時

---

① 錢謙益《錢注杜詩》卷首，第 4 頁。
② 陳式《問齋杜意》卷首，清康熙二十三年（1684）陳氏側懷堂刻本。
③ 佚名《分門集注杜工部詩》卷二五，上海涵芬樓影印宋本。

之亂甚矣,嘆無力以救之也。"①吴馮栻《青城説杜》在宋人這種解釋的基礎上繼續進行申述:"六首明指玄宗幸蜀,禄山叛逆之事。蜀在同谷之南,言我之所以不得魂歸故鄉者,非以龍失其窟,蛇反來游故乎? 龍之飛天,豈可在山湫者。想嚴冬木葉暫黃落,而適當蟄時耳。然龍蟄而蝮蛇來矣。蝮蛇游水上,我方畏其毒螫矣,安敢輕出哉! 不受僞命意自見。我欲拔劍斬蛇,而又苦於力之不足。且復休者,非竟休也。不見擁護蟄龍,彼山湫之古木方櫳樅耶? 我但少休以俟之,將溪壑一回春,而木葉之黃落者復盛,蟄龍隨起,蝮蛇自滅矣,安足汙吾劍? 以龍喻帝,以蛇喻賊自明。以古木喻李、郭,諸公恐少見及。葉雖黃落,枝則相樛,喻材本足有爲,而遵時養晦也。春回則大運轉,即可乘時而奮矣。故方歌而遲遲有所思者,思大運之急爲我而轉,古木之急爲我生新葉,而輔蟄龍以昇,不欲其久在山湫也。不曰天而托喻溪壑,立言微婉。回春姿,緊對木葉黃落,言亂極思治之意怒然。"可見吴馮栻不僅同意宋人"以龍喻帝,以蛇喻賊"之論,且又將詩中的"古木"和郭子儀、李光弼等中興名將進行比附,且自矜此説"諸公恐少見及",真可謂百尺竿頭更進一步,在穿鑿的道路上比宋代注家走得更遠。

又如《螢火》:"幸因腐草出,敢近太陽飛。未足臨書卷,時能點客衣。隨風隔幔小,帶雨傍林微。十月清霜重,飄零何處歸?"此詩逼真地描摹螢火蟲的光影形狀,言螢火出身之卑賤,性情之陰暗,摹寫其多暗少明、潛行匿迹的種種情狀,最後慨嘆其時過境遷、置身無地的可悲下場。僞王洙注曰:"太陽之光固非螢火之可近,喻小有才而侵侮大德者。"②黃鶴則認爲此詩係借詠螢火蟲而諷刺宦官,其曰:"今詩云'幸因腐草出,敢近太陽飛',蓋指李輔國輩以宦

① 蔡夢弼《杜工部草堂詩箋》卷一七,黎庶昌刻《古逸叢書》本。
② 托名王十朋《王狀元集百家注編年杜陵詩史》卷九,江蘇廣陵古籍刻印社翻印劉世珩影宋本。

者近君而撓政也。"①蔡夢弼曰："蓋甫以太陽喻人君，螢火乃腐草所化……古者謂宮刑爲腐，唐之季世，閹官弄權，公之此詩，蓋譏之也。"②仇兆鰲曰："螢火，刺閹人也。""按腐草喻腐刑之人，太陽乃人君之象，比義顯然。"③這樣的解釋本來不錯，但是鑿深的注者，又將詩中景物所指全部加以坐實，吳馮栻曰："或曰：以螢火喻禄山輩，則太陽者君象，玄宗是已。太真爲幔，蔽之於内。林父（甫）爲林，庇之於外。有與爲隔，又有與爲傍者。玄宗豈復辨其出自腐草之微小物乎？肅宗、李、郭，則十月之清霜也，更字字可味。"《青城説杜》所引此説不明所出，然而對如此明顯穿鑿之解，吳馮栻竟然完全表示贊同，認爲這樣的解釋"字字可味"，真可謂宋代穿鑿注杜者的隔代嗣響。

更有甚者，在《青城説杜》中，吳馮栻竟能從平凡得不能再平凡的詩句中鈎稽出微言大義，如《春水生二絕》其一："二月六夜春水生，門前小灘渾欲平。鸂鶒鸕鶿莫漫喜，吾與汝曹皆眼明。"這本是賦浣花溪草堂春天所見之景，詩人觸目成詩，絕無寄托，歷代的杜詩注家，即使穿鑿如宋人，亦未對此等詩的解釋有過鑿深的解釋，而吳馮栻偏偏指出："此借春水以喻亂生之速也，因所見爲比，語意極明。水者，陰凝之氣，主兵象。二月六夜者，尤昏暗之時，乘昧昧不明而起也。春水一生，而灘竟欲平，喻范陽一動，而河北二十四都皆淪没也。然平者止小灘，脚地最低，素爲水所浸潤者耶？若稍有崖岸者，必不隨波而靡。鸂鶒鸕鶿皆水鳥，故所喜惟水，如蕃將之黨，見兵行勢如破竹，以爲頃刻可使神州陸沉，所以儆之曰'莫漫喜'，言汝曹且不要妄喜，汝故看得分明，狂波無少障，我亦看得分

①　黄希、黄鶴《黄氏補千家注紀年杜工部詩史》卷二〇，《中華再造善本》影印元至元二十四年（1287）詹光祖月崖書堂刻本。
②　蔡夢弼《杜工部草堂詩箋》卷一四，黎庶昌刻《古逸叢書》本。
③　仇兆鰲《杜詩詳注》卷七，第612頁。

明,其涸可立待也。'皆眼明',猶諺云:都洗清了眼睛罷。衆鳥隨水,直來門前,開門便見,兩下得四目相覷,兼喻中外絶無藩籬之隔,故門庭之寇,得肆意縱橫。"吳馮栻從詩中描摹的春水漲溢,竟能聯想到安史叛軍的橫掃河北;從鸂鶒灘鵜的喜水,竟能聯想到安史叛軍的驕縱;從門前水鳥的來去自如,竟能聯想到異族軍隊的肆意縱橫,令我們不得不佩服吳馮栻超凡的想象力。然而要是按照這個邏輯去解詩,杜詩中的任何寫景之句又有什麽不可以作這樣的聯想呢? 只需稍有理智的説詩者便能明白的淺顯道理,吳馮栻不僅視若無睹,反而愈陷愈深,這只能歸結到其對歷代鑿深論杜者們根深蒂固的認同上,當這種認同已經變成一種思維方式的時候,穿鑿附會也就變成了理所當然。應該説吳馮栻《青城説杜》在杜詩寫景詠物意象闡釋方面的偏執,有時比宋人走得更遠,甚至達到了穿鑿的極致。這説明吳馮栻在注杜過程中與清初杜詩學界頗爲隔絶,故其雖身處清初杜詩學反穿鑿的洪流中,却獨取鑿深一途,其闡釋方法和傾向,在杜詩學史上具有不可替代的警示意義,值得引起注杜者的深刻反思。

　　總之,吳馮栻《青城説杜》是一部缺點和優長都十分突出的杜詩注本,其深細的解詩特色和鑿深的闡釋傾向,在清初杜詩學界都可謂獨樹一幟。然而由於該本流布頗罕,後世學者鮮有徵引者,故特爲之鈎沉發覆,期望能夠引起學界對該本的進一步重視。

(七) 陳訏《讀杜隨筆》

　　陳訏(1649—1732 後),字言揚,號宋齋,又號焕吾,海寧(今屬浙江)人。康熙間貢生,官淳安教諭。一説官温州教諭。陳訏爲陳之壎之侄,黄宗羲門人,又與查慎行同里友善,工詩善文,精理學,並傳勾股法。爲文峭厲澹宕,詩喜韓愈、蘇軾而歸於少陵。著有《時用集》正續編、《宋十五家詩選》十六卷、《勾股引蒙》五卷、《勾股述》二卷等,《四庫全書總目》均予著録。生平見《國朝耆獻類徵》卷二五二、《(民國)海寧州志稿・文苑傳》、《晚晴簃詩匯》卷三九。

《讀杜隨筆》二卷,有清雍正十年(1732)松柏堂刻本。卷首載雍正十年吳炯跋、陳訏弁言,次列總目錄。是書分上、下卷,每卷又分兩小卷。每卷首行署"讀杜隨筆"卷次,次行署"海昌陳訏"。每頁版心上署書名,中署卷次,下署頁數。詩之編排略依年代先後爲序,共收杜詩 260 餘首,古今體皆有,大多爲杜詩名篇。每詩先錄原文,後加述論,不注釋典故,不注字句,只大略演繹詩意,論詩作法,間亦褒貶前人注杜之得失,多參考王嗣奭、錢謙益、朱鶴齡、仇兆鰲、浦起龍諸家,偶有新見。是書《(光緒)杭州府志·藝文志》、《(民國)海寧州志稿·藝文志》、清陳敬璋《海寧渤海陳氏著錄》均予著錄。未見復刻本,故世所鮮見。

(八) 何焯《義門讀書記·杜工部集》

何焯(1661—1702),字屺瞻,號義門先生,晚號茶仙,長洲(今江蘇蘇州)人。康熙四十一年(1702)由直隸巡撫李光地舉薦,召入南書房,明年賜舉人,試禮部下第,復賜進士,改翰林院庶吉士,仍直南書房,命侍皇八子府,兼武英殿纂修。焯聰慧過人,博學強識,通經史百家之學,又長於考訂。其所居名賚硯齋,藏書數萬卷,遇宋元舊槧,必手加讎校,參稽互證,名重吳中。有《義門讀書記》共十八種。生平事迹見《清史稿·文苑》本傳、沈彤《翰林院編修何先生焯行狀》及方楘如《翰林院編修贈侍讀學士義門何先生墓志銘》。

《義門讀書記·杜工部集》凡六卷。《義門讀書記》是何焯讀書時有所感發,隨手書記的心得筆記,共十八種,《杜工部集》則其中之一。是書以錢謙益箋注杜詩爲底本,其編次一仍錢本,而評論所及,約占杜詩十分之八。其論述極廣泛,"其大在知人論世,而細不遺草木蟲魚"。不存目錄亦不錄杜詩原文,詩題或詩句之下即評點文字,多則三五句,少則二三字,信筆記寫,不拘格式。雖言簡,卻時有見解,於理解杜詩頗有助益。《義門讀書記》全書,是何焯謝世後,由他人搜集整理,傳刻成書,乾隆十六年(1751)初刻,又有光緒六年（1880）重修本，流傳較廣。1987 年中華書局出版了崔高維點校本。

（九）佚名《杜詩言志》

清康熙間佚名所撰，凡十二卷。是書爲公私著錄所未載，至 1957 年始由揚州古舊書店從泰州購得抄本，1963 年由揚州廣陵古籍刻印社雕版刊行，一函八册。1983 年江蘇人民出版社又出佛雛、李坦校點鉛印本。關於該書作者，佛雛、李坦《〈杜詩言志〉點校本前言》認爲這一新發現的稿本大約寫定於康熙年間，作者爲一泰州佚名文人①。周采泉《〈杜詩言志〉的評價和作者的探索》則"傾向於該書爲陳遠新作"②，似嫌證據不足。此書共選杜詩 215 題，327 首，大抵以黃鶴之編年爲序。其選釋杜詩，重在知人論世，取錄足以深窺詩人心志者，釋詩而意在論人，故其於言簡意明者不選，無深意者不選，只選那些論析有據且具微言大義的詩作。該書體例，錄詩之後，不單作詞語之詮釋，而於釋詩爲文的叙述之中，重在剖解詩人作詩之意旨，時有己見。其評論一詩有時亦聯繫他詩，意在總結其規律性之特徵，於杜詩之藝術手法，亦頗有精到之分析。然是書似嫌瑣細繁絮，有時亦難免求之過深而反失本意，泥於一點而不及其餘。然仍不失爲一部研治杜詩的清初佳作。

（十）王澍《杜詩五古選錄》

王澍（1668—1739），字若林，一作箬林，號虛舟，又號竹雲，自署二泉寓客、聽松庵、良常山人、恭壽老人，因常款署"良常王澍"，世遂稱"王良常"，室名雙藤書屋，金壇（今屬江蘇）人，後徙無錫。康熙五十一年（1712）進士，改翰林院庶吉士，散館授編修，充《三朝國史》《治河方略》《御纂春秋》三館纂修官，六十年，考選户科給事

---

① 佛雛、李坦《〈杜詩言志〉點校本前言》，《揚州師院學報》1982 年第 1、2 期。

② 周采泉《〈杜詩言志〉的評價和作者的探索》，《書林》1980 年第 3 期。

中。以善書法，特命充五經篆文館總裁官，累遷户科掌印給事中，改吏部員外郎。澍精鑒賞，通金石，尤善書法，名播海内。著作甚多，有《虚舟文集》《竹雲題跋》《古今法帖考》《淳化秘閣法帖考正》《禹貢譜》《大學困學録》《中庸困學録》《大學本文》《大學古本文》《中庸本文》《集朱子讀書法》《朱子白鹿洞規條目》《論書剩語》《杜詩五古選録》等。生平事迹見方苞《王處士墓表》、王步青《吏部員外郎族姪虚舟墓志銘》（《巳山先生文集》卷八）等。

《杜詩五古選録》爲康熙年間王澍手寫本，共手抄杜甫五言古詩 138 首，白文無注評，前有無錫華湛恩記云："《杜詩五古》，邑先賢王良常先生手筆也。"因王氏精於書法，故亦足珍貴。1974 年臺灣大通書局據此手稿本影印，收入《杜詩叢刊》，始得以廣泛流傳。

（十一）張雕敬《杜詩評點》

張雕敬，初名珩，字珩珮，號簡庵，秀水（今浙江嘉興）人。世居新塍白鶴灘，築有靈鵲軒，以布衣讀書、著述終身。與梅文鼎（1633—1721）、王寅旭友善。博學多才，詩風豪俊，有《閑留集》《環愁草》等詩集。又善填曲，金石書畫，靡不精曉，尤精天文曆算。著有《定曆玉衡》十八卷。朱彝尊作序謂書中"博綜曆法五十六家，正古今曆術之謬四十四"，推重備至。又著有《宣城遊學記》，係與當時自然科學家梅文鼎研究天文學的心得，潘耒爲之序，甚有學術價值。此書抗日戰争中被日僞劫掠，下落不明，近年天文學界猶在追尋其踪迹。還著有《蓋天演算法》《閑道編》《恒星考》《春秋長曆考》《西術推步法》《弦矢立成》等。關於經學的著作有《書經參注》《左傳平》《春秋義》等。尚著有《三分案》《千秋恨》《再生緣》《昭君怨》《碧桃花》《塵寰夢》《仙筵投李》《賈郎續夢》八種雜劇，及傳奇《祝英臺》《醉高歌》《十二奇踪記》，還有《雞冠花譜》一卷等，只有《醉高歌》尚存，餘皆佚。生平見《碑傳集》卷一三二《梅文鼎傳》附、《國朝書畫家筆録》卷二、《國朝畫識》卷五。

《杜詩評點》十八卷,四册,爲雍正十二年(1734)楊岐昌鈔本。無序跋,亦不列目録。此書係依錢箋杜詩評選,故分十八卷,前八卷爲古體詩,選詩 130 首;後十卷爲近體詩,選詩 218 首。詩正文大字,詩句旁加朱墨圈點,圈有單圈、雙圈。原注與釋文均以雙行小字置於相應詩句之下。題解文字則大字單行,偶有眉批,多標異體字,如《兵車行》欄上有"能作恓",《高都護驄馬行》欄上有"蹄古作踶"之類。第八卷末附有作者簡短識語:"右一卷之八卷,選古詩一百三十首。詩之有靖節、子美,猶四子之有《孔叢》《家語》;《尚書》《春秋》之有左、國、公、穀,非他書之比,故於文體亦須校正。兹特改其尤甚者,其餘俗字、破體可推此而正之。古體原稿圈點詳備,復用朱者,蓋參之鄙見。近體因原稿所無補之,未審其有合否也。"附《杜詩遺珠》二卷,上卷録詩 30 首(與前重者 2 首),下卷 24首,共 54 首。白文無注,僅有圈點。

(十二)吳興祚《杜少陵詩選》

吳興祚(1632—1697),字伯成,號留村。原籍山陰(今浙江紹興),入漢軍正紅旗。以貢生官江西萍鄉知縣,歷山西大寧知縣,遷忻州知州。康熙二年(1663),降補無錫知縣,遷行人司行人,仍留任。十五年擢福建按察使,歷福建巡撫,以平耿精忠之叛,進兵部尚書。二十一年遷兩廣總督,除尚之信及其餘孽之禍。二十八年以事降副都統,鎮大同右衛。旋謫沙克所坐臺,三十六年卒。吳興祚風致俊爽,喜與文士遊,一時名士,多共唱酬。頗能沾溉寒士,故人望歸之。其詩吐屬清雅,氣度蕭散,有《留村詩鈔》一卷。另撰有《宋元詩聲律選》《史遷句解》《粤東輿圖》等書。生平事迹見《清史稿・列傳四七》、魯曾煜《兩廣總督吳公興祚傳》(《碑傳集》卷六四)、《國朝耆獻類徵初編》卷一五三。

《杜少陵詩選》二卷,有民國十一年(1922)上海中華新教育社石印本,一册。題潘元賓訂。首載年譜。選詩古近體兼收,編年不分體。有圈點,有眉批、旁批,無注釋,共選詩 200 首左右。

第五節　清初名家論杜

清初的傅山、金聖嘆、顧炎武、申涵光、王夫之、潘檉章、朱彝尊、李因篤、王士禛諸人都有許多精闢的論杜言論，構成了除杜詩注本以外清初杜詩學的另一個主要内容。可以説，他們共同對清初杜詩學的興盛作出了自己的貢獻。以下僅就諸家的杜詩學理論與成就加以撮述，以期能粗略勾勒出清初杜詩學史的概貌。

一、傅山的杜詩學

傅山是明末清初的大家，其醫學、書法、詩歌及哲學思想等方面的成就爲學界闡發論述得較多。而關於其對杜詩的評論及態度，學界尚缺乏較爲全面的研究和探討。因此本小節擬就傅山的杜詩學成就及特色進行介紹，以期揭示清初這位獨具特色的學者治學的一個重要方面，並以之作爲對傅山研究的一個補充。傅山對杜詩非常喜愛，其存佚杜詩研究著作即有五種之多。他反對元、明以來過分拘泥於詩法而產生的學杜流弊，主張通過妙悟和反復涵詠學習杜詩的精髓。在具體解讀過程中，熟稔佛經道藏的傅山往往聯繫禪法對杜詩進行譬喻，並經常以詩畫同論，其論杜傾向在清初諸家中可謂獨具特色。傅山的詩歌創作繼承杜甫的"詩史"精神，却並不蹈襲模仿，他特別欣賞杜詩雄奇豪放的風格，這正是其獨特審美趣向的反映。

（一）傅山杜詩研究著述概要

傅山一生酷愛杜詩，做了很多杜詩編纂、選輯、評點的工作。目前可以知道的傅山有關杜詩研究的著述有以下幾種。

1.《傅青主手批杜詩》

劉緯毅主編《山西文獻總目提要》卷一三《晋人批校》著録該

書①，現藏上海圖書館。該批係據胡震亨《杜詩通》（清順治七年朱茂時刻本）爲底本，墨批在書眉或句旁，無傅山題識及署名。卷前有翁同龢題識云："庚寅（1890）夏，得此本於西苑朝房，諦審，知爲青主先生評點。紙張絕脆，乃付潢匠褙之。壬辰（1892）秋日，排比舊籍，以畀斌孫。一笏齋中何減霜紅龕耶？ 瓶叟記。"卷末跋云："杜詩四十卷，通體點定，傅青主先生筆也。紙斷爛，乃裱褙藏之。戊子（疑爲"戊戌"［1898］之誤）十二月翁同龢記。"周采泉曾懷疑此本及翁氏跋之真僞②，然翁氏所論當有所據，不宜輕易否定。從該本批語的内容來看，共計 170 餘處，多係評語，且多標"神品"、"妙品"、"能品"等評騭，不是首首有評語，這和明人批點詩文的習慣也是非常吻合的。

2.《杜詩摘句》

該書不是獨立的著作，而是附見於傅山對《廣韻》的批校之中。此本現藏于國家圖書館，書名著録爲《廣韻批注》，爲傅山手書，共存批注八千餘條，五萬餘言，多係杜詩摘句。末存咸豐六年（1856）六月祁雋藻跋云："《廣韻》凡五卷，青主先生分注杜詩句於韻之上下方。每卷皆有名印，並有傅眉印，別紙數條亦有名印。……若仿其例分韻抄之，便成《杜詩摘句》一書，可存傅氏讀書之法，亦可見先輩隨手録記，悉有條理。"通過此書，可見傅山對杜詩熟悉和喜愛程度，説明他確實對杜詩下過很大功夫。

3.《杜詩點評》《續編杜詩》

侯文正《傅山傳》中著録了傅山這兩種著作③，不知有何文獻依據。從書名來看，傅山對杜詩進行過專門的評點和不止一次的選輯工作，估計二書早已散佚。

---

① 劉緯毅《山西文獻總目提要》，山西人民出版社 1998 年版，第 547 頁。
② 周采泉《杜集書録》，第 521 頁。
③ 侯文正《傅山傳》，山西古籍出版社 2002 年版，第 141 頁。

4. 傅山《杜遇餘論》

《杜遇餘論》是傅山爲其好友戴廷栻《杜遇》所作補論，共九則，見《霜紅龕集》卷三○、《霜紅龕全集》卷二三。《杜遇》又稱《丹楓閣鈔杜詩》，是戴廷栻編纂的一個杜詩選本，書名取《莊子》"知其解者，旦暮遇之"之意，此書成於順治末康熙初。劉霱《霜紅龕集備存小引》（咸豐三年刊《霜紅龕集備存》本）稱"楓仲刻書數百種，板存丹楓閣，再傳盡毀之"，則是書刻成後不久，藏板就已被毀。張英《戴公墓志銘》稱《杜遇》爲"楓仲編杜詩，青主批點"。戴廷栻《半可集》中載有此書《小叙》云：

> 余舊遊燕，於陳百史架見李空同手批杜詩，草草過之，其後每讀杜詩，以不及手錄爲恨。因索解於公他先生（傅山），先生拈一章，即一章上口，曰第如此，正自不必索解，若得一解，當失一解，難一番，即易一番。因人作解，不惟空同之解不可得，即復工部，正當奈何。余即退覓善本，日乙而讀之，始覺失一解，乃得一解；易一番，愈難一番。方其難也，若與杜近；以爲易也，復與杜遠。至於有得，若我信杜；忽復失之，若杜疑我。先生所云神遇，果安在哉？其解猶在乎難易得失之間，復問之先生，先生曰：第讀，正自當解。余且讀且疑，久而始信。以我喻杜，不若以杜喻我，以杜喻杜，不若使我忘我，猶□梗概。空同所解諸體固當，至謂五言古少遜漢魏，七言絕不及太白、龍標，斯言也，猶癡點各半之解也。余以爲不必以漢魏之詩論子美之五言古，亦不必以子美之七言絕與太白、龍標論。遂鈔集，朝夕怡悦，所遇於杜者凡若干首，謂之《杜遇》。莊生之言曰："知其解者，旦暮遇之。"昭餘戴生之所遇於杜者如此。若夫其解之知與否？吾猶不敢自信也。①

---

① 戴廷栻《半可集》，民國間石印本。

另外,傅山《霜紅龕文補遺》卷二有《丹楓閣鈔杜詩小叙》,簡略介紹了編選《杜遇》的初衷。又《霜紅龕集》載《與戴楓仲》①,此文與戴廷栻《小叙》對讀,可證二人在成《杜遇》一書的過程中確實常互相切磋驗證。在《杜遇餘論》中,傅山所論杜詩往往涉及禪理,爲其對杜詩的興感體悟,雖然有些令人費解,但是集中表現了傅山的詩學主張和理論傾向,值得進行深入分析。

(二) 傅山論學杜方法與途徑

1. 詩法論:法尚應捨,何況非法?

傅山特別強調詩文的獨創性,聲稱"號令自我發,文章自我開"②,反對明代詩壇前後七子、竟陵派等對杜詩的機械學習,因此在明末清初普遍學杜的熱潮中,傅山的詩歌中雖然或多或少地流露出對杜甫的尊崇,但並未對杜詩進行過刻意模仿。元明以來的文人特別熱衷以杜詩爲範本,探討杜詩中的"詩法"規律,希望以之用來指導創作,對此傅山表示了明確的反對。他在對《金剛經》的批注中說:"以筏濟川,既濟,捨筏而去。以法伏心,既伏,捨法而去。法本無法,則非法亦當捨也。佛謂我所說之法,然未濟須用以渡之,一登彼岸,即捨而不用矣,豈可常守之也?佛法尚當不用而捨之,況不是佛法!此皆所以不當取也。"(《正信稀有分第六批注》)他認爲《金剛經》中"以筏喻法"揭示出了"法"的適用性。也就是在創作過程中,所謂"詩法"不過是一個工具,不必對其特別拘守。因爲若不能做到這點,就不能有所創新。故其《哭子詩》其九曰:"法本法無法,吾家文所來。法家謂之野,不野胡爲哉!"其所批評的"法家",即那些死守成法之人。他在《杜遇餘論》中也反復申說了這個道理:"曾有人謂我曰:君詩不合古法。我曰:我亦不曾作詩,亦不知古法。即使知之,亦不用。嗚呼!古是個甚?若如此

---

① 傅山《霜紅龕集》卷二四,山西人民出版社 1985 年版,第 663 頁。
② 傅山《霜紅龕集》卷一四,第 383 頁。

言,杜老是頭一個不知法《三百篇》底。"傅山認爲詩歌要"不衷於法"(《與右玄書册》),那些癡心學杜甫詩法的人們根本不知道,杜甫本人就是一個"不知古法"、善於突破創新的詩人,因此他譏諷一味固守成法的人曰:"翻憐其識見,幾時得開拓?"(《覽息眉詩有作》)另外,在反對株守死法的同時,傅山主張"詩則性情之音"(《老僧衣社疏》),感情的真摯才是詩歌創作的生命所在;除了"真情"之外,詩人的個人修養也非常重要,二者是相互配合的,並共同受到時代因素的制約。所以他在《偶借"法"字翻杜句答補巖》中云:"問詩看法妄,索解傍人癡。知己不知彼,一是還一非。情性配以氣,盛衰惟其時。"他還在《杜遇餘論》中云:"句有專學老杜者,却未必合;有不學老杜,愜合。此是何故? 只是才情氣味在字句模擬之外,而内之所懷,外之所遇,直下拈出者便是。此義不但與外人説不得,即裏邊之外人,愈説不得。"傅山强調"才情氣味"對詩歌創作的決定性作用,對僅從形式上模仿杜甫者進行了尖銳批評,指出僅從"字句模擬"層面的"專學老杜"者,走的是一條死胡同。然世人多不解此,故而終究只是外行,甚至只能優孟衣冠地做個"裏邊之外人"罷了,所論極爲犀利深刻。

2. 學杜途徑：妙悟與反復涵詠

傅山《霜紅龕集》卷四"雜記五"曾評杜詩"水流心不競,雲在意俱遲"二句云:"何其閑遠,如高僧妙悟。"他在《詩訓》中稱贊謝道韞《登山詩》"氣象爾何物,遂令我屢遷"云:"十字今古詞人能有此幾句,唐之罔川翁、浣花老往往得此妙境。"[1]傅山不僅以"妙悟"來稱賞杜詩,也主張通過妙悟來理解杜詩。然而過分强調妙悟終究會讓人感到難以把握,因此他又特別提出通過反復誦讀杜詩的方法來實現對詩意的理解。其《費眼打油示少年》云:"杜詩之愜,

---

[1]　傅山《霜紅龕集》卷三,第 674 頁。

當久坐忘筌最妙。"①又《與戴楓仲》云:"杜詩越看越輕弄手眼不得,不同他小集,不經多多少少人評論者。若急圖成書,恐遺後悔,慎重爲是。非顛倒數十百過不可,是以遲遲耳。曾妄以一時見解加之者,數日後又覺失言,往往如此,且從容何如?"②也就是説,只有經過多次反復涵詠閲讀,認識才能不斷深化,也才能真正體悟到杜詩的真髓。因此在他看來,讀杜也就成爲最終獲得真解的唯一途徑。在傅山這種認識中,隱含了對歷代注家穿鑿瑣碎之弊的批判,其直揭本心的學杜方法無疑具有革命意義,因此其思想被後人進一步繼承和發展。如稍後的薛雪在《一瓢詩話》中云:"杜少陵詩,止可讀,不可解。"③也和傅山一樣更加強調讀杜的重要。乾隆朝的汪灝亦强調"讀杜",其《知本堂讀杜自序》曰:"不箋且注,而唯讀之者何? 杜陵去今九百餘年矣,名賢宿學,注之箋之者,既詳且精,灝於數者俱不能,且懼穿鑿傅會,失作者之心,聊讀之云而。"他還於該書的《凡例》中提出讀杜之法:"必全首一氣讀之,一題數首一氣讀之,全部一氣讀之,乃可得作者之本旨。"④其後,翁方綱《杜詩附記自序》亦云:"手寫杜詩全本而咀詠之,束諸家評注不觀,乃漸有所得。"⑤從以上這些例子可看出清代的杜詩闡釋思想嬗變的發展過程與趨勢,而這種思想的形成與最終成熟,是和傅山的啓蒙與倡導分不開的。

(三)傅山的論杜特色及其方法

1. 以禪論杜

傅山往往將對杜詩的評論與禪法聯繫起來進行譬喻,這在杜

---

① 傅山《霜紅龕集》卷三,第 675 頁。
② 傅山《霜紅龕集》卷二四,第 663 頁。
③ 薛雪《一瓢詩話》,人民文學出版社 1979 年版,第 156 頁。
④ 汪灝《知本堂讀杜》,清康熙間汪氏家刻本。
⑤ 翁方綱《杜詩附記》,清乾隆間抄本。

詩學史上是相當少見的，因而成爲其論杜的最大特色。由於傅山
熟稔佛經道藏，許多佛道典故和語詞都能信手拈來，讀者往往覺得
生疏冷僻，因此其論經常讓後人感到費解。如其《枯木堂讀杜詩》
云：“雲山花鳥逢，眼耳心手以。高才一觸磕，直下道者是。好手擬
中的，活語被參死。莊嚴非莊嚴，不似乃真似。”①就杜詩而論禪理，
闡發自己讀杜詩後的感觸，很像禪宗悟道而寫的偈子。其實傅山
的詩文都有這種晦澀的傾向，董其恕《讀傅道翁先生詩》中即云：
“讀其詩，古奧老拙，人多不解。”然而假如我們仔細研讀傅山以禪
論杜的具體内容，就會發現其許多論析中的類比、譬喻運用得多麼
的妥帖自然、鞭辟入裏，這同故意賣弄學問的迂腐之論是不可同日
而語的。如傅山於《丹楓閣鈔杜詩小叙》中曰：

> 此丹楓閣之讀杜詩初地耳，初地實與十地不遠，而存此
> 者，存其用功於杜詩也。故牛頭見四祖一案，參説甚多，吾獨
> 取其不別下注脚者一案，曰：“牛頭未見四祖時，何故百鳥銜
> 花？”曰：“未見四祖。”曰：“既見四祖時，百鳥何故不銜花？”
> 曰：“既見四祖。”此鈔正百鳥銜花時事，若遂謫以不必百鳥銜
> 花，則亦終無見四祖時。其初難知，百鳥驚飛去矣。②

“十地”本是指佛教修行過程的十個不同層次，在這裏傅山用“初
地”和“十地”來比喻學杜的不同階段。他又用禪宗“牛頭見四祖”
的公案，説明戴廷栻所編《杜遇》“正百鳥銜花時事”，也就是求道
過程中經歷的必然境界，但還未真正見道，不過這也是非常難能可
貴的了，因爲只有經過牛頭法融那樣“絶慮絶思”般的思考，才能真
正領會杜詩的要義。這裏傅山用佛教術語和禪宗公案來説明理解

---

① 傅山《霜紅龕集》卷五，第 135—136 頁。
② 傅山《霜紅龕集》卷二，第 470 頁。

杜詩的過程,既恰當準確又令人感到新奇有趣。又如傅山《杜遇餘論》中云:

> 譬如以杜爲迦文佛,人想要做杜,斷無鈔襲杜字句而能爲杜者,即如僧學得經文中偈言即可爲佛耶? 凡所内之領會,外之見聞,機緣之觸磕,莫非佛,莫非杜,莫非可以作佛作杜者。靠學問不得,無學問不得,無知見不得,靠知見不得。如《楞嚴》之狂魔,由於凌率超越,而此中之狂魔,全非超越之病,與不劣易知足魔同耳。法本法無法,法尚應捨,何況非法? 非法非非法,如此知,如此見,如此信解,不生法相,一切詩文之妙,與求作佛者界境最相似。①

這裏傅山仍然在説如何學習杜詩的真精神,而不是皮毛刻畫。但是傅山以學佛的境界作爲類比,指出"鈔襲杜詩字句"便"著了法相",不能領會杜詩精髓。只有那些具備高超的素質和識見的學杜者才能真正達到自由的彼岸,這個妙悟的過程,"靠學問不得,無學問不得,無知見不得,靠知見不得",其論真是充滿了辯證意味。

2. 詩畫同論

傅山是清初著名的書畫家,因此他在論杜詩的時候經常以書畫作喻,所論頗爲形象生動。如其於《杜遇餘論》中云:"高手畫畫作寫意人,無眼鼻而神情舉止生動可愛,寫影人從爾莊點刻畫,便有幾分死人氣矣,詩文之妙亦爾若。若一七八尺體面大漢,但看其背後,豈不偉然? 掉過臉來,糊糊模模,眼不成眼,鼻不成鼻,則拙塑匠一泥人耳。微七八尺,即十丈何爲?"又云:"具隻眼人説杜工部不會點景,我説爾錯抬舉他了,他那會那個來,只不會點景?"又云:"我老盲摸揣,只覺好,却又不醒得。聽著又有説不好底,我又

---

① 傅山《霜紅龕集》卷三〇,第870頁。

不醒得,奈何奈何!"傅山強調"刻畫"對詩歌的破壞作用,他認爲真正的詩歌應該"寫意",而不是分毫不失地複製,若一味"莊點刻畫",結果只能得到幾分死人氣的泥塑。這種認識他曾在《杜遇餘論》中多次强調,如云:"韓文公五言極力鍛煉,誦之易見其義。杜先生五言,全不是鍛煉,放手寫去,粗樸蕭散,極有令人不著意處,而却難盡見其義,然予人神解,不在字句中,此處正是才之所關,文公必不能也。"這裏仍然體現了傅山對"鍛煉雕琢"的反對,以及他對"不事爐錘,純任天機"的提倡。他通過韓愈與杜甫五言詩的比較後認爲,雕琢與否直接決定了二人藝術成就的高下,他在《詩訓》中云:"理明義愜,天機適來,不刻意而工。"説的也正是這個意思。

（四）傅山詩歌對杜詩的學習

1. 對"詩史"精神的承繼及對"詩史"論杜的辯駁

在親歷了異族入侵、明清鼎移的時代劫難之後,顛沛流離的傅山面對民生的凋敝,在詩歌中更多地流露出對民衆痛苦的同情和關切。其於《覽息眉詩有作》中云:"不喜爲詩人,呻吟實由瘵。"《兒輩賣藥城市俳諧杜工部詩五字起得十有二章》云:"世界瘖痪久,呻吟感興偏。"《酬上郡李然周寄韻》云:"肝膈亦何説,乾坤徑付詩。"《讀杜詩偶書》云:"杜老數太息,黎庶猶未康。此輩自豩狗,徒勞賢者忙。"傅山在詩中所表現的對下層百姓的同情及自身命運的悲嘆,帶有明顯的時代色彩。另外,傅山用詩歌的形式記錄和保存一代之史,無疑自覺繼承了杜甫的詩史精神。如《甲申避地過起人兄山房》:"泪眼相瞪望帝桓。"《七機巖》:"中原用劍戟,偷生亦可耻。"《巖宿夜大雷雨同白、范二子枕上成》:"盤根礪吾劍,金鐵滿山鳴。"這些詩句都記載了易代之際的歷史及其心路歷程。凡此種種,都真切地表現了傅山明亡後沉鬱悲凉、憂憤深廣的内心世界,反映出時代賦予的心靈創傷,允稱一部心史。正因爲如此,清末武承謨《丁亥南安江上偶懷青主先生作》這樣評價傅山:"朝擊磬一聲,暮枕劍一睡。歌罷鬼神泣,筆落風雨肆。或詠圮橋履,或賦淮陰幟。或吊汨羅魂,或灑少陵泪。"①

　　值得指出的是,傅山雖然自覺地承繼了杜甫的詩史精神,但他又主張詩與史不可混淆,强調要用藝術審美的眼光閱讀欣賞杜詩。《雜記五》云:"史之一字,掩却杜先生,遂用記事之法讀其詩。老夫不知史,仍以詩讀其詩。"②這在當時堪稱卓識。無獨有偶,與其同時的王夫之也同樣認識到"詩史"説的偏頗,他在《古詩評選》中批評以"詩史"譽杜是"見駝則恨馬背之不腫",認爲"以'詩史'稱杜陵,定罰而非賞"。可以説正是清初傅山、王夫之等人對"詩史"説的質疑和駁正,共同促進了人們對詩歌表現功能的反思與再認識。

　　2. 對杜詩雄奇氣象的推尊

　　傅山於《詩訓》中云:"杜詩不可測之人,振古一老,亦不得但以詩讀,其中氣化精微、極文士心手之妙。"③其對杜詩的尊崇溢於言表。傅山詩文中明用、暗用杜詩的地方很多,顯示了他對杜詩的高度熟悉,這種熟悉可以説已經作爲文化因子滲入傅山的血脉之中,以致人們竟很難區分清楚何者是傅、何者是杜。在傅山信手拈來甚或語不擇言的狀態中,杜詩竟也時時出現在傅山的話語中。如其愛子傅眉辭世後,傅山悲痛地對兩個孫子評價其父曰:"爾父秉有異才……作詩淋漓感慨,見事生風,大有'見賊惟多身始輕'之膽之識,真橫槊才也!""見賊惟多身始輕"正是杜詩《戲作花卿歌》對成都猛將花驚定的贊譽之辭。雖然如此,如果細讀傅山《霜紅龕集》所載詩歌,却很難發現對杜詩的直接學習痕迹,因爲傅山對杜甫的學習絕非蹈襲模仿,而是遺貌取神。對傅山詩風歷來有"倔

---

　　①　傅山著,劉貫文、張海瀛、尹協理主編《傅山全書》第7册《附録三》"贈輓祭文",山西人民出版社1991年版,第5015頁。

　　②　傅山《霜紅龕集》卷四〇,第1132頁。

　　③　傅山《霜紅龕集》卷二五,第674頁。

强”、“真率”、“古奧老拙”、“古傲艱澀”之評，不過傅山本人特別欣賞杜詩中雄奇豪放的氣勢，其於《杜遇餘論》中云：“風雲雷電，林薄晦冥，驚駭膈臆，蓮蘇問：文章家有此氣象否？余曰：《史記》中尋之，時有之也。至於杜工部五言七言古中，正自多爾。眉曰：五言排律中尤多。余頷之。文記事體，不得全無面目；詩寫胸臆間事，得以叱咤糾拏耳。然此亦僅見之工部，他詞客皆不能也。七言古中，晚唐如盧仝、馬異，亦自命雄奇矣，却無風雲晦冥處、其所以然處，不無撐拳努肚之意，而卒非天地陰陽之轇轕也。”傅山於千彙萬狀的杜詩風格中獨取雄奇一格，強調詩歌應獨具“驚駭膈臆”氣象與氣勢，從中可以看出其獨特的審美趣向。在他看來，杜詩之所以有“叱咤糾拏”的感人魅力，就在於詩人胸中獨具涵養宇宙之氣象，而這正是盧仝、馬異輩俗手難以企及的。傅山這裏強調的是創作者的獨特個性，反對一切奴性和俗見。他在《作字示兒孫》附記中云：“寧拙毋巧，寧醜毋媚，寧支離毋輕滑，寧直率毋安排。”①這就是著名的“四寧四毋”。在詩歌創作方面，傅山也同樣提出過“寧澀毋甘毋滑”（《復雪閒士》）的主張。正是基於如此獨特的審美觀，傅山胎息於杜詩並融會諸家，才最終形成了自己磅礴恣肆、古奧樸拙的詩風。而杜詩作爲傅山詩歌的主要藝術淵源之一，對其創作產生的影響是極爲深遠的。

二、金聖嘆的杜詩學

　　金聖嘆（1608—1661），明亡後改名人瑞，聖嘆乃其自號。一説名喟，字聖嘆。一説本姓張名綵，字若綵，後以應試，更名金人瑞。吳縣（今屬江蘇）人。自幼於“稗官野史，無所不窺”，獨不喜“四書五經”的枯燥乏味，嘗自謂“自古至今，止我一人是大材”，其放誕不羈，溢於言表。初補長洲博士弟子員和吳縣庠生，因恃才傲物，譏

---

① 傅山《霜紅龕集》卷四，第92頁。

諷考官,遊戲科場,被學使革去功名。後於其居貫華堂(又名唱經堂)招徒講經。入清後,絶意仕進,以讀書著述爲務,曾以《離騷》、《莊子》、《史記》、杜詩、《水滸傳》與《西廂記》爲"六才子書",分別加以批點,並以批《水滸傳》、《西廂記》著稱於世。順治十八年(1661),因哭廟案被斬。著有《唱經堂杜詩解》四卷、《貫華堂評選杜詩》二卷及所批《第五才子書》(《水滸傳》)、《第六才子書》(《西廂記》)、《唐才子書》(《唐詩選批》),有單刻本行世,又有上海錦文堂石印本《金聖嘆全集》八卷。又能詩,著有《沉吟樓詩選》一卷。生平事迹見廖燕《金聖嘆先生傳》(《碑傳集補》卷四四)、蔡冠洛《清代七百名人傳》。

　　《唱經堂杜詩解》四卷,乃聖嘆死後,其親友彙輯刻印之未竟遺稿。《辛丑紀聞》云:"亥(己亥,順治十六年)、子(庚子,順治十七年)間,方從事於杜詩,未卒業而難作。"①金昌《叙第四才子書》亦云:"不數年所批殆已過半,以爲計日可奏成事也,而竟不果。"是知聖嘆評解杜詩未竣其事,金昌叙云:"臨命寄一絶,有'且喜唐詩略分解,莊騷馬杜待何如'句,余感之,欲盡刻遺稿,首以杜詩從事,已刻若干首公之同好矣,兹泚上歸,多方彙輯,補刻又若干首,而後《第四才子書》之面目略備,讀者直作全牛觀可乎!"金聖嘆《唱經堂杜詩解》當代版本有1983年成都古籍書店排印本,書名作《金聖嘆選批杜詩——四才子書》;1984年上海古籍出版社出版鍾來因整理本,書名作《杜詩解》。是書共選批杜詩194首,其中補刻44首中《秋興八首》《重泛鄭監前湖》題下均標"別批",詩重出,評解不同,故實收詩185首,編次不分體,約略編年。前有順治十六年金昌所作《才子書小引》、《叙第四才子書》、唱經堂內外書總目及《杜詩解》目錄。金聖嘆具有强烈的反傳統思想,他在串解杜詩時特別

---

　　①　佚名《辛丑紀聞》,孫中旺《金聖嘆研究資料彙編》,廣陵書社2007年版,第74頁。

能夠結合現實生活，借杜詩針砭時弊，具有很强的政論性和批判性。如其解《三絶句》云："第一絶，言群盜則理當淫殺如此，若不淫不殺，亦不成爲群盜；第二絶，言普天下人酷受淫殺之毒，我只謂都受群盜之毒；第三絶，始出正題，言近則聞道殿前兵馬乃復淫殺不減，竟不知第二絶是受群盜毒，是受官軍毒？誰坐殿上？誰立殿下？試細細思之！"批判的矛頭直指皇帝。

　　金聖嘆批解杜詩，在形式上每首詩先於題目後解題，次就全詩以四句爲一段分段解説，便如批點八股文一般，以下試對其批點方法及理論進行剖析。

（一）金聖嘆的八股論詩理論及其歷史淵源

　　清初的杜詩學界，出現了以金聖嘆、徐增爲代表的以時文之法論杜詩的學派，可謂不因循舊解，顯得獨樹一幟。金聖嘆《示顧祖頌、孫聞、韓寶昶、魏雲》曰："詩與文雖是兩樣體，却是一樣法。一樣法者，起承轉合也。除起承轉合，更無文法；除起承轉合，亦更無詩法也。"①他還從唐代律詩和八股文皆源於科舉取士的固定程式來論證以八股文之法解詩的合理性："（律）爲法律之律，非音律之律也。自唐以前，初無此稱，特是唐人既欲以詩取士，因而又出新意，創爲一體：二起二承二轉二合，勒定八句，名爲律詩。……此政如明興之以書義取士也。明祖既欲屈天下博大精深之士，一皆俯首肆力於四子之書矣，既而三年試之，則又自出新意，創爲一體：一破一承一開一合四比。……夫唐人之有律詩之云，則猶明人之有制義云也。"②對於具體的解詩方法，金聖嘆由起承轉合進而把律詩分爲前後兩解，前解爲起爲承，後解爲轉爲合。如《杜詩解》卷一《贈李白》（"二年客東都"）批云："唐人詩，多以四句爲一解，故雖律詩，亦必作二解。若長篇，則或至作數十解。夫人未有解數不識

---

① 金聖嘆《金聖嘆全集》第四册《魚庭聞貫》，第 46 頁。
② 金聖嘆《答徐翼雲學龍》，《魚庭聞貫》，第 37—38 頁。

而尚能爲詩者也。如此篇……分作三解,文字便有起有轉,有承有結。從此雖多至萬言,無不如綫貫華,一串固佳,逐朵又妙,自非然者,便更無處用其手法也。"又如《秋興八首》批云:"唐詩八句,原止二句起,二句承,二句轉,二句合,爲一定之律。徒以前後二聯不可不拘,而中四句必以屬對工緻爲選……抑豈知三四專承一二,而一二用意拔高,比三四轉嚴;五六轉出七八,而七八含蓄淵深,比五六更叮嚀。"他强調一首律詩整體意義的貫通性,而反對只重中間兩聯的"工緻",認爲起承轉合賴以聯繫的是詩意貫穿其間:"三四自來只是一二之羨文,五六自來只是七八之換頭。……三四生性自來是向前,五六生性自來是向後。"①"詩至五六而轉矣,而猶然三四,唐之律詩無是也;詩至五六雖轉,然遂盡三四,唐之律詩無是也。"②對前後解之説,金聖嘆好友徐增亦極爲推崇,徐氏《而庵詩話》稱:"聖嘆《唐才子書》,其論律分前解、後解,截然不可假借。"又云:"解數,起承轉合,何故而知其爲正法眼藏也?夫作詩須從看詩起,吾以此法觀唐詩已前詩,無不焕然照面,故知其爲正法眼藏無疑也。"③

有學者指出,在金聖嘆之前,元代的范德機即曾云:"作詩成法,有起承轉合四字。"④他不僅以起承轉合爲律詩之法,甚至以之論《詩經》以來的所有詩歌。另有學者指出,到明代以後,因八股文興盛,對詩文進行藝術分析時對所謂句法、字法的評點,便與八股

---

① 金聖嘆《與張才斯志皋》,《魚庭聞貫》,第 42 頁。

② 金聖嘆《與毛序始》,《魚庭聞貫》,第 42 頁。

③ 徐增《而庵詩話》,張潮《昭代叢書》甲集卷三三,清光緒二年(1876)刻本。

④ 傅若金《詩法正論》引,張健《清代詩學研究》,北京大學出版社 1999年版,第 631 頁。

文有了極深刻的聯繫①。如明正統十二年刊孫鼎《新編詩義集説》中即多以八股解《詩經》，其《七月》篇引《詩經旨要》曰：“此題平作，上股言衣，下股言食。衣食者，民生日用之所繫。上股是先時而有備，則在己者可以無憂；下股是因時而用力，則在上者見之而喜，大概歸重於先公風化。上股就‘無衣無褐，何以卒歲’上發意，下股就‘田畯至喜’上發意。”②《兔罝》篇引《詩義發揮》云：“三章當順題分章，截上下股。”③這樣的例子不一而足。瞭解到明代這一“如八股之式”解詩的風氣，我們對金聖嘆以八股法解杜的方法也便會不感到突兀了。

（二）金聖嘆以八股論杜的得與失

問題是以八股文的起承轉合之法解詩，是否真的能夠準確地解析詩歌所蘊含的意義？也就是説將八股文批點方法移植到詩意解析上來，是否真正能夠成爲解開律詩形式的萬能鑰匙？應該説金聖嘆的嘗試起碼在社會反響上來看是失敗的。金聖嘆這種標新立異的方法在當時就受到了許多批評，人們對此法指摘最多的還是“割裂”，如尤侗認爲以解八股的方法套用到解律詩上來是“腰斬唐詩”④。對此，金聖嘆辯解道：“即如弟《解疏》一書，實推原《三百篇》兩句爲一聯、四句爲一截之體，儉父動云‘割裂’，真坐不讀書耳。”⑤其後，《四庫全書總目》之《説唐詩》提要評云：“增（徐增）與金人瑞遊，取其《唐才子書》之説，以分解之説施於律詩，穿鑿附會，

---

①　劉毓慶《從經學到文學——明代〈詩經〉學史論》，商務印書館2001年版，第248頁。

②　孫鼎《新編詩義集説》卷一，《叢書集成三編》第33冊，新文豐出版公司1997年版，第13頁。

③　孫鼎《新編詩義集説》卷一，第4頁。

④　尤侗《艮齋雜説》卷五，《續修四庫全書》第1136冊，第392頁。

⑤　金聖嘆《葭秋堂詩序》，第31頁。

尤失古人之意。"①邊連寶《杜律啓蒙・凡例》曰："惟杜律變化神明,不可方物。動以古文散行之法,運於排比聲偶之中。所謂杜甫似司馬遷者,不獨《八哀》篇爲然,亦不獨古詩爲然也。若但以起承轉合之死法求之,豈不失之遠甚?"②直至當代,仍有人批評道:"金聖嘆的什麼'唐詩分解法',就是根本不值一提的東西。"③金聖嘆將一氣呵成之律詩强分成前後兩解,其方法過於機械,確有牽强之處,如《秋興八首》其七,金聖嘆以爲"波漂菰米沉雲黑,露冷蓮房墜粉紅"與尾聯皆指今日峽中,便顯得十分牽强,葉嘉瑩指出,這樣的强爲分解"誠令人有一棒打成兩橛之感"④,因爲此詩前六句爲寫池上之景,六句聯爲一氣,不可從四句斷開。這樣看來,"割裂"之譏,確爲有自。然而,金聖嘆的八股批解法並不總是一成不變,有時也能根據實際情況加以變化,如有些長篇的古風不便以四句爲一解分開,他就並不分開,只是一路講下去,而將"起承轉合"的意思暗含其中,讓讀者自去體會。所以論者指出,金聖嘆雖采用分解説來批解杜詩,並非不重全詩的章法結構⑤。但使用成法來解析富於變化的杜律,有時難免會出現扞格不通的情況。

(三) 八股論杜辨析

　　金聖嘆以八股論杜的方法招致的激烈批評,還有另外一個重要原因,那就是人們對八股文僵化、死板的形式甚爲鄙薄,從而對用這樣方法批點杜詩亦極爲反感。也就是説,金聖嘆所受到的批評很大程度上是由於人們對他所采用的批評形式有很强烈的心理排斥,故而對其以八股論杜的具體內容亦不加分析地一概予以

---

①　永瑢等《四庫全書總目》卷一九四,第 1771 頁。

②　邊連寶《杜律啓蒙》,河北大學出版社 2005 年版,第 3 頁。

③　葉朗《中國小説美學・導論》,北京大學出版社 1982 年版,第 16 頁。

④　葉嘉瑩《杜甫秋興八首集説》,第 355 頁。

⑤　見簡恩定《清初杜詩學研究》第一篇第二章第一節"形式批評的崛起",文史哲出版社 1986 年版。

否定。

八股文束縛文人思想，限制文學發展，甚至滅亡國家之罪向來受到惡評。八股文的內容要求翼教闡道，代聖賢立言。形式上每篇由破題、承題、起講、入手、起股、中股、後股、束股組成。“破題”共二句，說破題目的要義。“承題”用三句或四句，承接破題的意義而說明之。“起講”概說全體，爲議論的開始。“入手”爲起講後入手之處。起股、中股、後股、束股這四個段落才是正式的議論，中股爲全篇文字的重心。在這四個段落中，每一段落都有兩股兩相比偶的文字，合共有八股，所以叫做八股文，又稱爲八比。這種繁縟瑣碎、僵化呆板的形式，遭到抨擊是理所當然的。然而，其某些行文方法却與詩文關係密切，不應一概否認。頗爲有識的包世臣就認爲八比之體“其凝思至細，行文至密，所有近輝遠映、上壓下墊、反敲側擊、仰承俯引之法，反較古文爲備。故工於八比者，以其法推求古書，常有能通其微意，不致彼此觸礙者，則八比實足以爲古文之導引”①。

另外，張芳《與陳伯璣書》云：“近傳吳門金聖嘆分解杜律，其說即起承轉合之法，亦即顧中庵兩句一聯、四句一截說詩之法也，弟久信之。今得此老闡釋，可破世人專講中四句之陋說。”②也對金聖嘆以八股文法解杜合理性的一面加以肯定。因此，對金聖嘆以時文評杜方法的批評中，有相當一部分是由對八股文的惡名聲引起的反感導致的。其實，八股文陳詞濫調所遭的“惡謚”本不足爲之辯。然而若心中先有成見，然後再形諸指責批判未免失於客觀與公正，僅僅因爲八股文的惡名加之於金聖嘆頭上的污水，金氏也可以完全不任其責，更遑論“八股”本身作爲一種文體形式，“專就表

---

① 包世臣《藝舟雙楫·或問》，商務印書館 1935 年版，第 45—46 頁。
② 周在浚等輯《賴古堂名賢尺牘新鈔》卷八，《四庫禁毀書叢刊》集部第 36 册，第 165 頁。

達能力説,我們也不當小看他"①。啓功曾這樣總結道:"其實'八股'是一種文章形式的名稱,它本身並無善惡可言。只是被明清統治者用它來做約束士子思想的工具,同時他們又在這種文章形式中加上些個繁瑣苛刻的要求。由積弊而引起的譴諡,不但這種文體不負責,還可以説它是這種文體本身被人加上的冤案。"②

這樣,我們知道金聖嘆評杜方法招致批評的原因有很大一部分是受八股文的惡名所累,金氏所採用起承轉合之法論杜律,應該説是符合大多數杜律的結構形式的,也是恰切的。況且他對於此種形式的把握還能採取靈活的態度,而不是拘牽形式,死於句下。而且金聖嘆採用八股文評的形式,也是欲揭杜詩之真精神,其對杜詩的内容並未因注重解析形式而忽略,劉大杰、章培恒即指出:"他評詩,並不專重形式,對詩歌的思想内容,對於詩人的精神活動,是闡發得相當深刻的。"③但是,金氏批解杜詩雖不乏新見,却帶有隨意性,亦有穿鑿附會之甚者。

(四) 八股論杜産生穿鑿附會的原因分析

1. 借文生事的發揮

有一點需要特別指出的是,金聖嘆在批解杜詩時,往往借題發揮,其議論離開杜詩甚遠。這種"誤讀",也不能用穿鑿附會一筆抹殺,這是金聖嘆借他人之酒杯澆自己之塊壘的表現。金氏曾自己闡釋這種"以文托事"的現象云:"蓋昔者之人,其胸中自有一篇絶妙文字……特無所附麗,則不能空中抒寫,故不得已旁托古人生死離合之事,借題作文。彼其意期於後世之人,見吾之文而止,初不取古人之事,得吾之文而見也。"(《水滸傳》第三十三回批)因爲這

---

① 張中行《〈説八股〉補微》,見《説八股》,中華書局 2000 年版,第 63 頁。
② 啓功《説八股·引言》,中華書局 2000 年版,第 1 頁。
③ 劉大杰、章培恒《金聖嘆的文學批評》,1963 年《中華文史論叢》第三輯。

種"借文生事"是他人批評金聖嘆誤解杜詩的另一個原因，使金聖嘆難免於强作解人、牽强附會之譏，所以亦有必要稍加辨析。已有學者對此問題作出了較爲客觀的評價，如周錫山曰："平心而論，金聖嘆對杜詩的思想意義的闡發，一方面發揚光大了原作的人民性和批判性，另一方面也常越出杜詩意象的本身，而夾帶著自己的思想'私貨'；而且越出了'作者之用心未必然，而讀者之用心何必不然'（清代詞論家譚獻語）的美學原則。可是金氏的引申和發揮有其不可磨滅的獨立意義和思想貢獻，是這位'創造性誤解'的大師對歷史、現實和人生思考的光輝結晶。"①金批杜詩中確實有這樣的例子，如對《江村》"老妻畫紙爲棋局，稚子敲針作釣鉤"一聯，金聖嘆評曰："'老妻'二句，正極寫世法嶮巇，不可一朝居也。言莫親於老妻，而此疆彼界，抗不相下；莫幼於稚子，而拗直作曲，詭詐萬端。然則江流抱村，長夏不出，胥疏畏塗，便如天上。安得復與少作去來親近，受其無央毒害也。"②這裏確實可以看出，金聖嘆是將杜詩引申，生發出對當時世道人心的無限感喟。這樣的議論已與杜詩無甚關聯，若從正常的解詩角度看，當然屬穿鑿附會之甚，可以説比之宋代走得更遠。但若詳加對比，還是可以看出有意誤讀與真正穿鑿的區别。

2. 異端思想的闡發

有學者指出，金聖嘆晚年在借評書來駡世的道路上越走越遠，評點這種形式已被他改造成爲鼓吹"異端"的工具。其主要目的已不在於評詩，而是發表自己的異端思想③。如金聖嘆評《登兖州城

---

① 周錫山《金批杜詩思想論——論金批杜詩之一》，《杜甫研究學刊》1988 年第 3 期。

② 金聖嘆《杜詩解》卷二，第 102—103 頁。

③ 曾憲祝《評〈才子杜詩解〉——兼論明末清初"異端"文學的新發展》，張國光主編《水滸爭鳴》第五輯，武漢大學出版社 1987 年版，第 391—395 頁。

樓》曰："此詩全是憂時之言,謂縱目在上,以浮雲比朝廷;縱目在
下,一派都是平野。平野已屬不堪之極,至於人青人徐,遥遥幾千
百里,則其荒蕪甚矣。如此朝廷,成何朝廷? 如此百姓,成何百姓?
一處縱目如此,想處處縱目皆然,豈不岌岌乎殆哉! ……禍福起伏
不定故曰'浮雲';野望全無麥禾,故曰'平野'。"①這就完全脱離了
杜詩本意,而是金聖嘆將自己的感慨借杜詩而發之。又評《狂歌行
贈四兄》"一生喜怒長任真"句曰:"可見人但走得喜怒任真去處,
便是真正巢、許。可憐長安官人,喜時不敢真喜,怒時不敢真怒,又
有時乃至欲爲不真之喜、不真之怒,校四兄真愚不啻也!"②又如
《劉九法曹鄭瑕丘石門宴集》詩,許多注家都認爲杜甫是參與了宴
會的,金氏則相反,認爲此詩是專門爲揭露奉承上司的鄭氏而寫③。
標新立異勢必要受到保守派的指責,這也是金聖嘆評"六才子書"
招致譏謗的重要原因之一,如董含曰:"聖嘆以一己之私,本無所
解,自謂別出手眼。尋章摘句,瑣屑割裂……或證之以禪語,或擬
之以製作,忽而吳語,忽而經典,雜亂不倫。"④這些批評都道出了他
的評點爲世所不容的根本原因。然而,不容否認的是,在這些充滿
異端思想的詩評中,確有許多卓識值得肯定和思考,故廖燕《金聖
嘆先生傳》云:"予讀先生所評諸書,領異標新,迥出意表,覺作者千
百年來,至此始開生面。"⑤

(五) 金聖嘆解杜所產生的影響

金聖嘆創製的以起承轉合之法解杜的方法,對清代的杜詩學
研究產生了很大影響。其中徐增《而庵説唐詩》、吳見思《杜詩論

---

① 金聖嘆《杜詩解》卷一,第 18 頁。

② 金聖嘆《杜詩解》卷三,第 157 頁。

③ 金聖嘆《杜詩解》卷一,第 11—12 頁。

④ 董含著、致之校點《三岡識略》卷九《才子書》,遼寧教育出版社 2000
年版,第 198 頁。

⑤ 廖燕《二十七松堂集》卷九,《清代詩文集彙編》第 164 册,第 150 頁。

文》所受影響尤爲明顯。在金聖嘆《杜詩解》的啓發下，吳見思另闢蹊徑，專論杜詩的章法結構，成《杜詩論文》一書。陳醇儒《書巢箋注杜工部七言律詩》亦秉承此法論詩，其《則言》云："近體八句，總以二起二承二轉二合爲律。有起而後有承，有承而後有轉，有轉而後有合，此秩然之序也。"也可以看作金聖嘆的嗣響。此外，朱瀚《杜詩解意七言律》、陳式《問齋杜意》、吳瞻泰《杜詩提要》、浦起龍《讀杜心解》等許多注本均注重杜律起承轉合的闡發，如朱瀚《杜詩解意七言律》將"起"又細分爲"含攝"、"合攝"、"各攝"等，"承"分爲"合承"、"分承"、"隔句承"等，"合"分爲"承上"、"回抱"等，都是對起承轉合法的發展與深化。

八股論杜這種方法使學者們開始認識到杜詩"以文爲詩"的特色，也就是杜詩與文章的結構形式有相通之處，而這種發現無疑促進了對杜詩形式與内容的更深入研討，不僅爲清初的杜詩學界闢出了一塊獨標異幟的新領域，而且爲清代的杜詩學研究注入了時代内容。此後，桐城派多方闡發以文爲詩在杜詩中的普遍運用，便是金聖嘆以時文論杜的進一步發展。

三、顧炎武的杜詩學

顧炎武（1613—1682），本名繼紳，更名絳，字忠清。清兵南下後改名炎武，字寧人，號亭林，崑山（今屬江蘇）人。明末清初的著名思想家、民族志士、開一代風氣的學者、傑出詩人。少年時曾參加復社，弘光朝以貢生薦授兵部司農，致力於反清復明活動。失敗後北上魯、冀、晉、秦，聯絡志士，圖謀恢復。晚年潛心著述，拒絶清政府的徵辟。顧炎武在創作上能踵武少陵的"詩史"精神，並能在藝術風格上主動效法杜甫，風格沉鬱頓挫。他作爲乾嘉學風的先驅者，在清初確立了一種嚴謹求實的學風，對整個清代杜詩學的發展亦影響深遠。在《日知録》中他還闢有"杜子美詩注"對注杜進行研討，其杜詩學的考證體現出"引據浩繁"的特點，但其中也存在許多疏失。

（一）踵武少陵的詩歌創作

1."詩史"精神的承繼

顧炎武的詩歌全面反映了易代之際風雲激蕩的歷史畫面。如《秋山》其一："一朝長平敗,伏屍遍岡巒。胡裝三百舸,舸舸好紅顏。"①寫出清兵攻下南京、蘇州、崑山、江陰、嘉定、松江等地殺戮之慘、掠奪之甚。其二曰："歸元賢大夫,斷脰良家子。楚人固焚麇,庶幾歆舊祀。句踐棲山中,國人能致死。嘆息思古人,存亡自今始。"②反映了清軍的殘暴與江南人民不屈的壯烈。又如《京口即事》歌頌史可法的抗清精神,寄寓對明朝恢復的熱望,抒發自己爲國家和民族獻身奮鬥的激情,都允稱詩史。所以其詩歌乃是直接繼承了杜甫的詩史精神,徐嘉《顧亭林詩箋注凡例》曰："先生身負沈痛,思大揭其親之志於天下,奔走流離,撫時感事,諸作實爲一代詩史,踵武少陵。"③楊鍾羲《雪橋詩話續集》亦稱其"直接少陵"。屈守元在《顧炎武與杜甫》一文中比較了杜、顧在思想個性和詩歌創作上的一致性,指出"只有杜詩才能孕育文天祥、顧炎武這樣的人物"④。

2. 藝術風格的主動效法

雖然顧炎武詩歌學杜並不是從字句模仿上著眼,反對創作中有所依傍,在《與人書十七》中甚至還批評其他詩人創作中"有杜"的弊病,但他畢竟能在藝術上主動效法杜甫,深得杜詩沉鬱頓挫之旨,徐世昌《晚晴簃詩匯》就指出顧炎武詩歌"心摹手追,惟在少陵"的學杜特點。如其《又酬傅處士次韵》使事的嫻熟與對仗的工

---

① 顧炎武著、王蘧常輯注、吳丕績標校《顧亭林詩集彙注》卷一,上海古籍出版社 1983 年版,第 78 頁。
② 顧炎武《顧亭林詩集彙注》卷一,第 81 頁。
③ 顧炎武《顧亭林詩集彙注》附錄,第 1334 頁。
④ 屈守元《顧炎武與杜甫》,《杜甫研究學刊》1996 年第 3 期。

穩，都明顯可看出學習杜詩的痕迹。張維屛《國朝詩人徵略》稱其《海上》詩"真氣噴溢於字句間，蓋得杜之神，而非襲其貌者所可比也"①。顧炎武的組詩《海上》四首，哀南明之漸次潰敗，嘆其失計，又望其恢復。風格沉鬱，律法森嚴，意境蒼茫遼闊，確可擬之杜甫的《秋興八首》，可謂深得杜詩之真髓。

（二）對杜詩學的影響

顧炎武除了在創作上得杜詩之神以外，作爲乾嘉學風的先驅者，對清代杜詩學研究的影響相當深遠。其在《日知録》卷二七中還闢有專節對杜詩注作出詳細考證，這些考證都體現了顧炎武實事求是的學風，對清初的杜詩學影響巨大，如朱鶴齡《杜工部詩集輯注》卷二〇末便屢引顧炎武《日知録》中的"杜詩注"，另外，仇兆鰲《杜詩詳注》對《日知録》中的考證成果幾乎全部予以吸收，可見其對這些考證的重視程度。

1. 乾嘉學風的開創者

顧炎武對杜詩學最大的貢獻乃是在清初確立了一種嚴謹求實的學風，而不僅僅局限於一些具體的考據成果。乾嘉學者汪中云："國朝古學之興，顧炎武開其端。"②顧炎武憤慨於明末王學左派的空疏學風，强調讀書做學問要經世致用，全祖望《亭林先生神道表》引顧氏云："歷覽二十一史、十三朝實録、天下圖經、前輩文編、説部，以至公移邸抄之類有關民生利害者，隨録之。旁推互證，務質之今日所可行，而不爲泥古之空言，曰《天下郡國利病書》。"全祖望稱贊這兩部著作"探原竟委，言言可以見之施行"③。説明顧炎武的學術活動與現實結合的緊密程度。出於這樣的目的，顧炎武在

---

① 張維屛《國朝詩人徵略初編》卷三，周駿富輯《清代傳記叢刊·學林類29》，第 127 頁。

② 趙爾巽等《清史稿》卷四八一，第 13214 頁。

③ 全祖望《鮚埼亭集》卷一二，《四部叢刊》本。

東西奔走與著述中都注重對山川地理、歷史掌故、職官制度沿革的文獻與實地的雙重考證。全祖望《亭林先生神道表》記載其行狀云："凡先生之遊,以二馬二騾載書自隨,所至厄塞,即呼老兵退卒詢其曲折。或與平日所聞不合,則即坊肆中發書而對勘之。"①

可以説,顧炎武所提出的"博學多聞"、"實事求是"等理論命題,促進了清代學術由空談心性向經學考證方向的轉換。這種轉換經過數代學人的共同努力,至清代中葉,經學考據訓詁之道遂成爲蔚然大觀、成績斐然的顯學。乾嘉學者在顧炎武所開創的這種學風影響下,於杜詩學領域取得了大量超越前人的考據學成果,而這些成果的取得,顧炎武作爲開風氣之先者,居功至偉。

2. 由音韵訓詁而入的考據方法

爲了糾正明末空疏學風的流弊,顧炎武還提出了一套講求實際的考據方法,主張從音韵訓詁入手,先搞清字音、字義,再疏通義理。他説:"列本證、旁證二條,本證者,《詩》自相證也;旁證者,兼之他書也。二者俱無,則宛轉以審其音,參伍以諧其韵。"②清代從音韵入手探究古音的研究,顧炎武爲發端之人。他經過"五易稿而手書者三"終於完成了音學巨著——《音學五書》。在《音論》《詩本音》《易音》《唐韵正》《古音表》這五部著作中,他受到前人吳棫、陳第等的啓發,認識到"時有古今,地有南北,字有更革,音有轉移"③。因爲古音已經消失,所以他想"據唐人以正宋人之失,據古經以正沈氏、唐人之失。而三代以上之音,部分秩如,至賾而不可亂……自是而六經之文乃可讀"④。指出了由審音而入的考據學治學途徑。

①　全祖望《鮚埼亭集》卷一二,《四部叢刊》本。
②　顧炎武《音學五書·音論》卷中,中華書局1982年版,第35頁。
③　顧炎武《音學五書·音論》卷中,第34頁。
④　顧炎武《音學五書序》,第3頁。

其具體的方法,顧炎武創造了依據諧聲離析中古音系以探求古韻系統的十部説。江有誥在《古韻凡例》就曾指出:"國朝崑山顧氏始能離析唐韻以求古韻。"①所以説顧炎武開闢了清代古音研究的道路,這就是以訓詁音韻求義理,由古文字以求其本義及其通假。以此施之於杜詩研究,其後清代的許多學者從音韻訓詁入手,對杜詩的字詞、讀音加以研究,如周春《杜詩雙聲疊韻譜括略》等書所取得的成績,都是從顧炎武所開闢的道路上對杜詩研究的進一步深入。

然而,顧炎武强調從最基本的音韻訓詁出發,引發出來的是大關節目上的大考證,而乾嘉學者却逐漸流爲繁瑣的考證,産生了"釋事忘義"的流弊。顧炎武的學術積極入世,以經世爲本務,熱情擁抱其當前社會民生的每一樁現實,而乾嘉考據却脱離政治,逃避現實,這都是顧炎武所始料未及的。

(三) 顧炎武杜詩學成就的具體表現

1. 發前人所未發的典故考證

顧炎武以博學的見聞與嚴謹精詳的考證相結合,得出許多舊注未發之覆,這在《日知録》卷二七的"杜子美詩注"中屢有體現。如考《喜聞官軍已臨賊境二十韻》"家家賣釵釧,準擬獻香醪"云:"《南史‧庾杲之傳》:杲之嘗兼主客郎,對魏使。使問杲之曰:'百姓那得家家題門帖賣宅?'答曰:'朝廷既欲掃蕩京洛,克復神州,所以家家賣宅耳。'"②此典字面雖有些不合,然却正切合唐軍收復西京長安前百姓的心理,正是杜甫詩意之所本。又如《夔府書懷》詩"蒼生可察眉",顧炎武指出其原出《列子》:"晋國苦盗,有郤雍者,

---

① 江有誥《音學十書》,中華書局 1993 年版,第 19 頁。

② 顧炎武著、黄汝成集釋《日知録集釋》卷二七,岳麓書社 1994 年版,第975 頁。

能視盜之貌,察其眉睫之間而得其情。"①另如考《佐還山後寄》詩
"分張素有期"之"分張"曰:"後魏高允《徵士頌》'在者數子,仍復
分張';《北史》:蠕蠕阿那瓌言'老母在彼,萬里分張';後周庾信
《傷心賦》:'兄弟則五郡分張,父子則三州離散。'"②這些出典的考
證大都爲首次考出,極見功力,故全爲仇兆鰲《杜詩詳注》所采用。

　　2."引據浩繁"的考證特色

　　《四庫全書總目》之《日知録》提要云:"炎武之學,博贍而能通
貫,每一事,必核其始末,究其異同,參以佐證,而後筆之於書,故引
據浩繁,而牴牾者少。"③指出了顧炎武考證淵博、精詳的特點。在
《日知録》卷二七"杜詩注"中有許多這樣的精彩例證,如《晚行口
號》"遠愧梁江總,還家尚黑頭"句,顧炎武曰:

　　　劉辰翁評曰:"人知江令自陳入隋,不知其自梁時已達官
矣。自梁入陳,自陳入隋,歸尚黑頭,其人物心事可知。著一
'梁'字,而不勝其愧矣。詩之妙如此,豈待罵哉!"按《陳書·
江總傳》:侯景寇京都,詔以總權兼太常卿。臺城陷,總避難崎
嶇,至會稽郡,復往廣州,依蕭勃。及元帝平侯景,徵總爲明威
將軍、始興内史,會江陵陷,不行。總因此流寓嶺南積歲。天
嘉四年,以中書侍郎徵還朝。以本傳總之年計之,梁太清三年
己巳,臺城陷,總年三十一,自此流離於外十四五年。至陳天
嘉四年癸未還朝,總年四十五,即所謂"還家尚黑頭"也。總集
有《詒孔中丞奐》詩曰:"我行五嶺表,辭鄉二十年。"子美遭亂
崎嶇,略與總同,而自傷其年已老,故發此嘆爾,何暇罵人哉!
傳又云:京城陷,入隋爲上開府。開皇十四年,卒於江都,時年

①　顧炎武著、黃汝成集釋《日知録集釋》卷二七,第978頁。
②　顧炎武著、黃汝成集釋《日知録集釋》卷二七,第976頁。
③　永瑢等《四庫全書總目》卷一一九,第1029頁。

七十六。去禎明三年己酉陳亡之歲，又已五年，頭安得黑乎？其臺城陷而避亂，本在梁時，自不得蒙以陳氏，何罵之有？且子美詩有云："莫看江總老，猶被賞時魚。"有云："管寧紗帽浄，江令錦袍鮮。"有云："江總外家養，謝安乘興長。"而已巫稱之矣。①

《日知録》引錢氏曰："《陳書》姚思廉所修，以江總與姚察同傳，唐人之重江總如此，以其一代文宗也。子美以總自比，豈有微詞哉！"又錢謙益《讀杜小箋上》曰："劉辰翁云：著一'梁'字，見其自梁入陳，自陳入隋，歸尚黑頭也。强作解事，可笑。不知總入隋，年七十餘矣，劉之不學如此。總後有《自梁南還尋草宅》詩云：'紅顔辭鞏雒，白首入輾轅。'其非黑頭可知。"②但顧炎武結合《陳書》及江總之詩作詳推其履歷，與杜詩相互印證，得出"子美遭亂崎嶇，略與總同，而自傷其年已老，故發此嘆爾"的結論，其論證之精詳，令人感佩。

3. 對舊注的辯駁與繼承

顧炎武的考證本著實事求是的精神，對舊注大膽質疑，表現了一絲不苟的嚴謹學風。如顧炎武對《行次昭陵》"玉衣晨自舉，鐵馬汗常趨"之"玉衣"、"鐵馬"駁錢注曰："'往者灾猶降，蒼生喘未蘇'，謂武、韋之禍。'指麾安率土，蕩滌撫洪爐'，謂玄宗再造唐室也。本於太宗之遺德在人，故詩中及之。錢氏謂此詩天寶亂後作，而改'鐵馬'爲'石馬'，以合李義山詩'昭陵石馬'之説，非矣。其《朝享太廟賦》曰：'弓劍皆鳴，汗鑄金之風馬。'在此未亂以前，又

---

① 顧炎武著、黄汝成集釋《日知録集釋》卷二七，第974頁。

② 錢謙益著，錢曾箋注，錢仲聯標校《牧齋初學集》卷一〇六，第2161—2162頁。

將何説？必古記有此事，而今失之爾。"①用以杜證杜的方法指出錢
注强以史實附會詩意的牽强之處，辯駁頗爲有力。顧炎武《與人
札》曰：

> 十年闊別，夢想爲勞。老仁兄閉户著書，窮探今古，以視
> 弟之久客邊塞，歌兕虎而畏風波者，夐若霄凡之隔矣。正在懷
> 思，而次耕北來，傳有惠札，途中失之，僅得所注《杜集》一卷。
> 讀其書，即不待尺素之殷勤，而已如見其人也。吾輩所恃，在
> 自家本領足以垂之後代，不必傍人籬落，亦不屑與人爭名。弟
> 三十年來，並無一字流傳坊間，比乃刻《日知録》二本，雖未敢
> 必其垂後，而近代二百年來未有此書，則確乎可信也。道遠未
> 得寄呈，偶考杜詩十餘條，附便先寄太原。旅次炙凍書次，奉
> 候起居，不莊不備。弟名正具。②

有學者通過分析認爲，此札是寫給朱鶴齡的，進而指出在錢、朱注
杜之爭中，顧炎武是偏向於朱鶴齡的，而其"杜詩注"也是針對錢謙
益的③。檢之實際情况大致屬實。不過，對於錢氏"詩史互證"的
方法，顧炎武亦能加以繼承和運用，如《哭李尚書》詩"奉使失張
騫"，引《舊唐書·蔣王惲傳》："惲孫之芳，幼有令譽，頗善五言詩，
宗室推之。開元末，爲駕部員外郎。天寶十三載，安禄山奏爲范陽
司馬。禄山反，自拔歸西京，授右司郎中，歷工部侍郎、太子右庶
子。廣德元年，遣之芳兼御史大夫，使吐蕃，被留境上，二年而歸，

①　顧炎武著、黄汝成集釋《日知録集釋》卷二七，第 973 頁。
②　顧炎武《顧亭林詩文集·亭林佚文輯補》，中華書局 1983 年版，第
243—244 頁。
③　鄔國平《顧炎武與杜甫詩注》，《杜甫研究學刊》2002 年第 3 期。

除禮部尚書,尋改太子賓客。"①以李之芳安史之亂前後的經歷證之杜詩,就使對詩意的理解豁然開朗。仇注全襲之,却未注明所本。

4. 考證的疏失

顧炎武往往以其强烈的懷疑精神對舊説尖鋭地質疑,如對《天育驃圖歌》"伊昔太僕張景順,監牧攻駒閲清峻。遂令大奴守天育,别養驥子憐神駿",其云:"按史言玄宗初即位,牧馬有二十四萬匹,以太僕卿王毛仲爲内外閑厩使,少卿張景順副之。開元十三年,玄宗東封,有馬四十三萬匹,牛羊稱是,上嘉毛仲之功,加開府儀同三司。是景順特毛仲之副爾。今斥毛仲爲大奴,而歸其功於景順,殆以詩人之筆而追黜陟之權乎?"②指出杜詩與史籍記載的出入之處,甚至對杜甫"詩史"的準確性都表示了懷疑。然而正是由於過分的懷疑與批評,其對名物的考證也産生了諸多失誤,如他武斷地認爲杜甫對典故的運用亦有偶然失誤之處,不必曲爲之諱。其云:

> 古人經史,皆是寫本,久客四方,未必能携,一時用事之誤,自所不免,後人不必曲爲之諱。子美《寄岳州賈司馬六丈、巴州嚴八使君》詩"弟子貧原憲,諸生老伏虔",本用濟南伏生事。伏生名勝,非虔。後漢有"服虔",非"伏"也。《示獠奴阿段》詩"曾驚陶侃胡奴異",蓋謂士行有胡奴,可比阿段。胡奴,侃子範小字,非奴也。③

顧炎武的辨析表現出極爲大膽的懷疑精神。可是在其所舉的第一個例子中,杜甫其實並没有用錯,陳僅在《竹林答問》中即指出:"古'服'、'伏'通用。《文選》江文通《别賦》,李善注引服虔《通俗文》,

---

① 顧炎武著、黄汝成集釋《日知録集釋》卷二七,第 978—979 頁。
② 顧炎武著、黄汝成集釋《日知録集釋》卷二七,第 973 頁。
③ 顧炎武著、黄汝成集釋《日知録集釋》卷二七,第 976 頁。

正作‘伏虔’，此其的證也。陸士衡詩‘誰謂伏事淺’，善注：‘伏與服同，古字通。’老杜《昔遊》詩‘伏事董先生’，即本此，亦可互證。歷來注家，均未及之。”①這些都顯示出顧炎武考證未密之處。

　　另外，顧炎武拘泥於宋以來“杜詩無一字無來處”説，做了一些繁瑣無謂的考證。如《哀王孫》“朔方健兒好身手”之“身手”，引《顏氏家訓》：“頃世離亂，衣冠之士，雖無身手，或聚徒衆。”②又如釋《蜀相》“三顧頻繁天下計”及《入衡州》“頻繁命屢及”之“頻繁”，引《蜀志・費禕傳》，《晋書・刑法志》、《山濤傳》，《文選》庾亮《讓中書令表》，潘尼《贈張正治》，陸雲《夏府君誄》、《答兄平原詩》等，雖然確實做到了“引據浩繁”，卻於詩意的理解殊無裨益，就顯得没有什麽必要。

四、申涵光《説杜》輯佚

　　申涵光（1619—1677），字和孟，又作孚孟、孚盟，號鳧盟，又號聰山，晚號卧樗老人，永年（今屬河北）人。父佳胤，前明忠臣。涵光聞父殉難，悲慟欲絶者再，扶病往迎父柩。順治九年（1652）詔恤故明死節諸臣，諸司上佳胤名，或誤列爲自縊死，事中格。涵光徒跣行千里抵京師，爲其父疏白其事。後歸家奉母讀書，親教兩弟，累薦不就。與殷岳、張蓋稱“廣平三君”。爲清初河朔詩派領袖，其詩以少陵爲宗，因享年與少陵同庚，人或疑爲其後身云。著有《聰山文集》四卷、《聰山詩選》八卷、《説杜》一卷、《荆園小語》一卷等。在清初詩壇上，申涵光是堅定的學杜派，其《青箱堂近詩序》云：“詩之必唐，唐之必盛，盛必以杜爲宗，定論久矣。”③《王幼輿詩引》云：

---

　　①　陳僅《竹林答問》，《清詩話續編》本，第2259頁。

　　②　顧炎武著、黄汝成集釋《日知録集釋》卷二七，第973頁。

　　③　申涵光著、鄧子平等點校《聰山詩文集》，河北人民出版社2011年版，第13頁。

"古來詩人各據一勝,惟少陵氏天人萬象,無所不包納,其才如海。"①魏裔介《申鳧盟傳》就稱其詩歌"一以少陵爲宗,而沐浴于高、岑、王、孟"②。

(一) 申涵光《説杜》的文獻來源與輯佚方法

申涵光的《説杜》一書已經散佚,然仇兆鰲《杜詩詳注》對其徵引頗多,可惜所引非其全帙。近年杜詩學界又發現《説杜》的韓菼過録本,亦非全帙,然二者具有極大的互補性。加之張潊《讀書堂杜工部詩集注解》、張載華輯《初白庵詩評》、楊倫《杜詩鏡銓》等文獻所引申涵光論杜語,以及王崇簡《青箱堂文集》卷三所引之《説杜序》,則已可約略恢復申涵光《説杜》一書的概貌。

在清初杜詩注本中,申涵光的《説杜》一書屬於出現較早的論杜專著。據申涵煜、申涵盼編《申鳧盟先生年譜略》(康熙十六年刻本)載,康熙六年丁未,"夏公有事於大名,《説杜》成路,妹婿澤農刻於吳門。"澤農,即路澤農。南明永曆政權覆亡後,他一直流寓蘇州。則該書成於康熙六年(1667),爲蘇州刻本。《説杜》一書後來散佚了,散佚的時間大約爲乾隆朝末至嘉慶初年。《帶經堂詩話》卷一九"博雅類"第十一條后有張宗柟《附識》曰:"余插架有聰山《説杜》一帙,中分總説、隨説、補説,自序云:季弟隨叔學詩于京師,家書商榷,苦其難盡,乃隨所見輒筆于册,亦云大略有然,從此推之耳。"③《帶經堂詩話》約成書于乾隆二十五年(1760),此時張宗柟尚藏有《説杜》一書,從其徵引可見其書體例之大略。另外,乾隆間張載華《初白庵詩評纂例》曰:"唯申鳧盟先生《説杜》,邇來罕

---

① 申涵光著、鄧子平等點校《聰山詩文集》,第 22 頁。

② 申涵光著、鄧子平等點校《聰山詩文集》,第 346 頁。

③ 王士禛著、張宗柟纂集、夏閎校點《帶經堂詩話》卷一九,人民文學出版社 1963 年版,第 556 頁。

有流傳。仇氏《詳注》亦非全載，今擇其精要者，仍附之。"①看來至乾隆四十二年（1777）前後，張載華編纂《初白庵詩評》之時尚能見到此書，不過這時《説杜》已經非常罕見。而乾隆朝江浩然《杜詩集説》中所引申涵光語完全抄襲自仇注，可見大約到此時，人們已經不易看到《説杜》一書了。嘉慶朝成書的劉濬《杜詩集評》在"集評姓氏"中提到了申涵光之名，書中僅徵引了四條申評。

《説杜》一書對康熙朝的杜詩學界産生過相當大的影響，如康熙四十二年（1703）成書的仇兆鰲《杜詩詳注》對《説杜》就屢屢徵引，據筆者粗略統計，仇注徵引《説杜》達54次，涉及杜詩52題。如此高密度的徵引，即使除去仇氏在轉引過程中的略漏，也可以使我們從相當程度上瞭解《説杜》一書的大體情況。通過對申涵光《説杜》的輯佚，我們發現該書中有許多内容是對杜詩的批評，這些批評的内容所占比例還很大。然而仇注轉引諸家評論之時，稱"兹集取其羽翼杜詩，凡與杜爲敵者，概削不存"②，依據這樣的原則，他對充滿批判精神的《説杜》轉引一定是刊落者多、引入者少了。不過即使這樣，仇注對該書輯佚還是最爲重要的文獻。

當代學界對《錢箋杜詩》一個批校本的介紹，爲《説杜》的輯佚提供了另一重要途徑。《杜甫研究學刊》1996年第1、3期分別刊登了沈時蓉《韓菼批校〈錢箋杜詩〉輯考》之文，該文對四川師範大學圖書館藏善本"長洲有懷堂韓菼硃墨筆批校"的康熙原刻本《錢箋杜詩》作了較爲詳細的介紹。沈時蓉在輯録了全部批語之後指出，此批校本中的硃墨筆批語並非出自韓菼手筆，其中硃批當係引自申涵光《説杜》，墨批則是邵長蘅的批語。也就是説，所謂"韓菼批校本"，實應爲韓菼過録申涵光、邵長蘅論杜的批校本。韓菼（1637—1704），字元少，江南長洲人，康熙十二年進士，歷官至禮部

---

① 查慎行著、張載華輯《初白庵詩評》卷首，民國間上海六藝書局石印本。
② 仇兆鰲《杜詩詳注・凡例・杜詩襃貶》，第23頁。

尚書。爲什麼韓菼於《錢注杜詩》上過録申涵光語呢,大概是因爲韓菼幾乎同時看到了清初這兩種杜詩注本(這裏暫且不論邵長蘅所批),故對二書進行比較參量而成。爲什麼這樣推斷呢? 因爲韓菼批校《錢箋杜詩》所用底本爲"康熙原刻本",即康熙六年(1667)靜思堂本。而上面也提到了,《説杜》也恰好刻於此時,則韓氏批校的時間,亦當在此後不久。又因爲《説杜》刻於吳門,住在長洲(距蘇州不遠)的韓菼極易得見此書。那麼,他將所見的《説杜》過録到《錢箋杜詩》之上,也就是可以理解的了。需要特別指出的是,此本是《説杜》較早的過録本,而仇兆鰲《杜詩詳注》此時還尚未成書。不過韓菼並未過録《説杜》全帙,他只過録了前五卷。據筆者統計,韓菼所過録的申涵光語涉及 49 題 50 條。與仇注對照後就可以發現,僅有 14 題與仇注相同,所以二者存在極大的互補性。

另外,河北磁縣籍的注杜學者張溍,其《讀書堂杜工部詩集注解》的成書比申涵光《説杜》晚三十年,其中亦大量徵引申説,據粗略統計,涉及杜詩 49 題 50 餘條。其中和仇注重複者僅有 9 題,與韓菼過録本重複者亦僅有數題。此外,張載華輯《初白庵詩評》中徵引申涵光評語 11 條,與仇注、張溍注及韓菼過録本所引重複者有 9 條,未見于上述其他文獻者 2 條。此外,楊倫《杜詩鏡銓》引申涵光論杜評語中,有不見於上述文獻者 2 條,與上述文獻所引文字有異者 5 條。這樣一來,上述五種文獻中徵引申涵光《説杜》已經達到 127 題。一般來説,以評論 120 多首杜詩成書却僅爲一卷,篇幅是顯得稍長了些,但這正與魏裔介《申鳧盟傳》中"《説杜》一卷,此二卷有餘"的説法相吻合。對僅爲一卷的申涵光《説杜》進行輯佚,若依據以上仇注所引篇目,再益以其他文獻所引,恢復該書的大略,當不是難事。

綜上所論,將《説杜》的韓菼過録本與《杜詩詳注》《讀書堂杜工部詩集注解》《初白庵詩評》《杜詩鏡銓》等文獻的徵引相結合,去其重複,則可約略恢復申涵光《説杜》的基本面貌,雖然原書的準確度會因受到徵引過程中的節略和舛誤而打一些折扣，但這並不會妨礙我們瞭解申涵光《説杜》一書的大致篇幅和內容特色。所以結合以上那些相關文獻，采用細緻的校勘方法，對已經散佚三百餘年的《説杜》進行儘量充分的輯佚，無疑是一件非常有意義的工作。

至於對該書輯佚的具體操作方法，應采取如下措施爲宜：即杜詩原文采用仇兆鰲《杜詩詳注》爲底本，篇目的先後次序亦悉依仇注。至於各本引文與仇注所引互有異同、詳略之處，則並引之，供讀者鑒別。爲節省篇幅起見，除了極特殊的情況，乃將杜詩原文全部刊落，只節引相關的杜詩詩句。漏略之處在所難免，希請讀者不吝賜正，匡我不逮。

（二）申涵光《説杜》一卷輯佚

王崇簡《説杜序》：

> 閒居習懶，恒以書籍取適。雖釋卷茫然，殊自怡悦。夏秋微疾，或以爲戒，遂束書不觀，然亦忽忽不樂。鳧盟自永年寄《説杜》一帙，時秋仲日夕矣。披械亟覽，不能輒止，繼之以燭，不知疾之去身也。竊以子美生平之自知與其所不知而人不能知之者，舉爲拈出，不獨刪除前人穿鑿之注、影響之論，並不依傍苛刻，使一部杜詩爽豁振動，讀者心目頓易。昔蔡中郎得《論衡》，秘玩以爲談助，時人疑得異書，搜求帳中，攫之而去。中郎屬曰：“惟我爾共之，勿廣也。”予嘗笑其狹，將勸鳧盟公之于人，必有秘爲異書者。他日倘遇其人，將問之曰：將無得吾鳧盟之《説杜》乎？（王崇簡《青箱堂文集》卷三，徐世昌《大清畿輔書徵》卷三〇亦引，有數字之異）

魏裔介《説杜序》：

> 余幼習舉子業，不暇事詩，自先外祖張公處得杜詩鈔本，

蓋高邑趙儕鶴先生評本也，自是而稍知沈酣其中。先子拙菴
公復喜讀杜詩，有《杜陵詩話》之集，談詩者以爲膾炙云。迨讀
盧德水《杜詩胥鈔》及錢虞山《杜詩箋注》，而嘆兩人之膏肓痼
疾於杜，誠藝苑之樂事也。顧自宦遊以後，則又不得數數讀杜
詩，而每讀元微之稱子美之詩，服其絶識。故詩家有杜，則不
可無說杜者。說之詳而杜之精神見，說之深而杜之妙義出，正
不必專於贊杜諛杜也，且杜亦何待贊與諛哉？吾友申子鳧盟
在舟中十餘日，《說杜》數十帙，皆自出手眼，非經人道破之語。
余讀之，躍然起曰：是殆可與詩話合爲一函，而與德水、虞山同
爲浣花氏之功臣矣！鳧盟云：杜詩如海，終身說之不盡，夫今
之人說名說利，說是非，說恩怨，此說之難而說之窮也，何如說
杜之樂而忘憂乎？噫！鳧盟之言進乎道矣，存斯見也，即以之
說《三百篇》可也。（《兼濟堂文集》卷四）

1.《遊龍門奉先寺》
"天闕象緯逼，雲臥衣裳冷"下申涵光批曰："'天闕'對'雲
臥'，未免杜撰。"（韓菼過録本卷一）

2.《假山 并序》
申涵光曰：序不易解。杜長文至數語，便期期不能達意。如
"夔人屋壁"、"平章鄭氏女子"、"公孫大娘"等篇，世人附會以爲
古，其實不明。詩小序，莫妙於元次山，杜短語多有佳者。（《杜詩
詳注》卷一）

3.《春日憶李白》
申涵光曰：是詩體味浮薄，較後"死別已吞聲"、"文章憎命達"
等作，可占火候。（《讀書堂杜工部詩集注解》卷一）

4.《前出塞九首》其四
申涵光批曰："生死向前去"二語，怨恨語，如聞其聲。迫民於
死而忘（望？）有功，難矣。"不復同苦辛"，向來辛苦，已是難堪，今

且欲求辛苦不可得,此正與"庶往共飢渴"同一妙筆!（韓菼過録本卷三）

5.《玄都壇歌寄元逸人》

"子規夜啼山竹裂,王母畫下雲旗翻"下申涵光批曰:"二語大類長吉,此老無所不有。"（韓菼過録本卷一）

6.《麗人行》

申涵光曰:形容奢麗,得風人諷刺之體。楊用修添出"足下何所著,紅蕖羅韈穿鐙銀"二語,盡不必。　楊花、青鳥,渲染濃麗,不必拘拘索解,自是樂府佳語。（韓菼過録本卷一）

7.《渼陂行》

申涵光曰:説水中山影,使人毛髮泠然,"嫋窕沖融"四字,是一幅好山水批語。驪龍、馮夷,太泛。（韓菼過録本卷一）

8.《送張十二參軍赴蜀州因呈楊五侍御》

"萬點蜀山尖"後申涵光批曰:"'尖'字入詩易纖,形容蜀山却妙。"（《初白庵詩評》）

9.《示從孫濟》

申涵光曰:高人行徑,亦畫出無聊。淘米刈葵,是老人成家語,對從孫,故説家中細事,別無此意。（韓菼過録本卷一）

10.《秋雨嘆三首》

申涵光曰:"凉風吹汝"二句,説君子處亂世危甚。（《杜詩詳注》卷三）

11.《夏日李公見訪》

申涵光曰:"墙頭過濁醪",畫出村居小家人情事。"孰謂吾廬幽"下申涵光批曰:反説不幽,妙,妙!（韓菼過録本卷一）

12.《自京赴奉先縣詠懷五百字》

申涵光批曰:末段蔓語可删。（韓菼過録本卷一）

13.《奉同郭給事湯東靈湫作》

申涵光曰:板實。（《讀書堂杜工部詩集注解》卷二）

14.《後出塞五首》

申涵光曰：有《前出塞》，後五首可以不作，以前緊而後緩也。"馬鳴風蕭蕭"下申涵光批曰："蕭蕭馬鳴"，經語也，加一"風"字，便有颯然邊塞之氣，然此亦兼用《易水歌》。（韓菼過録本卷三）

15.《奉先劉少府新畫山水障歌》

申涵光曰："堂上不合生楓樹"，起得突兀，與"高堂見生鶻"同法。"漁翁暝踏孤舟立"，此畫儼然在目。（《初白庵詩評》卷上）

16.《白水崔少府十九翁高齋三十韵》

"泉聲聞復息"下申涵光批曰：是桃源中乍見漁人光景。（韓菼過録本卷一）

17.《哀王孫》

"長安城頭頭白烏"下申涵光批曰："從烏上説起，奇。""昔何勇鋭今何愚"下申涵光批曰："'愚'字妙，若背城一戰，未必無功；而魚驚鳥散，殊不可解，换'弱'字不得。"（韓菼過録本卷一）

18.《一百五日夜對月》

申涵光曰："斫却月中桂，清光應更多"，似俗傳汪神童詩。（《杜詩詳注》卷四）

19.《哀江頭》

"憶昔霓旌下南苑"下申涵光批曰：唐人吊古套語，至今尚有襲之者。（韓菼過録本卷一）

20.《大雲寺贊公房四首》

申涵光曰：此四首應入古詩，鍾、譚改爲排律，光景一新。（韓菼過録本卷一）

其一

申涵光批曰："開懷無愧辭"，交情、人品盡此五字。（韓菼過録本卷一）

其三

"心清聞妙香"下申涵光批曰：是禪理。（韓菼過録本卷一）

21.《述懷》

申涵光曰:"麻鞋見天子"二語,一時君臣草草,狼藉在目。"反畏消息來",非身經喪亂,不知此語之妙,與"近鄉情更切,不敢問來人"同一情事。此等詩無一語空閒,無一字牽強,平平說去,淋漓慷慨,有聲有泪,千古無兩,真《三百篇》的派。後人謂老杜古詩失《選》體,以其鋪序太實。不知六朝人掇拾補湊,意趣悄恍,乃詩之一種。弇州云:"詩固有賦以述情,切事爲快,不盡含蓄也。"此語得之。(韓菼過録本卷二)

申涵光曰:"麻鞋見天子,衣袖露兩肘",一時君臣草草,狼藉在目。"反畏消息來,寸心亦何有",非身經喪亂,不知此語之真。此等詩,無一語空閒,只平平說去,有聲有泪,真《三百篇》嫡派,人疑杜古鋪序太實,不知其淋漓慷慨耳。(《杜詩詳注》卷五)

22.《送從弟亞赴河西判官》

"令弟草中來"下申涵光批曰:"自稱令弟,奇。""疏通略文字"下申涵光批曰:"是英雄本色,掉書袋子濟得甚事。"(韓菼過録本卷二)

申涵光曰:"疏通略文字",便是英雄本色,若兩脚書厨,濟得甚事?(《杜詩詳注》卷五)此段叙弟亞,承"異人"來。(《杜詩鏡銓》卷三)

"坐看清流沙,所以子奉使"下批曰:此段赴河西,承"時危"來。(《杜詩鏡銓》卷三)

23.《曲江陪鄭八丈南史飲》

"雀啄江頭黃柳花,鵁鶄鸂鶒滿晴沙"下申涵光批曰:兩句三用鳥名,頓挫有致。(劉濬《杜詩集評》卷一、《初白庵詩評》卷上)

24.《羌村三首》其一

申涵光曰:杜詩"鄰人滿墙頭"與"群雞正亂叫",摹寫村落田家,情事如見。今人謂苦無詩料者,只是才弱膽小,觀此等詩,何者非料耶?(《杜詩詳注》卷五)

申涵光曰:"妻孥怪我在","怪"字妙! 不敢望其復活也,易"喜"字不得。"生還偶然遂",即所謂"間道暫時人",他人生還不得,與己之頻值于危,不言可知。"鄰人滿墻頭"與"群雞正亂叫",摹寫村落田家,情事如見。今人謂苦無詩料者,只是才弱膽小耳,觀此等詩,何者非料耶? (韓菼過錄本卷二、《初白庵詩評》卷上)

申云:"生還偶然遂",即所謂"間道暫時人",他人生還不得,與己之頻值于危,不言可知。(劉濬《杜詩集評》卷一)

25.《北征》

申涵光曰:"'怵惕久未出'、'恐君有遺失',是大臣心事。此與'不忍便永訣',不忍即開口,看他戀戀闕廷,滿腔忠愛。""'山果多瑣細'一段,胸中元化,順口説出,即老杜亦不知其何以放筆至此。""我行已水濱,我僕猶木末"下申涵光批曰:"一幅蜀道圖。"(韓菼過錄本卷二)

申涵光曰:"丹砂"數句,混然元化;"我行"二句,儼若圖畫。此備寫歸來愁喜之狀。叙兒女事可悲可笑,乃從《東山》詩"果臝"、"瓜苦"等得來,故不嫌瑣悉傷雅。突接"尚"字(至尊尚蒙塵),亦從上"且"字生來,節拍甚警。"送兵五千人"下申涵光曰:此段目擊時艱,而致其祝頌。因借兵回紇,望以兩京收復,直搗賊巢,爲當時反正之急務。(《杜詩鏡銓》卷四)

26.《彭衙行》

申涵光曰:"逢人多厚顏",説得失意人可憐。"癡女飢咬我"下申涵光批曰:"'癡兒'一段,可笑可哭,序事之妙,幾同化工。""衆雛爛漫睡"下申涵光批曰:"'爛漫'二字,寫稚子睡態入神。"(韓菼過錄本卷二)

27.《送李校書二十六韻》

申涵光曰:全首冗薄。"堂上會親戚"、"對酒不能喫"二語,可發一笑。(韓菼過錄本卷二)

28.《贈畢四曜》

"飢寒奴僕賤"下申涵光曰：奴僕賤主，奴僕自賤，與奴僕爲人所賤，三説俱通。(《杜詩詳注》卷六)

29.《瘦馬行》

申涵光曰：舊注以爲爲房琯作，細看亦似自況。緣有"當時歷塊誤一蹶"，故疑爲琯發耳。其實老杜實見此病馬而哀之，非胸中有所感慨，設爲病馬之詞。凡古今失路人，情事皆同，不必定其爲誰發了。(韓荄過録本卷二)

30.《義鶻行》

"功成失所往，用捨何其賢"下申涵光批曰：情事俱足。(韓荄過録本卷二)

31.《贈高式顏》

申涵光曰："昔別是何處，相逢皆老夫"，誦之如聞其聲。"乍見翻疑夢，相悲各問年"，語意本此，而真樸自然不逮矣。(《杜詩詳注》卷六)

32.《早秋苦熱堆案相仍》

申涵光曰：此首太潦倒，啓後人指摘。"自足蠍"、"轉多蠅"，更俚。(韓荄過録本卷二)

33.《遣興三首》其二

申涵光曰：杜詩"諸將已茅土，載驅誰與謀"，高適亦云"豈無安邊策，諸將已承恩"，皆言恩寵太過，將驕不可用也。(《杜詩詳注》卷七)

申涵光曰：末二句("諸將已茅土，載驅誰與謀")説盡末流禦將之失。高適詩云"豈無安邊策，諸將已承恩"，正此意。(韓荄過録本卷三)

34.《戲贈閿鄉秦少府短歌》

"多才依舊能潦倒"下申涵光批曰："能"字妙！説得潦倒鄭重，無才人潦倒不得。(韓荄過録本卷二)

35.《新安吏》

"就糧近故壘，練卒依舊京。掘壕不到水，牧馬役亦輕"下申涵光批曰："就糧"四語，極苦事却作慰藉語，妙於立言。（韓荄過録本卷二）

36.《石壕吏》

申涵光曰：起四句樸甚。"老婦出看門"句不用韵，不知何故？（韓荄過録本卷二）

37.《垂老別》

申涵光曰："投杖出門去"，畫出老人激憤。然以此等人作成卒，草草塞責，兵政可知。"孰知是死別，且復傷其寒"，是從古傷心盡頭語。"此去必不歸，還聞勸加餐"，去此二語，更覺凄緊。（韓荄過録本卷二）

38.《遣興五首》其三

"陶潛避俗翁，未必能達道"下申涵光批曰：陶公高風亮節，千古無二，杜老以爲未達道，不知道是何物，公於何處見其未達也？"觀其著詩集，頗亦恨枯槁"，陶之質任自然，卷舒物外，何嘗以枯槁爲恨？"有子賢與愚，何其掛懷抱"，陶以子之賢愚，委諸天命；杜於諸子贊不去口，正所謂有譽兒癖者，而反謂陶爲掛懷抱，豈不可笑？觀杜此作，似全不知陶者，大抵詩人偶借一人以寫其心事，不必果於陶公有未足也。（韓荄過録本卷三）

39.《病馬》

申涵光曰："杜公每遇廢棄之物，便説得性情相關，如《病馬》《除架》是也。"（《杜詩詳注》卷八）

40.《兩當縣吳十侍御江上宅》

"借問持斧翁"下申涵光曰：稱御史爲持斧翁，亦新。（《杜詩詳注》卷八）

申涵光曰："余時忝諍臣，丹陛實咫尺。相看受狼狽，至死難塞責。"真情實語，聲泪俱下。王摩詰云："知爾不能薦，羞稱獻納臣。"

兩公心事,如青天白日,他人便多回護矣。(《杜詩詳注》卷八)

　　申涵光批曰:"持斧翁"稱御史,新甚。"朝廷非不知,閉口休嘆息",朝廷不知,尚冀其知;迨知而不問,國事不可爲矣。"余時忝静臣"四語,真情實語,聲泪俱下。摩詰云:"知爾不能薦,羞稱獻納臣。"兩公心事,如青天白日,他人便多回護。(韓荄過録本卷三)

　　41.《石龕》

　　"熊羆咆我東,虎豹號我西。我後鬼長嘯,我前狨又啼。"申涵光曰:起勢奇崛,若安放在中間,亦常語耳。(《杜詩詳注》卷八)

　　申涵光批曰:("熊羆咆我東,虎豹號我西。我後鬼長嘯,我前狨又啼")四語,作起便奇,若安放中間,亦常語耳。劉琨《扶風歌》云"麋鹿遊我前,猿猴戲我側",語與此同,新城所謂虎頭者是也。(韓荄過録本卷三)

　　42.《乾元中寓居同谷縣作歌七首》

　　申涵光曰:《同谷七首》頓挫淋漓,有一唱三嘆之致,從《胡笳十八拍》及《四愁詩》得來,是集中得意之作。(《杜詩詳注》卷八)

　　申涵光批曰:《同谷七首》頓挫淋漓,有一唱三嘆之致,從《胡笳十八拍》並《四愁詩》得來,是集中得意之作。《詩歸》並盧南村選皆黜之,不知何故? 豈效之者濫,並原作亦厭耶? 二歌便呼"長鑱",奇甚。"此時與子空歸來","與"字妙! 只如良友相依。(韓荄過録本卷三)

　　43.《江村》

　　申涵光曰:此詩起二語,尚是少陵本色,其餘便似《千家詩》聲口。選《千家詩》者,於茫茫杜集中,特簡此首出來,亦是奇事。(《杜詩詳注》卷九)

　　44.《南鄰》

　　申涵光曰:"秋水才深四五尺,野航恰受兩三人。"語疏落而不酸。今人作七律,堆砌排耦,全無生氣,而矯之者又單弱無體裁。讀杜諸律,可悟不整爲整之妙。(《杜詩詳注》卷九)

45.《泛溪》

"衣上見新月"下申涵光批曰：月在衣上，便別。（韓菼過録本卷四）

46.《絶句漫興九首》

申涵光曰：絶句以渾圓一氣、言外悠然爲正，王龍標其當行也。太白亦有失之輕者，然超軼絶塵，千古獨步。惟杜詩別是一種，能重而不能輕，有鄙俚者、有板澀者、有散漫潦倒者，雖老放不可一世，終是別派，不可效也。李空同處處摹之，可謂學古之過。"恰似春風相欺得，夜來吹折數枝花"，語尚輕便。"莫思身外無窮事，且盡生前有限杯"，似今小説演義中語。"糝徑楊花鋪白氈"，則俚甚矣。（《杜詩詳注》卷九）按，《初白庵詩評》亦收録此條，然置於《江畔獨步尋花七絶句》之後，文字互有異同。

47.《遣意二首》其一

囀枝黄鳥近，泛渚白鷗輕。一徑野花落，孤村春水生。衰年催釀黍，細雨更移橙。漸喜交遊絶，幽居不用名。

申涵光曰：一徑、孤村二句，高、岑秀句也。（《杜詩詳注》卷九）

48.《春夜喜雨》

申涵光曰："好雨知時節"，此《毛詩》所謂靈雨也。（《杜詩詳注》卷一〇）

49.《落日》

"濁醪誰造汝，一酌散千憂"後申涵光云：結句亦是樂天。（《讀書堂杜工部詩集注解》卷八）

50.《可惜》

申涵光曰："可惜歡娛地，都非少壯時"，是"歡娛恨白頭"注脚。下云"寬心應是酒，遣興莫過詩"，語近淺率矣。如《官定後》詩"老夫怕趨走，率府且逍遥"，詞亦近俚。此開長慶一派，非盛唐氣象也。（《杜詩詳注》卷一〇）

51.《江上值水如海勢聊短述》

申涵光云：詩與題不相屬。此等詩，自非淺者所知也。（《讀書堂杜工部詩集注解》卷八）

52.《進艇》

申涵光曰："南京久客耕南畝，北望傷神坐北窗"，南、北字叠用對映，杜詩每戲爲之，如"舊日重陽日，傳杯不放杯"、"桃花細逐楊花落"、"即從巴峽穿巫峽"之類，後人效之，易入惡道。（《杜詩詳注》卷一〇）

53.《柟樹爲風雨所拔嘆》

"倚江柟樹草堂前，故老相傳二百年"後申涵光批曰：首二，似七律起語。（《杜詩詳注》卷一〇）

54.《茅屋爲秋風所破歌》

申涵光曰：處處强作托言，宋元之見。（《讀書堂杜工部詩集注解》卷一二）

55.《石笋行》

"恐是昔時卿相墓，立石爲表今仍存"後申涵光批曰：二語省世人多少迷惑！凡於世間怪誕事，當作此想。（韓荄過録本卷四）

56.《徐卿二子歌》

申涵光曰：此等題，雖老杜亦不能佳。今人刻詩集，生子祝壽，套數滿紙，豈不可厭！（《杜詩詳注》卷一〇）

57.《入奏行贈西山檢察使竇侍御》

申涵光曰：《入奏行》是集中變體，長短縱橫，太白所長，正爾不必效之，失其故步。（《杜詩詳注》卷一〇）

申涵光批曰：此行是集中變調，長短縱橫，太白所長，正爾效之，失其故步。（韓荄過録本卷四）

58.《戲贈友二首》

申涵光批曰：二首皆戲筆之無味者。"未必不爲福"下申涵光批曰：用塞翁事，尤無味。（韓荄過録本卷四）

59.《送梓州李使君之任》

"君行射洪縣，爲我一潸然"下申涵光曰：陶詩"路若經商山，爲我少躊躇"，此句意所本。（《杜詩詳注》卷一一）

60.《觀打魚歌》

"赤鯉騰出如有神"後申涵光批曰：老杜好用"如有神"，此處却好。"既飽歡娛亦蕭瑟"，說得饕子無味。昔人云：既過三寸，當作何物也。（韓荼過録本卷五）

61.《送段功曹歸廣州》

南海春天外，功曹幾月程。峽雲籠樹小，湖日蕩船明。交趾丹砂重，韶州白葛輕。幸君因估客，時寄錦官城。

申涵光曰：此詩上六句，句尾皆拈單字，亦犯叠足之病。（《杜詩詳注》卷十一）

62.《奉贈射洪李四丈》

申涵光曰："丈人屋上烏，人好烏亦好"，拈成語作起，大有致。"人生意氣豁，不在相逢早"，所謂論交不必先同調也，得一生焉，足以不恨，於晚景尤難。（韓荼過録本卷五）

63.《早發射洪縣南途中作》

申涵光曰：少時謀生頗易，然正爾負氣，豈屑及此。至老方憂，已無可奈何矣。起語悵然。"鄙人寡道氣，在困無獨立。"他人不肯自言，然正是高處。（《杜詩詳注》卷一一）

申涵光批曰：（"將老憂貧窶，筋力豈能及？"）起便悵然！少時謀生頗易，然正爾負氣，豈屑及此？至老方憂，已無可奈何矣。人情類然，被十字說盡。"鄙人"二語，他人不肯自言，然正是高處。（韓荼過録本卷五）

64.《寄題江外草堂》

申涵光批曰："嗜酒愛風竹"，五字可稱名士。"臺亭隨高下，敞豁當清川"下申涵光批曰：二語畫盡名園，孟云"卜築因自然"是也。覺堆山鑿池，未免俗氣。觀此，則草堂規制，殊不寒儉。（韓荼

過録本卷五)

"嗜酒愛風竹"下申涵光批曰：可想名士風流。(《杜詩鏡銓》卷一〇)

65.《述古三首》其二

"舜舉十六相,身尊道何高。秦時任商鞅,法令如牛毛"後申涵光批曰："舜舉"四句,盡一部廿一史。覺《義鶻》《除草》諸篇,尚帶經生氣。(韓菼過録本卷四)

66.《短歌行送祁録事歸合州因寄蘇使君》

申涵光曰：此老固記一不記十者,得令經年記面,亦非易事。(《杜詩詳注》卷十二)

申涵光曰："人事經年記君面",此老固托一不記十者,得令經年記面,亦非易事。(韓菼過録本卷五)

67.《陪章留後惠義寺餞嘉州崔都督赴州》

申涵光曰："羈旅惜宴會",一是惜情,一是惜物,非久客不知。(《杜詩詳注》卷一二)

68.《冬狩行》

"清晨合圍步驟同",謂譏其與天子同鑿矣。"草中狐兔盡何益,天子不在咸陽宮",此即賈生"不獵猛敵而獵禽獸"之意,是作詩主意。(韓菼過録本卷五)

69.《山寺》

申涵光曰："足令信者哀",妙語有斟酌。"使君騎紫馬"八句,序事如見。"以兹撫士卒"至末,詞不達意。(韓菼過録本卷五)

70.《桃竹杖引贈章留後》

申涵光曰：《桃竹杖引》是集中變調,江妃水仙,鬼奪龍争,皆故作奇語,可厭。無端作此怪語,横失本色,只似他人詩。(韓菼過録本卷五)

71.《將適吳楚留別章使君留後兼幕府諸公》

申涵光曰："常恐性坦率,失身爲杯酒",半生疏放,晚乃謹飭如

是。飽更患難,遂得老成,方是豪傑歸落處,一味使酒罵坐,禰正平可爲鑒已。(《杜詩詳注》卷一二)

“常恐性坦率,失身爲杯酒”後申涵光批曰:老杜半生疏放,晚乃謹防若是。飽更患難,遂得老成,如此方是豪傑歸落處,一味使酒罵坐,妄人而已。(韓荄過録本卷五)

72.《將赴荆南寄別李劍州》

申涵光曰:“路經灩澦雙蓬鬢,天入滄浪一釣舟。”王、李七子,全學此等句法。(《杜詩詳注》卷一二)

73.《歸來》

申涵光曰:久客入門,荒凉在目。(《杜詩鏡銓》卷一一)

74.《四松》

申涵光曰:“送老資”,欲藉松作棺;“無根蒂”,恐年不及待,所謂嘆衰謝也。(《杜詩詳注》卷一三)

75.《贈王二十四侍御契四十韵》

申涵光曰:“長歌敲柳瘦”,借用擊唾壺事,語新。(《杜詩詳注》卷一三)

“女長裁褐穩,男大卷書匀”下申涵光曰:言初能卷書均妥也。(《讀書堂杜工部詩集注解》卷一一)

76.《登樓》

“北極朝廷終不改,西山寇盗莫相侵”下申涵光評曰:北極、西山二語,可抵一篇《王命論》。(《杜詩詳注》卷一三)

77.《丹青引》

申涵光曰:“圉人太僕皆惆悵”,訝其畫之似真耳,非妒其賜金也。(《杜詩詳注》卷一三)

申涵光曰:“將軍魏武之子孫”,起得蒼莽,大家。“玉花却在御榻上”,此與“堂上不合生楓樹”同一落想。“榻上庭前屹相向”,出語更奇,與上“牽來赤墀”句相應。此章首尾振盪,是古今題畫第一手。(《杜詩詳注》卷一三)

申涵光批曰：起得蒼莽，大家。昔人謂老杜於昭烈、武侯，皆極尊崇。魏武但云"割據"，凜然已分正閏。"丹青不知老將至，富貴於我如浮雲"，畫雖小技，然非沉酣其中者不得。可見古人成名，無一事草草。"浮雲"句更説得有成分，有絶技人真真具此等胸襟，無此等胸襟，技亦不得絶也。"意匠慘澹經營中"，畫出神情氣象，是作詩文光景。"玉花却在御榻上"，此與"堂上不合生楓樹"同一想頭。"榻上庭前屹相向"更奇，照顧"牽來赤墀下"句。"圉人太僕皆惆悵"，訝其畫之似真也，注作妒賞，可笑。此首首尾振盪，句句著意，是古今題畫第一首。（韓菼過録本卷五）

"將軍畫善蓋有神，必逢佳士亦寫真"下申涵光批曰：此又言隨地寫真，慨將軍之不遇。（《杜詩鏡銓》卷一一）

78.《韋諷録事宅觀曹將軍畫馬圖歌》

"其餘七匹亦殊絶……霜蹄蹴踏長楸間"後申涵光批曰：不須看畫。（《讀書堂杜工部詩集注解》卷一一）

79.《憶昔二首》

申涵光曰：摹寫太平盛事，令人神逞。"天下朋友皆膠漆"，只就朋友一節，説出全盛氣象。（韓菼過録本卷五）

80.《過故斛斯校書莊二首》其一

"此老已云歿，鄰人嗟未休"下申涵光曰：無庸更贊。（《讀書堂杜工部詩集注解》卷一一）

81.《除草》

申涵光曰："芒刺在我眼，焉能待高秋"，丰裁凜然，除奸當如鷙鳥擊物，少遲則生變矣。調停之説，誤身誤國，所云"霜雪一霑凝，蕙草亦難留"也。"頑根易滋蔓，敢使依舊丘"，去惡務盡，三致意焉。少陵一生，目睹小人之害，故痛恨如此，末只一語點破正意，多則反淺。（《杜詩詳注》卷一四）

申涵光曰："芒刺在我眼"二句，丰裁凜然。"頑根易滋蔓，敢使

依舊丘”,於去惡務盡三致意焉。末只一語點破正意,多則反淺。(《杜詩鏡銓》卷一二)

“日入仍討求”後申涵光批曰:“‘討求’字用得妙。”(《讀書堂杜工部詩集注解》卷一三)

82.《三韵三篇》

申涵光曰:《三韵三篇》甚古悍。(《杜詩鏡銓》卷一二)

83.《赤霄行》

申涵光曰:《赤霄行》,胸中有一段説不出之苦,故篇中皆作借形語。(《杜詩詳注》卷一四)

84.《撥悶》

申涵光曰:“雲安麴米”與《七月三日》並《乞胡孫》等篇,皆戲筆耳,拘儒執爲指摘之端,偏嗜者又附會而巧護之,皆非也。(《杜詩詳注》卷一四)

85.《題忠州龍興寺所居院壁》

申涵光云:“争米”句與“山縣早休市”同一荒涼,此更入情好笑。(《讀書堂杜工部詩集注解》卷一二)

86.《三絶句》

申涵光曰:三首鄙俚板實,何遂至此?(《讀書堂杜工部詩集注解》卷一八)

87.《水閣朝霽奉簡雲安嚴明府》

申涵光曰:“呼婢取酒壺”,不似詩語。(《杜詩詳注》卷一四)

88.《杜鵑》

申涵光評曰:開首四語(“西川有杜鵑,東川無杜鵑。涪萬無杜鵑,雲安有杜鵑”),起得奇樸。其云拜杜鵑,奇;不能拜而泣,更奇。(《杜詩詳注》卷一四)

89.《子規》

申涵光云:“兩邊山木合,終日子規啼”,爽豁如彈丸脱手,此太白隽語也。(《杜詩詳注》卷一四)

90.《客居》

"人虎相半居,相傷終兩存"下申涵光評曰:人虎兩存,此大道理,他人數語説不出。(《杜詩詳注》卷一四)

91.《客堂》

"平生憩息地,必種數竿竹"後申涵光評曰:"公之種竹,出自高人性情,非效子猷也。"(《杜詩詳注》卷一五)

92.《曉望白帝城鹽山》

申涵光曰:"喧和散旅愁",是客中情事,此與"陽和不散窮愁恨"各有妙理。(《杜詩詳注》卷一四)

93.《信行遠修水筒》

申涵光曰:"日曛驚未餐,貌赤愧相對",體恤下情如是,真仁者之用心。陶公云:"此亦人子也,可善遇之。"兩賢一轍。(《杜詩詳注》卷一五)

94.《八哀詩・故司徒李公光弼》

"内省未入朝,死泪終映睫"後申涵光評曰:"光弼一生失著,以'内省'二字混過。"(周容《春酒堂詩話》引)

95.《壯遊》

"放蕩齊趙間"下申涵光云:遊吳趙皆無詩,何也?(《讀書堂杜工部詩集注解》卷一四)

96.《月圓》

"寒江動夜扉"下申涵光云:每用"動"字,皆妙!(《讀書堂杜工部詩集注解》卷一五)

97.《縛雞行》

申涵光云:住得興致悠然。(《讀書堂杜工部詩集注解》卷一五)

98.《承聞河北諸道節度入朝歡喜口號絶句十二首》

申涵光云:少陵絶句,雖非本色,皆落落有別致,終非弱手可望。此數首則鄙陋粗實,無一可觀。(《讀書堂杜工部詩集注解》卷

一六)

99.《園人送瓜》

"東陵迹蕪絕,楚漢休征討"下申涵光云:每説瓜引東陵事,可厭。(《讀書堂杜工部詩集注解》卷一三)

100.《柴門》

申涵光云:長篇用"六麻"韵,不俗爲難。(《讀書堂杜工部詩集注解》卷一六)

101.《雨》(山雨不作泥)

"浮俗何萬端,幽人有高步"下申涵光云:高人簡易,流俗萬端,將兩種人説盡。(《讀書堂杜工部詩集注解》卷一七)

102.《峽隘》

"水有遠湖樹"下申涵光云:似右丞。(《讀書堂杜工部詩集注解》卷一六)

103.《秋日夔府詠懷寄鄭監李賓客一百韵》

"峽束滄江起"下申涵光云:"束"、"起"字新。(《讀書堂杜工部詩集注解》卷一四)

104.《返照》

申涵光云:寫景沉刻,却又説得大雅。(《讀書堂杜工部詩集注解》卷一六)

105.《自瀼西荆扉且移居東屯茅屋四首》其三

申涵光曰:"柴荆即有焉",不成句法。(《杜詩詳注》卷二〇)

106.《從驛次草堂復至東屯茅屋二首》其一

"非尋戴安道,似向習家池"下申涵光曰:道、池假對,句法亦奇。(《杜詩詳注》卷二〇)

107.《季秋江村》

申涵光云:第三聯("登俎黄甘重,支床錦石圓")"重"字、"圓"字俱妙,使全句皆活。(《讀書堂杜工部詩集注解》卷一七)

108.《戲作俳諧體遣悶二首》其一

申涵光云:"舊識"二句("舊識難爲態,新知已暗疏")困頓中實有此景。(《讀書堂杜工部詩集注解》卷一七)

109.《久雨期王將軍不至》

申涵光云:("射殺林中雪色鹿。前者坐皮因問毛,知子歷險人馬勞。異獸如飛星宿落,應弦不礙蒼山高。")數語他人説不出。(《讀書堂杜工部詩集注解》卷一七)

110.《虎牙行》

"八荒十年防盜賊"下申涵光云:處處説及此便成套。(《讀書堂杜工部詩集注解》卷一七)

111.《鄭典設自施州歸》

"攀援懸根木,登頓入矢石"下申涵光云:或亦言兵亂耳。若用李廣事,則"入矢石"大可笑。(《讀書堂杜工部詩集注解》卷一二)

112.《觀公孫大娘弟子舞劍器行》

"燿如羿射九日落,矯如群帝驂龍翔。來如雷霆收震怒,罷如江海凝清光。"下申涵光云:摹寫語易蹈此法。(《讀書堂杜工部詩集注解》卷一七)

113.《寫懷二首》

(其一)申涵光云:"無貴"四句("無貴賤不悲,無富貧亦足。萬古一骸骨,鄰家遞歌哭"),子書中奇語。(《讀書堂杜工部詩集注解》卷一七)

(其二)"夜深坐南軒,明月照我膝"下申涵光云:照膝別。"禍首燧人氏"下申涵光云:亦自老氏來。(《讀書堂杜工部詩集注解》卷一七)

114.《柳司馬至》

申涵光曰:此詩用三峽、兩京、函關、渭水、邯鄲、邏些、幽燕、商洛,地名八見,亦是一病。(《杜詩詳注》卷二一)

115.《人日二首》其一

申涵光曰：此詩首二句（"元日到人日，未有不陰時"）紀實耳。舊注引東方朔《占書》以證天寶亂離，人物俱災，鑿之極。果爾，則八日爲穀，較餘日尤要，獨不言陰，何耶？（《杜詩詳注》卷二一）

116.《送大理封主簿五郎親事不合卻赴通州主簿前閬州賢子余與主簿平章鄭氏女子垂欲納采鄭氏伯父京書至女子已許他族親事遂停》

題下申涵光云：（"平章"）用得欠妥，所以難解。（《讀書堂杜工部詩集注解》卷一八）

117.《宇文晁崔彧重泛鄭監前湖》

申涵光曰："樽當霞綺輕初散"，補綴不成語。"棹拂荷珠碎卻圓"，景真而近俗矣。（《杜詩詳注》卷二一）

118.《夏夜李尚書筵送宇文石首赴縣聯句》

申涵光曰：如出一手，叶"偏"字尤妙！（《讀書堂杜工部詩集注解》卷一八）

119.《暮歸》

申涵光曰：作拗體詩，須有疏斜之致，不衫不履，如"客子入門月皎皎"及"落日更見漁樵人"，語出天然，欲不拗不可得，而此一首律中帶古，傾欹錯落，尤爲入化。又曰："霜黃碧梧白鶴棲"，一句中三個顏色字，見安插頓放之妙。李空同云："野寺霜黃鎖碧梧"，此偷用杜句，黃、碧之中，隔一"鎖"字，而文義卻難通矣。（《杜詩詳注》卷二二）按，此條評語亦見《初白庵詩評》，然置於《鄭駙馬宅宴洞中》之後。

申云：超忽變化，七律至此，不可捉摸。首句"黃"、"碧"、"白"三字，看他安插頓挫，句句是客中暮歸。只說入門，不說入門後當下如何，即預想到明日不堪，是兩邊夾映法。（浙江大學藏蔣金式批《杜工部詩集》卷一九）

120.《別董頲》

"覺君衣裳單"下申涵光云："覺"字妙！有痛癢相關意。(《讀書堂杜工部詩集注解》卷一九)

121.《過南嶽入洞庭湖》

"壞童犁雨雪,漁屋架泥途"下申涵光云：一幅煙水圖畫。(《讀書堂杜工部詩集注解》卷一九)

122.《宿鑿石浦》

"鄙夫亦放蕩,草草頻卒歲"下申涵光云："草草百年身",意從此出。(《讀書堂杜工部詩集注解》卷一九)

123.《清明二首》其二

"漢主山河錦繡中"下申涵光云：俗。(《讀書堂杜工部詩集注解》卷一九)

124.《雙楓浦》

"浪足浮紗帽"下申涵光曰：浮紗帽句拙。(《杜詩詳注》卷二二)

125.《哭韋大夫之晉》

申涵光云：板。(《讀書堂杜工部詩集注解》卷一九)

126.《蘇大侍御訪江浦賦八韻記異》

詩序後申涵光云：頓挫有致,不似他處剝落。(《讀書堂杜工部詩集注解》卷二〇)

127.《朱鳳行》

申涵光云：無韵。(《讀書堂杜工部詩集注解》卷二〇)

128.《送重表姪王砅評事使南海》

申涵光曰：此詩似傳似記,聲律中有此奇觀,更足空人眼界。(《杜詩詳注》卷二三)

申涵光云：似記似傳,聲律中得此眼界一開。(《讀書堂杜工部詩集注解》卷一九)

129.《過洞庭湖》

"破浪南風正,回檣畏日斜"下申涵光云："畏"字對"南"字,不

工。(《讀書堂杜工部詩集注解》卷二〇)

(三) 申涵光《說杜》的理論傾向

申涵光領導的"河朔詩派"的詩歌創作表現出堅定的尊杜學杜傾向。這是因爲明代前後七子的詩學復古,力主學盛唐詩,但其末流出現疏廓之弊。而公安派詩人出而矯之,又生俚僻之弊。竟陵派又以"靈""厚""孤""靜"矯之,又往往流於幽深孤峭。正因爲如此,申涵光等河朔派詩人强調應該直接學習盛唐詩歌,並以杜甫爲主要師法對象,認爲這樣才能徹底矯正有明以來詩學之失。綜合申涵光《說杜》及其創作情況,有必要對其杜詩學思想傾向和特色成就進行一下總結。

申涵光反對在釋杜中穿鑿附會,認爲那樣是對杜詩的歪曲,故評《撥悶》曰:"'雲安麴米'與《七月三日》並《乞胡孫》等篇皆戲筆耳,拘儒執爲指摘之端,偏嗜者又附會而巧護之,皆非也。"所以申涵光在書中敢於大膽批評杜詩的缺點,表現出了較爲客觀的態度,如其評《徐卿二子歌》曰:"此等題,雖老杜亦不能佳。今人刻詩集,生子祝壽,套數滿紙,豈不可厭。"這種大膽的批評精神,是申涵光論杜中最爲閃光之處,值得引起我們注意。其對杜詩的批評,歸納起來大致可以分爲以下幾類:

一,俗套。如其評《哀江頭》中"憶昔霓旌下南苑"曰:"唐人吊古套語,至今尚有襲之者。"評《虎牙行》中"八荒十年防盜賊"云:"處處說及此便成套。"

二,冗薄。如其評《送李校書二十六韵》云:"全首冗薄。'堂上會親戚'、'對酒不能喫'二語,可發一笑。"評《春日憶李白》曰:"是詩體味浮薄,較後'死別已吞聲'、'文章憎命達'等作,可占火候。"

三,失其本色。申涵光肯定杜詩風格的多樣性,如其評《玄都壇歌寄元逸人》之"子規夜啼山竹裂,王母晝下雲旗翻"曰:"二語大類長吉,此老無所不有。"評《遣意二首(其一)》之"一徑野花落,

孤村春水生"爲"高、岑秀句"。不過申涵光還是强調杜詩本色,認
爲杜甫有些詩歌追求新變,失去本色,難免會産生一些失敗之作。
如其評《入奏行贈西山檢察使竇侍御》曰:"此行是集中變調,長短
縱横,太白所長,正爾效之,失其故步。"評《江村》曰:"此詩起二
語,尚是少陵本色,其餘便似《千家詩》聲口。選《千家詩》者,於茫
茫杜集中,特簡此首出來,亦是奇事。"評《一百五日夜對月》"斫却
月中桂,清光應更多"曰:"似俗傳汪神童詩。"評《桃竹杖引贈章留
後》曰:"《桃竹杖引》是集中變調,江妃水仙,鬼奪龍争,皆故作奇
語,可厭。無端作此怪語,横失本色,只似他人詩。"評《承聞河北諸
道節度入朝歡喜口號絶句十二首》云:"少陵絶句,雖非本色,皆落
落有別致,終非弱手可望。此數首則鄙陋粗實,無一可觀。"

　　四,俚俗。如其評《早秋苦熱堆案相仍》曰:"此首太潦倒,啓
後人指摘。'自足蠍'、'轉多蠅',更俚。"評《三絶句》曰:"三首鄙
俚板實,何遂至此?"評《宇文晁崔彧重泛鄭監前湖》曰:"'樽當霞
綺輕初散',補綴不成語。'棹拂荷珠碎却圓',景真而近俗矣。"評
《清明二首》之"漢主山河錦繡中"曰:"俗。"評《可惜》曰:"'寬心
應是酒,遣興莫過詩',語近淺率矣。如《官定後》詩:'老夫怕趨
走,率府且逍遥',詞亦近俚。此開長慶一派,非盛唐氣象也。"

　　五,板拙。如《哭韋大夫之晋》《奉同郭給事湯東靈湫作》,申
涵光均評爲"板"、"板實"。稱《雙楓浦》"浪足浮紗帽"句"拙"。

　　此外,申涵光認爲詩歌是表達性情的,所以詩歌應該體現詩人
的性格。由此他對杜詩中表現詩人性格的詩句特別心儀,而對不
能表現詩人獨特面目的泛泛之句則多有批評。這些批評都是針對
明末清初詩壇流弊的有的放矢之論。

　　除了對杜詩尖鋭大膽的批評之外,申涵光評杜,往往能夠從詩
人創作的角度入手,頗能道出杜詩妙處。比如他經常指出杜詩某
字若換成某字怎樣,或者俗手可能會怎麼寫,以見杜詩之妙。如其
評《羌村三首(其一)》曰:"'妻孥怪我在','怪'字妙!不敢望其

復活也，易'喜'字不得。"《哀王孫》"昔何勇鋭今何愚"下申涵光批曰："'愚'字妙，若背城一戰，未必無功；而魚驚鳥散，殊不可解，換'弱'字不得。"另外，申涵光對杜詩起法結法也非常關注，如評《哀王孫》首句"長安城頭頭白烏"曰："從烏上説起，奇。"評《石龕》"熊羆咆我東，虎豹號我西。我後鬼長嘯，我前狨又啼"四句曰："起勢奇崛，若安放在中間，亦常語耳。"評《杜鵑》曰："開首四語（"西川有杜鵑，東川無杜鵑。涪萬無杜鵑，雲安有杜鵑"），起得奇樸。其云拜杜鵑，奇；不能拜而泣，更奇。"

　　申涵光認爲李、何七子在創作上學杜是成功的，所以對他們極爲推崇，他在《嶼舫詩序》裏評李夢陽云："空同才力橫絶，氣壓萬夫，設前無杜陵，不幾有詩人以來一人乎？"[1]《青箱堂詩序》又聯評李、何二人曰："近代何、李兩大家，越宋、元而上，與開元爲伍。"[2]《青箱堂近詩序》曰："至何、李諸公專尊盛唐，遂已超宋而上。"[3]但是申涵光也看到，七子學杜也有弊端，《蕉林集詩序》曰："性情之靈，障於浮藻，激而爲竟陵，勢使然耳。"[4]指出七子學杜往往會蹈於"障於浮藻"的泥沼，這才招致竟陵派的反撥，雖然他們這種反撥又產生了新的弊端。對李、何諸人學杜"障於浮藻"的流弊的批評，在《説杜》當中也有所體現。如評《暮歸》之"霜黄碧梧白鶴棲"曰："一句中三個顏色字，見安插頓放之妙。李空同云：'野寺霜黄鎖碧梧'，此偷用杜句，黄、碧之中，隔一鎖字，而文義却難通矣。"評《絶句漫興九首》曰："絶句以渾圓一氣、言外悠然爲正，王龍標其當行也。太白亦有失之輕者，然超軼絶塵，千古獨步。惟杜詩別是一種，能重而不能輕，有鄙俚者、有板澀者、有散漫潦倒者，雖老放不

---

①　申涵光著、鄧子平等點校《聰山詩文集》，第6頁。
②　申涵光著、鄧子平等點校《聰山詩文集》，第6頁。
③　申涵光著、鄧子平等點校《聰山詩文集》，第13頁。
④　申涵光著、鄧子平等點校《聰山詩文集》，第8頁。

可一世,終是別派,不可效也。李空同處處摹之,可謂學古之過。"《將赴荊南寄別李劍州》之"路經灔澦雙蓬鬢,天入滄浪一釣舟",申涵光評曰:"王、李七子,全學此等句法。"言外之意是説,七子只知道學習杜甫詩歌中類似的壯語,却不能領會杜詩的真精神。另外,申涵光認爲杜詩有許多地方是後人難以模仿的,後人對這一類杜詩模仿過多的話,難免會産生流弊。如其評《進艇》曰:"'南京久客耕南畝,北望傷神坐北窗',南、北字叠用對映,杜詩每戲爲之,如'舊日重陽日,傳杯不放杯'、'桃花細逐楊花落'、'即從巴峽穿巫峽'之類,後人效之,易入惡道。"這些評論,也有影射明人學杜只知從形式上模仿的意思。

總之,從申涵光論杜的態度和特點來看,在他身上更加突出地顯示出杜詩學由明至清進行過渡的特色。由於申涵光對杜詩采取較爲直率的客觀態度,對杜詩的批評較多。而在清乾隆朝以後,統治者出於政治需要大力提倡杜詩,杜詩學界出現了空前的尊杜熱潮,杜甫及其詩歌開始占據神聖的經典地位,對杜詩的批評之論逐漸被摒棄和裁汰。正是在這樣的文化背景之下,申涵光《説杜》一書遂漸不爲學者所重,最終導致該書的散佚。但該書作爲清代最早出現的杜詩評本之一,其影響在清初是不可替代的,值得引起學界的充分關注。

五、王夫之的杜詩批評

王夫之(1619—1692),字而農,號薑齋,又號夕堂,湖南衡陽人。晚年隱居石船山,自署船山病叟、南嶽遺民,學者稱之爲船山先生。後人匯刊其著作爲《船山遺書》。王夫之是明清之際傑出的思想家、文學家。在明末清初的大家之中,以王夫之對杜甫及其詩歌的態度最爲矛盾與複雜。他一方面譏斥杜詩"窮愁怯死"、"哀音亂節",甚而指斥杜甫爲"風雅罪魁","裝名理爲腔殼","擺忠孝爲局面";另一方面,他又肯定杜甫大家的地位,在其《唐詩評選》中選杜詩91首,位居第一。那麼如何理解和解釋王夫之對杜詩的這種複雜態度呢? 這就需要從整個杜詩闡釋史發展的過程以及王夫之所處的特定歷史背景兩個方面進行細緻的分析。

(一) 船山貶杜的原因分析

1. 對杜詩學史上貶杜論的承襲

船山對杜詩的苛評有一定的歷史淵源。雖然自宋代以來,杜詩的價值不斷得以確認,杜甫在詩壇的地位不斷得到推崇,但各種貶杜之音却並没有銷聲匿迹。如楊億"不喜杜子美詩","謂之村夫子";葉夢得《石林詩話》稱杜甫的《八哀詩》有"累句"之病;朱熹認爲杜甫的"夔州詩却説得鄭重煩絮"。直到明代,狀元翁楊慎對"詩史"一説更大膽質疑,指斥杜詩"直陳時事,類於訕訐,乃其下乘末脚"①。可以説,船山貶杜説正是建立在這些前代貶杜論者的基礎之上的。只是船山所持的態度更激烈與偏執,這就不僅具有歷史的原因,更應該從他所處的明末清初特定時代中去尋找更深層的原因。

2. 易代之際的刺激

王夫之所處的時代,正是明清易代之際,天翻地覆的時代變革,給思想界和文化界以前所未有的刺激。他們在反思之後認爲,明末文壇和學界的空疏之弊乃是導致亡國的罪魁禍首。故顧炎武、王夫之等人都提倡經世致用之學以力矯時弊。在這場文化改造與整合的過程中,有時他們的態度過於激烈,甚而矯枉過正,出現對杜甫的苛評也是在所難免的。如顧炎武就從"學期致用"的志趣出發,認爲包括杜甫在內的文人無關治亂興衰的大計,學者應先着意於歷代的政治、軍事等項的研究,其云:

> 李因篤語予:"《通鑑》不載文人,如屈原之爲人,太史公贊

---

① 楊慎《升庵詩話》卷一一,《歷代詩話續編》本,第868頁。

之，謂'與日月爭光'，而不得書於《通鑑》。杜子美若非'出師
未捷'一詩爲王叔文所吟，則姓名亦不登於簡牘矣。"予答之
曰："此書本以資治，何暇録及文人？昔唐丁居晦爲翰林學士，
文宗於麟德殿召對，因面授御史中丞。翼日制下，帝謂宰臣
曰：'居晦作得此官。朕曾以時諺謂杜甫、李白輩爲四絶，問居
晦，居晦曰："此非君上要知之事。"嘗以此記得居晦，今所以擢
爲中丞。'如君之言，其識見殆出文宗下矣。"①

顧炎武所論竟有些宋代理學家程頤指斥杜詩爲"閑言語"的意味
（《二程遺書》卷一一），也就可見當時思想家的激進與偏執了。在
這樣的背景下，作爲理學家的船山對於杜甫出現最激烈的批評也
就容易理解了，其《詩廣傳》云："詩之教，導人於清貞而蠲其頑鄙，
施及小人，而廉隅未刓，其亦效矣。若夫貨財之不給，居食之不腆，
妻妾之奉不諧，遊乞之求未厭，長言之，嗟嘆之，緣飾之爲文章，自
繪其渴於金帛、沒於醉飽之情，靦然而不知有譏非者，唯杜甫耳。
嗚呼！甫之誕於言志也。將以爲游乞之津也，則其詩曰'竊比稷與
契'；迨其欲之迫而哀以鳴也，則其詩曰'殘杯與冷炙，到處潛悲
辛'。是唐虞之廷有悲辛杯炙之稷契，曾不如嗥蹴之下有甘死不辱
之乞人也，甫失其心，亦無足道耳。韓愈承之，孟郊師之，曹鄴傳
之，而詩遂永亡於天下。"②

　　船山對杜甫"誕於言志"的批評，可以遠紹至《新唐書》杜甫本
傳："甫放曠不自檢，好論天下大事，高而不切。"《舊唐書》本傳則
謂："甫性褊躁，無器度，恃恩放恣。"又宋代葛立方《韵語陽秋》云：
"老杜高自稱許，有乃祖之風。上書明皇云：'臣之述作，沉鬱頓挫，

---

　　①　顧炎武著、黄汝成集釋《日知録集釋》卷二六《通鑑不載文人》，第
928頁。

　　②　王夫之《詩廣傳》卷一，中華書局1964年版，第22頁。

揚雄、枚臯可企及也。'《壯遊》詩則自比於崔、魏、班、揚，又云：'氣劇屈賈壘，目短曹劉墻。'《贈韋左丞》則曰：'賦料揚雄敵，詩看子建親。'甫以詩雄於世，自比諸人，誠未爲過。至'竊比稷與契'，則過矣。史稱甫好論天下大事，高而不切，豈自比稷契而然邪？①船山對杜甫"誕於言志"的批評比前代所論更加激烈，如其評《漫成》云："杜詩情事樸率者，唯此自有風味，過是則'鵝鴨宜長數'、'計拙無衣食'、'老翁難早出'一流語，先已自墮塵土，非但學之者拙，似之者死也。杜又有一種門面攤子句，往往取驚俗目，如'水流心不競，雲在意俱遲'，裝名理爲腔殼；如'致君堯舜上，力使風俗淳'，擺忠孝爲局面。皆此老人品、心術、學問、器量大敗闕處。或加以不虞之譽，則紫之奪朱，其來久矣。"②他認爲杜甫亦有大言欺世之嫌，那些一直被歷代奉爲圭臬的杜詩名句，在船山眼中竟成爲取驚俗目、裝腔作勢。他還説："是以杜甫之憂國，憂之以眉，吾不知其果憂否也。"③船山對杜詩這種激烈指斥乃是受到時代刺激，他認爲載之空言，不如力於行事，分明是出於對明末理學空疏學風的一種由衷反感，聊借杜甫發之而已。

3. 船山詩歌理論的道學氣與狹隘性

另外，船山直斥杜甫誕於言志還與他的詩歌理論有關。論者指出，船山在詩論中表現爲一個極端的理想主義者，他不能容忍杜甫將人性的、欲望的、凡俗的灰塵和泪水帶進詩歌的聖壇和净土④。他認爲詩歌是"導人於清貞而躅其頑鄙"，而杜詩中爲衣食之事而呼號傾訴，爲個人的苦痛而呻吟遊乞，敗壞了他心目中聖潔無瑕的

---

①　葛立方《韵語陽秋》卷八，《歷代詩話》本，第 546 頁。

②　王夫之《唐詩評選》卷三，《船山全書》第十四册，第 1021 頁。

③　王夫之《詩廣傳》卷一，第 32 頁。

④　許德楠《怎樣看待王夫之對古代作家的批評》，《博覽群書》2001 年第 3、4 期。

詩壇形象,而且杜甫所開的這種風氣,爲後人所效法,也是使民風渙散、世風淫靡的原因。故船山更進一步斥杜甫爲"風雅罪魁",其云:

> 詩以道性情,道性之情也。性中儘有天德、王道、事功、節義、禮樂、文章,却分派與《易》、《書》、《禮》、《春秋》去。彼不能代詩而言性之情,詩亦不能代彼也。決破此疆界,自杜甫始。梏桎人情,以擒性之光輝,風雅罪魁,非杜其誰耶?①

這真是令人震驚的酷評!七百年來貶杜論至船山手中發展到了極致。明代楊慎雖也有"詩之衰颯,實自杜始"之論,却認爲這並非杜甫之罪,而是"效之者之罪也"(《答劉嵩陽書》)。而船山却本於"原聖"、"徵聖"立場以及文學關係於"興國覆邦"的認識,將詩歌嚴格地界定爲一種純净的、超脱王道事功,而僅用於抒發性情之用的高尚文體。這表現了船山追求"净化"的詩學觀。他不僅認爲詩中不能取代天德、王道等事,而且認爲詩與史書也是有着嚴格的界限的,他説:"夫詩之不可以史爲,若口與目之不相爲代也"②,"故《詩》者,與《書》異壘而不相入者也"③。可見王夫之心目中的理想詩歌應是與其他文體各不相犯,各司其職。而他以此"純净"的、狹隘的標準衡量杜詩,發現杜詩很難就範,便斥之爲"惡詩",反對向杜詩學習,如其曰:

> 門庭之外,更有數種惡詩。有似婦人者,有似衲子者,有似鄉塾師者,有似游食客者。……似塾師、游客者,《衛風·北

---

① 王夫之《明詩評選》卷五,《船山全書》第十四册,第 1440—1441 頁。
② 王夫之著、戴鴻森箋注《薑齋詩話箋注》卷一《詩譯》,第 24 頁。
③ 王夫之《詩廣傳》卷五,第 166 頁。

門》實爲作俑。彼所謂政散民流，誣上行私而不可止者，夫子錄之，以著衛爲狄滅之因耳。陶公"飢來驅我去"誤墜其中；杜陵不審，鼓其餘波。嗣後啼飢號寒、望門求索之子，奉爲羔雉。至陳昂、宋登春而醜穢極矣。學詩者一染此數家之習，白練受污，終不可復白，尚戒之哉！①

　　船山以爲凡涉及個人私欲的情感均是不合理的，在詩歌中應全部排除，他説："詩言志，非言意也；詩達情，非達欲也。……但言意，則私而已；但言欲，則小而已。"②而杜詩恰恰抒寫了個人之私，並對社會不公有尖鋭的批判，表現了詩人的牢騷不滿。故船山云："始而欲得其歡，已而稱頌之，終乃有所求焉，細人必出於此。《鹿鳴》之一章曰：'示我周行'，二章曰：'示民不恌，君子是則是效'，三章曰：'以燕樂嘉賓之心'，異於彼矣。此之謂大音希聲。希聲，不如其始之勤勤也。杜子美之於韋左丞，亦嘗知此乎？"③船山認爲杜甫寫作《奉贈韋左丞丈二十二韻》這樣的干謁之作，純是爲了個人私欲，乃是"細人"之行；其"誣上行私"也違反了儒家禮教，這種怨情也違背了君臣之義，因而是不能容忍的："怨者，陰事也。陰之事，與情相當，不得與性相得；與欲相用，不與理相成。"④

　　王船山在文學批評中表現出的封建倫理觀念與道學氣十分濃厚，這是不必曲爲之諱的。如他説："父子君臣者，自有人道以來與禽獸大別者，此也。"⑤又如他説："至'沙上鳧雛傍母眠'（杜詩《漫興》之七）誣爲嘲誚楊貴妃、安禄山，則市井惡少造謡歌誚鄰人閨閫

---

① 　王夫之著、戴鴻森箋注《薑齋詩話箋注》卷二《夕堂永日緒論内編》，第144—145頁。
② 　王夫之《詩廣傳》卷一，第22頁。
③ 　王夫之著、戴鴻森箋注《薑齋詩話箋注》卷一，第14頁。
④ 　王夫之《詩廣傳》卷三，第393頁。
⑤ 　王夫之《周易内傳·發例》，《船山全書》第一册，第677頁。

惡習,施之君父,罪不容於死矣。"①他認爲《詩經·相鼠》一篇"視人如鼠而詛其死,無禮之尤者也,而又何足以刺人?"②這裏對詩歌中諷刺的態度都可以看出王夫之在君臣觀上的道學家面目。他還屢次指斥杜甫、韓愈等人描寫貧苦生活的詩歌爲"害道":"文不悖道者,亦唯唐以上人爾。杜甫、韓愈,稂莠不除,且屈嘉穀以爲其稂莠,支離汗漫,其害道也不更甚乎!"③其道學家的面目於此暴露無遺。以"六經責我開生面,七尺活埋乞從天"自命的船山,從這樣保守、狹隘的文學觀出發,對杜詩出現過當的批駁是必然的;聯繫到他畢生所追求的純正的經義之學,純正的民族主義,純正的、高蹈的、超凡入聖的詩歌理想等等,其在杜詩批評上的激進與褊狹也是可以理解的。

(二)船山對杜詩的藝術分析

1."照耀生色"與"動情起意"

有了以上的認識,我們對船山對杜詩的批評也就容易理解了。船山認爲理想的詩歌首先應是符合"温柔敦厚"詩教的,這就要求詩歌創作中感情的表達應該委婉含蓄,含而不露,而特別反對直露膚淺。即使是那些直接諷刺現實的作品,也應該采取"照耀生色"、"動情起意"的表現手法,而不是直接表達,其評杜甫《後出塞》云:

> 直刺牛仙客、安祿山。禍水波瀾,無不見者。乃唯照耀生色,斯以動情起意。直刺而無照耀,爲訟爲詛而已。杜陵敗筆

---

① 王夫之著、戴鴻森箋注《薑齋詩話箋注》卷二《夕堂永日緒論内編》,第124頁。

② 王夫之《詩廣傳》卷一,第29頁。

③ 王夫之《古詩評選》卷二蕭子良《九日侍宴》評語,《船山全書》第十四册,第608頁。

有：“李鼎死歧陽”、“來塡賜自盡”、“朱門酒肉臭，路有凍死骨”一種詩，爲宋人謾罵之祖，定是風雅一厄。①

又如上文所引王船山《薑齋詩話》卷上對杜甫的批評，認爲杜甫在《奉贈韋左丞丈二十二韵》中直接表達了自己希其薦拔之情，並對韋左丞多有稱頌，這是“細人”之行。這裏，船山除了反對杜甫用詩歌表現一己窮通之情的内容外，還反對在表現手法上的直露。

2. 情景交融

船山主張的含蓄要求情與景的相互交融，如其於《夕堂永日緒論》中説：“情、景名爲二，而實不可離。神於詩者，妙合無垠，巧者則有情中景、景中情。”②故對杜詩中能達到情景交融的作品甚表推尚，他於《詩譯》中云：“興在有意無意之間，比亦不容雕刻。關情者景，自與情相爲珀芥也。情景雖有在心、在物之分，而景生情、情生景，哀樂之觸、榮悴之迎，互藏其宅。天情物理，可哀而可樂，用之無窮，流而不滯，窮且滯者不知爾。‘吳楚東南坼，乾坤日夜浮’，乍讀之若雄豪，然而適與‘親朋無一字，老病有孤舟’相爲融浹。”③其《薑齋詩話》又云：“‘親朋無一字，老病有孤舟’，自然是登岳陽樓詩。嘗試設身作杜陵，憑軒遠望觀，則心目中二語，居然出現，此亦情中景也。孟浩然以‘舟楫’、‘垂釣’鈎鎖合題，却自全無干涉。”④船山認爲《登岳陽樓》一詩能做到情中有景，景中含情，而孟浩然的岳陽樓詩後半“欲濟無舟楫，端居恥聖明。坐觀垂釣者，徒有羨魚情”與前“氣蒸雲夢澤，波撼岳陽城”寫景並未能有機地結合起來，故不能與杜詩相比。此外，他還舉出杜詩《喜達行在所》之三與《和

① 王夫之《唐詩評選》卷二，《船山全書》第十四册，第 958 頁。
② 王夫之著、戴鴻森箋注《薑齋詩話箋注》卷二，第 72 頁。
③ 王夫之著、戴鴻森箋注《薑齋詩話箋注》卷一，第 33—34 頁。
④ 王夫之著、戴鴻森箋注《薑齋詩話箋注》卷二，第 74—75 頁。

賈至舍人早朝大明宮》來分析老杜情景交融的寫作技巧："景中情者,如'長安一片月',自然是孤棲憶遠之情;'影靜千官裏',自然是喜達行在之情。情中景尤難曲寫,如'詩成珠玉在揮毫',寫出才人翰墨淋漓、自心欣賞之景。"①又《詩譯》云:"'昔我往矣,楊柳依依。今我來思,雨雪霏霏。'以樂景寫哀,以哀景寫樂,一倍增其哀。知此,則'影靜千官裏,心蘇七校前'與'唯有終南山色在,晴明依舊滿長安',情之深淺宏隘見矣。"②以上這些評論將杜詩作爲範例,細緻地分析了杜詩中"景中情"、"情中景"等情形,認爲只有如此將情與景水乳交融,才能使詩歌顯得含蓄蘊藉,餘味無窮。不過船山自己對杜詩情景交融一面的認識並不統一,其《薑齋詩話》云:"'影靜千官裏,心蘇七校前',得主矣,尚有痕迹。"③這似乎也是船山的自相矛盾之處。

3. 杜詩的"意藏篇中"

船山於《詩譯》中云:"'子之不淑,云如之何'、'胡然我念之'、'亦可懷也',皆意藏篇中。杜子美'故國平居有所思',上下七首,於此維繫,其源出此。俗筆必于篇終結鎖,不然則迎頭便喝。"④所引"子之不淑,云如之何"爲《詩經·鄘風·君子偕老》三章之首章,"胡然我念之"爲《秦風·小戎》三章之二,"亦可懷也"應作"尹可懷也",出於《豳風·東山》四章之二。有人認爲,王夫之所謂"意藏篇中"是說善於立言而不露痕迹⑤;也有人認爲這是指杜甫在詩歌中善於蓄勢,造成"意藏篇中"而神餘象外的藝術境界⑥。

---

① 王夫之著、戴鴻森箋注《薑齋詩話箋注》卷二,第72頁。
② 王夫之著、戴鴻森箋注《薑齋詩話箋注》卷一,第10頁。
③ 王夫之著、戴鴻森箋注《薑齋詩話箋注》卷二,第54頁。
④ 王夫之著、戴鴻森箋注《薑齋詩話箋注》卷一,第18頁。
⑤ 簡恩定《船山論杜雜議》,中國古典文學研究會主編《古典文學》第6集,臺灣學生書局1984年版。
⑥ 周興陸《王夫之的杜詩批評》,《船山學刊》2000年第3期。

二説所論固當，然細考王夫之所舉《詩經》之例，則"意藏篇中"之"篇"，當指整篇詩歌或整首組詩的章法而言。他認爲一首組詩的主旨應當隱藏在整篇之内，而不應"篇終結鎖"或"迎頭便喝"。因爲如果那樣做不僅落入了俗套，而且使整組詩的主旨變得淺露直白，也就失去了含蓄蘊藉的韵味，造成詩性的迷失。而"故國平居有所思"一首係《秋興八首》之四處於整個組詩的中間位置，正好起到對上下的維繫作用，故其於《唐詩評選》中評此詩云："末句連下四首，作爲提綱，章法奇絕。"①又在《夕堂永日緒論内編》中云："至若'故國平居有所思'，'有所'二字，虛籠喝起，以下曲江、蓬萊、昆明、紫閣，皆所思者。"②都是對此句維繫全篇意義的揭示。綜合以上所論，船山對"意藏篇中"的肯定還是和其尚含蓄、忌直白的詩歌觀念有關。他所説的"意藏篇中"兼具内容與形式兩方面的意味。

　　總之，王夫之對杜詩的批評，既與他所處的時代背景密切相關，又與其詩歌理想、審美趣味以及哲學傾向有關。其對杜詩藝術方面的分析，對揭示詩歌的藝術規律具有一定的啓發意義。

六、潘檉章《杜詩博議》輯考

　　清初潘檉章的《杜詩博議》是和錢、朱二家注本同時的著作，該書在詩史互證方面取得了較爲突出的成績，對錢箋作了很多補充和駁正，故爲朱鶴齡《杜工部詩集輯注》、仇兆鰲《杜詩詳注》、楊倫《杜詩鏡銓》徵引頗多。然而由於潘檉章於文字獄中罹禍慘死，其後注家徵引多諱其真名，導致該書終於湮没無聞。本小節擬通過最大限度的輯佚，分析《杜詩博議》一書的注釋特色，並總結其對杜詩學發展作出的重要貢獻。

---

① 王夫之《唐詩評選》卷四，《船山全書》第十四册，第 1094 頁。
② 王夫之著、戴鴻森箋注《薑齋詩話箋注》卷二，第 78 頁。

（一）潘檉章的生平著述

潘檉章（1626—1663），字聖木，號力田，吳江（今屬江蘇）人。檉章生有異稟，穎悟絕人，九歲從父受文，才過目，爇於燈，責令復寫，不遺一字。年十五補桐鄉弟子員，入清棄去。隱居韭溪，肆力於學，綜貫百家。順治七年，與顧炎武、朱鶴齡、戴笠、王錫闡等共同加入驚隱詩社，其韭溪草堂爲社友經常聚會之所。己乃專精史事，與友人吳炎所見略同，遂相約仿《史記》體例，共纂《明史記》，其中本紀十八、書十二、表十、世家四十、列傳二百。潘檉章撰本紀及諸志，吳炎分任世家、列傳。王錫闡撰年表、曆法，戴笠撰流寇志與殉節諸臣傳。爲搜集史料，潘檉章鬻産購得《明實錄》，並參閱了崑山顧炎武、江陰李遜之、長洲陳濟生諸人藏書。又曾偕吳炎出其稿向錢謙益請教，謙益大善之，將絳雲餘燼舉以相付。謙益有《實錄辨證》，力田作《國史考異》，頗加駁正，數貽書往復，謙益弗能奪。《明史記》撰述數年後，已成十之六七，而南潯莊廷鑨《明史》案起。莊廷鑨，字子相，乃湖州富室，因雙目失明，遂仿左丘明著史之例，出資邀集學者纂成《明史輯略》一書，於順治十一年刊刻。因其中多有“忌諱語”，爲吳之榮告發，七十餘人被殺，牽連入獄者達三千餘人。潘檉章與吳炎因列名莊書之參訂，俱遭牽連，乃於康熙二年五月二十六日，同磔於杭州弼教坊。妻沈氏處流刑，北行千里至廣寧（遼寧北鎮），遺腹子夭折，沈氏即日飲藥自殺。潘、吳遇害後，顧炎武在《汾州祭吳炎潘檉章二節士》詩中悼念云：“露下空林百草殘，臨風有慟奠椒蘭。韭溪血化幽泉碧，蒿里魂歸白日寒。一代文章亡左馬，千秋仁義在吳潘。巫招虞殯俱零落，欲訪遺書遠道難。”①對潘檉章和吳炎的傑出史才作出了高度評價，對他們的慘遭屠戮表示了極大的憤慨與深切痛惜。王錫闡有《挽潘吳二節士》詩云：“繚峭餘寒到短檠，人琴追憶不勝情。才雄一代誰兄弟，義重千

---

① 　顧炎武《顧亭林詩文集・亭林詩集》卷四，第363頁。

秋並死生。絕調共知悲叔夜，諸孤無復望程嬰。相期煨燼搜遺簡，文獻中原繫重輕。"①朱彝尊《西陵後感舊》詩云："潘安曾對酒，吳質數論文。舊史悲難續，斯人意不群。一爲江海別，遽作死生分。凄斷山陽笛，那堪歲歲聞。"②詩中高度贊頌了二人超凡的史學造詣，爲他們的悲慘結局唏噓嘆惋③。

潘檉章的著作除《明史記》外，尚有《國史考異》六卷、《今樂府》（與吳炎合撰）二卷、《松陵文獻》十五卷、《杜詩博議》、《星名考》、《壬林韭溪集》、《觀復草廬剩稿》等。其中《明史記》存佚不明④，上海圖書館藏清鈔本《明史紀略》，不著撰者，疑即《明史記》之燼餘。《今樂府》二卷，北京大學圖書館藏有清鈔本，收入清末陳去病編《國粹叢書》。《松陵文獻》十五卷，北京大學圖書館藏有康熙三十二年潘耒刻本。《國史考異》六卷，故宮博物院圖書館藏有文淵閣《四庫全書》撤出本，另收入吳縣潘祖蔭編《功順堂叢書》。以上四種著作，現均已收入《四庫禁毀書叢刊》及《四庫禁毀書叢刊補編》。《觀復草廬剩稿》，國家圖書館藏有抄本，南京圖書館藏有民國二年上海神州國光社排印六卷本。北京大學圖書館尚藏有清竻芳蒞抄本，名爲《觀物草廬焚餘稿》。潘檉章的其餘著作存佚不明，料其大半已經散佚不傳。其生平事迹見顧炎武《書吳潘二子

---

①　王錫闡《曉庵先生詩集》卷二，清道光元年（1821）刻本。

②　朱彝尊《曝書亭集》卷六，《四部叢刊》本，商務印書館1922年版。

③　關於朱彝尊《西陵後感舊》詩的本事考證，本文參考吸收了朱則傑先生《朱彝尊詩文本事、墨迹與碑刻》（載《嘉興學院學報》2006年第5期）一文的觀點。

④　《明史記》中戴笠分任之《流寇志》，後改名爲《寇事編年》，由吳修齡刪節後，題爲《懷陵流寇始終錄》（見潘耒《寇事編年序》），鄭振鐸《玄覽堂叢書續編》據冒廣生藏錢遵王舊鈔本影印。

事》、戴笠《潘力田傳》①、陳去病《吳節士赤民先生傳》、《清史稿·疇人傳》等。

（二）《杜詩博議》輯佚

《杜詩博議》一書已經散佚,幸賴朱鶴齡《杜工部詩集輯注》、仇兆鰲《杜詩詳注》等書的徵引才得以部分保存。今人蔡錦芳稱:朱鶴齡《杜工部詩集輯注》徵引《杜詩博議》35 條,仇兆鰲《杜詩詳注》徵引 29 條。這些數字和筆者統計的數字有些出入,筆者從朱注中共輯得《杜詩博議》佚文 38 條。蔡錦芳還指出:"其實,仇氏並未見到《杜詩博議》其書,他所徵引,乃采自朱注。"②這個判斷是正確的。仇兆鰲於進呈本《杜詩詳注·凡例》中即云:"王道俊之《博議》,發揮獨暢,惟據朱注引入。"而通行本《杜詩詳注·凡例》中則改爲"王道俊之《博議》……俱有辯論證據,今備采編中。"筆者經過詳細對勘後,發現仇兆鰲所引《杜詩博議》,雖有些條目並不見於朱注,但這並不能證明仇兆鰲曾親見此書。如《昔遊》詩"吳門轉粟帛,泛海陵蓬萊"後,《杜詩詳注》引《杜詩博議》曰:"唐運江淮租稅,以給幽燕,此天寶間海運也。"而朱鶴齡《杜工部詩集輯注》卷一五《昔遊》詩中並未徵引《杜詩博議》,經仔細檢校後發現,仇氏此注實則出自朱注卷五《後出塞五首》,仇注只是在重複徵引。將仇注引證《杜詩博議》和朱鶴齡《杜工部詩集輯注》進行一一對校後發現,仇注徵引該書時漏略、脫訛、顛倒之處甚多。因此,若對《杜詩博議》進行輯佚的話,應該以朱注爲底本。爲了說明《杜詩博議》的內容特色,茲將從朱注中輯得之《杜詩博議》佚文加以編排,其先後次序,悉以朱注所引爲次。爲了節省篇幅,刊落了大部分杜詩原

---

① 驚隱詩社中有二戴笠:杭州戴笠,字曼公,詩人兼醫學家;吳江戴笠,字耘野,專長史學。爲潘檉章作傳者乃是吳江戴笠,其生平事迹見《蘇州府志·人物·隱逸下》。

② 蔡錦芳《〈杜詩博議〉質疑》,《杜甫研究學刊》1989 年第 2 期。

文,僅保留了有助於理解文意的必要詩句。

1.《對雨書懷走邀許主簿》"驟雨落河魚"

《杜詩博議》:《汝南先賢傳》云:"葛玄書符著社中,大雨淹注。復書符投雨中,須臾落大魚數百頭。"驟雨落河魚,豈暗使此事耶?(朱鶴齡《杜工部詩集輯注》卷一引)

2.《暫如臨邑至㟌山湖亭奉懷李員外率爾成興》

《杜詩博議》:疑公將往臨邑,中道抵歷下,登新亭,因懷李之芳。觀詩有"歇馬高林間"語,可見㟌山湖當是鵲山之訛,不必别求㟌山以實之也。(朱鶴齡《杜工部詩集輯注》卷一引)

3.《兵車行》

《杜詩博議》:王深父云:"時方用兵吐蕃,故托漢武事爲刺。"此説是也。黄鶴謂天寶十載,鮮于仲通喪師瀘南,制大募兵,擊南詔,人莫肯應,楊國忠遣御史分道捕人,連枷送詣軍前,故有"牽衣頓足"等語。按:玄宗季年,窮兵吐蕃,征戍繹騷,内郡幾遍,當時點行愁怨者,不獨征南一役,故公托爲征夫自愬之詞以諷切之。若云懼楊國忠貴盛而詭其詞於關西,則尤不然。太白《古風》云:"渡瀘及五月,將赴雲南征。怯卒非壯士,南方難遠行。長號别嚴親,日月慘光晶。泣盡繼以血,心摧兩無聲。"已明刺之矣。太白胡獨不畏國忠耶?(朱鶴齡《杜工部詩集輯注》卷一引)

4.《同諸公登慈恩寺塔》"回首叫虞舜,蒼梧雲正愁"

《杜詩博議》:"高祖號神堯皇帝,太宗受内禪,故以虞舜、蒼梧言之。"(朱鶴齡《杜工部詩集輯注》卷一引)

5.《投贈哥舒開府翰二十韵》"今代麒麟閣,何人第一功?君王自神武,駕馭必英雄"

《杜詩博議》:按《高宗紀》:總章元年三月,以太原元從西府功臣分爲第一功、第二功二等官,其後有差。此詩以第一功期翰,欲其遠比開國之功臣也。舊注引漢高論功以蕭何爲第一,殊不切。(朱鶴齡《杜工部詩集輯注》卷二引)

6.《天育驃圖歌》"遂令大奴守（一作字）天育，別養驥子憐神駿"

《杜詩博議》：郗昂《馬坊頌碑》云："唐初得馬於赤岸澤，令張萬歲傍隴右馴字之。"作"字天育"亦通，但於下"養驥子"語複。（朱鶴齡《杜工部詩集輯注》卷二引）

7.《魏將軍歌》"星纏寶校金盤陀"

《杜詩博議》：舊注引鮑照詩"金銅飾盤陀，日照光踥蹀"而未詳其義。按《唐書・食貨志》云：先是諸爐鑄錢窳薄，鎔破錢及佛像，謂之盤陀。皆鑄爲私錢，犯者，此與"金銅飾盤陀"語頗相合。蓋雕飾鞍勒，以銅雜金爲之，故有日照星纏之麗，而鎔破錢及佛像者，取其金銅相和，亦名盤陀也。（朱鶴齡《杜工部詩集輯注》卷二引）

8.《橋陵詩三十韻因呈縣內諸官》"瑞芝產廟柱"

《杜詩博議》：《舊唐書》：天寶七載三月，大同殿柱產玉芝。八載六月，又產玉芝。此云"產廟柱"，蓋橋陵亦有之。（朱鶴齡《杜工部詩集輯注》卷三引）

9.《哀江頭》

《杜詩博議》：趙次公注引蘇黃門嘗謂其姪在進（按：應爲"在庭"）云："《哀江頭》即《長恨歌》也。《長恨歌》費數百言而後成，杜言太真被寵，只'昭陽殿裏第一人'足矣。言從幸，只'白馬嚼齧黃金勒'足矣。言馬嵬之死，只'血汙遊魂歸不得'足矣。"按黃門此論，止言詩法煩簡不同，非謂"清渭東流"以下皆寓意上皇、貴妃也。《長恨歌》本因《長恨傳》而作，公安得預知其事而爲之興哀？《北征》詩："不聞夏殷衰，中自誅褒妲。"公方以貴妃之死卜國家中興，豈應於此詩爲"天長地久"之恨乎？（朱鶴齡《杜工部詩集輯注》卷三引）

10.《送從弟亞赴河西判官》"吾聞駕鼓車，不合用騏驥。龍吟回其頭，夾輔待所致"

《杜詩博議》：騏驥駕鼓車，比亞不當爲判官；龍吟回頭，謂龍

馬長吟;回首京闕,思成夾輔之功,喻亞雖在河西,乃心不忘朝廷也。舊解都憒憒。(朱鶴齡《杜工部詩集輯注》卷三引)

11.《送楊六判官使西蕃》"宣命前程急,惟良待士寬"

《杜詩博議》:"惟良",舊注無解,按《漢書》:宣帝曰:"與我共理者,其惟良二千石乎?"此詩用"惟良"出此,亦"友于"、"貽厥"之類也。李嘉祐《送相公五叔守歙州》詩落句云:"新安江自綠,明主重惟良",此一證。時楊判官必膺郡守推薦,銜命入蕃,故曰"惟良待士寬"也。(朱鶴齡《杜工部詩集輯注》卷三引)

12.《洗兵馬》"鶴駕通霄鳳輦備,雞鳴問寢龍樓曉"

《杜詩博議》:按史,肅宗即位,下制曰:"復宗廟於函雒,迎上皇於巴蜀,導鑾輿而反正,朝寢門以問安,朕願畢矣。"上皇至自蜀,肅宗請歸東宮,不許。此詩"雞鳴問寢",即用詔中語也。"鶴駕"、"龍樓",望其能修人子之禮也。靈武即位,本非得已,洪容齋所謂"收復兩京,非居尊位,不足以制命諸將也"。其聽李輔國讒間,乃上元年間事,公安得逆料而譏之? 容齋又引"顏魯公《請立放生池表》云:'一日三朝,人明天子之孝;問安視膳,不改家人之禮。'東坡以爲知肅宗有愧於是也。"此表乃移杖後所上,不當援之以證此詩也。(朱鶴齡《杜工部詩集輯注》卷五引)

13.《後出塞五首》其四"雲帆轉遼海,稉稻來東吳。越羅與楚練,照耀輿臺軀"

朱鶴齡《杜工部詩集輯注》:遼東南臨渤海,故曰遼海。《杜詩博議》:《昔遊》詩:"幽燕盛用武,供給亦勞哉。吳門轉粟帛,泛海陵蓬萊。"與此詩"雲帆轉遼海"、"稉稻來東吳"皆記天寶間海運事也。愚謂海運當始於隋大業中。《北史·來護兒傳》:遼東之役,護兒率樓船指滄海,入自浿水,時護兒從江都進兵,則當出成山大洋,轉登萊向遼海也。唐太宗屢討高麗,舟師皆出萊州,其餽運當從隋故道。駱賓王《討武曌檄》云:"海陵紅粟,倉庾之積靡窮。"蓋隋唐時於揚州置倉,以備海運,餽東北邊。祿山鎮范陽,蕃漢士馬

居天下之半,江淮輓輸,千里不絶。所云"雲帆轉遼海"者,自遼西轉餽北平也。(朱鶴齡《杜工部詩集輯注》卷五引)

14.《寄岳州賈司馬六丈巴州嚴八使君兩閣老五十韵》

《杜詩博議》:至貶岳州,實因棄汝州之故,吳縝《唐書糾謬》有辨甚詳。(朱鶴齡《杜工部詩集輯注》卷六引)

15.《乾元中寓居同谷縣作歌七首》其六"南有龍兮在山湫,古木巃嵸枝相樛。木葉黃落龍正蟄,蝮蛇東來水上遊。我行怪此安敢出,拔劍欲斬且復休。嗚呼六歌兮歌思遲,溪壑爲我回春姿"

朱鶴齡《杜工部詩集輯注》云:郭知達本注引東坡云:明皇至自蜀,居南内興慶宮,李輔國陰伺其隙間之,此詩"南有龍"喻玄宗在南内也。《杜詩博議》:前後六章,皆自序流離之感,不應此章獨譏時事。此蓋詠同谷萬丈潭之龍也。龍蟄而蝮蛇來遊,或自傷龍蛇之混,初無指切也。古人詩文取喻於龍者不一,未嘗專指爲九五之象,東坡必無是言也。(朱鶴齡《杜工部詩集輯注》卷七引)

16.《和裴迪登新津寺寄王侍郎》

《杜詩博議》:《王維傳》有縉爲蜀州刺史、遷散騎常侍一節,與《縉傳》不合。吳縝《糾謬》謂:縉未嘗歷蜀州及常侍,其可疑者三,爲説甚辨。今考《舊書》,縉爲鳳翔尹,先加工部,後除常侍。意其未及還京而維病革,故作書與別也。縝謂縉並未歷常侍,似失考。而由蜀州遷常侍,則斷不可信,蔡注之謬甚明(朱注引蔡夢弼曰:王侍郎,王維弟縉也。裴迪嘗從維遊輞川,後從縉劍外)。(朱鶴齡《杜工部詩集輯注》卷七引)

17.《逢唐興劉主簿弟》"劍外官人冷,關中驛騎疏"

《杜詩博議》:官人乃隋、唐間語。《北史・梁彦光傳》:初,齊亡後,人情險詖,妄起風謡,訴訟官人,千變萬變。《舊唐書・高祖紀》:高祖即位,官人百姓,賜爵一級。《武宗紀》:中書奏:赴選官人多京債,到任填還,致其貪求,罔不由此。則官人者,乃州縣令佐

之稱也。（朱鶴齡《杜工部詩集輯注》卷八引）

18.《中丞嚴公雨中垂寄見憶一絕奉答二絕》其一“雨映行宮辱贈詩，元戎肯赴野人期”

《杜詩博議》：《舊書·崔寧傳》：初，天寶中，鮮于仲通嘗建一使院，甚華麗。玄宗幸蜀，嘗居之，因爲道觀，寫玄宗御容，置之正室。郭英乂奏請舊院爲軍營，乃移去御容，自居之。按此即玄宗行宮，當在成都城內，有謂近萬里橋者，非也。（朱鶴齡《杜工部詩集輯注》卷九引）

19.《戲題寄上漢中王三首》其二“策杖時能出，王門異昔遊。已知嗟不起，未許醉相留”

《杜詩博議》：“嗟不起”，舊注：病酒不起。極可笑。按《晋書·殷浩傳》：“於時擬之管、葛，王蒙、謝尚伺其出處，以卜江左興亡，相謂曰：深源不起，當如蒼生何？”嗟不起，蓋用此。言已知王嘆我之不起矣，獨未許一醉而相留乎？（朱鶴齡《杜工部詩集輯注》卷九引）

20.《有感五首》其三“洛下舟車入，天中貢賦均。日聞紅粟腐，寒待翠華春。莫取金湯固，長令宇宙新。不過行儉德，盜賊本王臣”

《杜詩博議》：《傷春》詩有“近傳王在雒”及“滄海欲東巡”之句，則此詩爲傳聞代宗將幸東都而作也。史稱喪亂以來，汴水湮廢，漕運自江漢抵梁、洋，迂險勞費。廣德二年三月，以劉晏爲河南江淮轉運使。時兵火之後，中外艱食。晏乃疏汴水，歲運米數十石以給關中。公之意，唐建東都，本備巡幸。今汴洛之間，貢賦道均，且漕渠已通，倉粟不乏，只待翠華之臨耳。勿謂洛陽陿阨，無金湯可守。乘此時而赫然東巡，號令天下，則宇宙長新矣。蓋能行恭儉之德，則率土皆臣，盜賊豈足慮哉！王導論遷都云：“能弘衛文大帛之冠，無往不可。若不績其麻，則樂土爲墟。”公詩正此意也。（朱鶴齡《杜工部詩集輯注》卷一〇引）

21.《傷春五首》其三“日月還相鬥，星辰屢合圍。不成誅執法，焉得變危機”

《杜詩博議》：《漢志》：哀帝元壽元年十一月，歲星入太微，逆行，干右執法。占曰：大臣有憂，執法者誅，若有罪。二年十月，高安侯董賢免歸，自殺。此詩“執法”二句，暗引是事，以董賢況程元振也。趙注：熒惑星，一名執法，謂元振熒惑人主，當誅之以謝天下。其説殊支離。（朱鶴齡《杜工部詩集輯注》卷一〇引）

22.《送李卿曄》“晉山雖自棄，魏闕尚含情”

《杜詩博議》：晉山自棄，即《出金光門》詩“移官豈至尊”意也。古人流離放逐，不忘主恩，故公於賈、嚴之貶則曰：“開闢乾坤正，榮枯雨露偏。”於己之貶則曰：“晉山雖自棄，魏闕尚含情。”其溫柔敦厚之意，言外可想。若以肅宗不甚省録，故往往自況之推，失之遠矣。（朱鶴齡《杜工部詩集輯注》卷一一引）

23.《奉待嚴大夫》

《杜詩博議》：《舊書・地志》：合劍南、東西川爲一道，在廣德元年。《唐會要》則云：二年正月八日，此武受命在元年冬之一證也。（朱鶴齡《杜工部詩集輯注》卷一一引）

24.《黄河二首》其二“黄河南岸是吾蜀，欲須供給家無粟。願驅衆庶戴君王，混一車書棄金玉”

《杜詩博議》：唐運道俱仰黄河，獨蜀僻在西南，河漕不通，西山三城，糧運屢絶，故有“供給無粟”之嘆，此亦爲吐蕃入寇而作。（朱鶴齡《杜工部詩集輯注》卷一一引）

25.《聞高常侍亡》“虛歷金華省，何殊地下郎”

《杜詩博議》云：“虛歷金華省，何殊地下郎”，惜其有才不展，雖官華要，何異地下修文，痛之深也。史稱適負氣敢言，權貴側目，又常侍主諷諫過失，故有“丹檻折”之句。（朱鶴齡《杜工部詩集輯注》卷一二引）

26.《長江二首》其二"浩浩終不息,乃知東極臨。衆流歸海意,萬國奉君心。色借瀟湘闊,聲驅灩澦沉。未辭添霧雨,接上過衣襟"

《杜詩博議》:江流之大,不辭霧雨。霧雨接江流而上,過人衣襟之間,所謂波浪兼天者如此。(朱鶴齡《杜工部詩集輯注》卷一二引)

27.《同元使君舂陵行》後附元結《賊退示官吏序》"明年,賊又攻永破郡,不犯此州邊鄙而退"

《杜詩博議》:顏魯公撰《次山墓碑》云:"君在州二年,歸者萬餘家,賊亦懷畏,不敢來犯。"與次山詩序語合,唐史之誤明矣。(朱鶴齡《杜工部詩集輯注》卷一二引)

28.《諸將五首》其一"昨日玉魚蒙葬地,早時金碗出人間"

《杜詩博議》:戴叔倫《贈徐山人》詩云:"漢陵帝子黃金碗,晋代仙人白玉棺。"可見玉魚、金碗,皆用西京故實,與首句"漢朝陵墓"相應,但漢後稗史自《西京雜記》《風俗通》《拾遺記》諸書而外,傳者絶少,無從考據耳。盧充幽婚,恐尚非之證。(朱鶴齡《杜工部詩集輯注》卷一三引)

29.《諸將五首》其二"韓公本意築三城,擬絶天驕拔漢旌。豈謂盡煩回紇馬,翻然遠救朔方兵。胡來不覺潼關隘,龍起猶聞晋水清。獨使至尊憂社稷,諸君何以答昇平"

《杜詩博議》:胡來,舊指禄山,或以爲指吐蕃,皆非是。愚謂此指回紇爲懷恩所誘,連兵入寇也。潼關設險,本以控制山東,而今朔方失守,胡騎反從西北蹂躪三輔,則潼關之險失矣,其害皆起於借兵收復。然太宗龍興晋陽,亦嘗請兵突厥,内平隋亂。其後突厥恃功,直犯渭橋,卒能以計摧滅之,此不獨太宗之神武,亦由英、衛二公專征之力也,故繼之曰:"獨使至尊憂社稷,諸君何以答昇平?"所以勉子儀者至矣。(朱鶴齡《杜工部詩集輯注》卷一三引)

30.《秋興八首》其七"露冷蓮房墜粉紅"

《杜詩博議》:《北史》:李順興言,昆明池中有大荷葉,可取盛餅食,其居去池十數里,日不移影,順興負荷葉而歸,脚猶泥。可證昆明蓮花自古有之,注家都失引。(朱鶴齡《杜工部詩集輯注》卷一三引)

31.《覽柏中丞兼子侄數人除官制詞,因述父子兄弟四美,載歌絲綸》

《杜詩博議》:《年譜》:公至夔州時,柏中丞爲夔州都督,公爲《謝上表》。今考柏都督,乃柏茂林,中丞其兼官也。黃鶴注以柏都督是貞節,中丞則茂林,又以茂林與貞節爲兄弟,俱大謬。按《舊書·代宗紀》:永泰元年閏十月,劍南節度使郭英乂爲其兵馬使崔旰所殺。邛州柏茂林、瀘州楊子琳、劍州李昌夔等,皆起兵討旰,蜀大亂。大曆元年二月,邛州刺史柏茂林充邛南防禦使,劍南西山兵馬使崔旰爲茂州刺史,充劍南西山防禦使,從杜鴻漸請也。八月壬寅,以茂州刺史崔旰爲成都尹,劍南西川節度、行軍司馬、邛州刺史柏茂林爲邛南節度使,從杜鴻漸請也。二年七月丙寅,以崔旰爲劍南西川節度觀察等使。三年五月戊辰,以崔旰爲檢校工部尚書,改名寧。唐曆、《通鑑》亦同。初無柏貞節事,而《舊書》於《杜鴻漸傳》則云:崔旰殺英乂,據成都,自稱留後。邛州衙將柏貞節、瀘州衙將楊子琳、劍州衙將李昌夔等,興兵討之。於《崔寧傳》又云:旰率兵攻成都,英乂出兵於城西門,令柏茂琳爲前軍,郭英幹爲左軍,郭嘉琳爲後軍,與旰戰。茂琳等軍屢敗,旰令降將統兵,與英乂轉戰,大敗之。一則記貞節興兵而不及茂琳,一則記茂琳喪軍而不及貞節。《新書·崔寧傳》則兼録二傳之文,上書柏茂琳等戰敗,下書邛州柏貞節討寧。鴻漸表爲邛州刺史,於《杜鴻漸傳》則止書貞節。今以《本紀》考之,則授邛州刺史、邛南防禦及節度,皆茂林一人之事。蓋茂林以牙將爲英乂前軍,敗於城西,復歸邛州,興兵討寧耳。疑貞節乃茂林之字,或後改名,非二人也。《新書·方鎮表》:大曆元年置邛南防禦使，治邛州，尋升爲節度使，未幾，廢置。劍南西山防禦使，治茂州，未幾廢。二使之置，專爲旰與茂林也。邛南節度既廢，茂林不聞他除，豈非即拜夔州都督乎？鴻漸初議授柏茂林邛南、崔旰劍南，以兩解之。既而旰專制西川，漸不相容，故徙茂林於夔州，蓋以避旰之逼。然自節度除都督爲失職，故此詩云“方當節鉞用”。又《觀宴》詩云“幾時來翠節”，蓋惜之也。公《爲柏都督謝上表》云：“察臣劍南區區，恐失臣節如彼；加臣頻煩階級，鎮守要衝如此。”此正自明討旰之事。效忠朝廷，不以旄節爲望，而以增階級爲喜也。是詩“深誠補王室”及“誅叛經寒温”等語，皆謂討旰。其曰“獨清玉壘昏”者，《唐志》：玉壘山，在彭州。《九域志》云：在茂州，彭州西北至茂州止，八十里。是時鴻漸以茂州授旰，故曰“玉壘昏”。題云《覽柏中丞兼子侄數人除官制詞因述父子兄弟四美》，詩云“戮力自元昆”，又云“子弟先卒伍”，必茂林起兵時，闔門赴義，子弟俱在戎行，而其人不可考矣。公有《蜀州柏二别駕將中丞命》詩，柏二當即四美之一。（朱鶴齡《杜工部詩集輯注》卷一四引）

32.《秋日夔府詠懷奉寄鄭監審李賓客之芳一百韵》“舊物森猶在，凶徒惡未悛。國須行戰伐，人憶止戈鋋”

《杜詩博議》：公以代宗不能問河北之罪，而但慕止戈之名，養成禍亂，故曰“國須行戰伐，人憶止戈鋋”，蓋傷之也。（朱鶴齡《杜工部詩集輯注》卷一五引）

33.《夔府書懷四十韵》“凶兵鑄農器，講殿闢書帷。廟算高難測，天憂實在兹。形容真潦倒，答效莫支持”

《杜詩博議》：《通鑑》：永泰元年九月庚寅朔，置百高座於資聖、西明兩寺，講《仁王經》。甲辰，吐蕃十萬衆至奉天，京城戒嚴。丙午，罷百高座講。十月己未，復講經於資聖寺。時羌胡外訌，藩鎮内叛，而帝與宰相元載等俱好佛，怠於政事。“講殿闢書帷”，蓋以諷也。（朱鶴齡《杜工部詩集輯注》卷一五引）

34.《贈李八秘書别三十韵》"事殊迎代邸，喜異賞朱虚"

《杜詩博議》：賞異朱虚，惜其不得殊擢。或以爲譏肅宗，非也。（朱鶴齡《杜工部詩集輯注》卷一六引）

35.《驪山》"驪山絶望幸，花萼罷登臨。地下無朝燭，人間有賜金"

《杜詩博議》：此言明皇賜予臣下之金，没後尚在人間，如千秋節賜百官金鏡、珠囊是也。（朱鶴齡《杜工部詩集輯注》卷一七引）

36.《别李義》

《杜詩博議》：按《舊書》：道王元慶，麟德元年薨。子臨淮王誘嗣，次子詢。詢子微，神龍初，封爲嗣道王。景雲元年，官宗正卿，卒。子煉，開元二十五年，襲封嗣道王。廣德中，官宗正卿。《新書・宗室世系表》於道孝王元慶之下，首書嗣王誘，次書嗣王宗正卿微、嗣王宗正卿煉、嗣王京兆尹實。《困學紀聞》云："義蓋微之子。"以予考之，不然。義乃煉之諸子，而實之弟耳。詩云："丈人嗣三葉。"丈人，謂煉。自誘至煉，爲嗣道王者三世，故曰"嗣三葉"也。又云："丈人領宗卿，肅穆古制敦。先朝納諫諍，直氣横乾坤。"按《舊志》：天寶十載正月，遣太子率更令嗣道王煉，祭沂山東安公。則煉在玄宗時，已蒙任使，所云"先朝納諫諍"者，蓋玄宗也。又云："憶昔初見時，小襦繡芳蓀。長成忽會面，慰我久客魂。"與"少年早歸來，梅花已飛翻"、"王子自愛惜，老夫困石根"等語，皆前輩諄勉之詞。蓋公天寶中曾見義於京師，年尚少，今來巫峽，將入蜀干謁，故以猛虎、蛟螭戒之。若令義爲微之子，則微卒於景雲中，去大曆二年且五十六七載，義之齒當長於公，安得目爲少年而自居老夫乎？由此言之，則義爲煉之諸子審矣。（朱鶴齡《杜工部詩集輯注》卷一八引）

37.《夏夜李尚書筵送宇文石首赴縣聯句》

《杜詩博議》：題中宇文石首，即前宇文晁也。詩注彧者，即崔彧也。公與彧同在李尚書筵中送宇文石首，故有"宅相"、"令宰"

等句以美晃也。舊本俱作宇文彧，誤耳。（朱鶴齡《杜工部詩集輯注》卷一九引）

38.《秋日荊南述懷三十韵》

《杜詩博議》："磐石圭多剪"二句，極言封建之制善於藩鎮，非專謂宰相不可出將也。"群公紛戮力"以下，自是泛論，不必復主琯言之。（朱鶴齡《杜工部詩集輯注》卷十九引）

（三）《杜詩博議》的注釋特色及其成就

通觀《杜詩博議》的佚文，我們可以發現，該書大量采用詩史互證的方法，注重鈎稽史事和杜詩之間的聯繫。其中很多地方不僅能夠補史書之缺，糾正史書和舊注中相沿已久的錯誤，而且能夠加深對杜詩的理解。如《夔府書懷四十韵》"講殿闢書帷"句，歷代注家少有注釋，《杜詩博議》則引《資治通鑑》所載永泰元年九、十月間代宗多次置百高座於資聖、西明兩寺講《仁王經》之事，指出："時羌胡外訌，藩鎮內叛，而帝與宰相元載等俱好佛，怠於政事。'講殿闢書帷'，蓋以諷也。"這樣的箋釋，準確地闡釋了杜詩"詩史"特性，揭示了杜詩蘊涵的深刻現實意義，確實能發前人所未發。除了使用詩史互證的研究方法以外，潘檉章也特別注重采用以杜證杜的方法對杜詩進行深入闡發。如其箋釋《送李卿曄》"晉山雖自棄，魏闕尚含情"曰："晉山自棄，即《出金光門》詩'移官豈至尊'意也。古人流離放逐，不忘主恩，故公於賈、嚴之貶則曰：'開闢乾坤正，榮枯雨露偏。'於己之貶則曰：'晉山雖自棄，魏闕尚含情。'其溫柔敦厚之意，言外可想。若以肅宗不甚省錄，故往往自況之推，失之遠矣。""以杜證杜"和"詩史互證"這兩種方法的結合使用，使其得出的結論少有主觀臆測、牽強附會之弊。

作爲一個優秀的史學家，潘檉章特別擅長對歷史人物的考證。如對《別李義》之"李義"，潘氏結合唐史和杜詩進行了詳細考辨，訂正了《困學紀聞》中李義乃李微之子的錯誤説法，指出李義乃"煉之諸子"。又如《夏夜李尚書筵送宇文石首赴縣聯句》中，有署名

“或”者,舊注俱解作宇文或,潘檉章指出此人應爲“崔或”,而非“宇文或”。在潘檉章對唐代人物的諸多考證中,於“柏茂林”的考證最爲詳審,因而也最具代表性。黃鶴以爲杜甫詩文中提到的“柏都督”是柏貞節,“柏中丞”是柏茂林,二人當係兄弟。潘檉章則將《舊唐書·代宗本紀》《舊唐書·杜鴻漸傳》《新唐書·杜鴻漸傳》《新唐書·崔寧傳》《新唐書·方鎮年表》等相關史料全部排比後指出,柏茂林與柏貞節當係一人。他還結合杜甫《觀宴》《蜀州柏二別駕將中丞命》及《爲柏都督謝上表》等詩文指出,柏茂林卸任邛南節度後,即拜爲夔州都督。這些考證翔實精審,頗具説服力,故多爲後代注家徵引。潘耒在《松陵文獻序》中曾介紹其兄的研究方法曰:“亡兄與吳先生草創《明史》,先作《長編》,聚一代之書而分割之,或以事類,或以人類,條分件繫,彙群言而駢列之,異同自出,參伍鈎稽,歸於至當,然後筆之於書,其詳且慎,如此庶幾不失古人著書之法。”①正是由於潘檉章采用了科學的史學方法,將涉及的相關史料全部列出,才使得“異同自出”,真僞立判,因此錢謙益才稱贊潘檉章修史“取材甚富,論斷甚嚴”②,其辨析論斷不可移易的原因也正在於此。

　　除此之外,潘檉章對杜詩中涉及的唐代典章制度、職官、地理等多方面的考證,也多有創獲,加深了人們對唐史和杜詩的認識,洵爲少陵功臣。如杜詩《有感五首》其三“洛下舟車入,天中貢賦均。日聞紅粟腐,寒待翠華春”,潘檉章緊密結合唐代的漕運狀況解釋道:“史稱喪亂以來,汴水湮廢,漕運自江漢抵梁、洋,迂險勞費。廣德二年三月,以劉晏爲河南江淮轉運使。時兵火之後,中外艱食。晏乃疏汴水,歲運米數十萬石以給關中。公之意,唐建東

①　潘檉章《松陵文獻》卷首,《四庫禁毀書叢刊》史部第 7 册,第 2 頁。
②　錢謙益《修史小引·牧齋外集》卷八,日本京都大學文學部資料室藏本。

都,本備巡幸。今汴洛之間,貢賦道均,且漕渠已通,倉粟不乏,只待翠華之臨耳。”又如《黃河二首》其二“黃河南岸是吾蜀,欲須供給家無粟”句,《杜詩博議》箋云:“唐運道俱仰黃河,獨蜀僻在西南,河漕不通,西山三城,糧運屢絕,故有‘供給無粟’之嘆,此亦爲吐蕃入寇而作。”這些箋釋能夠深入結合唐代史實對杜詩詩意進行恰當的解釋,顯示了潘檉章深厚的史學功力。

　　另外,《杜詩博議》徵引歷代史籍文獻來解釋杜詩語詞的出典,也對人們正確理解杜詩提供了很大幫助。如《傷春五首》其三“不成誅執法”之“執法”,《杜詩博議》釋曰:“《漢志》:哀帝元壽元年十一月,歲星入太微,逆行,干右執法。占曰:大臣有憂,執法者誅,若有罪。二年十月,高安侯董賢免歸,自殺。此詩‘執法’二句,暗引是事,以董賢況程元振也。趙注:熒惑星,一名執法,謂元振熒惑人主,當誅之以謝天下。其説殊支離。”又如《送楊六判官使西蕃》“惟良待士寬”之“惟良”,舊注無解,潘檉章指出:此語出自《漢書》,宣帝曰:“與我共理者,其惟良二千石乎?”亦“友于”、“貽厥”之類也。再如《逢唐興劉主簿弟》“劍外官人冷”之“官人”,《杜詩博議》通過徵引《北史·梁彥光傳》、《舊唐書·高祖紀》及《武宗紀》等文獻,指出“官人”乃隋、唐間州縣令佐之稱。這些發見,非具有深厚的史學積澱不能道,非潘檉章亦不能爲此等注。戴笠在《潘力田傳》中稱潘檉章“長於考核”①,錢謙益在《與吳江潘力田書》中稱贊其《國史考異》“援據周詳,辨析詳密,不偏主一家,不偏執一見”②。我們於《杜詩博議》一書也看到了同樣的特點。

　　應該指出的是,在錢、朱注杜公案中,潘檉章雖然作爲調停人身份出現,但是他和朱鶴齡同是吳江人,又同是驚隱詩社的同志,故在情感上是傾向朱鶴齡一方的。因此他在《杜詩博議》一書中的

---

①　潘檉章《松陵文獻》,《四庫禁燬書叢刊》史部第7冊,第3頁。
②　錢謙益《牧齋有學集》卷三八,第1319頁。

有些内容,都是特別針對錢箋進行的駁正。如杜甫的《兵車行》,錢謙益認爲是對鮮于仲通討南詔而發,其云:"是時國忠方貴盛,未敢斥言之,雜舉河隴之事,錯互其詞,若不爲南詔而發者,此作者之深意也。"①潘檉章則曰:"玄宗季年,窮兵吐蕃,征戍繹騷,内郡幾遍,當時點行愁怨者,不獨征南一役,故公托爲征夫自愬之詞以譏切之。若云懼楊國忠貴盛而詭其詞於關西,則尤不然。太白《古風》云:'渡瀘及五月,將赴雲南征。怯卒非壯士,南方難遠行。長號別嚴親,日月慘光晶。泣盡繼以血,心摧兩無聲。'已明刺之矣。太白胡獨不畏國忠耶?"又如《贈李八秘書別三十韵》:"事殊迎代邸,喜異賞朱虚。"錢謙益曰:"漢文帝即位,先封太尉朱虚侯等,而後封宋昌。肅宗行賞,獨厚于靈武諸臣,公有'文公賞從臣'之譏,而此又以朱虚爲喻,皆微詞也。"②潘檉章則指出:"賞異朱虚,惜其不得殊擢。或以爲譏肅宗,非也。"後來潘檉章其弟潘耒《遂初堂文集》卷一一有《書杜詩錢箋後》一文,具體指出錢箋多處不當或錯誤的地方,這應該與其兄論杜傾向的影響有很大關係。關於潘耒的論杜傾向受其師顧炎武之影響問題,鄔國平已有專文進行探討,讀者自可參看③。

(四)《杜詩博議》的流傳和影響

潘檉章由於受到莊廷鑨《明史》案的牽連而遇難,其所著書,亦因之而被禁廢,《杜詩博議》一書即因此而終至散佚。鈕琇《觚賸》載:"潘檉章著作甚富,悉於被繫時遺亡。間有留之故人家者,因其罹法甚酷,輒廢匿之。如《杜詩博議》一書,引據考證,糾訛闢舛,可謂少陵功臣。朱長孺箋詩,多所采取,竟諱而不著其姓氏矣。余幼從學吳南村夫子時,曾録其古近體詩數篇,留敝篋中,今檢而存之,

---

① 錢謙益《錢注杜詩》卷一,第 10 頁。
② 錢謙益《錢注杜詩》卷一五,第 523 頁。
③ 鄔國平《顧炎武與杜甫詩注》,《杜甫研究學刊》2002 年第 3 期。

并著《博議》所自,以俟能表章者."①鈕琇爲潘檉章鳴不平,隱隱有指斥朱鶴齡剽竊之意.對此,陳寅恪於《柳如是別傳》中指出:"長孺襲用力田之語,而不著其名,不知所指何條.但長孺康熙間刻《杜詩輯注》時,牧齋尚非清廷之罪人,故其注中引用牧齋之語,可不避忌.至若檉章,則先以預於莊氏史案,爲清廷所殺害,其引潘説,而不著其名,蓋有所不得已.玉樵之説未免太苛而不適合當時之情事也."②實際情況確實如此,潘檉章之弟潘耒早就於《松陵文獻後序》中針對當時人謠傳朱鶴齡剽竊潘檉章著作一事進行過辯解:"既乃嫁過於朱先生鶴齡,謂朱實襲潘之書,已乃襲朱,初不襲潘.夫朱先生與亡兄交最厚,其自著書頗多,何至掩取亡兄之書?縱有所援引,亦明言本諸潘氏,凡考訂論贊,皆言潘某云云.新志何所見,而悉以潘之説爲朱之説,非唯掩潘,抑且誣朱矣."③雖然如此,但是朱鶴齡在書中徵引潘説確實是"不著其名",但云"《杜詩博議》"而已,這在當時雖然是迫不得已的選擇,但也是最終導致潘檉章《杜詩博議》一書湮沒無聞的原因之一.

關於《杜詩博議》的成書時間,蔡錦芳根據書中多處反駁錢氏之説,以爲其"只能産生於錢注之後,朱注之前"④,這個判斷可謂失之眉睫.因爲潘檉章康熙二年遇害,其時方當錢、朱二人反目之次年,《錢注杜詩》尚未完成,故其對錢氏的辯駁之辭,依據的不可能是康熙六年才成書的《錢注杜詩》,而只能是錢氏完成於崇禎朝的《讀杜小箋》《二箋》.從潘檉章的生平來看,錢、朱注杜公案發生時,其正致力於《明史記》的編纂,本無暇分身作《杜詩博議》,只

---

① 　鈕琇《觚賸》卷一"力田遺詩"條,上海古籍出版社 1986 年版,第 8 頁.

② 　陳寅恪《柳如是別傳》,生活·讀書·新知三聯書店 2001 年版,第 1028 頁.

③ 　潘檉章《松陵文獻·後序》,《四庫禁毀書叢刊》史部第 7 冊,第 150 頁.

④ 　蔡錦芳《〈杜詩博議〉質疑》,《杜甫研究學刊》1989 年第 2 期.

是由於錢、朱二人的反目，可能才引起了他對注杜問題的關注。而錢、朱二人反目是在康熙元年，到了康熙二年正月，潘檉章即因牽涉"《明史》案"被繫。這樣算來，《杜詩博議》成書時間極有可能僅有康熙元年一年的時間。以如此短暫的時間成此一書，又是在纂史之餘，估計篇幅不會很大，而且很可能並沒有刊刻。然而堪稱一部急就章的《杜詩博議》竟能屹然立乎錢、朱兩大家之間，不能不令人感到敬佩。難怪朱鶴齡在《杜工部詩集輯注》中對潘氏的研杜成果頗爲重視，對該書多次徵引。但是由於清代文禁森嚴，錢注和朱注的流傳都受到很大影響。已化身於朱注之中的《杜詩博議》，在清代杜詩學界幾乎没有受到什麼關注。仇兆鰲《杜詩詳注》和楊倫《杜詩鏡銓》雖都曾徵引《杜詩博議》，但都是直接由朱注轉引。雖然沒有親見《杜詩博議》一書，仇兆鰲還是獨具慧眼地稱其"發揮獨暢"。因朱注引《杜詩博議》不標著者姓名，仇兆鰲乃將潘檉章之名誤爲"王道俊"。仇氏生活的時代距潘檉章去世不過幾十年，竟然難以見到《杜詩博議》一書，可見該書流傳的範圍很小，其散佚的速度却是很快的。清末文網松弛以後，朱鶴齡《杜工部詩集輯注》稍有流布，然而潘檉章的《杜詩博議》因朱注隱諱其名，其人其書竟終致無聞。周采泉《杜集書錄》便以爲《杜詩博議》共有三種，作者分別爲宋杜田、明王道俊、潘檉章①。他爲杜信孚《同書異名通檢》所作序云："《杜詩博義》在宋有杜田，在明有王道俊、潘檉章，雖書有存佚，但我們該知道，同一書名，却不是'只此一家'。"②可見周先生尚未意識到三書乃同一書。直到當代學者蔡錦芳於《杜甫研究學刊》發表《〈杜詩博議〉質疑》一文，指出《杜詩博議》一書的著者被嫁名於宋杜田、明王道俊乃是張冠李戴，其真正的作者應該是潘檉章。這樣，一部沉埋了三百餘年的杜詩學文獻才得以重新納入

---

① 周采泉《杜集書錄》，第43、483頁。
② 杜信孚等《同書異名通檢》，江蘇人民出版社1982年版，第1—2頁。

學界的視野。

潘檉章《杜詩博議》與錢謙益《錢注杜詩》、朱鶴齡《杜工部詩集輯注》産生於同時，雖然處於錢、朱雙子星座巨大光環的籠罩之下，但是《杜詩博議》的光輝並不因之而被掩映殆盡，相反，它的耀眼光芒有時反而更加熠熠灼人。然而由於其著者潘檉章遭遇文字獄慘禍，使得該本的流布受到很大影響，倘若没有朱注的少量徵引，我們幾乎對該本的特色及貢獻難窺一斑。通過輯佚後我們可以發現，《杜詩博議》不僅對錢箋多所駁正，也爲朱注增色不少，其對杜詩學所作的貢獻是不容抹殺的。因此應正確評估其書的價值，重新確認該書在清代杜詩學史上的重要地位。

七、朱彝尊杜詩評點文獻考辨

朱彝尊（1629—1709），字錫鬯，號竹垞，晚號小長蘆釣魚師，又號金風亭長。行十，時稱朱十。秀水（今浙江嘉興）人。康熙十八年（1679）舉博學鴻詞科，授翰林院檢討，預修《明史》。二十年（1681），充日講起居官。典試江南，稱得士，入值南書房。三十一年（1692）罷官歸里，殫心著述。彝尊博通群籍，綜貫經史，工詩詞古文。詞尊姜夔，爲浙西詞派的開創者。詩與王士禛齊名，時有"南朱北王"之稱。又與姜宸英、嚴繩孫稱"江南三布衣"。著有《曝書亭集》《經義考》《日下舊聞》等，輯有《詞綜》《明詩綜》等。朱彝尊的杜詩評點文獻目前可見者有三種，分別是道光間莊魯駉刻《朱竹垞先生杜詩評本》、稿本《朱竹垞先生批杜詩》及上海圖書館藏朱彝尊批點《杜詩分類全集》五卷，這三種文獻真偽錯雜，需要進行詳細考辨。

（一）清道光間莊魯駉刻《朱竹垞先生杜詩評本》乃偽托之本

明末清初的杜詩評點之風甚爲興盛，可謂名家如林，各樹旗鼓，其中王士禄、王士禛、李因篤、吳農祥、邵長蘅、何焯等人的杜詩評點流傳最廣，影響也最大。然而在甚囂塵上的清初杜詩學高潮中,作爲詩壇領袖人物的朱彝尊却似並未參與其中。清初並未見有朱彝尊杜詩評點本流傳的記載,直到道光十一年(1831),方才出現《朱竹垞先生杜詩評本》二十四卷。該書爲陽湖莊魯馴刻本,長白岳良題簽,望雲軒藏板。共收詩 1458 首。詩多白文,旁有圈點,批語較少,且極簡略。眉批居多,詩旁間有少許評語。仇注曾略引數節,劉濬《杜詩集評》所引頗多。揚州吳氏《測海樓書目》著録。對此本的真僞,自清迄今均未有質疑者,當今學界甚至有據以論析朱彝尊之詩學思想者①。然而由於該本出現時間過晚,且此前從未有書目提及,故其中評語是否真爲朱彝尊所評頗值得懷疑。相反,與之同時的李因篤、邵長蘅、吳農祥、王士禎等人之杜詩評本均流傳有序,來源可靠,並無疑義。因此從文獻學的角度來看,出現較晚的《朱竹垞先生杜詩評本》存在着作僞的可能。是書的編刻者岳良、莊魯馴將其判定爲朱彝尊評的依據,就是該本前的《朱竹垞先生原跋》:

> 宋景濂爲俞歇翁《杜詩舉隅》序,以爲注杜者無慮數百家,大抵務穿鑿者,謂一字皆有所出,泛引經史,巧爲附會,檀釀而叢脞;騁奇者稱其一飯不忘君,發爲言詞,無非忠君愛國之意。至於率爾詠懷之作,亦必遷就而爲之説。説者雖多,不出於彼,即入於此,遂使子美之詩不白於世。余謂斯言蓋切中諸家之病。惟閱是集,爲二三前輩丹黃評定,雖無箋注,而批郤導窾,各寄會心。余因附參末見,以冀作詩宗旨,不僅沾沾於證引也。康熙乙巳(1665)夏月,竹垞朱彝尊書於曝書亭側。

然此跋並不見收於《曝書亭集》,最近已有學者發現,此跋乃是抄襲

---

① 謝海林《朱彝尊〈朱竹垞先生杜詩評本〉之學術價值及其詩學》,《文藝評論》2011 年第 2 期。

篡改何焯《義門讀書記・杜工部集》前之序而成①。何焯序曰：

> 宋景濂爲俞㶁翁《杜詩舉隅》序，以爲注杜者無慮數百家，大抵務穿鑿者，謂一字皆有所出，泛引經史，巧爲附會，楦釀而叢脞；騁新奇者稱其一飯不忘君，發爲言詞，無非忠君愛國之意。至於率爾詠懷之作，亦必遷就而爲之説。説者雖多，不出於彼，則入於此，遂使子美之詩不白於世。余謂此言蓋切中諸家之病。而明人注杜，則又多曲爲遷就，以自發其怨懟君父之私，其爲害蓋又有甚焉者矣。景濂譏劉辰翁于杜詩輕加批抹，如醉翁囈語，終不能了了，其視二者，相去不遠。元人皆崇信辰翁，莫有斥其非者。此實自景濂發之，而注杜者從未有一言及之，何耶？㶁翁名浙，字季淵，宋開慶己未進士。蓋因生不逢辰，有所托而爲之者，序言其各析章句于體段之分明，脉絡之聯屬，三致意焉，亦必有可觀，惜余不及見也。②

將何序與朱跋進行對比，朱跋抄襲作僞的痕迹十分明顯。既然所謂的"朱彝尊原跋"竟是抄襲拼湊而成，則該本的真實性也就非常值得懷疑了。另外，《朱竹垞先生杜詩評本》前的莊魯駰《序》曰：

> 丙戌（道光六年，1826）遊皖城，偶過書肆，見敗帙中有是編，乃秀水朱竹垞先生手批本，購歸讀之，覺體會入微，別有心得……取所評之本手録付梓，以公同好。原跋有二三前輩丹黃評定，概謂秀水朱氏評本可也。

---

① 朱莉韵、李成晴《〈朱竹垞先生杜詩評本〉辨僞》，《文獻》2016 年第 3 期。

② 何焯著、崔高維點校《義門讀書記》卷五一，中華書局 1987 年版，第 987 頁。

可見只是由於此書前有署名朱彝尊的跋文,莊魯駧便信以爲真,而對此跋的真實性並未有任何懷疑。其實跋文中"惟閱是集,爲二三前輩丹黄評定,雖無箋注,而批郤導窾,各寄會心。余因附參末見,以冀作詩宗旨,不僅沾沾於證引也"這段話,已經清楚地説明了其批點是附於"二三前輩"批點之後的,並非獨立之評。莊魯駧雖明知如此,却仍糊裏糊塗地説"概謂秀水朱氏評本可也",這實在是不負責任的。正是由於這種草率輕信的態度,致使莊魯駧、岳良等人對該本的實際評點者出現了重大誤判。而後人對其判斷又大都不加分辨,遂使這一偽本一直以訛傳訛至今,故亟須加以澄清。

仔細檢核《朱竹垞先生杜詩評本》中的所謂"朱彝尊評"後發現,這些評語多爲清初李因篤與邵長蘅之評,從評語數量來看,李因篤評居十之七八,邵長蘅評占十之二三,另有極少量評語的作者不詳①。再聯繫朱彝尊跋中所云"爲二三前輩丹黄評定"之語,則"二三前輩"即是指清初的李因篤、邵長蘅。然而朱彝尊尚比李因篤、邵長蘅年長,不當以"前輩"稱之。所以《朱竹垞先生原跋》中的語氣與朱彝尊身份不甚相符,亦露出偽托之迹。此外,跋文的落款署爲"康熙乙巳夏月",即康熙四年(1665),然而書中徵引的李因篤評語中又屢次提及"錢箋"和"朱注",《錢注杜詩》初刻於康熙六年,朱鶴齡《杜工部詩集輯注》初刻於康熙九年,所以李因篤批點杜詩的下限應是康熙九年以後,然而所謂的《朱竹垞先生原跋》却稱康熙四年以前已見到這些評語,這種矛盾現象也使作偽者又一次露出了馬脚。綜上所述可見,此本斷非朱彝尊評杜之原本,而是出於後人偽托無疑。

（二）其他兩種存世的朱彝尊杜詩評點文獻

那麼除了《朱竹垞先生杜詩評本》之外,是否還有其他朱彝尊

---

① 其詳可參王新芳、孫微《〈朱竹垞先生杜詩評本〉中朱彝尊與李因篤評語的釐定與區分》,《中國詩學》第十八輯,人民文學出版社2014年版,第77頁。

杜詩評本呢？答案是肯定的。朱彝尊的杜詩評點文獻目前尚有兩種存世：其一爲稿本《朱竹垞先生批杜詩》，又名《朱批杜詩一卷》《朱竹垞論杜集各體詩》，如今僅餘“總評”部分；其二爲上海圖書館藏朱彝尊批點本《杜詩分類全集》五卷，係傅振商編、張縉彦、谷應泰校定，清順治十六年（1659）還讀齋刻本。以下對這兩種文獻分別論之。

民國間出版的《東方雜志》1916 年第八號卷十三《石遺室詩話續編》卷一〇曾刊載稿本《朱竹垞先生批杜詩》，《國學專刊》1926 年第 2 期亦曾刊載，後收入錢仲聯編《陳衍詩論合集》（福建人民出版社 1999 年版），題作《朱批杜詩一卷》。其內容與莊魯駰刻本《朱竹垞先生杜詩評本》完全不同，稿本前載有陳衍所撰序曰：

> 《朱竹垞先生批杜詩》，舊藏小瑯環館，未經刻本也。吾鄉鄭虞臣先生曾手鈔副本，仲濂丈，先生侄也，復爲楊雪滄舍人重鈔一過。楊歿，傳聞此本鬻在京師廠肆，沈之封提學見之，以告余，余告稚辛，以三十餅金購還。則卷首黏貼仲濂丈所鈔朱字《總評》而已，其卷中朱批，則他人效丈字體也。

小瑯環館爲陳壽祺之子陳喬樅之室名。陳喬樅，字樸園，一字樹滋，號禮堂，福建侯官人。仲濂，乃鄭守廉之字。鄭守廉，字仲濂，號儉甫，福建閩縣人，咸豐二年進士，改庶吉士，官吏部員外郎，有《考功詞》一卷。鄭虞臣，字世恭，爲鄭孝胥之叔祖，咸豐間進士。楊浚（1830—1890），字雪滄，一字健公，別署紫薇舍人，福建晋江人，移居侯官。咸豐二年（1852）舉人，先後主講漳州丹霞、紫陽、悟江書院，著有《冠悔堂全集》等。由以上陳衍所記，可知此鈔本之遞藏順序依次爲：陳喬樅——鄭虞臣——鄭守廉——楊浚——陳衍，這些藏家大都是福建侯官人。另外，郭曾炘《讀杜劄記》卷末附錄有《朱竹垞論杜集各體詩》①，由於這則文獻只是作爲附錄附于《讀杜劄記》之後，此前一直没得到學界的關注。今將其與《石遺室詩話續編》所載《朱竹垞先生批杜詩》相比較，發現除了論各體之次序及個別文字稍有不同之外，內容則完全相同。應該指出的是，郭曾炘亦爲福建侯官人，其所見當即陳衍之本。《朱竹垞先生批杜詩》稿本後還有陳衍之案語曰：

> 衍案：朱竹垞朱批之本，藏小瑯環館而未刻者，不知其批在何本杜詩上？今乃有刻本朱竹垞先生所評杜詩，首標籤題"朱竹垞先生杜詩評本卷一"，其卷二以下，則只題卷幾而已，並無"朱竹垞先生"等字，其書眉、詩旁所有已刻評語外，又有朱字未刻評語，多與相牾。朱字是，則已刻者非；已刻者是，則朱字非。然朱字無可疑者也。仲濂丈既鈔《總評》，後有跋語略云："茲批專指作法，間批錢箋。集中於起伏承結，最爲用心，想亦先生早歲伏案時咿唔有得，隨手鈔錄，意不主著述也。"又目錄後朱批有云："起伏照應用尖圈，承上起下用密點，詞意佳者用圓圈。"今《總評》既未刻，而刻本批語於所謂起伏承結者全未拈出，于所謂起伏照應、承上起下、詞意佳者，全未用尖圈、密點、圓圈，則已刻批語，不出於竹垞，惟朱字者爲竹垞所批可知。是則已刻者何人所批乎？案竹垞《原跋》有云："惟閱是集，爲二三前輩丹黃評定，批郤導窾，各寄會心，余因附參末見"云云，可知另有杜集爲前輩所評者，今已刻者即其書。其竹垞朱批，實未刻，故皆以朱字輾轉迻寫。書賈射利者不知其詳，以前輩評本易其首行標題爲"朱竹垞評本"，又有割裂迻寫朱批，黏卷首以實之者，而豈知轉以敗露也。

陳衍在序及案語中詳細記載了稿本《朱竹垞先生批杜詩》輾轉流傳的過程，並通過稿本與刻本批點體例之異同，指出莊魯駟刻本中書商作僞之痕迹，從而最終認定刻本並非朱彝尊所評，其論可謂確鑿可信。

另外，上海圖書館藏明傅振商《杜詩分類全集》五卷（清順治十六年還讀齋刻本，索書號 798949—50）前有朱芸跋曰：

> 《分類杜詩》二册，係竹垞太史手批，舊屬迂邨周先生家物，後爲曾祖樞臣公攘得，來索輒不與。及晩時，握先公手而笑曰："願吾子謹藏之，勿輕示人，恐有豪奪如君者，其將奈何？"坐客爲之絶倒。蓋迂翁與先生誼屬盧、李，情尤莫逆，故不疑，以此爲謔耳。以上顛末，得之所遺日記中。嗟乎！城東老屋，久屬他人。硯北殘書，尚存敝簏。披兹手澤，能不泫然！志罷前因，亦堪破涕。時在乾隆五十九年秋九月一日，澹如朱芸跋于齊女門東之藍田賃舍。①

朱芸（字澹如）生平事迹不詳，檢《中國美術家大辭典》，清代有女畫家朱芸，江蘇常州人，吕桐聲繼妻，擅畫蟲鳥花卉②。然爲《杜詩分類全集》作跋的朱芸賃居於蘇州之齊女門東，不能確定其與常州之朱芸爲同一人。跋語中提到的周迂邨，即周準（？—1756），字欽萊，號迂邨，長洲（江蘇吳縣）人，諸生，沈德潛門人，有《迂邨詩鈔》。"樞臣公"，即朱瑄，字樞臣，長洲人，《清詩別裁集》曾選録其詩。通過朱芸之跋可知，朱彝尊曾以明代傅振商《杜詩分類全集》

---

① 轉引自汪政、趙飛文《上海圖書館藏善本杜集題跋匯析》，《杜甫研究學刊》2014 年第 4 期。

② 趙禄祥主編《中國美術家大辭典》上卷，北京出版社 2007 年版，第 330 頁。

爲底本批點杜詩,此批本遞經周准、朱瑄、朱芸收藏,時間迄於乾隆之末。從所據底本情況來看,此本確實存在出於朱彝尊原批的可能性;然從幾位藏家來看,最早的藏家周准和朱瑄均爲乾隆時人,其距朱彝尊生活的時代較遠,故此本是否爲朱彝尊原批應予存疑。另外,此批本除了録有朱彝尊評語外,尚夾有不少王士禎之評,因此不排除後人由他本録入朱彝尊、王士禎評的可能性,故該本宜定名爲"清佚名批點、朱芸跋《杜詩分類全集》"更妥。

(三)《朱竹垞先生批杜詩》評語輯録

由於莊魯駉刻本《朱竹垞先生杜詩評本》中朱彝尊評乃是僞托,而真正的朱彝尊評杜却僅以稿本形式流傳,使得讀者不易獲見,故這裏將《石遺室詩話續編》卷一○所載稿本《朱竹垞先生批杜詩》之《總評》輯録如下:

> 總評云:集中五古,早年風骨未高,所交者高李,所至者齊趙,而不能有佳作也。居長安氣格忽大變,未幾,遇安史亂,流離瑣尾,性情激發,所造益工。秦州以後,精彩逆露,幾幾乎欲傲睨宇宙,淩鑠古今,令人不敢逼視,然猶有詩之見存。夔州以後,信口高歌,漫興成作,忘其爲詩,而詩境益神妙。全集中自六朝而魏晉,而漢人,而楚騷,而《三百篇》,皆可窺其得力之處。得力于魏晉者最多,魏晉中得力于陶、謝、陳思者又最多。中間獨往獨來,直起直落,仿佛範經者,最有興趣。昔人病其禿筆,未爲知言。總之,壯年法足詞足,末年理足神足,杜公五言,盡於此矣。
>
> 公集中七古,不及五古之半。除酬應作無足觀外,早年法律謹嚴,詞風精悍,頓挫則有之,沈鬱則未也。經喪亂後,意旨沈鬱,如《哀王孫》等篇,以及《曹將軍畫馬》《魏將軍》等作,思闊筆卓,開七古未開之境,美善兼之矣。中間短篇如《贈王司直短歌行》《贈顏文學醉歌行》,筆勢奇崛,詞意簡老,尤具尺幅

千里之勢。晚年工夫益熟,自闢蹊徑。《花卿歌》《大食刀》《二角鷹》《魏將軍歌》,常意恒語,加以鍛煉,作作有芒,遂開長吉、昌黎一派。《洗兵馬》《古柏行》《岳麓道林二寺》,於排偶中極沈鬱頓挫之致,王楊盧駱遜其氣骨,高岑王李遜其力量。《憶昔》《追酬人日》等,純乎性情,不見筆墨痕迹,尤七古字難者,洵爲空前絶後矣。

公集中五律,篇什最富,足見上承家學,致力尤深。早年氣格未就,雖律整筆清,所存者空架子耳。居長安始有進境,精彩漸生動。遭亂後,意境頓開,每一篇成,必意周言中,力透紙背,律中一大進境也。秦州後,意中有意,味外有味,極搏捖盤旋之妙,律境又一進。入蜀以後,意不求深而自深,團結處,純是興味,不求厚而自厚。斷續處,純是神理。律境又一進。夔、巫後所作,興愈遠,神愈淡。時或似李似王似孟,而返虛入渾,積健爲雄,終是此老本色,五律中集大成也。晚年於興神中更求樸實,欲以理取勝,始有頹筆。而理到足處,往往精光逆露,此公之絶詣,他人不能學,亦不必學也。究之,公五律雖屢變,總以筆必求健,詞必求響,於大氣鼓鑄中,仍覺飛揚生動,口吻如生。大家本領,如是而已。

公集中七律,不及五律之半,居長安篇什不多,所作或生峭,或瀏亮,期於力去陳言,要終未脫初唐門徑。遭亂授官後,始稍稍爲七律,而境一進。以意爲經,以情爲緯,始見真面目,然猶不多作也。入蜀後,篇什漸富。一種大氣鼓鑄中,具數十層意義,讀之仍覺元氣渾淪,一進境也。一種沈思獨往中,具數十層曲折,讀之仍覺一字不著,又一進境也。其間取材富麗,結響沈雄,如《秋興》《古迹》等篇,膾炙人口,固是集中精華。然無杜老深情卓識,徒學其面貌,所謂類狗也。夔州諸七律,變化超忽,令人不可捉摸,又一大進境,至矣盡矣,蔑以加矣。晚年衡、潭七律,淡淡著墨,落落用筆,意似疏而密極,詞似散而整極。讀上句使人不測其下句,流走生動,熟極巧生,七律進境,止於是矣。總之,爲落筆以前,以意爲主;既成篇以後,以神爲主。使人讀之,肝腸如見,鬚髮欲活,公詩大旨也,七絕亦然。中間惟江陵所作,興致索然,殊不可解。

公集中排律,除酬應作寥寥數語無興致者不足觀外,或歌頌功德,或叙述踪迹,詳灑曲折,均屬鉅觀。最佳者,崇論宏議,卓識鴻音,極縱橫變化之神,無鋪張排比之迹,此爲上乘。若但賞其才力之富,以數十韵或百韵見長,未足盡大家本領耳。

公集中五七絕最少,五絕較七絕尤少,蓋非公所長也,即此見古人拙于用短處。其酬應之作,以詩代柬者,更無足觀。大都絕句以神韵爲主,讀之悠然不盡,意在言外爲佳。公以筆健爲宗,健則損韵,而無婀娜之致;以意透爲主,透則損神,而無含蓄之味,烏能工?偶有合格處,不過十之一二耳,餘多稠疊成章,當以讀五七古法讀之,便覺我行我法,不失大家面目。

(四)《朱竹垞先生批杜詩》之《總評》分析

陳衍在《案語》中指出,《朱竹垞先生批杜詩》"專指作法,間批錢箋","於起伏承結,最爲用心"。可惜該本除了《總論》之外,對具體篇目的批點内容已散佚不傳,這裏姑據稿本之《總評》略窺朱彝尊論杜之一斑。

在《總評》中,朱彝尊分體論述了杜詩諸體之創作特點及其發展變化過程,這種做法極容易讓人聯想起明末盧世㴶的《杜詩胥鈔》,該書之《餘論》亦是分論各體杜詩,那麼朱彝尊的杜詩《總評》與盧世㴶的《餘論》是否存在某種關聯呢? 近來見到温瑜博士在其論文中徵引了南京圖書館藏孫承澤手批《杜詩胥鈔》卷三末石遺老人題跋曰:"此書有《餘論》《大凡》,共數十葉,時有獨見處。竹垞評杜前有《總論》，即仿其例。"①遂覺豁然開朗，石遺老人即是陳衍，亦即保存《朱竹垞先生批杜詩》之稿本者，其明確指出竹垞之批杜《總論》乃仿《杜詩胥鈔》之《大凡》《餘論》，則以前之猜測，至此恰可以落實。朱彝尊在《總評》中指出，杜甫五古得力于魏晉者最多，魏晉中得力于陶、謝、陳思者又最多，七律則先後經過五次進境，"惟江陵所作，興致索然，殊不可解"，早年的七古"頓挫則有之，沈鬱則未也"，五七絕當以讀五七古法讀之等等，這些看法都頗具卓識，非熟爛杜集者不能道出，定係出於大家裏手，再佐以陳衍之《案語》，令人更加確信其應爲朱彝尊所評之杜詩手迹。

除了分體論述之外，朱彝尊在《總評》中還能以發展的眼光觀照杜詩的諸種體式，將杜詩大致劃分爲早年、居長安時、喪亂後、秦州後、入蜀後、夔州後、衡潭時等幾個時期。應該說這幾個階段的劃分，較爲準確地把握住了杜甫生平經歷的幾個關鍵點，貫徹了孟子"知人論世"之說詩原則，故其論杜詩精神風格之大體走向及其原因時，往往能夠做出相對正確的判斷。

此外，明清之際的杜詩評點者，往往承明代鄭善夫、王慎中等人貶杜論之緒餘，表現在評點中，往往對杜詩加以指斥，從吳農祥、李因篤、邵長蘅、王士禛等人的評點中或多或少地都能看到這種駁杜論的痕迹，而朱彝尊的《總評》却較少這種駁杜論餘習。其對杜甫的五古、七古、七律都推崇備至，不吝贊詞。對杜甫的排律，朱彝尊認爲"除酬應作寥寥數語無興致者不足觀外"，其餘作品"均屬鉅觀"。對歷來非議頗大的五絕和七絕，朱彝尊雖亦有指摘，但他指出絕句這種體式並非杜甫所擅長，這是因爲絕句應以神韻爲主，而杜詩歌恰恰是以筆健爲宗，以意透爲主，這樣的創作風格與創作方法正與神韻相抵觸，故他認爲杜甫的絕句"偶有合格處，不過十之

---

① 温瑜《孫承澤手批〈杜詩胥鈔〉孤本研究》，《暨南學報》2015 年第
1 期。

一二"。但朱彝尊同時還指出,杜甫在以神韻爲主的絕句體式中堅持自己的創作方法,仍"不失大家面目"。不過通過《總評》可以看出,朱彝尊對杜甫早年之作多有微詞,如其認爲杜甫早年的五古沒有佳作,早年五律"氣格未就,雖律整筆清,所存者空架子耳",早年七律"終未脫初唐門徑"等等,這些批評大都客觀中肯,不落窠臼。而從總體來看,朱彝尊無疑應屬於尊杜派,並與駁杜派保持着距離。

朱彝尊的杜詩《總評》雖篇幅不大,却視角宏闊,取徑高遠,言簡意賅,見解透闢,足可與仇兆鰲《杜詩詳注·杜詩凡例》、浦起龍《讀杜心解·發凡》相媲美,是杜詩學史上的重要文獻,惜乎《朱竹垞先生批杜詩》只有稿本存世,流傳不廣,且又被僞本《朱竹垞先生杜詩評本》所遮掩,更鮮爲人知,故亟需通過去僞存真,還朱彝尊杜詩評點之本來面目。

總之,朱彝尊之杜詩評點文獻呈現出真僞錯雜的狀態,其中道光間刊刻的《朱竹垞先生杜詩評本》乃是拼凑李因篤、邵長蘅杜詩評語而成。然此本流布較廣,知名度較高,諸家書目多有著録,很長時間内沒有人質疑其真僞;另外,上海圖書館藏朱彝尊批點《杜詩分類全集》的真實性亦屬存疑。則朱彝尊杜詩批點之真本僅以稿本的形式存世,且流布甚罕,故並不爲學界所知。而從《朱竹垞先生批杜詩》之《總評》來看,朱彝尊的杜詩評點頗具系統性,且見解深透,手眼極高,值得引起學界的重視。

八、李因篤的杜詩學

李因篤(1631—1692),字天生,又字子德,陝西富平人。他是清初著名的學者,因博學強記,性樸直,尚氣節,名重於時,人尊爲"關西夫子",與盩厔李顒、郿縣李柏並稱"關中三李"。他與顧炎武、朱彝尊、毛奇齡等人也都有較爲密切的交往,可以説,李因篤在清初學界占據相當重要的地位。其對杜詩學亦有很多精辟論述,然因其所著《杜律評語》一書已散佚（成都杜甫草堂曾將此書列爲第二次徵集書目，迄今未見），故此前並未引起杜詩學界的足夠重視。不過李因篤的論杜言論仍散見於楊倫《杜詩鏡銓》、劉濬輯《杜詩集評》、時中書局石印本《諸名家評定本錢箋杜詩》等書，其同時與之交遊文人集中對其論杜言論的記載也爲數甚夥。兹就現能纂集到的李因篤對杜詩的評論，大致歸納其杜詩學成就如次。

（一）杜詩與《史記》並論

李因篤在對杜詩的評點中多將杜詩與《史記》並論，如其評《夔府書懷四十韵》云：“既參家乘，兼補國書，以子長叙述之才，而駢爲韵語也。”（劉濬《杜詩集評》卷一三，以下所引劉濬《杜詩集評》均只標卷數）其實對杜詩如《史記》這一認識可以上溯至宋代，如蘇軾曾提到其友畢仲游稱杜甫似司馬遷，不過蘇軾對此論是不贊同的①。南宋黃徹也對“杜甫似司馬遷”的議論表示了異議，其《碧溪詩話》卷一云：“東坡問：老杜何如人？或言似司馬遷，但能名其詩耳。愚謂老杜似孟子，蓋原其心也。”可見宋人對杜詩與《史記》的某些相似之處早已有了認識，但由於受到了蘇軾等人的批評，所以並未作進一步申論。明人對此也有一些論述，如方孝孺《成都杜先生草堂碑》稱杜詩：“蓋有得乎《史記》之叙事、《離騷》之愛君，而憂民閔世之心又若有合乎《成相》之所陳者。”對杜詩中的一些叙事手段與《史記》的相似性有所認識。胡應麟《詩藪》云：“杜贈李，豪爽逸宕，便類青蓮。如‘筆落驚風雨，詩成泣鬼神’等語，猶司馬子長作《相如傳》也。”②也指出了杜詩與史遷之文的相似性，然而他們也並未詳細加以論述。這一認識到了清代學者手裏才得到了進一步的拓展深化。

清初許多學者都注意將杜詩與《史記》對比，認爲杜甫與司馬

①　蘇軾《東坡志林》卷一一，《稗海》本，大化書局 1985 年版，第 1375 頁。
②　胡應麟《詩藪·内編》卷四，中華書局 1958 年版，第 74 頁。

遷不僅在性格經歷方面有極其相似之處,而且杜詩與《史記》在章法與表現手法等方面亦頗多相似。故他們對此問題進行了較爲深入的分析,所論頗具卓識。如盧世㴐《杜詩胥鈔·大凡》稱:"子美千古大俠,司馬遷之後一人。子長爲救李陵,而下腐刑;子美爲救房琯,幾陷不測,賴張相鎬申救獲免,坐是蹉跌,卒老劍外,可謂爲俠所累。然太史公遭李陵之禍而成《史記》,與天地相終始;子美自《發秦州》以後諸作,泣鬼疑神,驚心動魄,直與《史記》並行,造物所以酬先生者,正自不薄。"顧宸於《送鄭十八虔貶台州司户傷其臨老陷賊之故闕爲面別情見於詩》後評曰:"按供奉之從永王璘,司户之汗禄山僞命,皆文人敗名事,使在硜硜自好,悻悻小丈夫處此,割席絶交,不知作幾許雲雨反覆矣。少陵當二公貶謫時,深悲極痛,至欲與同生死而不可得。蓋古人不以成敗論人,不以急難負友。其交誼真可泣鬼神。李陵降虜,子長上前申辯,至受蠶室之辱而不悔。《與任少卿書》猶刺刺爲分疏,亦與少陵同一肝膽。人知龍門之史、拾遺之詩,千秋獨步,不知皆從至性絶人處,激昂慷慨,悲憤淋漓而出也。"①

與盧世㴐和顧宸等人相比,李因篤對杜詩與《史記》的比較不僅僅停留在討論子美與子長性格遭際的相似性方面,而是將這一比較運用到具體的篇目解析上,爲杜詩與《史記》並論提供了更爲細緻的例證分析。如其評《八哀詩》云:"《八哀詩》叙述八公生平,稱而不誇,老筆深情,得司馬子長之神矣。"(卷三)評《夔府書懷四十韵》云:"叙喪亂之始終,哀行藏之無據,既參家乘,兼補國書,以子長叙述之才,而駢爲韵語也。"(卷一三)評《飲中八仙歌》云:"此詩别是一格,似贊似頌,只一二語,可得其人生平。大家之作,妙是叙述,一語不涉議論,而八公身分自見,風雅中馬遷也。"(卷五)評《述懷》云:"忠愛之情,憂患之意,無一語不入微,真頰上三毫矣。

---

①　顧宸《辟疆園杜詩七律注解》卷一,清康熙二年(1663)吳門書林刊本。

如子長叙事，遇難轉佳，無微不透。"（卷一）李因篤認爲杜詩的章法與《史記》有相當一致之處，如其評《寄岳州賈司馬六丈巴州嚴八使君兩閣老五十韻》曰："序事整贍，用意深苦。有點綴，有分合，章法秩然。五十韻無一失所，如左、馬大篇文字，精神到底，卓絶百代矣。"（卷一二）評《古柏行》云："武侯廟柏，自不得作一細語，如太史公用《尚書》爲本紀，厚重乃爾。"（卷六）評《驄馬行》云："如太史公作《屈賈列傳》，別有感寄。"（卷五）評《壯遊》云："生平大節，歷歷寫出，有太史公自序之風，然亦欲稍節之。"（卷三）李因篤甚至用《史記》中的故事情節來比擬杜詩所取得的效果與寫作特色，如其評《韋諷錄事宅觀曹將軍畫馬圖》云："如太史公寫鉅鹿之戰，楚兵無不一以當百，呼聲震天，當使古今詩人膝行匍匐而見。"（卷六）又如評《觀公孫大娘弟子舞劍器行》云："縱橫排宕，如韓信背水破趙，純以奇勝。"（卷六）

李因篤、盧世㴶、顧宸等人將杜詩與史記並論，對後世杜詩學研究影響深遠，幾乎成爲杜詩學者們的共識，如汪洪度《杜詩提要序》云："司馬子長之文，杜子美之詩，體不同而法同，故文之變化如子長，詩之變化如子美，千古未有儷之者也。"吳瞻泰《杜詩提要自序》稱杜詩："其旨本諸《離騷》，而其法同諸《左》《史》。……而至其整齊於規矩之中，神明於格律之外，則有合左氏之法者，有合馬、班之法者。其詩之提掣起伏，離合斷續，奇正主賓，開闔詳略，虛實正反整亂，波瀾頓挫，皆與《史》法同。"浦起龍《讀杜心解·發凡》云："詩家之子美，文家之子長也。別出《春秋》紀載體材，而義乃合乎《風》。太史公之言曰：'《小雅》怨誹而不亂'，杜集千四百有餘篇，大抵皆怨詩也，變雅也。故其文爲《史記》之繼別，而其志則《離騷》之外篇，須識取不亂處乃得。"仇兆鰲《杜詩詳注》卷一六《八哀詩·贈太子太師汝陽郡王璡》曰："前《贈汝陽王》，本排律也，故叙次莊嚴；此哀汝陽王，乃古詩也，故紀述錯綜。前拈'凤德升'爲全詩之綱，於'奇毛賜鷹'只一語輕點；此拈'謹潔極'爲通篇之眼，將詔王射雁,用三段詳叙。如《史記·淮陰侯傳》多入蒯通語、《司馬相如傳》備載文君事,皆以旁出見奇,方是善於寫生者。"又如鄧獻璋《藝蘭書屋精選杜詩評注自序》云:"世間最是一部《史記》奇,變化滅没,續處忽斷,斷處忽續。……幾時檢得少陵詩一本,以遊湖嶽興讀之,以讀《史記》法解之,得斷續變化之妙多於四十字中。"邊連寶《杜律啓蒙·凡例》云:"惟杜律變化神明,不可方物。動以古文散行之法,運於排比聲偶之中。所謂杜甫似司馬遷者,不獨《八哀》篇爲然,亦不獨古詩爲然也。"劉熙載《藝概·詩概》云:"杜陵五七古叙事,節次波瀾,離合斷續,從《史記》得來,而蒼茫雄直之氣,亦逼近之。畢仲游但謂杜甫似司馬遷,而不繫一辭,正欲使人自得耳。"以上這些論述對於杜詩用《史》法的認識與細緻分析都頗具慧眼,對於深入發掘杜詩"以文爲詩"的特性具有參考價值。而這一認識的由來及不斷深化,李因篤可謂功不可没。

(二)論"杜律細"

李因篤有很深的音韵學造詣,著有《古今韵考》四卷,對顧炎武《音學五書》的精藴深有闡發。李因篤考證音韵時多以杜詩爲參照,邵長蘅《古今韵略·凡例》曾云:"杜、韓即詩家之譜也,我輩學詩,捨杜、韓奚宗哉?"故其對杜詩的審音用韵頗有獨見,朱彝尊《寄查德尹編修書》中便載有李因篤對"杜律細"的詳細論述,其云:

> 比得書,知校勘《全唐詩》業已開局。近聞足下先取杜少陵作,審其字義異同,去箋釋之紛綸而歸于一是,甚善,然有道焉。蒙竊聞諸昔者吾友富平李天生之言矣:少陵自詡"晚節漸於詩律細",曷言乎細?凡五七言近體,唐賢落韵,共一組者不連用,夫人而然。至於一、三、五、七句,用仄字上、去、入三聲,少陵必隔别用之,莫有疊出者,他人不爾也。蒙聞是言,尚未深信,退與李十九武曾共宿京師逆旅,挑燈擁被,互誦少陵七

律，中惟八首與天生所言不符。①

朱彝尊與李武曾找到的八首不合李因篤所論"一、三、五、七句，用仄字上、去、入三聲，少陵必隔別用之，莫有疊出者"這一規律的，是指如下詩句：

《鄭駙馬宅宴洞中》第三、五、七句：春酒杯濃琥珀薄（入），誤疑茅堂過江麓（入），自是秦樓壓鄭谷（入），疊用三入聲字；《江村》第五、七句：老妻畫紙爲棋局（入），多病所須唯藥物（入），疊用二入聲字；《秋興八首》（其七）第三、五句：織女機絲虛夜月（入），波漂菰米沉雲黑（入），疊用二入聲字；《江上值水如海勢聊短述》第一、三、五句：爲人性僻耽佳句（去），老去詩篇渾漫興（去），新添水檻供垂釣（去），疊用三去聲字；《題鄭縣亭子》第三、五句：雲斷岳蓮臨大路（去），巢邊野雀群欺燕（去），疊用二去聲字；《至日遣興》第三、五句：欲知趨走傷心地（去），無路從容陪語笑（去），疊用二去聲字；《卜居》第三、五、七句：已知出郭少塵事（去），無數蜻蜓齊上下（去），東行萬里堪乘興（去），疊用三去聲字；《秋盡》第三、五、七句：籬邊老却陶潛菊（入），雪嶺獨看西日落（入），不辭萬里長爲客（入），疊用三入聲字。

朱彝尊等發現了這八首詩與李天生所言不合，便產生了懷疑："此八詩者，識於懷不忘。久而睹宋元舊雕本暨《文苑英華》證之，則'過江麓'作'出江底'，不當言'麓'，作'底'良是；'多病'句作'賴有故人分禄米'，'夜月'作'月夜'，'漫興'作'漫與'，'大路'作'大道'，'語笑'作'笑語'，'上下'作'下上'，'西日落'作'西日下'。合之天生所云，八詩無一犯者。"於是朱彝尊等乃不能不佩服李因篤所論之正確，並且他由此推論，指出："'七月六日苦炎熱'，下文第三

---

① 朱彝尊《曝書亭集》卷三三，《四部備要》第 84 册，中華書局 1989 年版，第 415—416 頁。

句不應用'蠍'字,作'苦炎蒸'者是也。'謝安不倦登臨賞',下文第七句不應用'府'字,作'登臨費'者是也。循此説以勘五言,雖長律百韻,諸本文字之異,可審擇而正之,第恐聞之時人,必有訕其無關重輕者。然此義昔賢所未發,出天生之獨見,善不可没也。"①

朱彝尊用李因篤所歸納出的杜詩創作規律反過來校正杜詩的異文,具有一定的説服力。許總指出,這種方法後來周春在《杜詩雙聲叠韵譜括略》中亦被采納②。由此可見,李因篤所論"杜律細"開創的方法論意義。李因篤此論一出,對後代的杜律研究産生了深遠的影響,被許多注家徵引。如陳鴻壽驗證了李因篤的理論之後,於《杜詩集評序》中贊嘆道:"若兩先生(按指李、朱)豈欺余哉!"另外,竟有注家將其論視爲獨得之秘而據爲己有,如沈曰霖《晋人麈》之《杜陵詩律》條中,便將朱彝尊與李武曾對李因篤論"杜律細"的争論,改頭換面成盧生甫與"有客"的争論。不過這也從另一方面證明李因篤所論"杜律細"對後代注家的巨大影響,其論至今對我們研究杜律仍具有極大的參考意義。

今人王力指出,李因篤所論老杜律詩單句句脚必上去入俱全是不嚴謹的:

> "必"字有語病,杜詩並非每首如此,只能説是多數如此。
>
> 出句句脚上去入俱全,這是理想的形式。最低限度也應該避免鄰近的兩聯出句句脚聲調相同,否則就是上尾。鄰近的兩個出句句脚聲調相同是小病;三個相同是大病;如果四個相同或首句入韵而其餘三個出句句脚聲調都相同,就是最嚴重的上尾。③

---

① 朱彝尊《曝書亭集》卷三三,第 416—417 頁。

② 許總《審音歸母,謹嚴細密——周春〈杜詩雙聲叠韵譜括略〉初探》,《杜詩學發微》,南京出版社 1989 年版。

③ 王力《漢語詩律學》,上海教育出版社 2005 年版,第 122、128 頁。

他還舉出了許多例子説明，杜甫這樣做絶不是偶然的，非但杜甫如此，初唐和盛唐的詩人也往往如此。日人興膳宏也認爲，杜甫這樣做是爲了避免犯"上尾"①。按，《文鏡秘府論》中關於"上尾"的定義爲：

> 上尾詩者，五言詩中，第五字不得與第十字同聲，名爲上尾。詩曰：西北有高樓，上與浮雲齊。如此之類，是其病也。
> 釋曰：此即犯上尾病。上句第五字是平聲，則下句第十字不得復用平聲。②

這裏的上尾是指出句和對句間尾字的關係，顯然與李因篤所論單數句尾字間的關係完全不同，那麽爲何王力、興膳宏等人稱李因篤所論是爲了避免"上尾"呢？實際上，在唐代的詩格中存在兩種"上尾"：第一種即上文所引《文鏡秘府論》中關於出句對句尾字同聲之上尾，第二種則是"隔句上尾"，是關於單數句尾字間關係的。第一種"上尾"已爲人熟知，而第二種"隔句上尾"則稍顯陌生，故有必要對其理論淵源進行簡要梳理。

上官儀《筆劄華梁》"文病"條於"平頭""上尾""蜂腰""鶴膝"等病後注曰：

> 如班姬詩云："新裂齊紈素，皎潔如霜雪。裁爲合歡扇，團團似明月。""素"與"扇"同去聲是也。此云第三句者，舉其大法耳。但從首至末，皆須以次避之。若第三句不得與第五句

---

① （日）興膳宏《從四聲八病到四聲二元化》，《唐代文學研究》（第三輯），廣西師範大學出版社 1992 年版，第 497—500 頁。

② （日）遍照金剛撰、盧盛江校考《文鏡秘府論彙校彙考（修訂本）》，中華書局 2015 年版，第 884 頁。

相犯,第五句不得與第七句相犯,犯法准前也。①

　　這裏雖未確指是哪種病犯,然其所論係單數句尾字之間的關係,提出三五七句的尾字不能同聲相犯,顯然是單指"上尾",而非其他。稍後於《筆劄華梁》的《文筆式》關於"上尾"的定義則出現了兩種,一種見"文病",另一種則見"文筆十病得失"。"文筆十病得失"條曰:

　　　　上尾,第一句末字、第二句末字不得同聲。詩得者:"紫鬟聊向牖,拂鏡且調妝。"失者:"西北有高樓,上與浮雲齊。"筆得者:"玄英戒律,繁陰結序。地卷朔風,天飛隴雪。"失者:"同源派流,人易世疏。越在異域,情愛分隔。"

　　　　筆復有隔句上尾,第二句末字、第四句末字不得同聲。得者:"設醴未同,興言為嘆。深加將保,行李遲書。"失者:"同乘共載,北遊後園。輿輪徐動,賓從無聲。"

　　　　又有踏發聲,第四句末字、第八句末字不得同聲。得者:"夢中占夢,生死大空。得無所得,菩提純淨。教其本有,無比涅槃。示以無為,性空般若。"失者:"聚斂積實,非惠公所務;記惡遺善,非文子所談。陰虬陽馬,非原室所搆;土山漸臺,非顏家所營。"②

　　此外,《文鏡秘府論》之《文筆十病得失》所論"上尾""筆復有隔句上尾""踏發聲"與《文筆式》完全相同;《文筆二十八種病》論"鶴膝",亦與《筆劄華梁》相同③,顯然《文鏡秘府論》所論直接來自

---

　　①　張伯偉《全唐五代詩格彙考》,鳳凰出版社 2002 年版,第 64 頁。

　　②　張伯偉《全唐五代詩格彙考》,第 90—91 頁。

　　③　(日)遍照金剛撰、盧盛江校考《文鏡秘府論彙校彙考(修訂本)》,第 1142、930 頁。

《筆劄華梁》和《文筆式》。可見從隋代以至初唐，關於“上尾”已經有了區分，至少存在兩種上尾，第一種爲一聯之内、兩句之間的上尾，另外還存在一種“隔句上尾”，是與“踏發”（遝發）相對應的病犯。只是《筆劄華梁》中將其適用於詩歌，而《文筆式》將其適用於“筆”。《文筆式》中的“隔句上尾”是與“踏發聲”相對應的，“隔句上尾”是關於單數句間的病犯，而“踏發聲”則是指雙數句間的病犯。後世關於詩歌“隔句上尾”理論，應是繼承了《筆劄華梁》《文筆式》《文筆十病得失》《文筆二十八種病》的聲病理論並進一步推衍而成。

元代題名范德機《木天禁語》載陳濟題詞云：

> 若前所謂一字血脉及鉤鎖連環之類，其第七字則有同用上聲者，有同用去聲者，則參之老杜而不然，又當以意會可也。或曰：“老杜之《宴鄭駙馬洞中》詩，其第七字皆三用入聲字，《江村》詩，其第七字又兩用入聲，《江上值水》詩，第七字皆兩用去聲，此又何也？”余曰：“工部七言律，無慮百四十首，其上去入之相間相諧和者甚嚴，有用去入聲之重複，蓋不得已而率意偶有一二耳，安知非傳之訛也？子當取其多者以爲法可也。嗚呼！得意而煉句，得句而煉字，又嚴之以聲，是謂益求其精矣。何憚煩而爲是紛紛也？”於是或者釋然而退，遂書於右。天台陳濟蒼浦贅辭。[1]

其中提及杜甫七律單數句末字叠用四聲和“上去入之相間”現象，並認爲應取法老杜“上去入之相間”的作法，此説繼承了《筆劄華梁》“上尾”之説並應用於杜律之中，應是李因篤“杜律細”理論的直接來源。

---

[1] 　張健《元代詩法校考》，北京大學出版社 2001 年版，第 179 頁。

　　問題是李因篤所謂杜律單數句尾字上、去、入三聲遞用之説是否完全正確呢？清人將李因篤此論奉爲圭臬，對其正確性少有質疑者。當代學者通過驗證全部杜律後發現，李因篤此論並不完全正確。如鄺健行先生《李因篤、朱彝尊杜甫"杜律細"説平議引論》一文指出，杜甫七律中起碼有 17 首、五律中起碼有 10 首並不合李因篤所謂"上去入必隔別用之"的理論，隔句"上尾"之病約占七律的 11%。朱彝尊舉出的 8 首七律不僅不全，而且他並未舉出杜甫的五律爲例，其將杜詩異文換字時也往往不理會詩意是否恰當，只求所換的字能符合自己的預設結論便算①。江弱水先生則通過檢核 151 首杜甫七律後指出，四聲遞用俱全者共 67 首，約占 44%②。郝若辰對初盛唐及杜甫七律"鶴膝"情況進行統計後甚至提出，杜甫律詩中並不存在顯著的"四聲遞用"，只是規避"鶴膝"的永明聲律傳統在當時的延續③。總之大量反例的存在顛覆了李因篤"杜律細"理論作爲杜詩創作規律的普適性。考察李因篤此論產生的社會心理，就會發現此説的出現極有可能是出於對杜律的過度崇拜及對杜甫"晚節漸於詩律細"的鑿深理解。朱彝尊等人試圖尋找其他異文以替換原文從而彌縫李因篤理論漏洞的做法也明顯有削足適履、刻舟求劍之嫌，根本經不起嚴謹細緻的推敲和驗核。不過即便如此，杜甫七律中仍然有近一半篇目的出句落腳字符合"上去入必隔別用之"這一規律，這仍體現出杜甫對律詩聲調和諧的不懈追求。

　　那麼杜甫在律詩中的這種做法對音律的和諧有何作用呢？實

---

　　①　鄺健行《杜甫論議彙稿》，學苑出版社 2015 年版，第 222—228 頁。

　　②　江弱水《"律中鬼神驚"：論杜甫七律的四聲遞用法》，《文藝研究》2021 年第 5 期，第 62 頁。

　　③　郝若辰《從"鶴膝"到"上尾"的概念錯置：杜甫律詩"四聲遞用"説獻疑》，《中華文史論叢》2022 年第 3 期。

際上，"隔句上尾"是與"踏發聲"相對應的聲病，這兩種病犯均會導致聲調的單調重複從而影響律詩的音效。而杜甫使用三聲遞用法來避免"隔句上尾"，無疑豐富了音調，避免了節奏的重複。江弱水先生甚至認爲，這樣做使得不同的聲調錯綜起來，擴展了音域，提高了變頻，形成了抑揚頓挫的參差之美。他還檢核了李商隱、黃庭堅、陳與義、元好問等詩人的七律，發現這些詩人與杜甫不同，常犯上尾之病，從而反面印證了杜律聲調之精嚴①。若能拋開正誤比例而論的話，李因篤三聲遞用理論的意義還在於：一個通過以杜證杜法得出的結論，最後通過更爲細緻的以杜證杜法進行驗證，從而修正了最初的結論，也促進了對杜律聲調的深入認識。此外，李因篤基於以杜證杜方法提出的理論命題，爲檢驗杜詩的聲調規律提供了易於操作的途徑，學界對其理論的反復驗核既促進了對杜詩創作規律的認識，又豐富了杜詩學史的内涵，故其論至今仍具有重要的參考意義。

（三）"追三《頌》"與"匹二《南》"

李因篤將《詩經》作爲詩歌作品的最高典範，以此標準來衡量杜詩，他在論及飽含憂國愛民思想的杜詩時，經常稱頌其可以追匹《雅》《頌》，這也是當時對杜詩成就的最高讚譽了。如李因篤評《立秋後題》云："居然江左之遺，細繹之，亦如漢人《郊祀》，仿佛《雅》《頌》也。"（卷二）評《洞房》云："無限悲思，鬱然言外，結語仍多含蓄，宜匹二《南》矣。"（卷九）評《重經昭陵》云："前篇叙述略具，此只渾渾贊之，而義無不包，典重高華，真追三《頌》。"（卷一二）評《北征》云："大如金鵬浮海，細如玉管候灰，上關廟謨，下具家乘。舉隅而詞自括，繁引而氣彌疏，可直追《三百》矣。其才則海涵地負，其力則拔山倒嶽，以比辭賦事之微，寫愛君忠國之情。有

---

① 江弱水《"律中鬼神驚"：論杜甫七律的四聲遞用法》，《文藝研究》2021 年第 5 期，第 62 頁。

極尊嚴處,有極瑣細處。繁處有千門萬户之象,簡處有緩弦促柱之悲。元河南謂具一代興亡,與《國風》《雅》《頌》相表裏,其《北征》之謂乎?"(卷一)評《謁先主廟》云:"其旨則纏綿慷慨,其義則縱橫排宕,其詞則沉鬱頓挫,其音則婀娜鉤鉤。懷古感時,溯沿不盡,無溢情之譽,亦無偏舉之文,大小《雅》之篇章,太史公之序次,可以兼之矣。"(卷一三)李因篤將杜詩推尊到《雅》《頌》的高度,雖然是從"温柔敦厚"的儒家詩教出發,但對揭示杜詩的思想意義亦不無裨益。

(四) 尚古質、淡雅、渾然

李因篤認爲詩歌藝術上能達到的最高境界乃是質樸自然,潘耒《受祺堂詩集序》即稱:"先生(指李因篤)嘗慨世不乏才人,而爭新鬥巧,日趨於衰颯。故其爲詩,寧拙毋纖,寧樸毋艷,寧厚毋漓。"①故其評詩也是獨青眼於樸拙、高古、淡雅之作。如李因篤評《乾元中寓居同谷縣作歌七首》云:"《七歌》高古樸淡,洗盡鉛華,獨留本質。""愈淡愈旨,愈真愈厚,愈樸愈古,千古絶調也。妙在悠然不盡,一片空靈,無復聲色臭味之可尋矣。然非其人不知。"(卷五)評《雨》("峽雲行清曉")云:"淡遠之甚,然自盡致。"(卷三)評《玩月呈漢中王》云:"淡語有深致,咀之無窮。"(卷八)評《高都護驄馬行》云:"極老,然彌覺其新;極質,而彌覺其雅。"(卷五)評《禹廟》云:"氣象渾涵,詞華典則,質而愈古,麗而彌清。思入風雲,腕驅經史,《三百篇》後,登峰造極之作。"(卷九)評《中夜》云:"極悲壯語,而以樸淡寫之,則悲壯在神情,不在字面。"(《杜詩鏡銓》卷一四引)可見李因篤論杜詩並不十分着意於高妙藝術技巧的剖析,而是强調能以質拙的語言表現出深厚的韵致,才是藝術的最高境界,雖然他並不完全排斥"麗語"對詩意表達所起的作用。

李因篤論杜詩往往能通過杜詩與其他詩人寫法的不同,揭示

---

① 李因篤《受祺堂詩》,《四庫全書存目叢書》集部248册,第422頁。

杜詩的高妙,這對初學者更好地領會詩法十分便利,其評《劍門》云:"文彩自雄,遂超議論之劫,假令後人爲之,便多露語,由其筆力不逮。"(卷二)評《題李尊師松樹障子歌》云:"用筆拙處,活潑潑地。此類詩不易作,亦不易識。詩之拙,必生於工,疏必生於整,乃爲真氣候,可與知者道耳。"(卷五)評《倦夜》云:"寫夜易,寫倦夜難,公必先其難者,仍渾然無迹。寫伴夜俱在景上説,不用羈孤疲困之意,所以爲高。"(卷一二)評《奉賀陽城郡王太夫人恩命加鄧國太夫人》云:"冠冕渾雄,秉經酌雅,非諸家可及。此等詩,只是寫得的當,寫得清澈,恰好處便是絶頂處。入他手,作籠統話頭,雖佳亦減色矣。"(卷一四)

總之,李因篤論杜在清初的杜詩學界獨具特色,其將杜詩與《史記》相對比以及其關於"杜律細"的探討都對後代的杜詩研究産生了廣泛影響。另外,他對杜詩思想和藝術諸多方面都有很多精辟分析,對清初杜詩學的興盛作出了一定貢獻。

九、王士禛的杜詩學

王士禛(1634—1711),小字豫孫,字子真,又字貽上,號阮亭,自號漁洋山人。死後因避清世宗胤禛諱,追改名士正。乾隆四十二年(1777),又改名士禛,補謚文簡。原籍山東諸城,祖上遷居新城(今山東桓臺),遂爲新城人。順治十五年(1658)進士。次年,授揚州府推官。累官至刑部尚書。士禛爲一代宗匠,主盟詩壇數十年。詩與朱彝尊齊名,時稱"南朱北王"。論詩主"神韵説",影響頗大。士禛著作宏富,有《帶經堂全集》《漁洋山人精華録》《漁洋詩話》等。

漁洋有關杜甫的論述頗多,清人翁方綱爲漁洋再傳弟子,輯有《漁洋杜詩話》一卷,有乾隆三十二年(1767)大興翁氏刻本,但僅收 147 條,頗多遺漏。另張宗柟《帶經堂詩話》第三十卷輯有《帶經堂評杜》一卷,亦頗爲簡略。張忠綱據漁洋傳世作品及他人所引漁洋有關言論重加輯録，共得 240 餘條，加以校注，成《新編漁洋杜詩話》一種①，以區别於翁氏所輯也。對漁洋論杜的蒐羅至此可謂殆盡矣。

（一）漁洋貶杜論的緣起辨析

漁洋對杜甫的評論和態度，三百年來，一直是文學批評史上的一椿公案。爲澄清事實，辨明是非，張忠綱撰有《漁洋論杜》一文②，指出作爲"神韻説"倡導者的王漁洋不喜歡杜甫的看法，是不符合漁洋論杜的實際情況的；漁洋對杜甫是推崇的，肯定的；他對杜甫的批評雖有偏頗，但不都是没有道理的。

"漁洋不喜杜甫"公案，是由趙執信提出的。趙氏在《談龍録》裏云："阮翁酷不喜少陵，特不敢顯攻之，每舉楊大年'村夫子'之目以語客。"③後袁枚《隨園詩話》云："要知唐之李、杜、韓、白，俱非阮亭所喜，因其名太高，未便詆毀；于少陵亦時有微詞，況元、白乎？"④其實趙對王的指責是没有多少根據的。漁洋《香祖筆記》有一條云："祝允明作《罪知録》，論唐詩人，尊太白爲冠；而力斥子美，謂其以村野爲蒼古，椎魯爲典雅，粗獷爲豪雄。而總評之曰'外道'。李則《鳳凰臺》一篇，亦推絶唱。狂悖至於如此，醉人罵坐，令人掩耳不欲聞。"看來漁洋對祝允明的"力斥子美"頗恨恨不平，不禁義形於色。漁洋門人張宗柟在這段話後加按語説："觀集中所論，其推少陵至矣。如此條指斥京兆，殆無餘地。宮贊云云（按：指趙執信"阮翁酷不喜少陵"一段話），或者有爲言之爾。"⑤看來，除個人私怨外，宗派門户之見，恐怕也是趙、王交惡的一個重要原因。

---

① 張忠綱《杜甫詩話六種校注》，齊魯書社 2002 年版。

② 張忠綱《漁洋論杜》，《文學評論》1987 年第 4 期。

③ 趙執信《談龍録》，人民文學出版社 1981 年版，第 10—11 頁。

④ 袁枚《隨園詩話》卷三，人民文學出版社 1982 年版，第 80 頁。

⑤ 王士禛著、張宗柟纂輯《帶經堂詩話》卷二，人民文學出版社 1961 年版，第 60 頁。

對王頗爲不滿而對趙甚是欽佩的袁枚説："相傳所著《談龍録》痛詆阮亭，余索觀之，亦無甚牴牾。"①因此，我們是不好把趙執信抨擊王漁洋的話當作立論的根據的。

　　論者謂漁洋不喜杜甫的論據之二，是他選《唐賢三昧集》而不選李、杜。對此，王漁洋解釋説："録其尤雋永超詣者，自王右丞而下四十二人，爲《唐賢三昧集》，釐爲三卷。不録李、杜二公者，仿王介甫《百家》例也。張曲江開盛唐之始，韋蘇州殿盛唐之終，皆不録者，已入予《五言選》詩，故不重出也。"②漁洋之選《唐賢三昧集》，雖有偏頗，但其自我解釋還是可信的。"不重出"就是很令人信服的理由。因爲漁洋於《唐賢三昧集》外，還有《古詩選》，五言古詩於唐只選五家：陳子昂、張九齡、李白、韋應物、柳宗元。七言古詩李、杜皆入選，而杜詩多達68首。如果説，漁洋只是崇尚沖和淡遠之作，韋應物詩何嘗不沖和淡遠，而《唐賢三昧集》爲何不選？《三昧集》中所選王維的《夷門歌》《隴頭吟》《老將行》《觀獵》《使至塞上》，孟浩然的《望洞庭湖贈張丞相》，王昌齡的《從軍行》《出塞》等邊塞詩，元結的《賊退示官吏》，等等，又何嘗沖和淡遠呢？如果説，漁洋只是推崇右丞、少伯之作，而貶抑李、杜，爲何《古詩選》中王維只選7首，王昌齡只選2首，反而大大少於李、杜呢？孟浩然詩又何嘗不沖和淡遠，爲何《古詩選》中一首不選呢？《古詩選》中所選杜甫之七言歌行如《兵車行》《醉時歌》《麗人行》《悲陳陶》《悲青阪》《哀江頭》《乾元中寓居同谷縣作歌七首》《柟樹爲風雨所拔嘆》《茅屋爲秋風所破歌》《丹青引》《古柏行》《觀公孫大娘弟子舞劍器行》等等，沉鬱雄放，悲慨淋漓，又何嘗沖和淡遠呢？翁方綱説得好："漁洋於唐賢撰《三昧集》矣。其爲《五七言詩抄》則皆三昧也；皆三昧，則皆舉隅也，奚又擇諸？"（《七言詩三昧舉隅》）郭紹虞説：

①　袁枚《隨園詩話》卷五，第144頁。
②　王士禎著、張宗柟纂輯《帶經堂詩話》卷四，第98頁。

"他(指王漁洋)便想於神韵風調之中内含雄渾豪健之力,於雄渾豪健之中別具神韵風調之致,這才是他理想的詩境,這才是所謂神韵的標準。"①這種評論是中肯的、公允的。

(二)漁洋論杜的特點與傾向

王漁洋並未無端貶抑杜甫,觀其論杜的 240 餘條言論,有評論杜詩思想内容的,有分析杜詩藝術技巧的,有考證杜詩版本、人事、字句、音韵、名物制度的,有演述杜詩源流繼承關係的,有記載杜甫行踪遺迹和軼聞逸事的,有批評杜甫之缺失的,抉幽顯微,摘瑕辨偽,範圍是很廣泛的。總的看來,漁洋對杜甫是推崇仰慕的,評價是很高的。他説:"每思高、岑、杜輩同登慈恩塔,高、李、杜輩同登吹臺,一時大敵,旗鼓相當,恨不厠身其間,爲執鞭弭之役。"②可謂仰慕之至。在《古詩選・七言詩凡例》中,他説:"詩至工部,集古今之大成,百代而下無異詞者。七言大篇,尤爲前所未有,後所莫及。蓋天地元氣之奧,至杜而始發之。今別於盛唐諸家,抄杜詩一卷。"在《居易録》中,他引門人汪洪度的話極贊杜甫:"縱觀載籍,由漢魏以迄于今,大而塞乎無垠,細而入乎無間,集古今之大成,復萬象而獨出者,莫先杜陵,尊之曰聖,誠莫與京矣。"推崇備至,可謂無以復加,夫何貶抑之有? 正因杜甫爲詩家之集大成,故後世有成就的詩人多學少陵,王漁洋認爲"退之得杜神,子瞻得杜氣,魯直得杜意,獻吉得杜體,鄭繼之得杜骨,它如李義山、陳無己、陸務觀、袁海叟輩又其次也,陳簡齋最下"③。漁洋此論當然大可商榷,但可見出他對杜甫的推崇。

漁洋論杜,首先看重的還是杜詩的思想内容。他説:"蓋文章

---

① 郭紹虞《中國文學批評史》,上海古籍出版社 1979 年版,第 533 頁。

② 王士禛著、張宗柟纂輯《帶經堂詩話》卷二,第 51 頁。

③ 王士禛著、張宗柟纂輯《帶經堂詩話》卷一,第 20 頁。

以氣爲主，氣以誠爲主，故老杜謂之‘詩史’者，其大過人在誠實耳。”①如果説論杜只標出“誠實”二字尚嫌抽象，那麽以下論述則是比較具體了：“獨是工部之詩，純以忠君愛國爲氣骨。故形之篇章，感時紀事，則人尊詩史之稱；冠古軼今，則人有大成之號；不有擬古浮辭，而風謡俱歸樂府；不有淫佚艷靡，而贈答悉本風人。故登吹臺於梁、宋，則支離東北風塵；棲江閣於夔州，則漂泊西南天地。故渾脱瀏漓，只如其自道，頓挫獨出，能此者幾人？諸體擅場，絶句不妨稍紲，吾亦不能妄嘆者。”（《師友詩傳録》）對杜甫的各體詩，王漁洋認爲，除了絶句“稍紲”以外，可以説是“諸體擅場”的。唐人七律，他封“杜工部爲大家”（《師友詩傳録》），極力贊揚杜七律詩爲“十分滿者”、“古今亦罕”②，而杜甫的拗體律詩，也是“蒼茫歷落中自成音節”③。對杜五律詩，漁洋論述較少，但他認爲杜甫於五律工於發端，承接得勢，譽其爲“轉石萬仞手”④。對於五言古詩，漁洋稱“杜甫沉鬱，多出變調”，尊之爲“大匠”⑤。漁洋對杜甫評價最高的，就是他的七言古詩。他説：“七言古若李太白、杜子美、韓退之三家，橫絶萬古。”（《師友詩傳録》）又説：“七言歌行，至子美、子瞻二公，無以加矣。”（《漁洋詩話》）又進而説：“七言古詩，諸公一調。唯杜甫橫絶古今，同時大匠，無敢抗行。”⑥所以他把杜甫的七言古詩作爲“千古標準”（《古詩選·七言詩凡例》）。這真是唯杜獨尊，馨香禱祝，佩服得五體投地了，而所謂“漁洋不喜少陵”云云，可以不攻自破了。

　　所以漁洋所崇尚的“神韵”與杜詩並非水火不相容。不能把杜

①　王士禎著、張宗柟纂輯《帶經堂詩話》卷一，第 41 頁。

②　王士禎著、張宗柟纂輯《帶經堂詩話》卷一，第 32 頁。

③　王士禎著、張宗柟纂輯《帶經堂詩話》卷一，第 33 頁。

④　王士禎著、張宗柟纂輯《帶經堂詩話》卷三，第 79 頁。

⑤　王士禎著、張宗柟纂輯《帶經堂詩話》卷一，第 40 頁。

⑥　王士禎著、張宗柟纂輯《帶經堂詩話》卷一，第 41 頁。

詩排斥於"神韵"之外,好像漁洋倡導"神韵説",就必然不喜杜甫,就必然痛詆杜詩。其實,杜詩何嘗不"神",又何嘗不"韵"呢？王漁洋在創作上也是深受杜甫的影響。他的詩,特別是前期,有不少富有社會現實意義的作品,在一定程度上揭露了當時社會的不合理現實,反映了人民的疾苦,如《復雨》《鹽詞四首》《山鹽詞》《鹽租行》《春不雨》《秦郵曲二首》等作皆是,所以錢謙益説他"感時之作,惻愴於杜陵"①。有人更把王漁洋比作杜甫、韓愈,稱贊他開一代詩風。他的一些律詩和長古,沉雄俊爽,幾近於杜詩。可見,漁洋之推崇杜甫,不是在作表面文章。

（三）漁洋對杜詩的批評辨析

王漁洋對杜甫自然也有批評,但他批評杜甫的言論,只不過占其論杜言論的十分之一。問題的關鍵,並不在於王漁洋是不是批評了杜甫,而在於他批評得對不對;如果對,自然不能説是"詆毀"。綜觀王漁洋對杜甫的批評,有些是對的,有些是偏頗的,甚至是意氣用事的。譬如,他説:"何遜詩:'薄雲巖際出,初月波中上。'佳句也。杜甫偷其語,止改四字,云'薄雲巖際宿,孤月浪中翻'。便有傖氣。論者乃謂青出於藍,瞽人道黑白,聾者辨宮徵,可笑也。"②漁洋批評的不是没有道理的。而像仇兆鰲在《杜詩詳注》中誇贊這兩句詩的那樣:"此用前人成句,只轉換一二字間,便覺點睛欲飛。"實在是揄揚失實的。再如《八哀詩》,漁洋深致不滿,多次痛加批評,如斥其"最冗雜不成章,亦多嗫囈語"③,"鈍滯冗長,絶少翦裁"④。而摘其累句,竟有 28 句之多。當然,對於《八哀詩》,歷來毀譽不

---

① 王士禛著、李毓芙等整理《漁洋精華録集釋》附録一,上海古籍出版社1999 年版,第 1975 頁。
② 王士禛著、張宗柟纂輯《帶經堂詩話》卷二,第 50 頁。
③ 王士禛著、張宗柟纂輯《帶經堂詩話》卷二,第 53 頁。
④ 王士禛著、張宗柟纂輯《帶經堂詩話》卷二,第 54 頁。

一,譽之者謂爲"創格",可以"表裏《雅》《頌》",贊其"部署森嚴,純似班史";毀之者如葉夢得、劉克莊等,則指其"多蕪辭累句","未免傷煩傷泛","本非集中高作"。今而觀之,在杜詩中,《八哀詩》誠非上乘,遣詞用字,確有晦澀艱深之弊。漁洋所摘累句,雖非盡當,但多是中肯的。對此,翁方綱說得很是中肯:"杜詩固不因漁洋之摘累句而稍有損,即漁洋之論詩,亦豈以其摘杜累句而有損乎?況愚所見漁洋評杜之真本,其所圈識,尤關精微之詣。"①但漁洋評杜,摘瑕索瘢,亦時有失當之處,如他評杜詩《遊何將軍山林十首》中的名句"紅綻雨肥梅"爲"俗句",斥《江頭五詠》爲"語多可笑,亦不成章"之類,則失之於苛,這大概是他崇尚神韻所産生的流弊。

需要特別指出的是,世人之所以會有漁洋不喜杜詩的看法,可能和漁洋評杜與其兄西樵(士禄)評杜語多相混有些關係。世所傳盧坤所輯五家評本《杜工部集》,集王世貞、王慎中、宋犖、邵長蘅、王漁洋五家評語,而以五色套印,漁洋評語係用朱墨筆,但不純爲漁洋所評,其間有標以"西樵曰"者,顯係其兄評語,而未標出者,經仔細檢核,也多爲西樵評語。西樵評杜,多所指責,倒真是大有"不喜少陵"之嫌。其實,對於漁洋和西樵評杜語多相混一事,盧坤之前,翁方綱早就詳加考核辨證。鑒於世間所傳漁洋杜詩評本,"多雜以僞作",所以他在《石洲詩話》中,特專闢一卷爲"漁洋評杜摘記",逐條加以核實,並特別指出:"漁洋幼學詩於西樵,或有傳録踳訛者,尚不止此。今姑就張刻記出。其西樵評本,直抹杜詩處極多,不能悉舉正矣。學者勿惑焉。"②翁方綱爲漁洋再傳弟子,他的考證當是可信的。僅舉一例,即可爲證。如杜甫《玉華宮》詩,評語

---

① 翁方綱《石洲詩話》卷六《漁洋評杜摘記》,人民文學出版社1981年版,第222頁。

② 翁方綱《石洲詩話》卷六,第202頁。

曰:"後亦弩末,竟删四句更警。"翁方綱斷定:"按西樵評,其謬至此!"翁氏的斷語是有根據的,因爲王漁洋評此詩爲"千古絕唱"①。漁洋當不會自相矛盾如此。因而我們對漁洋和西樵的評杜批語,應該慎加區別,不可因兄及弟,混同視之。

漁洋對杜詩的批評,多在字句、韵味方面,至於他對杜甫人格的抨擊,值得一提的,似乎只有下列一條:"杜甫《進封西嶽賦表》有云:'維岳授陛下元弼,克生司空。'按《舊書》紀天寶九載正月,群臣請封西嶽,從之;二月辛亥,西嶽廟災,制停封;二月,右相楊國忠守司空,天雨黄土,霑於朝服。杜所謂元弼、司空,謂國忠也。國忠以椒房進,貪緣三公,天下知其非據,而甫獨引《大雅》甫、申之詞以諛之,可謂無恥。他日作《麗人行》又云:'慎莫近前丞相嗔',乃自爲矛盾。杜固詩史,其人品未可知,顧自許稷契亦妄矣!"②罵杜"無恥",可謂憤慨之極。關於杜甫表中"元弼"、"司空'之語,是否即指楊國忠,歷來説法不一,但核以史實,似乎可以斷定是指楊國忠説的。《舊唐書・玄宗紀》載:天寶十三載二月,"戊寅,右相兼文部尚書楊國忠守司空,餘如故。甲申,司空楊國忠受册,天雨黄土,霑於朝服"③。《唐會要》載:"自開元已來,册禮久廢。惟天寶末,册楊國忠爲司空。"④應該説,漁洋對杜的抨擊,不是毫無道理的。杜甫困守長安時期,爲求功名,嘗事干謁,他曾獻詩於鮮于仲通、張垍、韋濟、哥舒翰等人,希冀得到他們的獎掖識拔,自然不能不説一些阿諛奉承的話。楊國忠是玄宗的寵臣,又是楊貴妃的從兄,權傾朝野,炙手可熱,杜甫在給玄宗的上表中固然不能不有所顧忌,這也是不必爲賢者諱的。漁洋對此表示憤慨,亦是可以理解

---

① 王士禎著、張宗柟纂輯《帶經堂詩話》卷一四,第 366 頁。
② 王士禎著、張宗柟纂輯《帶經堂詩話》卷二四,第 691—692 頁。
③ 劉昫《舊唐書・玄宗紀下》,中華書局 1975 年版,第 228 頁。
④ 王溥《唐會要》卷二六《册讓》,中華書局 1955 年版,第 489 頁。

的。但據此而痛斥杜甫"無恥",則又未免太過。他的門人張宗柟曾爲其打圓場:"竊謂山人此條時事簡核,特訾議稍過,亦緣視杜公身分太高耳。"①我們既不必爲大詩人杜甫曲爲諱飾,也不必因漁洋痛斥詩聖,即執此一端,而遂定其爲反杜甫派。總的看來,王漁洋對杜甫還是推崇的,肯定的,他的一些批評,也是有道理的,雖然有時不免失之偏頗。對於王漁洋與杜甫關係上籠罩的迷霧,應該根據實事求是的原則加以澄清。

(四) 對杜詩版本的辨析及杜詩學史的看法

王士禎《戲仿元遺山〈論詩絕句〉三十二首》其五云:"杜家箋傳太紛挐,虞趙諸賢盡守株。苦爲《南華》尋向郭,前惟山谷後錢盧。"漁洋自注:"牧齋有《讀杜小箋》,德水有《讀杜微言》。"②可以看出他對錢謙益的《讀杜小箋》與盧世㴶的《讀杜微言》十分推崇,認爲二人注杜可以和向秀與郭象注《莊子》相媲美。不過王士禎對錢謙益注杜還是提出了許多批評,如他認爲錢謙益太迷信"最爲近古"的宋本(即吳若本),而不顧詩意是否順暢。《居易錄》卷二云(亦見《蠶尾集》卷九《跋杜詩》):"今人但貴宋槧本,顧宋板亦多訛舛,但從善本可耳。如錢牧翁所定杜集《九日寄岑參》詩,從宋刻作'兩脚但如舊',而注其下云'陳本作雨'。此甚可笑。《冷齋夜話》云'老杜詩"雨脚泥滑滑",世俗乃作"兩脚泥滑滑"'。此類當時已辨之,然猶不如前句之必不可通也。"認爲錢謙益雖明知按詩意"兩"應爲"雨",却只標出異文而不加取捨,是過分迷信版本之失。又《池北偶談》卷一四《漫興》云:"秀水朱竹垞簡討(彝尊)云:杜詩'老去詩篇渾漫與',今本皆訛作'漫興',非也。予考舊刻劉會孟本、《千家注》本,果皆作'與'字。趙云:'耽佳句而語驚人,言其平昔如此;今老矣,所爲詩則漫與而已,無復着意於驚人也。'劉後

---

① 王士禎著、張宗柟纂輯《帶經堂詩話》卷二四,第692頁。

② 王士禎著、李毓芙等整理《漁洋精華錄集釋》卷二,第328頁。

村集《跋陳教授杜詩補注》亦云：‘或信筆漫興’云云。然近日虞山錢宗伯本仍作‘興’字，略無辨證。”①王漁洋對朱彝尊等人所論親自加以驗證後，批評錢注本仍作“興”字，“略無辨證”。又《池北偶談》卷一三《干人》條云：“《丹浦窾言》云：杜詩‘千人何事網羅求’，當作‘干人’。杜牧之詩：‘自滴階前大梧葉，干君何事動哀吟？’按此説，則南唐元宗戲馮延巳云：‘吹皺一池春水，干卿何事？’語固有本。然《千家注》、劉會孟本只作‘千’字，錢本注云：晉作‘千’，或作‘于’。‘于’字，恐無義；‘千’字對上句‘在’字，亦未切，子田之説是也。”②張忠綱通過親自檢核湖南省圖書館藏《丹浦窾言》殘卷後發現，該本所記文字與漁洋所引並不相同，當係漁洋誤記。然不管怎樣，漁洋着眼於從詩意本身出發，而不是從版本出發，表現出可貴的見識。

　　然而王士禛對宋以來杜詩學成就還是有許多模糊認識，如其過分誇大千家注與劉辰翁批點本的價值，甚至對錢謙益批駁千家注與劉辰翁表示不解，就表現了其保守之處。《分甘餘話》云：“千家注杜，如五臣注《選》；須溪評杜，如郭象注《莊》。此高識定論，虞山皆訾之，余所未解。”③錢謙益對千家注和劉須溪的批評見《錢注杜詩·注杜詩略例》，錢謙益站在杜詩學史的高度評價黃庭堅學杜與劉辰翁評杜的歷史地位，所論雖未免太過尖刻，却頗切中歷代學杜與評杜的弊端，表現了清初學者起衰拯溺的學術胸襟與氣魄。與錢謙益的敏鋭眼光相比，王士禛的認識就顯得目光不夠開闊和清晰。不過王士禛對杜詩學史上的許多版本源流及優劣的辨析還是極具眼光的，如其批評蕭雲從《杜律細》“凡吳體拗句，俱强使協

---

①　王士禛《池北偶談》，中華書局 1982 年版，第 328 頁。

②　王士禛《池北偶談》，第 313 頁。

③　王士禛《分甘餘話》卷四《錢謙益訾杜詩評注》，中華書局 1989 年版，第 103 頁。

於平仄”，就指出了蕭書的致命弱點。王士禎此論一出，人們對《杜律細》“穿鑿可笑”特點認識更爲一致了，該書遂漸不爲學界所重。另外，王士禎對杜詩僞書的辨正也頗具功力，《池北偶談》卷一四《張伯成注杜》曰：“《懷麓堂詩話》云：‘《杜律》乃張注，非虞注，宣德初有刊本。’按張性字伯成，江西金溪人，元進士，嘗著《尚書補傳》。獨足翁吳伯慶有挽詩云：‘篋疏空令傳《杜律》，志銘誰與繼唐碑。’予在京師曾得張注舊本。”①張性《杜律演義》，後人多僞托爲虞集所著，稱虞注。雖有明李東陽《懷麓堂詩話》辨之於前，却並未引起學者的足夠重視，經漁洋此一辨後，使得此書歸屬昭然，遂成定論。

---

① 　王士禎《池北偶談》，第 326 頁。

第三章　清中期的杜詩學研究
（乾隆—嘉慶朝）

第一節　乾嘉學風影響下的杜詩學

　　由於顧炎武等人"經世致用"思想的影響，以及清朝政府大興"文字獄"的結果，使得乾嘉時代的考據學風逐漸盛行起來，出現了以惠棟、戴震、錢大昕、段玉裁、王念孫等爲代表的考據學家，他們於文字、音韵、訓詁、地理、職官等專門之學方面，取得了前所未有的巨大成就。乾嘉考據學呈現出三大特點：第一，是以經學著作爲研究中心；第二，是重視文字、音韵、訓詁，即"小學"的研究；第三，在反對以理論思辨爲主的宋學的基礎上，力圖用小學的考證方式對儒家經典進行實際研究。所以，清代不僅文字、音韵、訓詁等專門學問異常發達，就連地理、職官之學的研究也隨之興旺起來。影響所及，杜詩研究方法及觀念也逐漸發生了變化。清朝經學家惠棟在《杜工部詩集集解·跋》中評論道："本朝注杜者數十家，牧齋而下，籍書（周篆字）次之，滄柱以高頭説約之法解詩，爲最下矣。"惠棟認爲周篆所著的《杜工部詩集集解》超過仇兆鰲的《杜詩詳注》，這種評論雖有些言過其實，但也説明在乾嘉學者眼裏杜詩學的理想形態。乾隆朝的杜詩大型集注本有張甄陶《杜詩詳注集成》四十四卷、江浩然《杜詩集説》二十卷、楊倫《杜詩鏡銓》二十卷，總體水平遠不及清初。但杜律選本、筆記詩話類著作以及杜詩選本、普及本卻極爲興盛，顯示出對清初杜詩學高潮的延續態勢。另外，

《唐宋詩醇》《四庫全書》等的編纂，都從官方意志出發對杜甫大力推崇，所體現出的杜詩學也頗值得關注。此外，清代文論四大説其中的三説——格調説、肌理説、性靈説也都出現在這一階段，以沈德潛、翁方綱、袁枚爲代表的三大文論思潮，對杜詩學也都從各自的角度進行了自己的評價與判斷，其傾向與成就也共同構成了這一階段杜詩學研究成果的重要部分。以下便分別從這幾個方面加以論述。

一、《全唐詩》與《唐宋詩醇》所體現的杜詩學

　　康熙朝《全唐詩》的編纂①，與乾隆朝《四庫全書》《唐宋詩醇》的編纂都是影響杜詩學的大事。從中可以看到當時學術風氣與官方意志對杜詩學的影響。康熙帝在《御選唐詩序》中云："孔子曰：'溫柔敦厚，詩教也。'是編所取，雖風格不一，而皆以溫柔敦厚爲宗，其憂思感憤、倩麗纖巧之作，雖工不録，使覽者得宣志達情以範於和平，蓋亦用古人以正聲感人之義。"（《聖祖御製文四集》卷二二）可以看出，統治者對杜詩的推崇主要是著重宣揚杜詩中"溫柔敦厚"的部分，即所謂"正聲"，表彰杜甫"一飯不忘"式的忠君思想，直接爲其統治服務。而對杜詩"和平"的宣揚，恰恰是對杜詩中諷刺意味的消解，是對杜詩闡釋的一種異化。這就造成了一方面是對杜甫的尊崇越來越帶有政治説教味道，另一方面，杜甫的獨尊地位得以鞏固與確立，杜詩的影響也進一步擴大。

（一）《全唐詩》收録杜詩所采用的底本

　　《全唐詩》共九百卷，係彭定求、沈三曾、楊中訥、潘從律、汪士紘、徐樹本、車鼎晋、汪繹、查嗣瑮、俞梅等十人奉敕編纂，於康熙四

---

　　①　《全唐詩》的編纂雖在康熙朝，不在本章界定的時間範圍之内，但考慮到其與《唐宋詩醇》《四庫全書》等書的編纂在編選宗旨所體現官方意志等方面的一致性與可比性，爲行文之便，現將其與後二者放在一起加以考察。

十四年(1705)三月始編,次年十月成書,由曹寅負責刊刻事宜。《全唐詩》以明胡震亨《唐音統籤》、清初季振宜所編《唐詩》兩書爲底本增訂而成。而季振宜即是《錢注杜詩》的刻印者,其《唐詩》中的杜詩部分即是采用的《錢注杜詩》,故《全唐詩》所收錄杜詩依據的主要版本乃是《錢注杜詩》,這可以從《全唐詩》第二百三十四卷所收"他集互見詩"、"吳若本逸詩"、"草堂逸詩拾遺"等次序完全與《錢注杜詩》末尾附錄次序相同得到證明。而《全唐詩》所收比《錢注杜詩》只多出《闕題》:"三月雪連夜,未應傷物華。只緣春欲盡,留著伴梨花。"以及《合璧事類》中的佚句:"寒食少天氣,東風多柳花。""小桃知客意,春盡始開花。"除了《錢注杜詩》,可以確知的是,《全唐詩》還參考了草堂本和《文苑英華》本,如《蘇大侍御訪江浦賦八韵記異》題下注云:"草堂本無此題,竟以序爲題,八韵詩止七韵,疑有脱誤。"《錢注杜詩》無之,當係《全唐詩》編校所加。此外,《全唐詩》中提到的其他版本如"吳若本"、"王原叔本"、"趙次公本"、"范德機本"等均係由錢注本中的校文轉引而來。當然,《全唐詩》的編校者們也對錢注進行了一些删削,如《八哀詩·故秘書少監蘇公源明》的異文在錢注中標明了"《文苑英華》作某某"、"王仲正本作某某",而《全唐詩》則統標"一作某某"。《全唐詩》編輯的時代,錢謙益的著作還沒有禁毀,故《全唐詩》編校者們還能選擇錢注作爲底本。又因爲《全唐詩》是康熙御定編纂的,所以即使在文禁最爲嚴密的乾隆朝,《全唐詩》的流播並未受到任何影響。這樣,《全唐詩》在某種程度上成爲《錢注杜詩》的一把無形的保護傘,使得命運多舛的《錢注杜詩》能一息尚存。

　　《全唐詩》十編校中對杜詩部分進行整理的具體負責人是查嗣瑮。查嗣瑮(1653—1734),字德尹,號查浦,又號晚晴,浙江海寧人。與兄查慎行、弟查嗣庭爲三翰林,皆以詩文名於世。康熙三十九年(1700)進士,歷官侍講,後因坐弟查嗣庭誹謗罪案,流戍陝西,年已八十,旋卒。有學者稱,在《全唐詩》十編校中,查嗣瑮"讀書似不甚多"（鄧之誠《清詩紀事初編》），而詩人氣質最重①。其實查氏對唐詩頗有研究，《海寧州志稿·藝文志》著録其有《唐人絶句》《唐人萬首長律》，並於《唐人絶句》後注云："先生論詩，溯源《三百篇》，次及漢魏，折衷於盛唐諸大家，獨不喜《選》體。先生有手批《全唐詩》，金針暗度，盡在此書。曾選存絶句三册，尚存於家。"朱彝尊爲查嗣璉中表兄，二人曾共同切磋詩藝，《寄查德尹編修書》便是朱彝尊給查嗣璉的信。朱彝尊在信中向查嗣璉推薦李因篤關於"杜律細"的詳細論述：

> 比得書，知校勘《全唐詩》業已開局。近聞足下先取杜少陵作，審其字義異同，去箋釋之紛緪而歸於一是，甚善，然有道焉。蒙竊聞諸昔者吾友富平李天生之言矣：少陵自詡"晚節漸於詩律細"，曷言乎細？凡五七言近體，唐賢落韵，共一紐者不連用，夫人而然。至於一、三、五、七句，用仄字上、去、入三聲，少陵必隔别用之，莫有疊出者，他人不爾也。

在經過了懷疑與最終驗證之後，朱彝尊對於李因篤的理論表示信服，並建議查嗣璉在編輯《全唐詩》的過程中加以留意："循此説以勘五言，雖長律百韵，諸本文字之異，可審擇而正之，第恐聞之時人，必有訕其無關重輕者。然此義昔賢所未發，出天生之獨見，善不可没也，足下能聽信乎？"②朱彝尊是對《全唐詩》的編纂比較關注的學者，因當時其正受曹寅之邀在揚州編輯《兩淮鹽策志》。曹寅還請他補綴《全唐詩》，他指出第十一函七册無考卷孫元晏以下四十三人的官職並非無考，並曾開列《全唐詩未備書目》達 149 種。

---

① 見羅時進《〈全唐詩〉編校者叙録》，《唐代文學研究》第四輯，廣西師範大學出版社 1993 年版。

② 朱彝尊《曝書亭集》卷三三，《四部備要》第 84 册，第 415—417 頁。

但因《全唐詩》已裝潢成帙,業已進呈,故有"成事不説"之嘆①。不過查嗣瑮等人在整理杜詩時,確實吸收了朱彝尊在信中所提出的意見,檢《全唐詩》中朱彝尊所提到的八首詩的異文,除《卜居》《至日遣興》二詩未注明朱彝尊所提出的舊本異文之外,其餘六首均出校異文②。

《全唐詩》所録杜詩成爲後人依憑的一個通用版本,對杜詩學發展影響巨大,如汪灝《知本堂讀杜詩》"杜詩字畫,悉照《欽定全唐詩》内杜詩"(《讀杜凡例》)。又如日本近藤元粹明治三十年(1897)所編《杜工部詩醇》"則以康熙帝《全唐詩》、乾隆帝《唐宋詩醇》及王世貞、王慎中、王士正、宋犖、邵長蘅《五家評本》爲根據"(《杜工部詩醇自序》),可見《全唐詩》對海外杜詩學亦有一定影響。

總之,《全唐詩》作爲一個流播廣泛的唐詩總集的出現,不僅對杜詩版本産生影響,而且對杜詩學的繁榮都起到了不可估量的作用。但由於《全唐詩》成書倉促,故其中疏舛較多。又因其爲康熙御定,所以整個清代無人敢有所訾議。直至當代,對《全唐詩》的全面整理才得以實現。其中涉及杜詩研究的許多問題,都有待於進一步研究。當代關於《全唐詩》收録杜詩的研究,還有胡可先《〈全唐詩〉杜甫重出詩考辨》等文③,可以參看。

(二)《唐宋詩醇》所體現的杜詩學

《唐宋詩醇》是乾隆十五年(1750)由乾隆帝御選,梁詩正、錢陳群、陸宗楷、陳浩、孫人龍、張馨、徐堂等人編纂的大型唐宋詩選。

---

① 見《晨風閣叢書》之《潛采堂書目四種·全唐詩未備書目》後馮登甫跋。
② 《全唐詩》對此六首詩的異文爲:《鄭駙馬宅宴洞中》"過江蘢一作底";《江村》"多病所須唯藥物"一作"但有故人供一作分禄米";《江上值水如海勢聊短述》"漫興一作與";《題鄭縣亭子》"大路一作道";《秋盡》"西日落一作暮"。其中異文與朱彝尊所論略有出入。
③ 胡可先《〈全唐詩〉杜甫重出詩考辨》,《杜甫研究學刊》1989年第1期。

值得注意的是，在這些館閣文人中，孫人龍就是一位有專門杜詩選本的學者。孫人龍，字端人，號約亭，烏程（今浙江湖州）人，雍正八年（1730）進士。在《唐宋詩醇》編選前三年（乾隆十二年），其《杜工部詩選初學讀本》八卷已經刻印傳世。有學者指出，在《唐宋詩醇》中體現出較強的崇唐抑宋的觀念，而在崇唐的前提下，更明顯地體現出崇杜的傾向①。《唐宋詩醇》共選杜詩 722 首，占選詩總數的 27.1%。此書對清以前舊注的徵引有趙次公、黃鶴、王嗣奭等，然數量很小。而以對清代注家錢謙益、朱鶴齡、仇兆鰲、浦起龍的徵引爲主。因爲《唐宋詩醇》成書於乾隆朝前期，錢注還未被列爲禁書，故對之徵引頗多。故《唐宋詩醇》中還有引用了錢注又對之加以贊揚的情形，例如卷一七《秋興八首》總評云：“錢謙益箋，十得八九，擇其合者録之。餘人尚有雌黄，抑亦不知量耳。”不過由於此選乃是一部反映了官方意志的選集，故書中對錢注《收京》《洗兵馬》等篇中錢謙益所發明的對於君主的譏刺表示了嚴辭斥責，如卷一三《收京》評語曰：“一喜一痛，忠愛之誠，藹然而見，此始收京之作。錢謙益語語文致，喜爲傅會，而不覺其以後釋前爲大謬也。”又卷一〇《洗兵馬》評曰：“至於此詩之作，自是河北屢捷，賊勢大蹙，特爲工麗之章，用志欣幸。中間略有寄意，全無譏諷。而論者以爲直刺肅宗，步步文致，殊傷子美之志。”館閣文臣們反對錢謙益箋注提出的詩中諷刺肅宗不修子道之意，這顯然都是出於爲“御選”而發的説教。

二、《四庫全書總目》所體現的杜詩學

　　《四庫全書》的編纂以及《四庫全書總目》的撰寫，是清代杜詩學史上的一件大事，是清中葉對杜詩學的一次全面總結和檢討。

---

　　① 莫礪鋒《論〈唐宋詩醇〉的編選宗旨與詩學思想》，《南京大學學報》2002 年第 3 期。

《四庫全書》共收錄杜集六種,其中宋代四種,明、清各一種,即宋郭知達《九家集注杜詩》,宋黃希、黃鶴《黃氏補注杜詩》,《集千家注杜詩》,文天祥《文信國集杜詩》,明唐元竑《杜詩攟》,清仇兆鰲《杜詩詳注》。存目杜集十六種,其中元代一種,明代八種,清代七種,即舊題元虞集《杜律注》、明單復《讀杜愚得》、明張綖《杜詩通》、明顏廷榘《杜律意箋》、明趙統《杜律意注》、明林兆珂《杜詩鈔述注》、明傅振商《杜詩分類》、明楊德周《杜詩解》、明陳與郊《杜律注評》、清黃生《杜詩說》、清張溍《讀書堂杜詩注解》、清張遠《杜詩會粹》、清吳見思《杜詩論文》、清盧元昌《杜詩闡》、清紀容舒《杜律疏》、清浦起龍《讀杜心解》;另外還收錄兩種杜甫年譜,即趙子櫟《杜工部年譜》及魯訔《杜工部詩年譜》;"集部詩文評類一"收錄宋蔡夢弼《草堂詩話》一種。《四庫全書》的編纂對杜集的保存流傳起到了很大的作用,然而其"寓禁於徵"的政策也造成了許多杜詩注本的湮沒。其對杜集版本的選擇收錄采取了"貴遠賤近"的收錄標準,然因過分迷信宋版書,亦產生了一些失誤。四庫館臣在《四庫全書總目》中對杜詩注本的考證亦精蕪並存。其杜集提要的撰寫多是貶多於褒,表現了對杜詩學史總體認識的不足。

(一)保存杜集文獻版本的功過得失

1."貴遠賤近"的收錄標準

《四庫全書》的編纂對杜詩學最大的功績首先是保存了文獻,對杜詩學能夠薪火相續起到了重要作用。在沒有官方組織力量對杜集文獻加以大規模整理之前,杜集的流傳主要依靠私人力量。但由於戰亂、水火等多種因素,這些典籍的收藏往往難以持久,如錢謙益的絳雲樓和顧宸的辟疆園藏書就毀於火。由此可見,官方的整理保存,對杜集文獻的流傳和普及具有重大意義。如《四庫全書》收錄的《集千家注杜詩》,四庫館臣曰:"然宋以來注杜諸家鮮有專本傳世,遺文緒論,頗賴此書以存。其篳路藍縷之功,亦未可盡廢也。"就指出其文獻價值。另如林兆珂《杜詩鈔述注》流傳甚罕,亦賴四庫存目得以彰顯。

對宋代的杜詩注本,四庫館臣認爲"宋人喜言杜詩,而注杜詩者無善本"(《九家集注杜詩》提要),不過本着"貴遠賤近"的原則,將《四庫全書》收錄的標準定爲"去取寬於元以前,嚴於明以後"(于敏中《于文襄公論〈四庫全書〉手劄》)。他們認爲"古書亡佚,愈遠愈稀,片羽吉光,彌足珍貴"(《四庫全書總目》子部雜家類《蘇氏演義》提要),所以收錄了宋代郭知達《九家集注杜詩》、黄鶴父子《黄氏補注杜詩》和《集千家注杜詩》三種注本及蔡夢弼《草堂詩話》、趙子櫟《杜工部年譜》、魯訔《杜工部詩年譜》。這些珍貴文獻得以流通和傳播,對清代杜詩學的發展產生了巨大影響,《四庫全書》的編纂可謂功不可没。

2."寓禁於徵"對杜集注本的湮没

《四庫全書》的編纂由於采取"寓禁於徵",就造成了許多杜集注本的湮没,其中不乏影響深遠的重要注本。以《錢注杜詩》爲例,由於乾隆帝鄙薄錢謙益的爲人,將其列入《貳臣傳》中,幾欲天壤間不留其一字,所以對在清初產生了重大影響的《錢注杜詩》,四庫館臣只能一字不提。可是錢注的影響是不容抹殺的,即以列入存目的張溍《讀書堂杜詩注解》、張遠《杜詩會稡》、浦起龍《讀杜心解》等書爲例,都以得力於錢注爲多。朱鶴齡《杜工部詩集輯注》則更因錢注的關聯,亦不能著錄,可謂與錢注同進同退。另外,四庫館臣將版本較勝的清張縉彦輯定的《杜詩分類集注》摒棄不録,而將明傅振商《杜詩分類》列入存目,可謂棄善而存劣。這是因爲乾隆亦將張縉彦打入《貳臣傳》中。金聖嘆的《杜詩解》四庫館臣在提要中亦無一字及之,這是因爲金聖嘆在"哭廟案"中殞身,其作品一直被禁之故。至於其他對杜集中"違礙"字句,如"胡"、"羯虜"等肆意的删削挖改更是不可勝道了①。

---

① 參見第一章第二節之四"清代文禁對杜詩學的影響"。

3. 版本選擇的疏失

本着"貴遠賤近"的態度,四庫館臣多注重宋人的版本,甚而過於迷信宋版書,如其認爲趙子櫟《杜工部年譜》:"其所援引亦簡略,不及魯譜之詳,以其舊本而存之,以備參考焉爾。"於蔡夢弼《草堂詩話》則曰:"此書本爲吳縣惠棟所藏,蓋亦希覯之笈矣。"對清代的杜集注本僅收錄仇兆鰲《杜詩詳注》一種,而將黄生《杜詩説》、張溍《讀書堂杜詩注解》、張遠《杜詩會稡》、吳見思《杜詩論文》、盧元昌《杜詩闡》、浦起龍《讀杜心解》均貶入存目。這反映出四庫館臣對於已經取得了輝煌成績的順康朝杜詩學成就認識不足。

其實,迷信宋版書的四庫館臣對版本的鑒別也有失誤之處,如他們認爲郭知達《九家集注杜詩》爲罕見的善本:"振孫稱噩刊版五羊漕司,字大宜老,最爲善本。此本即噩家所初印,字畫端勁而清楷,宋版中之絶佳者。振孫所言,固不爲虛云。"這則提要其實是館臣們仰皇帝之鼻息而成。乾隆看到此書後驚喜地連題兩首詩,《御製題郭知達〈集九家注杜詩〉》其一云:

平生結習最於詩,老杜真堪作我師。書出曾鋟寶郭集,本仍寶慶及淳熙。九家正注宜存耳,餘氏支辭概去之。適以遺編搜四庫,乃斯古刻見漕司。希珍際遇殊驚晚,尤物闍章固有時。重以琳琅續天禄,幾閒萬遍讀何辭。

此本既經御覽品題,完全認定爲宋版,這就已經定下了基調,四庫館臣們也只能附和其説,並不敢違逆。然而洪業在《杜詩引得序》中指出,此本的卷二五、二六兩卷摻進了贋刻別本(蔡夢弼《草堂詩箋》及高崇蘭本),而非宋本原貌了[①]。蔡錦芳也曾指出此本與宋

① 洪業《杜詩引得》,第79—80頁。

本的差異①。聶巧平指出，郭知達本因殘闕配補的贗刻卷二六中收
有《登高》一詩，然此詩恰好復見於郭知達原編之卷三〇《九日五
首》其五，於是讓後人有機會了解已佚的郭知達原編概貌，經比較
後可以發現，二者的注釋質量有着天壤之別②。周采泉《杜集書
錄》曰：

> 　　洪氏所揭示之贗刻雖僅兩卷，則其書即有宋刻一部份在
> 內，則補刻補印當在元明時，四庫館臣鑑別之疏可知矣。但其
> 所補刻者究據蔡本抑高本？洪氏尚説得含糊。編者將各本核
> 對結果，其所補刻之詩與注，確爲高崇蘭本。所不同者與高本
> 編次略異，此蓋由於就目補刻之故，非有意更張也。按高本元
> 明兩朝翻刻特多，明代中葉，玉几、明易（易，古陽字）兩刻，流
> 傳至廣。而四庫館臣對此挾僞亂真之書，譽之爲宋板中之絶
> 佳者，能不爲洪業所哂乎？
> 　　郭知達雖無籍籍名，但决非一般書賈，其輯此書全爲針對
> 《東坡老杜事實》以及《王狀元集百家注》等僞書而作，故序云：
> "欺世售僞，有識之士，所爲深嘆！"又云："屬二三士友，各隨是
> 非而去取之。"《提要》謂其"別裁有法"，自非虛譽。其中即有二
> 卷贗刻，只要讀者去僞存真，即太璞不完，仍不失爲瑰寶也。③

周先生此説爲公允之論，然四庫館臣在杜集版本鑑別判定中存在
的問題亦不可忽也。

---

　　①　蔡錦芳《四庫全書〈九家集注杜詩〉所用底本考》，《四川師範大學學
報》1999 年第 4 期。
　　②　郭知達輯注、聶巧平點校《新刊校定集注杜詩·前言》，上海古籍出版
社 2022 年版，第 8—9 頁。
　　③　周采泉《杜集書錄》，第 55 頁。

（二）對杜詩學史的總體看法

《四庫全書總目》的編寫時代,清初杜詩學興盛的高潮已經結束,錢注、朱注、仇注等重要注本都已完成,清代杜詩學已經取得了重大成就,此時對以往的杜詩學得失作一番探討總結無疑顯得十分必要和迫切。而通過四庫館臣對各時代注本所作的提要可以發現,其評價是貶多於褒,體現了對清初杜詩學成就認識的不足。

1. 對僞蘇注的批評及反穿鑿思想的表現

四庫館臣對僞蘇注的批評最爲激烈,如《九家集注杜詩》提要,對郭知達將"假托名氏,撰造事實"的僞蘇注刪削不載,稱贊爲"別裁有法"。而批評黃鶴《黃氏補注杜詩》中"當時所稱僞蘇注者,乃並見采綴",另外在《杜詩詳注》提要中也指出"無千家諸注僞撰故實之陋習"的優點,這都體現了四庫館臣對杜詩僞注保持着警惕。

四庫館臣雖然在當時考據學風盛行的影響下要求注家對箋釋典故、訓詁名物一絲不苟,但提倡在對字句訓詁的基礎上,著意領會詩意。如其稱贊唐元竑《杜詩攟》:"元竑所論,雖未必全得杜意,而刊除附會,涵泳性情,頗能會於意言之外……然大旨合者爲多,勝舊注之穿鑿遠矣。"稱張綖《杜詩通》曰:"每首先明訓詁名物,後詮作意,頗能去詩家鈎棘穿鑿之説。"同時,對牽合穿鑿的注釋表示出強烈的不滿。如其指出《黃氏補注杜詩》"題與詩皆無明文,不可考其年月者,亦牽合其一字一句,強爲編排,殊傷穿鑿"。對單復《讀杜愚得》評曰:"魯訔、黃鶴諸家穿鑿字句、鈎稽歲月,率多未安。是編冠以新定年譜,亦未免附會。"對強以史實附會杜詩造成的穿鑿非常不滿。

在解評杜詩的方法上,四庫館臣反對解詩如評時文,或如八股講章,強調詩與文的不同。如其評黃生《杜詩説》曰:"然分章別段,一如評點時文之式,又不免失之太淺。"評《杜詩闡》曰:"然其注如四書講章,其評亦如時文批語,説詩不當如是,説杜詩尤不當如是也。"評《讀杜心解》曰:"又詮釋之中,每參以評語,近於點論時文,彌爲雜糅。”

2. 對元、明及清初杜詩學成就認識不足

《四庫全書總目》中雖然也有些持論允當的評價，如對魯訔《杜工部詩年譜》評曰：“雖多有附會，又烏可以一眚掩乎？”對仇兆鰲《杜詩詳注》評曰：“核其大局，可資考證者爲多，亦未可竟廢也。”然而統觀全部杜集提要，將注本的優缺點並陳、評騭至當之提要竟屬鳳毛麟角。四庫館臣對明清許多重要注本的評價多是貶損指斥，而對其特色與對杜詩學的主要貢獻却鮮有涉及，這似乎與提要撰寫所奉體例有一定的關係。四庫館臣在《四庫全書總目》卷首《凡例》中稱其所作提要“主於考訂異同，別白得失，故辨駁之文爲多。然大抵於衆説互殊者，權其去取；幽光未耀者，加以表章……蓋不可不辨者，不敢因襲舊文；無可復議者，亦不敢橫生別解。凡以求歸至當，以昭去取之至公。”不管怎樣，“辨駁之文爲多”造成了對杜集“貶多於褒”的事實。如對明代頗有成就的單復《讀杜愚得》評云：“是編冠以新定年譜，亦未免附會。其箋釋典故，皆剽掇千家注，無所考證。注後騣括大意，略爲訓解，亦循文敷衍，無所發明。至每篇仿《詩傳》之例，注興也、賦也、比也字，尤多所牽合矣。”對其書的年譜、注典、串解詩意、比興的提示等幾個方面竟連續下了“未免附會”、“無所考證”、“無所發明”、“多所牽合”四個貶損否定的斷語，真讓人產生懷疑：既然如此無足取的注本，爲什麽還要列入存目呢？大多數杜集提要中諸如此類一棍子打倒的否定貶損之評，未必會對後學“辨章學術，考鏡源流”能起到多大的作用。

另以吳見思《杜詩論文》爲例，如果説對其“三折句法”的批駁尚顯示了四庫館臣反瑣碎的思想之外，那麽對該書“但詮釋作意，謂之杜詩論文”，批評曰：“夫箋注典故，所以明文義也。論事自論事，論文自論文，是已兩無據矣！”則似未理解吳見思“論文”的苦心。這些都顯得四庫館臣缺乏應有的學術胸襟和包容性。這些指責中掩蓋了對杜詩學的見識淺陋以及對杜詩學史總體認識不足。

因爲僅就四庫收録和列入存目的注本來説,其中很多注本的成就即是有目共睹的。而四庫館臣的提要,遠未能反映對該注本的主要特點,作出準確的概括,甚至有些提要根本就是無關痛癢之論。如本來"援據繁富"是仇注之長,然而仇氏拘泥於"無一字無來處"説注杜,繁瑣恰又是其缺點,造成了諸如隔靴搔癢、釋事忘義等弊。而《四庫全書總目》曰:"吟杜卷中載徐增一詩,本出其《説唐詩》中。所謂'佛讓王維作,才憐李白狂'者,蓋以維詩雜禪趣、白詩多逸氣,以互形甫之謹嚴。兆鰲乃改上句爲'賦似相如逸',乖其本旨。"僅指摘其考證小疵,難免顯得一葉障目。

　　以上是四庫館臣認爲"不可不辨者",他們稱對那些"無可復議者,亦不敢橫生別解",然統觀四庫全部杜集提要,真正未置褒貶者,唯有紀昀之父紀容舒所著《杜律疏》一書,其提要云:"此書因顧宸所撰《辟疆園杜詩注解》繁碎太甚,又多穿鑿,乃汰其蕪雜,參以己意,以成是編。初名《杜詩詳解》。其後以所解皆律詩,又字字句句備爲詮釋,體近於疏,因改今名焉。"則四庫館臣明知有顧宸的《辟疆園杜詩注解》一書,却故意不録入提要,這是因爲《杜律疏》的著者紀容舒乃是四庫館總裁官紀昀之父,此書全是抄襲顧宸《辟疆園杜詩注解》而成,爲了掩蓋紀容舒的剽竊劣迹,四庫館臣才故意將顧注棄而不録,這就造成了紀書存而顧注亡的事實。顧宸注本固然存在穿鑿瑣碎之弊,然而其巨大成就仍不能一筆抹殺,其書在清代的杜詩學界影響相當廣泛,可是受到四庫館臣的如此貶抑之後,其流布一直未廣,除今傳康熙二年(1663)吳門書林刊本十七卷以外,《辟疆園杜詩注解》此後一直無再刻本。這不能不説是紀昀以一己之私造成巨大學術損失的惡劣行爲所致。

(三) 四庫杜集提要考證的成績和疏失

1. 嚴謹學術規範的强調

　　《四庫全書總目》杜集提要的撰寫充分體現了作爲漢學大本營的四庫館臣們對考證要求的精詳。如其指出《杜詩詳注》"摭拾類書,小有舛誤"。又如評《九家集注杜詩》曰:"又有曾噩重刻序,作於寶慶元年。噩,據《書錄解題》作'字子肅,閩清人'。凌迪知《萬姓統譜》則作字噩甫,閩縣人。慶元中尉上高,復遷廣東漕使。與陳振孫所記小異。振孫與噩同時。迪知所叙又與序中結銜合,未詳孰是也。"評單復《讀杜愚得》曰:"其箋釋典故,皆剽掇千家注,無所考證。"評趙統《杜律意注》曰:"雖頗有所校正,而漫無考證。"另對舊注中考證的不規範之處也多加指摘。如指出林兆珂《杜詩鈔述注》"注中援引事實,多不注出典"。吳見思《杜詩論文》"考證亦多未詳"。浦起龍《讀杜心解》本來以解意爲主,箋釋次之,四庫館臣批評其"句下之注,漏略特甚"。稱楊德周《杜詩解》:"其最不檢者,如八卷補注例第一條云,韓昌黎曰:人各有能有不能,抑而行之,必發狂疾。故杜云'束帶發狂欲大叫'。如此注,那得不補云云。是杜詩乃用韓語,天下寧有是事!"這裏四庫館臣似乎接受了朱鶴齡"注子美詩,須援據子美以前之書"[1]的觀點,這些都顯示出四庫館臣的嚴謹之處。

2. 考證之失

四庫館臣於杜集提要中所作考證雖甚爲後來注家所重,然仔細考核其論,却多抄襲自舊注,且多錯訛,未爲定論。如在《黃氏補注杜詩》提要中論《高都護驄馬行》之曰:"(黃)鶴以爲天寶七載作。考高仙芝平小勃律後,以天寶八載方入朝,詩中有'飄飄遠自流沙至'語,則當在八載,而非七載。"按,仇注曰:"此詩當是天寶八載所作。黃云七載,梁云十一載皆,非。"四庫館臣之論完全襲自仇注,非其獨見。同書又考《喜雨》之作年曰:"《喜雨》一首,鶴謂永泰元年所作。考詩末甫自注'浙右多盜賊'語,正指寶應元年袁晁之亂,詩當作於是年。時甫方在梓、閬間,故有巴人之句,鶴説非是。似此者尚數十條,皆爲疏於考核。"四庫館臣雖指出黃鶴將此

---

① 　朱鶴齡《愚庵小集》卷一〇,上海古籍出版社1979年版,第466—467頁。

詩繫於永泰元年有誤，然其將此詩繫於寶應元年亦誤。考史實，袁晁反在寶應元年八月，《喜雨》詩云"春旱天地昏"，自是作於次年春，即廣德元年。再如同書考《遺興》詩之"蕭京兆"曰："'赫赫蕭京兆'句，鶴以京兆爲蕭至忠，不知至忠未嘗官京兆尹，詩中所指當是蕭炅。"按，指此詩之"蕭京兆"爲蕭至忠，《九家集注杜詩》引趙次公説即主此論，其後黃鶴亦沿此説，錢謙益《錢注杜詩》中則力駁之，詳論"蕭京兆"當爲蕭炅。可見四庫館臣此考亦非獨見，乃竊自錢箋，却未標明，實屬掠美。

另外，《四庫全書總目》所作考證還有許多其他疏失，如考《杜詩攟》的著者唐元竑爲"萬曆戊子舉人"，有學者就據同治《湖州府志》、光緒《烏程縣志》、姜亮夫《歷代人物年里碑傳綜表》指出，唐元竑中舉的時間應爲"壬子"，而非"戊子"①。又如《史通通釋》提要稱《讀杜心解》著者浦起龍爲"雍正甲辰進士"，甲辰，爲雍正二年（1724），實則浦爲雍正庚戌（八年，1730）進士，列二甲第十六名②。

總之，《四庫全書》的編纂與《四庫全書總目》的撰寫對杜集文獻的保存與傳播流布所作出的貢獻值得肯定。然而作爲一代學術總結性的杜集提要的撰寫存在許多失誤，似不足概括清代前期杜詩學研究的總體水平，其對杜詩學史的整體認識與《四庫全書》這一大型叢書的地位是不相稱的。另外，四庫館臣雖然反對穿鑿附會，提倡對詩意的闡釋發揮，然而囿於當時考據之風的影響，在杜集提要中顯示出對名物考據的熱衷與偏愛，客觀上造成並助長了"釋事忘義"風氣的蔓延，其原因和教訓都值得後代總結與汲取。

---

① 楊武泉《四庫全書總目辨誤》，上海古籍出版社 2001 年版，第 198 頁。
② 朱保炯、謝沛霖《明清進士題名碑錄索引》，第 2698 頁。

第二節　重要注本評介

一、集評集注本

洪業《杜詩引得序》云：“夫《杜詩》只是一書，乃有注釋散在多家，檢閱不便，而求集注，乃自然之勢也。”①指出杜詩集注本是杜詩學發展到一定階段的必然産物。乾嘉時期的杜詩集評集注本依然很興盛，不過取得的成就却不能和清初相比。大型集評集注本多係由仇本增删而成，如江浩然《杜詩集説》、張甄陶《杜詩詳注集成》等書皆是如此，均可歸之於“仇注系統”。屋下架屋，氣象自然難免窘促。在乾嘉時期的諸多杜詩集注本中，還有楊倫《杜詩鏡銓》、許寶善《杜詩注釋》、范輦雲《歲寒堂讀杜》、劉濬《杜詩集評》等，其中楊倫《杜詩鏡銓》獨能去仇注繁瑣之弊，簡練通達，不失爲較有代表性的杜詩集注本。另外，鄭澐《杜工部集》乃删削錢謙益《錢注杜詩》而成的白文無注本，雖因簡潔而十分普及，價值却十分有限②。梁運昌的《杜園説杜》着重於杜詩的總體把握，不作繁瑣考證與冗長解釋，故頗得杜詩精髓。在論析具體詩篇、用字用韻等問題時，亦多獨到精辟之處。是一部很有價值的杜詩評注本。以下即對這些杜詩集評集注本簡要加以介紹。

（一）江浩然《杜詩集説》

江浩然（1690—1750），字萬原，號孟亭，嘉興（今屬浙江）人。康熙時諸生。少壯時欲以功名自奮，屢試不遇，棄舉子業，一生未

---

① 洪業《杜詩引得》，第9頁。

② 關於杜詩白文問題，請參看第二章第二節之一“對‘無一字無來處’説的批判”之“對舊注的處理方法與態度”。

仕,客遊幕府,授館各地,門下士甚多。客居濟南最久,諸貴人爭延之。浩然家貧好讀書,工詩,廣搜博采,轉益多師,而最愛朱彝尊詩,嘗注《曝書亭集》,世推該洽。江氏積學種文,耽於吟詠,其詩"抒詞寄意,皆極深刻"(法式善《梧門詩話》)。著有《北田文略》一卷、《北田詩臆》一卷、《叢殘小語》一卷、《江湖客詞》一卷、《〈韵府群玉〉補遺》、《〈曝書亭詩〉箋注》、《〈鴛湖櫂歌〉箋注》等。江氏尤嗜杜詩,平生寢食,少陵奉爲衣鉢,口不絕吟,手不停披,屢易寒暑,至其臨終,始成《杜詩集説》二十卷、卷末一卷。生平事迹見鄭方坤《國朝名家詩鈔小傳》、《(光緒)嘉興府志》卷五一。

《杜詩集説》凡二十卷,又附卷末一卷。是編乾隆十三年(1748)成書,乾隆四十三年(1778)始得刊行。此書係杜詩集注集評本。彙輯衆説,間陳己見。其"例言"云:"兹編合衆論以參稽,期去非而存是,偶或附以己見,用備取資。標題'集説',亦不敢掠美前人云爾。"又云:"每篇於字疏句釋之後,即繼以各家論説,分載諸段之下,俾全詩首尾貫徹,脉絡分明。其總論全詩大旨者,統列各詩之後。差覺瞭若指掌,取便披吟。"其援引前人評注,去取頗審慎,於諸家之憑臆附會處,寧爲闕如,另俟考證,不求博取,務在闡明詩意,故甚爲簡當。是集卷序次第,依據朱鶴齡輯注本。其所輯諸家論説,自宋元以來不下三四十家,而尤以仇注爲多。

(二)夏力恕《杜詩增注》

夏力恕(1690—1754),字觀川,晚號澴農,自稱菜根老人,孝感(今屬湖北)人。世代以文章傳家,且聞名遐邇。力恕少年聰慧,無書不讀,尤長於詩。康熙六十年(1721)進士,改庶吉士,授編修。雍正元年(1723)任順天鄉試同考官,次年任陝西正考官。旋即告請歸里,奉養雙親,爲人至孝。受聘于湖北督撫,主修《湖廣通志》。後主講于江漢書院。乾隆元年(1736)舉鴻博,十二年舉經學,皆固辭不就。年六十五無疾而終。他是清代中期著名的文學家、史學家與理學家。其學務在窮理,隨事體驗,以求自得。著有《易説》二卷、《四書劄記》二卷、《菜根堂劄記》十二卷、《古文》四卷、《菜根精舍詩草》十卷、《杜詩增注》二十卷、《讀杜筆記》一卷等。其《讀杜筆記》是與《杜詩增注》相輔相成之作,與《菜根堂論文》合訂刊行,收入夏力恕《澴農遺書》第七。又《菜根精舍詩草》十卷、《續草》四卷、《菜根堂文集》十卷,《易論》二卷,合刻爲《菜根堂集》二十六卷。生平事迹見《(光緒)孝感縣志·人物志·理學傳》、程大中撰《夏先生力恕傳》(《碑傳集》卷四八)、《菜根堂集》卷一四夏扶黃撰《祭先府君》。

《杜詩增注》凡二十卷,有乾隆十四年(1749)古泉精舍刻本。卷前有夏氏《杜文貞詩自序》;次列全書總目錄,每卷首或卷末列該卷目收詩數及累計收詩數,前二十卷收詩1 409首,末一卷録杜甫逸詩48首。總計1 457首。詩題下均注明詩體。每卷首行署"杜文貞詩增注"卷次,次行署"孝昌夏力恕觀川"。次列該卷詩作時、地。詩之序次悉依朱鶴齡本。此書注疏少而箋意多,但就全詩作串解或評點,往往側重一點而發揮,或長或短,或詳或略,不拘一格,言簡意賅。如卷一《今夕行》詩末評曰:"此篇於最無聊賴之時,强作豪俠語,要非少陵本色。"卷二《陪諸貴公子丈八溝携妓納凉晚際遇雨二首》總評:"後半不稱前。"《城西陂泛舟》總評:"此詩非不工穩壯麗,然境中無人,無寄托,無收煞,非集中上格。"又如《劉九法曹鄭瑕丘石門宴集》評曰:"前後俱清老,惟第六句俗。"《李監宅二首》其一評曰:"此首俗。"其《自序》云:"余讀少陵詩,根柢出入老佛,而孔、孟次之;語言俎豆《文選》,而六經次之。"可謂新穎之論,頗有不同於時者。又如《自序》論肅宗"不端其始",言及房琯事,"初,房琯奉册命至,旋罷其相,使公於其時諫不聽則辭,又或因墨制之歸而逸,其幾更早。然肅宗情懷,惟鄴侯能預卜之,一審於事先,一斷於事實,亦較然矣。然鄴侯不知有公,獨非三百年恨事哉!"都顯示其於注杜立意上的追求創新。是書《販書偶記續編》著録,又有清精鈔袖珍本。

（三）張甄陶《杜詩詳注集成》

　　張甄陶（1713—1780），字希周，一字恬庵，福清（今屬福建）人。乾隆十年（1745）進士，改庶吉士，散館授編修，歷任廣東鶴山、香山、新會、高要、揭陽五縣知縣，有政聲。以丁憂去官，服除，授雲南昆明知縣，因事罷官，專心著述。曾先後主講雲南五華書院、貴州貴山書院，晚年病歸，主講福建鰲峰書院。著作頗富，有《學實政錄》四卷、《四書翼注論文》三十卷、《周易傳義拾遺》十五卷、《尚書蔡傳拾遺》十二卷、《詩經朱傳拾遺》十八卷、《禮記陳氏集説删補》四十七卷、《春秋三傳定説》五十卷，稿藏於家，統稱《正學堂經解》。另有《杜詩詳注集成》四十四卷、《松翠堂文集》三十卷、《恬庵雜錄》十六卷、《澳門圖説》、《澳門形勢論》、《制馭澳夷論》等。生平事迹見《清史稿·循吏傳二》，孟超然《賜進士出身敕授文林郎廣東新會縣知縣前翰林院編修張公甄陶墓志銘》（《碑傳集》卷一〇六），錢林、王藻《文獻徵存錄》卷八。

　　《杜詩詳注集成》四十四卷，卷首一卷，係乾隆三十八年（1773）傳抄本，計十六册，爲貴山書院藏書，現藏中國科學院圖書館。該書係以仇兆鰲《杜詩詳注》爲原本增删而成。張氏自述編撰過程云：“取仇滄柱先生《詳注》，删其繁複，盡録李（李光地）、何（何焯）二公及國朝諸名公前輩評論于上方，其圈點、選次甲乙一依西樵、阮亭二先生之舊，間有不愜，亦時附己見，以聽讀書人之定論。編次既成，命諸朋徒録爲全書，留藏書院，永爲學詩者先路之導。”故每卷之末都附署抄録者姓名，計有四十餘人。是書各卷分列目録，共收詩 1 449 首，依編年排列。所引諸家之評語，除仇兆鰲、王士禄、王士禎、何焯、浦起龍、李光地等常見者外，尚有蔡世遠、陳兆崙、方苞等人，蒐羅頗廣，足資參考。張氏於諸家評論多所辨正和闡發。如關於杜甫之死，張氏痛駁死於耒陽與牛炙白酒説，而力主死於潭岳説。其説雖前有所本，但張氏辯駁亦頗有力。

（四）鄭澐《杜工部集》

鄭澐（？—1795），字晴波，號楓人，歙縣（今屬安徽）長齡橋人，真州（今江蘇儀徵）籍。元勳玄孫。乾隆二十七年（1762）舉人，召試賜內閣中書。乾隆四十九年，曾任杭州知府，官至浙江督糧道。生平學杜詩最深，嘗編刻《杜工部集》二十卷，校勘精美。工詞，譚獻在《篋中詞》中對其詞有稱揚。著有《玉勾草堂詩集》二十卷、《夢餘集》一卷、《鷦鷯集》一卷、《玉勾草堂詞》一卷，續修邵晉涵纂《杭州府志》。《揚州畫舫錄》卷八曰："（楓人）生平論詩，深於少陵，刻杜詩全集行於世。"《淮海英靈集》稱其"生平學杜詩最力，嘗刻《杜少陵全集》，勘校精美"。生平見《全清詞鈔》卷一一、阮元《淮海英靈集》丁四、王昶《湖海詩傳》卷二五、《（民國）歙縣志·人物志·詩林》。

《杜工部集》二十卷，白文無注，係據錢謙益箋注《杜工部集》而成，略去原書序言、略例及箋注文字，而正文、校語一仿錢本。此書初刻爲乾隆五十年（1785）玉勾草堂刊本，十冊。首爲鄭澐乾隆四十九年序，其云：

> 杜集槧本，不下數十百家，箋釋注解，言人人殊矣。余少嗜杜詩，手鈔口誦，恒以一編自隨。中年汩没簿書，有此事遂廢之感。武林爲山水勝地，量移來此，因病得閒，稍理故業，取舊本之善者，刊爲袖珍版。勞人僕僕舟輿，便行篋也。箋注概從刪削，以少陵一生不爲鈎章棘句，以意逆志，論世知人，聚訟紛如，蓋無取焉。

所謂"舊本之善者"蓋指錢本，以錢氏之書，乾隆時遭禁毀，故不便明言也。卷一至卷八爲古體詩，計 415 首；卷九至卷一八爲近體詩，計 989 首，並附錄詩 48 首；卷一九收表賦記說贊述 15 首；卷二〇收策問文狀表碑志 17 首。附錄"諸家詩話"、"唱酬題詠"。該本因白文無注，編校精審，或許爲清代杜集白文本"以此爲最"，故翻刻本甚多，先後有日本文化九年（1812）東京崇文堂仿玉勾草堂刊本，同治十一年（1872）致一齋校刊玉勾草堂本，同治十三年仿玉勾草堂袖珍本重刊本，光緒十三年（1887）重刻本，1927年上海中華書局依玉勾草堂本鉛字排印《四部備要》本等。

（五）楊倫《杜詩鏡銓》

楊倫（1747—1803），字敦五，一字西河（一作西穌），號羅峰，陽湖（今江蘇常州）人。乾隆四十六年（1781）進士，官廣西荔浦知縣。晚年主講武昌江漢書院七年之久，門下多尊信之。與當時同里學人洪亮吉、孫星衍、趙懷玉、黃景仁、呂星垣、徐書受等人號爲"毗陵七子"。他博極群書，生平論學，以不欺爲本，其詩得力於少陵。晚年主講武昌江漢書院七年之久，門下多尊信之。亦嘗主江西白鹿洞書院講席。在廣西三爲同考試官，所拔皆知名士。著有《杜詩鏡銓》二十卷、《九柏山房集》等。生平事迹見《清史稿・文苑傳二》、張惟驤《清代毗陵名人小傳稿》卷五。

《杜詩鏡銓》二十卷，成書於乾隆五十六年（1791）。書之命名取義於杜詩《秋日夔府詠懷奉寄鄭監李賓客一百韵》之"金篦空刮眼，鏡象未離銓"。正如作者自序云："今也年經月緯，句櫛字比，以求合乎作者之意，殆尚所云'鏡象未離銓'者。然一切楦釀叢脞之説，剪薙無餘，使學者皆曉然易見，則亦庶幾刮膜之金篦也夫。"又云："余自束髮後，即好誦少陵詩，二十年來，凡見有單詞隻字關於杜詩者，靡不采録，於舊説多所折衷。年來主講武昌，閒居無事，重加排纂，義有牴滯，至忘寢食，不覺豁然開明，若有神相之者。凡閲五寒暑，始獲成書。"

是書共收杜詩 1 451 首，以編年爲序。其"凡例"云："詩以編年爲善，可以考年力之老壯、交遊之聚散、世道之興衰。"故對前人諸本編次，詳加斟酌，務使編次得宜，詩意了然。其編年當是諸本中之最善者。詞語注釋附於句下，章法字評置於行間或書眉。詩後則爲前人或楊氏評論全詩之語。長篇之詩則依仇兆鰲注本約略分段,詩旁間有圈點,體例極爲簡明。宋以後之注解杜詩者,或謂杜詩無一字無來處而廣徵遠引,務博矜奇,繁瑣詞費;或以"詩史"、"詩聖"稱杜,附會史實,妄以己意逆詩人之志;甚或以時文帖括之術解杜,穿鑿支離而詩意汩没無餘。楊氏博覽諸家,酌采衆長,據蔣金式所批朱鶴齡本,删汰歷代諸家注釋,力糾諸種積弊,擇善而從,剪裁允當,沉潛深思,以詩人之心而解杜,故能正仇、浦諸家之誤,補朱注之缺。考證時事、典實,但不爲臆説,不矜奇逞博,簡明扼要。時人王昶《湖海詩傳・蒲褐山房詩話》盛稱"《杜詩鏡銓》實能照見古人心髓,足與朱鶴齡上下"。因精簡得要,平正通達,故是書在清代諸重要注杜本中流播最廣。清刻本有六種,民國以後有十多種。其初刊本爲乾隆五十七年(1792)陽湖楊氏九柏山房初刻本,當代有上海古籍出版社之標點排印本。

(六) 許寶善《杜詩注釋》

許寶善(1731—1803),字敦愚,號穆堂,青浦(今屬上海)人。乾隆二十五年(1760)進士,累官監察御史。丁憂歸,不復出,以詩文自娱,尤工詞曲。曾協助于敏中增訂朱彝尊所著《日下舊聞》爲《日下舊聞考》。著有《自怡軒樂府》四卷、《自怡軒詞譜》六卷、《自怡軒詩》十二卷、《詩經揭要》四卷、《自怡軒古文選》十卷、《自怡軒詩續集》四卷、《和阮詩》一卷、《和陶詩》一卷、《春秋三傳揭要》六卷。輯有《杜詩注釋》二十四卷和《自怡軒詞選》八卷。生平事迹見《全清詞鈔》卷一〇、張慧劍《明清江蘇文人年表》。

許寶善《杜詩注釋》二十四卷,有嘉慶八年(1803)自怡軒刻本。係參照張遠《杜詩會粹》與浦起龍《讀杜心解》編輯而成。詩之"紀年叙次悉照浦本",浦於杜詩各體分列,許氏以爲於閱者不便,則合併之。而"段落則悉照張本,其遺漏處則增之",注文采集徵引各書,皆各標書名,其某人注解者,則各標姓氏於上。詩句下所綴小注,小字雙行,則多采自張、浦二書,唯更删繁就簡而已。許氏自言是書乃采張、浦“兩先生之所長而略參鄙意”，已意則單標一“按”字以別之。但細檢其按語，亦多變化張、浦二家之語而成，有的則徑録原文，如《同李太守登歷下古城員外新亭》“遺堞感至今”句下：“按：以上詠新亭。”結句下：“按：此段詠亭中事。”則直録張注，一字不易。而詩後按語則鈔自浦解。此類尚多，不煩贅舉。許氏聲稱：“不敢掠美也。”實已掠美。故洪業《杜詩引得序》指出：“寶善潛心數十年於杜詩之所得，多在分解段落，領會篇意。詩後輒加案語，略述所見，間已取張、浦二氏之説以代之。稍檢讀其案語，動人之處甚少；姑舉其書於此，以見杜詩之學之衰也。”而博學如錢大昕者，乃對是書推崇備至，其序云：“穆堂侍御，閲覽博物，無所不通，而尤肆力於詩，高山景行，心嚮往者惟老杜一人。始焉傍其墻垣，繼焉登其堂奥，久之得其肺腑，其嗜之也篤，其信之也真，直若遊神於萬里橋邊、百花潭上，而俯仰揖讓於左右也。又若置身於李邕、王翰、太白、達夫之輩，相與上下其議論也。暇日閲近時張、浦兩家注本，雖號詳贍，而尚或有扞格窒礙强爲附會者，穆堂皆一一疏通而證明之，聞其説者靡不涣然冰釋而欣然頤解。是非寢食於杜數十年，安能臻斯詣哉！予於詩所得甚淺，向來吟誦，往往不求甚解，今老而自悔，已無及矣，庶藉是編以爲指南之車焉。”錢氏之論是書，真可謂溢美矣。

（七）范葦雲《歲寒堂讀杜》

范葦雲（1737—1789），字楞阿，號雲泉，嘉興（今屬浙江）人。幼而通敏，嗜讀書，有遠略。少偕其兄隨父客豫章，以試歸里，遭母憂，會父亦歿，家故貧，未葬之棺累累，乃輕經生業，就河南舞陽令宋君記室之聘，又偕宋至楚，別館江夏。暇讀律令，遂精申、韓之學，名噪江漢間，據諸侯上座者二十餘年。書法圓勁，得晋人筆法。著有《歲寒堂讀杜》。生平事迹見張井《二竹齋文集》卷上《范公墓志銘》。

《歲寒堂讀杜》二十卷，爲道光二十四年（1844）蘇州范氏後樂堂刊本，其子范玉琨刻印。實則該本編次一仍張溍《讀書堂杜工部詩集注解》，只是張本總目録置之書前，范本則分卷列目而已。注釋文字亦照録張本，幾至一字不易。所不同者，只是較張本略有删減。特別是張本詩後所附許自昌本"原注"文字，如《遊龍門奉先寺》，照抄張本，唯將"首句點明日間遊覽"之"日"字改爲"晝"字，又删去"原注"下文字。《望嶽》詩，張本原作"齊魯一句，見岱之大"，范本則誤抄爲"齊魯二句，見岱之大"。《贈李白》（五古）照抄張本外，唯增"大藥有資，所謂'君身有仙骨'耳"，以釋"苦乏大藥資"句，可謂文不對題。范本除照抄張本外，亦抄襲他人文字，而不注明。如《登兗州城樓》較張本僅多出"壯闊深厚，俯仰具足，此爲五律正鋒"一段文字，或以爲范某己見，實則一字不易照録許昂霄評語。此類甚多，不勝枚舉。其書如此，其子范玉琨竟大言盛誇其父："俾後之學者知先大夫學問淵博，有以補諸家箋注所未及，於杜詩亦多所發明。"故洪業《杜詩引得序》譏評曰："道光甲辰（1844），嘉興范玉琨吾山刻其父輂雲楞阿之遺稿《歲寒堂讀杜》二十卷，此只是張溍之書而更删去張氏所留許（自昌）本之原注；中間偶見數處微删改張氏評語，未見其佳。嗚呼！著書如此，而有子刻之，豈足以爲其父榮哉？"更可怪者，張澍、吴廷颺等人在此書序跋中却大加吹捧，如張澍跋云："今先生讀之萬遍，研以十年，鑿險縋幽，抉髓搯腎。神來筆下，妙到毫端，語乃驚人，句堪已瘧，苦吟髭斷，破卷筆神，萬丈光焰，名雄李、杜，千秋膏馥，字掩黃金。可謂無義不搜，無房不發，豈非注家巧匠，詩史功臣也乎！後之覽者，未可忽諸。"①吴廷颺序云："得逐句讀之，各本校之，乃知先生之存録舊注舊評之精也，增注增評之當也。凡所增者，皆舊注未有，而知先生史事之熟也，學問之博也；凡所評者，皆舊評所未及，而知先生論詩之嚴

---

① 《養素堂文集》卷三四所載張澍跋與《歲寒堂讀杜》前所載張澍序文字頗有異同，此處所引爲前者。

也,説詩之妙也。"諧諛至此,徒爲學林蒙羞耳。該書《清史稿・藝文志四》、孫殿起《販書偶記續編》均予著録。又有1974年臺灣大通書局據道光二十四年蘇州范氏後樂堂原刊本影印《杜詩叢刊》本,該本誤署"清范輦雲編注、楞阿輯",而卷前張序、吳序次序顛倒,又書後多出道光丙午(二十六年,1846)閏夏山陰鄔鶴徵跋,則"叢刊本"似非道光甲辰之"原刊本",而是重刻本。

(八) 劉濬《杜詩集評》

劉濬,字質文,號寓槎,海寧(今屬浙江)人。監生,生平事迹不詳,約生活於清嘉慶前後。《杜詩集評》共十五卷,有嘉慶九年(1804)海寧劉氏藜照堂刻本,1974年臺灣大通書局據之影印爲《杜詩叢刊》本。劉濬自稱共輯録了十五位清代著名詩人和評點家對杜詩的評點,計有王士禛、王士禄、錢燦、朱彝尊、李因篤、潘耒、何焯、宋犖、吳農祥、陸嘉淑、申涵光、俞瑒、許昂霄、許燦、查慎行等。幾乎都是從他們各自的杜詩評本中輯録而來。所引評語,有關詩句者,則繫於該句之下。有關全詩者,則羅列於詩後。從輯録的情況來看,其中以吳農祥、李因篤、朱彝尊諸家的評語較多。但劉濬對評點者原來的評語引得大多十分簡短,只是截取其中最能説明杜詩藝術風格的片段,三言二語甚至有時僅兩三字,附録在杜甫每首詩篇的後面,其中不乏足資參考者。只有在必要時,才引用上百字的評語。這些評語或評起句,或評尾句,或就意境言,或就風格論,由這些簡評再加彙合,的確可把一首杜詩的好處較爲全面、系統地揭示出來。

(九) 梁運昌《杜園説杜》

梁運昌(1771—1827),初名雷,字育中,一字曼雲,又字叔曼,成進士後改名運昌,晚號江田田父。長樂(今屬福建)人。爲梁章鉅堂兄。乾隆五十九年(1794)與兄際昌、從弟章鉅同中鄉舉。嘉慶四年(1799)成進士,入翰林,選庶吉士,散館授編修。後歸里,遂不復出。生平落落寡合,尤不喜與顯貴往來。在京師時,惟與同年王引之、盧坤、張澍、吳廣枚等爲道義文字之交。歸里後,亦斷絶音問。數人中有持節來閩者,則亦彼此不通一刺,足迹不入州府,有過訪者輒拒不納。閉門讀書,謝絶人事,于醫卜堪輿之學,無不深究,精篆刻,善書法,通繪事,曉音樂。著作甚豐,有《秋竹齋詩存》《秋竹齋別集》《勞薪集》《葵外山房剩稿》《陳氏古音考訂》《讀詩考韵新譜》《四書偶識》《史漢眉評》《説文小箋》《難經發明》《兩漢魏晋宋齊詩式》《全唐詩隨筆》《唐詩風格集》《陽春白雪集》《韓詩細》《蘇詩抄》等。生平見梁章鉅《曼雲先兄家傳》、《民國福建通志・文苑傳》。吾師張忠綱有《關於梁運昌和〈杜園説杜〉》一文(《文獻》1994 年第 3 期),對此本考證甚詳,以下所論多參之。

梁氏尤酷嗜杜詩,枕藉其中數十年,窮一生精力而成《杜園説杜》一書,惜未刊行,今有秋竹齋鈔本。該本二十卷,首列"紀讀杜詩始末",次列"杜園答問",自稱杜園主人,言其閉門不交,專心讀杜之情事;次列"凡例"十則;次録《題杜工部詩集後十二絶句》,此組詩作於嘉慶二十三年(1818)正月,自述治杜的體會,有的認識頗爲深刻,如:"尋常染翰欲無聊,尚覺高岑去未遥。憂國憂民初鬱結,斑斑血泪灑鮫綃。""儲王五字擅風流,此老清詞竟不侔。史骨騷情莊氣脉,雄文何事費雕鎪。"後則分卷解説杜詩,以詩體編次;卷末附"七律補遺八首"、"僞詩辨説"若干首、"杜譚百一"一百零一條。該稿本"凡例"所説有與各卷内容不盡相符者,如"凡例"云五古六卷、七古二卷、五律六卷、七律二卷、五排三卷七排附焉、五七絶共一卷、"杜譚百一"二卷、序例目録一卷,而實則五律只有四卷,七律只有一卷,"杜譚百一"不分卷。"凡例"云:"總共二十卷,凡録各體詩共一千三百首。"實收詩 1 361 首,其中五古 269 首,七古 114 首,五律 622 首,七律 133 首,五排 118 首,七排 5 首,五七絶 100 首。關於書名,各標籤法亦不一致,如卷一標"杜園末議",卷五、卷一二下標"杜園瑣議",卷一〇標"杜詩脞録",餘則標"杜園説杜"。據此可知,"杜園説杜"乃其最後之定名。書目文獻出版社

1995 年即據此稿本影印。但影印稿本實則爲梁氏未定稿。影印稿本扉頁梁氏自記云:"不閲此卷已二年,今日取視,凡所解説,自詫其可以必傳,但家無藏籍,未稔諸家説有與吾説相同否也?"末署"道光五年五月十一日"。而《藝文雜志》1936 年一卷二、三期轉載此書卷一時,其玄孫梁鴻志記云:"《杜園説杜》二十四卷,先曾伯祖曼雲公遺著也。""全稿首尾二十餘萬言,皆公手書而自加點勘者,故無一字訛誤。老輩著書之苦,用力之勤,可爲師法。至於講解詳明,考證精確,有迴非錢牧齋、仇滄柱所能及者,公自謂老杜功臣,殆非誇語矣。"又載《杜園説杜·凡例》叙成書過程云:"是編始從事於己卯(嘉慶二十四年,1819 年)夏月,至庚辰(1820)春暮而脱稿。是歲端午,稿凡再易,孤憤盈懷,長年不寐,寒窗漏盡,爐火無温,挑燈作急就章,不覺曙光之射入,斯時殆弗能自罷,雖病體亦忘其劬,一閣筆而呻吟之聲作矣。窮愁著書,余姑援此例以自慰焉。編仍分體之舊,臚爲五言古詩七卷,七言歌行二卷,五言近體五卷,七言近體二卷,五言排律三卷,七言附焉,五七言絶句共一卷。杜譚百一二卷,叙例、題辭、目録共一卷,附批摘贋詩一卷。總共二十四卷,合録各體詩共一千二百八十首;其未録者,並剔去贋作,尚一百一十三首。""嘉慶二十有五年歲次庚辰端陽叔曼父書於秋竹山齋,道光五年乙酉歲六月重録五古、五七律十三卷,頗有更定。是歲中秋續録七古、絶句皆畢,惟排律未録,望日記。重陽前一日録排律竟,於是二十四卷皆備。"是二十四卷本當爲最後定稿本。影印稿本尚早於定稿本。是影印稿本之後,梁氏於六月至九月又重録一過,"頗有更定","於是二十四卷皆備"。今定稿本不知流落何處?惜哉!陳衍《石遺室書録》所記《杜園説杜》稿本亦爲二十卷,並未見附録四卷。

　　梁氏説杜,着重於杜詩的總體把握,不作繁瑣考證與冗長解釋。故頗得杜詩精髓。在論析具體詩篇、用字用韻等問題時,亦多獨到精辟之見。但因"家無藏籍",所閱有限,難免有因襲、牽强、誤解之處。影印稿本因不是最後定稿，尚顯草率。梁氏《杜園説杜》在注杜諸本中可謂佼佼者。陳衍《石遺室書録》云："此書考訂事實，實有見人所未見者，糾正浦氏、仇氏、錢氏各家謬誤處甚多，如謂少陵實卒於岳州，不卒於耒陽；陷賊時，實藏匿贊公大雲寺；嚴武在蜀無欲殺杜老事。此類甚多，皆精確可據，論詩亦多特識，讀杜者不可不讀之書也。"《民國福建通志・文苑傳》亦云："《杜園説杜》二十卷，合史學、詩學而會通之，多發明，自來評杜注杜者所未及，可謂一生精力盡於此書矣。"葉恭綽《〈讀杜劄記〉序》云："閩中詩家輩出，夙以桃唐學杜相揭櫫。清嘉、道間，長樂梁曼雲運昌，著有《杜園説杜》二十四卷，考訂史實，疏解句義，粲然大備。"郭曾炘《讀杜劄記》一書，多采梁説，給予了很高的評價。

二、筆記類杜詩研究著作

（一）喬億《杜詩義法》

喬億（1702—1788），字慕韓，號劍溪，別署實宣居士，寶應（今屬江蘇）人。爲喬萊孫，喬崇修子。少以詩名江淮間，與沈起元、方觀承、沈德潛交善。爲人美須髯，善談論。乾隆中以太學生再試不售，輒棄置仕進，專肆力於詩。乾隆二十九年（1764）客遊山西太原，爲猗氏書院山長，卒年八十七歲。億工五言詩，古體直追漢魏，近體宗法盛唐，不屑作大曆以後語。著有《小獨秀齋詩》《窺園吟稿》《三晉遊草》《夕秀軒遺草》《惜餘存稿》《劍溪説詩》《劍溪文略》《燕石碎編》《大曆詩略》《古詩略》《藝林雜録》《元祐黨籍傳略》《蘭言集》等。生平事迹見《清史列傳》卷七〇、《重修寶應縣志・文苑傳》、朱彬《喬劍溪先生墓表》、《廣陵詩事》。

《杜詩義法》分上、下二卷，共論及杜詩約200首。上卷選論五言古詩120多首；下卷選論七言歌行50餘首，五言排律16首。無目録。其編次，分體後大致以編年爲序。是書體例，不録全詩，詩題之後，只就有關詩句略作論析評解，重在闡釋杜詩藝術、作詩義法,並注意與其他詩家相比較。尤爲可貴者,敢於對名家成説提出異議,獨抒己意,時有精見。

是書《販書偶記》卷一三著録,云"乾隆間精刊"。但今見刻本無刊刻年月,無序跋。每卷首行署"杜詩義法"卷次,二行署"寶應喬億著"。卷末附"校訂姓氏",均係喬氏之學生或兒孫輩。另有一鈔本,卷首録有引自喬億《劍溪文略》之《書元積李杜優劣論後》一文代序,次列"校訂姓氏",次録《重修寶應縣志・文苑傳》喬億小傳及曹錫寶、邱謹寄答喬億詩各一首。

(二)夏力恕《讀杜筆記》

夏力恕生平見前文《杜詩增注》提要。

《讀杜筆記》一卷,首頁署"讀杜筆記式卷　劉作章題"。卷前首行署"讀杜筆記　濃農遺書第七"。次行署"孝感夏力恕撰"。次列夏氏自識云:"古人語言行事,苟非擇而學之,未得其長,先墮其短矣。虛心別白,期於揣其本而不掩其真,豈無呵護苦衷,僭逾之罪,則又奚逃!頃年有《讀杜筆記》若干卷,姑檢二十餘則,書付兒輩。風塵偃息之暇,略悉梗概,斯亦窮理論世之一助云爾。甲戌立夏前五日菜根老人識。"甲戌,爲乾隆十九年(1754),則是書之成較《杜詩增注》晚五年,當爲夏氏暮年之作。此書爲讀書筆記性質,不録原詩,直書心得體會,不拘一格,不泥詩句,大致偏重在考證史實、闡發詩旨,而不在評騭文字。每則長短不等,少則數百字,多者如《八哀詩》《秋興八首》等則長達數千言。其所論解,多有精見,但亦時有穿鑿附會、過於深求之弊。全書選論杜詩 26 題,61 首,多爲名篇。卷末有"六世孫正乾校字"七字。是書世鮮傳本,幾不見注家援引。

(三)翁方綱《杜詩附記》

翁方綱(1733—1818),字正三,號覃溪,晚號蘇齋,大興(今屬北京)人。乾隆十七年(1752)中進士,選庶吉士。累官編修、文淵閣校理官、國子監司業、内閣學士。歷典江西、湖北、江南、順天鄉試。先後督廣東、江西、山東學政。翁氏爲乾嘉時期著名書法家、金石學家,論詩創肌理説。廣學博覽,著作頗富,有《復初齋詩集》七十卷、《復初齋文集》三十五卷、《論語附記》二卷、《孟子附記》三卷、《石洲詩話》八卷、《蘇軾詩補注》八卷、《米元年譜》二卷、《小石帆亭著録》六卷、《蘭亭考》六卷、《粵東金石略》十二卷、《兩漢金石記》二十二卷、《經義考補正》十二卷、《杜詩附記》二卷等。生平事迹見《清史稿·文苑傳二》、《清史列傳·儒林傳下一》、《晚晴簃詩匯》卷三四。

　　《杜詩附記》爲手鈔本,分上、下兩卷。卷前有翁氏自序,謂讀宋人迄及近時諸家杜詩注本,少有所得,遂"手寫杜詩全本而咀詠之,束諸家評注不觀,乃漸有所得","徐徐附以手記,此所手記者,又塗乙删改,由散碎紙條,積漸寫於一處","題曰'附記',以備自省自擇爾"。無目録,選詩只録詩題,不録全詩。上卷選詩 279 題,下卷選 224 題,補遺 23 題,共選杜詩 526 題。卷末有梁章鉅道光三年(1823)跋語云:"新城(指王士禛)論詩,專求神韻,先生則闡發肌理,研精覃思,前後三十年始成此册。嗣後意有所得,隨時點定,又三十餘年,至晚年重加裝池,章鉅曾借讀一過,其中爲先生手寫者十之八,他人續寫者十之二。"翁氏附記實爲其數十年治杜之心得劄記,側重於探發杜甫作詩之宗旨原委,旁及詞語典故、音韻格律、章法藝術等,時有精見。該本《販書偶記》著録。國家圖書館尚藏有二十卷鈔本,有清吳嵩梁、李彥章題款。又有上海古籍出版社據清宣統元年夏勤邦鈔本影印《續修四庫全書》本。

(四)周春《杜詩雙聲叠韵譜括略》

　　周春(1729—1815),字芑兮,號松靄,晚號黍谷居士,海寧(今屬浙江)人。乾隆十九年(1754)進士,官廣西岑溪知縣,頗有惠政,丁父憂,後去官。周氏平生博學好古,所居插架環列,臥起其中者三十餘年,治學謹嚴,撰述甚多,尤工考證、文字、音韻之學。阮元撫浙時延爲安瀾書院院長。他淡泊宦情,潛心著述,有《十三經音略》十三卷、《杜詩雙聲叠韵譜括略》八卷、《佛爾雅》八卷、《爾雅補注》二卷、《小學餘論》二卷、《中文考經》一卷、《代北姓譜》二卷、《遼金元姓譜》一卷、《西夏書》十卷、《遼詩話》一卷、《南京古迹考》二卷、《選材録》一卷、《松藹詩鈔》、《古文尚書冤詞補正》、《海昌勝覽》等多種。生平事迹見《清史稿・文苑傳一》、《清史列傳・儒林傳下一》。

《杜詩雙聲叠韵譜括略》八卷，初名《杜詩雙聲叠韵譜》，始撰於乾隆二十五年（1760），凡五易其稿，歷經二十五年而成書。此書先是十六卷，後併爲十二卷，最後删定爲八卷，易名“杜詩雙聲叠韵譜括略”，“‘括略’之名，本毛西河先生《古今通韵》體例也”（乾隆四十六年作者小記）。是書初刻於乾隆五十四年（1789），又有嘉慶元年（1796）刻本、《藝海珠塵》本，《叢書集成》初編本即據《藝海珠塵》本影印，日本吉川幸次郎編輯《杜詩又叢》本則據嘉慶元年本影印。今人許總對此本作了較爲詳細的介紹①，以下所論多參之。周春將杜詩之雙聲叠韵分爲十二格：雙聲正格、叠韵正格、雙聲同音通用格、叠韵平上去三聲通用格、雙聲借用格、叠韵借用格、雙聲廣通格、叠韵廣通格、雙聲對變格、叠韵對變格、散句不單用格、古詩四句内照應格。時有界域重雜處，且失之過細，未免流於繁瑣。周春指出，這種雙聲叠韵的運用，主要表現於對句之中，如《贈鮮于京兆》詩“奮飛超等級，容易失沉淪”，上聯“奮”、“飛”同紐爲雙聲，下聯亦以同紐之雙聲字“容”、“易”相對。“雙聲正格”如絶句《江畔獨步尋花》“流連戲蝶時時舞，自在嬌鶯恰恰啼”，即以“流連”雙聲與“自在”雙聲相對；“叠韵正格”如《遊何將軍山林》“卑枝低結子，接葉暗巢鶯”，也是以“卑枝”叠韵與“接葉”叠韵相對。同時，還存在着以叠韵對雙聲，如《春日江村》詩“迢遞來三蜀，蹉跎有六年”；

---

① 許總《審音歸母，謹嚴細密——周春〈杜詩雙聲叠韵譜括略〉初探》，見《杜詩學發微》，南京出版社 1989 年版。

以及以雙聲對疊韵，如《詠懷古迹》詩"支離東北風塵際，漂泊西南天地間"的情況。周春還指出，杜詩雙聲疊韵的運用往往是貫穿、交織於全篇之中，如《春夜喜雨》詩，首聯"好雨"雙聲，"知時"疊韵；頷聯"隨"與"潛"雙聲，"入"與"潤"雙聲；"物"與"無"雙聲；腹聯"野"與"雲"雙聲，"徑"與"俱"雙聲，"俱"與"江"雙聲，"黑"與"火"雙聲，"船"與"獨"雙聲，"火"又與尾聯"曉"雙聲；尾聯"曉"與"紅"雙聲，"曉"又與"花"雙聲；"濕處"、"錦官"俱雙聲。正是這種完全打破了詞、句、聯之間界限的雙聲疊韵的聯繫，使全篇更爲緊密地鈎鎖起來，在詩篇的內容與章法的完整系統之外，又形成一個聲韵的完整系統，使詩篇呈現出更爲豐富的多層次的立體的整體結構。對此，周氏指出："下六句，每隔一字兩字用雙聲，此變化之極者也。此首句不可摘，故録其全。"（卷六）

　　周春以杜詩雙聲疊韵系統爲標準，考辨杜詩異文，頗有參考價值。他認爲，杜甫對於雙聲疊韵之法"最爲精熟"（卷五），並且"寧似拙而必拘此"（卷六），如《夔府詠懷》詩："南內開元曲，常時弟子傳"，"南內"、"常時"，以雙聲對雙聲，這裏"雙聲之'常時'不曰'當時'而曰'常時'"，《遊何將軍山林》"接葉暗巢鶯"中，"疊韵之'接葉'不曰'密葉'而曰'接葉'"，皆因此故；同時指出"仇氏《詳注》從盧氏本妄改'常'字作'當'字，大謬可笑"（卷六）。又如《八哀詩》"虛無馬融笛，悵望龍驤塋"，其中"虛無"一作"虛橫"，一作"虛爲"，周氏斷定"'無'一作'橫'，一作'爲'，並非"（卷一），即因"虛無"疊韵與"悵望"疊韵恰對。

　　周春還以杜詩雙聲疊韵系統爲標準判別輯佚杜詩的真僞，他認爲："杜集新添詩，宋人以爲真，元人辨其僞，若以雙聲疊韵法求之，則真僞立見矣。"（卷八）認爲《長吟》《瞿塘懷古》《呈竇使君》《遣憂》諸詩，皆與杜詩中雙聲疊韵規律相合，而"《潯南詩話》誤以爲僞"，周氏則明斷"此可信其真者也"（卷八）；又如《舟泛洞庭》詩，"'青草'、'白沙'，不對"，而"《竹坡詩話》誤以爲真"；《收京》

詩，"'衣冠'、'車駕'，不對"；《陪鄭公北池》詩，"'獨鶴'、'衰荷'、'關山'、'戰伐'、'未掩'、'知終'不對"；《去蜀》一詩，"'關塞'、'瀟湘'不對"；《避地》詩，'詩書'、'奴僕'不對"，而"《滄浪詩話》誤以爲真"。周氏亦判斷"此可決其僞者也"（卷八）。周氏以雙聲叠韵爲標準的斷定，雖說給杜詩的辨僞提供了一個嶄新的方法和角度，但僅執一法而繩杜詩，似不足以讓人完全信服。

（五）朱宗大《杜詩識小》

朱宗大，字直方，號小尌，寶應（今屬江蘇）人。性穎悟，幼有"神童"之目。九歲能詩，長爲喬億入室弟子。弱冠後，試輒高等。屢躓名場，遂肆力於詩。與曾都轉賓谷、王太守夢樓、朱布衣二亭諸人相唱和。乾隆五十年（1785）貢生。嘉慶初，舉孝廉方正，辭不就。晚年以歲貢選金山縣訓導，卒於官。著有《朱直方集》《無盡藏書屋詩》。沈德潛序其集曰："直方私淑邑之前賢，以開元、天寶爲指歸，故其爲詩格律高整，風神綿遠。"生平事迹見《（民國）寶應縣志》卷一六《人物志·文苑》、張慧劍《明清江蘇文人年表》。

《朱直方集》包括《壽藤軒吟稿》《冬榮館詩》《杜詩識小》《李詩臆說》四集，刊於乾隆二十五年（1760）。《杜詩識小》不録杜全詩，只摘評詩句，計評詩 32 首（包括附高適詩一首），半頁九行，行十八字。評詩列詩題，摘引所評詩句，引詩頂格，評論文字低一格。評語多極簡略，較爲關注杜詩的篇法脈絡及詩句間的承接照應，偶有新見，亦有失誤。如釋高適《人日寄杜二拾遺》詩之"愧爾東西南北人"句云："'爾'，指杜；'東西南北人'，高自謂，承上'老風塵'來，蓋有愧於杜之高卧東山也。或謂羈絆一官，不如遨遊四方之爲樂，似與上意俱矛盾。"此解實欠妥。"東西南北人"，非高自謂，乃指杜而言，杜嘗自言"甫也東西南北人"。

（六）萬俊《杜詩說膚》

萬俊，字福村，豫章（今江西南昌）人，生卒不詳。道光間舉薦爲鄉飲耆賓，著有《秋花外史》二卷。

《杜詩説膚》四卷，署"豫章福村萬俊"，爲嘉慶二十四年（1819）瘦竹山房木活字本。所引杜詩全文及詩句頂格，解釋文字均低一格。卷前有萬氏自序，云承僧西來之請，爲作是書，書成於乾隆六十年（1795）。後列"凡例"四則，謂"是編爲杜詩法律，各備一體，非選詩也，故法備而止，餘俱不録"。繼列目次爲：卷一原情，卷二式法，卷三煉字，卷四審音。《原情》，舉杜詩十三篇爲例，謂杜乃至情至性人，發而爲詩，不假雕琢，則情無不正。"作者以情而生文，讀者以文而生情"，而讀杜注杜者"往往以朝野理亂附會而穿鑿之"，"徒以謀篇琢句仿摹而切究之，鮮不愈求而愈遠矣"。《式法》，先言章法，舉杜詩三十篇爲例，又細分爲一氣順承法、首尾相顧法、單抛雙縮法等等。次言句法，列舉實眼句、虛眼句、雙眼句等等，凡二十七類。三言對法，計分走馬對、流水對等等，凡十八類。"章法明則結構清，句法明則造語精，對法明則用意靈。"而謂杜詩則三者兼善矣。《煉字》強調"詩之煉字，亦詩之點睛也"。指出杜詩常用之字，如蹴、倒、膩、贈、裹、漲等六十餘字，每一字舉出三五句例，分別加以按語及説明。《煉字》一卷爲全書精華，作者體會頗有深到處。《審音》列舉杜詩三十三篇以説之，稍嫌玩弄詞藻，虛華不實。是編於杜詩內容意旨甚少涉及，而側重藝術手法之分解類析，雖嫌繁瑣格套，但深入淺出，仍不失爲另闢蹊徑、別開生面之治杜著述。

三、杜律注本

（一）紀容舒《杜律疏》

紀容舒（1684—1764）字遲叟，號竹厓，獻縣（今屬河北）人，紀昀之父。康熙五十二年（1713）恩科舉人，歷任户部四川、山東二司員外郎，刑部江蘇司郎中，雲南姚安府知府，爲政有賢聲，故紀昀又尊稱其爲姚安公。誥封奉直大夫，晋封中憲大夫，累贈光禄大夫、兵部左侍郎、都察院左都御史、禮部尚書。其道德文章，皆名一時。

紀氏一族，至紀容舒時家道衰而復興，其分外重視讀書，遺訓有"貧莫斷書香"之語。紀容舒博聞强記，尤精於考訂、音韵之學。撰有《唐韵考》五卷、《玉臺新詠考異》十卷，均收入《四庫全書》，又有《杜律疏》八卷，《四庫全書總目》著録。生平事迹見《景城紀氏家譜・支譜》之四。

1.《杜律疏》的書名和著者問題

此書的書名，《欽定皇朝文獻通考》《四庫全書總目》均著録書名作《杜律疏》，而《清史稿・藝文志四》著録書名則作《杜詩疏》。《清史稿・藝文志》當係誤記，應以《杜律疏》爲是。《四庫全書總目》中《杜律疏》提要云：

> 國朝紀容舒撰。容舒有《唐韵考》，已著録。此書因顧宸所撰《辟疆園杜詩注解》繁碎太甚，又多穿鑿，乃汰其蕪雜，參以己意，以成是編。初名《杜詩詳解》，其後以所解皆律詩，又字字句句備爲詮釋，體近於疏，因改今名焉。①

此提要當是紀昀所作，他在其中解釋了紀容舒編纂此書的初衷，是爲了矯正顧宸注本的瑣碎之弊。《杜律疏》的初名叫《杜詩詳解》，對這兩個書名的本末關係，紀昀在該書的《題識》中還作過詳細的解釋：

> 乾隆辛未，先大夫出守姚安，水陸萬里，不能携卷帙。山郡僻陋，又無自得書，僅從諸生王明家借得顧宸《杜詩解》一部。先大夫喜談杜詩，而病顧宸解多穿鑿，因就其本點竄之。在官三載餘，丹黄殆遍，王生録之成帙，私題曰《杜律詳解》。先大夫取閱之，以爲體近於疏，命吏別繕净本，改題《杜律疏》。

---

① 永瑢等《四庫全書總目》卷一七四，第 1533 頁。

會敕修《續文獻通考》，昀遂以净本送吳侍讀省欽，著録於《經籍考》中。後書館移皇城内，其本遂佚，今所存者，初本耳，故仍題曰《杜詩詳解》。其與《續通考》所載不同，實一書也。恐滋將來之疑，故敬述本末，俾後人有考焉。壬辰人日男昀識。①

這段《題識》見於北京圖書館分館藏清鈔本前，紀昀在《題識》中說明該編始撰於乾隆十六年（1751），成書於乾隆十九年（1754）。末署"壬辰人日"，即乾隆三十七年（1722）。我們將抄本《杜詩詳解》之《題識》和《四庫全書總目》對比後可知，該書書名有一個從《杜律詳解》到《杜詩詳解》又到《杜律疏》的過程。以上這兩種記載應該都是出自紀昀之手，自然不會有任何抵牾。不過《四庫全書總目提要》於書名之下注曰"洗馬劉權之家藏本"，這和紀昀在《題識》中所稱送給《續文獻通考》編書館的吳省欽，並因書館搬移而散佚的"净本"似乎有些矛盾。或許名爲《杜律疏》的净本並非只有一部，至少"洗馬劉權之"家裏就藏有一部，以至于送給吳省欽那部亡佚之後，還能憑藉劉權之家所藏之本將父親大人的著作編入四庫。不然的話，就只剩下家裏僅存的一部原稿本了，其流傳可謂殆殆乎危矣。

除了《杜律疏》之外，紀容舒的著作還有《唐韵考》《玉臺新詠考異》，均著録於《四庫全書總目》。不過後人經過研究發現，《玉臺新詠考異》一書的作者實爲紀昀。邵懿辰《增訂四庫簡明目録標注》即指出："此書實文達自撰，歸之父也。"②其後雋雪艷《〈玉臺新詠考異〉爲紀昀所作》一文③，對此也作了較爲詳細的考辨。至此，

---

①　紀容舒《杜律詳解》，《四庫全書存目叢書》集部第 8 册，第 255 頁。

②　邵懿辰、邵章《增訂四庫簡明目録標注》，上海古籍出版社 1979 年版，第 880 頁。

③　雋雪艷《〈玉台新詠考異〉爲紀昀所作》，《文史》第 26 輯（1986 年）。

紀昀借父之名將自己的著作收入四庫的事實,遂成定讞。正因爲如此,我們當然也有理由懷疑《杜律疏》也存在紀昀代父而作的嫌疑。因爲《杜詩詳解》八卷只見傳鈔本,未曾刊刻。鈔本書前、卷端均未署撰者名氏,只據卷前紀昀題識,知爲其父容舒所撰。假若紀昀礙於自己總纂官的身份,不便將《杜詩詳解》列入《四庫全書總目》的話,那麼他完全可以像處理《玉臺新詠考異》一樣,也將著作權歸之于其父。既然已有《玉臺新詠考異》的作僞在前,便不能排除他在《杜律疏》一書上面重施故技的可能性。然而我們現在除了相信紀昀的説法之外,已經沒有辦法考證其真僞。故對於《杜律詳解》是否紀容舒所作,我們目前只能保持謹慎的懷疑。

2. 紀容舒《杜律疏》和顧宸《辟疆園杜詩注解》内容體例比較

紀昀在《四庫全書總目》中已經指出《杜律疏》撰寫的初衷就是要糾正顧宸《辟疆園杜詩注解》的"繁碎蕪雜",因此我們必須將《杜律疏》和顧宸《辟疆園杜詩注解》的體例進行一番對比,才能區别其異同,裁定其優劣。顧宸《辟疆園杜詩注解》刊於康熙二年(1663),共十七卷。其中五律十二卷,選詩 627 首;七律五卷,選詩 151 首。其體例是:每首詩後有解題,時地可考者皆一一注明。然後解釋名物、詞語、典故,廣徵博引,再箋釋詩意。仇兆鰲在《杜詩詳注·凡例》中評價道:"顧宸之《律注》,窮極苦心,而不無意見穿鑿。"①紀容舒《杜律疏》將顧注十七卷合爲八卷,其中五律六卷,解詩 433 首;七律二卷,解詩 124 首,其選詩序次悉依顧本。因此從所選篇目來看,《杜律疏》實爲《辟疆園杜詩注解》之節鈔本,篇幅約爲顧注原書的七成。

然而,若單從《杜律疏》的選篇及編排次序考量,就斷定其乃對顧宸《辟疆園杜詩注解》的剽竊,亦嫌武斷。顧宸注本乃是一部全部杜詩五七言律詩的注本,後世的許多杜詩選本和律注本,

---

① 仇兆鰲《杜詩詳注·凡例》,第 24 頁。

都以之爲底本進行增删改易，如邊連寶《杜律啓蒙》和吳峻《杜律啓蒙》均是如此。不過紀容舒此書對杜詩的疏解，絶大部分内容依傍顧宸注本删繁就簡，稍參己意；雖略有變化，但過分依賴顧注，未能綜兼諸家注之長。因此以我們現在的眼光看，紀容舒確實存在剽竊顧宸注本的嫌疑。周采泉《杜集書録》云："（《杜律疏》）偶引金聖嘆一條，仇注間有提及，凡書中較精核者，皆顧注也。但均不標顧氏之名，竊據爲己有。四庫不存此書，蓋紀昀亦知其書之不足存也。"①職此之故，周采泉還將紀容舒《杜律疏》抄襲顧注列爲清代注杜兩大剽竊案之一②。還需要特別指出的是，紀昀在《四庫全書總目》中爲《杜律疏》撰寫提要時，譏顧宸注本"繁碎"、"穿鑿"、"蕪雜"，可見其對顧宸《辟疆園杜詩注解》一書有所瞭解，然而竟終未予著録，這很有可能就是爲了掩蓋其父對顧注的剽竊之舉。如此説來，爲了彰顯《杜律疏》的價值，紀昀故意掩蓋了顧宸《辟疆園杜詩注解》一書的功績，從學術品格來説，無疑是一種卑劣的行爲。

　　這裏我們可以比較一下紀容舒、顧宸二書的具體内容，作爲進行判斷的必要基礎。如杜甫《去蜀》詩云："五載客蜀郡，一年居梓州。如何關塞阻，轉作瀟湘遊。萬事已黄髮，殘生隨白鷗。安危大臣在，不必泪長流。"顧宸注曰："公乾元二年己亥冬至成都，距廣德二年爲五載，而於其中一年居梓州，蓋寶應元年秋至廣德元年秋在梓州也。此詩廣德二年春作，時公在閬州，未知嚴武再鎮蜀，思出峽爲瀟湘遊也。萬事老年已灰，殘生與鷗上下，但所不能忘者，去年十月，吐蕃寇長安，逼乘輿，立廣武，此乾坤何等時也，其安其危，能不切念？公所以涕泗交流也。轉而自慰曰：此際安危，自有大臣

---

① 周采泉《杜集書録》，第 378 頁。
② 周采泉《對當前杜詩校注的管見》，《中國韵文學刊》1988 年增刊第 2 期。

在(大臣指郭子儀言),何必泪長流,公自言無可致力也。思至此,正復泪横溢而不能收矣。"①紀容舒《杜律疏》曰:"通首一氣說,而承接轉落,自在其中。按公乾元二年己亥冬至成都,距廣德二年爲五載,而於其中一年居梓州,蓋寶應元年秋至廣德元年秋,恰是一年也。關塞,指峽中言。阻者,阻滯也。此詩廣德二年春作,時公在閬州,未知嚴武再鎮蜀,思出峽爲瀟湘遊。曰如何,曰轉作,皆憂悶之詞,自嘆萍踪無定也。人間有萬事,至於黄髮,則心如槁木死灰,事雖有與,我無與也。殘生,餘年也。隨白鷗者,鷗係水鳥,與波上下,借比己之與世沉浮也。但所不能忘者,去年十月,吐蕃寇長安,逼乘輿,立廣武,此乾坤何等時,公所以涕泗交流也。轉而曰:此際安危,自有大臣在,我係微員,無可致力,即流泪亦不必,何必長流耶? 自慰處,正是悲極處,公之泪益横溢而不能收矣。"②按,杜甫《去蜀》詩本作於永泰元年(765)五月,顧宸誤將之繫於廣德二年(764)春,紀容舒不察,完全沿襲了顧注之誤,這就是屋下架屋、拾人牙慧的必然結果。此外,紀容舒的疏解幾乎完全依照顧注進行改寫,稍加簡化,抄襲的痕迹相當明顯。統觀紀容舒《杜律疏》一書,就可以發現其疏解大多類此,基本未出顧注畛域,因此紀氏此書恐難脱抄襲之嫌。

3.《杜律疏》的學術價值和成績

(1) 精簡篇目,融會顧注

然而我們不能因爲紀容舒《杜律疏》對顧宸《辟疆園杜詩注解》的抄襲,就完全抹殺其全部價值。此書並非一無是處,有幾個方面的成績還是應該予以肯定的。首先,紀容舒《杜律疏》對《辟疆園杜詩注解》的篇目和内容删繁就簡,在這斟酌去取之間,無疑包含了選者獨具手眼的創造性勞動。顧宸注本除排律之外收録了全部杜

① 顧宸《辟疆園杜詩注解》五律卷二,清康熙二年(1663)吴門書林刻本。

② 紀容舒《杜律詳解》卷三,《四庫全書存目叢書》本。

律 778 首,作爲一個選本來說篇幅無疑是比較大的,這樣的本子一般並不利於普及。紀容舒將其篇目大幅删削 204 首(增詩 1 首),保留篇目約爲原書的七成,這樣的篇幅就顯得比較適中,頗有便於初學。另外,紀容舒《杜律疏》的内容也並不全是對顧宸《辟疆園杜詩注解》原封不動地照抄,他往往將繁瑣的顧注融會貫通到自己的疏解中去,這確實從一定程度上避免了顧宸注本的蕪雜瑣碎,這也是紀本超越顧注的地方。比如杜甫《蜀相》詩,顧宸引《寰宇記》《方輿勝覽》釋武侯祠的地理方位,引《儒林公議》釋武侯祠前大柏樹的榮枯變化,引《三國志》《晋書》《出師表》等釋"頻煩"、"開濟"等語,喋喋不休,頗爲繁瑣。紀容舒在《杜律疏》中便將顧注的語詞典故融會于串解之中,其云:"森森,古貌,言丞相祠堂從何而尋乎?錦官城外柏森森之處即是也。次聯分承首二句。祠堂有階,碧草映階而呈色;柏樹有葉,黄鸝隔葉而弄音。草色、鳥音,俱屬佳境,著一自字、一空字,便寫出無限凄涼,以起三聯憑吊之意。"(卷七)可以看出,紀容舒的疏解比之顧宸注解更爲順暢自然,對詩意的疏解也不像顧注那樣深文周納、穿鑿附會,而是較爲通達淺切。因此,《杜律疏》確實從某種程度上避免了顧注的缺陷,顯示出一定的學術價值。另外,《杜律疏》在客觀上還有保存顧注之功。此書成於乾隆十九年(1754),上距顧宸《辟疆園杜詩注解》成書之康熙二年(1663)已經有九十餘年。顧宸《辟疆園杜詩注解》在清初雖然名噪一時,但是其後從未有過重刻本,至乾隆年間早已湮没不彰,世所罕見。作爲顧注本的節抄本,《杜律疏》由於紀昀的關係忝列《四庫存目》,無疑會受到廣泛的關注。因此從某種意義上來說,正是由於《杜律疏》的出現,才延續了顧注本的生命,使其重新受到學界的重視。

(2)對律詩結構的解析

在上面我們曾指出紀書在内容上沿襲顧本之處,但是經過仔細比較後,我們還是會發現二書存在着不少區別。其中最大的區別就是顧宸注本側重對杜詩典故出處的注釋,而紀容舒《杜律疏》則更加關注律詩的整體結構,特別是聯與聯之間的承接照應關係。紀書通過詳細疏解杜律起承轉合的照應關係,揭示整首詩的脉絡和章法,因此頗便初學。例如《有感五首》其一:"將帥蒙恩澤,兵戈有歲年。至今勞聖主,何以報皇天。白骨新交戰,雲臺舊拓邊。乘槎斷消息,無處覓張騫。"紀容舒解曰:"首句呼起次聯下句,次句呼起次聯上句。言將帥無不蒙朝廷恩澤,而兵連禍接,已有歲年矣。至於今猶使至尊旰食宵衣,備極勞苦,則爲將帥者何以如天之恩乎? 良可愧也。三聯上句承次句,下句嘆功臣不再見,引起末二句。"(卷一)紀容舒詳細地剖析了詩句之間的承接關係,杜詩的脉絡被揭示的頗爲清晰流暢。當然紀容舒也並不完全拘泥於起承轉合這樣的解詩套路,對於杜詩中結構渾成之作,紀容舒也能根據具體情況作出變通。如《夜宴左氏莊》:"風林纖月落,衣露净琴張。暗水流花徑,春星帶草堂。檢書燒燭短,看劍引杯長。詩罷聞吳詠,扁舟意不忘。"紀容舒解曰:"按此詩鼓琴、看劍、檢書、賦詩,宴樂之事無不具。風林、初月、夜露、春星以及暗水、花徑、草堂、扁舟,時序、景物重叠鋪叙,而不見堆排痕迹,逐次緊接,一氣直下,須玩其鎔鑄之渾成。"(卷一)這樣的例子在書中所在皆是,此不備舉。那麼同樣是解析杜律,紀容舒的關注點爲何和顧宸有如此巨大的差異呢? 筆者認爲,紀容舒《杜律疏》如此熱衷於剖析杜律中起承轉合的章法結構,我們只有到其成書的歷史文化背景中去,才能瞭解其解杜傾向的深層原因。

4. 紀容舒《杜律詳解》出現的歷史文化背景

以起承轉合之法解析杜律肇始於明人,清初的金聖嘆運用此法解杜產生了深遠的影響。不過紀容舒對杜詩的疏解方法並不是對金聖嘆的直接承襲,而是有着另外深刻的文化背景。清初以八股文取士,詩賦受到社會的輕賤。康熙十八年(1679)博學鴻詞考試,試題改爲《璿璣玉衡賦》一篇和《省耕詩》五言排律二十韵一首。康熙五十四年(1715)，又詔令科舉二場加試五言六韻律詩一首。此後乾隆元年(1736)、乾隆二年(1737)召試博學鴻詞也都曾考賦詩。直到乾隆二十二年(1757)，明確規定鄉會試五言八韻一首，童試五言六韻，生員歲科考及考試貢生與復試朝考等試五言八韻，此後遂成定制。科舉內容的變化，對清代試帖詩的編選刊刻具有很大的促進作用。如翁方綱《復初齋試律說》、法式善《同館試律鈔》、金雨叔《今雨堂詩墨》、王芑孫《九家試帖》、張玉田《七家試帖》等就是當時較爲著名的試帖詩選本。與此同時，唐人試帖詩的編選也應士子之需大量湧現，如毛奇齡《唐人試帖》，毛張健《試體唐詩》，吳學濂《唐人應試六韻詩》，王錫侯《唐詩試帖詳解》，臧岳《應試唐詩類釋》，徐曰璉、沈士駿《唐律清麗集》，范文獻、黃達、王興模《唐人試帖纂注》，李因培《唐詩觀瀾集》等，都是風行一時的著名選本。這些試帖詩選本在評點解說試律章法結構方面不厭其煩，目的就是開示學者法門，滿足士子們的科場需要，都是直接針對應試的。在試帖詩編選的熱潮中，紀昀本人就是一個身體力行的急先鋒。他編的《庚辰集》、《我法集》、《館課存稿》、《唐人試律說》等書，在當時名聲甚噪。因此，紀容舒《杜律疏》中對律詩詩法闡釋的熱衷，當和試帖詩風行的社會文化背景有着緊密的聯繫。

　　試帖詩在詩法上有細密嚴謹的講究，如詩題、限韻、結構、對仗等，因此試帖詩選本中對這些方面時時可見詳細的疏解。我們發現紀容舒《杜律疏》中對杜詩如何點題、承接、照應等的關注，和試帖詩選本幾乎同一聲口。如杜詩《暮登四安寺鐘樓寄裴十迪》首聯"暮倚高樓對雪峰，僧來不語自鳴鐘"，紀容舒曰："首句點'暮'字、'樓'字，以'倚'字替'登'字；次句點'鐘'字。"這簡直就是在向初學者示範作詩之法。《杜律疏》中此類對"詩法"的提示，成爲和疏解詩意同等重要的內容。紀昀在《唐人試律說序》中云："爲試律者，先辨題，題有題意，詩以發之，不但如應制諸詩唯求華美，則襞積之病可免矣。次貴審題，批款導會，務中理解，則塗飾之病可免矣。次命意,次布局,次琢句,而終之以煉氣煉神。氣不煉,則雕鏤工麗,僅爲土偶之衣冠;神不煉,則意言並盡,興象不遠,雖不失尺寸,猶凡筆也。大抵始於有法,而終於以無法爲法;始於用巧,而終於以不巧爲巧。此當寢食古人,培養其根柢,陶熔其意境,而後得其神明變化,自在流行之妙,不但求之試律間也。"①雖然瞭解詩法是爲了"得魚忘筌",以達到"無法爲法"、"不巧爲巧"的境地,但是初學者必須經過"辨題"、"審題"、"命意"、"布局"、"琢句"這些最基本規範的訓練,才能達到"煉氣煉神"、"神明變化"的高級階段,而這一切都必須從"寢食古人"作品做起,而格法嚴謹的杜律正好成爲士子揣摩的絶好範本。還有一點需要指出的是,我們從紀容舒《杜律疏》一書中看到了紀昀在試帖詩選本中同樣的解詩傾向,這除了證明紀昀的家學淵源之外,也從側面證明了時代政治文化對詩歌闡釋的反作用,更爲我們懷疑《杜律疏》爲紀昀所作提供了側面證據。

(二)劉肇虞《杜工部五言排律詩句解》

劉肇虞,字唐德、號誠齋、廣文,宜黄(今屬江西)人。乾隆二十四年(1759)前後執教於鳳崗書院。乾隆三十年(1765)舉人,任安義教諭。四十八年(1783),任雩都縣訓導。品行端方,篤學不倦。著有《劉廣文集》十九卷、《杜工部五言排律詩句解》二卷。據《(道光)宜黄縣志》載,肇虞輯有《宋十家文鈔》、《元明八家古文選》(一作《元明七大家文選》)十三卷。《元明八家古文選》乾隆間被列目禁毀。尚輯有《揭曼碩文選》一卷,收入《四庫全書存目叢書》。生平見《(道光)宜黄縣志・選舉志》)。

《杜工部五言排律詩句解》二卷,係劉氏在鳳崗書院教授生徒之講稿,有乾隆二十四年(1759)刻本。扉頁横署"邑侯張筍亭鑒定"、右署"宜黄劉肇虞纂注",中署"杜工部五言排律詩句解",左

---

① 紀昀《唐人試律説》,清乾隆二十五年(1760)刻本。

署"全集嗣出"、"義學藏板"。卷前有乾隆二十四年張有泌（字筍亭）序，稱劉氏"積數年之力，旁蒐博覽"，方纂成此書。次爲劉氏自序，序云："余比年掌教義學，授徒以詩，於杜悉有句解。或謂既爲之解，須疏意旨、詳脉絡，不當徒以句爲目。杜注昔號千家，無解不具。兹則彙合參考，準諸錢箋，去支删繁，纂而約之於句，句既解，實無所不解。抑亦合舊注共爲一解中，而别爲一書也夫。"自序後列總目録。各卷首行題"杜詩句解"，次行題"宜黄後學劉肇虞纂注"。是書共收録杜詩五言排律詩一百一十首加以句解。解甚簡略，多熔裁前人注而成。行文平易，頗便初學。此書學術價值雖不高，然在數以百計的杜集書目中，此編當是唯一只選杜詩五言長律的注本，故亦足珍貴。僅《販書偶記續編》著録此書，《清史藝文志及補編》未予著録，可知流傳甚稀。

（三）邊連寶《杜律啓蒙》

邊連寶（1700—1773），字趙珍，後改肇畛，號隨園，晚號茗禪居士，任邱（今屬河北）人。康熙五十八年（1719）補博士弟子員，雍正十三年（1735）貢成均，廷試第一。乾隆元年（1736）薦試博學鴻詞科，報罷。乾隆十四年復薦經學，辭不赴。遂絶意進取，益肆力於古學。邊連寶一生著述頗豐，在清代文學與學術上具有重要的地位，時人把他與紀曉嵐、劉炳、戈岱、李中簡、邊繼祖、戈濤並稱爲"瀛州七子"，又把他與江南才子袁枚並稱"南北兩隨園"。有《隨園詩草》八卷、《古文》四卷、《古文病餘草》八卷、《三字無雙譜樂府》一卷、《評注管子胺》二卷、《五言正味集》六卷、《考訂蘇詩施注》十卷、《禪家公案》一卷、《長語》等。生平見《清史稿》卷四八四、《清史列傳》卷七〇、《國朝詩人徵略》卷二七、蔣士銓《徵士邊君隨園傳》。

《杜律啓蒙》十二卷，有乾隆四十二年（1777）初刻本，是本扉頁署"杜律啓蒙乾隆丁酉初刻"。卷前有戈濤叙；次列"校對"姓氏，多爲邊氏弟子、弟侄輩，共十五人；次邊氏撰"凡例"十六則；元積

《杜工部墓係銘》、年譜（依顧宸本，而稍參仇本）、仇兆鰲《杜詩詳注序》。不列目録。每卷首行上署書名，下署"任邱邊連寶集注"；二行署分體卷次。前九卷爲五律，計627首；後三卷爲七律，計151首。編次悉依顧宸《辟疆園杜詩注解》。正如"凡例"云："兹集次序，悉依顧本。其甚舛者，但注於下，曰此當入某年，顧誤入某年應改正而已，餘則悉從其舊。"其注釋疏解，較之顧本簡明扼要，各有側重，有詳有略。其"凡例"云："兹編注事從略，注意從詳，注時事稍詳，注古事倍略。""總注在前，評注在後，先挈綱領，後疏脉絡。""易解者不爲詞費，難解者不厭詞繁，總以明白洞達爲主。"時引前人評語，尤以仇、浦爲多，偶有發揮，參以作詩體會，不乏精見。是本《販書偶記》著録。此書又有道光十四年（1834）墨稼齋重刻本、齊魯書社2005年出版韓成武等人標點整理本、中華書局2007年出版劉崇德等編《邊隨園集》本。

（四）鄧獻璋《藝蘭書屋精選杜詩評注》

鄧獻璋，字方侯，一字硯堂、念堂，祁陽（今屬湖南）人。博覽群書，爲文峭拔有奇氣，以廩生由湖南巡撫鍾保薦舉，應乾隆元年（1736）博學鴻詞試，報罷，留京師，後直武英殿。乾隆三年優貢，十八年舉人，後授武陵教諭、四川渠縣知縣。著有《藕花書屋稿》（一作《藕花書屋詩彙稿》）、《三經解》、《古今人鑒》、《古今名賢遺韵》、《藝蘭書屋詩古文時藝》、《華麓堂雜著》、《藝蘭書屋精選杜詩評注》等。生平見李富孫《鶴徵後録》卷一一。

《藝蘭書屋精選杜詩評注》十一卷，書名亦簡稱《杜詩精華》，版心署"硯堂杜選評注"，乾嘉間興立堂刻本。是書由華亭張仕遇、歸安吳大受、山陽阮學浩鑒定，獻璋弟獻璟、獻璪編次，獻璋子學孔、奇齡、奇倬、奇鑒等校字，門人尹登龍、李學虞、胡山瑶、廖萬華等録梓。卷前有作者自叙、凡例七則。詩旁加圈點，注釋文字低一格，附詩後，亦加圈點。只收杜詩五言律詩，共377首，卷前有作者自叙云：

世間最是一部《史記》奇，變化滅没，續處忽斷，斷處忽續。年來四過洞庭，風波洶湧，水聲拍天，旅行孤泊，嘯虎啼猿，灌耳憧心。及帆隨湘轉，望衡九面，遥青未了，紫蓋芙蓉，如削筍，如淡墨，雲日映射，如繡絲，如垂朵，始悟得一部《史記》。嗟乎！人生寒暑，鮮得百齡，岳有五湖匹之，身無綠羽，兩眶横瞪，積卷連天，蠹魚化脉望，知復幾時檢得少陵詩一本，以遊湖岳興讀之，以讀《史記》法解之，得斷續變化之妙多於四十字中，用爲鐕梨嚆矢。嗟乎！是某甲寅後南蓬北轍，愁霖汗暍，搔首河界，摩娑石鼓之熱血也。南洲夏中，叙而行之。

作者以讀《史記》之法解杜詩，文字簡賅，不事穿鑿，但個人見解無多。是書流布不廣，《成都杜甫紀念館館藏杜集書目》著録。

（五）齊翀《杜詩本義》

齊翀，字雨峰，一作羽峰，室名思補齋，婺源（今屬江西）人。乾隆二十八年（1763）進士。曾主講山西晉陽書院。三十七年後歷任廣東始興、電白、高要知縣。四十七年升任潮州府南澳同知，署嘉應州知州。工詩，同年進士李調元序其集，以爲“專主麗情”。著有《杜詩本義》二卷、《三晉見聞録》一卷、《思補齋日録》一卷、《南澳志》、《雨峰全集》等。生平見《清詩紀事》乾隆朝卷。

《杜詩本義》二卷，有乾隆四十七年（1782）雙溪草堂刻本，原刻入《雨峰全集》，後有廣州文林堂刻本。該本封裏左署“婺源齊翀注”，中大字署“杜詩本義”，右下署“宜興城南東撒珠巷齊公館雙溪草堂藏板”。卷前有齊氏於乾隆四十七年秋七月所撰自序，次列“例言”九則，附賦比興圖。卷前無目録，書尾署“廣東省城西湖街文林堂刷印刻字”。是書分上、下卷，只收七律，因“杜詩七律，最爲變化，讀者更易眩惑，故特著七律以發其凡”，共計一百二十二題，一百四十九首。起《題張氏隱居》，止《長沙送李十一銜》。詩正文頂格,題目低二格,詩題後有一簡短題解文字,較詩題統低一格。每首詩末以兩行小字夾注字音、校勘文字異同。正文後爲解釋文字,統低一格,皆標出賦、比、興字樣,簡釋詩意,詮釋詞語,訂正讀音,後選引諸家之説。所引出處以雙行小字夾注出之。是書義例分爲四類,紬繹章句,使詩語意分明,然後博采衆説:"一曰本義,乃直詁詩義,確然無疑者;二曰辨説,舊説之舛謬者駁正之;三曰旁證,雖非正解,而依附詩義,於事物之理,有所推闡者,存之以資聞見;四曰存疑,各持一説,義亦可通者,姑兩存之,以備參考。"態度是審慎的,然多采自仇注。

(六) 周作淵《杜詩約選五律串解》

周作淵(1740—1797),字澄懷,號潛齋,光州商城(今屬河南)人。周祖培祖父。廩貢生,乾隆三十六年(1771)爲歸德府鹿邑縣儒學訓導。四十四年,擢安徽建平知縣,有政績。五十五年,擢爲廣東惠州府海防同知。五十七年因病歸里,疾稍愈,日與子姪講貫群書,督課舉業,後卒於家。著有《周易輯要》《杜詩串解》《郎川公事略》《嶺南詩草》等。《光州志·善行》有傳。

《杜詩約選五律串解》二卷,又名《柏蔭軒約選杜詩五律串解》。始撰於乾隆二十九年(1764),有乾隆五十五年(1790)文鳥堂刻本傳世。卷首有乾隆五十四年許亦魯序、周作淵自序;次録胡應麟、李夢陽、周珽、沈德潛有關五律評論數則;次載《杜工部本傳》,附録唐庚、蘇軾、朱熹、元好問四家論杜四則。卷末有戴名駒跋。周氏爲"使子弟學詩得所從入而宗主之",故選杜詩五律133首,按作年先後編次。輯前輩諸家箋釋,用自揣摩,予以串解,作爲學子學作律詩之課本。每詩均先串解詩意,次論章法結構,起承轉換,前後照應關係,間或輯前人評語,往往不標姓氏。其串解大抵先注明該詩寫作時地,簡要概括大意,次則逐句串講詩意,然不同於循文釋詞,往往能抉隱發微,闡明杜詩言外之意,最後又往往提示句法字法或作某些補充箋釋。其訓釋典故,多采自仇注而稍事删改,甚簡要。周作淵於前人諸注,特別推崇仇兆鰲,謂注釋杜詩,"意義周至者,無如仇氏《詳注》"。故疏解詩意,全篇融會貫通,確能承仇注之長,而又能避仇注繁冗之弊,尚稱簡明,然甚爲罕見。此書《販書偶記續編》著錄。

(七) 石閭居士《藏雲山房杜律詳解》

石閭居士,生平不詳。據《藏雲山房杜律詳解》序所述,該書爲一正主人珍藏,石閭居士評點後刊行。序中云:"名者,實之賓也。古人務實不務名,是人著是書,不書名氏。殆得其實,而辭其名者乎?今索其名而不可得,即以爲杜公自作自解,似亦無乎不可。"故知其乃有意回避其真實姓名。另外,藏雲山房主人還有《南華經大意解懸參注》,書中歷引郭象、陸德明、褚伯秀、劉辰翁、何孟春、陸西星、陳治安、查伊璜、林雲銘、蔣金式諸家之說,至清雍正八年進士徐廷槐之說而止,故方勇認爲,藏雲山房主人當係乾隆間人①。

是書有道光八年(1828)北京聚魁齋刻本,另有光緒元年(1875)刻本。卷前有石閭居士《藏雲山房杜律詳解序》,其後緊附《杜律詳解原題》云:"是書典故,本于仇滄柱《杜詩詳注》,只删繁補略而已。其詩次亦依仇本。其間間有改訂者,惟注明於本詩題下,並不移易篇章,以便參考仇氏《杜詩詳注》,易於翻閱耳。"所解五、七言律共 777 首。其解甚詳,於杜詩之内容主旨、章法結構等頗多闡釋,逐聯評解,雖不無有見,但稍嫌繁冗。且自詡太過,令人生厭。

(八) 莊詠《杜律淺説》

莊詠,字廥唐,號杏園,城陽(今山東莒縣)人。中乾隆五十三年(1788)順天經魁,嘉慶四年(1799)成進士。性慷慨沉毅,恬幅無華,樂導人爲善。與人交直而有容,務持大體。十一年,選任縣。

---

① 方勇《莊子學史》第三册,人民出版社 2008 年版,第 32 頁。

銷除數十年之隱患,上官察其廉明慈惠,調署任邱。十八年春,升任滄州。未幾,以親老解組歸里,自著年譜,並著書若干卷。著有《杜律淺説》二卷、《學庸困知録》。生平見《民國重修莒縣志・文獻志・人物九》。

《杜律淺説》凡二卷,是書全稱《杜少陵五言律詩百首淺説》,除《贈翰林張學士垍》《敬贈鄭諫議十韵》兩首五言排律外,餘均爲五言律詩。該書體例,詩正文之後,附兩段文字,一段提示作詩旨意,解釋重點詞語,分析章法結構之層次,起承轉合之關節,遣詞造句之技巧等,亦時時論及杜詩之藝術規律。一段繹詩爲文,邊解邊析,務求詳盡,亦時引前人之論評。簡明扼要,頗便初學。莊詠認爲:"工部之詩,工部之窮也,非窮於身,窮於名,直窮於朝廷之喪亂,民物之凋敝,萬萬有不得已於心者,於是發而爲詩。"所以他在闡釋詩意時,比較注重結合當時的時代背景和詩人的身世遭遇。此書雖是爲示初學者以詩法,却頗能揭示出杜詩的藝術精髓,如《房兵曹胡馬》云:"此詠物題也,最忌粘皮著骨,看公此詩矯健豪縱,飛行萬里之勢,如在目前。批首以'胡馬'二字領起,以下都是形這兩字,何等氣概! 若入俗手,必從房君作起,生如許絮聒矣。那得單刀直入,有此生氣。"又如《題玄武禪師屋壁》云:"此題一邊須贊畫,一邊須贊禪師。禪師,主人也,不可撇却。而詩本意則以畫爲主,欲兩顧必至割裂。看他通身只是贊畫,而贊禪師亦即從畫想出。寫題則生鐵鑄成,用意則心靈腕妙,此老杜千秋絶技也。"是書雖問世較晚,世間流傳却甚爲罕見。《(宣統)山東通志・經籍志》《(民國)莒縣志・藝文志》均予著録。《販書偶記》著録作《杜詩淺説》二卷;《販書偶記續編》著録則作"道光甲辰慎守堂刊"。

四、杜詩選本與普及本

(一)盛元珍《杜詩約編》

盛元珍,字寶巖,號仲圭,海虞(今江蘇常熟)梅李人。舉孝廉方正,雍正五年,以歲貢生官蒙城訓導,兼主講鍾山書院,爲制府黄廷桂所器重。乾隆七年前後,黄移官川陝時,延聘其掌教甘肅蘭山書院,當地文風爲之一振,尊稱爲"南方夫子",以年老歸里,卒於家。著有《蘭山課業約編》十四種、《古文選》等。

《蘭山課業約編》,爲盛元珍掌教甘肅蘭山書院時所輯,分《經訓約編》《詩賦約編》等。《經訓約編》成書於乾隆五年(1740)。《詩賦約編》成書於乾隆六年(1741),包括古賦、律賦、古詩、應制詩、唐詩、李白詩、杜甫詩等。《杜詩約編》,書内署《皋蘭課業·詩賦約編·杜甫》。前有兩《唐書》杜甫傳論贊、韓愈《調張籍》詩。無序跋目録,共收詩271首,分古、近體,計古詩77首,近體194首(其中五律117首,七律40首,五排37首)。詩正文大字,半頁10行,行25字,詩旁加圈點,且有小字評語,題下、句下、詩後亦間有評語,個别詩尚有眉批。評語皆極簡略,絶少新見。

(二) 張汝霖《杜詩金針》

張汝霖,字達夫,一作達敷,疑號梅邨,永定(今屬福建)人。乾隆時庠生,"客宦河東垂二十年"(周文傑《杜詩金針序》)。善畫,細緻明晰,老而愈工。著有《杜詩金針》七卷、《詩法長源》四卷。生平見《(道光)永定縣志》卷二七《藝術傳》。

《杜詩金針》七卷,爲乾隆時張氏手稿本,署"閩永定梅邨張汝霖編述",十四册。前有自序及乾隆九年(1744)杭州周文傑《序》、張汝霖《自序》及《凡例》、《各體總論》及《杜工部年譜》,末附諸家論杜。詩分歌、行、古、引、律排列,律詩又分上四下四,上二下六,上六下二,上一下七,上七下一、通章一氣等法。另分唱和、寄答、奉酬、追酬、變體等;變體又分偷春格、藏春格、扇對格、孤雁入群格、拗體、西漢柏梁體截等。注則多采仇兆鰲本,亦曾參考吴見思《杜詩論文》。

(三) 沈德潛《杜詩偶評》

沈德潛(1673—1769),字確士,號歸愚,長洲(今江蘇蘇州)

人。乾隆元年舉博學宏詞,試未入選。乾隆四年(1739)始成進士,時年已 67 歲,乾隆皇帝以"江南老名士"稱之,授編修,尋擢禮部侍郎,加尚書銜,後以老告歸,卒於里第。諡文慤,贈太子太師。德潛爲詩主嚴格律,著述甚多,有《杜詩偶評》四卷。另有《竹嘯軒詩鈔》《歸愚詩文鈔》《列朝詩別裁》《古詩源》《西湖志纂》《説詩晬語》等。沈德潛潛心詩學,很有造詣,爲康乾以來擬古主義詩派的代表。他編選的《列朝詩別裁》《古詩源》等廣泛流傳,影響很大。他治學嚴謹,歷時 30 年而編成《唐詩別裁》,後又經 45 年的修訂補充才重刻刊行。所選詩作,着重分析源流,指陳各家得失,爲研究詩詞發展的重要著作。告老還鄉後,曾在蘇州紫陽書院主講,以詩文啓迪後世,頗獲聲譽。乾隆三十四年病逝。乾隆四十三年,因受文字獄牽連,被剖棺戮屍。生平事迹見《清史稿》卷三〇五、《清史列傳》卷一九、錢陳群《贈太子太師大宗伯沈文慤公德潛神道碑》以及《自訂年譜》。

　　《杜詩偶評》四卷,成於乾隆十二年(1747)。沈德潛爲康熙、雍正、乾隆三朝江南名士,詩文大家,著述宏富,尤嗜杜詩。其自序云:"予少喜杜詩,而未能即通其義,嘗虛心順理,密詠恬吟以求之,不逞氾濫,不蹈鑿空,尤不敢束縛馳驟,惟於情境偶會傍通證入處,隨手箋釋,日月既久,漸次貫穿。""全集一千四百餘篇,今録三百餘篇,皆聚精會神可續風雅者,學者深潛而熟復之,以次遍覽全集,雖頹然自放之作,皆成大家。"知是編係德潛平時讀杜,選録其中最佳最具代表性者,稍加評點而成,旨在編成一部較爲完善各體俱備的選本,故是書重選而不重評,評論簡略,而頗精到。沈氏後編《唐詩別裁集》,即以此選爲基礎。此書爲後代學杜詩者所推重,版本甚多。有乾隆十二年(1747)賦閑草堂初刻本,後又有重刻本。另外,日本對此書最爲推崇,有數次版刻,計有享和三年(1803),江户昌平黌翻刻本;文化六年(1809),上刻再版本;永嘉五年(1852),官版書籍發行所刊本;明治三十年(1897),京都田中治兵衛刊本。近世又有吉川幸次郎編輯的《杜詩又叢》本。可見其在日本國影響之深遠。關於沈德潛的杜詩學理論與成就，可參看本章第三節之一"沈德潛的杜詩學"。

（四）孫人龍《杜工部詩選初學讀本》

孫人龍，字端人，號約亭，一說字約亭，號端人，又號頤齋，烏程（今浙江湖州）人。雍正八年（1730）進士，明年，奉使西陲，授編修。十三年（1735）視學滇中，任雲南學政，凡六載，以振興文教爲己任。乾隆九年（1744）視學粵中，任肇高學政，秩滿入都，充《文獻通考》纂修官、甲辰會試同考官，所取皆知名士。二十二年乞歸，都人咸祖帳贈以詩，人爭羨之。曾參與編纂《唐宋詩醇》，著有《四書遵旨講義》《約亭未定稿》《公餘日記》《頤齋未定稿》《杜工部詩選初學讀本》《陶公詩評注初學讀本》等。生平事迹見《（同治）湖州府志·人物傳·文學三》。

《杜工部詩選初學讀本》八卷，有乾隆十二年（1747）五華書屋刻本。卷首有《御製杜子美詩序》，次列"總目"，次各卷分體收詩數；次各卷"目次"。目次前有孫氏乾隆十二年自記云："余幼讀工部詩，竊見向來評注幾數百家，手自纂輯，不啻數四。然引證猥雜，揚抑紛繁。竊謂隨其所見，均不如密詠恬吟，熟讀深思，而自得其旨趣。厥後得長洲何義門先生所手批，簡當精切，嘗携置行篋中，以便展玩。兹試事既竣，乃於公餘，復理舊業，特加選擇以爲讀本。"是書分體後再約略編年，共選杜詩913首，在杜詩選本中可謂選詩較多者。前五卷由何焯選評，後三卷由孫人龍選評，全書由孫氏編定。該書只評不注，評語不拘一格，内容多樣，或嘆賞詩人匠心，或贊揚藝術技巧，尚能做到言簡意賅。孫氏評語雖不及何焯精警，但持論尚屬平允，明白淺近。是書流布不廣。

（五）何化南、朱煜《杜詩選讀》

何化南，字念棠，一作念堂，號憩亭，建城（今江西高安）伍橋馬山人。約爲雍、乾時人。邑諸生，工制藝及詩，晚好爲方外遊，精通內典,所至叢林,淄流倒屣,年九十餘卒。著有《憩亭制藝》《憩亭詩鈔》《杜詩選讀》《唐詩話》等。生平見《(同治)高安縣志》卷一六《文苑》。朱煜,字志韜,號省齋,建城(今江西高安)人。約爲雍、乾時人。

《杜詩選讀》六卷,有乾隆二十四年(1759)逸園刻本。爲一杜詩選注本,選各體詩共239首,附他人唱和詩6首。何化南《弁言》曰:

> 陶開虞先生有云:"讀詩不讀杜,猶戀三家村而捨兩京,拜一卷石而失五嶽也。"旨哉斯言!其尊杜歟?抑尊詩也已。夫詩自《三百篇》而騷、而漢魏、而六朝,以至於三唐,前人之述備矣。其大要以扶獎人倫、維持風教爲本務,而其發源於性情,根柢於學問,和平於聲律之間者,胥是道也。是故可以動天地,感鬼神,入人之心而生其慨慕,外此則非正義焉。少陵之爲詩也,腹五常,精心萬象,靈由本來,善造天然,工其所作。大而朝廷,小而物類,繁則百韻,簡則數言,一皆忠愛之至性,扶理翊法,茹古含今而出。而生其後者,誦其詞,考其志,未嘗不嘆其才,悲其遇,穆然嚮往乎其人。論者謂其功不在《三百篇》下,此其所以尊也。今詩學昌明之會,有志之士莫不留心諷詠,移情茂制,然而月露風雲之什,無關至情,蛇神牛鬼之章,有傷大雅。而欲厚其根基,深其蘊蓄,老其氣格,高其聲華,於以正人心而勵風俗,誠莫有善於杜者矣。先是,予與友人朱志韜嘗取杜詩錄之,拔其尤若干首,編輯成帙,顏曰"選讀",用自揣摩,並爲家課計。而同學輩指爲簡盡詳明,當授諸梓,予因有鑒於陶開虞之説,而知此之不可不讀也,遂如其命。若云選政是操,予何敢!予何敢!

表明編選的原因是"正人心而勵風俗,誠莫有善於杜者矣"。其書每卷詩前皆列諸家論各體詩之作法，闡述杜詩淵源。詞語注釋、典故出處，均以小字標於詩上欄中。此書乃爲家塾課讀之用，注釋解説悉依仇注而略加删削，但於仇注所引諸家之説皆略去姓氏，以便閱讀。惟“至議論高卓、動關體要者，仍於本注下另標‘某氏曰’，以示胥鈔之意”。詩旁所圈一以沈德潛選本爲宗。每卷詩前所列諸家論各體詩作法，除照録仇注所引外，惟增以沈德潛之評語。全書蓋無一己見，有仇注、沈選在，於此書不讀可也。可以説，乾嘉時代杜詩學不振的頹態，我們可以從這一類的本子中找到盛極難繼的萌芽。是書又有道光二年（1822）刻本。

（六）沈寅、朱崑《杜詩直解》

沈寅，字芝珊，一作支三，號笠陽，涇川（今安徽涇縣）岸前都人。擅書法，乾隆三十六年（1771）舉人，歷任河北望都、邯鄲縣令，升蔚州知州，年五十四卒於官。《杜集書録》誤爲明人，《杜集書目提要》稱其“約生活於清康熙時期”，均誤。與朱崑同窗，二人補輯《李詩直解》六卷、《杜詩直解》六卷，合稱《李杜直解》。生平見《（嘉慶）涇縣志》卷一七。朱崑，字源一，號西崖，涇川（今安徽涇縣）人，生平事迹不詳。

《杜詩直解》六卷，共選各體詩 202 首，分體之後約略編年爲次。其注釋體例，正文之後，首先對有關詞語作簡要之注釋，再點明詩旨，釋詩爲文，自首至尾通篇加以復述，於中間有扼要之評點。如是平鋪直叙就詩解詩，雖無發明新見，却避免了過於深求牽强附會之病，極便初學。有乾隆壬寅（四十七年，1782）鳳樓巾箱本。該本書名頁誤標作“乾隆乙未年新鐫”，以後各家書目多沿其誤。如《販書偶記》著録：“乾隆乙未鳳樓精刊巾箱本，與《李杜直解》合刻。”《中國古籍善本書目》亦誤標“清沈寅、朱崑輯，清乾隆四十年鳳樓刻本。”《杜集書録》則誤標“清乾隆丁未（1787）來鳳樓刻”。《杜集書目提要》則誤作“朱鳳樓藏板，乾隆乙未（1775）刊”。

第三節　名家論杜

一、沈德潛的杜詩學

沈德潛是"格調説"的集大成者,繼王士禛之後主盟詩壇。沈德潛的杜詩學傾向與成就主要體現在他專門評選杜詩的《杜詩偶評》和他所編選的《唐詩別裁集》以及《説詩晬語》等著作中。其對杜詩學的看法大致表現在以下幾個方面。

(一)從"温柔敦厚"詩教出發對杜詩"忠愛"的闡發

沈德潛的詩學思想主要是重格調,尚渾成,推尊盛唐,宗法李、杜,並提倡温柔敦厚的詩教,形成了一個通達融貫的理論體系①。他於《説詩晬語》等書中屢屢强調"温柔敦厚"的儒家詩教,要求作詩要"先審宗指(旨),繼論體裁,繼論音節,繼論神韵,而一歸於中正和平"(《重訂唐詩別裁集序》)②。其在論杜詩的温柔敦厚之旨時,又往往與杜甫的忠君愛國思想緊密聯繫起來,認爲杜詩的淵源可以上溯至《風》《雅》,繼承了《詩經》的優良傳統;其次是祖述《楚辭》,發揚屈原的忠愛精神。其《唐詩別裁集》卷二曰:"聖人言詩,自興觀群怨,歸本於事父事君。少陵身際亂離,負薪拾橡,而忠愛之意,惓惓不忘,得聖人之旨矣。"又《歸愚文鈔》云:"古之稱詩者,必以少陵爲歸,而少陵之所以勝人,每在綱常倫理之重。故每飯不忘君外,凡弟妹之分張,家人之懸隔,念驥子於鳥道,懷朋舊於江

---

① 胡可先《沈德潛杜詩學述略》,《杜甫研究學刊》1994 年第 1 期。

② 康熙五十六年(1717)《唐詩別裁集序》與乾隆二十八年(1763)《重訂唐詩別裁集序》對此論述略有不同,《唐詩別裁集序》云"既審其宗旨,復觀其體裁,徐諷其音節",則重訂本所論爲沈德潛晚年對自己詩論的修訂與總結。

束,簡帙中三致意焉。"又《宋金三家詩選•放翁詩選》云:"少陵一飯不忘君,放翁至死不忘復仇,忠君愛國,唐、宋重此兩人。"論者指出,沈德潛杜詩論具有很明顯的局限性:出於宣揚封建倫理道德思想的需要,沈氏認爲"忠君"是杜詩思想内容的中心,這是對杜詩的歪曲;出於掩蓋社會矛盾、維護封建統治的需要,沈氏竭力把杜甫塑造成"怨而不怒"、温柔敦厚的形象①。此論確實道出了沈德潛論杜保守的一面,沈氏對杜詩"忠孝"的吹捧實在有不遺餘力之嫌。如《杜詩偶評》卷二評《洗兵馬》曰:"西京克復,上皇還宮,正臣子欣幸之時,安有預探移宮之事而加以諷刺乎?牧齋所箋,欲比之商臣楊廣,未免深文。少陵忠愛,必不若是。"他反對錢謙益在箋注中所指出的,杜詩"問寢"等句乃是對玄、肅矛盾的隱憂的説法。認爲以杜甫的"忠愛",不會對君主有微詞。這一方面固然是因爲乾隆對其恩遇有加,更重要的是,宣揚杜甫的忠君愛國思想最能體現他所倡導的詩教原則。

不過沈德潛對杜詩忠愛褒揚的同時,並没有完全否定杜詩"遇事托諷"的特點,他在《杜詩偶評序》中雖然反對"即尋常景物,亦必牽涉諷刺,附會忠孝",但他並不反對在詩中必要的諷刺,如其評《冬日洛城北謁玄元皇帝廟》云:"通體含諷,末尤婉曲,見老子之學以谷神不死爲主,如其果然,方養拙藏名於無何有之鄉,而豈以帝王崇祀爲榮耶?微而顯矣。"所論雖不如錢謙益在《錢注杜詩》將杜詩的諷刺意味解釋得那樣尖鋭,但畢竟還是同意杜詩在此的確表現了對唐代帝王的諷刺。沈德潛將杜詩的諷刺納於"温柔敦厚"之中,顯示了其詩論包容性的一面。另外,沈德潛認爲,杜詩"温柔敦厚"之旨首先體現在詩人那矢志不渝的遠大志向和宏偉抱負上,以及忠君愛國"憂黎元"的深摯情懷。這些也從某種程度上是對陳腐儒家詩教的消解。

---

① 袁志彬《沈德潛及其杜詩論》,《杜甫研究學刊》1995 年第 3、4 期。

(二) 論詩品與人品的關係

沈德潛認爲："有第一等襟抱,第一等學識,斯有第一等真詩。"[1]故他對杜詩所取得的成就與杜甫的胸襟之大、許身之高、器識之遠緊密聯繫起來,如《説詩晬語》卷上云："老杜以宏才卓識,盛氣大力勝之,讀《秋興八首》《詠懷古迹五首》《諸將五首》,不廢議論,不棄藻繢,籠蓋宇宙,鏗戛韶鈞,而横縱出没中,復含蘊藉微遠之致,目爲大成,非虚語也。"其評《自京赴奉先縣詠懷五百字》云："首叙抱負,次述道途所經,末述到家情事。身際困窮,心憂天下,自是稷契人語。"《唐詩別裁集》評《無家别》云："上章以忠結,此章以孝結,想見老杜胸次。"評《有感》云："時程元振勸帝遷都洛陽,公婉言時議之非,而末進以儉德,與郭子儀論奏之旨相合。"《杜詩偶評》卷三評曰："因當時重節鎮而輕郡守,故云。後日藩鎮之亂,公先料矣。"《唐詩別裁集·凡例》中對杜詩品格也給予了高度評價:"杜工部沉雄激壯,奔放險幻,如萬寶雜陳,千軍競逐,天地渾奥之氣,至此泄盡。"《唐詩別裁集》卷七云："少陵七言古如建章之宫,千門萬户,如巨鹿之戰,諸侯皆從壁上觀,膝行而前,不敢仰視;如大海之水,長風皷浪,揚泥沙而皷怪物,靈蠢畢集。别於盛唐諸家,獨稱大宗。"(亦見《説詩晬語》,文字稍異)沈德潛認爲杜詩"沉雄激壯,奔放險幻"的風格,正是杜甫"有第一等襟抱,第一等學識"在詩歌中的自然體現。

(三) 提倡取法杜詩"鯨魚碧海"式的高格

沈德潛對李、杜、韓的極力推尊,與其詩歌的審美理想是一致的。他認爲李、杜、韓詩之所以能取得如此高的成就,是因爲他們的格高,故其對杜詩"鯨魚碧海"的雄渾壯美風格大加贊譽和提倡,其《重訂唐詩別裁集序》曰:

---

① 沈德潛著、霍松林校注《説詩晬語》卷上,人民文學出版社 1979 年版,第 187 頁。

　　新城王阮亭尚書選《唐賢三昧集》,取司空表聖"不著一
字,盡得風流",嚴滄浪"羚羊掛角,無迹可求"之意,蓋味在鹽
酸外也。而於杜少陵所云"鯨魚碧海"、韓昌黎所云"巨刃摩
天"者,或未之及。余因取杜、韓語意定《唐詩別裁》,而新城所
取,亦兼及焉。①

　　王士禛"神韻"説雖同樣推尊盛唐,但主要是宗法王、孟一派的山水
田園詩,追求清遠含蓄、寧静淡雅的審美境界。其編選《唐賢三昧
集》不選李、杜,並不是盛唐詩歌的真面目。雖然他《七言古詩選》
以杜爲宗,代表了盛唐詩歌雄渾壯美的一面,但並未産生與《唐賢
三昧集》那樣大的影響。沈德潛選《唐詩別裁集》則是想以壯美兼
神韻,提倡杜、韓"鯨魚碧海"、"巨刃摩天"式的壯美風格,以此來
糾正王士禛神韻説的偏頗。故其推尊李、杜之崇高而並不排斥王
士禛的"神韻",其"格調"説也並非與"神韻"説完全對立,而是試
圖將二者統一起來。這也體現出沈德潛"格調"説包容性的一面。

　　沈氏將杜詩"雄渾"風格特點的認識可以概括爲至大、至剛、含
蓄蘊藉和渾成自然。沈德潛指出:"杜詩以大勝。"如《杜詩偶評》
卷四評《登樓》云:"氣象雄偉,籠蓋宇宙,此杜詩之最上者。"評《秋
興八首》云:"曰'故園',曰'故國',曰'京華'、'長安'、'蓬萊'、
'曲江'、'昆明'、'紫閣',皆言心之所思;曰'巫峽',曰'夔府',曰
'瞿塘',曰'江樓'、'滄江'、'關塞',兼言身之所處也。此八詩綫
索也。懷鄉戀闕,吊古傷今,杜老生平俱見於此。其才力之大,筆
力之高,天風海濤,金鐘大鏞,莫能擬其所到。"指出這一組詩深厚
壯闊的藝術魅力,如"天風海濤,金鐘大鏞"一般,所論極是。又評
《謁先主廟》云:"三分割據,君臣魚水,孔明之鞠躬盡瘁,後主之面
縛出降,起數句中包括殆盡,何等筆力!"評"三吏"、"三別"云:"諸

──────────

　　①　沈德潛選注《唐詩別裁集》,上海古籍出版社 1979 年版,第 3 頁。

詠身所見聞事,運以古樂府神理,驚心動魄,疑神疑鬼,千古誰能措手!"揭示出杜詩筆力雄健、力能扛鼎的藝術特點。

(四)議論須帶情韵以行

沈德潛認爲從詩歌的基本內涵而言,應是情與理的統一。其《清詩別裁集・凡例》云:"詩不能離理,然貴有理趣,不貴下理語。"他指出杜詩"江山如有待,花柳自無私"、"水深魚極樂,林茂鳥知歸"、"水流心不競,雲在意俱遲",俱入理趣;而邵康節詩"一陽初動處,萬物未生時"便是以理語成詩。也就是説,他反對用抽象而直露的概念成詩,而提倡用生動的富含情感韵味的語言,含蓄地表達出,使人在審美的愉悦中得到哲理的啓迪。由此生發出的是,他指出杜詩的議論並不是枯燥的説教,而是含"情"富"韵",多用比興。《説詩晬語》卷下云:"人謂詩主性情,不主議論,似也,而亦不盡然,試思二《雅》中何處無議論?杜老古詩中,《奉先詠懷》《北征》《八哀》諸作,近體中《蜀相》《詠懷》《諸葛》諸作,純乎議論,但議論須帶情韵以行,勿近傖父面目耳。"他在這裏指出杜詩議論飽含强烈感情的特點,抓住了以議論入詩的關鍵,就是"議論須帶情韵以行"。所以沈德潛能把握杜詩的情感特徵,如《唐詩別裁集》評《詠懷古迹五首》曰:"'雲霄羽毛',猶鸞鳳高翔,狀其才品之不可及也。文中子謂諸葛武侯不死,禮樂其有興乎?即'失蕭曹'之旨,此議論之最高者。後人謂詩不必著議論,非通言也。"又評《諸將五首》曰:"五章議論時事,感慨淋漓,而辭氣仍出以丁寧反覆,所云'言者無罪,聞者足戒'。"《杜詩偶評》卷一評《述古》云:"古今治亂判於此,此議論之純乎純者,謂作詩必斥議論,豈通論耶?"沈德潛所論解決了專主性情而排斥議論的偏頗,充分肯定了杜詩議論所取得的巨大藝術成就,頗具慧眼。

(五)論杜詩的格與法

沈德潛提倡格調,將杜詩作爲師法的最高典範,主張學習古人的詩法,遵循杜甫等人創作的法度,以便達到古人的格調,因此他對杜詩具體的藝術技巧與藝術成就多有闡發。如《唐詩別裁集》卷一〇評杜詩五律云："杜詩近體，氣局闊大，使事典切，而人所不可及處，尤在錯綜任意，寓變化於嚴整之中，斯足凌轢千古。"《説詩晬語》卷上曰："五言律……杜子美獨闢畦徑，寓縱橫排奡於整密中，故應包涵一切。"①《唐詩別裁集》卷一三評七律云："杜七言律有不可及者四：學之博也，才之大也，氣之盛也，格之變也。"評五排云："五言長律，陳、杜、沈、宋簡老爲宗，燕、許、曲江詣崇典碩。老杜出而推擴之，精力團聚，氣象光昌，極人間之偉觀，後之作者，莫能爲役。"另外，沈德潛對杜詩的藝術技巧也有細緻入微的分析，《説詩晬語》云：

> 少陵有倒插法，如《送重表姪王砅評事》篇中，上云"天下亂"云云，次云"最少年"云云，初不説出某人，而下倒補云："秦王時在座，真氣驚户牖。"此其法也。《麗人行》篇中"賜名大國虢與秦"、"慎莫近前丞相嗔"，亦是此法。又有反接法，《述懷》篇云："自寄一封書，今已十月後。"若云"不見消息來"，平平語耳，此云："反畏消息來，寸心亦何有"，斗覺驚心動魄矣。又有透過一層法，如《無家別》篇中云："縣吏知我至，召令習鼓鼙"，無家客而遣之從征，極不堪事也，然明説不堪，其味便淺，此云："家鄉既蕩盡，遠近理亦齊"，轉作曠達，彌見沉痛矣。又有突接法，如《醉歌行》突接"春光澹沲秦東亭"，《簡薛華醉歌》突接"氣酣日落西風來"，上寫情欲盡未盡，忽入寫景，激壯蒼涼，神色俱王。皆此老獨開生面處。②

另如《杜詩偶評》卷四評《聞官軍收河南河北》曰："預計歸程，如

---

① 沈德潛《説詩晬語》卷上，第 213 頁。
② 沈德潛《説詩晬語》卷上，第 210 頁。

《禹貢》曰浮、曰逾、曰沿、曰達,句法一氣流注,不見句法字法之迹。"都對杜詩具體的藝術技巧分析透闢,深有啓發。

總之,沈德潛從其"格調"説的角度對杜詩大力推尊,從思想、藝術、淵源、影響等各個方面對杜詩進行了深入分析,並褒揚提倡,從而確立了杜甫在清代中葉的獨尊地位。因爲沈德潛受到乾隆帝的格外禮遇,而格調説或多或少地體現了統治者的詩教觀,所以從某種程度來説,沈德潛的"格調"説對杜甫及其詩歌的態度,是官方意識形態與當時詩歌思潮交融的體現,對杜詩學的發展也産生了深遠的影響。

二、翁方綱的杜詩學

翁方綱的"肌理"説是繼沈德潛"格調"説之後又一影響廣泛的詩論思潮。其"肌理"説中對杜詩的態度也與沈德潛不盡相同。翁方綱對杜詩的看法與相關論述見於其《石洲詩話》《杜詩附記》以及《五言詩平仄舉隅》《七言詩平仄舉隅》《七言詩三昧舉隅》等論著之中。以下即對其杜詩學特色簡要加以概括如次。

(一)借杜詩構建"肌理"説的基本理論範疇

1."肌理"與"文選理"

翁方綱"肌理"説的"肌理"乃是由杜詩所引出的。其《仿同學一首爲樂生別》云:"昔李、何之徒,空言格調,至漁洋乃言神韻,格調、神韻,皆無可著手也。予故不得不近而指之曰'肌理',少陵曰:'肌理細膩骨肉勻。'此蓋繫乎骨肉之間,而審乎人與天之合,微乎艱哉!"①他認爲所謂格調和神韻都是虛幻的、難以把握的抽象概念,而主張用人容易感知的"肌理"來説詩。他還將杜詩"精熟文選理"的"理"字作了移植,使之成爲"肌理"之"理",其《杜詩"精熟

---

① 翁方綱《復初齋文集》卷一五,《清代詩文集彙編》第 382 册,第 158 頁。

文選理”“理”字説》云：

> 　　自宋人嚴儀卿以禪喻詩，近日新城王氏宗之，於是有不涉
> 理路之説，而獨無以處夫少陵“精熟文選理”之“理”字，且有以
> 宋詩近於道學者爲宋詩病。因而上下古今之詩，以其凡涉於
> 理路者皆爲詩之病，僅僅不敢以此爲少陵病耳。然則孰是而
> 孰非耶？曰：皆是也。客曰：然則白沙、定山之《擊壤》也，詩
> 之正則耶？曰：非也。少陵所謂理者，非夫《擊壤》之流爲白
> 沙、定山者也。①

他在這裏反駁了嚴羽、王士禎主張詩歌“不涉理路”，從而確立自己
“肌理”説的基礎。他還指出杜詩中的“理”與明理學家陳獻章、莊
昶②所推崇的邵雍《伊川擊壤集》之“理”完全不同。他舉杜詩“精
熟文選理”以證明杜甫所言乃儒家經典之理，其云：

> 　　杜之言理也，蓋根極於六經矣。曰“斯文憂患餘，聖哲垂
> 象繫”，《易》之理也；曰“舜舉十六相，身尊道何高”，《書》之理
> 也；曰“春官驗討論”，《禮》之理也；曰“天王狩太白”，《春秋》
> 之理也。其他推闡事變，究極物則者，蓋不可以指屈。則夫大
> 輅椎輪之旨，沿波而討原者，非杜莫能證明也。③

朱熹曾把杜詩比作詩人本經，翁方綱又把杜詩中的“義理”升級抬
高，附會爲“六經”之理，爲肌理説取代神韻説找到了經典上的依

---

① 翁方綱《復初齋文集》卷一〇，第 102 頁。
② 陳獻章，字公甫，別號石齋，因其爲廣東新會白沙里人，故世稱“白沙
先生”；莊昶，字孔暘，卜居定山二十餘年，學者稱“定山先生”。
③ 翁方綱《復初齋文集》卷一〇，第 102 頁。

據。可見"肌理"説理論範疇的構建完全是移用杜詩而成,不過這也從另一方面説明了翁方綱詩論對杜詩的尊奉。

2．"正本清源之法"與"窮形盡變之法"

翁方綱所處的時代,桐城派已有相當大的影響,姚鼐與翁方綱二人也曾往復論詩,故桐城派的"義法"與翁方綱的"肌理"亦有很大的相通之處。翁方綱在《杜詩"精熟文選理""理"字説》中還引用《易》中的"言有物"、"言有序"來説明"義理"與"文理"的統一。"義理"包含着文理,這是詩歌不同於"學"之處,文理則具體表現爲"詩法"。在《詩法論》與《小石帆亭著録》中他專門對作詩的法度進行論述,其中提出了"正本清源之法"、"窮形盡變之法"等詩法類型,與其"肌理"説的"義理"銜接起來:"文成而法立。法之立也,有立乎其先、立乎其中者,此法之正本清源也。有立乎其節目,立乎其肌理界縫者,此法之窮形盡變也。杜云'法自儒家有',此法之立本者也;又曰'佳句法如何',此法之盡變者也。"又《石洲詩話》卷一云:"杜公之學,所見直是峻絶。其自命稷、契,欲因文扶樹道教,全見於《偶題》一篇,所謂'法自儒家有'也。此乃羽翼經訓,爲風騷之本,不但如後人第爲綺麗而已。"都是借杜詩闡發自己的詩法理論。

（二）杜詩——"肌理"説的最高審美典範

翁方綱的"肌理"説不僅借杜詩構建理論範疇,而且將杜詩尊奉爲最高審美典範。如《石洲詩話》卷一云:"杜之魄力聲音,皆萬古所不再有。其魄力既大,故能於正位卓立鋪寫,而愈覺其超出;其聲音既大,故能於尋常言語,皆作金鐘大鏞之響。此皆後人之必不能學,必不可學者。"認爲杜甫是後人永遠不可企及的。不過翁方綱提出"肌理·説實質上是强調以學問考據入詩,而杜詩恰恰正是以學問爲詩的典範,故翁方綱還是主張學習杜甫的以學爲詩的方法。如其曰:"有詩人之詩,有才人之詩,有學人之詩。齊、梁以降,才人詩也;初盛諸公,詩人詩也;杜則學人詩也。然則至於杜,又未嘗不包括詩人、才人矣。"他所強調的學力，是試圖矯正"神韻"說過分偏重天分與興會的一面，他將這一立論的基礎亦上溯至杜甫，舉出杜詩《解悶》其七："陶冶性靈存底物，新詩改罷自長吟。孰知二謝將能事，頗學陰何苦用心。"翁方綱稱此詩"可作杜詩全部之總序"①。《石洲詩話》曰："'孰知二謝將能事，頗學陰何苦用心'，言欲以大、小謝之性靈，而兼學陰、何之苦詣也。'二謝'只作性靈一邊人看，'陰何'只作苦心鍛煉一邊人看。似乎公之自命，乃欲兼而有之，亦初非真欲學陰、何，亦初非真自許爲二謝也。"②性靈與鍛煉兩個方面雖然要統一起來，但翁方綱更強調後一面。認爲即使如杜甫也只有"苦心鍛煉"，才能達到"肌理細膩"的要求。具體而言，他從境界、句法、字法、用韵等方面全面提出了"肌理"說的審美規範。

　　翁方綱"肌理"說反對王士禛的"神韵"說"不著一字，盡得風流"所導致的空寂之弊，力圖使詩境由虛轉實。從詩歌風格而言，他主張創作上的鋪陳排比與正面寫實，他肯定了元、白等人在鋪陳排比方面取得的成就，"看之似平易，而爲之實難"，認爲杜甫在這個方面達到了難以企及的高度："元、白之鋪陳排比尚不可躋攀若此，而況杜之鋪陳排比乎？"③但翁方綱並非徹底否定"神韵"說，而是試圖與神韵說互相溝通與補救。《七言詩三昧舉隅》中舉杜詩《曲江三章章五句》其三（"自斷此生休問天"）云："此在杜只偶然耳，在先生則以爲三昧。"於《丹青引贈曹將軍霸》後云："此詩豈得僅以漁洋之三昧論者？"批評了王漁洋"三昧"只重"寂寥沖淡"的狹隘趣味，認爲漁洋"專以沖和淡遠爲主，不欲以雄鷙奧博爲宗"是有失偏頗的。爲了補救王漁洋的偏頗，他擴大了其"三昧"的内涵：

---

① 見梁章鉅《浪迹叢談》卷一〇，中華書局 1981 年版，第 188 頁。
② 翁方綱《石洲詩話》卷一，人民文學出版社 1981 年版，第 51 頁。
③ 翁方綱《石洲詩話》卷一，第 39 頁。

"平實叙事者,三昧也;空際振奇者,亦三昧也;渾涵汪茫、千彙萬狀者,亦三昧也。此乃謂之萬法歸源也。"將杜詩雄渾風格也作爲效法的典範,納入自己的詩法體系之中。

在字法方面,翁方綱對"一字之虛實單雙"細加討究,體現了他對"肌理細膩"的具體要求,但他在分析字法的同時還能顧及整體詩意,如其評《望岳》云:

> "岱宗夫如何"五字,是杜公出神之筆,"如何"二字虛,"夫"字實,從來皆誤解也。此一"夫"字,實指岱宗言之,即下七句,全在此一"夫"字内。蓋少陵縱目,遍齊魯二大邦,而其"青未了",所以不得不仰嘆之。此"夫"字,猶言"不圖樂之至於斯"。"斯"字神理,乃將"造化神秀"、"盪胸層雲"諸句,皆攝入此一"夫"字内,神光直叩真宰矣。豈得以虛活字妄擬之乎?①

在《五言詩平仄舉隅》《七言詩平仄舉隅》以及《王文簡古詩平仄論》《趙秋谷所傳聲調譜》的按語之中,翁方綱對杜詩五、七古的平仄聲調作了較爲細緻的探究。如王士禛認爲杜甫的《石犀行》是換韻不齊者,而翁方綱則稱:"此篇凡三換韻,前六韻十二句,中二韻四句,末二韻二句,似乎多寡參差矣。然合拍吟之,只是以四句收束十二句,以二句收束四句,此理易明,絕非參差也。"(《王文簡古詩平仄論》按語)又如趙執信《聲調譜》中以杜甫的《丹青引》爲例,指出其中有"律句"、"律句少拗"、"拗律句"、"半律句"等。翁方綱在《趙秋谷所傳聲調譜》按語中認爲:"此等大篇,豈可以律句拗句等語泥之?"就指出了趙執信《聲調譜》一類侈言古詩聲調著作的根本缺陷。不過翁方綱實際解詩時却並未能貫徹這種通達的看法,而是有所拘泥。如在《七言詩平仄舉隅》中,翁方綱舉了《麗人

---

① 翁方綱《石洲詩話》卷六,第212—213頁。

行》《哀王孫》《韋諷録事宅觀曹將軍畫馬圖》《丹青引贈曹將軍霸》《冬狩行》《觀公孫大娘弟子舞劍器行》爲例子，其中對《韋諷録事宅觀曹將軍畫馬圖》“將軍得名三十載”句，翁方綱云：“此定是‘三’字，有作‘四’字者，不知音節者也。若作‘四’字，則第一句‘畫鞍馬’‘畫’字既仄，而此第三句之第五字又用仄，則是板印文字矣。”郭紹虞指出：“固然，由聲調言，‘三’字要比‘四’字響亮，但假使曹霸當時得名已四十載，難道杜甫也將違反事實以遷就音節！總之，由於漢字單音的關係，增減一字或更換一字確能使音節頓異。但假使有意求之，轉非通論。”①

總之，翁方綱不僅借杜詩構建了“肌理”説的基本理論範疇，而且將杜詩作爲“肌理”説的最高審美典範。在具體評注杜詩時，采取了“句句見真，步步皆實之”的態度，做了大量嚴密細緻的工作。正如詹杭倫所云：“翁方綱以訓詁考證探求詩心的求實精神來解析杜詩，確實能夠講出許多爲前代注杜者所忽略的内在脉絡，這正是翁方綱在杜詩學史上的現實意義所在。”②

三、袁枚的杜詩學

袁枚的性靈説雖然對格調説和肌理説都有所繼承，但更多的是批判。在思想上背離了正統思想，在審美上背離了詩歌的主流審美傳統，是中國古典詩學的蜕變，是朝近代詩學的過渡。所以袁枚從性靈説的角度論杜，表現出迥異於傳統諸家的特點，其對傳統杜詩學的衝擊可謂振聾發聵。

（一）對杜詩“芬芳悱惻”之情的闡發

袁枚論詩主張抒寫性情，其《答蕺園論詩書》云：“詩者，由情生

---

① 郭紹虞《清詩話·前言》，丁福保輯《清詩話》，上海古籍出版社 1978年版，第 17 頁。
② 詹杭倫《翁方綱之“杜詩學”綜論》，《杜甫研究學刊》2002 年第 3 期。

也。有必不可解之情，而後有必不可朽之詩。情所最先，莫如男女。"對傳統的儒家"詩教"深致不滿，與沈德潛形成鮮明的對比。袁氏學杜論杜可謂獨樹一幟。劉明華指出，袁枚以"性靈"爲旨歸，發掘了杜詩"芬芳悱惻"的一面，對杜詩的抒情性作了充分的肯定，體現了"六經注我"的叛逆思想①。其《隨園詩話》曰："凡作詩，寫景易，言情難。何也？景從外來，目之所觸，留心便得。情從心出，非有一種芬芳悱惻之懷，便不能哀感頑艷。然亦各人性之所近：杜甫長于言情，太白不能也；永叔長于言情，子瞻不能也。王介甫、曾子固偶作小歌詞，讀者笑倒，亦天性少情之故。"②認爲杜甫"長于言情"。又曰："人必先有芬芳悱惻之懷，而後有沉鬱頓挫之作。人但知少陵每飯不忘君，而不知其于友朋、弟妹、夫妻、兒女間，何在不一往情深耶？觀其冒不韙以救房公，感一宿而頌孫宰，要鄭虔于泉路，招李白于匡山，此種風義，可以興，可以觀矣。後人無杜之性情，學杜之風格，抑末也！"③發掘出杜詩"芬芳悱惻"、一往情深的一面，此前雖有人指出過杜甫情多的特性，但多稱贊其每飯不忘君，或篤於友誼，袁枚卻將杜甫之情擴大爲友朋、弟妹、夫妻、兒女等，特別是杜詩中的男女、夫妻之情，更是表而出之。這和袁枚性靈説強調的"情所最先，莫如男女"是一致的。如其云：

> 元遺山譏秦少游云："有情芍藥含春泪，無力薔薇臥晚枝。拈出昌黎'山石'句，方知渠是女郎詩。"此論大謬！芍藥、薔薇，原近女郎，不近山石，二者不可相提而並論。詩題各有境

---

① 劉明華《芬芳悱惻解杜，轉益多師學杜——袁枚對杜詩學的貢獻》，《杜甫研究學刊》1993 年第 1 期。

② 袁枚著、顧學頡校點《隨園詩話》卷六，人民文學出版社 1982 年版，第183 頁。

③ 袁枚著、顧學頡校點《隨園詩話》卷一四，第 498 頁。

界,各有宜稱。杜少陵詩,光焰萬丈,然而"香霧雲鬟濕,清輝玉臂寒"、"分飛蛺蝶原相逐,並蒂芙蓉本是雙";韓退之詩,横空盤硬語,然"銀燭未銷窗送曙,金釵半醉坐添春",又何嘗不是女郎詩耶?①

其對杜詩關注的角度都體現出性靈派的特點。關玉林指出②,袁枚的詩論在一定程度上突破了正統儒家詩教的局限,在評論杜甫及其詩歌中能給予比較正確的認識和評價,即將杜甫作爲一個普通的詩人而不是一個神聖不可冒犯的聖人來評價,認爲杜甫也是一個多情尚義的血肉之軀。袁枚從性靈角度闡發杜詩中蘊涵豐富的情感內涵,對後代十分具有啓發意義,此後,梁啓超在《情聖杜甫》中大力揭示杜詩所表現出的情感,難道不可以從袁枚這裏找到一些淵源嗎?

(二) 强調"轉益多師",反對"抱韓、杜以凌人"

在學杜上,袁枚主張以"轉益多師"的態度學杜,並且豐富了這一經典命題的內涵。他對前代及當時杜甫評論中諸如盲目迷信杜甫、對杜詩穿鑿附會等現象進行了批評。袁氏肯定杜甫的藝術成就是通過後天學習得來,杜甫是以一種博大開放的胸懷對待古人,而後世學杜者則把杜甫當成一個封閉僵化的偶像加以崇拜,這既違背了杜甫的基本精神,也是造成詩文平弱的根本原因。他把杜甫擺到和其他學習對象並列的位置,並不特別尊崇杜甫,主張既學杜,也兼學其他。學習的正確途徑應該是以"兼綜條貫、相題行事"的方法師法杜甫包容兼收的精神。因時因地,取菁去蕪,最終熔鑄自我,形成具有個性特徵的作品。對杜甫,既要學習、繼承,又要發展、變化,而最終目標則是"別樹一旗",如此才算得上是真正的正

①　袁枚著、顧學頡校點《隨園詩話》卷五,第147—148頁。
②　關玉林《論〈隨園詩話〉評杜詩》,《杜甫研究學刊》1994年第2期。

確的學習,否則不如不學。

1. 學杜反對"優孟衣冠"

《隨園詩話》云:"高青邱笑古人作詩,今人描詩。描詩者,像生花之類,所謂優孟衣冠,詩中之鄉愿也。譬如學杜而竟如杜,學韓而竟如韓,人何不觀其真杜、真韓之詩,而肯觀僞韓、僞杜之詩乎?……唐義山、香山、牧之、昌黎,同學杜者,今其詩集,都是別樹一旗。杜所伏膺者,庾、鮑兩家,而集中絕不相似。"①可見袁枚反對"優孟衣冠"那樣的學習。其又曰:"明鄭少谷詩學少陵,友林貞恒譏之曰:'時非天寶,官非拾遺,徒托于悲哀激越之音,可謂無病而呻矣!'學杜者不可不知。"②又《與洪稚存論詩書》云:"足下前年學杜,今年又復學韓。鄙意以洪子之心思學力,何不爲洪子之詩,而必爲韓子、杜子之詩哉?無論儀神襲貌,終嫌似是而非。就令是韓是杜矣,恐千百世後人,仍讀韓、杜之詩,而必不讀類韓、杜之詩。使韓、杜生今日,亦必別有一番境界,而斷不肯爲從前韓、杜之詩。"他認爲即使學習杜詩到了十分相似的地步,也不過是"僞杜",是贗品而已,時代已經變化,詩人應該不斷創新,才能與時俱進。性靈派的趙翼與袁枚也同氣相應,其《論詩》云:"滿眼生機轉化鈞,天工人巧日爭新。預支五百年新意,到了千年又覺陳。""李杜詩篇萬口傳,至今已覺不新鮮。江山代有才人出,各領風騷數百年。"③他們都強調詩歌隨時代創新的重要性。所以袁枚反對"專學杜、韓,精進有得,因之高自位置,常自廣以狹人",尖銳指出:"抱韓、杜以凌人,而粗脚笨手,謂之權門托足。"

2. 學習杜甫的"轉益多師"

袁枚論杜並不像沈德潛、翁方綱那樣推尊杜甫,而是主張"轉

---

① 袁枚著、顧學頡校點《隨園詩話》卷七,第235頁。
② 袁枚著、顧學頡校點《隨園詩話》卷六,第196頁。
③ 趙翼《甌北集》卷二八,上海古籍出版社1997年版,第630頁。

益多師”，不專尊杜。袁枚《與梅衷源》云：“詩宗韓、杜、蘇三家，自是取法乎上之意。然三家以前之源流不可不考，三家以後之支流不可不知。《書》曰：‘德無常師，主善爲師。’子貢曰：‘夫子焉不學，而亦何常師之有？’杜少陵曰：‘轉益多師是我師。’皆極言師法之不可不寬也。三家雖是大家，然拘守之則取徑太狹。”①認爲即使向韓、杜、蘇這樣的大家學習也是“取徑太狹”，而是應更廣泛地取法他人。《隨園詩話》曰：“文尊韓，詩尊杜，猶登山者必上泰山，泛水者必朝東海也。然使空抱東海、泰山，而此外不知有天台、武夷之奇，瀟湘、鏡湖之勝，則亦泰山上之一樵夫，海船上之舵工而已矣。學者當以博覽爲工。”②

　　袁枚主張師法多門，他甚至認爲下里巴人能以真性情吟唱出“芬芳悱惻”的詩歌，也值得效法和學習，《隨園詩話》卷二云：“少陵云：‘多師是我師’，非止可師之人而師之也。村童牧豎，一言一笑，皆吾之師，善取之皆成佳句。”這就把聖人與村童牧豎放在同等的位置，這是對傳統詩論的叛逆，也表現了他強烈反對獨尊一家的做法。其《再答李少鵬》云：“自古名家詩俱可頌讀，獵取精華，譬如黃蜂造蜜，聚百卉以成甘，不可節女守貞，抱一夫而不嫁。”故他在論及唐宋諸大家時，從不對包括杜甫在內的詩人特別推崇，而都是放在同等的地位，各自指出其長處與缺點，如云：“不可硜硜然域一先生之言，自以爲是，而妄薄前人。須知王、孟清幽，豈可施諸邊塞？杜、韓排奡，未便播之管弦；沈、宋莊重，到山野則俗；盧全險怪，登廟堂則野；韋、柳雋逸，不宜長篇；蘇、黃瘦硬，短於言情；悱惻芬芳，非溫、李不可；屬詞比事，非元、白、梅村不可。古人各成一家，業已傳名而去，後人不得不兼綜條貫，相題行事。”

---

①　袁枚《小倉山房尺牘》卷五，世界書局 1936 年版，第 247 頁。

②　袁枚著、顧學頡校點《隨園詩話》卷八，第 266 頁。

3. 詩聖偶像的淡化消解

袁枚並不把杜甫看成無所不能的詩聖,指出杜詩並非十全十美,將長期以來不可非議的詩聖形象加以淡化消解。如他指出杜甫的絕句成就不如李白,"青蓮少排律,少陵少絕句,昌黎少近體,善藏其短,其長乃愈見"。不過杜甫"善藏其短,其長乃愈見",這確實是客觀的評價。比之黄子雲《野鴻詩的》所云"少陵七絕實從《三百篇》而來,高駕王、李諸公多矣"那樣盲目地推尊,要更加接近事實。《隨園詩話》云:"人學杜詩,不學其剛毅,而專學其木,則成不可雕之朽木矣。"①指出杜詩既有剛毅的一面,也有"木"的一面。所以他認爲杜詩並非完美無瑕,不可增删改易,《隨園詩話》卷四曰:"方望溪删改八家文,屈悔翁改杜詩,人以爲妄。余以爲八家、少陵復生,必有低首俯心而遵其改者,必有反復辯論而不遵其改者。""詩境最寬,有學士大夫讀破萬卷,窮老盡氣,而不能得其閫奥者。有婦人女子、村氓淺學,偶有一二句,雖李、杜復生,必爲低首者。此詩之所以爲大也。作詩者必知此二義,而後能求詩於書中,得詩於書外。""學李、杜、蘇、韓者,其弊常失于粗",主張"人能取諸家之精華,而吐其糟粕,則諸弊盡捐",這都抹去了李、杜頭上神聖的光環。這一點對當時及後人學杜也産生了極大影響,如性靈派詩人張問陶就説:"諸君刻意祖三唐,譜系分明墨數行。愧我性靈終是我,不成李杜不張王。"(《頗有謂予詩學隨園者笑而賦此》)強調詩歌創作要具有自己的風格面目,無疑是對盲目學杜尊杜傾向的一種駁正。

另外,在反對盲目尊杜的過程中,袁枚也不可避免地産生了一些偏頗。如《隨園詩話》曰:"余雅不喜杜少陵之《秋興八首》,而世間耳食者,往往贊嘆,奉爲標準。不知少陵海涵地負之才,其佳處未易窺測。此八首,不過一時興到語耳,非其至者也。如曰'一

---

① 袁枚著、顧學頡校點《隨園詩話》卷一五,第 527 頁。

繫’，曰‘兩開’，曰‘還泛泛’，曰‘故飛飛’，習氣太重，毫無意義。”①袁枚不喜歡《秋興八首》這一組詩，是因爲其“習氣太重”，即人工斧鑿的痕迹過重，雖不無道理，但畢竟顯得偏激。這大概是過分追求詩歌的自然而産生出的流弊，不能算是公論。

　　總之，袁枚對杜甫的態度，在杜詩學史上是一個重要現象，它表明了新的美學觀念對杜詩學慣性的衝擊。其抗顔時俗，力矯流弊，不獨尊杜一人，又能批評杜詩存在的不足之處，都表現了過人的膽識。其從性靈的角度出發，反對用繁瑣的“詩法”桎梏性靈，故他亦反對從形式技巧方面解釋“杜律細”的問題②。這些都表明了袁枚的創見與卓識，其論杜思想爲後人正確理解和學習杜詩提供了全新的視角。可以説，在杜詩闡釋史上，袁枚是由古典闡釋學向現代闡釋學過渡中的一個關鍵人物。

---

　　①　袁枚著、顧學頡校點《隨園詩話》卷七，第245頁。
　　②　關於袁枚對“杜律細”問題的具體態度，參見第一章第二節之一“清代杜詩學成就的特點”。

第四章　清代後期的杜詩學研究
（道光—宣統朝）

　　道光以降，中國出現了千古未有的社會變局。内憂外患的困境喚醒了一部分士大夫的憂患意識和經世意識。許多詩人都秉承杜詩的"詩史"精神，積極反映現實。如在鴉片戰爭期間，魯一同、姚燮、貝青喬、蔣敦復等人就創作了大量反映時代生活的詩作。魯一同是道光年間較爲傑出的詩人，李慈銘稱他的詩"氣象雄闊……浩蕩之勢，獨來獨往……傳之將來，足當詩史"①。《通甫詩録》中《有感》《辛丑重有感》《三公篇》等作，鞭撻琦善諸人的誤國、余步雲的畏敵如虎，歌頌關天培的英勇抗敵、壯烈犧牲，悼惜林則徐的遣戍新疆等，風格沉鬱悲憤，大筆淋漓，都深得杜詩之神髓。姚燮在鴉片戰爭期間創作的許多詩歌都是步杜甫《秋興八首》韵，如《冬日獨醉書感八章用少陵秋興韵》《春感八章再疊少陵秋興韵》《正月杪明州紀事三疊秋興韵八章》《夏秋獨坐雜述八章四疊秋興韵》《哀江南詩五疊秋興韵八章》，感嘆國事，抒發了對投降派的憤懑，表達了愛國主義情懷。此後，反映中法戰爭的詩歌有黄遵憲《馮將軍歌》《越南篇》，梁啓超《遊臺灣追懷劉壯肅公》等；反映中日甲午戰爭的有梁啓超《甲午十月紀事詩》，丘逢甲《有書時事者爲贅其端》《聞海客談澎湖事》《有感書贈文軍舊書記》，黄遵憲《悲平壤》《東溝行》《哀旅順》《哭威海》等；反映戊戌變法的有康有爲《出都留别

---

①　李慈銘著、由雲龍輯《越縵堂讀書記》，上海書店出版社 2000 年版，第1164 頁。

諸公》《東事戰敗聯十八省舉人三千人上書……》《戊戌八月紀變八首》《戊戌八月國變紀事》等。這些詩歌可以説都繼承了杜甫的"詩史"精神。

在杜詩學研究上，道光朝以降的杜詩學可謂清代杜詩學最爲衰落的時期，這主要是因爲這一時期的内憂外患嚴重，極大地阻礙了學術的發展。另外，在杜詩學界内部，有許多人認爲注杜領域能事已盡，很難再作大的開拓，故這個時代的學者於杜詩學用力甚少。他們或滿足於在前人的基礎上修修補補，或將精力轉向杜詩的普及與賞析。這些觀念也都制約着杜詩學的進一步拓展。這些情況都説明，杜詩學已經到了一個整合時期，正在爲迎接下一個研究高潮的到來醞釀和等待着。這一時期杜詩學研究的最大特色是詩話類的興盛，如劉鳳誥《杜工部詩話》、潘德輿《養一齋李杜詩話》、李鍈平《讀杜韓筆記》等，代表了這一時代杜詩研究的最高水平。而同時期的杜詩注本中則鮮有佳者，其中盧坤輯録的《五家評本杜工部集》爲杜詩彙評本，多輯録清初諸大家杜詩評語，成爲清代杜詩彙評本中較有代表性的本子，但其成就遠遠不能和清初注家相比。較有成就的注本有史炳《杜詩瑣證》，其對人名、地名、草木名、僻典俗語等考辨，多方取證，言之成理，對杜詩研究有一定增益。趙星海所撰《杜解傳薪》與《杜解傳薪摘鈔》二書體例特異，綱領清晰，條理分明，注評深細，不失爲一部很有價值的杜詩評注本。這一階段雖然也出現了上述幾種頗有成績的杜詩注本，但多非杜集全本。各種杜詩選本、抄本雖爲數不少，但多無足觀。晚清是考據學的徹底衰落和經學的最終解體的時代，隨着西學東漸，新的思想觀念對學者們産生不斷地衝擊，杜詩學領域傳統的考證、箋注和點評式的方法也日益面臨這新舊思想和方法的衝擊與挑戰。郭曾炘《讀杜劄記》對宋元以來各家評注的異同得失，從史實、詩意、字義等方面辨析訂誤，時有新見，爲清末較好的杜詩研究著作，頗具參考價值，爲清代杜詩學研究劃上了一個句號。此外，方東樹、劉熙載、施補華、沈曾植、陳廷焯等名家論杜都各有成就和特點。

第一節　杜詩學衰落時期的表現及原因

一、盛極難繼的時代現狀

　　和清初的杜詩學相比，道光朝以後杜詩學的衰落，並不是那種一般性的裹足不前，而是驟然消歇。這主要是因爲前人所取得的巨大成績難以逾越，在盛極難繼的時代背景下出現這樣衰落的狀況是難以避免的。能夠説明這一時代在杜詩學研究方面盛極難繼窘狀的有這樣一個絕好例子，成書於嘉慶年間的《全唐文》卷三五九收杜甫賦七篇，比仇兆鰲《杜詩詳注》增加一篇《越人獻馴象賦》。有論者認爲，此賦確爲杜甫所作①。陳尚君則認爲，《越人獻馴象賦》所據爲《文苑英華》卷一三一，而《文苑英華》的體例是無名氏之作不署名，則此賦並非杜甫之作②。在前人對杜甫的詩文搜羅殆盡之後，還能有所增輯，可見嘉慶朝學者的努力。然而，這正從另一方面説明了道光以後杜詩學之所以衰退，乃是前代杜詩學成果的過於輝煌，以至於後代學者很難在已有的基礎上開闢出新的領域。這既是清初杜詩學者們的驕傲之處，也是道光以後學者們的無奈之處。所以這一時代的學者面臨着兩種選擇，一是滿足於對此前的杜詩注本修修補補，一是另闢蹊徑、窮极思變。可惜的是許多學者懾於清初杜詩學成就的巨大聲威而裹足不前，未能對前代學術很好總結，這既是時代的悲劇，也是杜詩學的不幸。

---

　　①　徐希平《〈全唐文〉補輯杜甫賦甄辨》，《杜甫研究學刊》1997 年第 2 期。
　　②　陳尚君《新發現杜甫佚詩證僞》，《草堂》1984 年第 1 期。

二、思想的保守與退步

這一時期杜詩學衰落的原因除了前代杜詩學成就巨大、難以開拓新領域之外，杜詩研究者們的思想保守與退步也是造成這種衰落的原因之一。如《養一齋李杜詩話》的作者潘德輿論杜詩就顯出極端的保守性，其云："子美以志士仁人之節，闡詩人比興之旨，遂足爲古今冠。"對蘇軾《王定國詩集叙》所論杜詩之"發乎性止乎忠孝"評云：

> 少陵之詩，千古無不推奉，然至比之變風、變雅止矣，東坡更謂其爲風雅之正，尤在"發乎情止乎禮義"者之上，非徒以大言伏世人也。"發乎性止乎忠孝"七字，評杜實至精矣。荆公詩"吾觀少陵詩，謂與元氣侔"，又足爲"發乎性止乎忠孝"注脚也。①

極贊其"評杜實至精矣"，就可見其封建愚忠思想了。因此，他極力闡發和誇大杜甫的忠君思想，而對杜甫之交陷賊授官的王維、鄭虔，認爲是"大有累於義理"，其云：

> 若王維、鄭虔，大節已玷，猶從而美之曰："一病緣明主，三年獨此心"，"反覆歸聖朝，點染無滌蕩"，何其深加惋惜乃爾！至稱維曰天下高人，稱虔曰天然生知，此真不能爲少陵解矣。予嘗反覆推求其故，以少陵植志立身，忠愛貞潔，豈於此大節而反忘之？祇緣於朋友一倫，長厚太過，有悱惻纏綿之仁，而無剛健斷決之義。見維之取痛稱瘖，作詩志痛也，則以爲心尚可原；見虔之潛以密章達於靈武也，則以爲未忘反正；而不知寺中之僞署，市令之求攝，皆法之所不得宥，而義之所必當絶也。故太白之可諒，在於辭官而逃；維與虔之難逭，在於已汙

---

① 潘德輿《養一齋李杜詩話》卷二，《清詩話續編》本，第 2182 頁。

偽命。少陵混視爲一，雖無損於已之節目，然已增後學之疑矣。……然少陵之美王維也，顧氏炎武譏之。而王伯厚之譏鄭虔失節也，何氏焯則駁之曰："名士如珠玉犀象，雖無用而不可少。"至顧氏宸且文之曰："供奉之從永王，司户之仕禄山，皆文人敗名事，使硜硜自好者處此，不知作幾許雲雨反覆！少陵當二公貶謫時，深悲極痛，至欲與同生死，古人不以成敗論人，不以急難負友，其友誼真可泣鬼神。"此二説乃名教之蠹也。①

其聲言"愛古人者當爲其静臣，不當爲其佞友。少陵祗以中允、司户文學絶人，遂成偏好"。力斥贊美杜甫與李白、鄭虔友誼的言論爲"名教之蠹"，其論之迂腐氣味熏人欲倒。以這樣的思想去研究杜詩，當然便會大肆發揮杜詩的"忠愛"，其偏頗也就可想而知了。

三、學風的淺率浮躁

走過巔峰的失落感可以説一直籠罩着乾、嘉以後的杜詩學界，以盧坤集評《杜工部集》爲例，便可見當時學風的淺率。是書集録了明代王世貞、王慎中，清代王士禎、宋犖、邵長蘅五家批語，盧坤在《自序》中云："讀杜者因五家以求津途，則此中自有指南，無虞目迷五色矣。"僅僅羅列材料、述而不作的彙評本，竟能成爲這一時代杜詩學成就較高的著作，其他淺易之作的水平也就可想而知了。

失落感籠罩的杜詩學界已開始充斥浮躁淺薄之風，許多僅對前人之作稍加剪裁而成的注本，竟敢大肆自我吹嘘，如道光八年（1828）石間居士《藏雲山房杜律詳解》本於仇氏《杜詩詳注》删繁補略而成，多爲泛泛之論，却自詡"自有杜詩之注以後，未見有是書如此之真解"，其實相去甚遠。甚而一些抄襲之作竟也能得到大力褒揚，從另一個側面也反映出杜詩學衰落的一個重要原因。如顧

---

① 　潘德輿《養一齋李杜詩話》卷三，《清詩話續編》本，第2212—2213頁。

廷綸《少陵詩鈔》本由劉濬《杜詩集評》節抄而來，著者一無所見，而吳士鑒序云：“蓋在仇、楊兩家之外，別樹一幟，是真能集古今之大成者，世之治杜，當奉爲埠的焉。”真乃浮誇之甚。

　　當然，這個時期的杜詩學之所以處於低潮和困境，主要還是因爲前代的巨大成績難以逾越，但也並非一無可取。我們可以看到，一些學者在學術低潮中仍在苦苦求索，治杜研杜的方法也求新求變，雖然他們也付出了失敗的代價，但其方法和成績亦不容一概抹殺，例如鄭杲《杜詩鈔》“以《春秋》之法解詩”（徐世昌序），潘樹棠《杜律正蒙》等以批時文之法解杜等，都對深入研究及普及杜詩作了不少有益的工作。其實這些學者以各自的專門之學解析杜詩，雖免不了“方枘圓鑿”之譏，却仍不可否認其積極的一面，這些學者以經學、史學、詩學等多種方法的交叉運用，既體現了一代學術的綜合特性，又豐富了研究方法和角度，揭示了杜詩所蘊涵的豐富的社會文化內涵。雖然我們今天可以批評他們“强作解人”、“穿鑿附會”，可是我們從這種解讀中又何嘗不會得到一些有益的啓示呢？以時文爲例，因爲是封建時代士人晋身之階，利禄所在，自然會投入大量精力來研習，文章起承轉合的講究亦使得文章結構趨於精巧、完整，應用在杜詩研究方面可謂代不乏人，而杜詩的叙事性强的某些篇目恰可以此法解之。所以以時文解杜可以説體現出時代特點，從方法上講，是不值得大加撻伐的。只是當這種方法被濫用到一定程度時，才有予以否定和制止的必要。

第二節　重要杜詩學文獻評介

一、詩話筆記類杜詩研究著作

道光以後，注杜之風少衰，縱有注本，亦多删削前人著作爲之，鮮有善者。遂轉而作詩話、筆記之類，如劉鳳誥《杜工部詩話》、潘德興《養一齋李杜詩話》、李黼平《讀杜韓筆記》等即是。關於劉鳳誥《杜工部詩話》、潘德興《養一齋李杜詩話》，吾師張忠綱《杜甫詩話六種校注》一書對其考辨甚詳，以下所論多參師說。

（一）劉鳳誥《杜工部詩話》

劉鳳誥（1761—1830），字丞牧，號金門，萍鄉（今屬江西）人。鳳誥中乾隆五十四年（1789）己酉科第三名探花，授編修，超擢侍讀學士、內閣學士。曾先後提督廣西、山東、浙江學政，充湖北、山東、江南鄉試正考官。官至兵部左侍郎、吏部右侍郎，賞加太子太保。嘉慶十四年（1809）以罪充軍伊犁，著改發黑龍江，十八年釋回。道光元年（1821），因病回籍，後卒於家。鳳誥工古文，有《存悔齋集》二十八卷、外集四卷傳於世。生平事迹見《清史列傳·大臣傳次編二》。

劉鳳誥熟讀杜詩，又精通史學，長於考訂，故於諸家注杜論杜、唐史典實多所流覽。其所撰《杜工部詩話》，涉及頗廣，於杜甫家世、親族交遊、生平事迹、思想性格、詩義闡釋及諸家評論，多所評騭，且偶有新見。如辯杜甫啖牛炙白酒一夕而卒之說爲誣謗；謂杜詩"僅以年月日爲題者，皆就客中歲月記其節候土風"，以證杜甫之明曆法等等。今人張舜徽稱其"《杜詩話》五卷，考訂詳密，議論平允，實有得於作者之心，以其寢饋工部之詩，功力較深也"①。不足之處是多爲摭拾前人評論，且多抄自仇注；有的評論抄自前人，却不注明出處，甚或沿襲前人之誤。如第90條引蔡絛《西清詩話》語，實爲黃徹《䂬溪詩話》語，蓋沿仇注之誤；第128條誤引《後村詩話》，實爲曾季貍《艇齋詩話》，亦沿仇注之誤；第124條釋"籠竹"，引"宋子京《益部方物記》：慈竹別有一種，節間容八九尺者，曰籠竹"。引文"八九尺"乃"八九寸"之誤，其所以致誤，蓋由照抄錢箋所致。此類尚多，兹不贅舉。至其謂杜甫嘗遊晉地，而"諸家年譜

---

① 張舜徽《清人文集別錄》卷八，中華書局1963年版，第212頁。

俱失載",以爲獨所發見,其實清初朱鶴齡撰《杜工部年譜》已云:
"公弱冠之時,嘗遊晉地,當是遊晉後方爲吳越之遊也。"則劉氏所
論並非獨得。

(二) 潘德輿《養一齋李杜詩話》

潘德輿(1785—1839),字彥輔,一字四農,山陽(今江蘇淮安)
人。道光八年(1828),舉江南鄉試第一。繼遊京師,與黃爵滋、張
際亮、葉名澧、湯鵬、徐寶善等相友善。十五年(1835),大挑補安徽
知縣,未幾卒。著有《養一齋詩文集》二十五卷,《養一齋詞》三卷,
《養一齋詩話》十卷後附《李杜詩話》三卷。生平事迹見《清史稿》
卷四八六、《清史列傳》卷七三、《國朝耆獻類徵初編》卷四一二、魯
一同《安徽候補知縣鄉賢潘先生行狀》(《通甫類藁續編》卷下)。

《養一齋詩話》十卷,前有道光十二年(1832)鍾昌序,道光十六
年(1836)徐寶善序。附《李杜詩話》三卷,每卷首行署書名、卷次,
次行署"山陽潘德輿彥輔",版心上署卷次、頁數,下署"李杜詩
話"。半葉九行,行二十一字。卷一爲李白詩話,計二十二條;卷
二、卷三爲杜甫詩話,計二十八條。潘氏爲詩,早年從杜甫入,中及
諸家,四十歲時,復以杜甫爲宗。其論詩,恪守儒家詩教,奉曹植、
陶淵明、李白、杜甫爲"三代以下之詩聖",而獨許杜甫爲"集大
成"。潘氏論詩特別強調名教,尊奉孔子,推崇朱熹,認爲"子美以
志士仁人之節,闡詩人比興之旨,遂足爲古今冠"。而對蘇軾論杜
詩之"發乎情止乎忠孝"七字,極贊其"評杜實至精矣"。因此,他
極力闡發和誇大杜甫的忠君思想,而對杜甫之交陷賊授官的王維、
鄭虔,認爲是"大有累於義理",聲言"愛古人者當爲其諍臣,不當爲
其佞友。少陵祇以中允、司户文學絶人,遂成偏好"。力斥贊美杜
甫與李白、鄭虔友誼的言論爲"名教之蠹"。這表現了潘氏的封建
愚忠思想。但在對杜詩的評析和考訂方面,作者時有深刻的見解,
對不同意見的辯駁,亦頗有力。

清末掃葉山房石印本《養一齋詩話》十卷,亦附《李杜詩話》三

卷,四册一函,前三册爲《養一齋詩話》,後一册爲《李杜詩話》。半葉十二行,行二十八字。版心上署"養一齋詩話",中則均署"杜李詩話",下署"掃葉山房石印"。上海古籍出版社1983年出版由郭紹虞編選、富壽蓀校點的《清詩話續編》,亦收有《養一齋李杜詩話》三卷,每卷後附校記,校點頗爲精審,但亦偶有疏誤之處。張忠綱《杜甫詩話六種校注》(齊魯書社2002年版)亦收録《養一齋李杜詩話》,是以富壽蓀校點《清詩話續編》本爲底本,參校道光十六年《養一齋詩話》附刻本及清末掃葉山房石印本。

(三) 李黼平《讀杜韓筆記》

李黼平(1770—1832),字繡子,又字貞甫,號貞子,又號花庵、著花庵,嘉應州(今廣東梅州)人。嘉慶十年(1805)進士,授翰林院庶吉士。乞假南還,主講廣州粵華書院。散館,改江蘇昭文縣知縣。爲官寬和慈惠,公餘之暇,勤於讀書,至民間有"李十五書生"之稱。以虧空挪用落職,繫獄八年。家中迭遭變故,艱難悽楚。援赦出獄,主陳薌谷中丞署,又三年乃歸。兩廣總督阮元開學海堂,聘閲課藝,留府授諸子經。後以阮氏薦,主講東莞寶安書院。著有《李繡子全書》,凡《毛詩紬義》二十四卷、《著花庵集》八卷、《吳門集》八卷、《南歸集》四卷,又有《易刊誤》二卷、《文選異義》二卷、《讀杜韓筆記》二卷、《南歸續集》四卷等。生平事迹見《清史稿·儒林傳三》曾釗傳附、《清史列傳·儒林傳下二》、梁廷柟《昭文縣知縣李君墓志銘》(《續碑傳集》卷七二)、《清詩紀事》嘉慶朝卷。

《讀杜韓筆記》二卷,據其從曾孫雲儔民國二十三年(1934)秋跋云:"原稿閟藏百年未見,今忽從故家得知,倘所謂精誠所至,金石爲開者耶!"因爲刊印行世。書名爲古直題簽。書分上、下卷,無目録,不録原詩,只就杜、韓詩之個别詩句、詞語、典實等加以箋釋評論,共收九十三條,上卷六十五條,專論杜詩;下卷二十八條,專論韓詩,間與杜詩比較。每條首行頂格,餘則低一格。據李雲儔跋云:"杜注號千家,韓注號五百家,然紛拏支離,往往而有。繡子公此記二卷，獨超衆説，通其神旨，非惟學絶，抑亦識精也。其推闡詩法，窮其源委，盡其甘苦，學者持此，有餘師矣。"雖爲過譽，但李氏於杜詩時有新解，如釋《房兵曹胡馬》之"竹批雙耳峻"，《沙苑行》之"左輔白沙如白水"，《秋興》之"西望瑤池降王母"，《秋日夔府書懷一百韵》之"酒歌聲變轉"等等，雖未盡當，但確有獨特見解。

（四）魯一同《魯通甫讀書記》

魯一同（1804—1863），字蘭岑，一字通甫，一作通父。原籍山陽（今江蘇淮安），至一同始遷清河（今江蘇淮陰）。年十七補博士弟子員，次年舉副貢生，道光十五年（1835）舉人。曾主講雲龍書院。清修篤學，好發政議，嘗論天下之患，"蓋在治事之官少，治官之官多。官多者，非事之利也，胥吏之利也"。其再試不第，雖絶意仕進，益精研文章，博覽群書。爲文務切世情，古茂峻厲，其説長於史例，旁及諸子之言。著有《魯一同詩文集》十二卷、《右軍年譜》二卷、《白耷山人年譜》一卷、《通甫類稿》及《邳州志》、《清河縣志》等。事迹詳《清史稿·文苑傳三》、《清史列傳·文苑傳四》、方宗誠《魯通甫傳》（《柏堂集續編》卷一二）、吳昆田《魯通甫傳》、湯紀尚《魯通甫先生傳》（《續碑傳集》卷七九）。

《魯通甫讀書記》，一名《評讀杜心解》，係抄本，不分卷，乃魯氏平日讀浦起龍《讀杜心解》的劄記，始隨手箋於浦注之上，時人過錄，互有異同，後經吳浹參合各本，仿《義門讀書記》體例，撮錄其評語彙爲一編，乃成是本。書名下署"通家子吳浹編"。書前有淮安段朝端咸豐八年（1858）序云："雍、乾以來，浦氏《讀杜心解》風行一時，中多獨到之處，而穿鑿附會在所不免，且多以時文法律之。通甫先生病其貽誤後學也，爰就杜集精選細批，於篇中筋脉綵色，聲情氣韵，以及章法、句法、字法，大醇小疵，一一指出。或就地生情，或按時立論，或切人著想，以意逆志，務得其命意之所在，一洗浦氏支離拘泥之習。"卷前有魯氏識語云："吾評無定則，意有所得，雜亂書之。其點化筋節處，亦有前人未闡之秘，或加深思，遂開奧竅。但吟諷百過,自有鬼神來覘耳。浦氏讀書何嘗不細心,只是眭盯太過,如刻舟求劍。莊子曰:'吾以神遇,不以目視。'讀杜者不可不知此言。"卷前無目錄。詩題下徑錄評語,所評之詩不足杜詩之半,次第一依浦本。卷末附《潘廉亭讀書記》,亦是批評浦氏《心解》者,所評不過百首。書末有吳涑跋語,記時爲"丁巳",當是咸豐七年(1857)。一同於杜詩頗有心得,所評時有新見,惜其稍顯簡略,未能盡如人意。

二、考證類杜詩研究著作

(一)史炳《杜詩瑣證》

史炳(1763—1830後),字恒齋,溧陽(今屬江蘇)人。年十四遊庠,十六舉於鄉,乾隆四十二年(1777)舉人。後屢試不第,留京師,得朱珪器重,任咸安宮官學教習,期滿,于嘉慶五年(1800)選興化縣教諭。十六年至十八年,應溧陽知縣陳鴻壽之聘纂修《溧陽縣志》十六卷。後改溧縣教諭。任校官二十餘年,以老乞歸。精通音韻學,旁通泰西算術,尤工試帖。著作有《大戴禮正義》十六卷、《句儉堂集》四卷、《杜詩瑣證》二卷等。

史炳撰《杜詩瑣證》,分上下兩卷。史炳作於道光五年(1825)的《杜詩瑣證自叙》云:

> 放翁譏今人解杜但尋出處,元不知其所以妙絕古今者何在。然則讀公詩,而徒摘疏字句,汩没殘膏賸馥間,非惟無當於其忠愛之旨、風雅之原,并其語言之妙而失之矣。雖然,公詩大矣,由唐宋以來至於今,有學杜,有注杜,有評杜,有隨手掇拾典故而證杜,雖所得不同,其爲有得則一也。余自少習公詩,妄有考訂數十百條,皆泛覽群書時隨錄者,是以詩之先後都不詮次。今兹長夏無事,偶取删定之,其目則仍舊貫焉,命曰《杜詩瑣證》。行篋少書,舛漏不免,輒以付梓,俟大雅訂正云爾。

可見史炳僅是着重於對杜詩的一些考證,辨駁某些杜詩詞語、字句或名物之箋釋,而非杜詩注本,共 120 條。爲一專事考訂的杜集專著。史炳博覽群書,精於音韻之學,長於史地考據,加之翻閲杜詩注本頗多,積數十年考索比證,故於諸家衆說紛紜、誤注誤引之處,多所訂正,時有新見,頗多發明,極具參考價值。當代學者對此本的研究有:劉開揚《晚學逾知注杜難——讀史炳〈杜詩瑣證〉》一文,精選《杜詩瑣證》37 條,視其不同情況,或全録,或節選,然後加按語予以評述,或贊史氏辨證之精確,或訂正史氏之失①。張寅彭《史炳〈杜詩瑣證〉中徵引與駁議的趙次公注文》考察了《杜詩瑣證》一書徵引與批駁趙次公注文的情況,指出了不爲林繼中《杜詩趙次公先後解輯校》一書所録的幾則趙注和趙注粗疏之處②。此書有道光五年(1825)溧陽史氏句儉山房刻本,1988 年上海書店又據此本影印出版。尚有日本吉川幸次郎編輯之《杜詩又叢》本。

（二）施鴻保《讀杜詩説》

施鴻保(1804—1871),一作鴻寶,原名英,字榕生,號可齋,錢塘(今浙江杭州)人。年少時,以秀才肄業杭州各書院,得林則徐等人賞識,並與同郡沈祖懋、邵懿辰、馮培元等人結社西湖。曾先後十四次應鄉試,竟不遇。中年遂從事幕府,旅食江西、福建各地,而以遊閩時間爲最長,首尾凡二十七年,卒客死福州。著有《春秋左傳注疏五案》六十卷、《炳燭紀聞》十六卷、《讀杜隨筆》八卷、《讀杜詩説》二十四卷等。另有《閩雜記》二十六卷、《思悸録》一卷、《可齋詩文集》、《可齋詩鈔》二十卷(今殘存稿本十六卷),俱未梓。生平詳陳壽祺《施可齋先生傳》(《閩雜記》卷首)。

————————

①　劉開揚《晚學逾知注杜難——讀史炳〈杜詩瑣證〉》,《杜甫研究學刊》1989 年第 2 期。

②　張寅彭《史炳〈杜詩瑣證〉中徵引與駁議的趙次公注文》,《杜甫研究學刊》1996 年第 3 期。

　　《讀杜詩説》二十四卷，是一部專糾仇注之誤的書，故其卷次詩序先後，悉依仇兆鰲《杜詩詳注》。前有清同治庚午（1870）著者自序，施氏認爲仇注雖有"援引繁博，考證詳晰"的優點，但"讀之既久，乃覺穿鑿附會、冗贅處甚多。且分章畫句，務仿朱子注《詩經》之例，裁配雖勻，而渾灝流轉之氣轉致扞格；訓釋字句，又多籠侗不晰語，詩意並爲之晦。間附評論，亦未盡允，甚有若全未解者"，故主張恰如其分地詮釋杜詩，反對穿鑿附會，故作深求。是書不録原詩，只列有關仇注文字與評論箋釋文字，加以糾正，提出己見，共論及杜詩 673 首，頗有參考價值。是書成於同治九年（1870），爲手稿本。1962 年，中華書局上海編輯所據以出版張慧劍校本，1983 年上海古籍出版社又出新一版，前有張慧劍《關於〈讀杜詩説〉》一文，對該本考論甚詳，本文以下所論多參之。

　　張慧劍指出，《讀杜詩説》雖以糾論仇書各注的誤失爲主，也有許多地方，只是著者在自作考證，或申説自己對杜詩的體會，與仇書各注實際並没有關係。因此，盡可以把這部書看作是施氏記録自己多年研究杜詩心得的一部劄記。

　　施鴻保主張實事求是、適如其分地注釋杜詩，不贊成穿鑿。書中對仇注等舊注多有詰難，如《沙苑行》條，駁盧元昌巨魚比安禄山説；《薛端薛復筵醉歌》條，駁張綖以秋井爲金井説；《對雪》條，駁黄生以書空一語爲影射房琯陳陶之敗説；《寄贊上人》條，駁盧元昌坐實有谷之谷爲同谷説；《閣夜》條，駁杜修可氏以"五更鼓角聲悲壯"爲典出禰衡故事説：大都是由反對穿鑿而起的。在《呀鶻行》條中，他同意仇兆鰲的"非復"不當作"迷復"之説；而進一步地指出："今按此句當作非，若作迷字，句如何解？公詩注者，每因前人言無一字無來歷，即常用虚字，遇有可證，輒不顧詞理，以爲當從。如此迷字，注尚以避上復字，故定作非，其實公律詩復字尚多，况此本古體耶？"概括地説明了他在這一類性質的考論中所抱的旨趣。

　　施鴻保不贊成用纖巧的格律説來説杜，《客舊館》條對於所謂

"孤雁入群格"説加以攻駁,認爲"此等瑣屑之格,乃晚唐及南宋時人所説,公未必知,即知亦必不效爲之也"。在《贈田九判官》條中又進一步論曰:"今按此等説,皆近織巧,公當日決於有意,後人偶爾悟出耳;然或有意效之,詩必不工。"於舊注家因回護杜詩的某些誤失而曲爲之解的做法,他也不贊成。在《送田四弟將軍》條中,他説:一首詩裏有兩"酒"字皆在句脚,當是杜公偶然失檢。在《宿昔》條中,他説"微風倚少兒"句實是杜公用事偶誤。杜甫在詩中所説的話,有時是直訴實情,注家也往往爲作不必要的辯解,如《玉華宮》"不知何王殿"句,施氏以爲杜公在途中没有圖經、寺志可查,其"不知"當是實情,朱鶴齡對此反復考辯,也不過是"推公太過,不欲謂真昧耳。其實此等皆無足重輕,不必曲爲之説"。這些無疑都是通達之論。

　關於字句的訓釋,施鴻保要求講得具體,對諸家駁難時,同時也自立一解。如《病後過王倚飲》條,釋"酷見"爲"甚知",釋"畜豪"爲"畜豕之肥大者";《魏將軍歌》條,釋"金盤陀"爲馬額當中籠索縮結;《敬贈鄭諫議》條,釋"歲崢嶸"爲"歲之將盡"(按蔡夢弼注先已有此説);《樂遊園歌》條,釋"鞍馬"爲酒令名稱;《送元二適江左》條,釋"取次"爲"造次"。其中不乏有參考價值的新見。施鴻保運用"以杜證杜"的方法來解釋杜詩,如《多病執熱奉懷李尚書》條,釋"執熱"爲"極熱";《行次古城店泛江》條,釋"白屋"爲普通人家的房屋,不當作旅店解。就是引了杜甫集中其他的詩句來作證明的。以此爲據,自然較具體,也顯得較爲有力。實際上,施鴻保對於自己所作的一些與舊説歧異的解釋,有多處釋語加有"疑"、"疑即"、"疑當作"等字樣,説明他采取了較爲審慎的態度。

　施鴻保因爲反對穿鑿,於舊注家對杜甫某些詩篇所作的較深的合理探索體會不夠,往往不表同意,轉而從淺常處求解,這就不免削弱了那些詩篇的思想性。如《九日》詩:"酒闌却憶十年事,腸斷驪山清路塵。"仇兆鰲認爲是"酒闌以後,忽憶驪山往事,蓋嘆明皇荒遊無度,以致世亂路難也。末作推原禍本,方有關係"。施鴻保不同意這個解法,並說:"公詩必求有關係,則穿鑿附會之弊滋矣。"這正是施氏反穿鑿過程中矯枉過正帶來的偏差。此外,《讀杜詩說》中還有些失誤。如《兵車行》條,論上一"君不聞"應作"君不見",下一"君不見"應作"君不聞";《新婚別》條,主張重排詩句的次序,將"婦人在軍中"二句移到"誓欲隨君去"二句後,並以"傳寫誤倒"爲疑;《信行遠修水筒》條,釋"裂餅"爲分瓜。這些意見都嫌過於"膠柱鼓瑟"。對諸家的駁難,也有一些是牽強的,比較之下,實不如原注之義爲長的。又書中多處引述"邵(寶)注",多誤爲邵長蘅説,當是偶然失檢。如此之類舛誤尚多,蓋因屬稿倉促所致。

(三)郭曾炘《讀杜劄記》

郭曾炘(1855—1928,或謂1929年卒),原名曾矩,字春榆,號匏庵遯叟、匏廬、福廬山人。侯官(今福建閩侯)人,祖籍山西汾陽。光緒六年(1880)進士,改庶吉士。散館授禮部主事。十七年(1891),任軍機章京。歷遷禮部郎中、内閣侍讀、光禄寺卿。二十六年(1900),八國聯軍陷北京,慈禧與光緒西遷,郭曾炘隨後馳赴西安,授通政使,遷新設政務處提調。回京後,歷署工部、户部、禮部侍郎,入值軍機。宣統元年(1909),充實録館副總裁。三年(1911),禮部改典禮院,授副掌院學士。清亡後,仍追隨溥儀,每歲時趨朝。後病卒於京,溥儀詔贈太子太保,諡文安。精於考訂校讎之學,博聞强記,治學謹嚴。著有《匏廬詩集》《五臣本〈昭明文選〉注校誤》《施注蘇詩訂訛》《邴廬筆記》《論詩絶句》《陋軒詩鈔》《讀杜劄記》等。生平事迹見王樹枏《郭文安公神道碑》(《陶廬文集》卷二〇)。

《讀杜劄記》乃郭氏閲讀杜詩時所作劄記,生前未得刊行。後經黃君坦對原稿加以標校整理,由上海古籍出版社於1984年出版。全書三十二萬餘言,不分卷,卷前除了"出版説明"外,尚有1963年葉恭綽序。次列目録。郭氏平生篤嗜杜詩,心得尤多,論及杜詩近六百首,不引全詩,只就有關詩篇和詩句徵引前人評注,比較異同得失,從史實、詩意、字義等方面辨析訂誤,時有新見。全書徵引頗廣,如蔡夢弼、劉辰翁、王嗣奭、錢謙益、朱鶴齡、顧宸、仇兆鰲、浦起龍、查慎行、何焯、陳衍等評注多所涉及,而於梁運昌《杜園説杜》徵引獨多,評價很高。正如葉恭綽序云:"先生此稿,取仇注、錢箋及梁説各書數十種,抉剔爬梳,辯疑訂誤,不爲膠柱鼓瑟之見,駸駸乎集衆美而嚌其胾矣!"書末附録《竹垞論杜集各體詩》《石洲論杜詩鋪陳排比》《義門論杜詩各本異字》。

三、杜詩彙評本和杜律注本

(一) 盧坤"五家評本"《杜工部集》

盧坤(1772—1835),字靜之,號厚山,涿州(今屬河北)人。嘉慶四年(1799)進士,改翰林院庶吉士。歷任廣西、陝西、山東、山西、廣東、江蘇巡撫,升湖廣、兩廣總督。卒諡文肅,贈太子太師、兵部尚書。生平事迹見《清史稿·列傳一六六》、《國朝耆獻類徵初編》卷一九八。

盧坤輯録的《杜工部集》共二十卷,即所謂"五家評本"。卷首載盧坤道光甲午(1834)季冬所撰序,詩文編次、正文、校文悉依錢謙益箋注的《杜工部集》,卷首所收志傳集序亦全同於錢箋。目録各卷分列,卷一至八爲古詩,卷九至十八爲近體詩,卷十九、二〇爲文、賦。洪業謂此書"實亦若鄭澐之翻錢本,唯加印五色評點"(《杜詩引得序》)。實不盡然。如鄭本所附"諸家詩話"、"唱酬題詠",盧本則未甄録。

是書所集五家評,爲明代王世貞、王慎中,清代王士禎、宋犖、邵長蘅。該編用五色套印,於詩文旁皆標以五色圈點,五色評語散見於行間、題下,而尤以眉批爲多。以不同之色標示各家之評論,王世貞爲紫筆,王慎中爲藍筆,王士禎爲朱墨筆,宋犖爲黃筆,邵長蘅爲綠筆,評語皆極簡略。有道光十四年(1834)涿州盧氏芸葉庵

刻五色套印本,光緒二年(1876)翰墨園重刊本。另有 1935 年上海
中央書店鉛印本及 1936 年上海廣益書局鉛印本。該書的編次與
《杜詩集評》不同,其彙評的體例也與前者不同。《杜詩集評》的彙
評基本上都附在杜詩的末尾,一律墨黑色,而此書則是五色套印,
五家的彙評則或在眉端,或在題下,或在尾端,或在詩句旁邊,不拘
一格,四處散布,故十分醒目。書中所引五家評點者的名氣和層次
要超過《杜詩集評》中所引。但就所評的水平來説,則是旗鼓相當,
難分高下。其所引的評語篇幅來説,大致上也差不多,但所引王慎
中和邵長蘅二家的評語更短些。盧坤對書中五家原來的評語也不
是全文照搬,也是截取或摘録評語中的精粹部分,以便更集中地揭
示出杜詩的内涵和藝術成就。論者指出,與劉濬在《杜詩集評》中
只録贊語而不録反對意見不同的是,"五家評本"《杜工部集》中所
輯評語,不僅有對杜詩作贊賞的評點,而且也適當輯録了一些明人
的貶杜之論①。如評《登高》詩,引王士禎評語:"正當好詩,千回諷
之不厭。"同時也引王慎中評語:"起結皆臃腫逗滯,節促而興短,句
句實,乃不滿耳。"又如《恨別》,書中引邵長蘅評語:"格老氣蒼,律
家上乘。"同時又在此詩的五、六兩句旁引王慎中評語:"終於情景
不穩貼,無味故也。"又如《秋興八首》其一,贊者甚多,書中却又引
王慎中的評語:"'兼天''接地'四字終不佳。"再如《又呈吳郎》,書
中也徵引了王慎中的評語:"不成詩。"邵長蘅的評語:"此詩有説佳
者,吾所不解。"從中可以看出從明人貶杜到清人崇杜這一杜詩學
史前後發展的脉絡及時代風氣的不同。盧坤輯録的"五色批本"
《杜工部集》是清代杜詩大型集評本的最後絶唱。

(二) 潘樹棠《杜律正蒙》

潘樹棠(1808—1896),字憩南,永康(今屬浙江)人。十五歲補

---

① 孫琴安《清代詩歌評點的熱點之一:杜詩》,《杜甫研究學刊》1999 年
第 2 期。

博士弟子員。咸豐十一年（1861）拔貢生。同治間，由拔貢舉孝廉方正。光緒十四年（1888）特賞內閣中書七品銜。光緒間曾參與修撰《永康縣志》。著有《中庸引悟》、《山瓢集》三卷、《杜律正蒙》二卷等。據《（光緒）永康縣志》載，尚撰有《節烈吳絳雪別傳》、《永寧即永康考辨》等文。

《杜律正蒙》分上、下兩卷，書成於道光二十三年（1843），同治八年（1869）永康尋樂軒刻印。卷前有章倬標序、潘氏自序。共收杜甫七言律 152 首，（“目録”中遺《狂夫》《城西陂泛舟》二詩）。《杜律正蒙》輯諸家注以楊倫《杜詩鏡銓》爲主，“小注總評，悉多因之”，詩之編次，亦悉依《杜詩鏡銓》。每詩後總評，皆附以己見，如采諸家評語，則皆標明姓氏和書名，個人見解則加“按”字以別之，態度尚屬嚴謹。故章序云：“翻閱再四，見其删蕪汰冗，詳而不瑣，簡而能賅，而每首總評中，復分格以挈其綱，釋句以疏其意，爬羅搜抉，無椷釀叢脞之病。”雖不無溢美之辭，亦差可近之矣。但引楊倫注，時欠審慎，多所致誤，如引“朱（鶴齡）注”誤爲“朱子”；引《揚子法言》“谷口鄭子真”，誤爲《高士傳》，其實，《高士傳》乃轉引自《揚子法言》也。如此之類，尚有多處。是編之目的，爲便童蒙學詩之用，只收七律，正如潘氏“例言”中所云：“此編不及五、七古，以童蒙學詩，當從律詩入手，故約以七律，而五律皆可從此得其意。”故其説詩，重在作詩格法，強調起承轉合，有如講解八股文，而於詩之思想內容及藝術特色，反而很少闡發。至於每詩必強調標格法以分之，如所謂挂杖倒飲法、高屋建瓴法、翻身射雲法、神龍掉尾格、龍竪一指格等等，則近於文字遊戲耳。

（三）趙星海《杜解傳薪》

清代趙星海的《杜解傳薪》大致成書於同治初年，雖然成書時間較晚，但因係稿本，流傳極罕，實爲彌足珍貴的海內孤本。且其書體例特異，注評深細，是一部極具學術價值的杜詩評注本。2023年齊魯書社出版了孫微點校本，便於讀者閱讀。業師張忠綱先生

撰有《獨具一格的杜詩評注本——介紹趙星海的〈杜解傳薪〉》一文
（載《草堂》1986 年第 1 期），曾對該本進行評介，讀者可以參看。
以下在參考張忠綱先生所論的基礎上，試對趙星海《杜解傳薪》的
基本情況進行簡要介紹。

　　1. 趙星海生平及著述考略

　　趙星海，字月樣、宿源，自號崑野山人，山東黃縣人，一説萊陽
人。父趙書奎，字麟坡，別字蘭臺，嘉慶二十一年（1816）舉人，官高
密訓導，著有《墨香書屋詩草》一卷（《夷安詩草》附），《（宣統）山
東通志》卷一四五《藝文志第十》著録，山東省博物館尚藏有清光緒
二十四年黃縣趙蔚坊刻本。長兄瀛海，道光二十六年（1846）舉人，
官博平訓導（一作教諭）。趙星海於同治甲子（1864）貢入太學爲
諸生，《（同治）黃縣志》卷七稱其爲"廩貢"①。光緒戊寅（1878）謁
選，授武定府濱州訓導。《（光緒）增修登州府志》載："（趙星海）廩
貢，濱州訓導。"②又《縉紳全書》載："（光緒）四年二月選濱州訓
導。""趙星海，登州人，（光緒）十九年二月選諸城教諭。"③可知其
由濱州訓導升爲諸城縣教諭。期間還曾於光緒七年（1881）兼理蒲
臺教諭。趙星海著有《趙月樣詩》，《（宣統）山東通志・藝文志》著
録。何家琪《趙月樣詩叙》云：

　　　　向過書肆，見有手其自撰杜詩解者，取讀之，曰：異哉！自
　　袁簡齋以來數十年，詩人半泪于輕薄游戲之習，是書出，匪惟
　　揭杜心傳，抑亦廣天下詩教也。因叩其姓字，蓋趙月樣星海，
　　爲萊陽諸生云。項自言曰：予少壯觀皇帝都，遊秦晋，歷蜀川，

---

　　①　尹繼美修、王棠纂《（同治）黃縣志》，清同治十年（1871）刻本。
　　②　賈瑚修、周悦讓等纂《（光緒）增修登州府志》卷四三，清光緒七年
（1881）刻本。
　　③　佚名纂《縉紳全書》，北京斌陞堂刊本。

泛洞庭,過洛陽,走金陵,下錢塘,寇盜四起,間關萬里,一身之外,惟携杜詩,馬背船唇,河風山雪,旅夜瓦鐙,淋漓土墨,每索一解,心鏤腎鉥,一生精力畢于此,欲求有力者代刻焉。今將老矣,歸來至沛南,適遇朝邑閻中丞愛士,僅刻所解近體數十首以傳。言已,悄然曰:今中丞且去,予亦不得久居此也。逾二年,再遇之青州,詢所往,以燕趙、三晉對,蓋前志也。其秋,余下京兆第,歸不得。月槎之手杜詩解而馳驅天下也,舉世咸目爲癡爲怪,一二知名不過曰才士才士耳,其苦心卒無有識者,年不五十,鬱鬱以死,天邪? 抑人邪? 夫士不遇時,當一室餓守,有所著,聽其存亡,司馬遷所謂“藏之名山,傳之其人”,蓋不願求當世之知矣。昧乎此,好使才氣,欲以驚聾振瞶而終死困窮如月槎者何憾哉! 予嘗鈔同人詩,存月槎五律若干首,甚肖杜。夫以月槎身杜之境,奉杜詩窮且死,詩之肖杜固宜,特惜其解杜之全稿不傳耳。濟南知月槎者,朱君澹菴、宮君子行,而遺詩獨藏于余,寥寥數篇,魂魄所在,予每低徊其生死之故與著述之心,不忍使後世無傳,遂以其詩付梓焉。①

此《叙》的撰寫者何家琪(1844—1904),字吟秋,號天根,河南封丘人,光緒元年(1875)舉人,授洛陽教諭,升汝寧府教授,著有《天根詩文鈔》,曾於趙星海死後爲其刊刻《趙月槎詩》。從何家琪《趙月槎詩叙》的描述可見,趙星海於杜詩可謂竭盡畢生心力,《叙》中所謂“杜詩解”“解杜之全稿”,即趙星海之《杜解傳薪》。另據《趙月槎詩叙》還可知,趙星海的友人尚有朱蔭培(號澹菴)和宮本昂(字子行)等。此外,孟傳鑄《秋根書室詩文集》中有《趙月槎茂才星海携所著〈杜詩傳薪〉見過,即送其東旋》五首,詩云:

---

① 何家琪《天根詩文鈔》卷一,沈雲龍主編《近代中國史料叢刊》第71輯,文海出版社 1973 年版,第 48—50 頁。

帶甲縱橫日,胡爲事遠遊? 側身天地小,放眼古今愁。下筆千秋在,逢人一卷投。茫茫吾道廢,猶復謁諸侯。

旅食江南慣,萍飄過十春。有時隨大吏,無地着斯人。颯颯看飛檄,昏昏起戰塵。歸來仍作客,長鋏伴閑身。

杜陵窮野老,詩筆歷三唐。耳食紛牋鄭,心傳漫注莊。前賢深契合,他氏掃儋荒。手定千秋業,名山莫久藏。

十載羈燕趙,孤懷鬱不開。閉門佳客少,投刺俊流來。凍解泥雙屐,談深酒一杯。送君返東國,鄉思轉悠哉。

近代詩人少,相逢信有緣。論交剛此地,高會定何年。君有四方志,我常孤榻懸。重來談杜律,休惜杖頭錢。①

孟傳鑄,字劍農,號柳橋,山東章丘人,道光十七年(1837)拔貢,歷任易州、遵化、冀州、趙州州判,改大名兵備道,著有《西行紀程》《西征集》。他在詩中對趙星海的《杜解傳薪》推崇備至,從中亦可窺見趙星海携帶《杜解傳薪》稿本四處遊歷並與諸友人相互切磋、相互印證的情形。

趙星海還撰有《經義雲錦録》二卷,《諸儒論史彙編》一卷。另外,《(宣統)山東通志》卷一四六著録《繡香閣詩草》一卷,注曰:"張淑茝撰,淑茝,濱州人,黄縣趙星海妻,是編見《采訪册》。"徐泳《山東通志藝文志訂補》曰:"現存:清光緒二十八年刻本(與趙星海《大瑩東武詩草合編》合刻),李振聚藏。共七絶二十首。"②可知不僅其妻張淑茝的《繡香閣詩草》尚存,趙星海《大瑩東武詩草合編》二卷亦存世間,其中《大瑩詩草》乃任濱州訓導時所撰,《東武詩草》則官諸城教諭時所撰。該書前有光緒二十年諸城李藴玉序

① 孟傳鑄《秋根書室詩文集》卷五,《清代詩文集彙編》第 669 册,第 589 頁。

② 徐泳《山東通志藝文志訂補》,山東人民出版社 2016 年版,第 161 頁。

云：“黃縣宿源先生司諸鐸，晋謁時光霽可親，聆教言湛深理趣，知道學真傳，猶在人間，吾道幸不孤也。惠睹《大塋詩稿》一册，寓物寄志，真意勃勃，皆抒其樂天知命、憫時憂國之隱。”又有劉策庸、膠西宋孔昭、膠西趙文運、顧修齡仲延、于蓮、史延祜、馬榮臣諸人《題辭》，末附光緒二十七年李蘊玉撰《宿源先生事略》。《事略》曰：“癸巳二月，籤升青州府諸城縣教諭，七月抵任，即與蘊玉等講明理學，遂著《原教》《僞君子論》《慎疾説》三篇，《宿源心語》一卷。”又曰：“公事暇，與余及劉明經文琇以理學相切劘，不尚記誦詞章，能發明正學，邑人知有道學之宗，自先生倡也。”又曰：“己亥，輯《儒教正宗》一書。書内有知言、集義、養氣三説，以明得正宗者不外乎此，實力闢左道之燒丹煉汞也。”另經檢索“全國古籍普查登記基本數據庫”，國家圖書館還藏有趙星海撰《燕海吟集摘鈔》，清鈔本一册（索書號：FGPG 105438）。北京師範大學圖書館藏《毛詩辨韵》五卷，署趙似祖撰，趙星海更訂，道光二十二年（1842）海陽趙氏聽雲山館刊本，《販書偶記》著録①。據徐泳《山東通志藝文志訂補》載，趙似祖，字小晋，號秋客，海陽人，道光二十二年進士，官刑部主事，爲趙星海從兄。該書前有吳縣曹茂堅序云：“今秋趙子月槎過余京邸，出示其《毛詩辨韵篇》五卷，蓋其從兄秋客稿本，月槎參酌己見，編次以成者也。”②

　　2. 趙星海《杜解傳薪》及《杜解傳薪摘鈔》簡介

　　據趙星海《杜解傳薪自序》可知，《杜解傳薪》的書名取自《莊子·養生主》“指窮於爲薪，火傳也，不知其盡也”。又其《自序》署爲“同治壬戌冬至前一日”，則《杜解傳薪》當成於同治元年（1862）。《杜解傳薪》係行書鈔寫之稿本，毛訂五册，未刊行，亦不見公私著録，原藏齊魯大學圖書館，有“齊魯大學圖書館藏書”鈐

---

① 孫殿起《販書偶記》卷一，第 21 頁。
② 徐泳《山東通志藝文志訂補》，第 181 頁。

記,現藏山東師範大學圖書館。通過趙星海所撰"凡例"可知,《杜解傳薪》的原稿係按詩體分爲六卷:卷一五古,卷二七古,卷三五律,卷四七律,卷五排律,卷六絶句。而賦、贊、表、傳各體雜文則別爲一卷,列於集後。作者又將杜詩分爲甲、乙兩集,"擇其中之尤精者,訂爲甲集,餘悉列乙集之中"。而今存稿本《杜解傳薪》只是甲集的三、四兩卷,其中卷三爲五律,又分爲八小卷;卷四爲七律,又分爲二小卷。殆仿浦起龍《讀杜心解》之體例。作者鑒於新、舊《唐書》所撰杜甫本傳乖舛甚多,故不予甄録,而只取元稹《唐檢校工部員外郎杜君墓係銘並序》冠諸卷端。次列《少陵年譜》、同治二年(1863)方潛序、同治元年趙星海自序、"凡例"三十二則、趙星海後序。卷三前總列卷三之一至卷三之八所收五律目録,共計 498 首;卷四之一至卷四之二,則於各卷前分列所收七律目録,共計 128首。每卷首行署書名、卷次,次行署"東牟崑野山人趙星海月槎注解"。詩正文大字頂格,旁加圈點。每頁版心上標書名、卷次,中標作詩時、地、頁數,下標"燕海吟壇"四字,詩次分體編年,可使讀者一目瞭然。

趙星海《杜解傳薪摘鈔》,同治四年(1865)刻本,一卷一册,南京圖書館藏本,有藏書鈐記。《杜解傳薪摘鈔》係自《杜解傳薪》選出而刻印者,故體例全同于《杜解傳薪》,只是注解文字略有異同,蓋正式付梓時曾酌加修訂。卷前有同治四年閻敬銘序、蕭培元序、方朔序、同治元年趙星海自序、趙星海《杜解傳薪律詩摘鈔小引》,節録"凡例"七則。《摘鈔》分"五律摘鈔"和"七律摘鈔"兩部分,目録總列於卷前。共選録五律 38 首,七律 22 首。趙星海《摘鈔小引》云:"今且於律體中擇其律法深細而于世道人心有關者數十首,勉付雕鎸,商諸海内,以觀其數。"何家琪《趙月槎詩叙》稱其"一生精力畢于此,欲求有力者代刻焉。今將老矣,歸來至沛南,適遇朝邑閻中丞愛士,僅刻所解近體數十首以傳","閻中丞"即閻敬銘,同治四年,適爲山東巡撫。閻敬銘序亦云:"萊陽趙生著有《杜解傳薪》一書。兹携其《摘鈔》來謁,云全書繁多,因乏剞劂費,姑刻一册,以爲嚆矢。"可知《杜解傳薪摘鈔》係由閻敬銘出資助梓,方得以傳世。趙星海《杜解傳薪摘鈔》亦傳世極少,不爲世人所知,原藏江蘇省國學圖書館,《江蘇省國學圖書館現存書目》第二册別集類著録。馬同儼、姜炳炘《杜詩版本目録》載:"《杜詩傳薪》一卷,(清)趙星海編,清同治年刻本,一册,見《江蘇省國學圖書館現存書目》第二册別集類第 5 頁。"並列爲"待訪書目。"①其所指實爲《杜解傳薪摘鈔》,因未見原書,故將書名誤爲《杜詩傳薪》。

　　3. 趙星海《杜解傳薪》的注解特色

　　(1)爲兼綜諸注而設置的複雜體例

　　作爲一個較爲晚出的注本,趙星海《杜解傳薪》表現出詳於解而略於注的特點。其注釋極簡,往往以三言兩語解釋語詞出處、注明寫作時地,可見其解詩的重點並不在於語詞、名物、時地的考證方面。趙星海《杜解傳薪》之所以略於語詞注釋,是因爲杜詩學發展至清代後期,對杜詩語詞出處的鈎稽可謂能事已盡,在這一方面,號稱"集大成"的仇兆鰲《杜詩詳注》可稱代表,因此其後杜詩注家的注釋重點遂開始發生轉移,對杜詩章法脉絡的疏解才成爲趙星海解杜之重點。

　　正是由於清代杜詩學已經取得了大量成果,後出的注家已經不太可能獨出機杼,因此趙星海的注解呈現出兼綜諸注的特點。《杜解傳薪》中徵引的杜詩注本,計有張綖《杜工部詩通》、趙大綱《杜律測旨》、顔廷榘《杜律意箋》、盧世㴻《杜詩胥鈔》、王嗣奭《杜臆》、黄生《杜詩説》、顧宸《辟疆園杜詩注解》、錢謙益《錢注杜詩》、朱鶴齡《杜工部詩集輯注》、吴瞻泰《杜詩提要》、仇兆鰲《杜詩詳注》、浦起龍《讀杜心解》、邊連寶《杜律啓蒙》等,其中以浦起龍《讀

---

　　①　中華書局編輯《杜甫研究論文集》三輯,中華書局 1963 年版,第390 頁。

杜心解》、仇兆鰲《杜詩詳注》的徵引數量爲最多，全書共提及浦注199次，仇注98次，黄生注70次，王嗣奭《杜臆》39次，顧宸注22次，吳瞻泰注12次。因此從總體來看，趙星海《杜解傳薪》無疑是一本兼綜衆家的注本，而從其對浦起龍《讀杜心解》的倚重程度來看，從某種程度上甚至可以看作是浦注的衍生本和修正本。

由于既欲兼綜衆本又要獨抒己見，故《杜解傳薪》於疏解體例上采取了較爲複雜的形式。全書整體上采用"注列句下，解附篇末"的形式，注文以兩行小字列於句下，爲節省篇幅，引文多删節，但皆標明所引書名。其解爲全書之重點，共分爲三種：一爲正解，二爲參解，三爲旁解。正解又分引解、參解、補解三類。凡前人之解於本詩用意用筆全合者，則引之，是爲引解；凡前人之解於本詩用意用筆有純疵兼半、未能全合者，則斟酌取捨，是爲參解；見前人之解於本詩用意用筆全無一合者，則以己解補之，是爲補解。此三者皆低一格小字附於本詩之後。引解、參解皆注明引自某氏，如"引仇（兆鰲）解"、"參浦（起龍）解"之類，合數人之解者，則曰"引衆解""參衆解"。聯章組詩，如《秋興八首》《洞房》至《提封》八詩等，則特補以"總論"，明其謀篇布局之法，識其意趣旨歸。雖爲正解，但不列於篇末，而以小字書於頂格之上，以爲提綱挈領。參解又分引參、補參、參辨三類。正解之外，於本詩或猶有漏意，或另有別説，可與正解互相參正者，或引或補，是爲引參、補參；凡辯駁前人之解者，是爲參辨。此三者俱小字書於本詩頂格之上，間亦有附于正解之末者。旁解爲明杜詩用筆之起伏照應、離合承轉，特於各句各聯之側加以旁注。集中有同人酬唱詩，亦以小字書於本詩頂格之上。詩頂格之上以眉批標注"已刻"字樣者，則係收入《杜解傳薪摘鈔》者。趙星海設置的這種疏解體例頗爲複雜，然極爲嚴謹細膩，頗具系統性，不僅使得綱領清晰、條理分明，而且能將前人之論與個人之見較好地結合起來，易於讀者進行區別和分辨，是清代後期杜詩注家在舊注基礎上嘗試進行創新的一種體現。《山東歷史博物館展覽會報告書二編》第一章《歷史門審評報告》評《杜解傳薪》的體例曰："是書有引解、參解、補解、引參、補參、參辨、旁解、參補解,於杜詩命意所在,豁然如披雲見日,於諸家之解,不啻掃秕糠而存精華也。"①不過趙星海在徵引諸家之説時,偶有失檢混訛之處,亦存在徵引諸家之説而未予以標明者。

(2) 鑿深求細的解杜特色

趙星海的評解雖多采自仇兆鰲、浦起龍兩家,表現出較强的依傍性,但對舊注之誤多有駁正,於"參辨""補解""補參"中亦不乏己見,其分析頗爲深細。如《贈別何邕》:"生死論交地,何由見一人。悲君隨燕雀,薄宦走風塵。緜谷元通漢,沱江不向秦。五陵花滿眼,傳語故鄉春。"趙星海解曰:

> 一起五字,筆有神力,沉厚雄渾,全篇都涵。蓋他鄉之人,雖鄉里之相識,於離合之際,亦不能恝然於情,況朋友之交乎!泛泛之交,猶不能恝,況生死之交乎!中含多少層折,然起得好,尤須接得好,次句本言見何一人,却偏説"何由見一人",寫得難見如此,則得見之可喜,不待言矣,是又何神力!若云"生死論交地,天涯獨見君",非不穩妥,然平庸無味矣,並起句亦覺無味矣。三四亦然,詩本送別,要寫何還京之可喜,以形己留蜀之可悲,却偏先説何之來蜀可悲,來蜀既可悲,則還京之可喜可知。見何既可喜,則別何之可悲尤可知。句句用反接,字字用反照,文章固貴能反,然反筆中又用反筆,反筆中之反筆中又用許多反筆焉,非公誰能有此神筆哉?

趙氏通過分析將詩中的層折委曲之處娓娓道出,既細膩又深刻,從

_____

① 孫燕京、張研主編《民國史料叢刊》續編 1134《文教·文博》,大象出版社 2012 年版,第 309 頁。

中可見其對杜詩揣摩體會之深。又如《對月》(即《月夜》)"補解"曰:

> 　　此對月而有懷室人也。○通首俱從對面落筆,"今夜""獨看"四字,一篇之眼。○首聯言鄜州,言閨中,雖是自我憶彼,而曰"獨看",彼之憶我自見矣。及三四從兒女邊反筆襯托,申"獨看"意。五六"鬟濕""臂寒",皆因對月憶長安所致,仍從對面申"獨看"意。結承上,兩面雙收。鄜州之月可見,長安之人不可見,如此兩處之泪,俱難見矣。欲乾此泪,除是門倚虛幌、月色雙照乃可耳。○"何時"與"今夜"應,"雙照"與"獨看"應,二字略讀,月不能照泪見,惟雙照,泪自見耳。

"補參"曰:

> 　　"遙憐"貼兩邊説,望月懷人,泪珠自墮。望月而懷望月懷人之人,泪亦同墮。小兒女只知對月嬌戲,全不解所憶,並不解人所憶,間摭絮叨,最没奈何。憐兒女不解憶,則解憶者益苦。憐兒女不解憶,則憶解憶者更苦。"小"字下得好,非"小"字叫不起下句,非"小"字説不得"獨看"。如此解,五六接筆,情景方真,七八結處方確。

其分析真可謂細緻入微,可以想見趙星海在杜詩上所花費的功夫。然而趙星海在解杜詩時過於主觀,亦多有牽强附會之弊。如《登兗州城樓》之"補解"曰:

> 　　"連海岱"而曰"浮雲",隱喻朝政昏蔽也;"入青徐"而曰"平野",深嘆人煙蕭索也。五、六分承轉下,義蘊精深,若曰:崇善抑邪,天人一致,乃孤嶂之上,秦碑猶在;荒城之中,魯殿

僅餘。無道之石，反得長留，聖人之迹，偏歸湮沒。則所謂天道真莫測，而人事又安可知哉！七、八總收，提頓有力，向者讀書稽古，嘗致慨夫治亂之際，今日臨眺斯樓，景象若此，能不爲之躊躇莫置乎？其憂時慨世之心，悠然言外。

又如《初月》“補解”曰：

　　《初月》，自寫心事也。“光細弦欲上”，德薄而心自忠也；“影斜輪未安”，位卑而志不遂也；“微升古塞”，奔赴鳳翔而授拾遺之職也；“已隱暮雲”，旋被讒黜而貶華州司功也，“河漢不改”，謂山河如故，而莫與致治；“關山自寒”，謂隴外淒涼，而隻身羈旅；“露暗花團”，則自傷遠人之不蒙光被耳。然通首只就初月摹寫其神，正意全不露，所以爲妙。

這種字字求深意、句句講寄托的索隱派解詩法，猶如常州派論詞，未免求之過深，失之穿鑿，有乖詩旨。

趙星海《杜解傳薪自序》曰：

　　吾不以吾心解杜詩，而以杜詩證吾心焉。於是乎吾心出，於是乎少陵之心亦出。少陵之心出，而少陵之詩解矣。然則非吾解杜詩，乃杜詩自爲其解耳。

若能徹底遵照這種解杜方法和原則，當可盡量避免那些主觀臆測、牽強附會之見，實際上這點是很難做到的。有時爲了牽合己意，趙星海甚至對杜詩原文進行改動。如《喜達行在所三首》其三頷聯“猶瞻太白雪，喜遇武功天”，趙星海將“喜遇”改作“更遇”，其曰：

　　舊作“喜遇”，“喜”字係是題中着眼字，已於次章點過，此處不應輕出，因特正之。閱此，得不以擅改見罪耶？

因詩題中有"喜"字，且組詩第二首已言"喜心翻倒極"，趙星海便認爲此處不應再用"喜"字，遂改作"更"，其論詩之膠固可見。又如將《月夜》改爲《對月》，改《諸將五首》其一"見愁汗馬西戎逼"之"見愁"爲"見看"，改《詠懷古迹五首》其四"蜀主窺吳幸三峽"之"窺吳"爲"征吳"之類，多屬以意妄改，並無任何版本依據，實不足爲訓。

（3）整體觀照的思維方式

趙星海常將杜詩看作一個整體，認爲無論是一首詩内還是整組詩内都有着前後起伏照應的脉絡，常用"繳""跌落""逗""承""轉""提""頓""應""映""接""收"等術語描述杜律的脉絡結構。此外他還特別強調一首律詩的正文應緊扣題面，二者之間必須互看，才能真正明瞭詩意。正是由於秉持這種認識，其解杜中常能注意到某些易被人忽略之處，因而具有一定的啓發意義。如《遣意二首》之"補參"曰：

> 讀公詩，須將詩與題互看，方能得其真意。如此二詩，若將題掩過，亦只中唐人寫景出色之作耳，無能高出人頭地也。讀此方知公非但詩律之精，尤見製題之嚴，注家竟無識者，但以日夜分疏，豈不與題何涉？

又於首章之"補解"曰："題云'遣意'，非泛賦景也，蓋有避人避地之思焉。"又如《蜀相》之"補解"云：

> 心中先有一丞相，始欲尋其祠而一申慕憐之誠焉，故題曰"蜀相"。讀杜詩須將詩與題兩相合看，始能識其深意之所在。不然，丞相往矣，而其祠堂又不知在何處，何必定欲問之而尋

之耶？細審起結語氣，其旨自明。

又如《恨別》之"補參"曰：

　　詩有題面，有題意。論詩要識得題意，乃不爲題所拘。然有題內之意，有題外之意。如此詩，題是"恨別"，而結聯反專提國事，不幾拋却題面乎？然賊不平則歸不得，憂國仍是憂家也，此題內之意也。抑欲家之安，須必國之泰，是憂家還是憂國也？此題外之意也。須識得題外之意，方不負作者苦心，此興觀群怨詩之所以感人也以此。蓋詩有正寫不得，須借題抒寫，其意始見，如此詩之必用"恨別"爲題者是也；詩有切題不得，須要離開，精神始振，如此詩結聯之必用單收者是也，此題內題外之意之説也。使庸手爲此結聯，必曰"聞道河陽近乘勝，故鄉應許著歸鞭"云云，不惟題外之意不見，題內之意亦索然矣。杜陵每每如此，所以冠絕古今，成都《題桃樹》詩亦然。

《題桃樹》之"參辨"曰：

　　此詩後四艱深微奧，諸説紛紛，究無一是，而駭人處尤在一結。蓋此時北寇初平，蜀亂已定，故曰"非今日""正一家"云云，乃有謂是追憶未亂以前故園桃柳者；有謂是今日未一家，乃反言以致其關心民物之懷，見復歸草堂非本志者；更有謂是謂設非今日，而當盛時，寡妻群盜皆爲一家人者。吳氏則謂是推開題目，專言本懷。浦氏謂後四均是指點比喻之詞。諸説紛紛，非於時事背謬，即於題面全拋，豈能服人？且恐並難自信。不謂諸公俱以宿學名儒自負，稍遇艱奧，輒顛蹶如此，毋乃欺人而並自欺乎？蓋拋却題面，不按理法，未有不穿鑿而謬戾者。余故曰：作詩須必先明理，理明而法亦從之自生。杜詩之法有異於人,杜詩之理無異於人也。余惟按其理以思其法,並按其法而思理,但求於理法無背而已,合乎不合,吾不自知,然必有能辨之者。

故而當他認爲杜詩的題面與正文之間不能配合時,便會加以改動,如上面提及的將《喜達行在所三首》其三"喜遇武功天"之"喜遇"改作"更遇"便是如此。

對杜甫的連章組詩,如《洞房》至《提封》八詩、《秦州雜詩二十首》、《諸將五首》、《詠懷古迹五首》、《秋興八首》等,趙星海均認爲是統一的整體,故其疏解這些組詩時,亦務必明其前後照應之脉絡。如《秦州雜詩二十首》之"總論"曰:

> 此詩布局煉章,用意用筆,直如大將統兵,運籌一己,號令三軍,虛實奇正,直蹈斜攻,無不如志。二十首大概只是悲世、藏身兩意。第一章渾籠全局,如三軍主帥,坐鎮中央。餘以其二、其三各承一意,分領諸篇。十二至十八皆從第二首藏身意領起,其四至十一皆從第三首悲世意領起,有如兩將分兵督戰,各統一隊也。末二章則三軍會合,整頓總收,然亦分兩意,歸統兩帥。中雖不無參錯交互、離合變幻,要亦兩軍犄角,往復連環,翻轉出奇也。故名頂暗承,或遠或近,意趣旨歸,自各有定向,而不相亂。

又如《秋興八首》》"補總論"曰:

> 八詩總以"帝王州"一句爲主,故首以"望京華"三字爲八首提綱,以"抗疏""傳經"四字爲八首骨幹,"心"字、"泪"字乃八首血脉,"同學少年"二句則八首之征鵠也。分上下兩截,前三首爲一截,是切自身一邊説話,故貼"夔府",提"京華",而曰

“故園心”,用“望”字,由身説到國,明拈“心”字、“泪”字,就時日上豎説,用渾寫。後五首爲一截,是切朝廷一邊説話,故貼“京華”曰“故國”,而點用“思”字,由國説到身,暗函“心”字、“泪”字,就地面上横説,用分寫。“故園心”“故國思”,乃兩截關目也。然“故國思”,思故園也,“故園心”,心故國也,一也。故首章渾籠,末章總收,而以第四首爲上下樞軸,明其所以思故國而望京華者,非想在京之樂,而傷客虁之苦也。乃思自古帝王州,何以今其一變而爲百年弈棋,深責少年同學之但自知輕肥其衣馬而置國家理亂於不問也。識此,方許讀八詩。

由於堅持組詩整體論的認識,所以趙氏對上述組詩謀篇布局及起承轉合之脉絡分析得較爲深透精辟,其論足資參考。如果説趙星海將《秋興八首》《諸將五首》等連章組詩看作一個整體尚屬正常的話,那麼他將杜集中某些並非組詩的篇章看作一個整體就顯得有些牽强了。如其將《黄草》和《白帝》二詩亦看作連章組詩,其曰:

> 《黄草》,哀勞民也。○民者,草也。民困則病,草病則黄,故題命“黄草”,殆取《毛詩》“何草不黄”之意。○此章蓋承上章而徵實之。一二申前章後四之實迹,正按五六。三申前章“日月昏”意,承一二;四申前章“雷霆鬥”意,起七八。五六則就本章寫,是題正面。末點明劍閣、松州,欲酌其輕重緩急,而思有以靖之也,乃作二詩之本旨。

他不僅將《黄草》看作《白帝》的續篇,將《黄草》之“蜀道兵戈有是非”與《白帝》之“高江急峽雷霆鬥”聯繫起來,又將《黄草》的主旨解爲“哀勞民也”,《白帝》的主旨解爲“傷逃軍也”,“亦《毛詩》‘爰喪其馬’之意”,這種解詩方法明顯是對宋人朱熹《詩集傳》的模仿與繼承,暴露出趙星海的經學家面目,其解顯然偏離了杜詩本旨,體現出較爲明顯的鑿深和偏執傾向。

　　總的來看,趙星海《杜解傳薪》一書可謂瑕瑜互見,其深細的解詩優點與主觀鑿深之弊端均表現得十分明顯,但瑕不掩瑜,《杜解傳薪》仍不失爲一部頗具特色的杜詩評注本。特別是在清末這一杜詩學的衰落期,《杜解傳薪》的注釋質量更顯得鶴立鷄群、超邁群倫,無疑具有較高的參考價值,其在杜詩學史上理應占據應有的地位。

四、幾種杜詩選鈔本

(一)許鴻磐《六觀樓杜詩鈔》

　　許鴻磐(1747—1826),字漸逵,號雲嶠,別號雪帆、六觀樓主人,任城(今山東濟寧)人。乾隆四十六年(1781)進士,補授江蘇安東縣知縣,擢西城兵馬司正指揮,遷安徽潁州府同知,改泗州知州,所至有循聲,緣事落職。嘉慶二十一年(1816)捐復知州,補河南禹州知州。少負才名,博涉群籍,尤致力於輿地,凌廷堪以爲"海內輿地之學,以鴻磐爲第一專家"(《清史列傳·文苑傳》)。亦能散文戲曲。著有《六觀樓遺文》二卷、《雪帆雜著》一卷、《尚書劄記》四卷、《方輿考證》一百二十卷、《六觀樓北曲六種》等。又有稿本《六觀樓文集》、《許雲嶠文集》一卷、《許雲嶠先生詩文稿》一卷。生平見《清史列傳·文苑傳三》、《(道光)濟寧直隸州志·人物志》。

　　《六觀樓杜詩鈔》二卷,爲道光五年(1825)作者手鈔本,四册,書前有許鴻磐《杜詩鈔小序》云:

　　　　夫詩何爲而作乎? 其義起於君臣、父子、夫婦、昆弟、朋友之間,而其情發乎離合忻戚之際。處其常者,則多悦愉之詞;罹其變者,則多窮愁之語。然悦愉者難工,而窮愁者易好也。少陵之詩,根乎愷惻篤摯之至性,更觸發於顛沛流離、飢寒戎

馬之境，故其詣獨絕。余弱冠即喜讀杜詩，向曾倩善書者鈔於
都門，計詩五百首。南北奔馳，未嘗去諸手者且四十年。今老
矣，而遇益蹇。甲申春，自中州歸，漫遊江左，無所合，秋杪旋
里門，謝絕俗客，抱影於新僦草廬中，惟日與少陵相晤對，猶嫌
曩鈔之未慊於懷也。更檢全集，約取而手錄之，得詩三百一十
八首，釐爲上下二卷，以爲破鬱遣愁之借。嗚呼！少陵窮者
也，而余之窮尤劇，既愛少陵詩關乎倫紀、風教之大，復以同病
相憐，故嗜之倍篤，公詩不云乎："悵望千秋一灑泪"，吾請移弁
是鈔。道光五年歲次乙酉春二月初七日任城許鴻磐盥手
謹識。

自序後爲《新唐書・杜甫傳》、元稹撰《子美先生墓係銘》。次列卷
上目錄，有"六觀樓"、"鴻磐"、"雲嶠"鈐章，再次卷下目錄。書後
有許鴻磐識語云：

> 右鈔杜詩五古七十首、七古六十首、五律一百七首、七律
> 五十四首、五排十首、絕句十七首，共三百一十八首，是爲六觀
> 樓讀本。余宦遊三十餘年，甲申自中州歸，檢舊存書，十亡六
> 七。所存杜集，止劉須溪《千家注》、仇滄柱《詳注》、浦二田
> 《心解》、余同年楊倫《鏡銓》而已，故鈔中注及評語，多采自四
> 種，間有補注及臆測者，亦附見於編。屏去武斷、穿鑿之見，潛
> 吟密詠，惟求義之所安而止，余豈敢謂得作者之意，幸賴諸家
> 之有以牖予，或不至大相剌謬也。乙酉春二月花朝前三日鴻
> 磐又識。

該書每頁九行，行二十二字，詩題下小字雙行，每頁中縫下有"六觀
樓"三字。詩後多引各家評注語，欄上亦多引他人評語，均小字，新
見不多。

（二）顧廷綸《少陵詩鈔》

顧廷綸（1767—1834），字鄭鄉，亦作鄭薌，一字鳳書，室名玉笥山房，會稽（今浙江紹興）人。曾受業于樸學大師阮元，與同修《經籍纂詁》，校正宋拓石鼓。嘉慶三年（1798）優貢，任武英殿校録官，後官武康訓導，卒于任所。廷綸警敏絶倫，博通六籍，詩作尤爲阮元所激賞，子淳慶能承其學。有《玉笥山房要集》四卷《文》一卷、《北征日記》一卷、《少陵詩鈔》不分卷。生平事迹見阮亨《定香亭筆談》、潘衍桐《兩浙輶軒續録》。

《少陵詩鈔》爲顧廷綸手鈔本，其曾孫顧鼎梅於民國十六年（1927）在上海科學儀器館任職時影印出版。該影印本首頁署“鄭鄉先生（廷綸字）手書　少陵詩鈔　徐鼎題簽”，次有吳士鑒序，版心下刊“玉笥山房”字樣。所鈔詩篇白文無注，行間有圈點，節鈔諸家評語列於書眉之上。書前半部稱《少陵詩鈔》，後半部稱《杜詩續鈔》，係由劉濬《杜詩集評》節鈔而來，著者一無新見。或因前有吳士鑒序而將著者誤爲吳氏者。

（三）顧淳慶《杜詩注解節鈔》

顧淳慶（1804—1860），字古生，自號鶴巢，會稽（今浙江紹興）人，廷綸子。初補博士弟子員，于嘉興太守端節家就館歷十年。道光十二年（1832）舉於京兆，二十四年大挑一等，授韓城縣知縣，累遷岐山、延長、長武、咸寧諸縣（均屬陝西省）知縣，擢潼關同知。咸豐十年（1860）卒於官，年五十七。著有《鶴巢詩存》一卷、《鶴巢語録》一卷、《衍洛圖説》一卷、《學醫隨筆》一卷，俱編入《顧氏家集》。生平略見顧壽楨《孟晋齋文集》卷四《先考潼關公墓志》。

《杜詩注解節鈔》不分卷。顧淳慶選鈔所據之本，乃張溍《讀書堂杜工部詩集注解》，共338首，名篇鉅製多無遺漏，張溍原注以雙行夾注形式删減録存，偶有簡括評語。此書爲顧淳慶楷書手寫本，顧氏工於書法，故此影印手寫本，亦可資賞覽。是書由淳慶之孫顧鼎梅主辦上海科學儀器館時，於1927年影印成册。

（四）張燮承《杜詩百篇》

張燮承（1811—1876），字師筠，含山（今屬安徽）人。秀才，咸豐間遊幕青浦，與齊學裘友善。著有《張師筠著述》、《小滄浪詩話》四卷、《翻切簡可篇》二卷、《寫心偶存》三卷、《杜詩百篇》二卷等，輯有《聽雨堂叢刻》（光緒二十七年刊本）。生平見《寫心偶存》、雷葆廉《詩窠筆記》卷二、汪芑《茶磨山人詩鈔》。

《杜詩百篇》二卷，有咸豐九年（1859）汲縣賀氏刻《張師筠著述》本。又有單行本。選杜甫各體詩 100 題 161 首，所選皆杜詩名篇。其注釋或釋字義典故，或論韵律章法，或解詩意内涵，率皆簡明。兼取諸家之説，附以己意，但引前人語多不注出處，新見無多。實爲閭塾通俗讀本。

（五）許瀚《杜詩選注》

許瀚（1797—1867），字印林，一字培西，山東日照人。道光十五年（1835）舉人，主講濟寧漁山書院和沂州瑯琊書院。咸豐二年（1852）官滕縣訓導，未幾歸里。晚年爲吳式芬校訂遺書。著有《攀古小廬文》《攀古小廬文補遺》《攀古小廬雜著》等。又有稿本《許印林雜文》一卷。許瀚是清代道、咸間傑出的文字學家、金石學家和校勘學家，博綜經史及金石文字，訓詁尤深，其校勘宋、元、明本書，精審不減黄丕烈、顧廣圻，龔自珍稱其爲“北方學者第一”。生平事迹見楊鐸《許印林先生傳》（《續碑傳集》卷七九）、袁行雲《許瀚年譜》（齊魯書社 1983 年版）。

許瀚所撰《杜詩選注》，亦稱《病手集杜》，爲同治二年（1863）作者手鈔本。該書只選注古詩，計五古 40 首，七古 55 首。多引前人如范温、蘇軾、黄徹、錢謙益、朱鶴齡、黄生、吳瞻泰等人之説，個人見解則很少新意。

（六）席樹馨《杜詩培風讀本》

席樹馨，《杜集書目提要》失考，《杜集書録》將著者誤作“葉樹馨”，稱“始末待考”。據考，樹馨，字枝山，又字鶴如，懷來（今屬河北)人。道光十七年(1837)拔貢,咸豐三年(1853)進士,任四川長寧知縣。在任修書院,設文學,請名師,教士子,人文俱興,爲諸邑之冠。著有《代箋録》《古文文筆》《金丹選注》。曾校録《杜解通元》四卷,輯有《杜詩培風讀本》。生平事迹見于煤村、王崇玉編《懷來縣志譯》卷一二《人物》、卷一三《科第》(河北省懷來縣檔案館1984年内部發行)。

《杜詩培風讀本》就楊倫《杜詩鏡銓》選録各體杜詩451首,按體分編,分體之後又以編年爲次,其評注亦一依楊本。席氏認爲《杜詩鏡銓》"精當妥協,字疏句釋,詳而不濫,洵杜集第一本也。惟全集自宜乎編年,而讀本則便於分體,乃仿《讀杜心解》,按體分編,而前後仍準年譜,十取三四,爲初學計,便誦習也"。知其編意在選一初學之讀本。有光緒元年(1875)四川刻本,鎸刻雖晚,却極少見。

(七)鄭杲《杜詩鈔》

鄭杲(1852—1900),字東父,一作東甫。祖籍直隸遷安(今屬河北)。父鳴崗,以舉人爲山東即墨令,到官數月卒,貧不能歸,因家於即墨。光緒五年(1879),以即墨籍舉山東鄉試第一。明年中進士,授刑部主事。後以母憂歸,主講山東灤源書院。服闋,遷員外。二十六年以疾卒于京師,年四十九。鄭杲讀書無所不涉,于諸經尤殫其力,而獨深於《春秋》,其爲説能兼綜三《傳》。著有《春秋説》二卷、《春秋劄記》一卷、《東甫説經》一卷、《鄭東父筆記》一卷、《鄭東甫文稿》一卷、《東甫遺稿》、《書張尚書之洞〈勸學篇〉後》一卷等,多爲稿本。與桐城馬其昶友善,杲死,其昶將其遺稿編爲《鄭東父遺書》六卷。生平事迹見馬其昶《鄭東父傳》(《續碑傳集》卷七五)。

鄭杲所撰《杜詩鈔》五卷,《宣統山東通志·藝文志》稱此書"訂正仇氏之誤",《民國河北通志稿》引《畿輔書徵》批云:"按此即《杜詩小序》也。"是指就體例而言,此書每題下均有仿朱熹《詩小序》之解題。其注釋解説雖尚稱簡明扼要,但較少己見。《杜詩鈔》

前四卷收古體詩，後一卷收近體詩，共 547 首，分體之後大略又以編年爲序。前有徐世昌所作序云："掇取諸家舊說，間出己意，以裨前人罅漏，可謂擇精語詳矣。""然東父苦心研究，專在杜之古體。"己丑一鈔，庚寅一鈔，鄭杲尤爲著力，解說注釋尚簡明扼要，且不乏己見。至庚寅三鈔、今體詩鈔，詩多白文，有注則多轉錄錢箋而不注明，間或云"箋曰"，或徑云"錢謙益曰"，幾至格式亦與錢箋全同；亦偶引黃生、仇兆鰲、盧元昌、浦起龍、柯劭忞等人評語，而絕少己見。鄭杲卒於光緒二十六年（1900），知是書成於清末，民國間由天津徐氏退耕堂鉛印成册。

　　鄭杲以風雅比興説詩，崇尚温柔敦厚、深穩蒼古之作。又因其精於《春秋》之學，往往以《春秋》之法解詩，重在諷喻，尋繹微言大義，有時則不免穿鑿。如《貧交行》中"君不見"爲"呼明皇而告之"，稱《遣興五首》（朔風飄胡雁）"當是天寶八載後楊氏勢橫時"作，詩中句句皆指國忠事，則過於牽强附會。杲解詩時有失考，如釋五古《贈李白》，謂"太白以天寶三年召入翰林，賜金放還，至東都受道籙於紫極宮"，即時地並誤也。對杜詩之評騭亦有失當之處，如評名篇《丹青引》云："終不見其好處。"評三《望岳》詩，竟贊同柯劭忞的意見，以南岳第一，西岳次之，東岳最下，實欠公允。

第三節　太平天國運動對杜詩學的影響

　　太平天國運動對文化的破壞巨大，包括許多杜集善本在内的珍貴舊籍、書版都毀於戰火。我們以《四庫全書》的命運爲例便可見戰亂對文化的破壞程度。《四庫全書》自乾隆三十七年開始編纂，歷時 15 年，4 000 餘人參加，收録 3 503 種圖書，總字數九億九千七百餘萬。其所費可謂不遺餘力，然而其藏於"江南三閣"——文宗閣（鎮江金山寺）、文匯閣（揚州大觀堂）、文瀾閣（杭州聖因寺）的《四庫全書》在太平天國運動中都慘遭焚毀。如揚州大觀堂的文匯閣、鎮江金山寺的文宗閣均被焚毀，片紙不留。文宗閣先遭英軍火燒，後與文匯閣同毀於太平天國戰火。文瀾閣被推倒，其書大量散失，《四庫全書》流入書肆，百姓用來包裝物品，幸賴丁申、丁丙兄弟搶救，未遭全毀。張秀民《中國印刷史》云："太平天國起義，南方戰火連年，揚州文匯閣及鎮江文宗閣《四庫全書》全毀，杭州文瀾閣《四庫全書》亦不全，其他民間藏書損失尤巨，一般士子缺乏讀本。"①經過太平天國起義，東南各省新舊文獻大都被毀，以至於在太平天國被鎮壓後，市面上幾乎買不到書，社會上無書可讀。研究版本學的人一般都知道，康、雍、乾、嘉四朝刻書往往不難得，而道、咸兩朝刻書往往印本稀見，反倒被視爲珍本，原因是太平天國時書版大都被毀。在這種情況下，是根本談不到什麼學術發展的。如張燮承《杜詩百篇》就完成於太平天國攻克南京前後，此時的張燮承正輾轉於軍旅間，他在此書咸豐三年（1853）的序言中記載當時情況曰："（壬子，1852）冬十二月，居停主人開戎幕於金陵，相招同往，軍書旁午，鉛槧乃少餘閑，遂未卒業。今春暫返吳門，金陵尋潰陷，友人多避浙者，因亦泛宅相從，旅寓杜門，而後藏事。……惟茲篇成於金陵被兵之際，憶江上論詩諸友生，未卜存亡何所，茫茫煙水，日暮愁予，又可勝'故國平居'之慨也夫！"《杜詩百篇》雖算不上什麼值得稱道的注本，但其所選篇目多爲《兵車行》、《北征》、《春望》、《月夜》、《洗兵馬》等，可見烽火遍地的時代對杜詩編選者的影響。同治十一年（1872）四川成都望三益齋刻《杜詩鏡銓》前有吳棠《重刻〈杜詩鏡銓〉序》云："今年春，校刊'四史'事，念東南兵燹以後，公集板毀無存。爰覓善本付梓，並取張上若先生《工部文集注解》二卷附後。"這就直接說明了當時戰火之後杜詩善本"板

___

① 　張秀民著、韓琦增訂《中國印刷史》，浙江古籍出版社 2006 年版，第 399 頁。

毀無存"以及亟乏善本刻印的窘迫情狀。也有少數杜詩學者能僥倖保存自己的注本免遭亂兵焚毀,如章倬標《杜律正蒙序》稱是書"得諸兵燹之餘者也",章德藻跋《杜律正蒙》曰:"生平纂述甚多,俱毀於兵燹,惟是編獨存。"這樣的情況當然只是少數。無情戰火的嚴重破壞更加促進了人們對杜詩善本的渴求,而當人們在翻刻杜集時,無疑將面臨一個版本選擇的問題,而在此時重新審視舊注,往往對其得失看得會更加清晰,所以他們不是先去刻印卷帙浩繁的仇注,而是首先選擇了簡明通達的《杜詩鏡銓》,這其中是有深刻的時代原因的。

　　北方的捻軍戰亂對文化的破壞也相當嚴重。許多學者在兵荒馬亂之中生命尚朝不保夕,更何談真正地安心治學!《(宣統)山東通志·藝文志》曾載《杜解傳薪》作者趙星海交代當時"寇盜四起,間關萬里,一身之外,惟携杜詩"那樣在亂離中苦研杜詩的艱辛。又如同治二年(1863),年已67歲的許瀚便輾轉於捻軍戰亂之中,許瀚撰《杜詩選注》多引前人舊説,個人見解則很少新意,這也是當時杜詩注本的通病。因爲一方面杜詩學研究面臨着自清初以來已經取得的難以逾越的巨大成就,因而後來學者很難在注杜上再取得很大突破。另外,道光以後連遭兵火,社會矛盾尖銳,處於嚴重的内憂外患之中。學者們很難再像以往那樣得以廣泛交流心得,而是漸趨閉塞保守。如梁運昌《杜園説杜》雖不乏新見,但終因"家無藏籍",未能遍覽諸家之説,故於論杜,或自謂新見,却常爲因襲前人之説。許瀚《攀古小廬文補遺·又與伯平書》記載了他當時避兵火時偶然檢得兩種杜詩注本的情況,其云:"書籍亡失殆盡,無可消遣。舍六弟忽於賊退後在馬矢馬溺中檢得《杜詩》二種,一錢牧翁箋注,一吳東巖先生選評,名《杜詩提要》,幸皆無損污。病榻無聊,日唯翻閲二書。數月來,能背誦者近二百首,乃默書於册,尚未及半。借此遣日,似勝左思右想,徒滋擾亂也。數遇疑難,無從質問,益令人思良友不置。今別紙録一事就正,他日遇便明示,幸甚,幸甚。"①學者們在戰亂中無書可檢、無人可與探討質問的情形由此可見。山東博物館藏有許瀚手校本吳瞻泰(東巖)《杜詩通解提要》六册,通過其校語我們約略可見許瀚當時"無從質問"的困惑到底是什麼,其《杜詩提要評校》云:"《提要》之名,乃因山薑先生所定。然則東巖先生亦國初人也。序例皆不紀年月,惟就正山薑先生在丙子秋,亦不知是何時丙子也。"又云:"書内多引黃白山人語,云是老友。白山,康熙間人,著《字詁》《義府》二書,四庫著録,然則東巖先生果國初人矣。"②山薑,爲田雯之號。吳瞻泰在《杜詩提要序》中稱其於成書前曾請教老師田雯,則此"丙子"應爲康熙三十五年(1696)。吳瞻泰的《杜詩提要》是清初的一個重要注本,在清代杜詩學界曾產生深遠的影響。然而到了此時,博學如許瀚這樣的學者,竟不能確知其人其書,僅能據書内的序跋大略考出其爲"國初人",便不能不讓人感到悲哀。這也從一個側面反映出了當時杜詩學不振的現狀,正是因爲如此,在那樣萬方多難的局面下,杜詩學研究也必然處於殘破衰敗、一蹶不振的境地之中。

第四節　杜集印刷的發達與杜詩的普及

從杜集刊刻的情況可以考知學術之興替,可以瞭解時代學術之氛圍。歷史上幾次大規模的杜集刊刻都是與杜詩學的興盛互爲表裏,推波助瀾;有時又與之不甚相合,乃至乖悖,其原因也都值得研杜者們深入探討。從此獨特視角審視測量杜詩學發展的歷史軌

---

①　許瀚著,曹漢華、曹雙輯校《攀古小廬文集》上册,齊魯書社 2022 年版,第 59 頁。

②　許瀚撰,王獻唐輯《許印林遺書二十種附一種(二)》,《山東文獻集成》第一輯第 45 册,山東大學出版社 2007 年版,第 129 頁。

迹,進而於社會的某些看似偶然的表象中考出具有規律性的事實,對於總結杜詩學的歷史得失、分析其發展脉絡,都提供了一個獨特的切入點。清道光、咸豐至光緒、宣統乃至於民國初年就是杜詩學史上又一次大規模刊刻杜集的時代,對杜詩學的發展亦産生了廣泛影響,其發生的原因與社會心理也都值得治杜詩學史者的關注。

一、道、咸以前清代杜集的刊刻簡述

自清初錢、朱各家集注杜詩後,各種集評本陸續面世。除已梓行的以外,僅周采泉所見,未刊的稿本又不下數十種。雍正、乾隆年間,浦起龍《讀杜心解》和楊倫《杜詩鏡銓》相繼出版,利用了清初諸注的成果,並有所駁正。當時武英殿和揚州書局所刻各書,大部分采用筆劃圓潤字體手寫上版,私家刻書在其影響下便興起了精寫上版的風氣,康熙朝陳廷敬撰《午亭文編》爲侯官人林佶著名的"林氏四寫"之一,《午亭文編》中就有《杜律詩話》。

乾隆間《四庫全書》收録及存目之杜集文獻,雖數量不多,對杜詩學的發展却影響深遠。如趙子櫟《杜工部年譜》及魯訔《杜工部詩年譜》均爲宋人舊本,具相當之參考價值。存目類中之明林兆珂撰《杜詩鈔述注》、明顔廷榘撰《杜律意箋》皆爲流傳甚罕者。至於別集類繕録的仇兆鰲《杜詩詳注》,更是一部爲歷來研習杜詩者所必備的杜詩注本。四庫館臣將上述諸書或繕録,或存目,實在是一件沾溉杜詩學的大事。四庫館臣對杜集的大規模整理也有令人遺憾之處,如未能繕録更多宋白文本(如王洙《杜工部集》);由於遭禁毁,錢謙益《錢注杜詩》、朱鶴齡《杜工部詩集輯注》等重要杜集未能收録等等。還有,四庫館臣曾對杜詩及其注本妄加纂改删削,以致有的詩篇面目全非,注文也殘缺不全,這些都是應當認真清理的①。另外,嘉慶朝的

①　參見第三章第一節之二"《四庫全書總目》所體現的杜詩學"及第一章第二節之四"清代文禁對杜詩學的影響"。

杜集刻印,尚有武英殿本《九家集注杜詩》,嘉慶十四年(1809)澄江水心齋刻虞集、趙汸注杜合刊本《杜律選注》等。

二、道、咸、光、宣朝的杜集刻印高潮

葉德輝曾云:"顔色套印書始於明季,盛行於清道咸以後。"[1]道光年間,廣東芸葉庵刻本《杜工部集》用五色套印,極爲精緻。故孫毓修《版本源流考》曾説"套版印本廣東爲之最精",即指此本。後來廣東書局有翻刻本,道光十四年(1834)涿州盧坤所刻《杜工部集》二十五卷用五色套印,正文墨筆,王世貞紫筆,王慎中藍筆,王士禎朱墨筆,邵長蘅綠筆,宋犖黄筆,五彩斑斕,娱目怡情,周采泉《杜集書録》稱:"清代所印杜集之精緻,以此爲第一。"吴光清云:"可以算是在用彩色印刻評注的書籍所曾經做的最偉大的嘗試了。"[2]道光朝的杜集刊刻形成了一次高潮,不僅當時的一些杜詩著作面世,清初的一些注本亦得以刊印或重刻。有道光二年(1822)刻何化南《杜詩選讀》,道光五年溧陽史氏句儉山房刻史炳《杜詩瑣證》,道光八年北京聚魁齋刻《藏雲山房杜律詳解》,道光十一年陽湖莊魯駉刻《朱竹垞先生杜詩注本》二十四卷,道光十三年寶經堂刊吴馮栻《青城説杜》,道光十四年墨稼齋重刻邊連寶《杜律啓蒙》,道光二十一年張籛重刊張溍《讀書堂杜詩注解》,道光二十四年清和堂刊莊詠《杜律淺説》、蘇州范氏後樂堂刊范輦雲《歲寒堂讀杜》等等。同治朝的杜集刻印稍顯不振,有同治二年(1863)繡谷趙氏刻虞集、趙汸注杜合刊本《杜律選注》,同治十二年刻虞集、趙汸注杜合刊本《杜詩選律》等。

清末光緒、宣統朝的杜集刻印又達到了一個興盛的高潮,這是

---

① 葉德輝《書林清話》卷八,岳麓書社 1999 年版,第 178 頁。
② 吴光清著、柳存仁譯《明代的彩色印刷——插圖·評點·畫譜·圖籍的衍變》,《大風半月刊》第 90—91 期,1941 年 5—6 月。

因爲社會上勸人刻書形成一種風氣,對圖書刊刻是一種有力促進,如張之洞就曾云:"今人各自問德業學問無以逾人,莫若刻古人之書籍,如吳之黃(吳縣黃丕烈)、歙之鮑(歙縣鮑廷博)、南海之伍(伍崇曜)、金山之錢(錢熙祚),其姓名於五百年內必不至於湮没無聞。"況且刻書可以"傳先哲之精蘊,啓後學之困蒙,亦利濟之先務,積善之雅談也"①。又葉德輝云:"積金不如積書,積書不如積陰德,是固然矣。今有一事,積書與積陰德皆兼之,而又與積金無異,則刻書是也。"②另外,清季文禁稍弛,也是促使古籍印刷興盛的一個原因。如清初被禁的錢注在宣統朝就出現了四種印本。

這個時期刊刻的杜集有:光緒元年(1875)刻劉鳳誥《杜工部詩話》、四川刻席樹馨《杜詩培風讀本》,光緒二年(1876)粵東翰墨園重刊芸葉庵五色套印本盧坤《杜工部集》、巴陵方功惠碧琳琅館影宋本《重刻杜工部草堂詩箋》二十二卷,光緒十年(1884)黎庶昌於日本東京鎸版之古逸叢書本《重刻杜工部草堂詩箋》四十卷,光緒三年(1877)吳縣朱氏補刊本許寶善《杜詩注釋》,光緒六年苕溪吳氏重刻《義門讀書記·杜工部集》,光緒八年(1882)姑蘇來青閣刻汪文柏《杜韓詩句集韵》,光緒十三年(1887)仿玉勾草堂袖珍本重刊鄭澐《杜工部集》,光緒十八年(1892)上海著易堂據望三益齋本石印本楊倫《杜詩鏡銓》,宣統辛亥(1911)上版、癸丑(1913)竣役的劉世珩影宋刻本《王狀元集百家注編年杜陵詩史》三十二卷等等。

盛於道、咸、光、宣年間的書籍印刷的這一高潮,因自清初以來一直持續的政治高壓逐漸松動導致的文禁廢弛等時代原因,杜集得到大規模刊刻,這就使得清初遭禁的一些著名注本得以重見天日;另一方面,這一時期不僅將一些杜詩學稿本著作面世,使相當

① 張之洞《書目答問補正》,上海古籍出版社 2001 年版,第 256 頁。
② 葉德輝《書林清話》卷一,第 2 頁。

一部分杜詩學專著不至散佚,而前代杜詩學研究者的其他著作也有刻印,如嘉慶二十四年(1819),《杜工部詩集集解》作者周篆的《草亭詩文集》由俞仲岳付梓刊刻,爲我們瞭解這個布衣學者的生平提供了可資依憑的材料。此外,由於對外交流的日益頻繁,流落海外的稀見版本亦得以重刻,共同促進了清末杜集刻印的繁榮。而我們現在所能見到的許多杜詩注本,許多都是刻印於這個時期,其於杜詩學的發展可謂功不可没。

第五節 名 家 論 杜

鴉片戰爭後,我國國門被打開,隨著西學東漸,人們的觀念漸生變化。在 19 世紀 60 年代以前,封建士大夫以夷夏之辨來看待中西文化,視中學爲源,中學爲本,把西學目爲"奇技淫巧",傳統文化的地位尚未動摇。對杜甫和杜詩的研究,仍以傳統的方法,按傳統的認識路綫向前發展。不過社會的動盪與列强的瓜分,在杜詩的闡釋中或多或少地都有所體現。方東樹、劉熙載、施補華、沈曾植、陳廷焯等人論杜也都各有特點,以下對其杜詩學成就簡要加以介紹。

一、方東樹《昭昧詹言》論杜

方東樹(1772—1851),字植之,號儀衛,別號副墨子,安徽桐城人。先後主講廉州海門書院、韶州韶陽書院、廬州廬陽書院、亳州泖湖書院、宿松松滋書院、祁門東山書院等。與梅曾亮、管同、姚瑩並稱姚蕭四大弟子。吳大廷《儀衛軒文集序》稱其爲"惜抱後一人"[1]。著有《漢學商兑》《書林解纈》《昭昧詹言》等。生平事迹見

---

[1] 吳大廷《小酉腴山館文集》卷二,清光緒五年(1879)刊本。

方宗誠《柏堂集前編》卷七《儀衛先生行狀》、鄭福照《方儀衛先生年譜》。

　　桐城派作爲清代影響最大的散文流派，其詩學亦尊杜，方東樹便是其中的代表人物，其對杜詩的評論，集中反映在《昭昧詹言》之中。總的來看，方東樹論杜有以下幾個方面值得引起關注。

（一）極度尊杜與杜韓並尊

　　在方東樹《昭昧詹言》所構建的詩學體系中，將李白、杜甫、韓愈、蘇軾并尊爲“四大家”。然有論者指出，從其評論的側重來看，其他三家的比重遠不及杜甫，故方東樹實際上是將杜甫置於古今詩人之最的地位①。方東樹贊成元稹關於杜詩“集大成”的論斷，認爲杜甫以前的詩風流派至杜而總其成，其後之詩風流派皆源於杜，其曰：“丘壑萬狀，惟有杜公，古今一人而已。”②又曰：“杜公包括宇宙，涵茹古今，全是元氣，迥如江河之挾衆流，以朝宗於海矣。”③方氏認爲，杜詩本諸“六經”，深得司馬遷文法，其風格，於屈騷、莊子、漢魏、齊梁，皆有棄取，尤其是阮（籍）、陶（潛）、謝（靈運）、鮑（照）對杜影響至巨。至於初盛唐諸公和李（白）、韓（愈）、蘇（軾）、黄（庭堅）諸大家，其風格無不兼備於杜。故其曰：“杜公如佛，韓、蘇是祖，歐、黄諸家五宗也。此一燈相傳。”“杜公乃佛祖，高、岑似應化文殊輩，韓、蘇是達摩。”④這就是方東樹詩學譜系的基本構造，他認爲詩學史上諸家大致皆由杜甫化出，杜甫儼然是蹲踞於詩學群峰之巔的祖師。繼江西詩派尊杜爲“祖”之後，方東樹又尊杜爲“佛”，其論與江西詩派可謂一脉相承。

---

　　①　黄振新、王少仁《方東樹〈昭昧詹言〉評杜述略》，《齊齊哈爾大學學報》2011 年第 5 期。

　　②　方東樹著、汪紹楹校點《昭昧詹言》卷一，人民文學出版社 1961 年版，第 40 頁。

　　③　方東樹著、汪紹楹校點《昭昧詹言》卷八，第 210 頁。

　　④　方東樹著、汪紹楹校點《昭昧詹言》卷一一，第 237、240 頁。

　　值得指出的是,方東樹對杜甫雖極度推尊,但却並不獨尊,而是經常將杜甫與其他詩人進行對比,特別是常常將桐城派文法之祖韓愈與杜甫並提,流露出一定的韓、杜並尊傾向。如其曰:"韓公縱橫變化,若不及杜公,而丘壑亦多,蓋是特地變,不欲似杜,非不能也。"①又曰:"杜公如造化元氣,韓如六經,直書白話,皆道腴元氣。"②又曰:"觀《選》詩造語奇巧,已極其至,但無大氣脉變化。杜公以六經、《史》、《漢》作用之,空前後作者,古今一人而已。韓公家法亦同此,而文體爲多,氣格段落章法,較杜爲露圭角,然造語去陳言,獨立千古。"③又曰:"又如聖人説興觀群怨,及李習之論六經之旨與詞,惟杜公、韓公詩足以當之。"④"以韓較杜、太白,則韓如象,力雖大,只是步步挨走;杜公、太白則如神龍夭矯,屈伸滅没,隱見興雲降雨,神化不測也。"⑤"韓公詩,文體多,而造境造言,精神兀傲,氣韵沉酣,筆勢馳驟,波瀾老成,意象曠達,句字奇警,獨步千古,與元氣侔。"⑥又曰:"韓詩雖縱橫變化不逮李、杜,而規摩堂廡,彌見闊大。"⑦雖然在方東樹的詩學體系中只是將韓愈置于第二流詩人,以韓視杜,猶以達摩視佛祖,然而通過方氏以上所論可以看出,他明顯有祖佑韓愈,以并尊韓杜之意。這些看法都是出於桐城派的獨特視角及趣向。

(二) 以桐城派古文之法論杜

　　方氏以爲古文文法與詩法相通,故其評杜詩亦多以桐城派之義法、章法論之。如其曰:"欲知插叙、逆叙、倒叙、補叙,必真解史

---

①　方東樹著、汪紹楹校點《昭昧詹言》卷一,第 40 頁。
②　方東樹著、汪紹楹校點《昭昧詹言》卷九,第 219 頁。
③　方東樹著、汪紹楹校點《昭昧詹言》卷八,第 211 頁。
④　方東樹著、汪紹楹校點《昭昧詹言》卷八,第 210 頁。
⑤　方東樹著、汪紹楹校點《昭昧詹言》卷一二,第 285 頁。
⑥　方東樹著、汪紹楹校點《昭昧詹言》卷九,第 219 頁。
⑦　方東樹著、汪紹楹校點《昭昧詹言》卷一二,第 269 頁。

遷脉法乃悟,以此爲律令……坡、谷以下,皆未及此。惟退之、太史
公文如是,杜公詩如是。"①可見他認爲杜甫與司馬遷、韓愈亦精通
文法,特別是杜甫的七古,"直與《史記》相埒"②。又曰:"讀阮公、
陶公、杜韓詩,須求其本領,兼取其文法,蓋義理與文辭合焉者
也。"③又曰:"所謂章法,大約亦不過虛實順逆、開合大小,賓主人
我情景,與古文之法相似,有一定之律,而無一定之死法。"④方氏評
《李潮八分小篆歌》曰:"蓋其章法之妙,直與史遷之文相抗矣。"⑤
評《古柏行》曰:"此似左氏、公羊、太史公文法。"⑥清代雖不乏以八
股文法論杜者,但方東樹却幾乎消泯了詩文之界限,步子無疑邁得
更大,態度也更爲堅決徹底。究其原因,蔣寅認爲,方東樹以文法
論詩是基於一種"打通"的意識,他堅信在不同藝術門類之間,有着
共同的原理,所以詩、古文、書、畫的批評概念也是可通用的⑦。方
東樹曰:"大約古文及書、畫、詩,四者之理一也,其用法取境亦一。
氣骨間架體勢之外,別有不可思議之妙。凡古人所爲品藻此四者
之語,可聚觀而通證之也。"⑧他甚至還說:"詩與古文一也,不解文
事,必不能當詩家著録。"⑨因此方東樹將桐城派始祖方苞結合《春
秋》筆意與太史公文法而創立的"義法"説往往直接運用到杜詩評
點中來,形成了一套獨特的詩學理論批評體系。如其曰:"欲學杜、

---

① 方東樹著、汪紹楹校點《昭昧詹言》卷一一,第 233 頁。
② 方東樹著、汪紹楹校點《昭昧詹言》卷一一,第 232 頁。
③ 方東樹著、汪紹楹校點《昭昧詹言》卷四,第 98 頁。
④ 方東樹著、汪紹楹校點《昭昧詹言》卷一四,第 382 頁。
⑤ 方東樹著、汪紹楹校點《昭昧詹言》卷一二,第 268 頁。
⑥ 方東樹著、汪紹楹校點《昭昧詹言》卷一二,第 265 頁。
⑦ 蔣寅《詩學、文章學話語的溝通與桐城派詩歌理論的系統化——方東
樹詩學的歷史貢獻》,《復旦學報》2016 年第 6 期。
⑧ 方東樹著、汪紹楹校點《昭昧詹言》卷一,第 30 頁。
⑨ 方東樹著、汪紹楹校點《昭昧詹言》卷一四,第 376 頁。

韓,須先知義法粗胚,今列其統例於左：如創意、造言、選字、章法、起法、轉接、氣脉、筆力截止、不經意助語閒字、倒截逆挽不測、豫吞、離合、伸縮、事外曲致、意象大小遠近,皆令逼真。"①又曰："叙事能叙得磊落跌宕中又插入閑情,文外致遠,此惟杜公有之。"②又曰："杜公所以冠絕古今諸家,只是沈鬱頓挫,奇横恣肆,起結承轉,曲折變化,窮極筆勢,迥不由人,山谷專於此苦用心。"③方東樹認爲只有司馬遷和杜、韓精熟古文之"頓挫之法",故《昭昧詹言》中反復將杜、韓之詩作爲其闡釋文法的範例,如其曰："'云筆所未到氣已吞',高屋建瓴,懸河淺海,此蘇氏所擅場。但嫌太盡,一往無餘,故當濟以頓挫之法,如所云有往必收,無垂不縮,'將軍欲以巧服人,盤馬彎弓惜不發'。此惟杜、韓最絕,太史公之文如此,六經、周、秦皆如此。"④"以詩言之,東坡則是氣勢緊健,鋒刃快利,但失之流易不厚重,以此不及杜、韓。"⑤在《昭昧詹言》所論五古、七古、七律這三種體式中,七古無疑最適合套用桐城派古文的顛倒順逆之法,故方東樹對杜甫七古的解析用力最多。如其評杜甫《天育驃騎歌》曰：

> 起二句,故意曲入,以避平叙,突起奇縱。此詩寫老馬,分明爲老將寫照。"是何"六句先寫,"伊昔"八句始實叙。而"當時"四句,提筆跌宕,以補叙述爲棱汁,即借此逆入。"年多"二句轉入議。"如今"二句入議,嘆今之不遇,以結驃騎之遇,知不獨爲馬嘆也。以真爲畫,以畫爲真。忽從真説到畫,

---

① 方東樹著、汪紹楹校點《昭昧詹言》卷八,第 213 頁。
② 方東樹著、汪紹楹校點《昭昧詹言》卷一一,第 237 頁。
③ 方東樹著、汪紹楹校點《昭昧詹言》卷一四,第 379 頁。
④ 方東樹著、汪紹楹校點《昭昧詹言》卷一,第 24 頁。
⑤ 方東樹著、汪紹楹校點《昭昧詹言》卷一,第 24 頁。

忽從畫説到真。真馬畫馬，交互言之，令人迷離莫辨。此亦是
襯起曲入，以避直叙平叙。"是何"以下接寫，"伊昔"以下叙
題。又將真馬一襯，作勢拍題感嘆，以真馬與人作收。①

方氏重點剖析了此詩之突起、實叙、補叙、襯起、收結，他以杜甫七
古的章法變化爲例，具體解釋了古文的叙、議、寫三法如何做到顛
倒順逆、迷離變化，目的是通過解析杜詩章法來驗證桐城派古文理
論的適用性，並向學詩者指示方法和門徑。

　　在對杜詩進行具體評析時，方東樹經常使用古文評點中的一
些專門術語，如"起棱"、"汁漿"等即是如此。方氏曰："汁漿起棱，
不止一處，愈多愈妙，段段有之乃妙，題後墊襯出汁起棱更妙。此
千餘年不傳之秘，盡於此矣。乃太史公、退之文法也，惟杜公詩有
之。"②他認爲"起棱"、"汁漿"是古文統緒中千年不傳之秘，杜甫在
其詩中便大量使用此法。如其評《丹青引贈曹將軍霸》曰："'褒
公'二句與下'斯須'句、'至尊'句皆是起棱，皆是汁漿。於他人極
忙之處，却偏能閒雅從容，真大手筆也。"③評《觀打魚歌》曰："前段
打魚，後段食魚。每段有汁棱，托想雄闊遠大。'潛龍'句汁漿。"④
評《奉先劉少府新畫山水障畫》曰："'耳邊'句，隨手於議寫中起
棱，'反思'句棱汁。"⑤評《韋諷録事宅觀曹將軍畫馬圖》曰："'借
問'二句起棱，收束點題。"⑥那麽方氏所謂"起棱"、"汁漿"到底有
何涵義呢？蔣寅以爲，起棱具有阻斷語勢的功能，它一方面起到避
直、避平、避順的作用，同時還達成塗抹汁漿的效果。汁漿是指阻

---

① 方東樹著、汪紹楹校點《昭昧詹言》卷一一，第 234 頁。
② 方東樹著、汪紹楹校點《昭昧詹言》卷一一，第 234 頁。
③ 方東樹著、汪紹楹校點《昭昧詹言》卷一二，第 264 頁。
④ 方東樹著、汪紹楹校點《昭昧詹言》卷一二，第 261 頁。
⑤ 方東樹著、汪紹楹校點《昭昧詹言》卷一二，第 261 頁。
⑥ 方東樹著、汪紹楹校點《昭昧詹言》卷一二，第 302 頁。

斷語勢後,要留出一個悠遊不迫、生發感想的空間①。總的來看,方東樹用“起棱”、“汁漿”這些古文術語主要是用於評價杜甫七古的章法脉絡,由於其以獨特的古文章法視角審視杜詩,因而便注意到爲前人所忽略的杜詩某些章法特點,並予以特別拈出,而這正形成了桐城派論杜區別于其他流派的最爲獨特之處。然方氏獨立於詩學理論體系之外,以古文文法論杜詩,其論往往與杜詩本身存在一定距離與隔膜,並不能完全契合詩意本身,這也是桐城派文章家論杜的最大缺陷。

除了對杜詩章法的關注和闡發之外,方東樹對杜詩技法亦有一些評論,主要集中在詩歌的用典、煉字等方面。他對杜甫與韓愈詩歌煉字之功力頗爲推服,其曰:“謝、鮑、杜、韓,其於閑字語助,看似不經意,實則無不堅確、老重成煉者,無一懦字、率字便文漫下者。此雖一小事,而最爲一大法門。苟不悟此,終不成作家。然却非雕飾細巧,只是穩重老辣耳。”②又曰:“好用虛字承遞,此宋後時文體,最易軟弱。須橫空盤硬,中間擺落斷剪多少軟弱詞意,自然高古。此惟杜、韓二公爲然,其用虛字,必用之於逆折倒找,令人莫測。須於《三百篇》及杜、韓用虛字處,加意研揣。”③又曰:“字句文法,雖詩文末事,而欲求精其學,非先於此實下功夫不得。”④當然相對字法、句法而言,他對文法的關注程度無疑要更高一些。此外,他也很欣賞杜甫用典的精妙,其曰:“初、盛諸公及杜公,隸事用字,無一不典不確,細按無不精巧穩妙,所以衣被千古。”⑤

<hr />

① 蔣寅《詩學、文章學話語的溝通與桐城派詩歌理論的系統化——方東樹詩學的歷史貢獻》,《復旦學報》2016年第6期。
② 方東樹著、汪紹楹校點《昭昧詹言》卷一,第20頁。
③ 方東樹著、汪紹楹校點《昭昧詹言》卷一,第19頁。
④ 方東樹著、汪紹楹校點《昭昧詹言》卷一,第15頁。
⑤ 方東樹著、汪紹楹校點《昭昧詹言》卷一四,第381頁。

（三）涵養本源：强調道德學問對詩歌創作的主導作用

　　方東樹認爲，學問、胸襟、品德是決定詩文高下的根本要素，其曰："古人皆是胸中道理充足，隨在流露，出於不覺，如水滿自然觸著便溢，乃爲佳耳。若立意要以詩説道理，便不自然，反覺竭力，無意味也。故學當知涵養本原。"①"至於意境高古雄深，則存乎其人之學問道義胸襟，所謂本領，不徒向文字上求也。"②故其又曰："有德者必有言，詩雖吟詠短章，足當著書，可以覘其人之德性、學識、操持之本末，古今不數人而已，阮公、陶公、杜、韓也。"③可見在方氏心目中，杜甫與阮籍、陶淵明、韓愈正是古今有德者之代表。其曰："杜公立志，許身稷、契，全與屈子同，讀《離騷》久，自見之。"④因此在解析杜詩時，方東樹經常能夠脱出凡俗視角，站在較高層面上闡釋杜甫之思想境界，如其曰："世人徒慕公詩，無一求通公志，故不但不能及之，並求真知而解之亦罕見。如公在潭州入湖南時《詠懷》二首，此公將没時，迫以衰病，心志沈惋，語言陷滯，誠若不可人意。然苟求其志，則風調清深，豪氣自在，雖次第無端由，要見一種感慨嘆惜之情，終非他人所及。蓋公一生懷忠國濟時之志，至是老而將死，決知不能行所爲矣，故作此二詩。……杜集、韓集皆可當一部經書讀。而僻儒以一孔之見，未窺底藴，浮情淺識，妄肆膚談，互相糾評，以爲能事，遂奮筆而著之説，亦烏足爲有亡哉！"⑤他强調解此二詩者首先要了解杜甫心志之高遠、胸襟之廣闊才是關鍵所在。至於杜甫之所以能夠如此，方氏將其歸結爲"學道格物"之主體修養。其曰："杜、韓之真氣脉作用，在讀聖賢古人書、義

---

　　①　方東樹《大意尊聞》附録，《四庫未收書輯刊》第六輯第十二册，第361頁。
　　②　方東樹著、汪紹楹校點《昭昧詹言》卷八，第214頁。
　　③　方東樹著、汪紹楹校點《昭昧詹言》卷四，第97頁。
　　④　方東樹著、汪紹楹校點《昭昧詹言》卷八，第217頁。
　　⑤　方東樹著、汪紹楹校點《昭昧詹言》卷八，第215—216頁。

理志氣胸襟源頭本領上。今以猥鄙不學淺士,徒向紙上求之,曰'吾學杜,吾學韓',是奚足辨其塗轍、窺其深際!"①又曰:"杜、韓盡讀萬卷書,其志氣以稷、契、周、孔爲心,又於古詩人變態萬方,無不融會於胸中,而以其不世出之筆力變化出之,此豈尋常齷齪之士所能辨哉!"②當然方氏並不片面强調道德胸襟的決定意義,他承認將才、學、識三者統一才能創作出優秀作品。其曰:"叙在法,存乎學;寫在才氣,存乎才;議在胸襟識見,存乎識:一詩必兼才、學、識三者。起棱在神氣,存乎能解太史公之文;汁漿存乎讀書多、材料富。凡以上諸法,無如杜公。"③可見他雖然强調讀書學道、涵養本源,却並非一味偏執,對詩歌的特質亦有一定認識,如其曰:"屈子、杜公時出見道語、經濟語,然惟於旁見側出,忽然露出乃妙;若實用於正面,則似傳注語録而腐矣。"④這種認識雖然在方氏詩學思想中所占比重較小,亦屬難能可貴。應該指出的是,將詩品歸結爲人品之説並非方東樹首創,沈德潛在《説詩晬語》中即已提出"有第一等襟袍,第一等學識,斯有第一等真詩"之説⑤,不過方東樹又將傳統詩論中的人品決定論染上了一些桐城派色彩,從某種程度而言,其對道德學問的强調與重視,旨在捍衛古文道統,同時亦爲詩文之"義理"進行積蘊和儲備。然其過分注重道德胸襟對詩文的決定作用,明顯帶有迂腐與保守的理學色彩。已有論者指出,方東樹的詩學有着家學與師門兩方面淵源⑥,而家學因素對其詩學思想的形成無疑有着至關重要的作用。其祖父方澤《左繭齋詩叙》曰:

---

① 方東樹著、汪紹楹校點《昭昧詹言》卷八,第 211 頁。

② 方東樹著、汪紹楹校點《昭昧詹言》卷八,第 212 頁。

③ 方東樹著、汪紹楹校點《昭昧詹言》卷一一,第 235 頁。

④ 方東樹著、汪紹楹校點《昭昧詹言》卷一,第 12—13 頁。

⑤ 沈德潛《説詩晬語》卷上,人民文學出版社 1979 年版,第 187 頁。

⑥ 龔敏《論方東樹的詩學淵源》,《中國韵文學刊》2006 年第 1 期。

　　詩藝，末也，而有其本。循本及末，不求工而自工；務末遺本，論愈高而愈失。……徒以陳事律切高於研揣聲音，抑猶末而非本。本者何也？所謂志也，持也，言以聲志，志貞於持，感物而動，職是道哉！①

意在強調作者的道德涵養對詩意的決定與影響。另外，方東樹之父方績《論詩示兒樹》曰："作詩如作人，顔曾不易躋。忠信以爲質，韓蘇豈非梯。"②其父、祖詩論中關於德與言、詩品與人品關係的這些類似看法，對方東樹重視學問胸襟的理論傾向的形成無疑有着直接的影響。

　　總之，方東樹《昭昧詹言》論杜帶有明顯的桐城派特色，他非常關注杜詩的義理和章法，將杜詩納入桐城派的文法體系中加以推尊，又以桐城派古文特有之批解方法對杜詩的章法脉絡進行解析，有些地方頗能發前人未窺之秘。然而由於過分株守桐城派古文之藩籬，只關注杜詩章法意脉的起伏照應、開闔順逆，對杜詩其他方面的藝術特色表現出選擇性忽視，故並不能完全透闢地闡發杜詩藝術之真正妙處，顯得單幅窘迫、視野狹窄。另外，受到家族及師承關係的影響，方東樹的某些詩論帶有迂腐保守的理學成分，亦需進行辨證對待。

二、劉熙載《藝概·詩概》論杜

　　劉熙載（1813—1881），字融齋，江蘇興化人。道光二十四年（1844）進士，官至廣東提學使。晚年在上海龍門書院主講。在他談文論藝的著作《藝概》之《詩概》中，對杜詩的優點概括得相當全面。他説："杜詩高、大、深俱不可及。吐棄到人所不能吐棄，爲高；

---

①　方澤《待廬遺集》，《方東樹全集》本，清光緒十五至十七年刻本。
②　方績《鶴鳴集》，《方東樹全集》本，清光緒十五至十七年刻本。

涵茹到人所不能涵茹,爲大;曲折到人所不能曲折,爲深。"這大概是清末對杜詩的最高評價了。劉熙載論詩强調"詩品出於人品",其論概得之於沈德潛"有第一等襟抱,第一等學識,斯有第一等真詩"①,以及薛雪"詩文與書法一理,具得胸襟,人品必高。人品既高,其一謦一欬,一揮一灑,必有過人處,享不磨之名"②。故他對杜詩思想闡發得相當深刻,如其指出:"頌其詩,貴知其人,先儒謂杜子美情多,得志必能濟物,可爲看詩之法。""杜詩云:'畏人嫌我真',又云:'直取性情真',一自詠,一贈人,皆於論詩無與,然其詩之所尚可知。""杜詩只有、無二字足以評之:有者,但見性情氣骨也;無者,不見語言文字也。"劉熙載在《詩概》中還將李、杜對比,如比較李、杜思想異同云:"太白早好縱横,晚學黄、老,故詩意每托以自娱。少陵一生却只在儒家界内。"此論多爲後人徵引,影響甚大,甚或有信之不疑、奉爲定論者。然其稱"少陵一生却只在儒家界内",難脱偏頗武斷之嫌,顯非客觀之論。劉熙載並不過分强調李、杜之異,而是主張合而觀之,其云:"論李、杜者,謂太白志存復古,少陵獨開生面;少陵思精,太白韵高。然真賞之士,尤當有以觀其合焉。"又云:"太白云:'日爲蒼生憂',即少陵'窮年憂黎元'之志也;'天地至廣大,何惜遂物情',即少陵'盤飧老夫食,分减及溪魚'之志也。"這些都是有得之見。

三、施補華《峴傭説詩》論杜

施補華(1835—1890),原名份,字均父,浙江烏程(今浙江湖州)人。同治九年舉人。著有《澤雅堂文集》八卷、《峴傭説詩》等。其《峴傭説詩》尤重杜甫。

《峴傭説詩》中分體對杜詩的成就進行了歸納概括,其云:"少

---

① 沈德潛《説詩晬語》卷上,第 187 頁。

② 薛雪《一瓢詩話》,人民文學出版社 1979 年版,第 91—92 頁。

陵五言古千變萬化,盡有漢、魏以來之長而改其面目。"①"少陵七古,學問才力性情,俱臻絕頂,爲自有七古以來之極盛。故五古以少陵爲變體,七古以少陵爲正宗。"②"少陵七律,無才不有,無法不備。義山學之,得其濃厚;東坡學之,得其流轉;山谷學之,得其奧峭;遺山學之,得其蒼鬱;明七子學之,佳者得其高亮雄奇,劣者得其空廓。"③施補華認爲杜甫的五、七絕成就不高,"少陵、退之、東坡三大家皆不能作五絕。蓋才太大,筆太剛,施之二十字,反吃力不討好。"④"少陵七絕,槎枒粗硬,獨《贈花卿》一首,最爲婉而多諷……《江南逢李龜年》詩,亦有韵。"⑤"五言長排必以少陵爲大宗,岑參、王維篇幅尚窘,後來元、白滔滔不絕,失之平滑,不足仿效也。"⑥

　施補華論詩反對小巧、粗俗、佻薄、迂腐,故其評價杜詩並不是一味推崇,而是能指出杜詩不足之處,如云:"小巧是詩人所戒,如‘仰蜂黏落絮,行蟻上枯梨’、‘紅入桃花嫩,青歸柳葉新’。俳優是詩人所戒,如‘家家養烏鬼,頓頓食黃魚’。粗俗是詩人所戒,如‘仰面貪看鳥,回頭錯認人’之類。雖出自少陵,不可學也。"⑦"《牽牛織女》詩,陳戒游女,語多迂腐。佻薄非詩,迂腐亦非詩也。""《八哀詩》洋洋大篇,然中多拙滯之語,蓋極意經營而失之者也。‘文章本天成,妙手偶得之’,刻意求工,必至拙矣。"⑧"《飲中八仙歌》題

---

① 施補華《峴傭説詩》,《清詩話》本,第 978 頁。
② 施補華《峴傭説詩》,第 985 頁。
③ 施補華《峴傭説詩》,第 991 頁。
④ 施補華《峴傭説詩》,第 995 頁。
⑤ 施補華《峴傭説詩》,第 998 頁。
⑥ 施補華《峴傭説詩》,第 998—999 頁。
⑦ 施補華《峴傭説詩》,第 975—976 頁。
⑧ 施補華《峴傭説詩》,第 980 頁。

目纖小,章法離奇,不足效法。後人津津稱之,可謂瞽説矣。"①
"《義鶻》《杜鵑》《鳳凰臺》諸詩,雖有寄托,而失之傖,學者不必則
傚。"②其評雖未盡當,然能夠以較爲客觀辯證的態度對杜詩進行批
評,這種精神畢竟是難能可貴的。

四、沈曾植論杜

沈曾植(1850—1922),字子培,號乙庵,又號寐叟,浙江嘉興
人。光緒六年進士,官至安徽布政使。晚清同光體主要作家。著
有《海日樓詩集》《海日樓劄叢》等。在其《海日樓劄叢》中,有一些
關於杜詩的考證,顯示出著者的功力。如沈曾植指出禪宗四、五、
六祖的分支是唐人舊説,以正《傳燈録》定於一尊之非,並對錢注
《秋日夔府詠懷奉寄鄭監李賓客一百韵》注中涉及南宗七祖菏澤神
會的考證予以駁正。另外他還提出杜詩中的"劍器渾脱"是舞曲之
名,錢仲聯贊爲"發前人所未發"的創見③。其實《樂府雜録·舞
工》即已指出"劍器"爲健舞曲名。王漁洋於《居易録》卷二一引陳
暘《樂書》云:"樂府諸曲,自古不用犯聲,唐自則天末年,《劍器》入
《渾脱》,爲犯聲之始。《劍器》宫調,《渾脱》商調,以臣犯君,故爲
犯聲。"指出"《劍器》《渾脱》自各爲舞曲之名",對此都早有先見。
則沈曾植這裏的考證不可謂獨得,難脱炒冷飯之嫌。另外,沈氏於
1916年對傅增湘發現的趙次公殘本極力推尊,倒顯示出其獨具慧
眼,現藏國家圖書館明鈔本《新定杜工部古詩近體詩先後並解》殘
卷有沈曾植跋語云:

---

①　施補華《峴傭説詩》,第985頁。
②　施補華《峴傭説詩》,第979頁。
③　錢仲聯《論沈曾植——〈海日樓劄叢〉前言》,《夢苕庵清代文學論
集》,齊魯書社1983年版,第248頁。

　　趙次公《杜詩注》五十九卷,獨著録於晁氏《郡齋讀書志》中,《直齋書録》無之,《宋史志》亦無之。雖其説散見於蔡夢弼、黄鶴、郭知達書中,則本書明以來罕有見者。錢受之評宋代諸家注云:"趙次公以箋釋文句爲事,邊幅單窘,少所發明,其失也短;蔡夢弼捃摭子傳,失之雜;黄鶴考訂史鑑,失之愚"云云,語若曾見次公書者。然檢《絳雲書目》無之,而逸詩附録且沿舊本之誤,書"趙次公"爲"趙次翁",則受之固未見也。次公此注於歲月先後、字義援據,研究積年,用思精密,其説繁而不雜。諸家節取數語,往往失其本旨。後人據以糾駁,次公受枉多矣。要就全書論之,自當位蔡、黄兩家之上。埋沉七佰年,復見於世,沅叔其亟圖鼎鋟,毋令黎氏《草堂》專美也。

沈曾植指出傅增湘所發現埋沉七百年的趙次公本的文獻價值,這都爲後人對趙注本的研究與輯佚工作指明了方向。

　　五、陳廷焯論杜

　　陳廷焯(1852—1892),字亦峰,江蘇丹徒人。光緒十四年(1888)舉人,次年應禮部試,落榜而歸,遂專力於詩詞,被視爲常州詞派的後勁。著有《白雨齋詞話》《詞壇叢話》等,編有《雲韶集》《詞則》。近年又發現其《騷壇精選録》殘本尚存世,彭玉平先生摘録其中的批語,又匯録了《雲韶集》《詞則》和《詞壇叢話》《白雨齋詞話》中的論詩之語,編成《白雨齋詩話》一書,2014年由鳳凰出版社出版。陳廷焯另有稿本《杜詩選》六卷,周采泉《杜集書録》著録,該書共選杜甫古今體詩663首,分體編次,有注有批,多引仇注、浦注、楊倫注,間或亦有自注,周采泉稱此書乃"當時向許效庫先生借觀"[1]。將《騷壇精選録》中的杜詩批語與《杜集書録》所引

---

[1]　周采泉《杜集書録》,第428頁。

《杜詩選》進行比較後可以發現，二者既有相同之處，也有迥異之處。如《同諸公登慈恩寺塔》一詩，陳廷焯在《騷壇精選録》中批曰：

> 前半力寫勝境，奇情横逸。"回首"以下，寄興深遠。同時名作，以岑爲最，觀岑作，分寫上下、東西、南北，字字飛舞。少陵則曰"俯視但一氣，焉能辨皇州"，嘉州自鳴得意者，少陵則一筆掃盡，人才之不可限量如此。①

於《杜詩選》中批曰：

> 氣魄力量，雄視千古，同時諸作，均不能爲之亞也。香山《長恨歌》一篇極力鋪叙，杜則云"明眸皓齒今何在，血污遊魂歸不得"，二句包括無遺。登慈恩寺塔，嘉州一作，亦係極力寫來，看他分寫上下、東西、南北，非不精健，杜則云"俯視但一氣，焉能辨皇州"，將嘉州得力處，一掃而空，人才之限量，真不可以斗斛計也。②

上述兩條批語均將岑參同題之詩作爲對比，前者曰"嘉州自鳴得意者，少陵則一筆掃盡"，後者曰"將嘉州得力處，一掃而空"，字面雖不盡相同，涵義却毫無二致。然二書之批點亦有完全不同者，如《悲青坂》一詩，《騷壇精選録》引浦起龍《讀杜心解》曰：

> 史云：琯欲持重有所伺，中人邢延恩等促戰，倉皇遂及於

---

① 陳廷焯著、彭玉平纂輯《白雨齋詩話》，鳳凰出版社 2014 年版，第125—126 頁。

② 周采泉《杜集書録》，第 427 頁。

敗。曰"附書我軍",曰"莫倉卒",重爲國士危之也,意亦深矣。①

《杜詩選》則曰:

> 房次律(琯)之用兵,亦殷深源(浩)之流也,一敗再敗,雖由肅宗疑之,中官促之,然琯亦不能無罪也。……至琯之獲罪,乃由於董庭蘭,在陳陶敗後一年,故杜公救之,謂不當以細故殺大臣,與陳陶之事了無干涉,二史均失其實,潘德輿辨之甚詳。②

以上兩條批語,前者認同浦起龍之説,後者又認同潘德輿之論,差異非常明顯。按,陳廷焯所引潘德輿之説見於《養一齋李杜詩話》卷三③,然並非原文,應是陳廷焯對潘説進行了精簡。又如《彭衙行》一詩,《騷壇精選録》評曰:

> 沈歸愚曰:通首皆追叙,故用"憶昔"二字領起。
> 瑣瑣屑屑,語至情真,愈樸愈妙,作漢樂府讀可也。
> 孫宰必白水人,同家窪當是白水鄉村之名,即孫宰所居也。公因取白水之古名,命題作歌,以表其人,故曰"彭衙行",非路出彭衙後,再歷一旬之泥途,然後到同家窪遇孫宰也。④

而《杜詩選》則批曰:

---

① 陳廷焯著、彭玉平纂輯《白雨齋詩話》,第 150 頁。
② 周采泉《杜集書録》,第 426 頁。
③ 張忠綱《杜甫詩話六種校注》,第 329—332 頁。
④ 陳廷焯著、彭玉平纂輯《白雨齋詩話》,第 129—130 頁。

　　宋鄭庠《古音辨》"真""文""元""寒""刪""先"六韻皆協
"先"韻,此章六韻並用,乃依古韻,非用叶也,《石壕村》起句用
"元""真""寒"三韻亦然。宋人讀《三百篇》、楚辭注多用叶,
不知乃古人本音如此,並非叶也。①

　　上述兩種批語中,前者關注的是杜詩中"白水""彭衙"及"同家窪"
之間的關係,後者關注的却是用韻問題,批點的手眼可謂大相徑
庭。另外,《杜詩選》與《騷壇精選録》的選詩數量亦不相同。《杜
集書録》稱《杜詩選》選詩663首,而《騷壇精選録》收録杜詩331
首,數量相差一倍。檢《杜集書録》徵引的《杜詩選》批語,其中有
《八哀詩》,而《騷壇精選録》殘本中却未收録此詩。以上這些現象
似乎表明,《杜詩選》與《騷壇精選録》中的杜詩部分並非同一種文
獻,但二者均出自陳廷焯之手,無疑也有著一定的聯繫,應是陳廷
焯反復批點杜集的産物。可惜的是,周采泉《杜集書録》徵引的《杜
詩選》僅有六條,從中難以窺見《杜詩選》之原貌,故以上對比只能
囿於這麽一個極爲狹小的範圍。期待着有一天陳廷焯的稿本《杜
詩選》重現天壤,學者將其與《騷壇精選録》細加對比,當可得出更
爲精準的結論。

　　從《騷壇精選録》中的陳廷焯批語來看,其對杜詩的評點多來
源於諸家評注,其自評數量較少,因此陳廷焯的詩學批評體系對前
人解評有着較强的依傍性與承繼性。彭玉平《白雨齋詩話前言》已
經指出:"在這些前人的評論中,陳廷焯引用頻率最高的批評家是
沈德潛。他對杜甫人品、思想的基本觀點有很多就是直接來自于
沈德潛。"②除了受到沈德潛"格調説"的影響外,陳廷焯的杜詩評
點源於潘德輿《養一齋李杜詩話》者亦較多。其對杜詩舊注的徵

① 周采泉《杜集書録》,第427—428頁。
② 陳廷焯著、彭玉平纂輯《白雨齋詩話》,第15頁。

引，以浦起龍《讀杜心解》的數量最多，另外還徵引了王嗣奭、盧元昌、仇兆鰲、陳宏緒、徐良弼等人的不少注評。由於陳廷焯的《杜詩選》稿本目前已不可見，故以下對陳廷焯論杜傾向的分析總結，主要依據的是《白雨齋詞話》及彭玉平纂輯之《白雨齋詩話》。

（一）“聖中之聖”與“騷壇首座”

王耕心《白雨齋詞話序》曰：“吾友陳君亦峰，少爲詩歌，一以少陵杜氏爲宗，杜以外不屑道也。”①可見從少年時代開始陳廷焯便以杜甫爲偶像。《騷壇精選録》選録杜詩將近七卷，共 331 首，選詩數量雄踞首位，遠超其他詩人。陳廷焯云：

> 騷壇大將，余獨舉四人，陳思、彭澤、太白、少陵……至如少陵，具備萬物，横絶太空，凡諸家之長，無不在其牢籠中，永爲騷壇首座，雖陳思、彭澤、太白三人，尚當讓渠一步，何況玄暉。余所以獨以四人爲大將者，以四人之聖於詩也，而少陵尤爲聖中之聖。②

他將曹植、陶淵明、李白、杜甫四人推爲“騷壇大將”，認爲在整個文學史上這四人的成就最高，而杜甫在四人當中更是居於首座，乃是“聖中之聖”，從中可見在陳廷焯的詩學體系中，杜甫處於獨尊的地位。其於《哀王孫》批語中亦云：“陳思、彭澤、太白皆與少陵並稱詩聖，然至少陵《新安吏》六篇及《兵車行》《悲青坂》《悲陳陶》《哀江頭》《哀王孫》等作，三家而不能涉其藩籬，敢並稱乎？若五七律、排律，又少陵獨步千古者也。”③又於《丹青引贈曹將軍霸》後批曰：

---

① 陳廷焯著、杜維沫校點《白雨齋詞話》附録，人民文學出版社 1959 年版，第 224 頁。

② 陳廷焯著、彭玉平纂輯《白雨齋詩話》，第 14 頁。

③ 陳廷焯著、彭玉平纂輯《白雨齋詩話》，第 151 頁。

“他如風騷、《十九首》、陳思、彭澤、太白諸家,或以渾含勝,或以沉痛勝,或以古茂勝,或以沖澹勝,或以豪邁勝,自有老杜出,古今皆無顏色。”①這些都表明陳廷焯是將杜甫置於曹植、陶淵明、李白三家之上的。然而彭玉平在《白雨齋詩話前言》中已經指出,陳廷焯“騷壇四大將”之說並非其獨創,應脫胎於潘德輿②。《雲韶集》卷二四引潘德輿《養一齋李杜詩話》曰:“兩漢以後,必求詩聖,得四人焉。子建詩如文、武,文質適中;陶公詩如夷、惠,獨開風教;太白詩如伊、呂,氣舉一世;子美詩如周、孔,統擴千秋。”③按,潘德輿此語未見於《養一齋李杜詩話》,當係陳廷焯據《養一齋李杜詩話》進行的概括總結。在對具體詩歌進行批點時,陳廷焯也表現出一貫的尊杜傾向。如評《兵車行》云:“風號雨溢,海嘯山崩,奴婢風騷,藐視漢魏,開闢一十二萬年,誰敢望其項背!”④評《哀江頭》曰:“昔人云:‘少陵詩,包掃一切。’余讀《慈恩寺浮圖》一作,知少陵掃一切。讀《哀江頭》篇,知少陵包一切。古今詩人,誰不低首!”⑤甚至連《風雨看舟前落花戲爲新句》這樣普通的杜詩也被他尊爲“艷詞之祖”⑥。總的來看,陳廷焯對杜甫及其詩歌的推尊已經達到了無以復加的程度,這在清代尊杜論者之中也是極爲少見的。

(二) 對杜詩的分體總評

在《騷壇精選錄》的杜詩總論部分,陳廷焯對杜詩進行了分體總評,對每種體式均給予高度評價。如評杜甫五古曰:“少陵一出,法乎古而變乎古,《三百篇》不得專美於前,遂使諸家一齊抹倒。”評七古曰:“少陵七古,波瀾變化,層出不窮,無論短篇長篇,皆非他人

①　陳廷焯著、彭玉平纂輯《白雨齋詩話》,第 158 頁。
②　陳廷焯著、彭玉平纂輯《白雨齋詩話》,第 15 頁。
③　陳廷焯著、彭玉平纂輯《白雨齋詩話》,第 197 頁。
④　陳廷焯著、彭玉平纂輯《白雨齋詩話》,第 145 頁。
⑤　陳廷焯著、彭玉平纂輯《白雨齋詩話》,第 150 頁。
⑥　陳廷焯著、彭玉平纂輯《白雨齋詩話》,第 164 頁。

所得道其隻字者,信爲千古一人。"評七律曰:"少陵七律,有一氣呵成者,《聞官軍收河南河北》一章是也。有八句純用排偶者,《登高》一章是也。此等處,只讓此公獨步,尤非他人所能望其項背。"又曰:"少陵七律,生拗一體,在少陵爲之,風骨自高,姿態更覺橫逸,他人若欲依樣描摹,鮮不失之生硬矣。"又曰:"摩詰詩允爲唐代正宗,同時高岑崔李諸公,皆在其籠絡中,獨少陵七律以沉渾雄健出之,正復駕乎其上。"評杜甫五絕曰:"太白五絕,純乎天籟,非他人所能幾及。少陵旨正辭嚴,別開大道,固是一時瑜亮。""太白五絕之不可及處,在高遠,在自然。少陵五絕之不可及處,在正大,在深厚。皆非他人所能窺其門户。"評七絕曰:"《養一齋李杜詩話》中論少陵七言絕句詳矣,大抵總論少陵七絕之妙高,在與衆不相延(沿)襲,雖不能籠絡諸家,固足揚鑣接軫,並驅中原,烏得謂老杜短於七絕也?"評樂府詩曰:"樂府興於漢魏,盛於六朝,變於唐人。太白縱橫排奡,馳騁萬里。少陵一出,獨闢蹊徑,陽開陰闔,雷動風生。如《兵車行》《哀江頭》《哀王孫》諸篇,入神出化,鬼斧神工,長短疾徐,指揮如意,永宜獨步千古。西崖極贊其《桃竹杖引》一篇爲最,猶非少陵知己也。"①陳廷焯對杜詩的分體總評充分體現了其對杜甫的高度推尊,然平心而論,有些評論存在過火和拔高之嫌,並非客觀公允之論。

（三）論李杜優劣及其淵源

陳廷焯雖然也主張李杜並尊,但在比較李、杜優劣時,常常表現出明顯的揚杜抑杜傾向。如《騷壇精選録》評李杜二人曰:

　　天生杜少陵已盡有古今之美,又生一李供奉,是不欲少陵獨擅千古之奇也。觀太白縱橫變幻,一瀉千里,而其中有淵渾處,有俊逸處,其才力真可亞於少陵。

① 陳廷焯著、彭玉平纂輯《白雨齋詩話》,第123—125頁。

　　少陵詩包羅萬象,太白詩驅走風雷,一以大勝,一以高勝,
千古詩壇,無出二公之右者。

　　有唐詩至杜子美氏集古今之大成,爲風雅之正宗,千古騷
壇,奉爲矩矱,無敢異議者。然有同時並出,與之頡頏上下,齊
驅中原,勢均力敵而不多讓者,太白亦千古一人也。①

可見陳廷焯認爲太白之才力"亞於少陵",其獨尊杜甫之面目已顯
而易見。在《白雨齋詞話》"升庵論李杜優劣"條中,陳廷焯並不認
可楊慎對李杜優劣的評價,其云:"今之尊李抑杜者,每以李之劣
處,爲李之優;而以杜之優處,爲杜之劣。不獨非杜之知己,並非李
之知己矣,楊升庵其甚焉者也。"②那麼對李、杜間的差異,陳廷焯又
是如何認識的呢?《白雨齋詞話》"世人論李杜多不知本原"條云:

　　世人論詩,多以太白之縱橫超逸爲變,而以杜陵之整齊嚴
肅爲正。此第論形骸,不知本原也。太白一生大本領,全在
《古風》五十五首。今讀其詩,何等樸拙,何等忠厚! 至如《蜀
道難》《行路難》《天姥吟》《鳴皋行》等篇,粗而不精,枝而不
理,絕非太白高作。若杜陵忠愛之忱,千古共見,而發爲歌吟,
則無一篇不與古人爲敵。其陰狠在骨,更不可以常理論。故
余嘗謂太白詩,謹守古人墨繩,亦步亦趨,不敢相背。至杜陵
乃真與古人爲敵,而變化不可測矣。固由讀破萬卷,研琢功
深。亦實爲古今邁等絕倫之才,斷不能率循規矩,受古人羈縛
也。但可爲知者道,難與俗人言。③

①　陳廷焯著、彭玉平纂輯《白雨齋詩話》,第 87 頁。
②　陳廷焯著、杜維沫校點《白雨齋詞話》卷七,第 184 頁。
③　陳廷焯著、杜維沫校點《白雨齋詞話》卷七,第 183—184 頁。

陳廷焯從李、杜二人各自變古的角度出發,認爲李白"謹守古人墨繩,亦步亦趨,不敢相背",而杜甫才真正做到了與古人爲敵,故而變化不可測。因此在陳廷焯的李杜並尊說中,揚杜抑李的意味相當明顯。不過沈時蓉已經指出,如此論述李、杜詩風之本源,並非陳廷焯之獨創,而是他對胡應麟、潘德輿等人之論的繼承。①

(四) 論少陵之"變古"與"化古"

陳廷焯認爲,杜甫之"變古"洗脱了漢魏六朝之面目,正是對風雅傳統的真正繼承,並爲後人開闢門徑。《白雨齋詞話》云:"杜陵之詩,洗脱漢魏六朝面目殆盡,亦非敢於變風騷也。特才力愈工,風雅愈遠。不變而變,乃真變矣。"②又云:"詩有變古者,必有復古者。如陳伯玉掃陳、隋之習是也。然自杜陵變古後,而後世更不能復古。自風騷至太白同出一源,杜陵而後,無敢越此老範圍者,皆與古人爲敵國矣,何其霸也!""不知古者,必不能變古,此陳、隋之詩所以不競也。杜陵與古爲化者也,惟其與古爲化,故一變而莫可復興。"③又曰:"杜陵變古之法,不變古之理,故自杜陵變古後,而學詩者不得不從杜陵,縱有復古者,亦不過古調獨彈,無與爲應也。"④《白雨齋詞話》"李杜不同"條云:

　　或問杜陵何以不學騷,余曰:此不可一概論也。大約自風騷以迄太白,皆一綫相承。其間惟彭澤一源,超然物外。正如巢、許、夷、齊有不可以常理論。至杜陵,負其倚天拔地之才,更欲駕風騷而上之,則有所不能。僅於風騷中求門户,又若有

---

① 沈時蓉《〈詞話叢編〉中有關杜甫資料輯證》,《杜甫研究學刊》1998 年第 4 期。

② 陳廷焯著、杜維沫校點《白雨齋詞話》卷七,第 185 頁。

③ 陳廷焯著、杜維沫校點《白雨齋詞話》卷七,第 184 頁。

④ 陳廷焯著、杜維沫校點《白雨齋詞話》卷八,第 209 頁。

所不甘。故別建旗鼓,以求勝於古人。詩至杜陵而聖,亦詩至杜陵而變。顧其力量充滿,意境沉雄,嗣後爲詩者,舉不能出其範圍,而古調不復彈矣。故余謂自風騷以迄太白,詩之正也,詩之古也。杜陵而後,詩之變也。自有杜陵,後之學詩者,更不能求風騷之所在,而亦不得不以杜陵爲止境。韓、蘇且列門墙,何論餘子? 昔人謂杜陵爲詩中之秦始皇,亦是快論。①

陳廷焯强調"詩至杜陵而變",杜甫在詩歌發展史上處於極爲關鍵的位置,並以"詩中秦始皇"稱之。正是因爲杜甫才大力雄,且能"與古爲化",故而成爲陳廷焯詩學及詞學的主要學習對象。他主張作詞也同樣應像杜甫那樣"變古之法,不變古之理","有志爲詞者,宜直溯風騷,出入唐、宋,乃可救陳、朱之失,勿爲陳、朱輩所囿也"②。

(五) 陳廷焯詞論中的"沉鬱"説

陳廷焯特別重視和提倡杜甫之"沉鬱",如其評《自京赴奉先縣詠懷五百字》曰:

沉鬱頓挫,至斯已極,杜陵全集以此爲第一,千古名作亦以此爲第一……百折千回,終無一語道破,沉之至,鬱之至,和平忠厚,求之《三百篇》中亦不多得。③

其於《杜詩選》的《自序》中曰:

詩至於杜,集古今之大成,更無與並者矣。……竊以爲杜

---

① 陳廷焯著、杜維沫校點《白雨齋詞話》卷七,第 183 頁。
② 陳廷焯著、杜維沫校點《白雨齋詞話》卷八,第 209 頁。
③ 周采泉《杜集書錄》,第 427 頁。

詩大過人處，全在沉鬱。筆力透過一層謂之沉，語意藏過數層謂之鬱。精微博大，根柢於沉；忠厚和平，本原於鬱。明於沉鬱之故，而杜之面目可見，而古今作詩之法，舉不外此矣。因選杜詩六百六十餘首加以評點，非敢問世也，聊以心得示子侄輩，俾無入歧途而已。①

陳廷焯認爲古今作詩之法不外乎沉鬱，杜詩之大過人處，也全在於沉鬱。此外，他還認爲詩詞皆有境界，而杜詩的境界更是無所不包，《白雨齋詞話》云：

> 詩有詩境，詞有詞境，詩詞一理也。然有詩人所闢之境，詞人尚未見者，則以時代先後遠近不同之故。一則如淵明之詩，淡而彌永……一則如杜陵之詩，包括萬有，空諸倚傍，縱橫博大，千變萬化之中，却極沉鬱頓挫，忠厚和平。此子美所以橫絕古今，無與爲敵也。求之於詞，亦未見有造此境者。②

在比較了唐宋許多著名作家的不同風格後，陳廷焯認爲只有杜甫能“橫絕古今，無與爲敵”，不僅爲無人抗手的“詩聖”，而且歷代的詞作者中亦無一人能達到如此境界。另外，他還認爲“沉鬱頓挫，忠厚和平”是杜甫能夠橫絕古今的主要原因。按，康熙朝徐錫我《我儂説詩》曰：“杜詩則筆筆頓挫，字字沉鬱，此其所以軼絕諸家也。”③其説似爲陳氏之所本。然而陳廷焯將“沉鬱頓挫”作爲杜甫橫絕古今的原因，顯然並非公允之論，其偏頗自不待言。其實在整個杜詩學史上，絕大多數論者都以“千彙萬狀”概括杜詩風格，而以

---

①　周采泉《杜集書録》，第 426—427 頁。

②　陳廷焯著、杜維沫校點《白雨齋詞話》卷八，第 221—222 頁。

③　徐錫我《我儂説詩》，上海圖書館藏倪承寬鈔本。

“沉鬱頓挫”論杜詩者,僅有賀貽孫、徐錫我、方東樹等寥寥數人,故陳廷焯大力推尊杜甫的“沉鬱頓挫”只是其个人偏好,並不符合杜詩的實際狀況。不過陳廷焯將“沉鬱頓挫”移植到詞學批評領域,並以此爲標準,衡量詞作之優劣,提出了“沉鬱”説,確爲一項創舉。其《白雨齋詞話》曰:“作詞之法,首貴沉鬱,沉則不浮,鬱則不薄。顧沉鬱未易强求,不根柢於風騷,烏能沉鬱? 十三國變風,二十五篇楚詞,忠厚之至,亦沉鬱之至,詞之源也。不究心於此,率爾操觚,烏有是處?”①“詩之高境在沉鬱,其次即直截痛快,亦不失爲次乘,詞則舍沉鬱之外,即金氏所謂俚詞、鄙詞、遊詞,更無次乘也。”②“所謂沉鬱者,意在筆先,神餘言外。寫怨夫思婦之懷,寓孽子孤臣之感。凡交情之冷淡,身世之飄零,皆可於一草一木發之。而發之又必若隱若現,欲露不露,反復纏綿,終不許一語道破。匪獨體格之高,亦見性情之厚。”③又曰:“入門之始,先辨雅俗,雅俗既分,歸諸忠厚,既得忠厚,再求沉鬱,沉鬱之中,運以頓挫,方是詞中最上乘。”④又云:“本原何在? 沉鬱之謂也。不本諸風騷,焉得沉鬱?”⑤可見陳廷焯認爲詞和詩一樣,都以“沉鬱”爲最高境界。以此標準論詞,《白雨齋詞話》中推碧山(王沂孫)爲兩宋詞家之冠,並將其方之於詩中老杜,其曰:

> 碧山詞,性情和厚,學力精深,怨慕幽思,本諸忠厚,而運以頓挫之姿,沉鬱之筆。論其詞品,已臻絶頂,古今不可無一,不能有二。⑥

---

① 陳廷焯著、杜維沫校點《白雨齋詞話》卷一,第 4 頁。
② 陳廷焯著、杜維沫校點《白雨齋詞話》卷八,第 209 頁。
③ 陳廷焯著、杜維沫校點《白雨齋詞話》卷一,第 5—6 頁。
④ 陳廷焯著、杜維沫校點《白雨齋詞話》卷七,第 108 頁。
⑤ 陳廷焯著、杜維沫校點《白雨齋詞話》卷四,第 89—90 頁。
⑥ 陳廷焯著、杜維沫校點《白雨齋詞話》卷二,第 40 頁。

又曰:"少陵每飯不忘君國,碧山亦然。"①又評周邦彦詞曰:

> 詞至美成,乃有大宗,前收蘇、秦之終,後開姜、史之始。
> 自有詞人以來,不得不推爲巨擘,後之爲詞者,亦難出其範圍。
> 然其妙處,亦不外沉鬱頓挫,頓挫則有姿態,沉鬱則極深厚。
> 既有姿態,又極深厚,詞中三昧,亦盡於此矣。

又曰:

> 今之談詞者,亦知尊美成。然知其佳,而不知其所以佳,
> 正坐不解沉郁頓挫之妙。彼所謂佳者,不過人云亦云耳。②

評陳維崧之詞曰:"其年詞,沉雄悲鬱,變化從心,詩中之老杜也。"③又稱張惠言之詞"既沉鬱,又疏快,最是高境"④。以上這些評論,都完全以"沉鬱"爲標準,認爲王沂孫、周邦彦、陳維崧、張惠言之詞之所以超軼諸家,均不外乎沉鬱頓挫。關於陳廷焯之"沉鬱"説之理論内涵,學界討論甚多,兹不贅言。陳廷焯秉持"詩詞一理"的觀念,援引杜詩之"沉鬱"來論詞,是欲在詞學領域仿效少陵,以杜詩爲最高境界,並將"沉鬱"作爲詩詞之本原,這與其審美理想與論詩旨趣都是密切相關的,其論已經遠遠超出杜詩本身之特性,顯示出陳廷焯獨特的審美傾向與價值取向。

對於陳廷焯之詩學批評體系,彭玉平在《白雨齋詩話前言》中總結道:

---

① 陳廷焯著、杜維沫校點《白雨齋詞話》卷二,第60頁。
② 陳廷焯著、杜維沫校點《白雨齋詞話》卷一,第16頁。
③ 陳廷焯著、彭玉平纂輯《白雨齋詩話》,第194頁。
④ 陳廷焯著、杜維沫校點《白雨齋詞話》卷四,第101頁。

　　陳廷焯詩學和詞學的根基是建立在對杜甫詩歌的理論解讀上的,他從早期詩歌創作追步杜甫,到後期在《騷壇精選録》和《白雨齋詞話》中全面解析杜甫,杜甫的影響通貫一生。他以《風》、《騷》的忠厚沉鬱爲詩詞共有之本源和本原,標舉以沉鬱頓挫爲特徵的杜甫詩歌爲創作典範,梳理詩史的發展,形成了自成一格的創古、復古、化古的理論格局,並以杜甫的“化古”爲詩史一大結穴。①

總的來看,陳廷焯的詩學和詞學批評體系都是以杜詩作爲中心的。從其理論淵源來看,當脱胎於沈德潛的“格調説”及潘德輿的《養一齋李杜詩話》,但亦稍有變化。其杜詩評點有大部分内容均是依傍前人之論,獨立性不强,然其理論更加系統全面,無疑具有一定總結意義。另外,陳廷焯論杜,具有强烈的主觀性,對杜詩有過分拔高和過度推崇傾向,但他能抓住杜詩某些重要特徵,並將其移植到其詞論之中,發展成一個體系完整的詞學理論,不僅對詞學影響很大,對其後的杜詩接受與闡釋也都産生了不小的影響。

---

① 　陳廷焯著、彭玉平纂輯《白雨齋詩話》,第 25 頁。

結　語

綜觀清代杜詩學的總體情況，我們可以看到，無論是從研究領域的拓展、研究方法的豐富，還是研究思想、觀念的更新等方面，清代杜詩學研究者都作出了不懈的努力，取得了輝煌的成就。既爲後代杜詩學研究奠定了堅實的基礎，又提供了寶貴的經驗教訓。然而遺憾的是，還有大量的清代杜詩注本已經散佚，我們只能在殘存的文獻中約略考得點滴綫索，而終難窺其全貌，其成就與特點現在已經很難探究了。現存的許多杜詩注本亦没有得到充分的整理與研究，這值得引起杜詩學界的足夠重視。雖然由於時代和個人的局限，有些注本也存在着不少問題，如詳於注，略於論，重批點，輕思辨，許多注本更是輾轉抄襲，陳陳相因，而對杜詩作總體研究的理論著作，可以說是鳳毛麟角。但在整個杜詩學史上，大量清代杜詩注本和研究著作的出現對杜詩學的繁榮與發展作出了不容抹殺的貢獻，清代杜詩學研究的成就當之無愧地占據着杜詩學史上舉足輕重的地位。此外，清初傅山、金聖嘆、顧炎武、申涵光、王夫之、潘耒章、朱彝尊、李因篤、王士禛等人的杜詩學言論與所取得的成就，值得引起關注；清代中葉，沈德潛、翁方綱、袁枚等清代詩歌流派的代表人物在詩歌批評中對杜詩的闡發，也都豐富了清代杜詩學的内涵。這些共同構成了除杜詩注本以外清代杜詩學的重要内容。另外，清代學者在注杜實踐中形成的反穿鑿思想，其對“詩史”說、“無一字無來處”說的反思與批判，對其後杜詩學的發展都產生了極爲深遠的影響。可以說，在經歷了無數時代劫波的清代，學人以其辛勤的著述乃至生命鑄就的豐碑，書寫了杜詩學史上濃墨重彩的一章,也同時記載了一代杜詩學發展的曲折與艱辛歷程。當我們重新審視這段輝煌與黯淡交織的學術史時,追尋和探討其輝煌與沒落的原因,相信必然會對新時代杜詩學的構建與發展提供有益的啓迪。

本編的撰寫力圖在聯繫整個清代文化背景的基礎上,綫索清晰地描述出清代杜詩學各個發展階段的基本情況。同時,通過總結歸納其取得的成就與不可避免的局限性,試圖找出對當代杜詩學研究具有指導意義的規律和經驗,這無疑會對當代杜詩學的發展起到有力的促進作用,這也是一代學術史撰寫的現實意義所在。

參 考 文 獻

《清史稿》，趙爾巽等撰，中華書局 1977 年版。

《宋本杜工部集》，（宋）王洙編，上海商務印書館影印本。

《杜詩趙次公先後解輯校》，林繼中輯校，上海古籍出版社排印本。

《新刊校定集注杜詩》，（宋）郭知達編，中華書局 1982 年影宋本。

《九家集注杜詩》，（宋）郭知達編，上海古籍出版社《杜詩引得》本。

《杜工部草堂詩箋》，（宋）蔡夢弼會箋，《古逸叢書》本。

《黃氏補千家集注杜工部詩史》，（宋）黃希、黃鶴補注，宋刻元刊本。

《集千家注批點杜工部詩集》，（宋）劉辰翁批點，臺灣大通書局《杜詩叢刊》本。

《杜律演義》，（元）張性撰，臺灣大通書局《杜詩叢刊》本。

《杜臆》，（明）王嗣奭撰，上海古籍出版社排印本。

《杜工部詩范德機批選》，（明）范梈批選，臺灣大通書局《杜詩叢刊》本。

《杜工部五言趙注》，（明）趙汸撰，臺灣大通書局《杜詩叢刊》本。

《讀杜詩愚得》，（明）單復撰，臺灣大通書局《杜詩叢刊》本。

《分類集注杜詩》，（明）邵寶撰，臺灣大通書局《杜詩叢刊》本。

《杜詩長古注解》，（明）謝省撰，明弘治五年刻本。

《杜律集解》，（明）邵傅撰，明萬曆十六年刻本。

《杜詩胥鈔餘論》，（清）盧世㴒撰，明崇禎七年刻本。

《錢注杜詩》，（清）錢謙益箋注，上海古籍出版社排印本。

《杜工部詩集輯注》,(清)朱鶴齡撰,清康熙間葉永茹刻本。

《杜詩編年》,(清)李長祥、楊大鯤撰,清初刻本。

《杜律五言集》,(清)沈漢撰,清順治十八年刻本。

《辟疆園杜詩注解》,(清)顧宸撰,清康熙癸卯吳門書林刊本。

《杜詩會稡》,(清)張遠撰,清康熙有文堂刻本。

《杜律詩話》,(清)陳廷敬撰,《午亭文編》本。

《秋興八首偶論》,(清)賈開宗撰,清康熙八年重刊本。

《杜詩論文》,(清)吳見思撰,臺灣大通書局《杜詩叢刊》本。

《杜詩解意七言律》,(清)朱瀚、李燧撰,清康熙十四年刻本。

《問齋杜意》,(清)陳式撰,清康熙二十一年刊本。

《杜工部七言律詩注》,(清)陳之壎撰,清康熙二十二年刻本。

《苦竹軒杜詩評律》,(清)洪仲撰,清康熙二十四年重刻本。

《杜工部詩疏解》,(清)顧施禎撰,清康熙二十五年初刻本。

《杜詩闡》,(清)盧元昌撰,臺灣大通書局《杜詩叢刊》本。

《杜詩説》,(清)黃生撰,清康熙三十五年一木堂刻本。

《杜詩詳注》,(清)仇兆鰲撰,中華書局1979年排印本。

《杜工部詩集集解》,(清)周篆撰,清鈔本。

《青城説杜》,(清)吳馮栻撰,清康熙間寶荊堂刻本之鈔本。

《杜詩説略》,(清)丁耀亢撰,清康熙間刻本。

《杜詩言志》,(清)佚名撰,江蘇人民出版社1983年版。

《杜韓詩句集韵》,(清)汪文柏撰,清康熙四十五年古香樓刻本。

《杜詩譜釋》,(清)毛張健撰,清乾隆三十五年刻本。

《杜詩箋》,(清)湯啓祚撰,臺灣大通書局《杜詩叢刊》本。

《義門讀書記》,(清)何焯著,崔高維點校,中華書局1987年版。

《杜律通解》,(清)李文煒撰,清雍正三年刻本。

《讀杜心解》,(清)浦起龍撰,中華書局1961年標點本。

《讀杜隨筆》,(清)陳訏撰,清雍正十年刻本。

《讀杜韓筆記》,(清)李黼平撰,清宣統二年掃葉山房石印本。

《杜詩約編》,(清)盛元珍編,清乾隆六年刻本。

《杜詩增注》,(清)夏力恕撰,夏氏古泉精舍自刻本。

《杜工部詩選初學讀本》,(清)孫人龍編,清乾隆十二年刻本。

《杜詩偶評》,(清)沈德潛撰,吉川幸次郎《杜詩又叢》本。

《樹人堂讀杜詩》,(清)汪灝撰,清道光十二年刻本。

《杜詩選讀》,(清)何化南、朱煜編,清乾隆二十四年逸園刻本。

《杜工部五言排律詩句解》,(清)劉肇虞撰,清乾隆二十四年本。

《杜律注例》,(清)張篤行撰,清乾隆二十四年刻本。

《杜詩識小》,(清)朱宗大撰,清乾隆二十五年刻本。

《杜詩義法》,(清)喬億撰,清乾隆間刻本。

《杜詩詳注集成》,(清)張甄陶撰,清乾隆三十八年傳鈔本。

《杜詩直解》,(清)范廷謀撰,清雍正間稼石堂刻本。

《杜詩直解》,(清)沈寅、朱崑補輯,清乾隆四十年鳳樓刻本。

《杜律啓蒙》,(清)邊連寶撰,清乾隆四十二年初刻本。

《杜詩集説》,(清)江浩然輯,清乾隆四十三年刊刻。

《杜詩本義》,(清)齊翀撰,清乾隆四十七年雙溪草堂刻本。

《杜工部集》,(清)鄭澐編,清乾隆五十年玉勾草堂本。

《杜詩雙聲叠韵譜括略》,(清)周春撰,吉川幸次郎《杜詩又叢》本。

《杜詩約選五律串解》,(清)周作淵撰,清乾隆五十五年刻本。

《杜律詳解》,(清)紀容舒撰,《四庫全書存目叢書》本。

《杜詩附記》,(清)翁方綱撰,《續修四庫全書》本。

《杜詩鏡銓》,(清)楊倫撰,上海古籍出版社1980年標點排印本。

《養一齋李杜詩話》,(清)潘德興撰,張忠綱《杜甫詩話六種校注》本。

《杜工部集》,(清)盧坤集評,清道光十四年涿州盧氏芸葉庵刻本。

《杜律評叢》,[日]度會末茂撰,[日]吉川幸次郎編輯《杜詩又叢》本。

《杜律詳解》，[日]津阪孝綽撰，臺灣大通書局《杜詩叢刊》本。

《杜工部詩話》，（清）劉鳳誥撰，張忠綱《杜甫詩話六種校注》本。

《讀書堂杜工部詩集注解》，（清）張溍撰，清道光二十一年重刻本。

《歲寒堂讀杜》，（清）范輦雲撰，臺灣大通書局《杜詩叢刊》本。

《杜律分韵》，[朝鮮]摛文院考文館編，朝鮮内閣戊午生生銅活字
　　刊印本。

《杜詩注釋》，（清）許寶善撰，清嘉慶八年自怡軒初刻。

《杜律發揮》，[日]釋顯常著，日本文化元年刻本。

《杜詩集評》，（清）劉濬輯，臺灣大通書局《杜詩叢刊》本。

《杜詩説膚》，（清）萬俊撰，清嘉慶二十四年瘦竹山房木活字本。

《杜詩注解節鈔》，（清）顧淳慶鈔，1927 年影印本。

《杜律淺説》，（清）莊詠撰，清道光二十四年清和堂刊本。

《杜詩百篇》，（清）張燮承注，清咸豐九年刻本。

《杜解傳薪》，（清）趙星海撰，清稿本，又齊魯書社 2023 年孫微點
　　校本。

《杜解傳薪摘鈔》，（清）趙星海撰，清同治四年刊本。

《杜律正蒙》，（清）潘樹棠撰，清同治八年始刊本。

《杜園説杜》，（清）梁運昌撰，書目文獻出版社 1995 年據稿本影
　　印本。

《杜詩提要》，（清）吳瞻泰撰，臺灣大通書局《杜詩叢刊》本。

《杜詩五古選録》，（清）王澍選，臺灣大通書局《杜詩叢刊》本。

《杜詩瑣證》，（清）史炳撰，上海書店 1988 年影印本。

《讀杜詩説》，（清）施鴻保撰，上海古籍出版社 1983 年張慧劍
　　校本。

《杜詩培風讀本》，（清）席樹馨編，清光緒元年四川刻本。

《杜詩鈔》，（清）鄭杲編，民國間退耕堂刻本。

《杜工部詩醇》，[日]近藤元粹選評，日本明治三十八年大阪嵩山
　　堂刻本。

《讀杜劄記》,郭曾炘撰,上海古籍出版社 1983 年版。

《清詩話》,(清)丁福保輯,上海古籍出版社 1978 年版。

《清詩話續編》,郭紹虞編選,富壽蓀點校,上海古籍出版社 1983
　　年版。

《牧齋初學集》,(清)錢謙益著,上海古籍出版社 1985 年版。

《牧齋有學集》,(清)錢謙益著,上海古籍出版社 1996 年版。

《牧齋雜著》,(清)錢謙益著,上海古籍出版社 2007 年版。

《黃梨洲文集》,(清)黃宗羲,中華書局 1959 年版。

《顧亭林詩文集》,(清)顧炎武撰,中華書局 1983 年版。

《日知錄集釋》,(清)顧炎武撰,(清)黃汝成集釋,岳麓書社 1994
　　年版。

《音學五書》,(清)顧炎武著,中華書局 1982 年版。

《船山全書》,(清)王夫之著,岳麓書社 1996 年版。

《金聖嘆全集》,(清)金聖嘆著,江蘇古籍出版社 1985 年版。

《而庵詩話》,(清)徐增撰,張潮《昭代叢書》本。

《而庵說唐詩》,(清)徐增撰,齊魯書社《四庫全書存目叢書》本。

《霜紅龕集》,(清)傅山撰,山西人民出版社 1985 年版。

《聰山詩文集》,(清)申涵光著,河北人民出版社 2011 年版。

《松陵文獻》,(清)潘檉章著,北京出版社《四庫禁毀書叢刊》本。

《愚庵小集》,(清)朱鶴齡著,上海古籍出版社 1979 年版。

《曝書亭集》,(清)朱彝尊著,中華書局 1989 年《四部備要》本。

《吳梅村全集》,(清)吳偉業著,上海古籍出版社 1990 年版。

《初白庵詩評》,(清)查慎行著,(清)張載華輯,民國間上海六藝
　　書局石印本。

《歷代詩話》,(清)吳景旭撰,中華書局上海編輯所校點本。

《藝概》,(清)劉熙載撰,上海古籍出版社 1978 年版。

《販書偶記》,(清)孫殿起撰,中華書局 1959 年版。

《販書偶記續編》,(清)孫殿起撰,上海古籍出版社 1980 年版。

《杜詩引得》，洪業等編，上海古籍出版社 1983 年版。

《清代學術概論》，梁啓超撰，上海古籍出版社 1998 年版。

《中國近三百年學術史》，錢穆著，商務印書館 1997 年版。

《清代文字獄檔》，原北平故宮博物院文獻館編，上海書店 1986
　　年版。

《清詩紀事初編》，鄧之誠撰，上海古籍出版社 1984 年版。

《明末清初的學風》，謝國楨著，人民出版社 1982 年版。

《明清之際黨社運動考》，謝國楨著，遼寧教育出版社 1998 年版。

《李白與杜甫》，郭沫若著，人民文學出版社 1971 年版。

《江浙藏書家史略》，吳晗撰，中華書局 1981 年版。

《山東藏書家史略》，王紹曾、沙嘉孫著，山東大學出版社 1992
　　年版。

《明清進士題名碑錄索引》，朱保炯、謝沛霖編，上海古籍出版社
　　1980 年版。

《杜詩研究論文集》（第一、二、三輯），中華書局 1962、1963 年版。

《杜甫研究》（修訂本），蕭滌非著，齊魯書社 1980 年版。

《杜集書錄》，周采泉著，上海古籍出版社 1986 年版。

《杜集書目提要》，鄭慶篤等著，齊魯書社 1986 年版。

《杜集叙錄》，張忠綱等著，齊魯書社 2008 年版。

《四庫全書存目叢書》，《四庫全書存目叢書》編纂委員會編，齊魯
　　書社 1997 年版。

《四庫未收書輯刊》，《四庫未收書輯刊》編纂委員會編，北京出版
　　社 2000 年版。

《續修四庫全書》，《續修四庫全書》編纂委員會編，上海古籍出版
　　社 2002 年版。

《四庫禁毀書叢刊》，《四庫禁毀書叢刊》編，北京出版社 2005 年版。

《清代詩文集彙編》，《清代詩文集彙編》編纂委員會編，上海古籍
　　出版社 2011 年版。

《清人詩文集總目提要》,柯愈春編,北京古籍出版社 2001 年版。

《杜詩學發微》,許總著,南京出版社 1989 年版。

《杜甫秋興八首集説》,葉嘉瑩著,河北教育出版社 1997 年版。

《杜甫詩全譯》,韓成武著,河北人民出版社 1997 年版。

《杜詩縱橫探》,張忠綱著,山東大學出版社 1990 年版。

《杜甫詩話六種校注》,張忠綱著,齊魯書社 2002 年版。

《中國新時期唐詩研究述評》,張忠綱等著,安徽大學出版社 2000
　　年版。

《全唐詩大辭典》,張忠綱主編,語文出版社 2000 年版。

《清初人選清初詩彙考》,謝正光、佘汝豐著,南京大學出版社 1998
　　年版。

《清初杜詩學研究》,簡恩定著,臺灣文史哲出版社 1986 年版。

《清代詩學研究》,張健著,北京大學出版社 1999 年版。

《清代詩學》,李世英、陳水雲著,湖南人民出版社 2000 年版。

《〈錢注杜詩〉與詩史互證方法》,郝潤華著,黃山書社 2000 年版。

《杜詩藝譚》,韓成武著,河北教育出版社 2002 年版。

《唐宋詩學論集》,謝思煒著,商務印書館 2003 年版。

《杜甫詩學引論》,胡可先著,安徽大學出版社 2003 年版。

《古典詩學的現代詮釋》,蔣寅著,中華書局 2003 年版。

《山東杜詩學文獻研究》,張忠綱等著,齊魯書社 2004 年版。

《古典詩學的文化觀照》,莫礪鋒著,中華書局 2005 年版。

《清詩話考》,蔣寅著,中華書局 2005 年版。

《唐宋詩歌論集》,莫礪鋒著,鳳凰出版社 2007 年版。

《杜甫新論》,韓成武著,河北大學出版社 2007 年版。

《杜詩版本及作品研究》,蔡錦芳著,上海大學出版社 2007 年版。

《清代杜詩學文獻考》,孫微著,鳳凰出版社 2007 年版。

《杜詩學研究論稿》,孫微、王新芳著,齊魯書社 2008 年版。

《杜甫大辭典》,張忠綱主編,山東教育出版社 2009 年版。

《杜詩學文獻研究論稿》,孫微著,河北大學出版社 2010 年版。

《清代詩學史》(第一卷),蔣寅著,中國社會科學出版社 2012 年版。

《杜甫全集校注》,蕭滌非主編,人民文學出版社 2014 年版。

《清代杜集序跋彙録》,孫微輯校,人民文學出版社 2017 年版。

《杜詩文獻學史研究》,王新芳、孫微著,科學出版社 2018 年版。

《清代杜詩學文獻考》(增訂本),孫微著,上海古籍出版社 2019
　　年版。

後　記

　　本書是我博士學位論文《清代杜詩學史》的修訂本，原書已於2004年10月由齊魯書社出版。大約從2018年開始，應業師張忠綱先生的要求，我對《清代杜詩學史》進行全面修訂，作爲"清代編"收入《杜詩學通史》之中。

　　和原書相比，修訂本的内容作了不少增補和調整。比如"清初名家論杜"一節，原書只有顧炎武、王夫之、李因篤、王士禎四小節，現又增補傅山、金聖嘆、申涵光、潘檉章、朱彝尊五小節，增補上述内容以後，清初杜詩學高峰地位得以凸顯。又如對申涵光《説杜》一卷的輯佚工作也經歷了數個階段，最初所輯，尚有漏略，通過不斷訂補，日臻完善。再如原書僅據《白雨齋詞話》對晚清陳廷焯之論杜情況加以研討，近年學界又發現了陳廷焯《騷壇精選録》殘本，彭玉平先生摘録其中批語，又彙録《雲韶集》《詞則》和《詞壇叢話》《白雨齋詞話》之論，編成《白雨齋詩話》一書，故本書修訂時便據《白雨齋詩話》重新對陳廷焯的論杜情況進行分析。由於此前筆者曾相繼出版《清代杜詩學文獻考》《杜詩學文獻研究論稿》《清代杜集序跋彙録》等著作，爲研治清代杜詩學史打下了一定的文獻基礎，因此隨着認識的逐漸深入，對原書中某些文獻的判斷和評價亦發生了改變，故修訂本對有關内容進行了相應的調整和改動。

　　除了上述那些增補和調整之外，本書的獨特之處還在於：在修訂書稿的過程中，難免會一次次地觸碰到自己那些青春回憶，二十多年前在山東大學讀博的種種經歷時常會一幕幕地浮現於眼前，重温彼時的心情和狀態，總不由得令人心潮起伏。就這樣在現實和記憶的交錯中，匆匆數年已過，本書的修訂工作終於完成，而我也已邁入知命之年。修訂稿初步完成之後，我第一時間用電子郵件將書稿寄呈大洋彼岸的張忠綱師審閱，月餘後便收到張先生加滿批注的文本。看到被導師圈點出來的那些錯訛和問題，依然是臉紅心跳、手心出汗，情狀一如當年剛剛拿回被批改得體無完膚的博士論文初稿，因此本書便榮幸地成爲時隔二十年後由導師再度批改的博士論文，這種經歷想來在學界亦屬罕見。

　　當然，作爲一部斷代學術史，本書還遠談不上完善，亦很難做到上下通貫，限於個人的水平和精力，書中的錯訛漏略之處仍在所難免，懇請廣大讀者批評指正。上海古籍出版社諸編輯爲本書的順利出版做了大量嚴謹細緻的工作，謹此致謝！

孫　微

2023 年 4 月 11 日

於山東大學

已 出 書 目

第一輯

目録版本校勘學論集

秦制研究

魏晉南北朝文體學

李燾學行詩文輯考

杜詩釋地

關中方言古詞論稿

第二輯

兩漢文獻與兩漢文學

秦漢人物散論

秦漢之際的政治思想與皇權主義

文心雕龍學分類索引

宋代文獻學研究

清代《儀禮》文獻研究

第三輯

四庫存目標注（全八冊）

第四輯

山左戲曲集成（全三冊）

第五輯

鄭氏詩譜訂考

文心雕龍校注通譯

唐詩與民俗關係研究

東夷文化通考

泰山香社研究

第六輯

日名制・昭穆制・姓氏制度研究

易經古歌考釋(修訂本)

儒學視野中的《文心雕龍》

唐代文學隅論

清代《文選》學研究

微湖山堂叢稿

經史避名彙考

第七輯

古書新辨

溫柔敦厚與中國詩學

詩聖杜甫研究

宋遼夏金經濟史研究(增訂本)

探尋儒學與科學關係演變的歷史軌迹會通與嬗變

被結構的時間：農事節律與傳統中國鄉村

民眾年度時間生活

里仁居語言跬步集

第八輯

20世紀50年代山東大學民間文學采風資料彙編